Henri Pourrat

Le Trésor des contes

Les amours

Édition publiée sous la direction
de Claire Pourrat

Gallimard

Henri Pourrat est né le 7 mai 1887 à Ambert, dans l'Auvergne des monts du Livradois et du Forez. Ses études secondaires terminées, il part pour Paris au lycée Henri-IV. Reçu en juin 1905 au concours d'entrée à l'Institut national agronomique, il n'en suivra pas les cours et revient, pour rétablir une santé gravement compromise, dans son pays natal qu'il ne quittera guère désormais. Dès lors, sa vie est réglée sur le rythme de la nature qu'il arpente en de longues promenades. Il se met à l'écoute des récits populaires, des chansons et complaintes, des remarques et dictons, bref, de toute la tradition orale encore vive avant la fracture de 1914. Il écrit. Des feuilletons délirants et des poèmes, sous divers pseudonymes. Mais aussi des romans, dont les quatre volumes de *Gaspard des montagnes*, de 1922 à 1931 qui lui vaudront le premier prix littéraire du *Figaro* ; des essais, des biographies ; et surtout ces neuf cent quarante-cinq contes publiés en treize volumes dans *Le Trésor des contes*, de 1948 à 1962, et repris intégralement en sept volumes dans une édition thématique illustrée, enrichie de soixante-quatre inédits.

En 1941, il obtient le prix Goncourt pour *Vent de mars*. En 1953, il est nommé membre correspondant de l'Institut.

Il meurt le 16 juillet 1959. Les contes patiemment recueillis, restitués sous une forme classique accessible à tous, par cet homme enraciné dans son terroir, ont atteint une dimension universelle.

Note

En ce début d'octobre le temps clair est merveilleux. L. T. et moi, nous décidons de revenir par la montagne. Nous passerons sous le château qui est le seul vieux château du pays.

Une idée d'unité se rattache ainsi, obscurément, à sa masse type de grosse bâtisse carrée prise entre quatre tours. Au mur du corridor, — et la curieuse disposition de paix et de pénombre : la cuisine déserte de l'après-midi, en équerre, avec à son bout le grand châssis à petits carreaux masqué de branches vertes, — à ce mur, on peut voir pendue de biais, comme une flûte de Pan, une gamme de grosses clefs. Celles, peut-être, de tous les châteaux qui ne sont plus que tas de pierres dans les ronces, — et pierres tellement rongées que leur granit est prêt à s'émietter en gravier sous le pouce.

La douve est triste sous deux sapins géants. Mais avec sa fontaine qui flue au renfoncement d'une arche, la cour pratiquée dans l'épaisseur de ce bloc est blanche de soleil. Et à cause du souterrain, du cellier formidable, de l'escalier de pierre large comme une route sous des voûtes de casemate, on a dit ce château bâti par les fées. Les gens en ont donc fait celui de tous leurs contes.

La vieille gardeuse de vaches ou le fermier qui récite une histoire se la figure dans sa tête. Il lui faut voir la tour, le carrefour, le pont. Ainsi localisés, les contes semblent locaux. C'est le contraire : il n'y a qu'un conte qui fait pour tous les parages, comme cette bastide fait château pour tout le canton. Ainsi de celui du diable qui vient se saisir de filles trop promptes à partir pour le bal. C'est toujours le même. Mais les gens en ont fait vingt histoires arrivées. Pour les uns, ce fut près de Valcivières, à Montouroux, chez Brame. À une demi-heure de là, d'autres disent au Grand Genévrier ; ils montrent le jas où se tint la veillée, et la pierre, au ruisseau des Reblats, où le diable étrangla la fille. Pour d'autres, ce fut à la Pélisserie, chez Joubert. Pour d'autres, à la Badin. Ou au Couderne, sur la route de Marat à la tour du Grippel. Pour ceux de Noirétable, c'est au Maziou, sous la forêt de Virmont.

Comment se fait-il qu'il y ait dans le même canton tant de variantes pour un même conte ? Mais il court aussi le Rouergue, — la maison des trois danseuses est située sur le ruisseau à 500 m. de Saint-Martin de Montbon, rapporte M. E. Plagnard ; ces gens étaient surnommés les Pierret, et l'histoire arriva en 1818. — Il court le Limousin, il court la Bretagne, — Marguerite Combe l'a mis dans son remarquable Renard du Levant. Si l'on cherchait, on le trouverait peut-être partout, de l'Écosse au Tyrol, de la Pologne à la Catalogne.

Au château, les murs de la grande salle, peints à fresques, font voir le départ des Alliés en 1817. Sous *les arondes et les colombes virant en l'air, entre des logis à vingt fenêtres, des ponceaux, des cascades, des arbres ronds ou pointus, s'en vont des routes montantes :* Route du Palatinat, Route de Hongrie, Route de Courlande. *Sur chacune, un même rang de cavaliers ou de fantassins, qui ne diffèrent que par le plastron écarlate ou jonquille, le plumet rouge ou vert du schako. Et c'est bien cela : toujours le même conte, à quelques détails de couleur près, et il part par toutes les routes.*

On comprend assez pourquoi il a été diffusé. Si tous le connaissent à Valcivières, c'est que là, en montagne, on a la passion de la danse, et qu'elle y fait faire des folies. — Un conte est un enseignement — *d'où aussi son tour parfaitement bouclé. Il fait voir ce qui arrive quand on monte un bal ; ou qu'on est trop convoiteux, ou trop sûr de soi ; ou quand on prononce une parole en l'air, ou qu'on siffle la nuit. Il apprend les précautions et le savoir-vivre envers le monde invisible. Ou, s'il est moins de l'arcane que de l'almanach, à se tirer d'un mauvais pas par un bon mot.*

Quand on le tient, on le fait servir. Il devient explication. Expliquer est ce que les humains se passent le moins de faire, — et leur liberté d'imagination les égare ordinairement moins que leur besoin de logique. À toute force, on veut expliquer telle maison hantée, qu'il a fallu fuir. Expliquer tel cyclone. À Aubignat, le souvenir est resté d'une tempête de nuit si forte que le lendemain le curé de Saint-Férréol allant à l'enterrement de M. de Rostaing, ne put passer le ruisseau sur son cheval. On vit là une revanche du démon, conjuré et arrêté dans ses grê-

les, ses foudres, tant que M. de Rostaing avait été en vie et curé d'Ambert. Puis le conte du diable et des danseurs servit encore mieux à rendre raison de pareille tempête.

Entre contes et légendes une discrimination semblerait donc possible : la légende est explication, le conte est enseignement. Mais l'explication se fait si souvent par quelque ancien conte ; et l'enseignement peut aussi partir de quelque secrète légende. Contes et légendes, c'est la même montagne.

Nous descendons entre les bois par les friches râpeuses, dans toute une finesse de soleil à laquelle répond, là-bas, en clarté, le bleuissement de l'autre chaîne. Quel calme. Le calme pur. Plus un chant d'oiseau, mais c'est moins assoupissement qu'allégement dans la lumière. Sur les flancs de cette campagne à la chinoise, découpée, boisée de pins, s'étagent un peu loin, des villages de trois, quatre maisons. Les familles, sur les terrasses, ramassent les pommes de terre, ou, sous un grand arbre plus retombant que d'autres qui brunit et rougit, emplissent de poires quelque sac. On voit tout, et tout semble proche, comme ces mousserons, dont le vent du Midi commence de dessécher le chapeau renflé couleur de noisette, dans une bourre d'herbe à moitié fauve.

Mais ce qu'on a plus encore dans les yeux, c'est l'autre montagne qui court là-bas sur tout le Levant : avec ses pâtures, ses fourrures de pins, et à peine marqués, le fil en corniche d'un chemin ou le point blanc d'une façade, la même que celle où nous sommes. La même, seulement aussi bleue que le jour et d'une substance à peine plus matérielle : un bleu qui ne fatigue pas l'œil, et vient, couleur du temps, toucher on ne sait quoi de plus profond en nous.

Il n'y a peut-être que cela entre légende et conte : une différence d'éloignement. Mais c'est le même royaume de la grande imagination populaire en sa liberté.

Si libres ? Les contes ne sont-ils pas le contraire d'une littérature pure ? — C'est forcé de voir, pourtant, que le propos même d'enseigner, d'expliquer, a ouvert toute carrière à l'imagination. La poésie est devenue démiurgie. Or le grand arcane, c'est que vaut surtout ce qui n'est pas fait exprès.

Est-ce illusion de penser que ce soir, dans une telle montagne, devant de tels lointains, si l'on était assez simple et assez subtil, on démêlerait mieux les contes. Comment ne pas y voir la prescience d'une magie ? Comment ne pas y retrouver l'antique idée d'où sans doute tout part : celle d'un bonheur promis à l'homme ?

Nous avons passé sous le château. La terrasse commande le chemin encaissé de mousses douces, celui des vieux pères tilleuls. Dans le verger, de toute leur charge de globes rouges, les pommiers penchent et se donnent. Merveilleuse retraite. Et de nouveau les découverts. À ce début d'automne, nette de moissons et de fourrages, la campagne semble dépouillée. Y prennent de l'importance le branchage déchiqueté d'un pin, la fumée qui du coin d'un pâtis se pousse avec lenteur. Mais surtout l'éclat doré mêlé de vert d'un érable, ou sur un tertre, dans le roncier, le garance si vif d'une branche de ronces. Que nous veut l'apparition de ces touches de couleur ? Qu'ont-elles mis dans la tête des pères humains *immémoriaux ? Oui, que leur a-t-elle suggéré, cette espèce de tentative flamboyante de l'arbre, avant le sommeil de l'hiver et la reprise du printemps ? Comme si, la récolte faite, la feuille ne voulait pas tomber avant d'avoir pris le rouge et le jaune du fruit, pour annoncer, préparer, incanter ceux qu'elle attend de l'année à venir.*

Croit-on que cela n'ait pas travaillé l'esprit des pères profonds ? Avec la même hardiesse déraisonnable ils ont inventé des histoires écarlates, dorées et pourpres.

Peut-être, les contes ne seraient pas tant explications ou enseignements qu'incantations ?

Y a-t-on assez songé ? Depuis les temps où ces magiciens peignaient en ocre jaune, noir, rouge, aux parois des cavernes, les gibiers percés de flèches, ils ont créé un monde de l'imagination préfiguré sur leurs désirs. Dès qu'ils ont commencé de prendre pouvoir sur les choses, ils ont imaginé qu'ils s'en rendraient totalement maîtres, sans plus tenir compte des saisons, de la durée, des distances. Ils ont lancé devant eux ces folles fictions de botte de sept lieues et de fine-oreille, de char volant et de baguette magique. Et ils ont fini par avoir l'auto, le microphone, l'avion, la bombe, les ondes.

Convient-il de séparer la mentalité prélogique de la mentalité logique ? Convient-il surtout de tenir l'une pour une enfance qui doit aboutir à l'autre comme à une maturité ? Est-on tellement sûr que ces imaginations magiques ne soient pas pour quelque chose dans les réussites de la civilisation mécanique ? Même si elles n'étaient qu'enfantillages, prévisions confuses et fausses manœuvres. La méthode logique qui mène aux prodiges de la technique ne risque-t-elle pas d'autre façon, d'être fausse manœuvre aussi ?

Je me souviens de Marcel Caster, qui savait aimer la montagne. Il crève les yeux, disait-il, que la vérité est dans une reprise fraternelle avec la nature. Nous ne connaissons d'elle que quelques trop minimes secrets. On dit que Platon a été vendu et est resté un temps esclave. Nous sommes comme l'acheteur de Platon, qui ne l'aurait utilisé qu'à porter des hottes de cailloux. S'il y a un génie du Cosmos, il doit nous prendre en pitié. Le cartésianisme nous a fait un mal terrible, — ou a marqué l'éclosion d'un mal terrible. « De toute façon, ajoutait Caster, cette mode passera. Non certes de notre vivant, mais ce n'aura jamais été qu'un des petits malentendus du début du quaternaire. »

La magie a passé ; — elle n'était qu'un malentendu. Si pourtant, elle n'agissait pas sur l'objet, le gibier à envoûter, — encore sait-on ? — elle agissait sur le sujet, le magicien, le chasseur. En fin de compte, il en reste quelque chose.

D'autre façon, le cartésianisme passera et restera. Et par-delà magie et cartésianisme, il y a sans doute à trouver mieux.

Une après-midi d'octobre où l'on n'entend d'autre bruit que celui d'une pomme qui se détache et choit dans l'herbe, où, sous le vent du Sud, la chaîne est exactement du bleu qu'il faut dire léger, où tout est si tranquille, si aérien, si beau, une telle après-midi fait sentir cela souverainement.

Est-ce qu'il ne faudrait pas penser de plus près à ce que sont les contes : une grande entreprise magique ? Primordiale et universelle. Il y aurait à écrire un livre pour l'établir, mais ne le sait-on pas ? Les contes, surtout les contes merveilleux, sont partout les mêmes : sur les papyrus égyptiens et dans les veillées gasconnes ou champenoises ; dans tel district du Bengale, aux îles Aran, dans la commune de Valcivières, les mêmes. Partout mêmes histoires, de princesse changée en grenouille, quand ce n'est pas en quenouille ou en fuseau qui parle, d'alliances conclues avec la carpe ou avec la fourmi, de plume d'or qui porte malencontre, d'anneau tombé dans le gâteau, ou de tache de sang qui ne s'efface plus. Et ces imaginations déraisonnées de transferts, de langage des bêtes compris, de sorts jetés ou de chances inouïes ne sont pas arabes ou auvergnates, tartares ou incas, mais humaines.

Il y a eu cette universelle tentative d'incantation. C'est la littérature première et le premier essai de main-mise sur le monde. Le poète et l'ingénieur non encore spécialisés, sont cet homme, accroupi devant le feu de branches mortes entre trois pierres : il regarde la flamme danser, la terrible créature rouge qu'il a su se soumettre, mais qui n'est pas tellement soumise : et avec les seules ressources de sa tête, qui s'est saisie du don logique sans en faire encore une méthode, il tâche de charmer le pays de la merveille.

Attention : non pas seulement l'empire de la technique, celui du bateau qui va tant sur mer que sur eau et du sifflet qui met tout en danse, mais le pays de la merveille : celui du bonheur refait malgré la marâtre et sa haine, de la belle conquise malgré les épreuves plus difficiles l'une que l'autre, imposées par le roi. Le pays des noces, où les cochons de lait se promènent tout rôtis, un couteau planté dans l'échine ; mais aussi le château plein d'enfants avec son verger des bonnes pommes, la terrasse sous l'énorme tilleul de la fidélité et de la félicité. Pour tout dire, à la fin des fins, et comme ils pouvaient l'inventer, le paradis.

L'idée du bonheur s'est perdue aujourd'hui sur la terre, sauf en Suisse et dans quelques cantons de montagne. Cependant, depuis qu'il a su regarder devant lui ce monde des herbes et des fleurs, des fontaines, des pins, des roches, des nuées, l'homme a cru que lui était ainsi faite la grande promesse. Cela ne veut pas dire qu'il ait trouvé le mot du bonheur, même aux racines de la fougère. Ce mot devait être révélé. L'affaire de l'homme était de l'attendre et d'y croire. Les contes témoignent qu'il y a terriblement cru.

Mais la poétique était-elle une complète erreur ? Au temps de la technique et de la politique, on se le demande.

Si la femme, la campagne, la maison, le chant, par impossible, pouvaient plus pour notre bonheur que les hommes d'État, les Bourses de la Finance ou du Travail, et le fracas de la Production ou de la Destruction ? Si au lieu de tant nous occuper de politique, nous nous occupions davantage de poétique ?

Au tournant, le vent revient. Il enlève deux, trois feuilles au buisson de sycomores. Cet or moucheté de noir devant le bleu lumineux de la chaîne, cela ou la senteur du serpolet bâtard, dès qu'au talus on arrache une poignée à sa touffe mêlée de grenat et de rose, voilà les magies véritables. Des êtres autre-

17

*fois ont su s'en enchanter assez pour imaginer un
monde qui à la fin répondît à cette senteur, à cette
couleur d'or, un monde qui avait commencé d'exis-
ter, qui existerait peut-être, si l'on était assez chantant, assez hardi.*

*Une feuille encore me touche à l'épaule, toute d'or,
sous trois macules noires. Il y a cet or, il y a le bleu
de la montagne.*

HENRI POURRAT
(1951)

LA BELLE AUX CHEVEUX D'OR

Il y avait une fois une fille qui était reine et qui avait des cheveux d'or. Non pas seulement blonds, blonds comme les orges, blonds comme le miel, mais dorés comme l'or, ayant cet éclat doux qui passe tout éclat. Si bien qu'on nommait cette reine la belle aux cheveux d'or. Et ce nom-là volait de royaume en royaume.

Un roi son voisin s'est donc dit qu'il n'y a pas plus belle couronne que des cheveux d'or pour une reine. Il a pris le parti de demander la belle en mariage. Il était roi puissant, maître de grands trésors. Il a fait préparer ses présents, — et quels présents, de joyaux, de diamants et d'escarboucles ! À un jeune chevalier qu'on nommait Avenant, il a ordonné de les porter aux pieds de la belle et de faire la demande.

Avenant s'est gratté l'oreille. Il se disait que si l'ambassade ne réussissait pas, les choses iraient mal pour lui. Mais il était et hardi et habile. Pas un chevalier qui l'égalât en ces pays, qui fût plus vaillant, mieux appris, de meilleur service et de plus vive gentillesse. Le roi le savait bien, qui l'avait désigné. Avenant au demeurant n'allait pas reculer, lui qui n'avait jamais reculé devant rien.

Il monta donc à cheval, se faisant suivre de son petit chien Cabriole ; il partit pour le royaume de la belle aux cheveux d'or.

Le voilà donc, chevauchant, faisant chemin. Ce chemin s'en allait droit le long de la rivière ; les yeux d'Avenant, eux, allaient de tous les côtés.

Dans la prairie, au milieu de la plaine, il vit une flaque d'eau. La crue l'y avait laissée sous un arbre ramé. Or une carpe, qui allait y périr, s'étant élancée sur le gazon, s'efforçait à sauts et à bonds de regagner le courant. Elle claquait assez ce gazon de sa queue, elle se retournait assez en l'air, mais elle retombait toujours en même place ; et déjà elle s'épuisait.

Un autre, cheminant ainsi, tout à son ambassade d'un puissant roi à la plus belle des reines, se serait bien soucié d'un poisson qui perd l'eau ! Mais Avenant avait sa bonne grâce toujours prête. Puisqu'il pouvait faire quelque chose pour cette carpe, il le ferait.

Il a mis pied à terre, vivement, en trois pas, il a reporté la grosse sauteuse dans la rivière. « Tiens, pauvre carpe, te revoilà chez toi : Autant vaut que tout le monde vive ! »

Le lendemain, alors qu'il continuait sa chevauchée, il s'est trouvé dans le défilé où les sapins barbus s'enracinent aux fentes des roches. Or, levant la tête à des cris, il a vu dans l'air une corneille que poursuivait un aigle. À cet instant, l'aigle fondait sur elle les serres grandes ouvertes.

Un autre aurait passé, seulement désireux de sortir au plus vite de cet endroit sauvage. Avenant, lui, a arrêté son cheval. Il a tendu son arc, décoché une flèche. L'aigle transpercé s'est abattu et la corneille délivrée a pu se laisser tomber sur la pointe d'une roche. « Tiens, ma pauvre corneille, te revoilà chez toi. Autant vaut que tout le monde vive ! »

Le surlendemain, alors qu'il chevauchait à travers la forêt, Avenant a vu une chouette qui se débattait, piaulant et agitant ses ailes. Elle s'était empêtrée au filet des chasseurs. Des brigands pouvaient rôder sous le couvert et guetter les passages. Se mettre en hasard pour une chouette, une si chétive créature... Mais Avenant n'a pas pensé qu'une chouette ne fût rien. Il savait être de bon service à tous. Il a tiré sa dague, a coupé les filets ; la chouette, piaulant encore a repris son vol à travers les ramées. « Tiens, pauvre chouette, te revoilà chez toi : Autant vaut que tout le monde vive ! »

Le jour d'après, Avenant ne pensait plus à cette carpe, à cette corneille, à cette chouette : il était en présence de la belle aux cheveux d'or. Il lui a présenté les présents de son roi : ces coupes, ces aiguières, ces chaînes, ces joyaux qui jetaient mille feux.

À peine si la belle y a posé le regard.

Sans se décourager, Avenant a fait la demande. À cette belle, bien sûr, c'était pour le roi qu'il parlait ; mais il parlait avec son bon courage à lui, avec son feu à lui, avec son cœur à lui.

On ne repousse guère la demande d'un roi. Surtout d'un roi qui peut venir sur vous avec vingt mille guerriers. Cependant, quand ce roi a déjà barbe grise et passe pour entier, soupçonneux et jaloux, sa demande en mariage donne quelque peu à réfléchir. La belle écoutait Avenant, les paupières baissées, enroulant à son doigt le fil d'or d'un de ses cheveux.

« Je ne saurais me marier, a-t-elle dit enfin, que n'ait été retrouvée ma bague à pierre verte. Hier au soir, me promenant en barque, je l'ai laissé tomber dans la rivière. Rapportez-moi ma bague, j'écouterai mieux ce que le roi mon voisin me fait dire par vous. »

Avenant la salue. Avenant se retire.

Et le voilà dans une étrange peine. Il n'y avait pas apparence de retrouver la bague partie qui savait où, en rivière de si loin venue et large, là, comme une mer. Avenant songeait au roi, qui lui ferait sauter la tête à son retour ; il songeait à la bague qui roulait dans le sable, au fond des grandes eaux ; il songeait à la belle aux cheveux d'or qui n'avait eu pour lui que propos hautains, propos contraints, et tout cela ne le baignait pas de soleil.

Mais son petit chien Cabriole s'est agité, lui a fait signe de le suivre, l'a même tiré par le manteau. Et Avenant, au lieu de le chasser du pied, a su encore du milieu de son souci faire attention à Cabriole. Il s'est levé, il l'a suivi.

Cabriole l'a emmené au bord de la rivière. Du milieu du flot qui ondoyait, Avenant a vu venir à lui un poisson, une carpe, et il l'a reconnue : la carpe de la flaque. Elle lui apportait à sa bouche la bague à pierre verte.

Aussitôt Avenant, dans un transport de joie, a couru au château de la belle aux cheveux d'or. Et il a déposé cette bague à ses pieds.

La belle n'en pouvait croire ses yeux.

Elle regardait cette bague, regardait Avenant, puis regardait à terre.

« Je vois que votre roi est roi de grande puissance puisque à ses envoyés rien ne semble impossible. Or, des nouvelles malheureuses viennent de m'arriver. Le géant Goulifon ravage le royaume. J'entendrais mieux ce que l'envoyé du roi croit avoir à me dire, s'il m'apportait d'abord la tête du géant. »

Sur l'heure, Avenant est parti abattre cette tête. Mais il a bien vu d'abordée qu'il ne ferait pas cela comme on partage une pomme. Le géant était plus haut que le donjon du château. De sa massue, un chêne de cent pieds, il balayait les maisons à l'entour dans un fracas affreux et des nuées de poudre. Un vrai tonnerre du temps ! Contre ce Goulifon, que pourraient Avenant, son bon cheval et son glaive ?

Avenant a pourtant engagé le combat.

Le Goulifon s'est mis à rire, devant ce moucheron. Il a fait quatre moulinets. Comme une balle au jeu de paume, il a cru envoyer Avenant dans les décombres semés autour de soi. Avenant a manié son cheval si adroitement qu'il a esquivé le coup. Et puis un autre coup, qui a mis à nu la roche et en a fait sauter des étincelles. Mais à peine si Avenant de son glaive pouvait piquer le jarret du géant, et le combat n'aurait su bien longtemps durer...

Tout à coup de la nue a foncé la corneille. — Avenant l'a bien reconnue, celle qu'il avait sauvée des serres de l'aigle. Bec en avant, elle s'est jetée sur Goulifon. Avant qu'il eût pu la chasser, de ce bec aigu il a eu l'œil crevé. La massive massue a tournoyé en vain en ces mains épaisses comme des meules. Dans le moment, un coup de bec encore a crevé l'autre œil au géant. Goulifon a hurlé et, trébuchant, il est tombé dans la poussière. Avenant de son glaive lui a tranché le col.

Puis il est allé jeter cette tête aux pieds de la belle. De la porter jusqu'au château, le cheval avait eu sa charge.

« Avenant, Avenant, a dit alors la belle, la figure éclairée par sa chevelure d'or plus qu'elle ne l'eût été par l'or d'une couronne, Avenant, c'est donc vrai que vous pouvez tout ce qu'on vous demande ? Je vais mettre à l'épreuve encore votre vaillance : je veux savoir si vous passez tous les chevaliers de la terre. Allez chercher la fiole de cette eau qui rend jeune : si vous me la portez, je vous suis en votre pays. »

Avenant est allé conquérir la fiole merveilleuse. Elle était au fin fond d'une caverne gardée par des dragons vomissant flammes et fumées. Dragons rampants, dragons sautants, sous tant de cal et d'écailles que pointe d'épée ne pouvait rien à leur carapace. Puis, aurait-on tué l'un que l'auraient remplacé trois autres plus effroyables. Tout un peuple en grouillait au noir de cette cave...

Avenant a tenté de se frayer un chemin aussi vaillamment qu'homme peut faire ; mais que peut un humain contre un troupeau de dragons crachant le feu ?

Il allait tomber sous leurs griffes. Tout à coup un oiseau, dont les yeux luisaient comme ceux d'un chat, a traversé le noir. Avenant l'a reconnu : c'était la chouette, celle que dans la forêt il avait délivrée du filet des chasseurs. Elle est allée saisir la fiole au fond de la grotte obscure, et elle seule pouvait le faire ; elle l'a dans sa serre rapportée à Avenant.

Et Avenant n'a plus eu qu'à aller déposer cette fiole aux pieds de la belle, la belle aux cheveux d'or.

La belle a soupiré. Mais elle a tenu sa promesse. Elle a suivi Avenant vers le royaume où l'attendait le roi.

Avenant pour venir avait mis trois journées : pour retourner, il en a bien mis six. Toute une semaine, la belle et lui, ils ont chevauché côte à côte. Elle le faisait parler. Elle voulait qu'il lui contât ses aventures, disant que nul autre chevalier jamais n'avait dû faire pareilles vaillances et pareilles gentillesses.

Le roi, dès l'arrivée, a épousé devant ses chevaliers la belle aux cheveux d'or.

Avenant a eu de son maître trois grands mercis ce jour-là. Mais dès le lendemain, du même maître, il a eu un mauvais regard.

Il s'était trouvé de bons amis pour chauffer les oreilles de ce roi soupçonneux. Coup de langue, comme on dit, fait plus de mal que coup de poing. Ces traîtres ont chuchoté au roi que la reine parlait trop d'Avenant, vantait trop ses prouesses, prenait à lui trop d'intérêt.

Le lundi, le roi a fait dire à Avenant de demeurer en sa chambre haute. Et le mardi, il l'a fait arrêter. Il a fait tenir son chevalier en une tour enfermé, à ne manger que pain noir et ne boire qu'eau croupie.

« Je ne romprai pas longtemps ce pain ni n'avalerai cette eau, songeait le pauvre prisonnier.

> *Mal vu,*
> *Moitié pendu.*

Il ne faut pourtant pas désespérer du sort. »

Il aimait se dire que la reine du moins ne lui voulait point de mal. Mais elle ne pouvait parler pour lui : c'eût été empirer le cas.

Les jours se passaient dans la tour à songer à la belle. Avenant repassait en son esprit ce qu'elle lui avait dit ; il la revoyait en son château, sur les chemins... Autrement, il n'avait devant soi que tourment et tristesse.

Le roi a bien connu que la reine était triste.

« Cet Avenant est de trop en mon royaume. Je sais ce que je ferai : je mettrai moi-même et secrètement un poison dans son boire. »

Pour lui, travaillé de jalousie, il a voulu se rajeunir en buvant de cette eau qui rend jeune, celle qu'avait apportée la belle aux cheveux d'or.

Il s'est trouvé qu'une chambrière, en entendant les pas du roi, trop brusquement a voulu se retirer : elle a fait choir la fiole de cette eau, la fiole de la caverne. En son affolement, au fond de ce cabinet, elle en a pris une autre presque semblable, a mis celle-là au lieu et place de celle qu'elle venait de casser et s'est sauvée, tremblante.

Cette autre, c'était celle du poison que le roi tenait en réserve.

Le roi entre, tout agité. Au creux de sa paume, il verse quelques gouttes ; il les hume de sa bouche : il tombe raide mort...

Ce même jour, la belle aux cheveux d'or a voulu qu'Avenant fût tiré du cachot. Au vrai, elle est allée elle-même le délivrer, suivie du petit chien Cabriole.

Elle n'a rien dit à Avenant qui se jetait à ses pieds. Mais la bague de la pierre verte, elle l'a passée au doigt de son chevalier.

Plus tard, ils se sont épousés.

Les cheveux d'or de la belle passaient en clair soleil toutes les couronnes du monde ; de sorte que la reine et Avenant semblaient baigner dans

leur lueur. Et si bien ils y ont baigné qu'ils ont été
ensoleillés, ravis et fortunés pour des temps et des
temps.

LA COURTE JAMBE

Il y avait une fois certaine grosse hôtesse qui
avait su donner gros renom à son auberge. Mais
elle n'avait pas d'enfants. Elle n'avait qu'une filleule, sa nièce, qu'elle avait fait venir auprès d'elle ;
et cette filleule était vaillante, éveillée comme le
pimparin, ou comme la sinseringale. Plaisante
même de figure, comme il y en a peu qui sont
plaisantes.

Seulement, pour ce qui était d'être grande, cette
petite l'avait manqué. Haute comme trois pommes. Trois pouces de jambes, et tout de suite ce
sur quoi on s'assoit. Une enfant de huit ans la
passait en hauteur.

Un jour qu'une commère était venue aider à la
lessive, elle crut devoir dire un mot de réconfort
à la tante marraine. Qu'il y avait des filles qui se
mettent à grandir à dix-huit, dix-neuf ans, et
même par-delà : la Nanette du Buisson l'avait ouï
dire d'une, la Goton du Bois-Rond l'avait bien vu
d'une autre. En demandant au rebouteur, en allant
voir la rhabilleuse, qui sait, peut-être...

Ou en faisant une neuvaine... On dit qu'il faut
répéter tous les soirs :

28

Sainte Colette,
Tire-moi les jambettes !

L'hôtesse, les mains à la ceinture, la laissait dire, en regardant charger sur le bayart le linge qu'on menait à la rivière. Puis, tout à coup :

« Té, ne te fais pas de mauvais sang pour la filleule ! Quand je lui aurai mis sous les pieds le sac d'écus que je lui garde pour le jour de ses noces, celui qui la prendra la trouvera assez haute ! »

LA BELLE AURORE

Il y avait une fois une comtesse qui avait deux filles.

Elles étaient toutes les deux fort belles. L'aînée qu'on appelait Aurore, avait quelque chose de plus tendre dans l'air de son visage, de plus secret en sa réserve. La cadette, qu'on appelait Vêprée, prenait de toute sa personne un maintien plus fier et plus dur. Sa mère, l'orgueilleuse, la préférait ainsi. Et cette préférence allait jusqu'à ne plus pouvoir sentir la pauvre Aurore.

Cela vint au point qu'un beau soir, pour avoir laissé choir une cuillère ou marché sur la patte du chat, Aurore fut chassée par sa mère : oui, chassée, envoyée à leur maison des champs.

« Quitte ce château ! Quitte-le tout sur l'heure.

Je ne peux plus te souffrir ici. Fais ton paquet, puis prends la porte. Et dépêche, dépêche ! »

Son paquet à peine fait, — trois chemises, deux paires de bas, — la pauvre partit, le cœur gros.

> *Marchons, la la la la,*
> *Marchons sur la jolie herbette !*

Ha, ce n'était pas cela ! Il y avait loin pour aller à la maison des champs, par-delà les forêts, au pays des pommiers. Le chemin prenait bien par l'herbage, d'abord, mais vite il montait sous le couvert dans les pierres roulantes. Et ce soir-là, la brume se faisait si épaisse qu'on ne voyait plus à se conduire.

Le chemin a fourché, n'a plus été qu'un sentier d'un pas de large, puis qu'une voie dans la fougère. Bientôt Aurore s'est vue en plein bois et quasi perdue. La nuit venait. Les branches remuaient de partout. Un grand vent s'éleva : on l'entendait beugler plus haut dans la montagne. De tous côtés c'étaient des bruits, des buissons remués, des départs et des fuites. La pauvre Aurore mourait de peur.

Elle marcha longtemps sans du tout savoir où elle allait, mal éclairée par un quartier de lune, une lune qui descendit en cette brume derrière les têtes d'arbres et qui finit par disparaître.

« Ma mère, ma sœur sont au château, devant le feu de la cuisine. Qu'ils sont heureux ceux qui sont maintenant au fond de leur maison, y ayant l'amitié du feu et d'un bon chien, si ce n'est la compagnie des gens. Moi, je suis là, au fond de la forêt sauvage, plus esseulée qu'une bête. Je vais tomber de fatigue sur la place, et les fourmis me mangeront. »

À cette minute, la pauvre Aurore à travers la presse des arbres a vu quelque petite lumière bien rougeoyante, bien clignotante. Et elle a hésité, pensant à des brigands ; elle est allée pourtant de ce côté, le cœur battant et le pas suspendu.

Devant un grand morceau de brandes qui s'étendait en pente, il y avait une maisonnette à capuchon de chaume.

Elle toqua à la porte. Une vieille vint lui ouvrir. « Que vous faut-il, ma fille ? »

« Vous avez dû vous écarter beaucoup, lui dit ensuite la vieille, quand Aurore eut conté ce qui lui était arrivé. Je ne sais où peuvent percher ce château, cette maison des champs. Vous n'allez pas les chercher dans le noir. Demain, si vous voulez, nous en reparlerons. »

Elle lui donna une écuellée de lait chaud et une place dans son lit. La figure d'Aurore lui revenait tout à fait. « Pauvre petite, songeait-elle, qu'irait-elle faire, là où elle n'est pas la bien voulue ? Si elle veut m'aider, se rendre utile, eh bien, je lui propose de demeurer céans. »

« Attendez que la rosée soit levée, lui dit-elle au matin, quand Aurore parla de repartir. Et si le cœur vous en dit, restez. Vous m'aiderez à gouverner mes ouailles, les traire et cailler les fromages, les pacager et faire la feuille, couper les branches

de frênes qu'on leur donne en morte-saison.
— Vous m'appellerez votre tante. »

Aurore demeura, le cœur tout allégé de ne plus sentir le mauvais vouloir autour d'elle. De fille de château, elle se fit bergère de moutons :

> *Le monde est une échalle :*
> *Tel monte, tel dévale...*

Elle aimait cette vie : sortir dès le matin sur la verte bruyère, emmener ses bêtes de bonne heure à la montagne pour les rentrer avant le chaud du jour, leur trouver de bons pâturages, donner du sel aux brebis qui sont mères, les soigner et veiller à tout. Les tondre à la Saint-Jean d'été, laver, carder, filer la laine...
Elle aimait les brebis, elle aimait cette vie.

Un jour, comme elle paissait le troupeau, à la lisière, elle a vu survenir un jeune cavalier monté sur un cheval blanc. C'était le frère du roi. Il s'était écarté de la chasse, il mourait de soleil et de faim.
Elle a partagé avec lui sa petite provision de pain, de noix, de pommes, et elle n'en a retenu à peu près rien pour elle. Ensuite, elle l'a conduit à une fontaine fraîche.
Elle avait bien vu d'abordée que c'était un seigneur de grande noblesse et droiture. Et lui, il avait senti en son cœur que cette bergère qui était la beauté même faisait clair autour d'elle.
Le sourgeon sortait d'un tertre dans le bois, sous un gros fayard plein de mousse. Ils se sont reposés un moment auprès de la fontaine, laissant tous

deux ensemble le bout de leurs doigts tremper dans l'eau, parce qu'ils n'osaient encore se tenir par la main. Ils ne se parlaient pas beaucoup, leurs yeux s'étaient déjà tout dit.

Le prince lui a donné ses gants, tout autour galonnés d'argent.

« J'aimerais que vous les retailliez et que vous les mettiez au beau jour de vos noces. Je crois, ajouta-t-il, que si vous le voulez, les vôtres et les miennes se feront un même jour. »

À ces mots, la figure de la bergère s'est parée d'un grand doux éclat. Comme si dès ce moment elle devait mettre tout en commun avec lui, elle a reparti — et c'était avec une franchise gracieuse, riante mais totale : « Il faut dire à ma tante... Vous la trouverez au bercail, si vous m'y accompagnez. Moi, si ma tante le veut bien, j'y suis bien consentante. »

Il l'a accompagnée au bercail, ramenant le troupeau, l'a aidée à clore ses brebis. Il est allé saluer la vieille bergère. Et il lui a parlé.

« C'est bien soudain, a-t-elle dit. Mais ceux qui ont des yeux à la tête, est-ce qu'ils ne savent pas voir d'un coup, à son visage, ce qu'est devant eux la personne ? Moi aussi, du premier soir où je l'ai vue, je me suis prise à la figure d'Aurore. Je sais maintenant que mon coup d'œil ne m'a pas trompée. »

Le prince a dit alors qu'un frère avait puissance sur lui, et seul pouvait le marier, mais que bientôt, — lundi, sans plus tarder, dimanche sans même attendre, — il reviendrait avec ce frère.

Et il repartit sur sa blanche monture, tout transporté de joie.

Arriva ce dimanche, par beau soleil luisant.

De grand matin, Aurore s'est mise en peine ; elle voulait que tout fût net en leur chaumière, comme l'argent et comme l'or. Au retour de la messe au village, elle est allée récurer au ruisseau les seilles et la baratte.

Elle revenait en courant, pensant tout à la fois à ce qu'elle voulait faire et à son ami doux, quand son sabot buta contre une pierre. Embarrassée de ses seilles, elle tournoya, voulut se rattraper, fut choir dans un buisson...

Elle se releva la figure tout en sang.

La voilà bien égratignée ; et de mauvaises épines, car la peau se mit à lui enfler, comme rougie d'engelures. Il n'y avait pas de miroir en leur petit logis : elle se regarda au ruisseau. La pauvre se vit si laide qu'elle se désola. Le mouchoir au visage, elle s'efforçait pourtant de contenir ses pleurs, de peur de s'enlaidir encore.

Il arrive que le coup nous sauve, que nous croyions devoir nous enfoncer. La gaule qui semble t'assommer sera la perche du salut.

Mais Aurore était à cent lieues d'imaginer ce que le roi avait en tête en venant à la bergerie. Elle ne savait pas que l'idée de se marier et avec elle, le travaillait. Car il avait été tout saisi des accents de son frère. Retournant de la chasse, ce frère parlait avec un tel transport de la bergère rencontrée par là-haut...

« Il faut que cette fille soit un soleil, la merveille

des belles. À ce compte, il ne l'aura pas, la beauté qui l'enchante. C'est moi, le roi, qui la prends pour ma femme. »

Mais quand le roi a vu Aurore...

Il arrive sur un cheval noir, et son frère sur le cheval blanc. Les bergères, la vieille, la jeune, leur font trois révérences.

Le roi, ouvrant des yeux comme des lunes, considère cette figure toute de rougeurs et d'enflures.

« Il faut que mon frère ait vu ce museau à la chandelle, fait-il entre ses dents, sans beaucoup se soucier de n'être pas entendu.

À la chandelle,
Une chèvre semble demoiselle.

Cette merveille des belles, on la prendrait pour une face de chatte écorchée. Eh bien, puisque le frère sait en être charmé, donnons-lui pour toujours un objet si charmant ! »

Le roi appelle son chapelain, lui remet les anneaux, fait sur-le-champ procéder au mariage.

Et à l'idée du tour qu'il jouait à son cadet, il ne pouvait se tenir de rire.

Le frère du roi avait, lui, mieux à faire qu'à rire ; il se sentait au milieu des étoiles. Il savait à n'en pas douter que son Aurore était le soleil des belles filles, que des piqûres d'épine ne changeraient pas cela. L'eussent-elles changé, qu'est-ce bien qu'un teint de lys, qu'un beau tour de visage ? Il savait ce qu'était la personne, la lumière de ses yeux et son beau cœur aimant.

Le roi les regardait, pourtant, et s'agaçait. Il restait dépité, peut-être. Il a bien démêlé qu'Aurore n'était pas la fille de la vieille et qu'elle devait avoir une histoire secrète.

Il lui a posé des questions. Aurore, la toute simple, la toute droite, y a répondu. Elle a parlé de sa sœur Vêprée, plus belle qu'elle...

Et le roi l'a voulue : il les a fait monter à cheval, tous, même la vieille bergère qu'Aurore a prise en croupe. Par le chemin serpentant, ils ont gagné le château de la comtesse.

Lorsque le roi a vu Vêprée, il a été tout ébloui.

Il n'avait pas les mêmes yeux que son frère, pas le même songe, pas le même cœur. Et il n'a pas senti ce que serait la personne.

Il a voulu être marié dans le moment.

Vêprée avait cru mourir de dépit en retrouvant sa sœur mariée au frère du roi. Mais elle en a bien rappelé, se voyant mariée au roi même !

Le monde est une échalle :
Qui monte, qui dévale...

Mais Vêprée ne s'est même pas dit qu'elle devait ce mariage à Aurore. La première chose qu'elle n'a pas voulu, ç'a été de savoir sa sœur proche du roi. Le roi, la cour et tout cela pour elle seule !

Elle est montée à la plus haute tour, aux côtés du roi son mari, pour voir la mer couler. Et là, elle lui a déclaré que tant qu'Aurore respirerait le même air qu'elle, elle ne se sentirait pas reine. Elle voulait qu'Aurore et le frère du roi disparussent.

Le roi effarouché ne voulait pas les faire tuer.

« Bon ! Vous voyez, ils aiment l'aventure. Eh bien, donnons-leur-en ! Avec cette vieille bergère qui sent le suint de mouton, faites-les mettre en une barque sur la mer, et que le flot les porte où il voudra ! »

Comment rejeter ce que sa femme demandait au jour même de leurs noces ? Le roi n'a cru pouvoir le faire. Il a ordonné de jeter Aurore, le prince et la bonne femme dans une barque que la mer a emportée. Vêprée et lui du haut de la tour ont regardé cette barque se perdre sur les eaux du côté où choit le soleil.

« Les ondes les engloutiront et les poissons les mangeront, s'est dit Vêprée, il n'en sera plus parlé sur terre. »

Trois jours, trois nuits, sans pain, sans eau, ils ont vogué, n'attendant que la mort.

Le quatrième jour au matin, ils se sont vus devant une ville, brillante comme une porcelaine. Mais des fumées s'élevaient de partout. Les Maures l'assiégeaient, montant par grappes à la muraille. Les gens de la ville croyaient leur sort désespéré et perdaient cœur.

Cette arrivée leur a semblé tenir du prodige.

Le prince s'est fait donner un cheval blanc, une épée. Il est sorti par une des portes, à la tête d'hommes résolus. Il a renversé l'assaillant, ses échelles et leur essaim d'hommes comme on renverse un cuvier d'eau. Une peur a saisi ceux qui grimpaient à la muraille. Ils ont jeté les haches et les lances, se sont enfuis, pliant le cou dans un nuage de poussière...

La ville a acclamé le prince, a fait de lui son roi.

Il a régné sur le pays avec la belle Aurore. On les servait tous deux à pieds baisés. Mais eux, ils restaient aussi simples que s'ils vivaient tous trois dans le petit bercail, au bord de la forêt.

À l'occasion, Aurore et son mari servaient même la vieille bergère. Aurore faisait les fromages comme la bonne femme les aimait, le prince lui pelait les châtaignes...

Mais un soir, ils ont vu arriver un navire fendant la mer jolie.

On venait quérir le prince. Le roi son frère était mort de chagrin pour avoir épousé cette Vêprée si fière. Les Maures par là-dessus avaient envahi le royaume, tuant, faisant carnage, n'ayant crainte de rien. Ils avaient massacré Vêprée et la comtesse.

Ce même soir, le prince, Aurore et la bergère sont repartis sur le navire.

Mais dans la nuit s'est élevé un orage de mer. Les foudres de cogner, la trombe de s'abattre. Ils ont été jetés dans une île déserte. À peine s'ils s'en sont sauvés tous trois, à demi nus.

La vieille alors leur a montré de quelles herbes se nourrir et à apprivoiser quelques chèvres sauvages. Grâce à elle, ils ne sont pas morts. Et bien leur en a pris de savoir de leurs mains se procurer le vivre et le couvert. Car ils ont vécu, là, trois grands mois de chétive façon. Ah oui, c'est vrai :

> *Le monde est une échalle :*
> *Qui monte, qui dévale...*

Puis un matin a paru un navire. Et il les a pris à son bord. Ils sont rentrés en leur royaume. Le nouveau roi en a chassé les Maures et s'est fait reconnaître. Il a régné avec la belle Aurore.

La vieille bergère est morte lorsqu'ils avaient à peine un premier cheveu blanc ; mais le goût de la bergerie, de l'eau de roche et des beaux regards, des châtaignes et de la paix du cœur n'est jamais mort en eux.

LA LANTERNE

Il y avait une fois un valet, dans une de ces grosses fermes du Cantal où les vaches vont par dizaines, il y avait une fois un valet qui était à peu près fiancé. Il allait voir sa belle à la veillée, et pour y aller il prenait la lanterne. Donc, il usait de la chandelle. En une heure, il s'en use haut comme un gros sou sur sa tranche. Le fermier y trouvait à redire.

« De mon temps, milladious ! nous n'avions pas besoin de lumière pour aller voir les filles. S'il n'y faisait pas clair, tant pis ! Nous trouvions le chemin quand même, le chemin et la fille au bout !... Hein, valet ? Est-ce que moi, je n'ai pas déniché la maîtresse, et sans décrocher une lanterne ?

— Oui, oui, maître, dit le valet, mais justement, vous l'avez décrochée sans lanterne, la maîtresse ; et maintenant, ça se voit en plein jour. »

LA FILLE À MARIER

Il y avait une fois un paysan qui songeait à marier son garçon.

Un dimanche, après la grand-messe, en buvant chopine à l'auberge, il entre en propos avec un autre de par là, qui se trouvait avoir une fille à marier.

On parla d'abord, comme il se doit, du temps, des récoltes. Puis, poussant le verre pour trinquer :

« Et autrement, combien ferais-tu à ta fille ?

— C'est vite compté : quand elle se marie, je lui donne cinquante pistoles par année d'âge.

— Ah, oui... Et quel âge a-t-elle, ta fille ? Ma foi, je crois que nous pourrions faire affaire. Je la vois bien en ménage avec notre garçon.

— Ma fille ? Quel âge ? Hé, dix-sept ans, tout juste.

— Dix-sept ans ? Attends que je compte... Alors, pour le garçon, elle est un peu jeunette. »

LE MARI À BON MARCHÉ

Il y avait une fois une dame de château, bonne dame, mais qui y allait retenu sur le chapitre de l'argent. Voyant que sa chambrière montait en graine, elle lui remontra que ce n'était pas un sort de rester vieille fille.

« Madame, j'aurais bien trouvé parfois un prétendant, mais lui toujours il m'a trouvée trop pauvre.

— Eh bien, cherche à nouveau. Si tu en déniches un, cette fois, je te fais dix pistoles. »

Comme on dit : *Il faut qu'il y en ait, pour qu'un soulier ne trouve pas celui qui l'appareille.*

La servante en fit tant, tracassa tant, qu'un beau dimanche elle eut un prétendu à amener à la dame.

« Voilà, madame.

— Voilà quoi ?

— Hé, c'est mon prétendu, je me marie avec lui, nous nous marions tous deux ! »

La dame regarda ce garçon : camard, lippu, des cheveux bruts, un teint tirant sur le cochon brûlé, enfin semblant moins un chrétien qu'un roi de cannibales. Elle ne put se tenir de faire la lippe.

« Qu'est-ce que vous voulez, madame, repartit la chambrière, aujourd'hui, c'est tout ce qu'on peut avoir pour dix pistoles ! »

LE COQ BLEU

Il y avait une fois une pauvre veuve à Saint-Jean-des-Ollières, et elle avait une fille jolie comme un petit jour, gaie comme trois pinsons. Cette belle aimait les bouquets, l'œillet de poète et le gant de Notre-Dame, le passe-velours et le cœur de Marie. Aimait aussi le rire et les chansons. Dès le matin, la fraîche matinée, tout en semant ou repiquant,

41

elle partait à chanter *Le premier jour de mai* ou *Les quatre premiers jours d'avril*.

Un matin donc qu'elle travaillait ainsi au jardin de sa mère, désherbant, ramageant, à un petit bruit qui se fit sur le prunier, elle leva gaiement le nez. Et que vit-elle, branché au haut de l'arbre ? Un coq, un jau, un jau tout bleu ! Non pas un de ces geais de bois qui ont l'aile rayée d'azur, mais un vrai coq tout bleu, couleur de bluet et d'aimez-moi. Vêtu, ailé, empanaché de bleu.

La belle lui a chanté une chanson. Puis, voyant qu'il semblait y prendre plaisir, dans l'instant elle lui en a fait une :

> *Ha, de mon jau,*
> *De ma jolie bête,*
> *Ha, de mon jau,*
> *Comme il est beau !*

Il est venu tourner à l'entour de sa tête. Par trois fois a tourné, ensuite s'est envolé.

Mais le lendemain, lorsque la belle a chanté la chanson de son jau, de la nue il est revenu.

Et il s'est perché sur le poing que levait vers lui la belle toute riante, il s'est laissé caresser et saisir.

Ainsi ont commencé de grandes amitiés. À son jau, cette belle a fait une cage d'osier, d'osier doré comme l'or, et aussi fin que l'ambre.

Et il a vécu là, près de la belle et de ses rires, tout en sa compagnie.

Or, dès le premier jour, chaque matin, au soleil levé, la belle ou bien sa mère ont trouvé dans la cage un petit écu d'or.

Pour dimanche ou fête que ce fût, le coq ne passait jour sans donner son écu. Et la mère en faisait une petite bourse.

C'est quelque chose de voir ainsi arriver l'argent par faveur et merveille. Mais la merveille est-elle encore merveille si l'on ne peut pas en parler aux commères ? La mère ne s'est pas tenue de leur en dire quelque chose.

Il lui a fallu se faire valoir avec ce coq, le coq bleu !

> *Ha, de mon jau,*
> *De ma jolie bête,*
> *Ha, de mon jau,*
> *Comme il est beau !*

Et sa fille trop rieuse ne savait se fâcher et la faire taire.

Il en est revenu quelque bruit aux oreilles du seigneur. C'était un homme rougeaud, ragot, plein de hargne et de sang, et qui aimait par-dessus tout les écus d'or. Il est allé trouver une dame du voisinage, quelque peu décriée comme sorcière, qui se mêlait de divination. En lui apportant une plume de ce coq bleu, qu'il s'était procurée.

Elle fait des conjurations sur cette plume : la voilà tout de suite en transe.

« C'est que c'est un prince ! Ha, mais, c'est que !... Il a été changé en jau par enchantement, mais porte toujours en lui certaine vertu de richesse. Qui mangerait son foie et son gésier tous les matins aurait un écu d'or. »

Voilà le seigneur aussi en transe, agitant avec la sorcière ce qu'il convenait de faire.

« Je vais proposer à cette veuve de faire épouser sa fille par mon fils. Il me ressemble, elle n'y perdra point. Et, tout bien vu, je n'y perdrai point non plus. »

Ce qu'il ne disait pas, c'était que dès qu'il aurait le coq bleu, pour plus de sûreté, il lui tordrait le cou, lui mangerait foie et gésier.

Ainsi dit, ainsi fait.

Il est allé trouver la veuve. Il a parlé, il a promis. Il a su parler et promettre. Pousser la pauvre veuve, l'étourdir, la convaincre. Elle, mon Dieu, Seigneur, éblouie, cette femme. Une rente pour elle... Et sa fille trouvant en mariage le fils même du seigneur, le plus gros parti du pays !...

Tout cela pour un coq, que le bleu de son plumage n'empêcherait pas de perdre la vie, un jour ou l'autre.

Elle a dit oui, bien sûr. Les larmes de la belle ne l'ont pas retenue. Dieu sait pourtant si elle a pleuré, la belle qui aimait tant la gaieté, pleuré toutes les larmes de son corps.

Prendre pour mari ce lourdaud qui était le fils du seigneur, et se séparer de son jau, de sa jolie bête, de son jau, comme il est beau !

« Au moins, seigneur, je vous en prie en grâce, vous, ayez-en bien soin ! Veillez sur lui de tout votre sens, comme je veillais moi-même... »

Un mardi devait se faire le contrat, un mercredi se faire les noces. Le dimanche, le seigneur a emporté le jau à son poing. Et il n'était pas hors du bourg qu'il lui avait tordu le col.

Rentré en son château, il a jeté le coq bleu sur la table de la cuisine.

« Servante, mets-moi ce volatile à la broche ! Je le mangerai à midi. Et surtout, aie bien soin de me réserver le foie et le gésier.

— Seigneur, que ferai-je des plumes ? Ne voulez-vous pas les garder par rareté, les mettre en un bouquet dans votre salon de compagnie ?

— Tiens-t'en à ce que j'ai dit, la fille. À midi, sans manquer, le gésier et le foie ! »

Là-dessus, tout content de soi, il est allé à la grand-messe.

Elle, elle a mis le coq à la broche, a attaché d'un fil foie et gésier au col de ce coq bleu, et elle est allée faire les chambres. Par hasard a passé un vieil homme qui demandait son pain.

Il est entré, a quelque peu toqué aux portes, n'a vu personne.

« Elles seront toutes à la messe. D'ordinaire, elles me donnent toujours quelque croûton. Il ne faut pas que je leur fasse faire un péché d'oubli aujourd'hui. »

Il approche de la broche, voit ce foie et ce gésier qui tournoyaient là, cuits à point. Ma foi, il détache le rogaton, n'en fait que trois bouchées, et reprend sa tournée sans trop traîner aux entours du château.

Le seigneur revient de la grand-messe, s'assoit le dos au feu, le ventre à table, boit une ou deux rasades pour s'ouvrir l'appétit. Puis il demande le foie et le gésier.

Point de gésier, point de foie...

On cherche, on quête et on tracasse. Le seigneur tempête, et la servante est aux cent coups. Il la menace de la faire pendre. Ce ne peut être le fait d'un chat ou d'un chien survenu, on ramasse là, dénoué sur la dalle, le fil qui attachait ce foie et ce gésier. Colère, cris et démènements. Démène que démèneras-tu ! On ne retrouve ni gésier ni foie.

Sur le soir, encore grondante de s'être vue ainsi malmenée, la servante fait un bouquet de ce bleu plumage et par dépit contre son maître court en secret le porter à la belle.

Le seigneur, cependant, ne veut plus entendre parler de contrat ni de noces. Au diable la belle et sa mère ! Il ne songe qu'à ce foie, ce gésier...

À grands coups de botte dans le fondement, il renvoie son fils au logis et, sans attendre, va trouver son amie la dame devineresse.

Elle fait couler tout un blanc d'œuf dans un verre d'eau.

Elle regarde, et regarde, et regarde.

« Je vois... je vois un vieux mendiant... Il a une barbe en queue de carpe, et il y a du jaune à son habit... Il a croqué le foie et le gésier... Désormais, chaque matin, il trouvera sous son chevet une pièce d'or... Je le vois parti à travers la campagne, côté de nuit, côté de soir... »

Pour en dire davantage, elle demande les plumes du plumage, le panache du coq bleu.

Le seigneur remonte sur son cheval, galope ventre à terre.

« Hé mais, seigneur, dit la servante, ce bouquet de plumes ? Rappelez-vous, moi, je vous avais offert de le mettre de côté dans le salon de compagnie. Vous, vous m'avez tancée, vous avez même crié que vous n'aviez que faire de ce plumeau, vous m'avez renvoyée bien loin, moi et mes plumes ! Cherchez-les maintenant, aux quatre vents du ciel ! »

Éclate là-dessus une nouvelle tempête. Mais la servante était bien trop contente de faire pièce à son maître, bien trop contente de le voir là dans son tort.

La nuit close, en se cachant, elle est allée dire à la belle où en étaient les choses.

Il faut en venir maintenant à ce qui fait le secret du conte, que si la belle était si belle, si gaie, c'était qu'elle avait pour marraine une femme quelque peu sorcière, mais sorcière toute bonne et de blanche magie.

Cette même nuit, sous le couvert, à travers la fougère, la belle a cru que le plus sûr pour elle était de porter à sa marraine le plumage du jau bleu. Moitié pleurant, moitié riant d'espoir.

> *Ha, de mon jau,*
> *De ma jolie bête,*
> *Ha, de mon jau,*
> *Comme il est beau !*

« Prends patience, filleule. La patience paie en une heure ce que cent jours ont attendu. Je vois

47

venir le jour qui sera ton jour. Prends patience et prends soin de ce prunier qui pousse au jardin de ta mère. Le temps venu, tu donneras de ses prunes à qui t'en demandera. »

Cependant, le vieux mendiant continuait sa tournée ; et comme le portait le sort posé, chaque matin que Dieu fait, sous son chevet, il trouvait une pièce d'or. Cela l'aidait à mener bonne vie.

La première fois il avait été bien surpris quand la servante de l'auberge avait couru après lui pour lui remettre l'écu d'or qu'elle venait de trouver dans la paille. La deuxième fois de même, la troisième de même. En ce vieux temps, dans nos petits pays, tout le monde était honnête. Ceux qui ne l'étaient pas étaient de si rare espèce qu'on les a mis tout à part dans les contes.

Puis, ce vieil homme s'est fait à la chose. Il ne lui a pas été désagréable d'avoir chaque jour l'écu du jour, de manger de temps en temps quelque poulet rôti ou la côte de porc grillée aux cornichons en vidant sa chopine.

Un jour, sa tournée l'a amené au château de la devineresse.

Et elle, sans le connaître, elle l'a bien reconnu.

« Homme, pauvre homme, je vois quelque bénédiction sur vous. Soyez le bienvenu céans. Vous aurez place de choix au feu et à la table. »

Après la soupe, elle lui a dit encore :

« L'âge vous pèse, pauvre homme. Mais je connais quelques secrets de nature. Quand vous repartirez, vous boirez un breuvage que je vais composer de ma main et qui vous renouvellera. »

À l'heure de la départie, elle lui a apporté ce breuvage en un beau verre taillé. En ce ratafia, elle n'avait plaint ni la girofle, ni la coriandre, ni le cassis. Il y a mis le nez et, ma foi, l'a trouvé si bon qu'il est vite allé voir ce qu'il y avait au fond.

Cinq cents merci, madame ! Et il a pris congé.

Mais la nuit qui a suivi, ha, il a fait corps neuf. Il a rendu tripes et boyaux.

Sans doute, il le fallait, et que foie et gésier ne fussent plus dans l'estomac du vieil homme.

Seulement, pour lui, fini de l'écu d'or ! Le matin, plus rien sous son chevet. Plus de belle pièce dans la paille.

Le mendiant tournait et retournait en sa tête tout ce qui lui était arrivé, mais que pouvait-il y comprendre ? Il ne savait même pas qu'il aurait dû être sur ses gardes ; que la devineresse avait dit : « Il y a du jaune à son habit... il a une barbe en queue de carpe... » Et que le seigneur lui voulait mal de mort...

Sa tournée, un beau soir, l'a amené au pays de la belle.

Chance pour lui, il a passé d'abord chez la marraine bonne sorcière.

« Salut, bonjour, brave homme. Il y a plaisir à vous donner le bonjour à vous qu'on voit toujours content comme le merle !

— Content comme le merle ! Ha, pauvre dame, si vous pouviez savoir... Pourquoi ne pas raconter, maintenant que c'est passé ? Oui, tout un temps sous mon chevet, à mon réveil — ho, la bénédiction ! —, dimanche ou semaine, je trouvais un écu d'or... J'étais bien étrenné pour faire ma journée.

Mais depuis une quinzaine, depuis le jour, je crois, où j'ai été malade comme un cheval.. »

Il a conté son aventure.

« Vous dites, pauvre homme, au château de la devineresse ? Et elle vous aurait fait boire quelque breuvage ?

— Si je pouvais penser... Si c'était ce breuvage de soufre et de serpents...

— Savez-vous bien, pauvre homme ? Au premier bourg où vous irez, dans le jardin de ma filleule, est un prunier qui porte des prunes d'or. D'une eau, d'un goût, d'un sucre... Mais cela n'est encore rien. Le beau, c'est la secrète vertu qu'elles ont sur les sorcières. Cueillez-en trois, demandez-en six, arrangez-les sur des feuilles de vigne, portez-les en présent à la devineresse. Et on verra ce qu'on verra. »

Ainsi dit, ainsi fait. Ce même soir, le mendiant est allé porter les prunes à la personne.

« Honorée dame, je viens vous rendre grâce. Votre breuvage m'a renouvelé le corps. Depuis, je suis tout allégé... Vous savez ce qu'on dit en proverbe : "Sain comme prunes de prunier." Vous plairait-il en votre grâce de manger celles-ci qui sont plus saines encore que les autres ? »

La dame y met la main assez joyeusement.

« Toi, songeait-elle, quand je dirai au seigneur mon ami que te voilà reparu au pays et que tu avais mangé foie et gésier, bien que tu ne les aies plus au corps, tu ne traîneras pas longtemps de porte en porte. »

À la première prune, elle part d'une sorte de rire.

50

À la deuxième, elle pousse une sorte de braiment.

À la troisième, elle est changée en une sorte d'ânesse.

« Si le bon Dieu ne veut pas de toi, eh bien que le diable t'enharnache ! »

D'un vieux licou le mendiant l'attache, l'emmène.

Au premier moulin sur sa route, la présente au meunier.

« Meunier, meunier, je te la vends ! Contre trois croûtons dans mon sac, je te la donne. Charge-la de coups plus que de foin, et de besogne plus que d'avoine. Plus roide tu la mèneras, plus de service tu en tireras ! »

Voilà son sort réglé, à celle-là. Si tu as fait la faute, tu en boiras la sauce. Et le reste de la chanson...

Le seigneur et son fils ont-ils appris ou deviné comme il en est allé ?

De la marraine et du mendiant, de la belle et de sa mère, ils ont voulu se débarrasser par quelque tour de main, puisqu'ils l'avaient fait du coq bleu.

Ou du moins, ils l'avaient cru faire.

Mais le jour était venu, — ha, de mon jau, de ma jolie bête ! — le jour de la marraine.

Elle avait là le plumage bleu, derrière la feuille et la fougère, au fond du bois.

Dessus la plume l'y a-t-un diamant, le plus diamant des diamants ! Le diamant sur la plume, la plume sur le jau, le jau sur le prunier, le prunier sur le pays, qui fleurit au printemps, tout d'or et tout d'argent.

Il a suffi d'un coup de baguette. Le prince a paru. Le prince qui attendait la belle.

Tout a volé comme le vent. Il a fait blanc de son épée, a fait justice et netteté. Du seigneur et de son fils n'a plus été parlé en ces cantons. Mais grandes noces et grandes amours. Les noces trois jours ont duré, et les amours durent peut-être toujours !

LE BOUC-BLANC

Il y avait une fois la femme d'un seigneur qui attendait un bel enfant à naître.

Un jour qu'elle se promenait de vert pré en vert pré, tout soudain, à la coupure des haies, elle a vu se lever elle n'a su quoi de blanc : là devant elle une créature blanche, encornée et barbue, qui attachait sur elle des yeux sauvages, des yeux d'or.

Elle en a eu un tel saisissement qu'elle est tombée pâmée sur l'herbe.

Le seigneur, son mari, a eu bien de la peine à la faire revenir.

C'était un bouc qui lui avait donné cet effroi : un bouc de poil plus blanc que l'est la fleur d'épine, d'œil plus sauvage que les bois de la montagne. Avant, aucun berger ne l'avait vu en ces prés ; depuis, aucun ne l'y a revu...

La dame, comme une femme obsédée, n'a plus cessé d'avoir cette vision. Oui, toujours là, devant elle, la bête qui se dresse, plus grande qu'un humain, si blanche, si sauvage...

Et son moment venu, la malheureuse a mis au monde non pas un bel enfant, comme ceux des chrétiens, mais une créature qui semblait un bouc blanc.

Le seigneur et la dame, éperdus, tout tremblants, ont dit qu'on l'ôtât de leurs yeux. Ils l'ont fait emporter dans un château antique qu'ils avaient au cœur des grands bois.

Des gens à eux l'y ont nourri. Il y avait tout, à se servir, dans ce château. Si l'on n'avait peur d'y entrer, on y était servi de tout. Ceux qui passaient de jour y voyaient ce bouc blanc. Ceux qui passaient de nuit ne voyaient rien qu'une ombre.

Quand il a eu sept ans, le Bouc-blanc n'a plus seulement bégueté comme un chevreau : il a parlé.

Quand il a eu vingt ans, il a fait demander son père :

« Mon père, je veux me marier ; c'est avec la fille du roi.

— Mon fils, mon fils, que me dis-tu ?

— Mon père, je l'ai vue passer sur le chemin. Il faut aller trouver le roi. Il faut lui demander sa fille ; elle sera ma femme, quelque prix qu'il y mette. »

Le seigneur a baissé la tête ; il a trois fois hoché le front ; il est parti pour le château du roi.

« Sire, mon fils, le Bouc-blanc, a parlé. Il fait demander votre fille en mariage. Que dois-je lui répondre ?

— Réponds-lui qu'il aura ma fille : ce sera quand, en une nuit, il aura fait bâtir chaussée partant de ce château pour aller à celui où il est, là-bas, au fond des bois. »

Le seigneur est revenu à son fils portant cette réponse.

Le Bouc-blanc aussitôt est sorti sur sa porte. Il a huché, comme pour appeler tout un peuple caché. C'était juste à soleil rentrant : le dernier rais se relevait et s'éteignait à travers la ramée en poudroiement vermeil. De toute part, dans l'ombre qui venait, ont accouru des milliers d'ombres fourmillantes ; comme un camp de bestioles, elles ont travaillé : de bout en bout sur le tracé, abattant, déblayant, faisant place nette des arbres ; puis roulant des roches, jetant le cailloutis à pleines pelletées, remblayant et damant, bâtissant, enfin, la chaussée ; et avant le soleil levant, de château à château, elle a été bâtie.

« Mon père, a dit le Bouc-blanc, voilà fait ce qu'a demandé le roi. Allez lui dire que je demande sa fille. »

Le seigneur a vu que la chose était faite. Sans un mot, il a pris cette route, il est allé appeler le roi en son château.

Le roi est donc monté sur sa plus haute tour. Il a vu cette chaussée qui filait comme un trait, là-bas, parmi les bois, vers le château du Bouc-blanc.

« Avant d'avoir ma fille, il y a bien des choses à faire ! Dis à ton fils qu'à la place de son vieux château, en une seule nuit, il en lève un pareil au mien, si pareil qu'il n'y ait à aucune de ses portes pas un clou de moins, pas un de plus ! »

Le seigneur a apporté le message. Et à la même heure de soleil rentrant, le Bouc-blanc de son per-

54

ron a huché, comme pour appeler le peuple qui ne se voit pas au fond des bois. Dans les biais d'ombre et les derniers rais rouges, ce peuple s'est levé, a drillé, fourmillé, a fait là son chantier, taillant les pierres, ou tournant le mortier, équarrissant les poutres ou sciant les chevrons, levant les murs et posant les charpentes, couvrant les toits, dressant les girouettes.

Et à soleil levant le château est terminé, tous ses vitraux flambloient sous le premier rayon.

Le seigneur retourne vers le roi, lui dire que tout est selon son commandement.

Le roi l'a regardé.

« Je le croirai quand je l'aurai vu ! »

Il a demandé son grand cheval. Il a chevauché, et il a vu. A vu ce château pareil au sien, depuis la clef sur la serrure jusqu'à l'épi de plomb à la pointe de la tour.

« Oui, a dit le roi, en tirant sur sa barbe, mais devant mon château, il y a un grand jardin compartimenté de buis avec cent romarins bleus, roses, violets. Ma fille s'y promène, elle a cette belle humeur d'aimer le jardinage. Réponds donc à ton fils, a-t-il dit au seigneur, qu'il ait en une nuit à dresser un jardin de point en point pareil au mien ; mais si pareil qu'on n'y voie à un seul rosier feuille de moins, feuille de plus. »

Et ce peuple sans nombre de la nuit et des bois a travaillé toute la nuitée dans la campagne : mêlé aux airs, mêlé aux herbes, mêlé aux arbres, plantant, faisant prendre racine, émondant et parant, menant les eaux, menant la sève, mettant à fleur, mettant à fruit.

Le lendemain, sous le soleil levant, le jardin se trouvait dressé et si pareil à celui du roi, en chaque prune de myrobolan, en chaque fleur d'amarante, que même une mouche à miel les eût pris l'un pour l'autre.

Quand le roi est venu, ramené par le seigneur, d'abord, il n'a su que dire.

« Oui, a-t-il dit enfin, arrachant des mèches à sa barbe, mais dans notre jardin, viennent faire leur nid tous les oiseaux du monde, la caille, la tourterelle et la jolie perdrix... Ma fille ne saurait se passer de leurs chants. Que ton fils donc pareillement les ait tous, qu'en une nuit il en peuple le jardin. Qu'il fasse cela et je lui donne ma fille. »

« Je lui demande, se disait le roi, tous les oiseaux du ciel, il n'aura pas de serviteurs pour aller les prendre en la nue... »

Le Bouc-blanc, quand son père lui a rapporté cette réponse, n'a même pas attendu la nuit. Il s'est campé au milieu du jardin. Il a huché dans ses mains en cornet. Des quatre coins de la nue est arrivée une nuée d'oiseaux. Les voilà à nicher, voleter et chanter, dans la feuille des arbres.

Et le roi a su ce prodige.

« Sire, a dit le seigneur, tout ce que vous avez commandé, mon fils l'a fait. Il vous demande maintenant votre fille. Que dois-je lui répondre ?

— Réponds-lui que demain je viendrai chasser dans le bois. Je l'invite à ma chasse. »

« Donner ma fille, ma belle enfant, à ce Bouc-blanc, cette bête sorcière, se disait le roi, en éperonnant son cheval, non, cela ne se peut. Je sais ce que je ferai demain... Et tant pis si je mets mon âme en mauvais pas ! »

Le lendemain, le roi est venu pour chasser, chasser la grande bête. Il a emmené le Bouc-blanc au plus épais de la forêt. Il avait choisi dans sa trousse trois flèches bien aiguës.

Il a pris son moment, il les a décochées coup sur coup au Bouc-blanc.

La première est allée se perdre dans la feuille.

La deuxième a touché le Bouc ; elle a chu à ses pieds sans lui faire de mal.

La troisième est revenue sur le roi, l'a blessé à la face.

Alors le roi a saisi son épieu, il s'est jeté sur la bête sorcière. Et l'épieu s'est rompu comme une paille d'orge.

Le roi a tourné bride, il s'est enfui vers son château, couché sur les arçons, brochant des éperons.

« Ma fille ! Qu'ai-je fait ? Mon enfant, mon enfant ! J'ai cru me jouer de ce Bouc-blanc ! Lui ai demandé des choses impossibles : par sortilège, il les a faites ! Maintenant, je suis pris par ma parole même. J'ai voulu le tuer tantôt et je ne l'ai pas pu. Il est plus fort que moi, ma fille ! Et il le veut, il va être ton mari !

— Mon père, mon père, épouser le Bouc-blanc !

— Ma fille, il faut passer par le pont ou par l'eau.

— J'aimerais mieux mourir... Puisqu'il le faut, je l'épouserai donc. Pour que je sois consentante, pourtant, je veux qu'il me donne une chose. Moi aussi, j'ai mon mot à dire. »

Elle est allée au château dans les bois. Là, sur la porte, elle a parlé à ce seigneur, père du Bouc-blanc.

« Pour que j'épouse votre fils, je veux qu'en une cage d'or il m'apporte l'Oiseau-qui-dit-tout. »

Le Bouc-blanc aussitôt s'est enfoncé au cœur de la forêt.

Sous la plus vieille futaie, dans le coin le plus sombre, s'ouvrait un lac, noir comme la poix. Le Bouc-blanc a sifflé un air. Et si prenant, cet air, si dansant, si magique, que du fond de la bourbe s'est levé le serpent vert. Un serpent de dix-huit pieds de long qui ondulait au-dessus de l'eau noire. Voilà que tous les oiseaux du monde, comme alouettes au miroir, sont arrivés à lui, voletant, pépiant, battant de l'aile, tombant au sol...

A fini par venir, plus chatoyant que les autres, l'Oiseau-qui-dit-tout. Et lui aussi il a pépié, il a battu des ailes et il a chu... Le Bouc-blanc n'a eu qu'à le prendre, qu'à le mettre en sa cage.

À la fille du roi, l'a ainsi apporté.

Elle, alors, elle a dit qu'elle tiendrait sa parole, que cette même nuit, en secret, elle épouserait le Bouc-blanc.

« Je vous demande donc, lui a-t-il dit, et seulement cela, de ne pas regarder encore dans mon oreille. »

Et là-dessus le sommeil l'a attrapé. Il est tombé sur un banc de la grande salle, et il dormait. Ce Bouc-blanc, ce bouc-sorcier, qui allait tantôt devenir son mari... Elle, la fille du roi, n'aurait plus ni joie ni douleur qu'avec ce bouc elle ne dût partager...

Dans son oreille, à cet instant, elle a vu briller quelque chose. Pouvait-elle n'y pas regarder ?

C'était une clef d'or.

Elle l'a prise. Comme tirée par un fil, elle est allée à une porte enfoncée là, dans un coin de la muraille. Elle a ouvert la porte, et elle a vu métiers après métiers, tisserands après tisserands.

« Salut, salut, mademoiselle ! Voilà sept ans qu'ici nous travaillons pour vous ! »

Ce n'étaient autour d'eux que coupons de brocart, pièces de bombasin, de lampas, de velours...

Elle est allée jusqu'au fond de l'ouvroir, à une autre petite porte, l'a ouverte de la clef d'or ; a passé dans un autre ouvroir, y a vu métiers après métiers, brodeuses après brodeuses.

« Salut, salut, mademoiselle. Voilà sept ans qu'ici nous travaillons pour vous ! »

Ce n'étaient que linons, batistes et mousselines...

Elle, jusqu'au fond, elle est allée à une autre petite porte...

Elle l'a ouverte de la clef d'or, a passé dans un autre ouvroir, y a vu carreaux après carreaux, dentellières après dentellières.

« Salut, salut, mademoiselle ! Voilà sept ans qu'ici nous travaillons pour vous ! »

Ce n'étaient que rouleaux et rouleaux de dentelles, plus fines que givre sur les vitres ou que les roues d'aragne entre les genêts pleins de rosée...

Sept ans qu'on l'attendait, sept ans que pour elle s'ourdissaient ces magies !

Elle est revenue tremblante à la grande salle, a remis tout doucement, tout doucement, sans l'éveiller, cette clef d'or dans l'oreille du Bouc-blanc.

Puis on a fait les noces.

Le roi, durant ces noces, n'a pas vu le Bouc-blanc : en son lieu, ne se voyait qu'une ombre.

En ce château, plus encore qu'au sien, tout était magnifique. Et l'on était servi de tout : viandes et sauces en écuelles de vermeil, vins en gobelet d'or...

Mais le roi ne voyait même pas ces splendeurs : il ne voyait que cette ombre, qui était le Bouc-blanc.

Sur son grand cheval, s'en est retourné bien dolent, sans une parole.

La reine, au haut des degrés, l'attendait.

« Qu'es-tu donc allé faire à ce château des bois, emmenant notre fille ? Pourquoi ne la ramènes-tu ? Ma fille, où est ma fille ?

— Ta fille, notre fille, elle est restée là-bas ! Elle y a trouvé un mari. Dieu veuille que tout tourne à la joie de son cœur ! »

Il a fallu que le roi dise tout.

Et la reine est partie, criant comme une folle. De grand matin, elle est ainsi venue au château du Bouc-blanc.

« Ma fille, ma fille, est-il possible ? Fuis-t'en d'ici ! Viens avec moi ! Partons sur l'heure.

— Je ne partirai pas, ma mère. Mon cher Bouc-blanc, je ne veux pas l'abandonner.

— Ma fille, mais tu es folle ! Reviens à toi, ma fille !

— Au Bouc-blanc, mon père m'a mariée. Ce Bouc-blanc, il me faut aimer. Il m'est défendu d'en plus dire. »

Avant de lui mettre au doigt l'anneau, le Bouc-blanc le lui avait dit, mais pour elle toute seule :

« Je ne serai pas toujours en Bouc-blanc ni en ombre. »

De fait, après le mariage, il s'était trouvé beau jeune homme. Mais alors il l'avait regardée :

« Je sais maintenant que vous m'avez désobéi. Vous avez touché la clef d'or puisque le sort n'est qu'à moitié défait, que ce mariage aurait dû tout défaire. Pendant le jour, je n'aurai pas encore figure humaine : si vous gardez bien le secret, cependant, je ne serai pas toujours en Bouc-blanc, bientôt, pour ne plus changer, je redeviendrai homme. »

La fille du roi savait que ce secret-là, elle ne devait pas le livrer, et peut-être déjà qu'elle en avait trop dit...

Mais sa mère était là à redoubler d'instances. Priant, pleurant, la suppliant. Sans cependant rien y gagner.

La nouvelle épouse a seulement protesté qu'en ce château, près de son cher Bouc-blanc, elle entendait rester.

« Alors, ma fille, a fait soudain la mère, changeant de ton, puisque tu tiens à lui comme la chair à l'ongle, c'est qu'il n'est pas bouc blanc et de nuit et de jour. Dis-moi le vrai, ma fille, pendant la nuit est-il aussi bouc blanc ? »

Sa fille cependant ne voulait point parler : tenant ses yeux en terre, elle ne desserrait pas les lèvres.

« Dis-moi le vrai ou je t'ouvre la gorge ! J'aime mieux te savoir morte que te savoir femme d'un monstre. »

La reine avait tiré un couteau de son sein. La malheureuse alors à ses pieds s'est jetée.

« Ma mère, ma mère, que me demandez-vous ? Ne me tuez pas, ma mère, reprenez vos esprits... Oui, c'est ainsi, il est bouc blanc de jour et de nuit il est homme. »

Oh ! la malédiction !

À peine a-t-elle dit, ce n'est plus autour d'elle que fracas, ténèbres, épouvante. De tous côtés, murailles et planchers, le château part en ruines. Sa mère s'écrie, trébuche, se relève, s'enfuit. Et paraît le Bouc-blanc.

« Qu'as-tu fait, malheureuse, ha, qu'as-tu fait ? Tu avais pris la clef d'or ! Tu as donné mon secret ! Si tu n'avais parlé, demain j'étais délivré de ce sort, j'étais homme pour toujours. »

Elle s'est traînée à ses pieds, se tordant les bras.

« Mon mari, mon mari, n'y aurait-il du pardon ?

— Pardon, je ne sais pas, peut-être pénitence, mais bien dure, bien longue, et aura-t-elle effet ?

— Oh ! pénitence, dis-moi quelle ! Pour te délivrer, je ferai tout.

— Eh bien, chausse ces souliers qui sont en plomb de quatre cents livres pesant. Va devant toi, sur les chemins, et marche, marche, jusqu'à ce que ces souliers soient usés..

— J'irai, je marcherai, j'userai mes jambes jusqu'aux genoux !

— Tu tâcheras de gagner le château où va me mener mon sort. Tu monteras dans la plus belle chambre : viens-y à moi dans le temps que j'ai figure humaine et montre-moi ton anneau de mariage, le sort de bouc alors sera défait. »

Elle a chaussé les brodequins de plomb, de quatre cents livres pesant, sur les chemins elle est partie.

Elle a traîné ces souliers-là dans les pierres et dans les ornières, clochant, chopant, allant toujours. Elle a tant marché, tant marché que de soir en soir et de saison en saison elle a usé ces souliers de quatre cents livres.

Et quand ils ont été usés, elle s'est vue dans un pays qui ne ressemblait à aucun autre. Un pays sans herbe et sans fleurs, où le ciel n'avait pas d'étoiles.

Là, sur la tête d'un mont, elle a vu un château : c'était le château des vents.

Elle a parlé d'abord au vent blanc, le vent du sud. Elle lui a demandé nouvelles du Bouc-blanc, son mari.

« Ton mari, comment le connaîtrais-je, moi qui ne le connais point ?

— Il est bon à connaître : il est Bouc-blanc de jour, il est homme de nuit. Se tient dans un château, près de l'Oiseau-qui-dit-tout. Dis-moi où le trouver, ce château, puisque j'ai fait ma pénitence et usé les souliers de quatre cents livres pesant.

— Je ne peux te le dire. Je ne l'ai pas vu sur ma route. Mais puisque ta pénitence est faite, et que ta robe est aussi usée que tes souliers, je veux te donner une robe en étoffe de lune. »

Le vent blanc lui a donné cette robe couleur de la pleine lune, lorsqu'elle luit là-haut comme une patène d'argent, si bien fourbie qu'elle éteint toutes les étoiles.

Elle a parlé ensuite au Matinal — c'est le vent d'est, — et elle lui a demandé la même chose, s'il savait où était le Bouc-blanc.

« Je ne peux te le dire. Je ne l'ai pas vu sur ma route. Mais puisque ta pénitence est faite et que ta robe est aussi usée que tes souliers, je veux te donner une robe en étoffe d'étoiles. »

La robe était couleur de ces poignées d'étoiles, quand le vent des grandes gelées les aiguise là-haut.

Ensuite, elle a parlé au vent de l'ouest, à la Traverse.

Mais la Traverse ne savait pas où était le Bouc-blanc. Tout ce qu'elle a pu pour cette malheureuse, ç'a été de lui donner une robe de soleil, pareille à cet éblouissement, quand, forcé de cligner des yeux, on essaie de le regarder, là-haut, qui regarde les campagnes.

Ensuite elle a parlé au vent du nord, la fraîche Bise.

« Ton Bouc-blanc, eh bien oui, je l'ai vu sur ma route. Il est dans le château où est l'Oiseau-qui-dit-tout. Ce n'est plus qu'à huit jours de marche. Mais dépêche, dépêche, il ne se sait plus marié, et il va prendre femme. »

Aussitôt la malheureuse s'est remise en route, dans ces déserts. Elle avait usé ses souliers, elle avait même usé ses pieds.

Enfin, enfin, elle est arrivée au château. On eût dit une souillon, couverte de la poudre des routes. Elle s'est fait engager comme fille de cuisine. Il n'y avait que trois jours pleins avant celui des noces.

Le lendemain, la nuit venue, elle a passé la robe de lune.

La fiancée du Bouc-blanc se trouvait déjà là, qui avait pris la gouverne. À la clarté qui se fait dans le château, elle accourt, elle cherche. Elle découvre cette fille au fond de la cuisine, et elle n'en croyait pas ses yeux.

« À quelque prix que tu la fasses, il me la faut ! Que demandes-tu de ta robe ?

— J'en demande une nuit dans la plus belle chambre. »

La fiancée court montrer cette robe à sa mère.

« Une nuit dans la plus belle chambre, a dit la mère, voilà qui ne paiera pas une telle robe trop cher ! Mais c'est dans cette chambre que loge le Bouc-blanc. Il ne faut pas qu'il sache que cette souillon y vient. »

Au souper, elle a donc fait boire au Bouc-blanc un gobelet de vin où avaient infusé des feuilles de sureau.

Et la fille du roi s'est trouvée dans la chambre. Elle savait que son mari devait s'y trouver aussi, au fond de quelque alcôve secrète.

« Où es-tu, mon cher Bouc-blanc, que j'ai tant

65

offensé ? J'ai fait ma pénitence, j'ai usé ces souliers de quatre cents livres pesant. Viens reconnaître l'anneau que tu m'avais mis au doigt. Mon cher Bouc-blanc, où es-tu ? »

Mais le vin drogué le faisait dormir, et si serré qu'il n'avait garde de répondre. Le matin est venu sans que la malheureuse ait eu de lui signe de vie.

Sur le soir, à la nuit venant, elle a passé sa robe d'étoiles.

Une lueur a empli le château. La fiancée, tout en éveil, a couru s'enquérir.

À quelque prix que ce fût, elle a voulu la robe. Elles ont fait même marché.

Et tout — le vin drogué, la belle chambre, le sommeil du Bouc-blanc, dont plaintes ni appels, rien ne l'a pu tirer —, tout est allé comme la fois d'avant.

Le lendemain, la nuit venant, la fille du roi a passé sa robe de soleil.

Plus que les deux autres encore, la fiancée a voulu cette robe ! Elle l'a encore achetée d'une nuit passée dans la plus belle chambre.

Or, c'était le jour d'après que devaient se faire les noces. La fille du roi séchait d'angoisse à cette idée qu'elle n'aurait pu avant retrouver son mari.

Cependant, le Bouc-blanc a voulu voir si tout était réglé pour ces noces au château.

Il a passé de salle en salle, de chambre en chambre. Dans sa ronde, il a vu la cage où perche l'Oiseau-qui-dit-tout.

Et l'Oiseau-qui-dit-tout ramageait et chantait. En son joli chant il disait :

Te souvient-il de la fille du roi
Que tu as prise au château des grands bois ?
Depuis trois ans, en tous lieux t'a cherché.
Depuis trois jours t'a céans appelé :
« Mon cher Bouc-blanc que j'ai tant offensé
Où donc es-tu, Bouc-blanc, mon cher Bouc-blanc ?
Reconnais-moi, reconnais l'anneau d'or ! »
Toi tu dormais, du fait d'un vin drogué,
Et maintenant, Bouc-blanc, tu dors encore !

Le Bouc-blanc a tressailli. Sa ronde, il ne l'a pas menée plus loin. Il avait un feu dans la tête, un feu qui ne faisait pas lumière.

Il est allé s'asseoir au fond de la seconde salle, mais ce soir-là n'a pu manger ni boire.

Et à la nuit, dans l'alcôve secrète de la plus belle chambre, il a repris sa forme humaine, mais n'a pu s'endormir. Cette fois il a ouï la voix, la voix de la fille du roi.

« Où es-tu, cher Bouc-blanc, que j'ai tant offensé ? La pénitence est faite, où es-tu, cher mari ? Viens reconnaître l'anneau donné au soir des noces, viens reconnaître ta bien-aimée fidèle. Mon cher Bouc-blanc, hélas, où donc es-tu ? »

D'un coup, alors, tout lui est revenu : sa bien-aimée, leurs noces, et son sort de malheur. Comme un déraisonné, il s'est jeté dans la chambre, jeté aux pieds de la fille du roi. Il a tout retrouvé, leurs amitiés, leur foi jurée. Et voilà qu'en retrouvant leur grande entente de mari et femme, il a retrouvé figure humaine pour toujours.

La fiancée, aussi sa mère, seraient bien entrées aux fureurs et aux rages. Mais quoi ? Le Bouc-blanc était déjà marié : qu'y pouvait-on ? L'Oiseau-qui-dit-tout le leur a dit et chanté. Pour se consoler, elles ont mangé ce qui était apprêté pour les noces : pâtés et tourtes, salmis et tartes.

Le Bouc-blanc et la fille du roi ne s'en sont guère souciés. Lui l'avait, elle, qui malgré les chemins et la longue pénitence, avait repris plus d'éclat que le jour. Et elle, elle l'avait, lui, le plus beau jeune homme qu'on eût jamais pu voir.

Le mauvais sort était levé. Ils ont été ce qu'ils étaient tous deux, et tous deux l'un à l'autre ; ils ont été ensemble, heureux de vrai bonheur.

> *Leur histoire s'arrête là*
> *Au moment que le coq chanta.*

L'HOMME TOUJOURS RENFROGNÉ

Il y avait une fois un gros petit homme, tout rouge et rogue et toujours à gronder. Contre sa femme et contre les voisins, contre le train des choses et le gouvernement, et les pluies et le soleil, le temps que le ciel nous envoie.

Surtout contre sa femme. La pauvrette. On dit qu'au premier soir des noces, dès qu'ils furent seuls, s'approchant d'elle, il lui manda en pleine joue le plus bel emplâtre qu'on pût voir.

« Oh, Seigneur ! Mais je ne t'ai rien fait !

— Oui ! Eh bien tu vois ce que ce sera, si jamais tu me fais quelque chose ! »

Il la mit sur ce pied-là. Et n'attendait pas la Saint-Sylvestre pour taper dessus, — le dicton veut que ce jour-là, qui n'a battu sa femme la matinée la batte au moins dans la soirée : il ne faut pas laisser finir l'année sans que la femme ait été battue.

Enfin, oui, toujours rechignant, grognant, grondant, toujours aux injures et aux coups. Peut-être parce qu'il était petit homme : les petits hommes sont colère — les médecins vous diront que c'est parce qu'ils ont le cœur trop près de la tripaille, trop échauffé par elle.

Elle, pourtant, elle savait être si sage : humble, effacée, trottant de côté comme un chien qui revient de vêpres. La pauvre bonne, elle prenait ce mari comme il était, tâchait même de l'aimer chrétiennement.

Plus le bouc est bourru, plus la chèvre le lèche.

Elle l'aurait seulement désiré moins bourru. Mais ce qu'elle avait tenté pour l'amender, en gentillesse et bonnes paroles, avait été de la bouillie pour les chats. Elle soupirait et filait la quenouille.

L'âge ne changea rien à l'humeur du petit homme. Il resta en sa même peau. Toujours rebours, à contre-poil de tout : court et breneux comme un bâton de poulailler qu'on ne sait par où prendre.

Et voilà qu'un jour de lundi, soudainement, il eut un coup de sang et perdit la parole.

Il la retrouva le jour de mardi. Mais le médecin dit à sa femme qu'il allait mourir, sans remède. Le curé vint, le confessa, l'administra.

« Ô mon pauvre homme, fit la bonne femme qui se tenait à son chevet, toute pleurante, tu ne vas pas partir sans un mot d'amitié. Au moins un mot, que j'aie eu cela de toi une fois en ma vie... »

Lui la regardait de son petit œil noir, et il ne desserrait pas les lèvres.

« Allons, dis-moi quelque chose de doux !

— Quelque chose de doux ? Du miel et de la miche, bougresse ! »

Et il se tourna contre le mur ; et il mourut.

L'HOMME ATTENTIONNÉ

Il y avait une fois une bonne femme qui, pour la fête du bourg, faisait tous les ans le bœuf aux herbes.

Certaine année, comme elle venait de le poser sur la table et regardait son homme se servir, il lui souvint des fêtes d'autrefois.

« Hélas, soupira-t-elle, quand on voit comme tout a tourné... Alors que j'étais jeune mariée, encore une jeunesse... Faut-il le dire ?

— Hé oui, femme, dis-le.

— Quand j'étais donc une jeunesse, je te voyais choisir le morceau le plus petit, me laisser le plus

70

gros. Aujourd'hui, le gros, tu te l'adjuges : tu ne fais plus grand cas de moi !

— Que tu prends mal les choses ! Ha, pauvre femme, tu les prends tout à rebours !

— Et comment ça ?

— Eh bien, vois-tu, dans les temps que tu dis, tu ne t'entendais guère à faire ce miroton. Alors, ma foi, je t'en laissais le plus gros. Avec les ans, tu t'es apprise, et maintenant je peux te laisser le plus petit. »

MARION PEAU D'ÂNON

Il y avait une fois, une vieille fois, en ce pays, un roi qui avait une reine gente et claire comme le jour. Ils eurent une fille qui fut tout le portrait de sa mère : gente, gente, et claire, claire, plus que le jour encore.

Cette petite fille grandit. Mais alors qu'elle n'avait même pas quinze ans entiers, un dimanche, soudain, sa mère tomba malade. Le samedi d'après, sa mère vint à mourir...

Avant qu'elle passât, elle se dit que son mari, le roi, était encore jeune, qu'il lui faudrait se remarier ; et elle pensa à sa pauvre petite qui aurait une marâtre.

« Promettez-moi, dit-elle à ce roi son mari, de ne prendre pour femme que celle qui me ressemblera.

— Ha, je ne veux pas me remarier jamais, fit-il désespéré. Ou alors, — et il levait la main devant

71

tout son monde, — il faudrait que celle que je prendrais pour femme vous ressemblât comme se ressemblent deux gouttes d'eau, qu'elle fût vous, trait pour trait. En ce grand moment, je le jure ! »

Un an, deux ans passèrent.

On sait comment vont les choses. Le roi avait été affolé de chagrin. Puis il lui avait fallu se remettre à mener le domaine : s'occuper des bêtes, et des terres, faire les vendanges, goûter le vin nouveau, manger la soupe trois fois le jour, chasser les lièvres lorsqu'ils faisaient du dégât dans les choux. Enfin, se remettre à vivre.

Un matin le roi se dit qu'il devrait se remarier. Mais il était tenu par son serment. Et c'est une grande chose que le serment d'un roi. Un autre homme peut se voir contraint d'oublier pour un soir ce qu'il lui a fallu jurer : il n'y regarde plus de si près, dans ses pauvres affaires.

Mais un roi qui a tous les moyens, tous les pouvoirs ! ?... Lui, son serment le tient lié.

Un autre matin donc, le roi s'en avisa : il n'y avait qu'une créature pour ressembler à la défunte reine, mais elle lui ressemblait comme une image dans le miroir : la reine même, la reine en son printemps : c'était leur propre fille.

« Je l'ai juré, la main levée, devant tout mon monde. Je ne peux donc épouser que ma fille, il me faut épouser ma fille. »

Avant midi, le roi déclare à sa fille qu'il va la prendre en mariage. Même en ce vieux temps, dans nos petits pays, cela semblait un peu étrange.

En grande peine, la pauvrette va trouver sa marraine, qui habitait un château de l'autre côté du grand champ. Elle lui apprend la chose.

« Ton père a perdu le sens, dit la marraine. Essaie du moins de le tenir en patience. Commence par lui demander une robe couleur du temps ! »

La petite princesse retourne chez son père.

« Papa ?

— M'amie ?

— Avant que les noces se fassent, il faut que tu m'aies fait faire une robe couleur du temps !

— Une robe couleur du temps ? Oh, que c'est bien pensé ! Tu es gente et claire comme le jour, il te faut une robe couleur du temps ; et j'y perdrai mes soins, ou promptement tu l'auras ! »

Le voilà qui envoie des lettres partout et qui met tout en œuvre. Il voulait, lui, le roi ! Et c'était bien voulu.

Les ouvriers ont travaillé ; les têtes fines ont calculé, celles qui trouveraient, comme on dit, la mère du vinaigre. Les humains sont si ingénieux. Ils ont imaginé le verre, et les miroirs, qui font plus jour que le jour même, et la soie, et la toile d'argent. Cette robe couleur du temps, les gens du roi ont su l'imaginer aussi.

Ils l'ont donc faite et apportée au roi. Qui l'a apportée à sa fille.

C'était cela, on ne pouvait pas dire le contraire.

Plus en peine que jamais, la princesse traverse le grand champ et court chez sa marraine.

« Ô marraine, ma marraine ! Vois, la voilà, la robe couleur du temps. Et mon père veut faire les noces... Que devenir ?

— Ton père est un déraisonné : tâchons de l'amuser encore : demande-lui une robe qui soit couleur d'étoile. »

Une robe couleur d'étoile ! Cela lui donnerait bien quelque fil à retordre. La petite princesse ainsi remontée, s'en retourne chez elle. Elle oserait tout dire, tout demander, même l'impossible, dans le sort où la mettait la folie de son père.

Elle le trouve qui arpentait l'allée de pommiers en regardant voyager le nuage.

« Papa, sire mon père ?

— M'amie ?

— Écoutez-moi : cette robe couleur du temps ne peut faire que pour tous les jours. Mais pour le dimanche et le bal paré, il me faut une autre robe.

— Certainement, m'amie.

— Une robe couleur d'étoile.

— Plaît-il, m'amie ? Une robe couleur d'étoile ? Oh, que c'est bien pensé ! Quand on te voit, n'est-on pas au milieu des étoiles ? Seulement, je ne sais pas comme on pourra la faire ?

— Ha, moi, je n'ai pas à le savoir. Mais je sais qu'il la faut avant de faire les noces.

— Bon, tu l'auras, je te le jure. »

Ce roi aimait faire des serments. Reste que quand c'était juré, il mettait tout en œuvre. Il aurait plutôt de ses mains pendu les tisserands qui tissent au métier, et ceux qui inventent les métiers, les engins, les façons...

Enfin il fait tant qu'un matin, il apporte à sa fille la robe couleur d'étoile.

Et elle, forcée de faire la ravie, en plus grande peine encore qu'elle ne l'avait été.

Nul autre recours au monde que la chère marraine.

« Marraine, ma marraine, oh, dis-moi, que ferai-je ? Voilà la robe couleur d'étoile ! Quelle défaite trouver à présent ?

— Eh, pardi, ma petite, puisqu'il est si fou, il faut lui demander une robe couleur de soleil. »

La princesse retourne au château de son père.

Elle le trouve sous le berceau de rosiers, qui écoutait chanter le rossignol.

« Papa, sire mon père ?

— Plaît-il, m'amie ?

— Cette robe couleur d'étoile sera pour mes dimanches et pour le bal paré. Mais pour le jour des noces il m'en faut bien une autre. J'en veux une couleur de soleil.

— Une robe couleur de soleil ! Oh, que c'est bien pensé ! N'es-tu pas le soleil de tous ceux qui t'entourent ? Seulement je ne sais pas comment on pourra la faire ?

— Ha, moi, je n'ai pas à le savoir. Mais je sais qu'il la faut avant de faire les noces.

— Tant écrire et tant tracasser ! M'amie, que tu m'en donnes, des épines. Eh bien, tu l'auras, je le jure. Seulement, le lendemain, cette fois sans remise, je fais faire les noces. »

Et il levait la main.

Quel trafic, quel remue-ménage, dans toutes les

boutiques, et dans tous les ouvroirs. Les maîtres ont travaillé de tête, les ouvriers des deux bras. Au fond des ateliers, les mécaniques ont craqueté, dansé...

Ils l'ont fabriquée, ils l'ont faite, cette robe couleur de soleil. Un soir, le roi l'a apportée à sa fille, la princesse.

Elle a passé cette nuit sans dormir. Puis au matin elle s'est sauvée, dès que le coq a chanté à la métairie. Par le jardin, puis par la sente, au long de la haie du grand champ, elle a couru chez sa marraine.

« Marraine, ma marraine, cette fois, que ferai-je ?

— Cette fois, il te faut partir. Tu vas dire à votre domestique de ferrer l'âne devant derrière. Puis charge sur cet ânichon tout ton petit bagage, et pars.

— Je passerai les bois, passerai la montagne.

— Va-t'en bien loin, bien loin, dans un autre pays. »

La fille du roi est revenue, et vite, et vite, trouver le domestique. Elle lui a glissé dans la main une grosse pièce d'or, lui a dit de ferrer l'âne devant derrière, surtout sans que le roi le sût ! Lui, pour que ce fût plus secret, il a fait faire la chose par le valet du métayer.

Pendant ce temps, la princesse se préparait sa petite malle. Elle y mit les trois robes : couleur du temps, couleur d'étoile et couleur de soleil. Puis elle a couru dire à sa marraine qu'elle était prête.

« Eh bien, pars sans perdre un instant, avant le lever de ton père. Tiens, prends ces bourses d'écus, mais dépêche, dépêche ! »

La pauvrette est partie, poussant le petit âne chargé de la malle aux trois robes. Elle a pris par le bois, crainte de la rosée, puis pour marcher plus à couvert. — Elle savait que son père la ferait chercher partout.

De fait, il y a mis tout son monde, et s'y est mis lui-même. Mais lui, ses gens, ils ont toujours suivi les petits pas de l'âne au rebours, quand ils les ont trouvés. De sorte que toutes leurs quêtes ne les ont menés à rien.

Elle, cependant, — pauvre princesse ! — montait par ces chemins, par les plus détournés, entre les nœuds de racines et les quartiers de pierre, sous la branche pendante. Montait, sans s'arrêter pour ronces ni pour épines. Cueillant ici la faine, et la noisette là, sans ralentir le pas sous le couvert ; et elle n'avait autre chose à manger, tant elle était partie en hâte. Quand elle passait devant une fontaine, sous le saule qui penche, elle y puisait de l'eau, dans le creux de sa main.

« Où irai-je ? Que deviendrai-je ? Hier, j'étais la princesse de tous ceux que je voyais. Et maintenant je suis une fille à l'abandon, je cours et je me cache... »

Peut-être qu'elle ne trouverait jamais, comme les autres, les heureuses, une vraie maison, un vrai mari. Mais à la volonté de Dieu. Dans cette vie, il faut passer par tout.

Elle a marché jusqu'à soleil rentrant, au fond des bois. En ces sentiers, entre les noisetiers, elle n'a rencontré personne. Que la grive qui crie. Ou que le geai qui s'envole, montrant le bleu de son aile.

« Mon Dieu, où vais-je, si solitaire ? Et quel sort me ferai-je ? »

Elle n'a pas seulement osé se reposer, de peur que son père ne la reprît. Elle a marché toute la journée ; toute la nuitée aussi, au blanc de la lune. Elle entendait la fontaine qui pleurait, le buisson qui bougeait pour le blaireau qui va à la provende, ou le renard qui chasse. Elle tressaillait de peur, et elle n'écoutait pas sa peur.

Au matin, elle s'est vue dans un autre pays. Mais le pauvre âne est tombé mort sur la fougère. Et elle, les pieds tout en sang, elle ne pouvait plus avancer. Puis, sa robe, les épines en avaient fait des loques. Elle qui voulait tant se cacher et passer sans qu'on la regardât, elle n'allait pas mettre sa robe couleur du temps ; encore moins l'autre couleur d'étoile ; et beaucoup moins encore la robe couleur de soleil.

Alors, dans la fougère, de son petit couteau, elle a écorché l'ânichon, et elle s'est couverte de sa peau.

Après cela, elle a fait un baluchon de ses trois robes et par l'allée de chênes qui s'ouvrait là, elle s'est rendue vers une métairie qui fumait, dans le bois, mi-cachée sous les arbres.

La métayère, derrière la grange, récurait le pot à lait d'une poignée d'orties.

« Bonjour, la métayère.

— Bonjour, mademoiselle. Vous êtes nouvelle en ce pays : vous allez vous y perdre ?

— Ne me dites pas demoiselle. Appelez-moi Marion.

— Marion si vous le voulez, mais on voit bien que vous êtes demoiselle. Encore qu'ici, chez nous, je ne vous ai jamais vue ?

— Vous m'y verrez, si vous voulez. N'auriez-vous besoin d'une servante ?

— Une servante ? Enfin, oui, si je trouvais... J'ai toute une ribambelle d'enfants : c'est tant d'ouvrage ! Mais servante, mademoiselle ? Vous, servante ? Comment voudriez-vous que je vous fasse porter à manger aux cochons ?

— Je donnerai aux cochons, je panserai les vaches, je ferai ce qu'il y a à faire. Ne me repoussez pas. »

La métayère n'a pas regretté de l'avoir gardée à la métairie. Cette fille faisait si bien toute besogne, et d'une façon si gaie, si unie, si gentille...

Au bout d'une quinzaine, un soir, le lait tiré, versé dans les pots au cellier, la métayère s'est mis les mains sur la ceinture :

« Allons, je vois que nous ferons affaire. Mais il faudra dire, maintenant : combien voudriez-vous gagner ?

— Oh, nous serons toujours d'accord !

— Eh bien, disons vingt-quatre écus par an. C'est un fort gage pour nos petits pays. Enfin, s'il le fallait, je mettrais quelque chose par-dessus, tant je vous vois de bon service.

— Je ne demande rien que trois soupes par jour.

— Vous blanchirez vos soupes de crème ; et vous restez, c'est entendu. Les petits feraient une belle vie, si je vous laissais partir ! »

Elle est restée, sous sa peau d'ânichon. La voilà vivant là, entre les fagotiers et la meule de paille, entre le puits-fontaine sous le gros alisier, et le buis des Rameaux dans le jardin des choux. Tirant le lait des vaches, jetant le grain aux poules, donnant la pâtée aux cochons, distribuant la feuille aux biquettes. C'était elle, le matin, qui levait les enfants ; et le soir elle les couchait en leur faisant faire la prière. Eux, tout le temps après elle ! Ils l'aimaient trop. « Marion Peau d'Ânon, donne-moi des noisettes ! — Moi, une poire tapée. — Marion Peau d'Ânon, raconte-nous un conte. » Marion Peau d'Ânon par-ci, Marion Peau d'Ânon par-là, il n'y avait plus que Marion Peau d'Ânon dans cette métairie. Mais ce n'allait pas plus loin. Elle se croyait là cachée sous les grands arbres, dans la petite maison enfumée, qui sentait le fromage, le foin, les pommes cuites. À peine si elle savait que le domaine était au roi du pays. Elle s'y pensait perdue, au fond des terres.

Les mains aux hanches, la métayère la regardait parfois qui allait, qui venait, cueillait une pomme rouge pour un de ces petits, ou revenait de la fontaine, un bras où pend la cruche pleurante et l'autre étendu loin du corps.

« Savoir d'où elle sort, cette fille ? Enfin, suffit qu'elle fasse si bien... »

« Je vais à la foire, ce matin, a dit un jour la métayère. Marion Peau d'Ânon, je te laisse les enfants, veille sur eux, empêche-les d'aller du côté de la mare, garde-les près de toi dans ta chambre. »

Cette fille avait paru si comme il faut, si honnête et gentille, qu'on lui avait fait faire une chambre.

Cela dit, la métayère prend son panier et prend sa bourse. Mais regardant en cette bourse, elle s'avise que son homme avait dû y puiser, qu'elle était sans argent.

« Mon Dieu ! moi qui voulais leur acheter de beaux bonnets de laine rouge !... »

Marion Peau d'Ânon ne fait qu'un saut jusqu'à sa chambre, revient dans le moment avec une pleine poignée d'écus.

« Cet argent vient peut-être du diable, se dit la métayère : tant d'argent ! Enfin, prenons toujours... »

« Mais j'en aurai bien trop, dit-elle tout haut, j'en aurai de reste !

— Eh bien, fit Marion Peau d'Ânon, de ce reste, vous achèterez quelque chose pour les petits et pour moi. »

La voilà donc seule avec eux pour tout le jour. Elle les lave, les habille. À chacun son écuelle. Puis les met à leurs petits jeux. Veille à ce qu'ils ne fassent pas de sottises. L'heure venue, les fait dîner, les fait dormir. Et comme elle, elle s'était avancée dans ses besognes, elle se trouve toute libre de son temps.

Or, en prenant l'argent, elle avait revu ses robes. Une idée lui est venue, une idée de jeunesse.

Le fils du roi n'avait pas affaire à la foire, faut-il croire. Il se trouva qu'il vint ce jour-là au domaine, prendre le bon air. Il n'était guère plus âgé que la princesse : dix-sept ans, lui, ou bien quelque peu plus, et timide comme un enfant. Il aimait les choses de campagne, la songerie, les premières violettes. Il s'est assis à l'avancée de la colline pour voir au loin la mer couler.

Tout à coup, du côté de l'allée des chênes, une clarté lui a tiré l'œil.

« Que sera-ce ? que ce peut-il être ? »

Il descend, il va vers l'allée, prenant garde de se laisser voir. Puis la crainte le saisissait d'effaroucher ce qui faisait si clair et si gracieux à travers le branchage.

En approchant, il aperçoit une robe couleur du temps ; et en cette robe une demoiselle plus gente que le jour.

Tellement gente, à son idée, que ses autres idées, du coup, se sont perdues. Il est demeuré sous les gros chênes sans savoir où il était, sans oser faire un pas. Et la demoiselle, soudain, a disparu.

Quand la métayère revint, elle trouva Marion Peau d'Ânon couverte comme à l'ordinaire de sa peau d'âne, et qui faisait avaler, cuillerée par cuillerée, leur soupe aux tout-petits.

« Alors ? on a été bien sage ?

— Tout à fait sage ; on a bien mangé, bien dormi.

— Enfin... Et toi, as-tu pris soin de toi ? Je vous ai apporté de ces gâteaux qui ont dessus du sucre rose ! »

Voilà tout le monde content de la foire. Et à peu de jours de là, en est venue une autre. C'était à la queue de l'hiver ; il y a beaucoup de foires avant le vrai printemps, les temps des gros travaux.

La métayère voulut aller acheter des petits cochons. Or, au moment de partir, plus de deniers en sa bourse...

Marion Peau d'Ânon, d'un saut encore, a couru à sa chambre ; et elle en est revenue avec une poignée d'argent. Plus d'argent qu'il n'en fallait bien pour acheter les cochons de lait et des gâteries à tout le monde.

Tout est allé comme l'autre fois. Marion Peau d'Ânon a pris soin des petits, les a fait manger et dormir.

Ensuite elle a gagné sa chambre. Elle a passé sa robe des étoiles.

Le fils du roi vivait comme en un songe, ne sachant plus ce qui lui avait apparu. Il est revenu se promener par là, dans la verdure nouvelle. Rêvant, se demandant, allant, le cœur battant. Et tout à coup il a cru voir, non, il a vu les étoiles en plein jour.

Si étonné, alors, et si ravi, quand il a découvert à travers le branchage la gente demoiselle ! Perdu de ravissement.

« Qu'elle est claire et charmante ! Oh, qu'elle est donc charmante ! Il n'y a pas plus claire en France ! »

Comme en rêve, sans plus rien voir de l'herbette naissante, des violettes sous le buisson, des blanches fleurs d'épine à la haie, il rentre chez son père. Lui d'ordinaire timide comme une fille, il va trouver sa mère.

« Maman, sais-tu, je veux me marier !

— Eh bien, oui, mon enfant, nous te marierons. Nous chercherons qui fasse l'affaire, quelque princesse ou la fille d'un grand roi.

— Ma princesse, je la sais.

— Dis-la-moi, mon enfant, qui veux-tu épouser ?

— Je veux Marion Peau d'Ânon ! Oui, Marion Peau d'Ânon de notre métairie.

— Marion Peau d'Ânon ! Cette fille couverte d'une sale peau d'âne ? Mais c'est de la folie ! Veux-tu déshonorer la couronne de ton père ?

— Je ne veux rien, sinon celle qui fait ma lumière et ma vie, celle qui est plus claire que le jour.

— Marion Peau d'Ânon ! Voyons, mon fils : tu le comprends que ce n'est pas possible ! Toi, toi, le fils du roi, aller prendre en mariage la servante des métayers ? Non, ce ne se peut pas. »

Lorsqu'il a entendu parler si durement, il a baissé la tête. Il s'est retiré dans sa chambre. Il n'a mangé de tout le jour. Il n'a dormi de toute la nuit.

Ainsi trois jours sans fermer l'œil, sans prendre pain ni viande. Le quatrième, il est tombé malade.

On a mandé le médecin.

Ce médecin lui a pris le pouls et a hoché le front. Il a tiré la reine dans un coin de la chambre.

« Il a le mal d'amour, il faut le marier.

— Mais c'est, a dit la reine, c'est qu'il veut Marion Peau d'Ânon.

84

— Eh bien, cette Marion Peau d'Ânon, donnez-la-lui.

— Marion Peau d'Ânon, la servante des métayers ! Ha, comment voulez-vous ?

— Je ne veux rien. Si vous voulez qu'il meure, madame, à vous de voir. »

Le médecin, après avoir dit, a salué ; il s'est retiré sans dire autre parole.

C'était comme cela.

Le mal d'amour est une rude peine.
Le mal d'amour ne se peut pas guérir.
L'herbe des prés, qu'elle est tant soulagère,
L'herbe des prés ne peut pas le guérir.

La reine a filé un soupir qui n'en finissait plus. Puis elle est revenue au lit de son malade.

« Pauvre m'ami, tu ne m'avais jamais fait aucune peine, et à présent tu m'en fais une si grande ! »

Il la regardait, plus blanc que ses linceuls. Si près de la mort, le pauvre. Il n'a rien répondu, mais les yeux lui ont grossi, se sont remplis de larmes.

« Allons, a murmuré la reine en se détournant, demain ton père ira donc à sa métairie. »

Le lendemain le roi y est allé dans sa voiture attelée à deux chevaux. Il ne faut pas demander si les chevaux étaient beaux et la voiture belle ! — Il jette les guides à un des petits ; et voyant arriver la métayère :

« Où est votre domestique ?

— Ma domestique ? Pourquoi, sire le roi ? A-t-elle fait chose qui n'aille pas ?

— Ce n'est pas ça. Mon fils la veut en mariage.

— Votre fils ? Oh, mon Dieu ! Ma domestique ! Enfin... Si votre fils la veut... Ce n'est pas qu'elle ne soit pas brave, gentille et tout. Mais quelle affaire ! »

Elle court, elle appelle. Elle force Marion Peau d'Ânon à venir comme elle est ; en sabots, habillée de ses jours et pour le gros ouvrage. À peine si la pauvre put retourner le coin de son tablier, le mettre en sa ceinture.

Le roi la regarde, la salue.

« Acceptez-vous mon fils en mariage ?

— Moi, Marion Peau d'Ânon ? Votre fils, le fils du roi ? Si seulement j'étais une demoiselle...

— C'est ainsi. Il était malade à mourir. Quand il a su que je venais ici, il a demandé à manger. Quand il me verra revenir, il voudra se lever. Il veut venir vous voir demain avec sa mère...

— Mais il aurait bien pu trouver une demoiselle, non pas une servante !

— C'est ainsi, c'est ainsi : il ne veut duchesse ni princesse : vous seulement, seulement vous...

— Et moi je ne saurais l'empêcher de venir. »

Rose comme la rose du buisson, elle regarde partir le roi, après qu'elle lui a tiré sa révérence. Adieu, château brillant, la liberté des filles !

Elle aurait pu partir aussi de son côté, emprunter l'âne des métayers en laissant à sa place une poignée d'argent, et partir avec ses trois robes. Mais cette idée ne lui est pas venue, sans doute.

Peut-être qu'elle avait vu d'un détour de l'allée ce jeune prince si timide et noble et tremblant...

Le lendemain donc, arrivent la reine et le prince.

La métayère avait balayé le devant de la porte ; elle avait même lavé les vitres, comme on fait à la Semaine sainte, une fois l'an. Mais faire entrer les maîtres ! Les faire asseoir devant la maie, dans cette maison où tout était de bois, boucané de fumée brune, si vieux, si petit, si encombré qu'on n'avait quasi pas la place de s'y tourner...

La reine s'avance vers Marion Peau d'Ânon.

« Acceptez-vous mon fils en mariage ?

— Mais, madame, voyez : je ne suis rien : une domestique...

— Les domestiques sont bien tout comme les autres ! »

La reine disait cela. Seulement elle ne pouvait se garder, cette dame, de filer un soupir. « Mon Dieu, songeait-elle à part soi, que cet enfant nous en fait ! Vouloir en mariage une Marion Peau d'Ânon ! Elle parle bien, cette petite ; elle semble bravounette, ni gauche ni délurée ; mais enfin c'est la servante de nos métayers, elle porte leur pâtée aux pourceaux... » Et derechef, elle soupirait, tout en parlant d'une chose et d'autre. Contente, chagrine, contente... Il lui fallait bien l'être, contente, en regardant son fils qui reprenait des couleurs, comme si le vent lui avait fleuri la mine et les yeux lui brillaient si fort, à cette heure-là, en retrouvant sa belle ! Il ne parlait pas beaucoup. Elle, elle ne parlait plus guère. Tous les deux ils baissaient les yeux : mais il y avait à l'entour d'eux comme un étincellement.

Elle était là, pourtant, dans sa peau d'ânon toute noire, guère moins enfumée, se disait la reine, que tout dans cette maison et que la poêle à châtaignes. Mais le fils du roi savait-il même comment il avait vu sa Marion Peau d'Ânon : sous une peau de bête, ou dans une robe couleur du temps, couleur d'étoiles ?

Il ne voyait rien qu'elle-même, ses yeux, sa figure claire, et plus claire que le jour.

Il a fallu s'en retourner, se séparer. Le fils du roi ne pouvait s'y résoudre.

« Demain, je reviens vous quérir. »

À la métairie, la métayère et ses petits ne se mettaient pas encore bien dans la tête ce qui venait d'arriver à leur Marion Peau d'Ânon.

« Alors, tu vas t'en aller chez le roi ?

— Dieu sait que je ne l'avais pas demandé. Je ne voulais que rester ici sans que personne m'y sache, bien en paix près de vous. Mais il faut croire que c'est le sort. »

La métayère, elle, larmoyait à longueur de journée.

« On s'était si bien fait à vous ! Ha, la maison semblera grande, sans Marion Peau d'Ânon !

— Je ne vous oublierai jamais, vous savez bien : je reviendrai vous voir, et ma petite chambre, l'allée, le bord du bois...

— Ha, je sais bien qu'on ne s'oubliera pas, disait la métayère, mais j'ai le cœur trop gros... »

Et s'essuyant les yeux de son tablier, elle allait dans la grange pour pleurer à son aise.

« Laisse, va, lui disait son homme, en donnant le foin aux bêtes, cette fille n'était pas pour rester avec nous : c'est quelque fille riche, elle avait de l'argent plein ses poches. »

Le jour suivant, le fils du roi revient en voiture à quatre chevaux.

« Laissez, laissez votre bagage ! Ha, venez seulement. Vous aurez tout au château de mon père ! Venez à l'heure même ! »

Marion Peau d'Ânon est donc partie comme elle était, en souriant, sous sa peau toute noire.

Chez le roi on l'a mise dans une grande chambre d'argent et de satin broché, en attendant les noces.

Mais elle, même dans cette brillante chambre, elle restait vêtue en fille de campagne, la robe relevée dans les poches, mouchoir au cou, coiffe de grosse toile. Et toujours, par-dessus, la peau de son ânichon. Même chez le roi, où ce devait sembler un peu sauvage. Les gens se demandaient : « On dit que notre prince a vu une grande clarté : mais qu'est-ce à dire ? »

C'était de la reine et du roi que le bruit était venu. Il y avait là quelque chose qu'on n'entendait pas bien. « Claire comme le jour... Plus claire que l'étoile !... » Mais on avait sous les yeux cette noire peau d'ânon...

Les plus fins se disaient qu'elle continuait de la porter, même à la veille de son mariage, pour voir si tenaient bien les amitiés du prince, si ce ne serait pas caprice.

Caprice, oh, non ! Enchantement, peut-être. Tellement enchanté, le pauvre bel enfant, par la vertu des choses. Ainsi qu'on l'est par la lumière du jour, et c'était cela, précisément : elle était gente comme le jour.

La veille des noces, elle a demandé, avec un petit sourire, de se rendre à la métairie.

« Oh, laissez-moi vous suivre ! a dit le fils du roi. Permettez que je vous suive.

— Vous le voulez si fort ? Eh bien ! venez. »

Aux petits de la métayère, elle avait apporté de ces gâteaux ronds, qui ont dessus du sucre rose. Elle a fait manger les enfants, puis les a fait dormir, comme elle faisait quand elle était la domestique.

La métayère était allée garder les bêtes, il fallait bien. Alors Marion Peau d'Ânon dit au fils du roi de l'attendre en se promenant dans l'allée des grands chênes. Et elle, elle est montée à sa petite chambre.

Quand elle est revenue, dans sa robe couleur du soleil, sa robe qui la faisait plus claire que le jour !... Quand son ami l'a vue... Puis quand le roi, la reine l'ont vue, et tous les gens à l'entour d'eux..

Le lendemain, imaginez ces noces ! Sans savoir qu'elle était princesse, fille de roi, on avait fait de la dépense, invité des seigneurs, des princes et son père même, sans savoir.

On lui avait parlé de Marion Peau d'Ânon, la bergère, et le bruit courait bien qu'elle était gente comme le jour : mais quand tous ils l'ont vue dans sa robe couleur de soleil, ç'a été l'éblouissement. On a beau se couvrir d'une peau d'ânichon, quand on est fille de roi, vient le jour où cela se fait connaître ; la robe de soleil soudainement éclate à tous les yeux... Et autour de cette fille de roi, d'elles-mêmes les choses se remettent en place.

Ainsi, lorsque son père arrive, il lui ouvre les bras :

« Ha, m'amie, c'est donc toi ! Et tu t'étais sauvée ! Et tu t'étais cachée sous la peau d'un ânon !... Moi aussi, maintenant, j'ai su changer de peau. Nous avions tous rêvé, pauvre m'amie, vois-tu. En fin finale, ces robes que j'ai fait faire t'ont valu le destin qu'il fallait. Te voilà pour tout ton âge habillée de soleil ! »

LA PEAU LA PLUS DURE

Il y avait une fois une fille qu'on appelait Toinette, qui était servante depuis six mois à la ville, chez un notaire.

Un dimanche, dans l'après-dîner, elle revint voir sa parenté. On causait donc, là, bonnement. Pour un enfant qui se fit une beigne, le propos tomba sur les places du corps où la peau peut être la plus dure. L'un tenait pour les épaules, et l'autre pour les paumes, et l'autre pour les pieds.

« Vous n'y entendez rien, dit la Toinette, la peau la plus dure de tout le corps, ha, c'est la peau du front. Ceux de la ville qui sont si fins me l'ont dit de mon maître : voilà quinze ans qu'il a des cornes. Eh bien moi, j'ai beau regarder, tous les matins, quand je le revois : au front, le cuir se trouve si épais que depuis ces quinze ans, les cornes n'ont pas pu encore percer et lui sortir »

LA FEMME TROP LENTE

Il y avait une fois un homme à Sauxillanges, un de ces enragés qui ne respirent que travail. Il se maria, se disant que prendre femme lui épargnerait de prendre une servante.

Mais à l'épreuve, il trouva la femme un peu lente. Lente à faire la soupe, lente à râteler les foins, lente à lier les gerbes, — il y a des femmes qui arrivent à cravater cent gerbes à l'heure, il n'y en a pas beaucoup, — je ne dis pas lente à faire le ménage : en ce temps on tenait que :

> *Balais et torchons*
> *Ne font pas entrer un sou à la maison.*

Enfin, lente, lambine ! De sorte que pour lui donner de l'avance, l'homme se servait parfois du poing ou de la trique.

La malheureuse porta ses plaintes à son curé.

Le curé prit son moment, discrètement, accrocha l'homme un soir, dans quelque chemin creux, et lui fit sa petite instruction chrétienne.

« Monsieur le curé, c'est pour qu'elle se démène, tonnerre de sort ! Vous nous l'avez dit plus d'un coup : on est sur terre pour faire pousser son pain à la sueur de son front.

— Travailler, soit, travailler, de par Dieu. Mais non pas perdre le boire et le manger au travail, le bon Dieu ne le demande pas.

— Monsieur le curé, je m'en tiens aux deux ditons qui courent le pays. Le premier, c'est :

La femme est le contraire du tonneau :
Plus elle travaille, plus elle vaut !

— Demande-lui honnêtement de travailler, mon homme ; mais toi, ne va pas la battre ! Et ton second diton ?
— Le second, monsieur le curé, eh bien, c'est :

La femme est tout comme la faux
Plus on la bat, plus elle vaut ! »

LA FIANCÉE DU FUSILIER

Il y avait une fois une fille dans une ville de France, sur les frontières, qui pendant une guerre s'est prise de grande amitié pour un soldat de la garnison.

Elle habitait avec sa mère une pauvre maison tout au bout d'un faubourg. Au soir d'un combat malheureux, elle y a recueilli et pansé ce soldat, tombé devant leur porte. Elle l'y a même caché, comme arrivait la cavalerie de l'ennemi. Sans elle, il était prisonnier. Trop épuisé, et surtout après sa blessure, pour faire un pas de plus ! Il avait combattu tout le soir comme fusilier, combattu en brave soldat, à l'arrière-garde, porté tout le poids du combat.

Cette fille l'a relevé, l'a soigné, l'a sauvé, avec un tel feu de courage que cela lui a pour toujours touché le cœur. Ils n'eurent pas besoin de paroles : ce furent leurs yeux qui se parlèrent. Au bout de quatre jours, la guerre les sépara : les Français revinrent en avant, et le soldat, sa blessure à peine fermée, suivit la troupe.

Un peu plus tard, il reparut. Il se présenta chez ces femmes pour faire son remercîment. Ensuite, la belle et lui se revirent à la ville. Le régiment s'y trouva caserné.

Mais la mère de cette fille, à ce moment tomba malade. Un matin qu'elle, elle était venue en ville, chercher quelque remède, passant devant le casernement, elle voulut faire savoir cette maladie à son ami. — Dans leur entente il lui semblait que désormais ils avaient à tout partager, les joies, les peines.

Elle demande le fusilier au corps de garde. Un lieutenant qui se trouve là, lorgne cette grande belle fille. Il s'approche pour conter fleurette. Elle veut s'écarter. Il croit à de petites manières, et qu'il se doit, comme militaire, de se montrer pressant. Elle, d'un ton à n'y plus revenir, lui dit alors qu'il se méprend. Il se sent piqué, il l'insulte.

Là-dessus, le fusilier arrive. Cette insulte, il l'entend. Blanc comme la foudre, il fait trois pas, il soufflette l'officier...

Aussitôt on l'arrête. Entre quatre hommes, baïonnette au bout du fusil, il se voit conduire au cachot.

La malheureuse fille rentre chez elle à demi folle. C'est pour trouver sa mère plus mal ; puis dès le même soir, dans un état à ne plus laisser d'espérance.

Le lendemain par une voisine envoyée aux nouvelles, elle apprend que son bon ami sera sous peu de jours jugé et fusillé.

Si elle ne devint folle, alors, c'est bien qu'elle sentit n'en avoir pas le droit. Il n'y avait qu'elle sur terre à pouvoir quelque chose et pour sa mère et pour son prétendu : alors perdre la tête, lui était-ce permis ?

Elle soigna sa mère, et jusqu'à la dernière minute... Mais quand la mort est là, amenée par la maladie, aussi par l'âge, on ne lui barre pas la porte.

Et ce n'était que la moitié de son malheur. Dans le malheur, on peut toujours s'enfoncer plus. Après l'enterrement, comme elle revenait sous la pluie, tête basse dans sa mante, une voisine s'est approchée d'elle : « Le conseil de guerre a siégé, et contre qui tu sais il a porté condamnation à mort. »

Il se disait en ville, rapporta cette femme, que dès le lendemain le soldat serait fusillé sous le rempart, au lever du soleil...

Cette fille rentre dans sa maison, si seule, malgré la compagnie de trois, quatre cousines ou voisines, se débarrasse doucement de tout le monde, s'enferme dans la petite salle, entre la porte qui donne sur la rue et l'autre porte donnant sur le jardin.

D'abord, elle se laisse tomber à deux genoux sur le carreau, priant, pleurant, la tête dans ses bras appuyés sur la table.

Mais bientôt, elle se relève, et la voilà de la porte à la porte, allant, venant, songeant à soi, songeant à son ami.

« C'est pour moi qu'il est condamné, parce que l'officier m'avait fait cette insulte, et lui, alors, il n'a pas pu se contenir... Il faut que je le sauve, il faut que je le sauve !... Pierre, mon ami Pierre... Avec une si grande passion de le sauver, je dois en avoir les moyens... Le rejoindre dans son cachot, lui parler, l'en tirer... Pierre, Pierre, mon ami, il faut que je te sauve ! »

Le dos à la muraille, à côté de l'horloge, elle s'arrête. « On ne peut pas me défendre de le revoir... Et je dirai que je lui porte du fruit, j'apporterai des poires du jardin. Je connais le geôlier, il n'est pas mauvais homme. »

Voir Pierre, le voir ! Elle aurait pu s'abîmer dans cette pensée. Mais elle pense plus avant. Son deuil, ses veilles, une fièvre, tout la monte. « Il faut que je le sauve, il faut que je le sauve ! » Cela lui fait bondir le cœur. Sa tête n'est qu'un feu où les idées prennent, brûlent, partent en fumée et en cendres. « Il faut que je le sauve ! » Et que faire ? Elle ne sait rien du cachot, des murs d'enceinte, des sentinelles. Scier un barreau, faire passer une corde ? On n'avait déjà plus le temps d'employer ces moyens... Trouver mieux, quelque adresse plus simple, et plus vive, et plus forte... Ha, Pierre, sauver Pierre. Lui ouvrir la prison, le faire évader de ces murs, Pierre, à l'air libre, sauver Pierre, sauver Pierre, sauver Pierre...

Elle ne sait encore ce qu'elle pourra faire, mais elle ira, elle fera. Il lui semble pourtant qu'elle

approche de l'idée à trouver, comme de quelque
brasier dont on sent venir le chaud sans en voir
la lueur. Une confiance déraisonnée la jette de
l'avant.

Sur le soir, pliée dans sa mante de deuil et sous
son voile, elle partit pour la prison.

Elle alla parler au geôlier. Elle le supplia de lui
faire cette grâce d'un dernier entretien avec le
condamné à mort. Elle apportait du fruit, un
panier de poires du jardin...

Et le vieil homme barbu, velu, renfrogné sous
la toque de fourrure, finit par se lever de sa chaise
et par prendre ses clefs.

« Allons, venez... Mais je ne vous laisserai pas
longtemps. »

Il la conduit par les corridors, ouvre une serrure, la pousse dans le cachot.

« Pierre, mon ami Pierre... »

Ils se jettent dans les bras l'un de l'autre ; et le
geôlier tire la porte sur eux : qu'ils se fassent leurs
adieux puisque demain, au petit jour...

Alors elle, les yeux en feu, pleine de décision :

« Pierre, fuis-t'en d'ici ! Vite et vite, toi, prends
ma robe, plie-toi comme je suis dans la mante et
le voile... Puis tu mettras ce mouchoir blanc sur
ta figure : tu sortiras, faisant la désolée... »

D'abord, il ne veut pas la voir rester dans ce
cachot : s'évader, lui, et la laisser répondre de cette
évasion. Mais elle, elle lui met les bras au cou, elle
le presse avec une telle passion de le convaincre,
qu'elle s'en fait entendre. Elle l'habille, elle lui dit
ce qu'elle a préparé pour assurer sa fuite hors de

la ville, — voilà que la nuit tombe, — dispose tout et règle tout.

Déjà le vieux geôlier revient, agitant son trousseau de clefs. Elle qui a passé les habits du soldat, s'est jetée en désespéré sur la paillasse ; elle s'y enfonce la face, dans les sanglots et la suffocation. Et lui, le mouchoir sur les yeux, les épaules sautant, il se traîne et se hâte le long du corridor, comme quelqu'un qui ne sait où il va, mais qui n'a plus idée, présentement, que de s'éloigner. Au corps de garde, on lui tire les verrous de la porte de fer.

« C'est son amie », se sont entredit les soldats à voix basse, et par compassion, ils se défendent de la dévisager... — Un pas, trois autres pas, Pierre se voit dans la rue...

Il va, rasant les murs, tourne dans les ruelles, — c'est l'heure d'entre-chien-et-loup — et sans que personne l'arrête il a su gagner les remparts. Là, il prend son endroit, — et son moment aussi, car il y a des hommes sous les armes qui vont et viennent, se laisse glisser sur l'herbe jusqu'en bas, plonge au fossé, remonte... Le voilà tout au large, maître de la campagne : il n'a plus qu'à courir.

Le lendemain, au premier gris de l'aube, un piquet de soldats entre dans le cachot.

La malheureuse fille n'avait pas fermé l'œil. Toujours l'angoisse : « Est-il seulement libre, échappé tout de bon ? A-t-il trouvé chez nous les habits de mon père ? » Toujours la peur de voir s'ouvrir la porte et des geôliers ramener Pierre, les fers aux pieds...

Mais c'est un caporal qui approche de son lit, qui lui met la main sur l'épaule.

« Debout ! Il faut nous suivre... Montre-toi ferme, c'est ton heure. »

Elle, sans dire mot, se lève, toute vêtue, renfonce son bonnet militaire, prend place entre quatre hommes.

Gagner encore quelques moments, une demi-heure, un quart d'heure, il lui semble que c'est servir Pierre.

Et s'il le faut, pour qu'il échappe, eh bien, qu'on la fusille !

Elle desserre sa cravate et elle marche. Sa nuit de tourment l'a tuée. Elle aurait cru tomber au premier pas. Mais elle se dit que tous ces hommes la prennent pour Pierre. « Il ne faut pas qu'ils pensent, même une minute, que lui, Pierre, a faibli. Tu n'as pas le droit de mollir. » Et elle va, marquant le pas.

Elle arrive sous les remparts comme le jour se lève.

Les tambours roulent. Les troupes de la garnison sont là toutes rangées, sous les armes. Elle regarde le poteau, et sans trembler, elle y va droit.

Le peloton, fusils hauts, vient prendre position. Un sous-officier s'avance pour bander les yeux du condamné. Il lui enlève le bonnet militaire.

Alors, d'un coup, les cheveux croulent sur les épaules de la belle. Elle secoue la tête, et ils volent au vent, comme si elle courait sur l'herbe des prairies.

Une clameur s'élève. Et du premier rang, à l'instant, elle passe jusqu'au dernier :

« C'est une fille ! C'est une fille ! »

Le peloton a mis crosse à terre. On approche de la belle : on voit sous l'habit du soldat ce beau corsage ; on voit sous les cheveux volants cette tête bien façonnée, aux lèvres rouges comme cerises, — sous les regards de tous ces hommes, son teint a pris un éclat extraordinaire...

« D'où sortez-vous, la jeune et jolie ? » On l'interroge. Un officier va faire son rapport au major de la place. Ordre est donné de suspendre l'arrêt de mort.

On allait ramener la belle à la prison, les troupes allaient regagner leurs quartiers, quand tout à coup un mouvement se fait.

Entre deux officiers, sous une veste de paysan, paraît Pierre, l'évadé de la veille.

À cette vue la belle fait un cri et tombe en défaillance.

Pierre n'a pas été repris : il revient de soi-même. Dans la nuit, s'éloignant de la ville, il est tombé sur des colonnes ennemies faisant route en silence. Il a vu ce que sont leurs dispositions et leurs forces ; il a compris quel danger menace les Français : ils vont être tournés, ils vont être surpris...

« Je ne désertais pas, non, j'allais m'engager sous quelque nom de guerre dans un autre corps de troupe. Après ce que j'ai vu, m'a fallu revenir. »

On le conduit au gouverneur. Et les yeux sur ses yeux, le gouverneur l'écoute. Il le questionne, tire à soi une carte, le regarde, regarde la carte, questionne encore... Puis :

« Je te crois ! Tu as fait une faute terrible contre la discipline : jusqu'à preuve du contraire, je ne croirai jamais que tu veuilles en faire une encore plus terrible contre l'armée, contre ton pays. Vois-tu ce que tu engages ?

— Oui, je le vois, mon général.

— Sur ce que tu rapportes, je jette l'armée au combat et vont tomber des centaines de camarades. Es-tu sûr de n'avoir pas de visions ?

— J'en suis sûr, oui, mon général. Et du reste, j'ai pu me saisir d'un traînard : qu'on interroge mon prisonnier.

— Tu maintiens tout ?

— Mon général, je le maintiens.

— Eh bien, je te fais confiance. Va te mettre en tenue, va reprendre ton rang. Je te tiens pour soldat.

— Merci, mon général.

— Tu sais ce que veut la discipline : je ne te promets pas ta grâce, mais va, je te permets de te battre en soldat. »

Sur-le-champ, profitant de ce que la garnison est rassemblée, le gouverneur prend ses mesures. Il expédie les ordres. Et aussitôt se forment les colonnes.

Les Français sortent de la place, avancent sous le couvert des bois. Rapidement, en grand ordre, en silence, la cavalerie marchant par escadrons, l'infanterie marchant par bataillons, ils se portent sur les points d'attaque. Ils tombent sur le flanc de l'ennemi, qui fait en toute tranquillité son mouvement : ils le surprennent, ils l'enfoncent. En fin finale, ils tuent ou prennent tout ce qui est sorti contre eux.

Le soir, le gouverneur s'enquit du condamné à mort. À point nommé, un officier le lui amenait, ce lieutenant que Pierre avait frappé au corps de garde.

« Mon général, je viens vous demander cet homme. Je dois reconnaître que, moi, je n'étais pas sans tort. Et dans l'affaire d'aujourd'hui, il m'a sauvé la vie. Notre régiment pense qu'il a gagné sa grâce.

— Grâce, non, je ne peux pas faire grâce, a dit le gouverneur, en posant son poing sur la table. Tout ce que je peux, c'est commuer la peine. Eh bien soit ! au lieu de le fusiller, qu'on le marie !... Va-t'en chercher ta bonne amie ; le lieutenant et moi nous serons tes témoins et demain se feront les noces. »

LE POTEAU DANGEREUX

Il y avait une fois une femme, brave femme sans doute, autant que d'autres, et plus que d'autres, mais difficile à vivre. Or un jour, faute d'être bien médecinée peut-être, voilà qu'elle s'est laissée mourir.

Son mari, certainement, a eu la peine qu'il

devait avoir. Mais, comme on dit : *À femme morte, chapeau neuf.*

On portait la défunte en terre, lorsqu'en sortant de la cour, — le passage était resserré, le pas glissant, — les porteurs s'y prirent mal. La caisse alla donner contre le poteau de la barrière. Or, voilà que la défunte, qui n'était pas défunte, mais tombée en torpeur, est tirée de sa léthargie par la secousse. Elle jette une plainte.

On s'écrie, on s'attroupe, on ouvre le cercueil.

Elle file un soupir...

Au lieu de la porter en sa fosse, bien sûr, on la porte en son lit.

Et elle se remet à vivre.

À quelques années de là, la fausse morte remeurt.

Il semblait que ce fût tout de bon cette fois. Le médecin fut appelé. Il certifia qu'elle était morte.

Mais au jour de l'enterrement, quand les porteurs furent près de sortir de la cour, on vit le pauvre veuf avancer de deux pas, se mettre contre la barrière :

« Attention là ; vous autres ! Ha, pour l'amour de Dieu, attention au poteau ! »

L'ANGE BLANC

Il y avait une fois dans ce bourg une belle fille à marier. On l'appelait Louise. On l'appelait l'Ange blanc aussi. Un peu parce qu'elle était de figure ravissante : jolie, autant qu'un ange. Surtout parce que sa mère, la voyant certain soir prendre le rhume des foins, les yeux tournés, les mains levées vers le ciel, avait crié comme à la comédie : « Mon Dieu, ne la mettez pas parmi vos anges blancs ! »

Entre tous les garçons qui recherchaient la Louise, ils étaient trois sans doute qui se poussaient encore plus que les autres ; le Jean, qui n'avait pas beaucoup d'idées et qui les avait courtes ; le Jacques, qui en avait trop et qui les avait biscornues ; le Pierre, qui les avait presque comme il faut les avoir.

La Louise cependant se laissait courtiser. La mère n'eût pas trouvé trop fort que le fils du roi d'Espagne ou que Jean de Paris vînt la demander en mariage. Mais ses tantes, elles, l'entreprenaient sur ces dédains pour ses galants.

« Et que crois-tu faire, pauvre petite, avec ces airs que tu te donnes de cousine de l'arc-en-ciel ? Tu verras les garçons te préférer pour finir quelque brave Toinette. Et toi, tu resteras vieille fille, comme une mule. Tu vieilliras entre ta tabatière et ta chaufferette, et quand tu quitteras ce monde, tu ne feras faute qu'à ton écuelle. Penses-y bien, penses-y bien !... Il n'est si belle rose qui ne devienne gratte-cul.

— Ho, mes tantes, disait la Louise en détournant la tête, comme vos discours sentent la vulgarité de village !

— Qu'ils sentent ce que tu voudras, pauvre

petite, mais qu'ils te donnent meilleur nez pour faire ton choix, en fin finale ! »

Il arriva qu'un soir, à la veillée, tirant Pierre à part en un coin, la Louise, de son air de reine, lui dit :

« Pierre, il se peut que je t'épouse... Seulement, il faut que je t'éprouve.

— Éprouve-moi, ma Louise, éprouve-moi !

— Irais-tu bien passer la nuit prochaine, de neuf heures du soir à six heures du matin, dans le cercueil qui se trouvera au cimetière, à côté de la chapelle ?

— Je le ferai pour toi, ma Louise, je le ferai.

— Après-demain, à la veillée, viens me rendre compte de ton épreuve. »

Un peu après, c'est Jean qu'elle tire de même à part, près du vaisselier.

« Jean, il se peut que je t'épouse... Seulement, il faut que je t'éprouve.

— Eh bien, Louise, éprouve-moi.

— La nuit prochaine, de dix heures du soir à cinq heures du matin, passerais-tu le temps à casser des noix sur un cercueil qui se trouvera près de la chapelle ?

— Bon, ma Louise, je casserai des noix, j'en casserai.

— Après-demain, à la veillée, viens me rendre compte de ton épreuve. »

Puis, elle s'arrange encore pour tirer Jacques à part près de l'horloge.

« Jacques, il se peut que je t'épouse... Seulement, il faut que je t'éprouve.

— Que tu m'éprouves, ma Louise ? Bien sûr, éprouve-moi !

— La nuit prochaine, d'onze heures du soir à quatre heures du matin, traînerais-tu bien des chaînes dans l'allée du cimetière ?

— Des chaînes ? Hé, je les porte bien pour l'amour de toi, ma Louise ! Si tu veux que je les traîne, bien sûr, je les traînerai !

— Après-demain, à la veillée, viens me rendre compte de ton épreuve. »

Pour l'amour de leur belle, les trois jeannots de garçons sont allés au cimetière. Pierre à neuf heures s'est couché dans le cercueil, a remis le couvercle sur soi. Une heure plus tard, Jean est arrivé là, s'est installé à califourchon sur cette caisse et s'est mis à casser des noix, casser des noix craquelantes comme des ossements... Une heure plus tard encore, Jacques est venu dans l'allée traîner des chaînes, traîner des chaînes.

Quelle nuit de remuement, tremblement et vacarme... Chacun de ces trois ignorait ce qui avait été commandé aux deux autres. Le matin, ils ne se sont même pas vus, puisque Jacques s'est retiré une bonne heure avant Jean, Jean une heure avant Pierre.

« J'ai le cœur transi, la tête me vire... » Sous ces sapins auxquels le vent donnait un lent ballant, tous trois, cette nuit-là, ils n'ont guère su former autre idée en leur tête. Les idées, dans le noir, ne sont plus celles qu'on a sous le soleil.

Le soir, cependant, à la veillée, chacun est venu rendre compte de son épreuve à ce cher Ange blanc.

Pierre et Jacques s'entre-regardaient ; puis, de l'œil, ils ont cherché Jean. Ces mines de déterrés, cet air d'ensommeillement et de mystère...

« Il y en a, a commencé Pierre, qui n'ont pas fait leur nuit peut-être sur les deux oreilles.

— Quelqu'un, dit Jacques, a dû se payer notre tête. Et si nous, maintenant, nous ne lui jouons pas le tour, nous ne sommes que de pauvres benêts.

— Je ne vois pas, a dit Jean, dans quelle affaire nous sommes, mais ce que vous déciderez de faire, je le ferai avec vous.

— Eh bien, a repris Pierre, venez demain soir chez moi, nous nous concerterons. »

Chez Pierre, le lendemain soir, ils se sont concertés. Ils ont conclu que l'Ange blanc lui aussi devrait passer une nuit blanche.

Comme dans le petit navire, ils ont tiré à la courte paille, pour savoir qui, qui, qui serait mangé : c'est-à-dire qui affronterait le premier cette belle Louise.

Le sort est tombé sur le plus bête, le pauvre Jean. Ils avaient décidé de se présenter à elle déguisés en anges blancs. Tout ce qu'il a su faire, ç'a été de s'oindre de miel et de se rouler dans la plume.

Trois petits coups frappant, il heurte donc à la porte. La mère de Louise vient lui ouvrir.

« Je suis un ange, le bel ange blanc, ange envoyé d'en haut pour guider votre fille.

107

— Ha, guidez-la, bel ange ! Tout le jour je lui dis de faire choix d'un mari, et si elle ne sait choisir, qu'elle consulte les sept étoiles. De vendredi à vendredi, pendant sept jours on compte sept étoiles ; un pied en l'air un pied en bas, en se couchant on regarde le croissant :

> *Belle lune, beau croissant,*
> *Fais-moi voir en mon dormant*
> *L'homme que j'aurai en mon vivant !*

Et sans manquer, on voit en rêve son futur...
— Où est-elle, votre Louise ?
— Dans sa chambre jolie, garnie d'un beau lit blanc couvert en roses blanches. Venez, venez, bel ange ! »

Le bel ange a suivi. Mais avec ce miel et ce duvet qui se collait partout, il n'a pas dû faire merveille. Moins de deux minutes après, on l'a vu sortir de la maison, le bec essuyé d'un coup de coude.

Puis Jacques s'est présenté, accoutré de bizarre façon avec de grandes ailes d'oie qui lui tenaient mal aux épaules. La belle plume fait le bel oiseau !
Et il a adressé un discours à la mère, qui lui a répondu par les oiseaux de la nue et l'étoile du soir, le firmament et sa Louise. Mais, conduit auprès d'elle, il est, sans trop tarder, sorti de la maison, une de ses ailes pendant comme un volet à demi dégondé.

Est venu le tour de Pierre. Il s'était affublé d'une longue chemise et, pour mieux ressembler à un ange, il s'était mis une jarretière au front qui retenait ses cheveux, — les hommes en ce temps-là les portaient retombant aux épaules.

« Venez, venez, bel ange, lui a fait la mère. Je vais dire à ma fille d'accueillir ce bel ange blanc. »

Or lui, ce Pierre, il n'est pas aussi vite sorti de la maison.

Au matin, la mère du garçon, ne le voyant pas paraître, va voir au lit : le lit n'était pas défait et les habits étaient tous là.

Voilà la bonne femme aux cent coups.

Elle se lance dans le bourg, vole de rue en rue. « Qui me dira quelque chose de mon Pierre ? »

En menant tout ce train, elle arrive chez Louise.

« Le Pierre, avez-vous vu mon Pierre ? Il faut que des brigands soient venus l'enlever !

— Des brigands ! a dit la mère de Louise. Non pas, peut-être, mais de beaux anges blancs ! Cette nuit, il est venu chez nous tout plein de ces anges ; j'en ai encore un là, ne faites pas tant de tapage.

— Que me chantez-vous d'anges blancs ?... Pierre, serais-tu là, mon Pierre ! »

Pierre a paru en ange. Mais traverser le bourg ainsi fait, alors que toutes les têtes y étaient en l'air depuis que sa mère avait couru les rues, ne lui disait pas beaucoup.

Sa mère est donc allée lui chercher sa vêture.

Elle a bien pris le détour, par les ruelles des jardins, mais en faisant si grande ostentation de mystère...

Enfin, mères, fille, fils, les voilà tous aux anges.

Le même soir on a fait le contrat, le dîner des accords.

> *L'amour, l'amour si belle*
> *M'empêche de dîner !*

Dans la même semaine, les noces.

Il avait fallu que le Pierre se mît en ange blanc pour gagner sa Louise. Mais même toutes ailes quittées, après cela, ils ont volé vers le bonheur.

Le bonheur, du moins tel qu'on l'a sur cette terre. Vous savez bien ce qu'on chante à la mariée :

> *Mariée, pleurez, pleurez, mariée !*
> *La mariée a les pieds mouillés ;*
> *La rosée ne les a pas trempés :*
> *Ce sont les larmes qui sont tombées.*
> *Pleurez, lambris, poutres, chevrons,*
> *S'en va la fleur de la maison !*

Pleurez sur votre départ d'ici, mais aussi sur ce qui vous attend en ce chien de ménage :

> *Madame la mariée,*
> *Vous n'irez plus au bal,*
> *Vous garderez la maison,*
> *Tandis que les autres iront !*

Et tout le reste de la chanson, vous savez bien, vous savez bien...

Il y avait une fois un garçon, — on lui disait Pierrounet, —qui en tenait pour une fille, la Mion. Un dimanche, comme tous les dimanches, il est allé faire le berger auprès d'elle. C'était au printemps des merveilles, si beau, si gai, rempli de violettes !

« Là-bas, sous les vergnes le vent ne prend pas et tes chèvres blanches sont de bonne garde. Viens avec moi, ma Mion, nous ferons la pausette.

— La pausette, pourquoi faire, dis ?

— Pour bavarder un peu, Mion.

— Si tu le veux, je le veux, Pierrounet.

— Et alors, ma Mion ?

— Alors quoi, Pierrounet ?

— Alors, notre besognette, Mion ?

— Quelle besognette, Pierrounet ?

— Nous nous marions, ma Mion, nous ne nous marions pas ?

— Pour se marier, Pierrounet, il faut se prendre en gré.

— Oh, mais, moi, je t'ai prise assez en gré, Mion !

— Oui, mais moi, je ne t'ai pas pris assez en gré, Pierrounet.

— Tu m'y prendras, tu m'y prendras, va, ma Mion, ma mie, ma mignonne !

— Et pourquoi m'as-tu prise si en gré, Pierrounet ?

— Vois-tu, ha, tes beaux yeux m'enchantent, me

riant, me regardant... C'est tes yeux, Mion, c'est tes yeux !

— Rien que mes yeux, Pierrounet ?

— Et ton parler, Mion !

— Rien de plus, Pierrounet ?

— Tes cheveux aussi, Mion.

— Ainsi donc, Pierrounet, rien que mes yeux, mon parler, mes cheveux ?

— Et tout ton air, tout ton biais, ma Mion.

— Écoute, Pierrounet : je cloche un tout petit peu d'une jambe.

— Si tu savais, ma Mion, comme tu y as bonne grâce.

— Tu me fais rire, té, Pierrounet... Mais dis : tu ne serais pas fol ? On dit que des gens le sont quand les fèves sont en fleur ?

— Quand je ne te vois pas, le temps est tout bouché, ma Mion.

— Oh, allons, Pierrounet !

— Quand je te vois, le soleil luit partout, ma Mion.

— Oui, tu dis bien, mais je n'ai pas de dot de mariage, Pierrounet, sinon quatre livres de fromage, du sel plein mon sabot.

— Est-ce que je te parle de dot ? Je n'en veux pas, ma Mion.

— Faudra pourtant faire bouillir la marmite, Pierrounet.

— Je ferai bouillir la marmite, ma Mion.

— C'est qu'à moi, il me faut douze robes, Pierrounet !

— Tu auras tes douze robes, ma Mion.

— Il me faut un sautoir et des pendants d'oreilles, de jolies dorures, Pierrounet.

— Tu auras tes jolies dorures, ma Mion !

— Me faut encore une petite chambrière, Pierrounet.

— Ta chambrière, tu l'auras, ma Mion !

— Mais tout ça coûte, Pierrounet.

— Ça coûtera ce que ça coûtera, ma Mion.

— Nous ne serons jamais assez riches pour tout
ce train, dis, Pierrounet ?

— Nous emprunterons, ma Mion.

— Les dettes ont tôt fait de chavirer une maison,
Pierrounet.

— Nos dettes, mais nous les paierons, ma Mion !

— Avec quoi, Pierrounet ?

— Nous nous arrangerons assez, va, ma Mion.
Nous ferons auberge et vendrons du tabac : six
sous le vin rouge et douze sous le muscat.

— Je suis gourmande, vois-tu bien, Pierrounet :
pour avoir quelque gourmandise, j'engagerais ma
chemise.

— Je te ferai vie qui te contente, ma Mion !

— Le matin, dans mon lit, je voudrais du lait
chaud bien sucré, Pierrounet, avec de la brioche
et du pain de noisille !

— Je te porterai ton lait chaud, ma Mion, ma
mignonne.

— Ce n'est pas trop l'affaire d'un homme, Pierrounet.

— Ma mère te le portera donc, ma Mion.

— Je ne veux pas de belle-mère à la maison, non,
Pierrounet.

— Tu n'auras pas de belle-mère, ma Mion.

« — Je ne peux pas aller de mon pied, Pierrounet.

— Je t'achèterai un cheval harnaché d'argent, ma Mion.

— C'est trop vouloir se montrer, Pierrounet.

— Alors, une mule à floquets de laine bleue, ma Mion.

— Une mule, c'est trop entêté, Pierrounet.

— Une petite ânesse grise, bien facile, bien douce, ma Mion, ma mignonne.

— Ça fait trop petit monde, vois-tu bien, Pierrounet.

— Je te porterai sur l'échine, si tu veux, ma Mion.

— Tais-toi, té, Pierrounet, tu es plus fou que les cloches ! »

Peut-être bien. Mais fou parce qu'il la voulait, à toute force, à toute force ! Et elle, follette aussi, mais fine comme la mésange, comme le pimparin.

Ils parlaient, ils parlaient, et d'avance ils savaient qu'il y aurait à rabattre. On ne sait jamais pourtant ce que la vie peut donner...

Allez, allez vous marier ! !

Et ils ont fait leurs noces.

N'en furent pas au milieu du bois, la chanson fut finie.

Mais ils ont rabattu ce qu'il fallait rabattre, voulant tous deux raison garder, ils ont fait maison comme les autres. Et pour finir, ils sont montés au paradis tous deux : le vieux, la vieille, au ciel avec leurs chèvres !

Il y avait une fois un fermier qui avait une fille en âge d'être mariée. Il entendait trouver quelque riche parti. Mais la petite avait fait son choix : elle voulait son voisin.

Le voisin n'avait qu'un petit bien, deux vaches. Le père n'écouterait pas la demande de la bonne oreille.

« Parle-lui ! disait le galant.

— Oh, disait-elle, il faudra amener la chose d'un peu loin, bien choisir l'heure. Ne pas le surprendre, surtout. Si nous le surprenons, il se cabre, il ne veut plus rien savoir ! »

Un jour, c'était foire à la ville, le père se met en route sitôt la soupe mangée.

Le galant, qui l'avait vu partir, arrive. Les voilà tous deux à parler.

Tout à coup, elle entend un pas.

« Oh, mon Dieu ! Le père revient !... »

« Ha, vite, vite, s'il te trouve ici sans que tu aies une bonne raison à lui donner, nous sommes perdus. Vite, une bonne raison ! »

Ma foi, c'était trop court ! Le garçon, effaré, passe l'œil autour de lui, ne voit rien que, là, l'horloge. Il se fourre dans la caisse, précipitamment. La petite a juste le temps de refermer la porte sur lui.

Le père entre.

« Quand on n'a pas bonne tête, faut avoir bon talon. En changeant de culotte, ce matin, j'ai oublié ma bourse dans mes brayes de tous les jours. »

Il prend cette bourse et va pour ressortir.

Mais malheur et va te faire pendre ! Il se plante devant l'horloge.

« Té, elle s'est arrêtée... Je la remonte avant de repartir. »

Avant que la petite, pétrifiée, ait pu seulement faire un pas, le père ouvre cette caisse.

Voilà les deux hommes nez à nez, à trois pouces l'un de l'autre, se regardant dans le blanc des yeux. Et la petite : « Pourvu qu'il trouve une bonne raison ! Pourvu qu'il trouve !... »

« Que diable fais-tu ici ?! »

— Ho, dit le garçon, sans bouger d'une ligne du fond de la boîte, ho..., je passais... Alors, j'y suis entré là... »

LA VEILLÉE TARDIVE

Il y avait une fois une Marion qui s'était gagée comme servante chez une dame de la paroisse. Par malheur, cette Marion était du matin, alors que la dame était du soir. La dame veillait, veillait, sur son tricot jusqu'à des heures qui n'étaient plus chrétiennes ; et la Marion devait veiller à ses côtés. Pauvre Marion, qui eût tant aimé dormir ! Au soir, sa journée faite, elle ne demandait que son lit. La nature le veut :

Jeunesse qui veille et vieillesse qui dort
Sont bien près de la mort.

Par bonheur, la Marion avait un galant, valet dans un domaine du côté des grands bois. Ce garçon connaissait les rubriques, il promit de tout arranger.

De fait, le même soir, comme neuf heures sonnaient à la comtoise, on entendit frapper dans le galetas trois gros coups. Et une voix, qui n'était pas de ce monde, — caverneuse, comme de quelqu'un qui cornerait dans un sabot, — de là-haut a crié :

« Neuf heures ! Au lit ! Dieu le commande !
De veiller trop tard on se damne.
Qui ne le croit, qu'il voie ma grande jambe ! »

Là-dessus, la trappe du galetas s'ouvre. Le conte dit de celui qui a déchargé son fusil sur la Chasse royale qu'une jambe sanglante lui tombe dessus de la nuée : là pareillement, une longue, longue jambe descend, toute pendante, vient balancer devant le nez de la dame.

La dame, elle, eut tôt fait de plier le tricot.

De ce jour, sitôt neuf heures sonnées, sitôt la veillée achevée : « Vite, Marion ! Neuf heures sonnent, allons au lit ! »

Il faut bien que ces vieilles rubriques de peurs et fantasmagories servent à quelque chose.

LE MAUVAIS SAINT

Il y avait une fois le bon saint de l'endroit ; d'âge en âge, il était devenu si ancien que son image de bois taillé s'en allait en débris.

Et pour qu'on y taillât une autre image de bois dur, une femme, l'Isabeau, donna son poirier au curé. — Ce poirier ne portait que des poires pleines de pierres. — Elle demanda seulement qu'on y taillât aussi une écuelle pour elle.

Ainsi fut fait. Et le nouveau saint fut installé en bonne place dans l'église.

Isabeau donc, se sentant des droits sur lui, allait volontiers lui parler en ses difficultés.

Lorsqu'elle sut que sa fille, qui était mariée à trois lieues de là, attendait un enfant, elle vint lui demander que ce fût un garçon.

« Grand saint, fils de mon poirier et frère de mon écuelle... »

Comme elle était ainsi à l'église, dans cette belle prière, tout en émotion arrive une voisine.

« Isabeau, vite, vite ! Votre fille vient d'accoucher !

— Mon bon saint soit béni ! On a eu des nouvelles ?

— Hé, des nouvelles ! C'est chez vous ! votre fille qui n'est pas mariée ! Je vois que vous ne vous en doutiez pas, vous non plus. Soudainement, le mal d'enfant l'a prise... »

Isabeau, le souffle coupé, retombe sur le banc. Toute secouée, cramoisie, le sens des choses lui

revenant, elle apostrophe le bon saint son compère :

« Hé, toi, va, maintenant, on peut voir quel beau
saint tu fais ! Dans mon clos tu ne donnais que de
mauvaises poires, et du ciel tout pareillement, tu
ne donnes que de mauvais miracles ! »

LF BERTRAND

Il y avait une fois un Bertrand... Tout le monde
le sait : un Bertrand ou un traîne-éclots, c'est celui
qui fait les mariages, qui en a l'idée, puis les
arrange, porte les paroles d'une famille à l'autre.

Un dimanche matin, à la sortie de la messe,
celui-là entreprit Jeantou, le sabotier, qui traînait
sur la place.

« Et alors, dis, Jeantou, ça ne te dirait pas
d'avoir à la maison une bonne petite femme ?

— Ah, ma foi non ! Avec la liberté, même sans
un sou vaillant, on est encore le plus riche.

— Écoute, une petite femme te ferait ton fricot,
tiendrait ta maison propre. Un homme n'aime
guère s'en prendre aux torchons, aux casseroles.

— Je ne dis pas. Mais si elle ne faisait pas le
fricot à mon goût ?

— J'en connais une, va, elle s'y mettrait vite.

— Et si elle est du matin et que je sois du soir ?
Qu'elle veuille la porte fermée, que je la veuille
ouverte, qu'elle aime parler des uns, des autres, et

moi boire mon verre de vin sans qu'on me casse les oreilles ?

— Hé, bête, une fois marié, pourquoi serais-tu tenu de rester à la maison ? »

LE MAÎTRE VANTARD

Il y avait une fois un gros paysan, demi-monsieur de campagne, qu'on nommait Tricanelle. Il n'était pas de ces plus fins : plutôt d'esprit pointu comme le cul d'une barrique. Et leste comme cet écureuil à deux cornes, de dix quintaux pesant, qu'on appelle le bœuf. Son valet était son frère de lait : leste, lui, comme la minette et de tête bien débrouillée.

Tricanelle aimait se vanter. Rappelez-vous le jeune de Cheuchanelle, là-haut au-dessus des grands bois, le jeune dont parle la chanson, qui a dix-sept chemises et dix-huit gilets et il se mêle de tout, va à l'église et les lorgne toutes, les jeunes et jolies, et les laides itou.

Un jour à l'auberge, Tricanelle se prit de propos avec les buveurs. La tête échauffée par le clairet, il allait, en ses vantardises, faire je ne sais quel sot pari.

Son valet lui marcha à temps sur le pied.

« Non, écoute, parie plutôt de porter vingt sacs ! »

Un homme fort, c'est celui qui peut porter sous chaque bras un sac de blé. Vingt sacs !... Il n'est homme né de mère qui le puisse.

Tricanelle avait parié... Eh bien, il gagna son pari. Il n'avait pas été dit que les sacs devaient être pleins : et il les porta vides... Mais ce ne fut que par l'astuce du valet qu'il se tira d'affaire à son honneur.

Après cela cependant, il se crut le fils de la poule blanche. Et plus que jamais parti en vantardises !

Au vrai, il songeait à prendre femme.

Mon temps avance : quand viendra-t-il mon tour ?

Mais au four, à la fontaine et au moulin, il se disait que Tricanelle ne se marierait pas trop aisément : qu'il sentait la punaise, que sa bourse était a sec comme ma boutasse au mois d'août, qu'il était si avare qu'il se chauffait à la fumée de crottin de cheval plutôt que de brûler son bois, et trente-six autres. Car, s'il ne faut que mourir pour être tout céleste, il ne faut que vouloir se marier pour faire mal parler de soi.

Il y avait en ce même temps une fille au bourg de Sauvessanges. Fille faite, fille bien parvenue. Mais jeune avec cela, et gracieuse, on ne peut pas savoir ! Et Tricanelle était allé parler au père.

Le père s'était contenté de dire que sa fille avait le choix tout libre. « À elle de se prononcer. Elle est en âge d'y voir clair ; elle a du sens, je ne lui parlerai ni pour l'un ni pour l'autre. »

La fille, elle, se contentait de chanter un bout de la chanson :

Je prendrai un homme qui sache labourer,
Bêcher la vigne et me faucher le pré !

Les frisons voletant, elle chantait le couplet, mais s'en tenait à cela.

> *Et allons, gai, gai, gai, ma tourlourette,*
> *Et allons, gai, gai, gai, ma tourlouron !*

Droit à un vendredi, devant Pâques fleuries, la nuit venant, Tricanelle dit à son valet de le suivre. Sur le chemin il lui parla.

« Pour épouser la fille, il faut lui plaire ; pour lui plaire, il faut lui donner quelque idée de soi. Ça se suit comme les crottes de bique au derrière de la bique. Je ne peux pas dire moi-même de moi que je suis de bonne famille, adroit à faire les yeux à un chat, vaillant comme toute une ruche d'abeilles. Mais toi, tu peux le dire pour moi. Quand je dirai donc que j'ai un chariot à quatre roues, ou que j'ai une horloge à poids, toi, vite, ajoute : « C'est vrai ! Et c'est lui qui l'a fait ! »

— Entendu, convint le valet-frère de lait qui était bon garçon. Je le dirai sans manquer, comme s'il y allait du mien. »

Ils arrivent chez la fille, donnent le bonjour, parlent des santés, parlent du temps.

Puis, croyant avoir amené les choses, Tricanelle se met sur sa famille et ses biens, et ses meubles.

« J'ai un pacage à la Rigaudie, qui pourrait valoir dix mille francs selon le bâtiment qu'on y bâtirait. Et à la Renaudie une maison tout en pierres de taille.

— Oui, fit le valet, et c'est toi qui l'as faite !

— J'ai un lit-placard garni de fleurs, de rosaces

et de pataraphes, tout travaillé à la pointe du couteau.

— Oui, continue le valet, et c'est toi qui l'as fait !

— J'ai une armoire à deux battants, tout en cerisier rouge.

— Oui, et c'est toi qui l'as faite, bien sûr ! »

Tricanelle avait une arche, il avait une maie,
avait un coffre à sel. Sur quoi le frère de lait chantait fidèlement son refrain : « C'est vrai ! Et c'est
toi qui l'as fait. » Ou : « C'est toi qui l'as faite ! »

« Un chariot et ses chevaux, — dia, hue, yo ! —
pour me mener mon bagage... Une paire de bœufs
blancs, — dia, avant ! — pour me faire mon labourage ! »

Le frère de lait ne pipe plus mot. Il avait un peu
de cervelle et n'allait pas dire : « C'est toi qui les
as faits ! »

« Une vache grivelée, bien cornée, pour servir
en mon ménage... — Tricanelle haussait le ton,
précipitait le débit, en lançant au valet un regard
furieux. — Une couvée de poussins, trente-cinq, et
la mère qui les mène. »

Le valet continuait de se taire, regardant entre ses
pieds. Le maître de plus en plus furieux qu'il se tût,
débitait son chapelet de plus en plus vite :

« Une coche, huit petits cochons, — huit ils
sont, — et c'est MOI qui les ai faits ! »

Du coup la belle, ses sœurs et ses amies n'ont
plus pu y tenir. Le fou rire les prend, un fou rire
qui les faisait toutes vermeilles et qui allait jusqu'à
leur mettre des pleurs aux yeux.

Le frère de lait, voyant Tricanelle avoir ce pied
de nez, essaya de faire croire que la chose avait

123

été dite exprès pour qu'on en rît. Mais les demoiselles avaient trop vu la vantardise et la sottise.
Comme elles virent là la finesse du valet. La belle,
riant encore, le regarde d'un œil doux pour signi-
fier qu'elle n'était pas dupe. Et lui tout transporté,
ne pouvant plus se contenir, le voilà qui chante :

> *Il y a trois choses au monde,*
> *Trois choses à désirer :*
> *Du bon vin, de l'argent blanche*
> *Et le cœur d'une beauté !*

Ils se sont pris ainsi par amourettes.

Le père avait du sens, comme la fille. Il a voulu,
ma foi, que le mariage se fît. Non pas avec Tricanelle, mais avec le frère de lait.
Les belles préféreront un garçon dégagé et qui
a de l'esprit à un lourdaud pataud comme le bœuf
et bête comme un troupeau d'ânes. Cela durera
tant que le samedi sera la veille du dimanche, — ça
peut durer encore un bout de temps.

PRENEZ-LE, NE LE PRENEZ PAS

Il y avait une fois un curé, dans une bourgade,
qui, au matin de chaque fête signalée, entendait
qui se présentait en confession. Ce matin-là de la
Saint-Jean d'été, se présenta la veuve du cordon-

nier. Et lorsqu'elle lui eut défilé ses péchés, elle lui demanda conseil.

Elle lui dit que son mari avait pour aide un compagnon honnête et fidèle, adroit de ses doigts en toutes ces besognes de la cordonnerie ; et sans ce garçon, elle aurait dû déjà fermer boutique. Ne ferait-elle donc pas mieux de se l'attacher, de l'épouser ?

« L'épouser, soit, dit le curé : épousez-le.

— Mais j'ai peur, voyez-vous, qu'il prenne le dessus. Si de mon valet je me fais un maître ?

— Ce serait un cas bien fâcheux, dit le curé : ne l'épousez donc pas.

— Comment ferai-je alors ? Je ne puis soutenir les affaires, s'il n'y a quelqu'un pour mener la boutique. Et trouverai-je autre que lui ?

— Prenez-le donc, dit le curé.

— Mais si ce mariage me mettait tout à bas ? Qu'il s'empare de mon bien, qu'il me tienne pour rien, et qu'avec lui je n'aie ni paix ni aise ?

— Ne le prenez donc pas, dit le curé.

— Oui, mais alors, que deviendrai-je ? Encore plus sûrement, tout mon bien va se perdre ! »

Ils discutèrent ainsi près d'un quart d'heure ; et elle, n'ayant courage entier, elle hésitait toujours.

Enfin, le curé vit où le bât la blessait, et qu'elle désirait ce remariage. Il fut près de lui dire : « Prenez-le donc au goût de votre rate, et plus de raisons, puisque c'est résolu. »

Elle venait non se faire conseiller, mais se faire approuver. Et l'approuver ? Lui, il augurait mal de ces secondes noces. Il voyait cette figure maigre et grippée, ce teint d'un jaune tirant sur le cochon

125

brûlé, une veuve déjà sur l'âge, et se disait que le compagnon n'épouserait la bonne femme que pour avoir à soi la boutique. Mais accueillerait-elle cette vérité-là ?

Elle semblait toujours balancer le pour et le contre.

« Ce valet, le faire le maître... Et d'autre part, sans un homme à l'houstau, — autant dire l'hostel, le logis, — moi pauvrette que puis-je ? »

Là-dessus, en haut, au clocher, se mirent à carillonner les cloches de la fête.

« Ho, fit le curé, d'un ton portant sentence : écoutez ce que ces cloches vous diront : et comme elles vous diront, vous faites. »

La bonne femme sort du confessionnal. À pleines oreilles elle écoute.

Les cloches chantaient en leur branle :

> Ton valet,
> Te le faut
> Faire l'homme de l'houstau,
> Ton homme,
> Ton homme !

Elle n'avait pas été longue à l'entendre : elle ne fut pas longue à épouser le compagnon.

Mais le gaillard ne fut pas long non plus à prendre le dessus, comme elle l'avait craint. Au bout de trois semaines, il ne lui aurait même pas laissé sans permission tourner la queue du chat. Elle était la maîtresse : elle devint servante. Et si elle voulait gémir, crier, pousser sa plainte, il empoignait le tire-pied, il lui donnait les étrivières, à

126

grands coups de courroie sur l'échine, ou sur le râble, il ne regardait pas de si près où ça tombait.

À la Saint-Jean d'hiver, elle n'y tenait plus. Elle retourna voir son curé, mais cette fois pour lui faire des reproches.

« Où cela m'a menée, je le vois, à présent. Maudits soient l'heure et le jour, et l'année, où j'ai suivi votre conseil.

— Conseil ? répliqua le curé. Vous en ai-je donné ? Je vous ai dit de bien entendre ce que vous chanteraient les cloches. Écoutez-les, que chantent-elles ? »

Le sacristain venait de les remettre en branle. Elle écouta. Et cette fois, comme la peine lui avait ouvert l'entendement, oui, cette fois elle entendit :

> *Ton valet,*
> *Ne te faut*
> *Faire maître de l'houstau,*
> *Ton maître,*
> *Ton maître !*

LE GARÇON À MARIER
ET SA PRIÈRE

Il y avait une fois un garçon, le Jacquou, qui voulait tout bien prendre. Peut-être pour cela, ou par crainte, par simplesse, il n'avait pas encore pris femme.

Tous ceux de son âge étaient mariés depuis des mois et des années. Lui, il ne parlait pas encore d'en venir là.

Il s'était mis ainsi un peu à part des autres, comme celui, vous savez bien, qui ne pleurait pas au sermon alors que toute l'assistance larmoyait, parce qu'il n'était pas de la paroisse : il était, lui, de Picquolagne. C'était dans l'endroit du Jacquou que la chose était arrivée : depuis on en parlait toujours.

Ne pas faire ce que font les autres, c'est ce que les autres ne peuvent souffrir. Tout le monde entreprit ce pauvre bon Jacquou. Sa mère en tout premier. Elle fit marcher la Bertrande, la marieuse du pays, qui arrangea une entrevue.

Il fut entendu que, le dimanche, dans l'après-dînée, le Jacquou irait au bourg voir une certaine fille. Le Jacquou n'était pas tellement décidé. Mais pour la mère, et la Bertrande, et tout le village, il a dû en passer par là.

Le dimanche donc sa mère le fait bien beau. Elle lui noue la cravate, l'époussette de son mouchoir, et l'expédie. Il part, sans se sentir trop en train.

En passant devant l'église, l'idée lui vient d'une petite prière à faire à son patron.

C'était avant les vêpres. Tout le monde était dans les maisons. La place et ses cailloux bourdonnaient de chaleur autour de deux tilleuls. Personne dans l'église. Du moins, Jacquou le crut. Le sacristain venait d'arriver ; il avait à sonner les vêpres, mais il s'était coulé au fond de la sacristie,

128

voulant savoir quel goût avait le vin de messe, cette après-dînée-là.

Le Jacquou donc s'adresse à son saint Jacques. Ma foi, se croyant seul, il lui parle. Pour lire dans sa pensée, c'est comme pour lire dans le journal, on l'entend mieux tout haut ; et encore on a assez de mal à se comprendre.

« Bon grand saint Jacques, dit donc le Jacquou, faites-moi cette grâce de ne pas me marier ! »

Mais voilà que d'un peu loin, d'on ne savait quels fonds, une voix arrive comme de quelqu'un qui parlerait dans un entonnoir.

« Je ne te ferai pas cette grâce : il faut que tu te maries, Jacquou !

— S'il faut que je me marie, faites du moins que je ne sois pas mal marié !

— On verra ça, reprend la voix. Je ne peux rien te promettre.

— Eh bien, si je suis mal marié, faites alors que je ne m'en avise pas !

— Tu es tout fait pour ne pas t'en aviser, pauvre Jacquou, tu n'as pas tant d'idée, tu ne t'en aviseras pas.

— Merci de vous et de vos peines, bon grand saint Jacques ! Alors, je me marie. »

Il tournait les talons, gaillardement parti pour le mariage, quand il fait demi-tour, revient et s'age-nouille.

« Écoutez, grand saint Jacques, parlons peu, parlons bien. Voyez, pour me marier, je ne demande pas l'impossible. Mais promettez-moi une chose ?

— Quelle chose, Jacquou ?

— Eh bien, que si des fois, si des fois...
— Quoi, si des fois ?
— Ma femme me trompait et que je m'en avisais, ça ne me touche guère, que moi aussi je sois de Picquolagne ! »

LE GALANT MAL BARBIFIÉ

Il y avait une fois un garçon, bien brave, si vous voulez, mais qui n'avait jamais coupé trois pattes à un canard. Un peu épais de cuir. Et cependant, arrangez ça, mou comme du lait caillé.

On n'avait pas pu lui trouver de femme, à ce pèlerin-là. Il faut pourtant, quand le diable y serait, que chacun trouve sa chacune. Une marieuse s'en mêla donc, une Bertrande, comme on dit. Pour lui, tel qu'il était, elle découvrit une prétendue : si grêlée qu'on aurait pu lui semer des pois sur la figure ; en revanche, quelque peu camarde, — on ne peut pas tout avoir. Elle était bonne, facile à vivre, — ne voilà-t-il pas qui suffit ?

Mais la connaissance se faisant, cette fille trouvait le soupirant si oison qu'elle ne savait qu'en attendre. Le mariage en projet avait tout l'air de se démantibuler.

La marieuse, donc, va parler au garçon. Elle le rencontre dans le chemin, qui remontait du moulin, un sac de farine sur l'échine. Et là, tout enfariné sous les branches que remuait le vent, il sem-

130

blait un de ces fantômes qu'on plante dans les cerisiers pour effrayer les merles.

On n'était plus qu'à quelques jours de la Noël, et il se trouvait que cette année-là, la Noël tombait un lundi.

« Dis, Glaudon, il serait à propos que tu ailles voir la Madelon, dimanche qui vient.

— C'est ça, j'irai.

— Mais fais-toi beau. Habille-toi de tes dimanches.

— C'est ça, je m'habillerai.

— En passant par le bourg, va chez le tailleur ; le tailleur rase.

— C'est ça, je me ferai raser.

— Et puis, pauvre Glaudon, quand ce ne serait que pour la Noël, porte quelque petit présent à ta prétendue ! Quelque affiquet, ce que tu trouveras.

— C'est ça, je lui porterai quelque petit présent. »

Le dimanche, il s'habille, tourne par là, passe au cellier, — il fallait bien trouver quelque chose de mignon à offrir à la Madelon, — avise une citrouille, peut-être quelque peu amollie, mais toute rebondie, tout énorme, qui restait de la récolte, et qui était encore citrouille. Il la fourre en un sac, prend le sac à l'épaule, et le voilà parti.

Au bourg, il va chez le tailleur-barbier. Ce barbier lui jette un coup d'œil, — c'était la première fois qu'il y venait, — lui dit de s'asseoir, que ç'allait être à son tour.

« Pose ton sac dans un coin.

— Hé oui, c'est ça ! Voyez le chien : il a l'air d'en vouloir à ce que j'ai dans le sac. Et c'est un petit présent que je porte à ma prétendue. Alors, té, je le garde sur les genoux.

— Si tu veux. À ton aise. »

Étaient entrés deux, trois, quatre hommes. Mais le chien, un dogue à poil jaune, n'avait d'yeux que pour le nouveau chaland. Il était là à le regarder comme un chat regarde la viande pendue au croc. Peut-être n'avait-il jamais vu chrétien se faire raser avec une citrouille sur les genoux ? En tout cas il sentait de son flair de dogue que ce chaland-là n'était pas fait comme les autres.

Le Glaudon, déjà quelque peu effaré de cette serviette qu'on lui attachait sous le menton, se sentit en malaise.

« Enfin, dites, qu'est-ce qu'il a, votre chien, à tant me regarder ?

— Ce sera pour faire connaissance. Il s'intéresse au monde qui vient ici, dit le barbier en faisant mousser le savon.

— C'est ça ! Seulement, il me regarde comme si je lui devais quelque chose... Je ne lui dois tout de même pas d'argent, moi, à ce chien ?

— Laisse faire, dit le barbier, en continuant à faire de la mousse. Sans que tu lui doives, il peut te regarder ; un chien regarde bien un évêque.

— C'est ça ! Il va me prendre pour un évêque, maintenant. Et il a l'air d'en vouloir à mon sac ?

— Non, va, ne sois pas en peine. Allons, je vais te dire : il est seulement là qui espère, comme toujours.

— Espère quoi ? »

Le barbier continuait de faire mousser le savon sur les joues de Glaudon, de faire mousser, mousse que mousseras-tu !

« Eh bien, pardi, en rasant, forcément il se coupe quelque bout de nez ou bien d'oreille. Ou quelque morceau de joue. Mais c'est l'oreille qu'il préfère.

— Et alors ?

— Alors, ce que je coupe, je le lui jette, pardi ! Tu vois, il est là à attendre... » dit le barbier en prenant son rasoir.

Mais le Glaudon d'un bond se lève de sa chaise, arrache la serviette de son cou.

« C'est ça ! Que le diable te pèle, toi, ton chien, ton rasoir, ta barbification ! »

Et tout bramant, — « Adieu, je t'ai vu, avec tes belles besognes de nez coupé ou d'oreille ! » — sans regarder s'il a la tête comme une boule de mousse blanche, il se jette dehors.

Mais le dogue, lui, tout grondant, — décidément ce client-là ne lui revenait pas, — incontinent lui saute aux grègues.

Voilà qui donne encore plus d'élan à Glaudon. Le chien avait croché dans le fond de ses brayes. Ce fond, pardi, se déchire. D'un bond, le chien repart, avec tant d'abois, tant de train que tous les chiens de ce quartier arrivent à la rescousse pour faire la conduite au galant.

Le Glaudon prend sa course dans la campagne, passe à travers les haies, s'accroche à quelque pieu, déchire sa veste, perd son chapeau, sans perdre toute sa mousse de savon au museau. Finalement, il se présente à sa Madelon embarbouillé, saigneux, en loques, fait comme jamais ne fut fait épouvantail. Mais dans le sac à son échine, il portait toujours la citrouille.

Ce n'est pas peut-être ce qu'on attend des gens qui vous attache à eux : si c'était plutôt ce qu'on leur donne ?

Arrivait la Noël, avec la neige qu'on sent dans la nue, et cette espèce de tranquillité qu'elle met dans l'air sur les campagnes. Mais c'est plus que la neige, c'est la paix de Noël : cette espèce d'attente et d'innocence qu'on ne peut pas bien dire : au milieu de toute la bêtise de la vie, cette flamme des cierges, à la messe de minuit, ce petit enfant dans sa crèche...

Enfin, voyez les choses. Voilà le Glaudon qui tombe chez sa prétendue se croyant plus massacré que tous les saints innocents ensemble. La Madelon dut étancher le sang de son nez, mettre de l'onguent sur sa jambe mordue, raccommoder culotte et veste... Les autres n'auraient fait que rire, comme dans les villages ; — l'histoire du barbier, de son dogue, des bouts saigneux coupés courait déjà les rues ; — elle, elle eut le cœur remué. Elle se prit de compassion, de compassion et d'amitié pour son pauvre porteur de citrouille.

Quinze jours après se firent les noces.

Le Glaudon laissa pousser sa barbe, et ça fait grand, la barbe, ça relève un homme. Il eut toute une tapée d'enfants et fit maison. En fin finale, la Madelon et lui n'avaient pas si mal rencontré.

On dit que les mariages sont écrits dans le ciel.

JEANNE D'AYMET

Il y avait une fois Jeanne d'Aymet. Aymet, c'est un village, au pays du Rouergue, proche du roc d'Anglars. Et l'on est là, sur la hauteur, devant les plaines de Montauban, de Toulouse.

Au roc d'Anglars, y a-t-une claire fontaine. Jeanne d'Aymet y va quérir son eau.

Elle s'est réveillée dans sa pauvre maison.

« Le jour ! mon Dieu, c'est déjà le grand jour ! » Car du dehors venait une clarté, le blanc du jour emplissait la campagne. Vite, elle a pris sa casse à puiser l'eau, — c'est une espèce de louche et on boit par le manche, — la casse de cuivre, la cruche de terre verte. Elle a couru au roc d'Anglars, quérir de l'eau pour la soupe de son père.

N'était pas au premier tournant, a entendu chanter la chouette. N'était pas au second tournant, a vu la lune au coin du bois.

Ce n'était pas le jour, ce n'était que la lune.

Mais comme elle arrivait devant le roc d'Anglars, sur le chemin est apparu un chevalier. Et comme elle allait puiser l'eau à la fontaine, le cavalier s'est arrêté sur son cheval. Peut-être il revient de la guerre, las de la chevauchée, plus las de la bataille. Peut-être il est blessé — tremble-t-il pas la fièvre ? Comme il est de teint clair et comme ses yeux brillent. Jeanne d'Aymet ne sait pas que c'est le fils du roi.

Il a sauté à bas de son cheval, il a donné le bonjour à la fille.

« Que fais-tu là, la jeune fille, si grand matin qu'il fait encore nuit ?

— Beau chevalier, la lune m'a trompée. »

« La lune m'a trompée, beau chevalier, » répète-t-elle, tout interdite.

Sous le regard du chevalier, c'est presque fou, il lui semble que monte en elle comme sur ces campagnes une grande lueur d'argent. Le cœur lui bat, et jusque dans la gorge.

« J'ai soif, la jeune fille, donne-moi de ton eau.

— Beau chevalier, je n'ai verre ni tasse.

— Eh bien, donne-m'en dans ta casse, la jeune fille.

— Beau chevalier, je suis partie en hâte ; ma casse, je ne l'ai pas frottée.

— Frotte-la si tu veux, qu'importe !

— Mais je n'ai rien, beau chevalier, pour la frotter... »

Elle se défend, Jeanne d'Aymet, elle se dérobe. Et ces mots qu'ils se disent, elle ne sait pourquoi, lui en semblent cacher d'autres qu'ils ne se sont pas dits.

Il lui a demandé son nom.

« Jeanne d'Aymet, à tout tu sais trouver virade ! »

D'un sourire elle s'en excuse. Eh bien, mais c'est sa façon de campagne. La paysannerie, c'est ce génie de répondre à tout. Cette ingéniosité, cette attention aux choses. Sur son lopin, faire tout sortir de terre : le vivre, le vêtir ; et le couvert, tout ce dont les humains ont besoin dans la vie.

« Jeanne d'Aymet, redit le fils du roi, à tout ce que je demande, tu trouves dérobade.

— Beau chevalier, on m'a ainsi apprise.

— Jeanne d'Aymet, dis-moi, que fait ton père ?

— Mon père est laboureur de terre, beau chevalier. »

Le conte n'en dit pas plus long sur ce qu'ils dirent, ce matin-là.

Il dit seulement que Jeanne d'Aymet a suivi le fils du roi, est partie pour Paris...

Puis il ne dit plus que sa plainte. « Beau chevalier, la lune m'a trompée. » La plainte de la pauvre abandonnée, là-bas, dedans la ville. Ce qu'elle avait cru être son soleil d'amitié, ce n'était que la lune, la lune de la nuit.

Tout ce qui est marqué de leur histoire, c'est qu'un beau jour, au fils du roi, elle a apporté une pomme...

Peut-être l'avait-elle eue d'une femme de son pays. Peut-être, dans Paris, sous la pluie noire des rues, cette pomme était-ce tant pour elle : l'odeur des foins à la Saint-Jean, cette tranquillité sans mesure des soirs où l'air au fond sans fond du ciel est plein de rose, tout le pays de la moisson, tout le soleil, tout l'espoir qu'on avait devant soi...

À son ami, le fils du roi, elle n'a que cela à offrir : une fraîcheur, le goût des amitiés qu'on vit près des fontaines.

Mais pour le fils du roi, cette pomme qu'était-ce ? La pomme ne lui a même pas parlé de leurs amours, là-bas, au roc d'Anglars, il y en a eu pour si peu de temps... Ou si elle les lui a rappelées, ces amours lui ont été, dans son Paris, plus lointaines que fumée défaite au bout des plaines.

À Jeanne d'Aymet, le fils du roi a retourné la pomme.

Tête basse contre le vent, Jeanne d'Aymet a repris la route. Les villes, les pays, les cavaliers passant, elle n'a rien vu de tout cela. Elle n'avait plus en tête que se revoir au pays, au roc d'Anglars, où est la claire fontaine.

Dans la fontaine, Jeanne d'Aymet s'est laissée choir ; dans la fontaine, Jeanne d'Aymet s'est noyée.

LA CHATTE BLANCHE*

Il y avait une fois un roi qui avait trois châteaux, et ce roi eut trois fils, nés tous trois le même jour.

Trois jumeaux ! Cela ne se voit pas souvent, mais cela se voit. Pour un coup, cela se vit, et chez le roi lui-même.

En même temps, sa jument mettait bas trois poulains. « Voilà, se dit le roi, je donnerai un poulain et un château à chacun de mes fils. Mais à qui le plus fort château et les plus fortes terres ? À qui la couronne et le royaume ? Eh bien, voici, je le jure, ce sera au plus avisé. »

1. *Voir* La grenouillette *page 578.*

Les années ont passé, les garçons ont grandi. On les nommait Grand-Jean, Pas-Jean, Bon-Jean. Tous trois vaillants et point bêtes. Mais Grand-Jean et Pas-Jean se croyaient un peu trop. Grand-Jean, en homme qui aime le militaire et les choses qui éclatent ; Pas-Jean, en garçon qui aime les demoiselles, le bal, la cajolerie. Bon-Jean, lui, au contraire des deux autres, ne s'en faisait point accroire : issu de la bonne côte d'Adam, non pas de la fausse, droit comme une quille, gentil comme le sansonnet, vrai fils de roi, enfin ; seulement, peu parlant, prenant les choses avec un sourire, s'en remettant à Dieu de beaucoup d'affaires ; de sorte qu'autour du roi, on le nommait le Songe-creux.

Vint le temps où il fallut dire quel serait l'héritier du royaume.

Les gens, les conseillers du roi n'auraient su quel choix faire. Le roi, lui, avait un faible à certains moments de la lune pour Grand-Jean, qui semblait plus royal, à d'autres pour Pas-Jean, qui semblait plus agréable. Mais il se souvenait de son serment. Un soir, dans la grande salle du château, il fit venir ses trois garçons.

« Voilà, dit-il, après moi, qui de vous sera roi ? Le roi, c'est l'avisé, c'est celui qui a bonne idée en toutes choses, pour que tout soit trouvé, réglé et garanti dans les maisons de ce royaume. Je vais vous éprouver. Chacun de vous aura un des trois chevaux qu'avait faits jadis ma jument, aussi un de mes trois châteaux. Mais vous irez courir ma terre. Et vous aurez à me rapporter le moyen de faire passer douze aunes de toile, par le trou d'une aiguille.

— S'il existe en ce royaume une pièce de toile assez fine pour passer par un chas d'aiguille, je me fais fort de vous la rapporter, dit fièrement Grand-Jean.

— Sire mon père, dit Pas-Jean, pour peu que par astuce ou autrement il y ait moyen de vous satisfaire, je vous satisferai. »

Bon-Jean, lui, gardait un air pensif et il s'inclina sans rien dire.

« Demain matin partez, dans trois semaines revenez », ordonna le roi.

Le lendemain matin, sur leurs chevaux, ils partent. Grand-Jean, Pas-Jean, au trot, au trot et au galop ! Leurs yeux allaient partout. Ils étaient prêts à tout voir, tout avoir. Le troisième ne se hâtait point tant, de sorte qu'il avait la mine de muser. « Voyez ce Songe-creux, disait Grand-Jean, se retournant pour le regarder, le poing sur la croupe du cheval. Nous serons à l'autre bout du pays, lui sera encore là, devant la porte du château, pour écouter sonner l'anse de la marmite.

— Je ne suppose pas qu'il y ait grand compte à faire de lui, fit Pas-Jean en frisant sa moustache. Entendons-nous : à toi ou à moi le royaume... »

Mais Grand-Jean enfila la route de la frontière, pensant trouver de ce côté les marchands qui le fourniraient pour le mieux.

Pas-Jean, alors, enfila la route de la ville, se disant que là, les dames lui indiqueraient la plus fine lingère.

Bon-Jean, lui, avait pris un chemin qui partait vers l'espace, une côte entre de beaux aubépins blancs, bleus et violets. Il chevauchait comme s'il n'avait d'yeux que pour ces aubépins, ou ce bord de ciel à leur bout. Et de sente en sente, de pente en pente, de vent en vent.

De la sorte, guidé à la venvole, tantôt par le linot, tantôt par la fauvette, il arriva sur le soir en une terre solitaire de brande et de bocage. La feuille y était plus découpée, le ramage des oiseaux plus vif, le vent plus délié, l'air même plus léger qu'en tout autre pays.

Il ne se sentait pas trop perdu. Comment passer la nuit, cependant, en ces lieux ?

Il hésita, fit trois pas, trois autres pas, trois autres pas encore. La nuit venait tout doux, comme une nue de cendre.

Tout à coup, du milieu de ces bouquets de cerisiers, de cornouillers et de sorbiers, Bon-Jean vit s'allumer une ribambelle de lumières. Comme si le signal lui était donné de venir. Alors, il poussa son cheval vers ces lumières, résolument.

Bientôt, trottant sur un gazon, il découvrit un château dont toutes les fenêtres se trouvaient éclairées. Et il y en avait, des fenêtres ! Le singulier, c'était qu'on ne voyait passer personne sur leur lueur : comme si, malgré toutes ces chandelles allumées, le château demeurait désert.

Bon-Jean aurait pu tourner bride, mais il n'avait point peur.

Il entre dans la cour, met pied à terre, va toquer à la porte. Et qui lui ouvre ? Un gros chat gris.

« Ainsi, en ce château, les portiers sont des chats ? » Ma foi, demandant honnêtement un abri pour la nuit, il parle à ce chat comme à une personne. Comme une personne, ce chat lui répond :

« Entrez, s'il vous plaît, monseigneur. La dame de ce château désire vous accueillir. Elle vous prie en grâce de souper avec elle. »

Bon-Jean suit le chat gris de corridor en corridor, de salle en salle. Lambris de chêne de toutes parts, plafonds dorés partout ! Et des parquets plus luisants que miroirs, et des peintures et des tentures de plus d'éclat que des joyaux de pierres rouges. « Le château de mon père, se disait Bon-Jean, n'est rien au regard de ce château des chats. »

Mais pas une âme et pas un bruit. À peine un frôlement, comme de pantoufles de velours, qui s'éloigne par un corridor ; à peine un flottement, comme d'un ruban de queue, qui disparaît dans l'entrebâillement d'une porte.

Le chat gris introduit Bon-Jean dans une salle toute de glaces et d'ors. Sur la table, un couvert de vermeil attendait, devant un fauteuil à trois coussins.

La porte d'en face s'ouvre aussitôt à deux vantaux. Entre une chatte blanche, jolie, mais jolie comme ne le sont pas même les chattes ! La suivait, à la queue leu leu, tels que s'ils venaient à l'offrande, toute une troupe de gros chats gris. La demoiselle chatte saute le plus souplement du monde sur les coussins, s'assoit, ramène sa queue sur ses petites pattes, fait mettre un second cou-

142

vert pour le fils du roi et elle commande qu'on apporte le souper.

Empressés, les chats gris apportent la soupière, et les plats, et les bouteilles. Bon-Jean croyait rêver. Mais il savait qu'il ne rêvait pas : il n'y a pas d'odeurs dans les rêves, et de ces coulis, de ces pâtés, de ces salmis, arrivaient des fumets à faire revenir un mort. Au château de son père, Bon-Jean n'avait goûté à repas si friand.

La chatte, cependant, se comportait en chatte. Entre deux assiettes d'argent lui fut servie une souris blanche. Sans paraître y toucher, elle l'eut vite croquée. Ce fut si délicatement fait que Bon-Jean ne vit pas seulement la souris disparaître.

Les santés portées, le souper fini, la chatte blanche pria son hôte de passer dans le salon de compagnie. Ce salon, un éblouissement.

« Je ne suis pas visitée de grand monde, en ce château, dit la dame chatte, après qu'elle eut sauté sur son fauteuil. Si vous vouliez donc m'entretenir de vous et de votre voyage, cela me ferait plaisir. Puis-je vous demander ce qui vous a mis sur les chemins, ce que vous cherchez par le monde ? »

Envers dame ou demoiselle, au château de son père, Bon-Jean eût-il été porté aux confidences ? Non pas tellement, sans doute. Mais cette chatte blanche avait un air posé si pénétrant, si doux ! En sa netteté, son élégance, un tel maintien de réserve ! Une paix s'établissait autour d'elle, en ce lieu, comme quand une feuille de saule se pose sur l'étang et que ce rond va d'onde en onde

143

jusqu'à la rive... Enfin, enfin, c'était la chatte blanche.

Alors, Bon-Jean raconta tout : comme on l'avait toujours traité de songeard, de musard, comment ses frères se riaient de lui, l'embarras de leur père, le roi, ayant à choisir l'avisé auquel il donnerait son royaume ; et pour finir, la veille au soir, l'épreuve imposée aux trois fils.

« Donc, rapporter au roi, murmura la chatte, le moyen de faire passer douze aunes de toile par le chas d'une aiguille ? J'aviserai. Voulez-vous me faire la grâce de demeurer en ce château et de me tenir compagnie ?

— C'est à moi de vous demander cette grâce, fit Bon-Jean. Et je sais bien maintenant que je n'en ai aucune plus à cœur. »

Il le disait non comme courtoisies de cour, mais parce que c'était vérité. Qui saurait mieux que cette chatte blanche débrouiller l'affaire des aunes de toile et de l'aiguille ? Puis, Bon-Jean aimait ce grand air de ne s'émouvoir de rien, cet air de distinction qui vous mettait au-dessus des embarras du monde. Comme si, au château des chats, on laissait tout tomber de la bêtise et du bruit de la vie. Ha, oui, Bon-Jean désirait de rester près de la chatte blanche !

Les trois semaines y passèrent, les semaines les plus jolies qu'en ce bas monde il eût vécues.

« Voici l'heure sonnée, l'heure de la départie, dit-il un matin à la chatte. Sans retard ni remise, il me faut retourner au château de mon père. »

Alors, la chatte blanche fit apporter par le plus gros chat gris une boîte d'ivoire.

144

« Vous tirerez sur ce fil d'or, lui dit-elle, et le roi votre père aura satisfaction en ce qu'il vous a demandé. »

Le même soir, Bon-Jean arriva au château. Ses deux frères étaient déjà là. Chacun portait un gros rouleau d'une toile si blanche et si fine que c'était merveille. Ils éclatèrent de rire, en lui voyant dans la main droite cette boîte d'ivoire guère plus grande qu'un étui à lunettes.

« Le Songe-creux a tout brouillé, murmurait-on, au lieu d'une pièce de douze aunes, il apporte un mouchoir de poche ! »

« Sire mon père, dit fièrement Grand-Jean, voici la toile la plus fine qui se puisse trouver chez tisserands de toile. Quant à la faire passer par le chas d'une aiguille, à l'impossible nul n'est tenu.

— Voici toile peut-être plus fine, dit agréablement Pas-Jean. Et si elle ne passe tout à fait par le trou d'une aiguille, l'aiguille du moins n'y peut passer dans aucun trou. »

Le roi fit signe qu'il ne se payait pas de ces beaux dires. Leurs toiles, tout ce qui se fait de beau, tout ce qui se peut imaginer de plus fin, mais faire couler ces rouleaux-là, gros comme la cuisse de quelque puissant gaillard, par le chas d'une aiguille !...

Bon-Jean, lui, s'avance doucement, tire sur le fil d'or, fait sortir de l'étui une aiguille grosse comme la dague d'un des gardes du roi, puis, tout suivant, tiré par ce fil d'or qui l'engage dans le chas de l'aiguille, le flot d'une toile, blanche plus que la neige à Noël, mais fine, fine, fine, plus fine que n'auraient pu la tisser les aragnes. Le moyen de satisfaire le roi, c'était tout simplement d'apporter une aiguille assez grosse, une toile assez fine.

La chatte blanche, comme de sa patte souple, avait tout débrouillé.

Ministres, seigneurs, petits pages regardaient passer la toile par le chas de l'aiguille et tous béaient d'admiration.

Le roi lui aussi admirait. Il hésitait pourtant visiblement à faire du Songe-creux l'héritier de sa couronne.

« Moi, Grand-Jean, déclara Grand-Jean, je suis allé aux plus fins marchands, mon frère Pas-Jean, aux lingères les plus finettes. Hors de cela, je ne vois que sorcellerie.

— Il faudrait une seconde épreuve, murmura Pas-Jean. Une seule réussite, ce peut être hasard, chance, illumination d'un instant, ou que peut-on savoir ?

— Voilà, dit le roi, la couronne au plus avisé ! On a besoin de tant d'idée, de tant d'idée pour mener toutes les affaires d'un royaume... La couronne ira donc à celui qui me fera voir un cheval qui ait la tête là où les chevaux ont la queue. Oui, voilà ! Demain matin partez, dans trois semaines revenez.

— S'il existe un tel cheval dans votre terre, je me fais fort de le ramener, lança fièrement Grand-Jean.

— Il faut bien qu'il existe, pour vous complaire, avança Pas-Jean. J'espère donc le mettre en vos écuries. »

146

Bon-Jean, lui, gardait un air pensif et il s'inclina sans rien dire.

Le lendemain, au chant du coq, ils sautèrent tous trois en selle.

De bocage en bocage, guidé par le linot, par la fauvette, Bon-Jean gagna le château des chats.

Les gros chats gris lui firent l'accueil et le conduisirent à leur dame et maîtresse. « Vous autres, chats, songeait Bon-Jean, vous êtes si déliés ! Qui sait si votre dame ne saura satisfaire à la demande de mon père ? »

« Dame Chatte, dit-il en s'inclinant devant elle, une toile plus fine que toute toile, une aiguille plus grosse que toute aiguille, ce n'était rien à trouver pour votre sagacité ! Mais savez-vous ce que mon père demande ? De lui faire voir dans trois semaines quelque cheval qui ait la tête là où les chevaux ont la queue !

— Eh bien, dit la chatte blanche, j'aviserai. Voulez-vous bien passer ces trois semaines au château, à me faire compagnie ? »

S'il le voulait ! ô chère petite chatte blanche ! Bon-Jean ne souhaitait rien tant au monde. Pas même le royaume de son père. Que les chevaux s'arrangent, s'il leur chante, pour naître avec une tête à la place de la queue ! À présent, il se souciait peu des chevaux, de chevaucher, du trône et de trôner, pourvu qu'il eût la présence et l'entretien de sa belle chatte blanche !

Il les eut trois semaines durant. Et peut-être s'y débrouilla-t-il l'esprit comme il n'avait pas fait encore. Il lui semblait qu'il avait appris, dans l'air

147

de la chatte blanche, à saisir le fil d'or, à tirer dessus, avec une espèce de douceur tranquille : et la pièce tissée se déroulait ; on avait ce qu'on cherchait, et plus clair que le jour.

« Voici l'heure sonnée, l'heure de la départie, dit-il un matin à la chatte. Sans retard, sans remise, il me faut retourner au château de mon père. »

Alors, la chatte blanche fit apporter par le plus gros des chats gris une boîte d'argent.

« Vous tirerez sur ce fil d'or, lui dit-elle, et le roi votre père aura satisfaction en ce qu'il vous a demandé. »

Sa confiance en la chatte blanche était si pleine qu'il ne tira sur le fil d'or que lorsqu'il fut en vue du château de son père.

De la boîte tomba un papier. Il le déplia. Il le lut, et il eut une pensée de remerciement, d'admiration, d'amour pour sa chatte blanche. Puis il alla établer son coursier, mit la clef de l'écurie dans la boîte d'argent et, après cela, monta à la salle où le roi attendait ses fils.

« Sire mon père, dit Grand-Jean, ayant couru tout le royaume, je suis sûr qu'il n'y a pas de cheval qui ait la tête là où les chevaux ont la queue. Ayant consulté les hommes les plus savants là-dessus, je suis même sûr-certain qu'il ne peut y avoir un tel cheval en nature. Je ne saurai donc vous l'amener. À l'impossible, nul n'est tenu.

— Moi, dit Pas-Jean, je vous promets de vous l'amener, sire mon père, un fin sorcier doit me le découvrir ; mais ce sera l'année où Pâques tombera en nouvelle lune.

— Et vous, mon fils ? dit le roi, s'adressant à Bon-Jean avec un certain ton d'amitié paternelle.

— Lui ? fit Grand-Jean, haussant l'épaule, hé, que pourrait-il dire d'autre, ce songeard ? Nous l'avons laissé qui musait, de buisson en buisson...

— Et, ajouta Pas-Jean, nous venons de le voir par la fenêtre qui revenait le nez au vent, au pas de sa monture, sans ramener aucun cheval pharamineux.

— Sire mon père, dit Bon-Jean du ton le plus uni, vous plairait-il de descendre jusqu'à l'écurie de vos grands chevaux ? »

Grand-Jean, quelque peu irrité, Pas-Jean, un peu inquiet, sont si surpris qu'ils en ouvrent la bouche.

Mais le roi s'est levé. En cortège, la cour descend aux écuries. Bon-Jean a présenté la boîte d'argent au roi, qui en tire la clef, qui ouvre la porte et qui entre.

Grand-Jean d'entrer aussi, Pas-Jean, puis tous les autres...

Et les bouches béent de nouveau. Ceux qui ne sont pas au premier rang se haussent sur leurs pointes, portent la tête de droite, de gauche... Car c'est vrai, c'est bien vrai ! Voici un cheval qui a la tête là où les autres ont la queue...

Court une espèce de murmure... Ils se montent dessus, seigneurs et gens du roi, car tous veulent mieux voir.

Puis, brusquement, un page s'est échappé à rire ; et comme il aurait dû attendre que le roi eût donné le signal, il tâche d'étouffer ce rire et son bruit de lait sur le feu. D'autres alors, pareillement, s'étouffent de rire et tous, et tous, déchaînés, maintenant, à pleine gorge, les yeux pleurant, les faces toutes rouges...

Bon-Jean a simplement attaché sa monture à l'inverse des autres : la queue au râtelier, la tête vers la porte. De sorte que le pauvre cheval en baissant les oreilles, regarde pages et seigneurs pressés à cette porte, tout bête, lui, de les voir ainsi rire. Et voilà que les rires redoublent, redoublent, secouant les panses.

Le roi, le premier, s'essuie les yeux, fait le signe du calme.

« Facétie, déclare Grand-Jean, n'est pas réponse. Moi, j'ai pris au sérieux la demande du roi !

— Jamais deux sans trois, glisse Pas-Jean, il faut une troisième épreuve.

— Voilà donc, dit le roi. Notre songeard a bien éclairci le mystère. Mais j'impose une troisième épreuve et qui sera épreuve maîtresse. Avisez-vous ! Il s'agit d'avoir non plus seulement l'esprit adroit, mais de l'œil et du jugement, de la persuasion, peut-être même du cœur. Le royaume sera à celui qui ramènera la princesse la mieux faite pour être reine de royaume. Voilà ! Demain matin partez, dans trois semaines revenez ! »

Le lendemain, au chant du coq, tous trois sautent en selle. Cette fois, ayant soupçon de quelque secret à découvrir, Grand-Jean et Pas-Jean se sont promis de suivre Bon-Jean à vue.

Mais ils le voient muser de buisson en buisson, vaguer de trois bouleaux à un vieil alisier, cueillir ici l'airelle, là manger la framboise. Tant qu'à la fin ils s'impatientent.

« Passer en revue les filles du royaume n'est pas petite affaire ! Si nous traînons avec ce traînassant, les trois semaines y passeront. Moi, dit Grand-Jean, je vais courir les châteaux des plus grands ducs et princes.

— Moi, dit Pas-Jean, je compte m'enquérir des plus jolies demoiselles. Je laisse le frère chercher sa belle au pays des belettes ! »

Il ne croyait pas si bien dire. Dès que ces deux ont disparu au tournant du sentier, Bon-Jean joue de l'éperon. De bocage en bocage, il galope au château des chats. Il va rejoindre sa chère chatte blanche, sa beauté, son conseil et son amie sans autre.

Sitôt descendu de cheval, il lui dit ce que veut le roi, le roi son père.

« Minette, ma minette blanche, ma toute belle, mon père maintenant veut que je prenne femme. Mais je n'y songe point. C'est près de vous que je voudrais couler mes jours, toutes mes journées près de vous !

— Il y va de votre royaume, songez-vous à cela ?

— Ha, de bon cœur j'abandonnerais le royaume pour demeurer avec ma chatte blanche !

— Eh bien, tenez-moi compagnie ces trois semaines. Et, l'heure venue, promettez-vous de faire ce qui vous sera demandé ?

— Je le promets et je le jure ! Comment ne pas tout faire pour vous, qui par deux fois avez tant

151

fait pour moi ? Chère Minette blanche, vous avez ma parole.

— Je ne vous la rends pas, je l'ai donc et la garde ! »

Les trois semaines ont passé comme une journée.

Cette fois, c'est la chatte qui rappelle à Bon-Jean qu'il doit repartir, aller se présenter au château de son père avec la mie qu'il choisit pour sa femme.

« Mais c'est que je n'en choisis aucune. Je renonce au royaume pour ma chère chatte blanche. Je ne veux que rester près de ma chatte blanche !

— S'il en est bien ainsi, qu'il vous souvienne de votre parole. Vous avez juré, n'est-ce pas, de faire ce qui vous serait demandé ?

— Oui, j'ai juré. Mais si vous me demandez de quitter le château pour aller prendre femme et vivre loin de vous, je crois que ce sera ma mort.

— J'ai votre parole, redit la chatte blanche. Il faut faire ce que je vais dire : sans marchander, en homme de cœur. »

Elle fait venir les chats gris. Avec Bon-Jean, ils l'ont suivie au bûcher, derrière les cuisines. Là est un gros billot, quelque souche de chêne, et sur son bois posée est une grosse hache. La chatte blanche s'y assoit, en la même guise que sur son fauteuil à trois coussins. Mais au lieu de ramener sa queue contre ses pattes, elle la laisse s'allonger sur le billot.

Bon-Jean, qui la regarde, ne sait à quoi s'attendre. Il sent que les chats gris attendent aussi, avec une impatience, avec même un transport.

« Il faut, dit posément la chatte blanche, il faut que vous coupiez cette queue d'un coup de cette hache. »

Bon-Jean élève les mains comme pour une prière.

« Vous faire du mal, je ne peux pas cela ! Ha, laissez là ces histoires de royaume, soyez ma chatte blanche, je ne vous demande rien d'autre.

— Je veux l'être plus encore que vous ne pensez, dit-elle. Mais j'ai votre parole, vous êtes fils de roi, prenez la hache. »

Aussitôt les chats gris se mettent tous après lui :

« Prenez la hache ! Coupez, coupez ! Dépêchez-vous, coupez ! Allons, prenez la hache ! Obéissez, coupez ! »

De toutes leurs voix, ils l'étourdissent ; de tout leur geste, ils le poussent, le portent. Si bien qu'il a saisi la hache, comme en rêve... Queue ou pas queue, chatte comme les autres chattes, ou chatte autrement faite, elle sera toujours, à sa façon parfaite, sa petite reine de paix, sa chère chatte blanche.

Plein d'amitié, de frayeur et de soin, il tranche d'un coup cette queue.

Et sur le coup, l'abasourdissante merveille ! Plus de queue, plus de chatte... Plus de chats gris, non plus... Mais une demoiselle, blanche comme duvet de cygne, et plus fine encore que duvet, fine comme la fée.

Quelque fée, voilà bien, avait été jalouse d'elle et l'avait enchantée. Elle était condamnée à rester chatte blanche jusqu'au jour où le fils d'un roi la préférerait telle à toutes les princesses et la délivrerait en lui tirant du sang. — En va sans doute des enchantés comme des loups-garous : il se dit que d'un couteau, d'une épée, d'une hache, il faut leur faire entaille d'où leur sang coulera, pour leur rendre figure humaine.

Et les chats gris aussi, avec ou sans entaille, sont redevenus les gens de la princesse. Ravis, riants de se revoir sur leurs deux pieds, tout transportés de leur maîtresse et de ce fils de roi !

Elle n'a d'yeux que pour son prince, lui n'en a que pour sa princesse. Si princesse que la fée-sorcière n'avait pu la changer qu'en une chatte blanche. Et maintenant, comme elle est faite pour être reine ! Le grand monde, c'est celui qui sait, comme les chats, toujours retomber sur ses pattes : maintenir sa tranquillité, dominer par l'esprit et la tranquillité la bêtise de la vie.

La princesse a fait apporter une troisième boîte, la boîte d'or.

« Vous tirerez sur le fil d'or, dit-elle, et peut-être votre père voudra-t-il bien penser qu'il a satisfaction. »

Car le fil d'or tire son anneau royal. Bon-Jean, qui se souciait peu de son royaume, en aura deux. Et cette fois encore, au château de son père, le prix ira à lui, de par la chatte blanche.

Elles sont vraies princesses, celles qu'ont ramenées et Grand-Jean, et Pas-Jean. Mais celle-là, elle est la reine. Reine, avec un air de secret, de douceur, de silence, — un silence qui n'est pas distance.

Lorsque le roi l'a vue, il a seulement dit : « Voilà ! » Et il s'est enquis seulement de la mesure qu'a le doigt de la belle. Il a fait apporter l'anneau de son royaume, il le compare à l'autre, celui que Bon-Jean vient de tirer de la boîte d'or. Il ferait apporter son royaume même, s'il pouvait.

Puis il a donné ordre à tout pour dès le lendemain faire les noces.

Ha, ces noces, noces de noces !

> *Tant y ai taillé, tartiné,*
> *Que mon couteau y ai laissé.*
> *Mais ai rapporté tant de dragées*
> *Que dimanche encore j'en mangeais.*

LA MULE ET LES POULES

Il y avait une fois un mari quelque peu taquin. Il ne perdait jamais l'occasion de remontrer à sa femme que les femmes ne savent pas grand-chose de toutes les choses.

« Té ! Voilà cette mule que j'ai achetée l'autre jour. Comment vas-tu t'y prendre pour connaître son âge ?

— Quand tu me l'auras une fois montrée, je le saurai. En attendant, je sais que son âge se connaît à ses dents.

— Ha, oui ?

— Mais toi, comment connaîtrais-tu l'âge d'une de mes poules ?

— Ha, ça...

— Eh bien, ça se connaît aussi aux dents.

155

— Aux dents de tes poules ?

— Aux miennes, mon homme. Si la poule est dure, elle est vieille.

— Et si elle est tendre ?

— Elle est jeune.

— Allons, peut-être bien les femmes ont-elles plus d'idées que les hommes ne voulaient le croire », fut-il forcé de dire.

LE CHÈVRETON

Il y avait une fois une fille...

Ha, ce n'est pas un conte. Ses père et mère avaient leur bien entre Grandrif et Saint-Martin-des-Olmes. Elle était là, chez eux, et ils songeaient à la marier.

On dit :

> *Fille et chapelain*
> *Ne savent pas où cuit leur pain,*

à quelle table, demain, ils le mangeront. Mais ce n'était pas cela pour elle. Pas de frère, pas de sœur, toute seule, à la maison. Ses parents voulaient un garçon qui entrât gendre, comme nous disons, nous autres, qui vînt prendre la suite et s'établir chez eux.

Un garçon se présenta. Sa mère à lui lui avait dit : « Il faut te mettre en ménage, tu es d'âge à te marier. » Ils avaient passé en revue toutes les filles du pays : leur choix était tombé sur cette fille.

Il alla donc parler au père et à la mère ; il voyait bien que la fille ne l'encourageait pas trop. Il avait essayé de la suivre, les dimanches, allant garder les bêtes dans les prés, mais c'était comme dans la chanson :

> *Garçon, tu perds tes peines,*
> *Garçon, tu perds ton temps !*

Et saurait-il faire revenir la fille ? La chose traînait...

> *Qui fait l'amour par trop longtemps*
> *Est sujet à perdre son temps.*

Il alla donc trouver les parents et leur parler affaires.

« Ma foi, dit le père, ça pourrait se faire. Vous viendrez voir la petite à la maison. » Il leur plaisait, à eux, plus qu'à la fille. C'est qu'eux, ils ne pensaient qu'à l'argent ; elle, elle ne pensait qu'à la grandeur. Ce prétendant ne lui disait rien parce qu'il était trop petit.

Un dimanche donc, il vient, dans la pleine matinée. La fille faisait le fromage sur la table. Le père et la mère étaient à l'écurie soignant une bête malade. Elle prend une chaise, la lui plante là, entre la table et le feu : « Vous allez bien vous asseoir un moment. »

Pour faire le dégagé, il s'assoit à califourchon, les bras croisés sur le dossier. C'était une chaise de paille à quatre pentes, faisant le creux, comme le pays le fait à Champétières ; vous savez que là il y a tout juste le ruisseau pour faire une sortie.

Le voilà donc installé, tâchant de faire son aimable. La fille s'affairait ; et tout en s'affairant, par instants, elle le regardait de coin. « Il n'est pas bien grand, se disait-elle. À cinquante ans, il sera comme les figues, oui, tout confit, bon à mettre dans une boîte. »

Sur cette idée, et sachant bien ce qu'elle voulait, la maligne, elle fait un petit chèvreton, le presse, sans trop le presser, et le donne à son aimable.

« Tenez, vous le mangerez sur le chemin. Le soleil tape, ça vous rafraîchira. »

Il ne pouvait pas refuser, pour une fois qu'elle lui faisait un petit cadeau. Il était là, un peu embarrassé, avec ce chèvreton tout mouillé dans sa main. « Mettez-le donc dans votre poche. »

Ma foi, il obéit, le fourre dans la poche de sa culotte. « Eh bien quoi, ça ne veut pas la brûler, ta poche ! »

Plus que jamais il faisait le bon compagnon.

Le fromage, cependant, pressé dans cette poche, s'égouttait, s'égouttait. De la culotte du garçon la mouillure passe au paillage de la chaise, et du paillage le petit-lait se met à goutter au plancher.

La fille surveillait cela du coin de l'œil. Lorsqu'elle voit sous la chaise une petite mare, elle va à l'écurie.

« Venez voir, dit-elle à son père, avec une abominable malice, il a une jolie infirmité celui que vous voulez me faire épouser, il ne tient pas son eau... Il ferait au lit, les draps seraient tout mouillés... Venez voir seulement. »

Le père, la mine un peu froncée, tout de même, se décide à venir.

La mare s'était encore élargie sous la chaise.

« C'est bien vrai, se dit-il, la petite a dit vrai. »

La mère vient, un moment après, jette un coup d'œil et voit que c'était tout ce qu'il y avait de plus vrai. La chaise gouttait, gouttait toujours.

« Petite, va tirer une bouteille. »

On s'attable, on casse la croûte, on boit un verre.

« Ce n'est pas pour vous rebuter tant que ça, dit le père, mais j'ai acheté du bien, ça m'a ramassé mes ressources. Je n'aurais pas d'argent pour vous.

— Oh, fait ce garçon, toujours dégagé, pas question de ça ! Je ne demande que la fille.

— Voyez-vous, c'est que j'ai besoin de quelqu'un qui entre gendre ici. Je deviens vieux, je suis trop appesanti pour faire seul tout l'ouvrage. Il me faudrait un garçon vigoureux, sans affaires, — laissez-moi dire — alors, oui, j'aurais peur de vous faire perdre vos peines, tenez, sans tant tourner, ne venez plus ici. »

Autrefois, sans avoir à faire un mauvais compliment, le père aurait pris un tison, l'aurait appuyé tout relevé contre le côté de la cheminée pour le laisser éteindre. Et l'autre aurait compris.

Mais les bonnes coutumes se perdent.

La fille s'était détournée, près de la fenêtre. Elle, elle trouvait qu'elle s'était bien levée, ce matin-là.

> *J'ai le cœur si joyeux*
> *Qu'il ne pourrait être mieux !*

Elle est venue de Grandrif, cette histoire, et ce n'est pas un conte.

LA BELLE PROPRIÉTÉ

Il y avait une fois un gros monsieur de campagne, maître de quatre domaines et père d'une jolie fille.

Un jeune lieutenant des dragons, à la ville, avait vu la demoiselle et il aurait bien voulu l'épouser. Elle, elle l'avait vu aussi, d'un œil fort doux ; et elle aurait bien voulu qu'il l'épousât. Et le père les avait vus tous les deux, mais il se disait que ce garçon ne devait avoir aucune fortune. Il se tenait donc sur le reculoir.

Comme il connaissait le colonel des dragons, un jour il lui posa négligemment une question sur le bien que pouvait avoir le galant de sa fille.

« Tu n'apprendras pas à un vieux singe à faire les grimaces, se dit à part soi le colonel. Je te vois venir, avec tes gros sabots. »

Il eût été ravi de jouer le tour à ce pékin, et de

donner les mains à ce que voulaient ces amoureux. Mais dire une fausseté, voilà qui ne se pouvait pas.

« M'informerai, fit-il seulement, me faut savoir ce qui en est. »

Le lendemain, il fait appeler le garçon. Et sans aller par quatre chemins :

« Lieutenant, avez-vous de l'argent ?

— Non, mon colonel, point d'argent. J'ai ma solde, j'ai une solide santé et j'ai te désir de bien faire.

— Bon, je vois. Eh bien, alors, voulez-vous me vendre votre nez ?

— Mon nez ? Certainement pas, mon colonel.

— Vous en offre cent mille francs.

— Mon colonel, ni pour cent ni pour cinq cent mille.

— Bon ! Ce que je voulais savoir... Vous pouvez disposer. »

Trois jours après, le monsieur rencontre le colonel et lui demande, toujours négligemment, s'il s'est enquis ?

« Enquis ? Le lieutenant ? Ha, parfaitement... Eh bien, ce garçon n'a pas d'argent. Mais, sacrebleu, figurez-vous : une propriété ! Lui en avais offert la grosse somme, m'a déclaré ne pas vouloir vendre, même pour un demi-million.

— Un demi-million ! Et il tient à ce bien de famille, ce n'est pas un dissipateur...

— Un demi-million. Il a refusé tout à plat. »

Le mariage s'est fait.

« Ha, cette propriété ? a répondu plus tard le colonel au monsieur qui le questionnait, l'air un peu chose. Positivement vrai ! Seulement, c'était son nez. M'en a refusé un demi-million. C'est venu comme ça ; et, ma foi, trop joli pour ne pas vous en donner l'amusement, comme moi je l'avais eu. Mais je vous avais bien dit, ce garçon n'a pas d'argent. Maintenant, pas de regret ! Avez un gendre qui vaut son pesant d'or. »

Et cela s'est trouvé vrai. Le plus fort est que cela s'est trouvé vrai.

LA MARGUERITE*

Il y avait une fois une demoiselle, — Marguerite c'était son nom, — toute de figure claire et de jeune jeunesse. Un seigneur qui n'avait pas beaucoup plus d'âge, se prit d'amour pour elle. Au mois d'avril, il l'épousa. Au mois de mai déjà, tant d'attache ils avaient l'un pour l'autre !

Mais tous les deux, encore des enfants : frère et sœur ils étaient, plus que mari et femme.

Au mois de juin vint une grande guerre. Il fallut au jeune seigneur monter à cheval et partir. Et ce fut à la mauvaise heure : il partit un soir de dimanche ; il fut pris le soir du jeudi. Le roi de Bohême l'a fait enfermer tout au haut d'une tour, en un cachot de pierre. Et qui n'avait fenêtre, aussi, que

2. *Voir* La pourcheronne *page 588.*

162

tout en haut, encore bien petite. Le prisonnier ne voyait que la campagne au loin, le vent et le nuage. Il y est demeuré sept années sans chanter ni sans rire, écrivant des lettres à sa mie, sur les nuées d'argent passant le long des champs. Toujours elle était devant ses yeux, comme au château, ce dernier mois de mai. « Elle est assise sous le pommier, dans sa robe tissée de fils d'or. Sa figure me suit, ses grands yeux de douceur... »

Au bout de sept années, il avait tressé de ses cheveux une cordelette plus solide qu'une chaîne de fer. Il a forcé le barreau de la fenestrelle et il s'est échappé.

Un soir, il arrive au château ; il frappe du poing à la porte :

« Ma Marguerite, levez-vous ! »

Et ce ne fut pas sa Marguerite qui vint ouvrir : ce fut sa mère.

« Ma Marguerite, où donc est-elle ? Ma sœur et mon amie, la fleur de ce pays ! Où est-elle, qu'elle n'est pas là ?

— Mon fils, ceux du roi de Bohême sont venus. Ne l'ont pas laissée au château. L'ont emmenée à celui de Saint-Rose, trois cents lieues plus haut, vers Paris !

— Ha, la belle que mon cœur aime, me faut l'avoir ! »

Ce n'est plus à présent le temps de la patience. Il se fait donner une épée et il va choisir un cheval.

« Marguerite, ma Marguerite, je n'aurai de repos que vous ne soyez avec moi ! »

Il saute en selle dans le vent, — que le vent vole sur les champs et qu'il emporte le nuage !

« Il faut, il faut que je la retrouve, quand je devrais perdre la vie ! »

Et trois cents lieues plus haut, sous le pont de Paris, trois lavandières il a trouvées :

« Dites-moi, ô lavandières, quel linge fin lavez-vous là ?

— Seigneur, nous lavons nos chemises et les chemises de nos hommes.

— Non, lavandières, il faut me dire : ce linge fin, de qui est-il ?

— Ha, c'est celui de la dame que les gens du roi de Bohême tiennent là-bas, dans le château que vous voyez.

— Et ce château, quel nom lui faites-vous porter ?

— On le nomme le château de Saint-Rose.

— Et quel nom porte-t-elle, la dame qu'on y tient ?

— On la nomme la Marguerite, la fleur de ce pays !

— Ô lavandières, aidez ceux qui s'entr'aiment et qui voudraient dormir dans les bras l'un de l'autre. Marguerite, ma Marguerite, comment faire pour l'approcher ?

— Il faut laisser la lance, prendre le bâton de pèlerin ; quitter robe de velours rouge, endosser souquenille grise. Et puis, au nom de Jésus-Christ, vous irez demander l'aumône. »

Ceux qui gardent la Marguerite, à elle sont venus :

« Dame qui pleurez toujours votre pays, voici un pauvre qui dit en être : il vous demande la charité.

— Pauvre, bon pauvre, comment seriez-vous de mon pays ? Les oiseaux qui volent chez moi le long des blés, cailles, perdrix et tourterelles, n'auraient pas le vol assez long pour venir au château de Saint-Rose ! Seules peut-être les arondes l'auraient, qui volent d'un pays à l'autre, en traversant la mer.

— Dame de mon pays, moi comme elles, j'ai su venir. »

Les Bohémiens étaient retournés à leur garde, les laissant tous deux en propos.

« Ô Marguerite, a dit le pauvre, regardez-moi, je suis votre mari !

— Hélas, comment serait-ce vrai ? Mon mari n'avait pas de barbe, pauvre, bon pauvre, et vous en avez qui grisonne !

— Ma barbe a eu le temps de venir, en sept années dans ma prison... Ha, je suis bien votre mari, Marguerite, ma Marguerite ! Regardez-moi et qu'il vous en souvienne : trois jours avant les noces, j'ai acheté pour vous trois bagues. Souvenez-vous ; trois bagues d'argent fin : une avait une pierre verte, les deux autres n'en avaient pas. Trois jours après les noces, la pierre verte s'est cassée. La moitié m'en avez donnée, et cette moitié, la voici.

— Ha, vous êtes celui que j'aime. Jamais je ne vous ai oublié... »

Sa Marguerite s'est jetée entre ses bras. Ils sont allés de chambre en chambre, ont repris l'or et l'argent fin ; sont allés d'étable en étable, ont pris le cheval le plus beau, le cheval à quatre pieds blancs.

« Vite et vite ! Il faut faire vite, car nous n'aurons pas passé l'eau que tous ces Bohémiens seront à nous poursuivre ! »

Le mari de la Marguerite l'emporte en croupe, à travers la campagne. Sous Paris et dans les pâtis, il galope à crève-cheval.

N'est pas au bois de Corquelicande, qu'il voit venir derrière eux un tourbillon de poudre.

« Arrête, arrête, beau seigneur ! Qui emportes-tu avec toi ? »

Alors, lui, se retournant, de leur crier dans un grand rire :

« J'emporte mon petit frère ! La fièvre quartaine l'a pris ! »

Il leur a jeté cela dans le vent de la course. Et il donne plus fort encore de l'éperon au ventre du cheval, et le cheval file comme une aronde. S'il bronchait, ha, malheur à eux, ou si la Marguerite roulait à bas de la monture. Mais Marguerite tient son mari serré de ses deux bras. Le cheval à quatre pieds blancs vole au-dessus des pierres, des buissons et des roches. Ont passé les pays, ont passé la rivière, et de l'autre côté ils sont en terre de sûreté.

« Ha, beau seigneur, ont crié les gens de Bohême, si nous t'avions mis la main dessus avant le pont, de ce côté de l'eau, nous te faisions mourir ! Mais te voilà sur l'autre bord, et nous ne te pouvons plus rien...

— Adieu, adieu, gens de Bohême : c'est mon

166

bien que je vous reprends : la Marguerite, ma Marguerite, la fleur de tout pays, ma femme et ma mie
pour toujours. »

LA CHEVILLE

Il y avait une fois un roi, à Saint-Martin-des-
Olmes. Ce roi avait une fille qui allait sur ses dix-
sept ans, enfin bonne à mettre en ménage. Les
galants ne manquaient pas, le père avait douze
vaches à l'écurie. Mais il avait écarté l'un, la fille
avait écarté l'autre. N'en restait que trois : l'un d'en
haut, des Balays, l'autre du lieu de Saint-Martin
même, et l'autre d'en bas, d'Etagnon.

Le dimanche, ils allaient tous les trois voir la
demoiselle, elle était bonne à voir. Ils l'aidaient à
garder les vaches.

Un de ces dimanches, à la pâture, le roi paraît.

« Voilà. Demain, vous m'apporterez chacun une
cheville. Celui qui aura le mieux fait aura la
demoiselle. »

Va pour une cheville ! Le lendemain les trois
garçons se présentent.

« Salut, salut, garçons. Alors, faites voir l'ouvrage ! »

Celui des Balays tend sa cheville. Le roi la prend,
la regarde, la lui rend.

« Ce ne sera pas ça : ta cheville est trop grosse. »

Celui d'Etagnon montre la sienne. Trop petite ?
Eh, bien non.

« Mais, dit le roi, la lui rendant aussi, ce ne sera pas cela non plus. Comment ne le sais-tu pas ? Tu l'as faite de bois vert, les chevilles se font de bois sec. »

Ne restait que celui de Saint-Martin-des-Olmes. Le roi se tourne vers lui :

« Et toi, garçon ? Où est ta cheville ?

— Sire, je ne l'ai pas faite.

— Et pourquoi ça ?

— Parce que pour faire une cheville, la première chose est de voir le trou.

— Tope là, mon garçon. C'est toi qui as de l'idée, c'est toi qui auras ma fille. »

LES TROIS GALANTS

Il y avait une fois dans un domaine une demoiselle, de figure claire et de cœur bien battant. Elle faisait le travail et le contentement de la maison. Il ne manquait pas de galants pour venir garder les bêtes le dimanche, avec elle, sous le cerisier du pré. On disait que les châteaux même, et tous à trois lieues d'alentour, l'auraient bien voulue pour fillade.

Son père, qui se faisait vieux, la pressait de prendre mari. Elle, elle voulait se marier, bien sûr. Mais c'est une rude chose de faire ce pas, à n'en plus revenir. Celui que tu prends sera ton compagnon pour tout ton âge et tu n'auras plus rien à toi que tu ne doives lui donner à lui.

Alors, elle était là.

Son père amena un galant. Il était d'un château ;
il montrait sa belle jambe. Et il clamait : « La belle
est mon étoile ! »

Elle, en se riant, elle se dit qu'il avait donc perdu
le nord ; et là-dessus elle lui demanda ce qu'il voulait faire pour elle ?

« Mademoiselle, pour vous, je veux me jeter du
haut de ce clocher ! »

« Tout ce qui est exagéré ne compte pas »,
pensa-t-elle ; et elle lui tira sa révérence.

Vint un deuxième galant, amené par le père.
Celui-là était fils d'un fermier de la plaine. Il avait
l'air bonasse, un peu mouton, peut-être.

Comme il ne disait trop rien, elle lui posa, ma
foi, la même question qu'à l'autre.

« Puisque vous me voulez pour femme, que voulez-vous faire pour moi ?

— Mademoiselle, je veux faire ce que vous voulez que je fasse. »

« J'entends bien être maîtresse de la maison, se
dit-elle, mais je n'entends pas être le maître à la
maison. » Et elle lui tira sa révérence.

Vint un troisième galant, amené par le père,
encore. Il se tenait bien droit ; il était propre
comme un bouquet, et il ne parlait pas beaucoup.

« Monsieur, puis-je vous demander ? Que voudriez-vous faire pour moi ?

— Faire tout ce qui se pourra, mademoiselle. Et
puis, voyez, comme vous ferez, je ferai. »

Huit jours après, on sonna les cloches des noces.

L'ANGE GARDIEN
ET LE PETIT QU'IL GARDE

Il y avait une fois une bonne fille. Elle avait perdu père et mère, et elle ne sortait guère, la pauvre, clapie dans sa maison comme une poule sous un chaudron. Elle n'était pas bien jolie, avec un air, pourtant, de simplesse, bon vouloir, bonne humeur : le nez large, la bouche large, aussi ; et trois taches de rousseur sur une joue couleur de l'églantine. Mais les garçons, vous savez ce que c'est, les garçons : ils ne voient que ce qui leur donne aux yeux. De sorte que la pauvre Finou, — on lui disait Finou, à cette fille, — finissait par monter en graine, à la façon des épinards.

Elle aurait bien pris son voisin, le Tonin de la Toninte : il n'avait ni père ni mère non plus, un grand bûcheron frisé, aux poignets plus carrés que des essieux de char. Seulement Tonin n'avait d'idée que pour la soupe en semaine, et pour la chopine le dimanche. Sa femme, pour le moment, sa compagne de vie, c'était sa bonne cognée. Il y avait à côté de lui, porte à porte, cette fille toute bonne, — qui n'aurait pas mieux demandé que de faire son bonheur, mais il ne le voyait pas.

Et la Finou se desséchait. Les filles de la montagne, quand l'envie de se marier les tient, l'âge venant, elles récitent une prière à saint Joseph.

170

San Jousé,
Un jouine ou un vé,
Ma qu'aye un chapé !

Eh oui, elles prendraient n'importe lequel, un jeune, un vieux, leur suffirait qu'il eût un chapeau.

Mais c'est qu'elles savent que saint Joseph leur en donnera un bon.

La pauvre Finou, elle, ignorait cette prière. Cependant, un matin, en ramant ses pois au jardin, elle fut saisie d'une idée. « Bête que je suis ! Me faut faire une neuvaine. À l'ange gardien du Tonin, qu'il le pousse un peu vers moi. Notre défunt monsieur le curé disait toujours : on ne les dérange pas assez, les bons anges gardiens. Mais ce soir, je commence. »

Justement, au chevet de l'église, près du confessionnal, ce défunt curé avait fait mettre une statue de l'ange gardien, poussant d'une main un drôle par l'épaule, de l'autre lui montrant le ciel.

Entre chien et loup, la Finou donc y va. À mains jointes, dévotement, elle fait sa prière à l'ange.

Le lendemain de même. Et le surlendemain. Et toute la semaine.

En venant sonner l'angélus, le sacristain la voyait. C'était l'oncle du Tonin de la Toninte ; mais lui, il avait l'œil ! « Elle fait la neuvaine de notre défunt curé, pardi. Mais qu'est-ce qu'elle demande à l'ange ? »

Il en parle à sa femme. Les voilà tous les deux piqués de curiosité.

« Une fille comme la Finou, qui vit dans sa mai-

171

son comme dans un couvent, oui, qu'y a-t-il bien pour la mettre en émoi ? »

« Sais-tu ? dit le sacristain. La Finou, je pensais qu'elle ferait bien l'affaire du neveu. Vient temps qu'il prenne femme. — Hé mais, moi, j'ai pensé à lui pour ma filleule ! — Ta filleule ? cette chabraque ? ! Non, la Finou ! dit le sacristain. Pour la neuvaine, elle finit demain, et je sais ce que je ferai. »

Il donne un coup de tête. Et sans vouloir entrer en discussion avec la sacristine qui protestait, va sonner l'angélus.

Cela fait, il s'arrange pour attendre la Finou sous le porche.

« Eh bien, Finou ? On fait la neuvaine de notre défunt curé. Ça s'arrange, tes affaires ?

— Guère encore, guère encore...

— Hé, bécasse, tu parles trop bas : tu vois bien que l'ange est entrepris avec son drôle, et qu'il n'a d'oreilles que pour lui. Pousse donc un peu la voix, si tu veux qu'il t'entende !

— Ho, voisin, vous croyez ?

— Si je crois !... Essaie de lui parler, et tu verras, Finou ! »

Ma foi, le lendemain, la Finou vient plus tôt. Elle se voit seule, dans ce coin retiré, derrière l'autel : on remisait là les degrés du catafalque. — Elle tombe donc à deux genoux et, entre haut et bas :

« Bon saint ange, dit-elle, faites-moi avoir le Tonin de la Toninte ! Je veillerai tant à bien le rapetasser, bien le soigner, ah oui, j'en aurai tant de soin ! Je vous promets d'être une si bonne petite femme pour lui ! ! Ha, s'il vous plaît, donnez-moi mon Tonin !

— Eh bien, fait une voix qui venait comme de l'ange, ou du confessionnal, en dessous, le Tonin, puisque tu promets de le soigner, oui, tu l'auras !

— Ho, merci, bon saint ange, ho que je... »

Mais à ce moment, s'élève une autre voix, comme du drôle que menait l'ange, ou du catafalque, au-dessous de lui. — Car la sacristine n'avait pu se tenir de venir se cacher là, derrière les planches.

« Le Tonin, non ! Tu ne l'auras pas ! Il est pour la Lisette ! »

Toute rouge du coup, la Finou se lève en pied :

« Hé bien, de quoi je me mêle ? Toi, petit polisson, qui n'es ni ange ni saint ! Allons ! tais-toi, et laisse parler l'ange ! »

RIQUET À LA HOUPPE*

Il y avait une fois un roi et une reine qui eurent un fils premier-né : mais un enfant aussi laid qu'un beau diable ! Noir, camard, court de cou, le nez effilé, le cuir petit-jaune, et des poireaux ou verrues tout partout. Avec cela, le poil hérissé : en huppe sur la tête, en épis de tous les côtés.

C'est assez déparant, ce poil et ces poireaux, sans parler du reste, pour un chrétien. Le roi, son seigneur et père, s'en trouvait offensé et ne voulait

3. *Voir* La bêtise et l'esprit qui se prennent *page 592.*

plus voir cet enfant. La reine pleurait, et se ruinait en onguents, en eaux de senteur, pour tâcher d'amender un peu la laideur de son petit Riquet, mais elle n'y gagnait pas grand'chose. Riquet se débattait quand elle voulait l'oindre de ses pommades ; et Riquet hurlait quand elle voulait couper de ses ciseaux cette houppe dressée qu'il avait sur le front.

Il fallait le laisser avec cet ornement qui le faisait ressembler au lutin. Mais ainsi, tout pointu, tout velu, tout tortu, il était sans cesse à courir : éveillé comme un plein panier de rats ! De sorte qu'on ne le nomma bientôt plus dans le pays que Riquet à la Houppe.

J'ai dit éveillé : pas cela seulement : fin comme l'ambre, l'esprit ouvert à tout ; un esprit déjà ferme, et voyant loin les choses. Cela même ne saurait s'expliquer naturellement. Il fallait que ses père et mère eussent eu recours à quelque fée.

Au vrai, qu'auraient-ils bien imaginé de mieux que ce recours ? Seule une fée pouvait remédier au malheur d'une laideur aussi étrange. Ils s'étaient donc adressés à la fée des Merveilles. Mais elle n'avait pas fait miroiter grande espérance.

« Je ne peux lui ôter sa laideur, avait-elle dit. Je peux seulement lui donner de l'esprit. Il en aura autant que garçon puisse en avoir sur terre. Pour faire mieux, je dis même qu'il en donnera à celle qui passera sur sa laideur pour l'épouser. Ah ! si jamais quelque jeune personne en venait là, voilà qui pourrait être de bonne conséquence ! »

174

Là-dessus elle pensa un peu, à part soi, mais se contenta de faire un petit signe du menton et elle n'ajouta rien de plus.

Le roi et la reine lui offrirent tous les présents qu'ils imaginèrent comme convenant à une fée. Mais ils ne pouvaient pas se sentir bien joyeux. Il leur semblait que l'esprit même contrebalançait peu une telle laideur...

Les choses étaient donc sur ce pied. Riquet à la houppe en grandissant se faisait admirer de tous pour sa gentillesse d'esprit. Seulement on ne pouvait dire que sa laideur diminuât. Il était toujours en sa peau. Toujours aussi camard et contrefait, aussi noir, aussi jaune, aussi hérissé à la sauvage. Il aurait semblé peigné du seul peigne du père Adam, quand tous les coiffeurs et perruquiers du monde y auraient passé ! Une tournure à faire reculer. Mais avec tout cela, il éclatait d'esprit. Et d'un abord si agréable qu'il charmait tout le monde.

Charmait ? Pour ce qui était de l'entendre, d'avoir le plaisir de sa compagnie, d'en recevoir des gracieusetés, bon, bien, passe. Mais pour ce qui était d'en faire son mari, et d'avoir toute la vie sous les yeux cette figure biscornue ? Où trouver la fille de bon maintien qui aurait consenti à l'accepter pour prétendu ?

Riquet à la houppe était pourtant en âge de prendre femme. Ses père et mère désespéraient de lui en trouver une. Lui, il allait toujours, en sa belle humeur, se fiant au don de la fée.

Les fées en faisaient des sept couleurs, en ce temps-là.

Dans un pays touchant celui de Riquet à la houppe, il y avait la fille du roi qui était plus jolie que personne au monde ; en revanche, par un don tout contraire au sien, elle avait l'esprit plutôt court. Parlons net : elle n'avait pas d'esprit du tout. De ce côté-là, aussi dépourvue qu'un soliveau. En sa compagnie, ce n'étaient qu'ennuis, soupirs étouffés et bâillements grondants. On la fuyait, désormais, du plus loin qu'on pouvait, et la pauvre princesse, toute mortifiée, s'enfonçait de plus en plus dans ses silences de plomb.

Riquet à la houppe qui avait entendu parler d'elle, voulut aller prendre un peu l'air de ce pays.

C'était à la Sainte-Madeleine, que l'on coupe dans les champs. Et lui au chaud du jour, pour se rafraîchir, il entra dans un grand bois qui s'étendait tout devant le château.

Il se promenait sous ces arbres de haut jet, dans une allée de mousse, quand au détour du chemin il se trouva soudain devant la jolie princesse. Jolie, c'est trop peu dire : si jolie et si tendre qu'on aurait voulu la manger.

Ce fut là sans doute le sentiment de Riquet à la houppe. Mais après quelques compliments que la civilité demandait, il se permit seulement de dire sa surprise, voyant que la plus belle princesse du monde n'était pas environnée d'un grand nombre de cavaliers, d'admirateurs.

La princesse parut faire effort pour comprendre, et ne répondit pas un mot.

Riquet à la houppe répéta la phrase.

« Ça se trouve pourtant comme ça », répondit la princesse, avec un sourire si triste, que sans s'arrêter à la niaiserie de la réponse, Riquet à la houppe se sentit bouleversé de tendresse.

Il osa alors demander à cette fille du roi d'où venait l'air d'affliction qu'elle avait et comment il se faisait qu'elle fût seule.

« Je suis seule, parce que nous nous étions assises ; ça fait que mes filles d'honneur se sont endormies sur la mousse... Voilà ! tant j'ennuie ceux qui sont forcés d'être en ma compagnie. Ah, je suis bien chagrine d'avoir si peu d'idée que je me sens à charge à tout le monde. »

Elle ajouta en soupirant que ce devait être agréable d'avoir de l'esprit...

« Ça fait qu'on comprend ce que les gens disent, on trouve que leur dire, et surtout ce qui peut faire plaisir aux personnes. Mais je sais que cela ne me sera jamais donné.

— Voulez-vous, princesse, que cela vous soit donné dans le moment ? fit Riquet à la houppe avec un grand élan de cœur. Je tiens ce don de la fée de pouvoir apporter en présent de noces tout l'esprit du monde à celle qui voudra bien m'accorder sa main.

— Ça fait qu'il faudrait se marier avec vous ? demanda la princesse avec un battement d'yeux qui marquait qu'elle peinait fort pour comprendre ces propos.

— Je vous laisserai une année pour vous habituer à cette idée, dit Riquet à la houppe en multipliant les soumissions. Si donc vous daignez accepter, je reviendrai dans un an vous épouser, dans un an, jour pour jour, à la Sainte-Madeleine ; mais sur-le-champ vous allez avoir de l'esprit.

— Je ne démêle rien à cette histoire de fée, dit la princesse. Mais voulez-vous dire que je peux avoir de l'esprit tout de suite et que vous ne reviendrez pour m'épouser que tout au bout de l'année ?

— Princesse, c'est cela même, et tout mon bonheur, toute ma vie sont entre vos mains ! fit Riquet qui se tenait incliné bien bas devant elle, toujours dans le transport de son cœur.

— Comment vous croire ? soupira la princesse, cela pourrait-il être ? »

Car il lui semblait que tout valait mieux que d'être privée d'esprit, comme un aveugle peut se dire que tout vaut mieux que d'être privé de la vue. Tout. Même épouser la laideur même. Et dans ce sentiment-là, une année passée à n'être plus bête, c'était pour elle une suite de jours à n'en plus finir.

« Ce peut être, princesse, affirma avec feu Riquet à la houppe.

— Comment, soupira-t-elle encore, pourrais-je faire le bonheur d'un homme, fût-il aussi laid que vous, moi qui ennuie tout le monde ! »

Mais en même temps elle s'apercevait que ce cavalier était tout tremblant devant elle, et elle avait le cœur si bon qu'elle ne pouvait résister à lui donner une vraie joie, même le voyant plus laid que les poustres.

« Si vous dites vrai en ce que vous dites et demandez, reprit-elle, eh bien, je m'y accorde !

— Princesse, vous avez ma foi, et j'ai la vôtre. »

Là-dessus, Riquet à la houppe s'inclina encore plus bas, et disparut.

Peut-être la fée le voulut-elle ainsi pour mieux faire. Peut-être simplement le fit-il par finesse, se disant que sa prétendue penserait plus agréablement à lui n'ayant pas sa figure devant les yeux... Enfin les choses allèrent de cette sorte.

Et la princesse, comme si elle s'éveillait, se sentit un esprit tout débrouillé, tout allègre, tout vif. Les choses s'arrangeaient dans sa tête ; elle les voyait, et les mots pour les faire voir lui arrivaient en même temps.

Ses filles d'honneur, après cinq minutes de propos avec elle n'en pouvaient revenir.

« Comment l'esprit lui est-il ainsi descendu d'en haut ? Sur quelle herbe a-t-elle pu marcher dans le bois ?

— Ha ! si on pouvait connaître cette herbe, pour en planter dans tous les parterres !

— Toujours est-il que voilà notre princesse aussi merveilleusement spirituelle que merveilleusement jolie ! »

Le bruit en courut en moins de rien dans tous les pays d'alentour.

Arrivèrent des cavaliers, des seigneurs et des princes. Ils venaient montrer leur bel esprit, et surtout leur belle jambe. La princesse se trouva bientôt fatiguée de tous ces personnages, dont chacun, parce qu'il se croyait un monsieur, s'estimait quelque chose.

Elle avait repensé, certains soirs, à son aventure du bois. « Fallait-il que je fusse niaise... J'ai dû imaginer cela, comme une enfant qui rêve des visions cornues. »

Voilà ce qui arrive aux personnes d'esprit : elles rebâtissent tout dans leur tête, et font ce monde plus raisonnable qu'il ne sait l'être encore. Mais elles savent cela, et qu'elles sont sujettes à s'égarer. Ainsi, il ne leur est pas aisé de prendre leurs résolutions.

Il faut dire les choses comme elles sont : la princesse s'avouait de loin en loin qu'elle avait oublié ce Riquet à la houppe — et de fait, elle l'avait presque oublié ! Sa tendresse et sa simplicité de naguère lui semblaient une part de sa niaiserie en ce temps-là.

Le roi son père, cependant, la pressait de choisir un époux. Elle en avait refusé deux douzaines.

« Maintenant que je n'ai plus l'esprit aussi court, songeait-elle, je verrai toujours quelque chose à redire à l'un ou à l'autre. Il faut en prendre mon parti. Sans être dupe de ce grand amour qu'ils feignent tous d'avoir pour moi, j'épouserai donc le premier qui semblera parti sortable. »

Ce jour-là était le jour de la Sainte-Madeleine, que l'on coupe dans les champs. Les moissonneurs étaient en plaine depuis le soleil levant. La princesse s'échappa du château et gagna seule le grand bois.

Elle était depuis un moment à se promener dans l'allée de mousse, tout occupée de ses pensées et de ses soupirs, lorsqu'elle crut entendre, de loin venue, une musique de violons. Puis tout un train de piétinements et de propos, comme si des gens arrivaient de sous terre, et que d'étranges choses se préparassent là. Il lui semblait, elle ne savait comment, que le monde fût en passe de changer autour d'elle.

La princesse s'étonna. Elle avança sous les ombrages, prêta l'oreille, et elle entendait plus fort ces propos, ces musiques...

Tout à coup, dans une enfonçure de verdure, elle voit la terre même s'ouvrir devant ses pas. Sortit du sol une file de valets comme des fourmis. Et dans l'allée, par enchantement, se trouva dressée une enfilade de tables. Des galopins de cuisine les chargeaient déjà de pâtés dorés, de paons rôtis parés de leur plumage, de melons, de cent raretés, de corbeilles de fruits à la glace.

Dans le moment, Riquet à la houppe parut : toujours hérissé à la sauvage, toujours camard et noir, avec ses peaux, ses verrues et ses lippes, sa houppe pointant vers la nue, ses épis de tous les côtés. Mais ce matin-là, paraissant tel qu'un enchanteur, au milieu de cette fantasmagorie, il sut sauver le premier coup d'œil.

Néanmoins la princesse était si interdite qu'elle pensa d'abord avoir perdu tout son esprit.

« J'ai pourvu à ce que les noces ne soient pas trop indignes d'une princesse telle que vous, dit-il après quelques compliments. Nous les ferons, si vous le voulez bien, ce matin même.

— Ce devrait être au roi mon père d'en décider, dit la princesse. Mais j'avoue qu'il me laisse disposer de mon sort. Avec vous, prince, je veux tout mettre sur le pied de la vérité. »

Riquet à la houppe la regardait avec des yeux si pleins de respect et d'attention, et de quelque chose de plus, que la princesse se sentit remuée.

« La vérité, dit-elle, c'est que je ne suis plus la personne qui s'est engagée à vous, étourdiment, dans sa naïveté d'alors. Je dirais même dans sa stupidité, si cela ne devait avoir quelque air désobligeant pour vous, mon prince. Mais ne vous en prenez qu'à vous du changement ! »

Riquet à la houpe lui répondit comme il savait faire : si elle était satisfaite de ce changement qu'elle lui devait, pourrait-elle vouloir lui en faire porter la peine ?

Il parlait, cependant, moins avec son esprit, qu'avec le vrai de son cœur, dans cette tendresse où il était, ce zèle, cette espérance... Et tout cela, tendresse, zèle, espérance, transparaissait sur sa figure. — À bien voir les choses, voit-on jamais de la laideur, de la beauté ? Ne serait-ce pas plutôt belle ou mauvaise idée qu'on prend d'un être ?

La princesse donc envisageait Riquet à la houppe et sans rien perdre de son esprit, voilà qu'elle redevenait aussi tendre que du temps de sa simplesse.

Ce semblait difficile, d'abord, d'épouser un tel homme, — ce visage à faire reculer ! Mais, — elle ne rêvait pas, — voilà que tout sous ses yeux y devenait heureux, il se transfigurait ! Elle toucha à peine en souriant du bout de ses doigts, ces sourcils fourchus, ces épis cornus, cette houppe pointue : ils s'assouplirent, ils prirent une autre façon. Et quand, tout attendrie, tout enlevée, voyant elle aussi la vie changer et grandir, elle mit sa main dans la main du prince, alors, ce fut le prodige.

Sans doute parce que l'amour y avait mis la main, la fée put y mettre sa baguette. Reste que Riquet à la houppe devint soudainement un prince bien fait, de tournure noble et dégagée, de figure hardiment découpée et toute claire. C'était toujours ce Riquet, avec sa houppe, ses yeux, son air à lui ; et c'était cependant le mieux tourné des cavaliers.

La princesse et son prince allèrent ensemble trouver le roi. Mais les cloches dans le clocher s'étaient déjà mises d'elles-mêmes à sonner le grand carillon. De sorte que les noces se firent avant qu'eussent eu le temps de s'échauffer les melons et les fruits à la glace.

J'y allai avec mes deux sœurs : on nous donna nos pleins tabliers de dragées !... Je crois qu'il en reste encore dans la tirette de l'armoire, et je vous en donnerai quand vous viendrez à la maison.

LA FILLE SOLDAT

Il y avait une fois une fille, la reine de toutes les filles ! Il s'est parlé de son cœur aux quatre coins du monde. Comme on l'a dite, je redis son histoire. Je n'y mets, je n'y ôte rien.

La fille avait quinze ans, elle était fille sage. En grandes amours elle entra avec un garçon de vingt ans qui avait pris le parti des armes. Mais un soir, un beau soir, ce tendre ami est venu annoncer qu'il lui fallait partir, qu'une guerre pointait : le régiment s'en allait.

Elle, elle était trop jeune pour comprendre ces choses : la guerre, le régiment, l'honneur : « Adieu, trompeur, puisque tu m'abandonnes ! Ha, moi, je ne t'aurais jamais abandonné ! »

Que pouvait-il répondre à cette tête folle ? Il essaya de dire qu'il était un soldat, que dans la guerre, il ne s'appartenait plus. « Non, non, a dit la belle, si j'avais été homme, rien ne m'eût séparé de mon amie. Mais peut-être qu'un jour j'irai te rejoindre dans la guerre. Oui, j'irai voir comme tu te comportes loin de moi ! »

L'oreille basse et le cœur chavirant, il regagne ses quartiers. Les trompettes sonnaient :

> *Boute-selle !*
> *Boute-selle !*
> *Boute-selle à mon cheval !*

Il saute en selle avec les camarades, et l'étendard claquait au vent !

On dit que les amourettes passent comme l'arc-en-ciel. Mais c'étaient de grandes amours.

Cette fille jeunette en savait juste assez pour connaître l'herbe du blé vert. Le temps de la guerre, temps de la peine, lui en a appris un peu plus. Elle y a d'abord compris que son ami n'avait pas de tort envers elle. Elle qui avait le cœur à tout oser, elle a résolu de le revoir, résolu de voir le monde. De cette menace qu'elle lui avait faite, elle s'est fait une promesse. Car son galant, tout dépité de ce qu'elle lui avait dit au départ, n'a pas donné de ses nouvelles. Ni par lettres passant ni par camarades revenant. Alors, elle a pris de plus belle cette résolution de partir.

« Ma fille, lui dit sa tante, chez qui elle demeurait, n'ayant plus ses parents, tu te feras blâmer si tu parles d'aller à la guerre. Et moi, j'aurais perdu l'esprit si je consentais à cela ! »

Mais elle ! Elle s'était mis cette aventure si fort au cœur que pour rejoindre son galant, elle aurait mangé le chemin.

En cachette de tous, elle s'est acheté des bottes, un sabre monté en cuivre ; s'est fait faire un habit de dragon volontaire : rien de si beau, le bouquet à la veste, la cocarde au chapeau.

Elle est partie sur son cheval grison, l'a lancé au galop sur la route des plaines, sur le pavé du roi qu'ombragent les grands ormes.

Que de journées, que de travaux, que de combats, que de misères. Elle a tout porté bravement, avec l'espoir toujours de rencontrer son ami. Elle l'a cherché dans toutes ces campagnes, demandé à tous les échos. Mais elle n'était plus libre d'aller et de venir : elle n'en a su ni vent ni voie.

Ainsi elle a roulé sept ans : sept ans dans les dragons, dans la cavalerie ! Et sans y prendre aucun mauvais renom. Du reste tous ignoraient qu'elle était une fille.

Au bout de sept ans, dans une rencontre, a été

blessée à l'épaule. Le chirurgien a bien failli tout découvrir.

Elle, dans sa vaillance, avant trois semaines, elle a voulu être sur pied. Mais les troupes venaient partout de prendre leurs quartiers d'hiver.

« Bonjour, mon colonel, donnez-moi mon congé. Ma blessure me gênera longtemps pour tirer le sabre. Il faut que je me retire au pays. »

Son premier gîte d'étape, ce fut dans une ville. Elle descend à l'hôtellerie la plus belle.

La neige tombait à grosses mouches blanches. C'était l'avant-veille de Noël. On l'a conduite dans une arrière-salle, devant un bon grand feu flambant, en attendant le souper. Après tant de bivouacs et de hasards, de chevauchées et de batailles, elle retrouvait cela, le feu d'une maison. Au bout de sept ans de guerre, le goût de la Noël, quand, au côté de son ami, aux lanternes, à travers les champs, elle gagnait l'église du bourg. Comme elle pensait alors à cette maison au fond des neiges, et à ces petits enfants qu'elle et son bien-aimé, ils auraient quelque jour.

Tout lui est revenu d'un coup, et soudain, parce qu'elle était là toute seule et qu'il neigeait dehors, elle s'est mise à ramager une chanson.

Non plus la marche, — *Cavalerie, prenez bien garde à nos dragons*, — ou celle du *Prince d'Orange*, celle de *Luxembourg*, mais la chanson de son pays. Celle où le cavalier qui a rêvé de sa mie s'en va la voir en passant par les bois ; et son cheval tombe à genoux sur trois boutons de rose. Des trois, pour porter à sa belle, il en cueille la fleur.

La vermeille, c'est votre beauté,
La verte l'espérance,
Lanlère,
La verte l'espérance,
Lanla...

Et l'autre, ma mie, c'est mon cœur,
Mettez-le avec le vôtre,
Lanlère,
Mettez-le avec le vôtre,
Lanla !

Elle chantait cela comme le rossignol au jardin de sa tante. Un officier entrant dans la grand-salle entend cette chanson.

« Dame l'hôtesse, qui chante ainsi chez vous ? Qui chante chanson si jolie ?

— Beau cavalier, c'est un jeune dragon qui revient blessé de la guerre.

— Dame l'hôtesse, faites que je lui parle. Je veux lui offrir à souper, je paierai le souper largement. »

Un valet le conduit dans cette arrière-salle, portant bouteille et deux verres taillés.

De si loin qu'il voit ce dragon, le cavalier reconnaît son amie. Tout aussitôt il a rempli son verre : de dix pas de loin, il l'a levé vers elle.

« À ta santé, mon joli cœur que j'aime. Voilà sept ans que je t'attends, jamais je ne t'ai oubliée. Tu es dans mon cœur comme au jour du départ ! »

Il la prend par la main ; la fait vêtir en demoiselle, habillée tout en satin blanc. Puis il la mène promener par la ville. Tout le soir ils ont parlé du temps de leurs amours.

Le lendemain, en cette grande veille de Noël, cloches battant, trompettes sonnant, à l'église cathédrale, ils se sont mariés.

LA FILLE PARJURE

Il y avait une fois une fille et un garçon qui s'étaient mis dans les amitiés l'un de l'autre. Elle, qui était fille de haute condition et de grands biens, elle lui avait trouvé tant de bonne grâce, qu'elle l'avait pris en son gré. Et lui, qui était gentilhomme, mais qui n'avait qu'un bout de terre et son pauvre logis, de ces amours n'avait pu se défendre.

Ils se voyaient dans la coudrette d'un verger, sous la grosse tour du château. Il voulait, lui, parce qu'il avait du cœur, partir pour une guerre lointaine, représentant à son amie que leur mariage ne pourrait pas se faire.

« Vos parents y mettront obstacle, et ils feront tant qu'à la longue vous vous détacherez de moi. Vous épouserez, je le sais, celui qu'ils vous destinent.

— Non : rien ne me détachera de vous. Ha, si jamais j'accepte de me donner à un autre, je veux que le démon m'emporte au soir même de mes noces. »

Elle dit cela avec feu à cet ami, les yeux sur ses yeux et les mains sur ses mains : elle lui en fit le serment.

Mais ce ne sont point les serments des jeunes gens qui mènent les affaires. Les parents de cette fille parlèrent, menacèrent, cajolèrent, lui firent parler par tel vieil oncle et telle cousine : finalement, ils se firent écouter...

Et ne se passa même pas autant de temps qu'on l'aurait pu penser. Elle était fille d'imagination et de caprice, plutôt que fille de ferme cœur.

Le malheur fut qu'elle avait cru pouvoir répondre des sentiments qu'elle aurait l'an prochain. Lorsqu'elle engagea sa foi, elle ne connaissait que ceux d'alors, qui la montaient si fort, aux côtés de son ami. Où il n'y avait qu'échauffement de cervelle, la malheureuse vit l'ardeur qui durerait tout autant que son âme. Cette flamme tombée, le serment ne fut plus qu'un feu de fumée noire, comme le fumeron puant de la chandelle après qu'on l'a éteinte entre deux doigts.

Restait qu'elle avait fait cet effrayant serment. Mais elle n'y voulait plus songer : cela l'empoisonnait ; et pour plus vite en effacer l'idée, sans doute, le jour vint, où malgré ce qu'elle avait juré, de la main de son père elle accepta un autre que son ami pour époux.

Les fiançailles se firent. Dès qu'il fut assuré de cette trahison, l'ami de cette fille s'en alla du pays. Il partit pour la guerre...

... Puis vint le jour des noces.

Le soir, comme on était au fort de la belle saison, un bal fut dressé aux flambeaux, sous la coudrette du verger.

Soudain, du lointain déjà perdu d'ombre, le portier du château vit arriver deux cavaliers. Ils se présentèrent à la porte. Ils demandaient à voir la mariée. Ils disaient qu'elle-même l'avait réglé ainsi, qu'elle leur avait donné assignation expresse de venir la trouver ce soir.

On les conduisit donc au bal. Violons, flûtes, hautbois jouaient, et le verger brillait de cent lumières, sous la grosse tour du château.

L'un des deux cavaliers, à ce qu'il a été dit, était le fantôme du premier ami de la fille qui, s'étant jeté en désespéré au milieu d'un parti d'ennemis, s'était fait tuer dès la première rencontre. Mais l'autre, en ses habits couleur de feu, et l'air terrible, l'autre était le démon. Il prit la main de la belle mariée, il lui demanda une danse.

À cet instant, sans doute, elle eut la vision de son sort. Elle devint mortellement pâle, voulut crier et se débattre. Mais il l'entraînait par la main ; déjà il la tenait serrée entre ses bras. À la vue de tous ceux qui se trouvaient aux noces, un gouffre s'ouvrit là, en terre, dans la coudrette, au lieu même où elle, naguère, avait prononcé son serment.

Et le démon y précipitant la parjure, disparut avec elle.

LA COUTUME DE RANDAN

Il y avait une fois un garçon de village qui se maria un beau matin. C'était à Randan, en Auvergne. Anciennement, la coutume voulait que les veuves ne s'y remariassent pas. Les filles, elles, s'y sont toujours mariées volontiers, comme elles font partout. Si elles ne se mariaient, le monde finirait. Celle-là, madame la nouvelle épousée, n'était guère plus jolie que le dessous des pots, mais on disait qu'elle s'était conduite comme si elle l'avait été.

Trois mois après les noces, le mari apprit qu'il allait être père. Il tempêta. Il dit que ce mariage ne pouvait pas tenir. Il amena sa femme au maire pour être démarié.

Le maire les regarda par-dessus ses besicles. Cette fille avait fini par pêcher un mari : elle l'avait, elle s'en tiendrait à lui, son mariage en valait un autre.

« C'est tout simple, dit-il, nous allons consulter le livre des coutumes. »

Il ouvre un gros vieux livre, il le feuillette.

« Ha, voilà, nous y sommes :

> Randan, Randanois,
> Les filles portent trois mois,
> Mais ce ne leur arrive qu'une fois. »

Le mari remercia et se retira content en emmenant sa femme.

LE GARÇON QUI CHERCHAIT FEMME

Il y avait une fois un bon vieux, une bonne vieille...

191

... Je vous conterais bien la *Prière du Soir ;* ou encore le *Vieux Jacques*, c'est une histoire de bien vivre et de bonne recommandation pour les enfants. Mais puisque vous l'aimez mieux, vous aurez le conte du garçon qui partit chercher femme. Vous saurez ce qui lui arriva. Une fois ou l'autre, toutes les histoires peuvent arriver.

Il y avait donc un bon vieux, une bonne vieille qui n'avaient qu'un enfant. Un enfant déjà grand, de vingt-cinq ans ou plus. À ce grand fils, ils souhaitaient donc une compagnie. La vieille dit au vieux :

« Eh bien, mon vieux, nous faut marier notre garçon. »

Le vieux dit à la vieille :

« Eh bien, ma vieille, nous faut le marier. Pour le marier, faut trouver une prétendue. Va chercher une prétendue. »

Elle allait bonnement pour tout. Le lendemain elle mit son jupon vert, sa coiffe des dimanches, elle partit par les chemins.

Quand elle en voyait une à coudre près de la porte et du plant de passerose, elle approchait. Elle regardait si celle-là n'avait pas d'anneau à son doigt. S'il n'y avait pas d'anneau, alors elle parlait :

« Bonjour, la demoiselle. Et vous voilà à coudre ? Allons, c'est ce qu'il faut... Mais dites, vous marier, vous ne le voudriez pas ?

— Oh si !... Oui, je veux bien.

— Eh bien, venez chez nous. J'ai un fils à marier : la belle, je vous le donne.

— Bon, bonne vieille, c'est promis ! »

La vieille finit par comprendre qu'elle prenait

tonneau pour courge et que ces demoiselles se
moquaient un peu d'elle.

Un matin que le soleil s'était levé bien clair et
que les alouettes montaient sur tous ces prés, le
garçon s'est à son tour habillé de ses dimanches.

Il se présente à ses vieux.

« Mon père qui m'avez nourri, ma mère qui
m'avez mis au monde, s'il vous plaît, donnez-moi
votre bénédiction. Je pars. Je m'en vais chercher
femme. Il faudra bien que j'en trouve une, quand
le diable devrait s'en mêler ! »

C'était un mauvais mot, un mot qu'il n'aurait
pas dû dire.

Seulement, il l'avait dit.

Il s'est mis par chemins. Il a traversé des campagnes ; puis des déserts de friches et de bois : des
friches pelées où sautaient les criquets, ouvrant
des ailes bleues, des ailes rouges, sous le soleil ;
des bois serrés comme un buisson où même en
plein midi la ramure et son ombre bouchaient partout la vue.

À la fourche de trois chemins il a rencontré un
monsieur, mais un personnage tiré à quatre épin-
gles et l'œil étincelant. Il ne lui manquait pas un
bouton ; et le diamant au doigt, bien sûr.

« Alors, garçon, où allez-vous de ce pas ?

— Comment dire où je vais ? Je vais devant moi,
suivant le vent. Je vais pour me marier, et je cherche une fille.

— Vous la trouverez chez moi, garçon. J'ai
douze filles, moi, plus jolies l'une que l'autre. Suivez-moi seulement et je vous en donne une. »

Douze filles ! Ma foi, ce garçon a suivi le personnage.

Ils ont passé par toutes sortes de chemins : chemins à épinettes, chemins à épinglettes, d'autres chemins qui n'en finissaient plus. Ils ont eu à marcher longtemps, longtemps, longtemps. C'était dans un pays comme il n'y en a qu'en rêve : ces verts buissons y avaient formes de bêtes, et les arbres ramés y avait formes d'hommes. Il n'y luisait soleil ni lune. Seulement un grand cerne, couleur de braise, au fond du noir. Personne n'eût pu dire s'il faisait jour ou nuit.

Et puis ils se sont vus devant un étang noir.

« Garçon, a fait le monsieur, vite, tournez le dos. »

Et le garçon l'a tourné. Il n'a pas su alors ce qui lui arrivait. D'une bourrade, l'autre l'a jeté dans l'étang à la renverse et cul par-dessus tête.

Mais voilà que l'étang s'est renversé aussi, tout sens dessus dessous...

En fin finale, le garçon s'est retrouvé à côté de ce personnage, dans une maison toute de pierres de taille, ce qu'il y a de plus superbe : rideaux de taffetas, parquets à la cire, glaces dans les dorures et lustres flamboyants.

L'autre lui a montré les douze demoiselles. Il y en avait bien douze : souliers de maroquin, et rien ne leur manquait, ni un ruban rouge, ni une épingle d'or. Celle-là belle, et celle-là plus belle ! Et celle-ci, ha, messieurs ! encore plus belle, chacune plus que l'autre et moins que la suivante.

194

« Voyez-vous, mon garçon ? Eh bien demain vous ferez votre choix. »

Allons, demain... Mais ce choix, quelle affaire... Le garçon qui ne disait toujours mot, regardait le bout de ses souliers.

Le personnage s'empresse, s'agite. Seulement il ne fallait compter rien lui demander, si courtois se montrât-il. Et l'on aurait aimé respirer un autre air que lui.

Finalement il a mené le garçon dans une chambre aussi toute brillante.

« Tâchez de bien dormir, pour demain bien choisir. »

Le garçon s'est donc mis au lit.

Il ne s'est pas mis à dormir, non, pas encore. Sa rencontre, l'étang, les douze demoiselles, tout cela lui coupait le sommeil. Mais il bâillait. Et vite alors, la main devant la bouche, comme s'il se trouvait encore en compagnie. Puis cette main il la passait, repassait sur ses yeux.

Sur la mi-nuit, tout dou — tout doucement, la porte s'est ouverte. Une des douze demoiselles s'est glissée dans la chambre.

« Je vous sens en grand embarras. Dites-moi ce qui vous embarrasse.

— Demoiselle, il y a deux choses qui m'embarrassent en ce logis. D'abord, je ne sais où je suis. Ensuite, je ne sais laquelle prendre.

— Où vous êtes ? Vous êtes en enfer... Laquelle prendre ? Écoutez : des douze, il en est une qui n'est tombée ici que par malédiction. Elle a laissé choir une assiette, et sa mère lui a crié : que le

195

diable t'emporte ! C'était un mauvais mot, un mot à ne pas dire. Vous regarderez bien sa joue : il y aura une mouche pour venir se poser juste sous son œil gauche. »

Le Malin est malin, plus malin que les malins. Reste qu'on peut toujours l'avoir.

Le lendemain il a ramené le garçon devant les douze demoiselles. Il les a fait passer, repasser, frétiller, tortiller, détortiller devant lui.

Mais le garçon savait. Il avait cette voix de vérité dans l'oreille. Puis il a vu la mouche. Sous l'œil gauche, comme il lui avait été dit.

Il n'a voulu que la fille à la mouche.

Il l'a choisie, il l'a voulue. Le diable, qui lui avait laissé le choix, s'est vu forcé par sa propre parole de lui donner celle-là pour femme.

Elle, qui n'était pas aussi maudite que les autres, devait se sentir moins enfoncée en ce logis, mieux en connaître les aîtres et les passages. De sa main blanche, — voyez ce blanc muguet ! — elle a pris la main du garçon. Mais fine, fine ayant appris du diable. C'est à reculons qu'elle a eu soin d'entraîner son futur mari.

Quand le diable a voulu les suivre, comme à la piste, ces pas l'ont ramené chaque fois au logis. Et ces deux, la main dans la main se sont évadés. Ils sont rentrés au pays du garçon. Elle, elle n'était plus demoiselle de chez le diable, mais femme du garçon, ramenée par le garçon. Ils sont tombés chez eux au chant de l'alouette, comme s'ils tombaient de la lune. Vite, la mère leur a servi une soupe au lait, du caillé de chèvre et de la galette. Ç'a été de grandes noces.

La galette mangée, ils se sont mis en danse. Sous l'orme devant la porte, dansant la capucine, le vent-follet et le casse-noisette, et d'autres danses itou ! Tant de danses, ma foi, que si vous y passez, vous les y trouverez encore.

LES TROIS DOTS

Il y avait une fois un garçon qui venait chaque dimanche dans une grosse ferme où se trouvaient trois filles à marier. Que ce fût sans intention semblait bien peu probable. Il devait même en aller comme dans la chanson :

> *La plus jeune il nous faut,*
> *Elle est la plus jolie...*

Mais le garçon ne parlait pas encore.

Un soir, ayant fait porter chopine sur le coin de la table, le père le tira là.

« Écoutez : tant tourner ! Certainement vous venez ici dans l'idée de devenir mon gendre ? Bon. Je vais vous dire combien je fais à mes filles : chacune a son armoire avec la garniture ; différemment, à la plus jeune, qui a dix-huit ans je donne six mille francs ; à la cadette, qui en a vingt-quatre je donne douze mille ; et à l'aînée qui va sur ses trente, j'en donne vingt-cinq. »

Là-dessus il pousse son verre. On trinque. On boit. Le garçon ne se hâtait toujours pas de parler.

« Et dites, fit-il enfin, vous n'auriez une autre fille, qui eût quarante ans ? »

LES TROIS QUENOUILLES DE VERRE

Il y avait une fois un homme qui était roi. Mais un terrible ! Pour un rien, pour une paille de travers, il lui passait des colères à faire frémir tout le pays... Dieu veuille savoir comme tout dansait !

Ce roi avait trois filles. Un jour, il partit en voyage, — pour ses affaires de roi, ou une idée qu'il eut. Il avait dit à ses filles en partant qu'il leur rapporterait un cadeau à chacune. Cependant, il n'a pas attendu son retour. Il leur a écrit pour leur annoncer qu'il leur envoyait trois quenouilles de verre, et il mandait dans sa lettre qu'il fallait les conserver bien soigneusement pour l'amour de lui, que dès qu'il serait retourné, il demanderait à les voir.

Sa fille la plus jeune était vive. Au reçu de la lettre, et des quenouilles qui étaient arrivées en même temps que la lettre, elle se trouvait dans les chambres. Elle était tellement contente d'avoir des nouvelles de son père que, comme pour aller au-devant de lui, elle descend les montées en trois sauts ; et cette quenouille de verre qu'elle tenait en sa main, quel malheur, ne la casse-t-elle pas ! La voilà dans un chagrin... le cœur tout perdu !

Ses sœurs, comme elles ont pu, ont tâché de la consoler.

« Écoute, nous t'aiderons... Ne sois pas dans les transes. Sais-tu ? Nous montrerons les quenouilles l'une après l'autre à notre père. Dès qu'il aura vu la mienne, je te la prêterai, je te la passerai... »

Dans la semaine, le roi, leur père, arrive. Et comme il avait dit qu'il ferait, il le fait. Il demande à voir la quenouille de verre de la plus vieille, — nous ne disons pas l'aînée, nous autres à la campagne, nous disons la plus vieille. Puis celle de la cadette. Là, alors, pendant que la cadette présentait sa quenouille, la plus vieille a prêté la sienne à la plus jeune...

Seulement, voilà, le père a demandé à les voir non plus chacune à part, mais toutes trois ensemble...

Les choses, pour lors, n'allaient plus.

Cependant, les deux grandes ont bien tout dit selon la vérité, si bien expliqué que leur sœur avait eu comme un transport de joie en recevant la lettre, que c'était dans ce transport même qu'elle avait, de la quenouille, tant soit peu heurté la muraille, enfin elles ont tout si bien excusé, qu'à la fin des fins elles ont amené leur père à rabattre de sa colère. La plus jeune a eu son pardon...

Après cela, encore échauffé, faut-il croire, ce roi terrible a demandé à sa plus vieille comment elle l'aimait.

« Oui, dis-moi comment tu m'aimes, que ce me soit un signe où je voie ton amour !

— Mon père, je vous aime tout comme un grain de seigle !

— Très bien, ma grande fille, a dit alors le roi, un grain de seigle, bien : le seigle nourrit le pauvre. Et toi là, ma cadette ?

— Mon père, moi, je vous aime comme un grain de froment !

— Ha, très bien, ma cadette. Froment, soit, c'est très bien : le froment nourrit le riche, il est encore meilleur. Et toi, donc, ma plus jeune ?

— Mon père, a-t-elle dit, moi, je vous aime comme un grain de sel ! »

Le voilà qui sursaute, qui la regarde aux yeux, qui devient plus rouge que la braise. Et sa colère de nouveau sur le feu, qui monte, qui monte, tout de suite à bouillir. « Oh, malheureuse ! Alors, comme un grain de sel, tu voudrais me voir fondre ! »

Il faut croire qu'il avait des lunes dans la cervelle. Les hommes, vous savez... Tout enflammé, tout furieux, il donne du poing sur la table. Il crie, il appelle son domestique ; et en diable que rien ne raisonne, il lui commande d'aller égorger sur-le-champ sa fille au fond des bois.

« Tu la tueras ! Tu m'apporteras son cœur tout chaud, sa langue et ses habits ! »

Le domestique reçoit ce commandement comme il aurait reçu un coup de maillet sur la tête. Mais il fallait obéir et ne pas souffler mot.

Il a pris avec lui la demoiselle... La pauvre ! Pensez s'il lui fâchait de mourir ! Et ses sœurs... Ce sont des moments, cela. Allez imaginer ce qui s'est dit, ce qui s'est fait.

Toujours est-il que les sœurs, avant de laisser mener tuer cette plus jeune, lui ont fait un cadeau. Afin qu'une fois égorgée son cadavre ne fût pas sans habits dans les bois, elles lui ont fait cadeau chacune d'une robe : l'une qui brillait comme la lune, l'autre comme les étoiles. Et la sienne, qu'elle avait dans sa poche, brillait comme le soleil. — Il y avait déjà de belles robes dans ce temps et qui ne tenaient pas plus de place que celles d'aujourd'hui, puisqu'on pouvait les mettre dans la poche. Mais le conte le veut comme ça.

Le valet conduit donc la demoiselle en forêt. Et sans doute il avait le cœur tout attendri. Au lieu de tuer cette charmante demoiselle, il se saisit d'un chevreau, il l'égorge, il lui enlève le cœur. Ensuite, il trouve un ânon, il lui enlève la langue, il lui enlève la peau. Alors il demande à la jeune fille de quitter ses habits, puisque c'est forcé qu'on les rapporte au roi son père, et il lui met sur les épaules la peau d'âne à sa place.

Il l'a abandonnée au plus épais des bois. Il l'a laissée là, seule, faire comme elle a voulu. Et lui, sans dire mot, il est allé présenter le cœur, la langue et les habits au sire roi son maître.

Peau d'Âne, — il me faut bien l'appeler Peau d'Âne, à présent — a marché devant elle sous le couvert des arbres. Par bonheur, elle avait été élevée dans le courage. Mais toute seule dans ces grands bois des branches noires, de la fougère... Elle a marché, elle a marché. Elle a trouvé d'autres pays, une allée, un château. Sous sa peau d'âne, elle a frappé à la porte ; elle a demandé à se placer comme servante. Les patrons, le roi de ce château et sa femme, ne voulaient pas trop la gager, à cause de cette peau qui faisait trop sauvage.

« Quittez votre peau d'âne, et nous vous gagerons.

— Ah, si je quittais ma peau, je serais bientôt morte ! »

La quitter, pour se montrer sans habits !... Nue comme une fée sortant de l'eau... Ou bien mettre ses robes de lune, d'étoiles, de soleil ? Ç'aurait bien été le fait d'une pauvre servante, n'est-ce pas ?

« Eh bien, soit, entrez comme vous voilà. Vous garderez les dindons du domaine. »

Le même soir, elle est donc allée les garder. Mais là, lorsqu'elle a été toute seule au fond du vert enclos, elle s'est dépouillée de la peau d'âne, et elle a pris sa robe qui brillait comme les étoiles.

Or, en ce pays le fils du roi se trouvait à la chasse : il a eu à monter tout au haut d'une montagne. — En français il me faudrait dire qu'il était à la cime d'une montagne de par là. — Entre les branches, il a vu quelque chose qui brillait comme les étoiles dans le parc des dindons. Vite, vite, il descend voir ce que ce peut être. Arrivé dans l'enclos, il ne trouve qu'une Peau d'Âne...

Le lendemain, il a joué la ruse. Il a fait seulement semblant de partir pour la chasse, et il a su se cacher sous les noisetiers de l'enclos. Il voulait trop savoir ce qui paraissait là, dans le parc aux coqs d'Inde. Or, un moment après, Peau d'Âne est arrivée, menant ses bêtes, une branchette aux doigts. Lorsqu'elle s'est crue seule en ce coin retiré, oui, sans personne d'autre que les noisetiers d'alentour, seule, tout à fait seule, dans l'herbe et dans la feuille, elle s'est dépouillée de cette peau d'ânon. Elle a passé alors une de ses trois robes, celle qui brillait comme fait la lune.

C'est sans se montrer que le fils du roi a quitté sa cache de feuillage. Il est parti de là tout droit trouver son père. Il ne marchait pas, il volait.

« Mon père, je veux me marier, j'ai trouvé femme !

— Très bien, mon fils, a dit le roi. Que je sache le nom de la future fiancée ?

— Mon père, c'est Peau d'Âne !

— Oh, mon fils, un prince comme toi ? Voudrais-tu bien prendre une Peau d'Ânon ? »

C'est qu'il le voulait, justement, et que c'était voulu ! Lorsqu'il a compris que son père s'indignait, et ne donnerait jamais le consentement, le cœur lui a manqué ; il est tombé malade.

On a appelé tous les médecins de ce pays et à eux tous, sa maladie, ils ne l'ont pas trouvée. Le fils du roi, avec ou sans leur permission, a continué d'être malade.

Au bout de quelques jours, il a demandé qu'on lui apportât un morceau de gâteau pétri par Peau d'Âne. Faute d'avoir sa main, avoir du moins cela qui serait fait par elle... Mais elle, elle ne voulait pas trop y consentir, d'abord, parce que ce gâteau, comment donc le pétrir sans quitter sa peau d'âne ? Et la quitter pour ses habits de fille de roi, c'était se faire reconnaître.

Enfin, comme on la pressait tant, elle a dit oui.

203

Mais à condition de faire le gâteau enfermée dans sa chambre. Il fallait, n'est-ce pas, que personne ne pût la voir. Le roi cependant a percé le plancher, avec quelque vrille sans doute. Il est monté sur l'escabeau, il a fait ce trou dans les planches, il y a mis un œil, — un roi regarder par un petit pertuis ! mais, le conte le veut comme ça, — et il a vu Peau d'Âne. Elle était là qui faisait le gâteau et, pour le pétrir, elle s'était débarrassée de cette peau qui l'enfroquait toute. Ah, une autre Peau d'Âne, une autre jeune fille ! Car elle avait passé sa robe, la troisième, celle qui brillait plus que le soleil...

Le roi ne l'a pas plutôt vue qu'il est allé trouver son fils :

« Tu avais bien raison, mon fils, de vouloir épouser Peau d'Âne... Je te la donnerais demain en mariage, si demain tu étais guéri. »

Comme il a su guérir, alors, le fils du roi ! Et non pas le lendemain : au moment, tout sur l'heure.

Pendant ce temps, Peau d'Âne, — elle ne voulait pas être reconnue et pourtant, voyez ça, — Peau d'Âne donc avait mis dans le gâteau un papier où elle avait écrit : « Je suis la fille de Jean-Joseph le Terrible. » En mangeant le gâteau, ils trouvent ce papier. Alors... Ah ! Comme si le bon Dieu y eût mis la main, alors !

Vint le jour du mariage. Ils avaient invité tous les rois d'alentour. Et Jean-Joseph le Terrible premier de tous. Peau d'Âne a demandé à la cuisinière du château de lui laisser, à elle, faire la soupe. Elle avait son idée sur cette soupe à faire.

À table, donc, pour commencer le dîner, on apporte ce potage. Le père de Peau d'Âne le goûte. Il relève le nez, pose là sa cuillère, le sang lui saute à la tête. Le voilà tout de suite parti dans ses fureurs.

« Amenez-moi un peu la grande cuisinière qui m'a fait cette soupe sans y mettre de sel ! »

La cuisinière arrive, elle retourne le coin de son tablier, elle se présente.

« Alors, quoi, cuisinière ! Vous me prenez pour un pourceau de village, que je crois ! Une soupe sans sel, est-ce que c'est une soupe qui s'appellera soupe ?

Elle, la cuisinière, ne se démonte point.

« Sire, j'ai entendu dire que pour un grain de sel, vous aviez l'autre mois fait périr votre fille.

— Ah, dit le roi, baissant la tête, ah, si j'avais ma fille, je serais en ce jour plus heureux que je ne suis !

— Eh bien, sire, reprend la cuisinière, votre fille est plus heureuse que vous : aujourd'hui, devant vous, voilà qu'elle fait ses noces ! »

Quand il a entendu ça, il en a fermé son couteau, renfoncé son chapeau. Il s'est levé, la face toute rouge. Puis il a pris la porte, il est parti, tout droit...

Comme on dit dans les contes, les époux ont été très heureux, avec beaucoup d'enfants. Quant à Jean-Joseph le Terrible, il faut croire qu'il a fait quelque trou à la lune, on ne l'a plus revu.

LA PÉNITENCE À FAIRE

Il y avait une fois un galant, un coq de village, la crête au vent, et toujours prêt à faire admirer sa belle jambe. Il allait se marier : vous savez ce qu'on dit :

> *Che voulia dounda lou loup*
> *Marida-lou !*

Si vous voulez dompter le loup, mariez-le !

Mais lui n'en était pas à se croire bridé encore. Et plus fringant, plus content de soi, plus portant beau que jamais.

La veille du mariage, au pays de la future, il va donc à confesse, ainsi qu'il est requis. C'était au moutier des bons pères. Et il se levait pour partir, dûment absous, quand, s'agenouillant de nouveau.

« Mon Père, mon Père, dit-il au confesseur, ma pénitence ? Vous avez oublié de me donner une pénitence !

— Allez, mon fils, lui dit le Père, de pénitence vous n'auriez que faire aujourd'hui : ne venez-vous pas de me dire que vous preniez femme demain ? »

LA MONGETTE

Il y avait une fois une fille qu'on appelait Mongette.

Monge, c'est moine. On nomme même les haricots des monges parce qu'ils sont de couleur brune, grise, rousse ou tannée, comme les frocs des moines. Mongette, donc, autant dire la petite moinesse. Elle n'était pas nonnain, elle n'avait pas fait ses vœux de religion. Mais, comme elle avait tout enfant perdu ses père et mère, elle avait été quasi nourrie par le curé de l'endroit, — c'était un village, proche d'une ville assez grosse où il y avait même garnison de gens de guerre. Elle était devenue ainsi un peu d'église. Elle balayait la nef et les chapelles, veillait à les tenir bien nettes, reprisait et lavait les aubes, les surplis, cueillait les bouquets au jardin et ornait le grand autel et celui de Notre-Dame : — le lys rouge et la rose mousseuse, et la julienne, ou la girarde, au juste temps de la saison. Et elle entretenait le luminaire, encore, elle remettait aux pauvres les aumônes de pain et de lard. Enfin, elle faisait ce qu'aurait fait une sœur, s'il y avait eu des religieuses au village. De sorte qu'elle était la Mongette.

Mais si le curé lui avait donné cette charge, c'était qu'il l'avait vue de grande dévotion envers la sainte Vierge. Mongette, qui n'avait plus de mère sur la terre, s'était tournée vers Notre-Dame, était devenue son enfant. Elle savait l'aimer comme une mère toujours là.

Peut-être que Mongette n'était pas tout à fait comme les autres filles : aussi craintive que le levraut, lente à sourire et peu parlante, avec de grands yeux de douceur. On aurait dit que sa vie se vivait en arrière de ces yeux, dans une espèce de pensée ou de songe. Et que même ces grands yeux de Mongette ne voyaient pas ce qu'ils voyaient.

Par malheur pour la jeune fille, un jour ils ne virent que trop un soldat qui passa.

Blanche épée à la main, et tout de blanc armé, il chevauchait comme un saint Georges. Un éblouissement. Mongette le vit l'espace d'un pater ; ce fut fait pour toujours.

Elle avait dix-huit ans. Elle ne comprit rien à ce qui la prit alors. Ce fut comme si une corde l'avait liée et tirée par le milieu de la poitrine. Son sort était fait : elle, elle n'y pouvait plus rien. Il lui fallut partir, rejoindre ce soldat ; il le lui a fallu, comme à celui que la faim creuse ; il faut ce pain doré dont l'odeur lui vient toute chaude, passant devant la porte du mitron.

C'était le mois de juin. Mongette alla une dernière fois à son église, elle s'agenouilla dans la chapelle de la Bonne Dame.

« Sainte Vierge Marie, je ne suis plus celle qu'il faut être pour m'approcher de votre image, changer l'eau des bouquets, verser l'huile dans votre lampe. Notre-Dame, vous êtes ma mère, je le sais, je le sais ; vous ne m'abandonnerez point. Mais je me sens à l'abandon. Je me rends, comme celle qui demande seulement qu'on la prenne à merci. En partant, je vous remets les clefs de cette église. Ayez pitié de votre pauvre enfant. »

A posé les clefs sur l'autel et est partie, tirant sur soi la porte. A rejoint son soldat, le cavalier tout de blanc armé...

Mais dans sa vie coupable, chaque matin elle a dit un ave et chaque soir elle a eu la même pensée de recours à sa mère Marie, s'accusant et la suppliant. De cette vie, d'ailleurs, elle n'a eu que pour un peu de temps...

Un temps, en effet, elle a fait chemin aux côtés de son ami, déjà dans le réveil et toujours dans le songe. C'était le saint Georges plus éblouissant qu'un soleil ; et c'était ce luron de trop joyeuse, de trop terrible humeur qui l'appelait nonnette avec un éclat de rire, vidait trois pots de vin, cuvait ce vin sous la table, ou brisait table et bancs ; et tour à tour éperdue, ravie, implorante, elle ne savait plus seulement si elle était sur terre...

Mais la route n'a pas été longue. Mongette n'en a eu que pour six à sept semaines. Un soir on lui a dit qu'il venait de se battre. Elle l'a retrouvé sur le pavé, le flanc ouvert, les mains noires de sang...

Mongette a cru qu'elle allait en mourir. Elle a pleuré à en perdre la raison. Et la misère est arrivée avec le deuil ; et puis la maladie. Cependant, elle n'est pas morte, la Mongette. Mais tout ce qu'elle a pu, ç'a été de se tourner vers sa mère Marie. Elle lui a demandé à mains jointes, elle lui a tant demandé de rester encore sa mère. Malgré le péché, la honte et le malheur !

À la Saint-Jean, Mongette était partie. Pour la Nativité de la Vierge, au 8 septembre, elle a voulu revenir. C'est au matin de la fête que la pauvre a été saisie de cette idée : « Il me faut rentrer au village. » Une idée qui lui faisait peur à elle-même, mais qui lui emplissait la tête. Et devant elle, elle ne voyait autre chose. « Il faut que je rentre au village. Il n'y a que là dans ce fond d'ombre de la chapelle que je peux être encore près de ma mère Marie. »

Tout le jour elle se l'est dit. Toute la nuit se l'est redit, jusque dans le sommeil. Ce grand désir ne l'a plus quittée. Au jour, il l'a reprise, plus fort, plus fort encore.

De nouveau c'était une corde qui la tirait par le milieu du cœur.

Mais oserait-elle jamais reparaître là-bas ? Comment le pourrait-elle ? Elle qui avait abandonné sa charge. Le curé du village et les gens du village qu'avaient-ils bien pensé d'un pareil manquement ? Elle qui craignait tant les regards noirs, les mauvaises paroles, à l'idée de se présenter devant eux, avec sa faute marquée au front, elle défaillait.

Il a fallu partir, pourtant, pour le village. Une voix lui a dit de partir. Elle n'était pas allée bien loin, Mongette. Elle se tenait cachée au haut quartier de la ville où son ami était soldat : cachée en sa chambrette, au fond d'une courette dont elle ne sortait point. Les jambes lui manquaient, mais elle s'est mise en route.

Au commencement de l'après-dînée, elle est sortie par une des trois portes. Elle a monté vers l'endroit où on suppliciait les condamnés, au haut de la butte ; des pendus balançaient aux potences. Et elle se disait que plus qu'eux, les soldats déserteurs, elle avait mérité la mort.

Il n'y avait que quelques quarts d'heure de marche. Mais elle allait comme ces pèlerins qui font quatre pas en avant, trois en arrière. Au milieu de l'après-midi, pourtant, elle est arrivée au village.

Elle en était toujours, la pauvre, à suer d'angoisse. Un fil de vent suivait la haie chargée de cénelles. Il apportait le goût des champs en septembre : un goût de chaume, de motte, de soleil amorti, une tranquillité qui sent l'arrière-saison.

Mais il n'y avait pas de tranquillité pour elle, de goût de paille poudreuse et de soir qui rosit, rien qui pût lui donner comme un semblant de paix : elle, le froid de la honte la faisait trop transir. La honte qui lie les membres et qui resserre le sang...

Sous la tour, elle a vu le bedeau qui bêchait un carreau de terre. Elle s'est arrêtée. Sa cornette lui cachait la figure. Du reste, elle avait tant changé, — c'était à ne pas la reconnaître. Et ce vieil homme à cheveux blancs n'y voyait plus beaucoup. À voix tout étouffée, elle lui a demandé s'il n'y avait pas eu une fille nommée Mongette, qui habitait chez le curé ?

« Elle y était et elle y est encore, a répondu le bedeau, posant les mains sur le manche de la bêche. C'est une brave fille, notre Mongette. Si vous avez à lui parler, vous la trouverez dans la chapelle de Notre-Dame ; elle y est, à prier Dieu. »

Mongette a cru qu'il n'avait plus bien ses idées.

« Il est comme les vieilles gens qui sont toujours au temps passé : il se perd de vieillesse... »

Elle n'aurait pas osé lui demander rien de plus. Baissant la tête, elle a passé son chemin.

L'église était ouverte.

Mongette se tenait à la porte, sans faire un pas de plus. Elle regardait... De fait, dans la chapelle de Notre-Dame, il y avait quelqu'un qui priait à deux genoux, quelqu'un dont la robe, le biais, la manière semblaient pareils à ceux de Mongette.

Elle s'est haussée sur ses pieds, tâchant de percer l'ombre. Sur l'autel elle a vu les clefs, à la place même où elle les avait laissées lorsqu'elle était partie, dans sa folie. Alors, le cœur lui a manqué, le cœur lui a crevé : sans pouvoir se retenir, Mongette a commencé de pleurer à sanglots.

Au bout d'un moment, cependant, elle s'est essuyé la figure ; tremblante, il lui a fallu entrer dans l'église, avancer jusqu'à la chapelle. Celle qui était à genoux s'est relevée, vers elle s'est tournée.

« Je t'attendais, Mongette... »

Mongette, de tous ses yeux, la contemple, et c'est comme si de la cave où l'eau de la honte lui coulait dans le dos, elle entrait dans le soleil.

« Mongette, je suis celle à qui tu as confié tes clefs, celle à qui tu n'as jamais oublié de recourir, même du fond de ta faute. »

Mongette tremble. Elle tombe sur les genoux, repartie à pleurer, à sangloter, mais fondue d'un bonheur qui ne peut pas se dire, elle touche de son front la dalle devant la Dame.

« Tu m'avais demandé d'être ta mère, Mongette, tu avais su me le demander si fort ! Mon enfant, mon enfant, aurais-je pu n'avoir pas compassion de toi ? Mais vois comme j'ai eu pitié : j'ai pris ta place au jour de ta folie. Sous ta robe, sous ta figure, j'ai tenu cette place. Ton service s'est fait. Personne n'a connu ta fuite, ni ta faute. Reprends le service, à présent. Prie, ma pauvre petite enfant, prie et fais pénitence. »

Et Notre-Dame, entourant de ses bras la tête de Mongette, l'a pressée contre son côté.

La vie de Mongette a été toute d'expiation et d'oraison. Mais elle avait eu pour toujours le cœur empli d'un tel soleil qu'elle tremblait quand elle y resongeait, les soirs.

Avant de mourir, elle l'a demandé au prêtre :

« Faites-leur part de mon histoire, à tous... »

C'était par vraie humilité. C'était aussi pour que chacun dans le peuple fidèle sût mieux voir quelle mère il a en sa mère Marie.

L'ANGE GARDIEN

Il y avait une fois dans un château une servante. Mais belle, comme blanche fleur de bouquet.

La fille avait trois robes : la première était blanche, qui marquait sa sagesse ; la deuxième était rouge, qui marquait sa hardiesse ; la troisième était noire, qui marqua son malheur.

La tante de la belle était gouvernante au château. Elle savait bien que seize, dix-sept ans, c'est l'âge de la folie et qu'on pense plus alors à son galant qu'à ses prières. Cette tante était sévère et ne laissait rien tomber.

Un jour, au chemin de l'étang, sous les fenêtres du château, un cavalier passa. Culotte d'écarlate et la plume au chapeau ! Il vit cette servante et il sut s'en faire voir. Il revint le lendemain, d'autres jours, d'autres jours... Mais si couvertement que les gens n'ont rien remarqué et que la tante n'a rien su.

Un soir, il a parlé à la belle servante. Il lui a donné rendez-vous pour la tombée du jour sur l'autre rive de l'étang.

L'heure venue qu'on voyait juste assez pour se conduire, sous les ormes, la belle a pris l'allée qui va par là, du côté du midi. Mais comme elle suivait en hâte le bord de l'eau, elle a vu venir à elle dans le gris du jour failli, une clarté d'aurore.

Elle a eu peur. Elle a manqué de rebrousser chemin. Sa folie cependant lui roulait dans les veines. Elle s'est laissée mener par sa folie. Et continuant d'avancer, elle a vu soudain devant elle son bon ange...

Elle l'a bien compris : il lui barrait la route. Mais ce soir, pour son premier rendez-vous, humain ni ange, personne ne la lui barrerait. Elle est sortie de l'allée, elle a pris le sentier qui court en contrebas, sur la berge même de l'étang.

L'ange aussitôt a paru dans le sentier.

Alors elle a pris son chemin sur les pierres, sur ces galets que l'eau vient battre.

Et l'ange a paru là aussi.

La malheureuse alors, s'écartant un peu plus, — tant pis ! — a marché dans l'eau même...

Mais tout à coup, elle y a perdu pied. Elle a roulé, s'est abîmée au creux des ondes...

Son ange de lumière avait choisi pour elle. Mieux valait encore à la belle cette brusque noyade que la faute, et le long malheur.

LES INTENTIONS MYSTIQUES

Il y avait une fois une demoiselle, une dévote, qui demeurait en lieu écarté, dans un petit château, — je revois l'endroit, sous un tertre ombragé d'un poirier, grand vieux poirier sauvage, qui ne donnait que des poires d'étranguillon. Elle, au rebours de son poirier, se montrait apprêtée en tout, ne marchait que comme sur les nuées, ne parlait qu'en resserrant la bouche.

Une certaine année on eut dans le pays pour prêcher le carême un capucin qui avait des muscles comme des cordes à puits ; et en son ministère il allait rondement, tout à la bonne foi.

La demoiselle vint à confesse, bien sûr, se confessa et confessa son monde, ses métayers, toute la paroisse.

Cela fait et bien fait, au Père qui sursautait d'impatience dans le confessionnal, elle se mit en devoir d'expliquer qu'afin de faire pénitence pour tous ces malheureux pécheurs, elle jeûnait chaque jour que Dieu fait, et ne dînait qu'à de saintes intentions.

« Voici, mon Père, ma manière : je prends d'abord un bouillon en l'honneur du seul Dieu qui règne dans les cieux ; deux œufs mollets, en l'honneur des deux Testaments, l'Ancien et le Nouveau ; trois fromageons, en l'honneur des trois patriarches, quatre tranches dorées en l'honneur des quatre évangélistes... »

Et ainsi de suite, ainsi de suite : sept olives lui rappelaient les sept sacrements, huit mâches à l'huile et au vinaigre les huit béatitudes, douze amandes les douze apôtres, quinze figues les quinze mystères...

Sur ce point, le bon Père qui ne se contenait plus coupe tout court.

« Eh bien ma fille, dit-il, pour votre pénitence, en l'honneur des onze mille vierges, vous mange-rez onze mille poires d'étranguillon. Dès que vous les aurez mangées, vous reviendrez vous faire absoudre. »

LE VRAI GOUVERNEMENT

Il y avait une fois une servante de curé qui, quand elle entra à la cure, n'y circula pour com-mencer qu'à pas d'église. Puis son allure se fit plus assurée : elle prit la haute main sur tout.

Il faut bien que la femme gouverne le ménage, la cuisine, la lessive, les poules et les chèvres, qu'elle ait pour elle les outils de bois et le jardin, laissant à l'homme les champs et les outils de fer. Il n'est même pas si mauvais qu'elle règle la dépense et mène le train des choses.

> *Les femmes sans être maçons*
> *Font ou bien défont les maisons.*

Reste que leur génie est de vouloir les gouverner, même si la maison est une cure. Tout ce que put ce bon curé-là, ce fut que parlant de sa servante, il ne la nommait plus que « Mon gouvernement ».

La première année, parlant des lapins qui broutaient leur trèfle derrière leur treillis, près des liserons bleus, elle avait dit, cette gouvernante : « Les lapins de M. le curé. »

Puis, la deuxième année, c'était « Nos lapins », qu'elle disait.

Et la troisième année, elle disait : « Mes lapins. »

LA DEMOISELLE

Il y avait une fois une demoiselle de domaine qui ne s'était pas mariée. Peut-être que, sur ce pied, elle avait laissé de côté beaucoup de soucis. Quand elle s'éveillait dans la chambre à fleurs roses, du soleil plein ses blancs rideaux, elle écoutait les pigeons se poser sur le toit et ses gens partir pour les terres. Elle n'avait qu'à s'en remettre à Dieu du bon train des saisons, et ce ne lui donnait pas des rides.

Mais même quand ses cheveux eurent blanchi, elle mit une coquetterie à bien cacher son âge. Elle aimait demander combien on lui donnait.

Vinrent les soixante-dix ans. Elle les portait, c'est vrai, elle ne les traînait pas.

Puis vinrent les soixante-quinze, les quatre-vingts... On ne peut pas être et avoir été. Il faut prendre de l'âge, et bien beau quand on sait le bien prendre. Elle aussi elle vieillit. Sa figure se plissa comme une pomme de reinette. Elle n'allait plus qu'à petits pas, pliée en deux, sur son bâton ; elle s'imaginait qu'elle gardait quelque air de jeunesse, et posait toujours sa même question à l'occasion.

Un jour qu'elle venait de parler du temps qui passe au valet d'écurie :

« Mais dis, Toine, lui demanda-t-elle, combien d'années me donnes-tu ?

— Hé, mademoiselle, lui dit-il tout à trac, en continuant de décharger la paille, pourquoi voulez-vous que je vous en donne ? Je crois que vous en avez bien assez sur l'échine. »

LES INDULGENCES

Il y avait une fois une dame de condition qui ayant perdu son mari, peu à peu perdit tout. De malheur en malheur, elle chut dans la misère. Il lui fallut chercher refuge à la ville ; elle ne s'en trouva pas plus fortunée pour cela.

Dans cette ville, en ces temps, vint un moine, un Père capucin, qui prêchait sur l'aumône. Il avait ce don de retourner le cœur de ceux qui l'entendaient. Ayant su cela, le pape avait décidé que tous les fidèles qui iraient l'écouter gagne-raient douze jours d'indulgence.

« Je n'ai que faire d'être prêchée sur la charité, se disait la dame. Je serai moi-même à l'aumône demain, faute des quarante ducats d'or qu'il me faudrait pour me retirer dans la Maison-Dieu des Dames Saint-Michel. Cependant, j'irai à ce sermon. »

Elle y va. Et elle en est si fort touchée qu'elle s'empresse d'aller trouver le Père et de lui découvrir secrètement sa condition déplorable.

« Ma fille, lui dit le Père, en assistant à la prédication, vous venez de gagner douze jours d'indulgence. Allez de ce pas chez le banquier qui a sa boutique de change au coin de la grand-rue. Jusqu'à ce jour, il n'a guère eu souci des trésors spirituels. Offrez-lui cependant en retour de son aumône de lui céder votre mérite. J'ai lieu de croire qu'il s'y accordera. »

En toute simplicité la malheureuse dame se rend chez le banquier, et lui propose de lui céder les douze jours d'indulgence.

« Pourquoi pas, dame, lui dit-il, comme si l'ange même du Père le disposait à cela. Mais que demandez-vous en échange de ces douze jours ?

— Autant qu'ils pèsent, dit la dame.

— Eh bien, dame, voyez cette balance. Mettez sur ce papier vos douze jours par écrit et l'écrit sur l'un des plateaux. Moi, je mets sur l'autre un ducat. »

Quel prodige ! le papier l'emporte sur la pièce d'or. Le banquier plus étonné qu'on ne le pourrait dire, près du premier pose un second ducat. Ces ducats ne l'emportent point.

Il en met donc un troisième, puis trois autres, et dix, vingt, trente, quarante...

Sur ce point, le plateau du papier remonte : les deux plateaux restent en équilibre. Les quarante ducats qu'il fallait à la dame pour se retirer dans la Maison-Dieu, ils étaient là.

Le banquier regardait la balance. La nature des choses est plus cachée qu'on ne la voit. Il y a tel trésor amassé que pèsent seuls les anges, mais qui dans le vrai de la vie l'emporte même sur les pesantes pièces d'or.

LES COUPS À DONNER

Il y avait une fois une brave femme qui savait que

> *Qui sur sa faim se couchera*
> *Sur sa santé se lèvera.*

Seulement, elle le savait trop. Elle plaignait le pain à son homme, les pommes de terre à ses cochons. Et elle oubliait que

> *Peu de pain, peu de vin,*
> *Peu de travail fera Martin.*

Quand il allait abattre des arbres au bois, l'homme, de faiblesse, tombait sur les dents. Et quand elle les menait à la glandée, ses cochons, de faiblesse aussi, s'écroulaient sur la mousse. Elle, elle n'imaginait rien de mieux que de passer derrière : à grands coups de baguette dans les jarrets, elle tâchait de leur donner des forces.

Un jour, à peine sortis de leur loge, ses cochons donc avaient plié les jambes et ils demeuraient là comme morts sur la place. Elle, de les injurier, et de taper dessus tant qu'elle savait.

Une voisine passait, portant aux siens deux pleins seaux de pâtée fumante. En passant, elle la vit faire.

« Tu t'y prends mal, lui dit-elle. Oui, tu n'y vas pas assez fort. Jette-moi cette baguette et flanque-leur des coups de seille. Mais, comme moi, de seille pleine. »

LE GENDRE EN DANGER

Il y avait une fois un boucher. Ils ont leur franc-parler, on le sait, les bouchers.

Un soir, un camarade trouve cet autre à l'auberge, étalé sur sa chaise dans son tablier plein de sang ; et la trogne rouge, froncée comme un mufle de bouledogue, il buvait sombrement chopine.

« Alors, ça va la santé, le courage ?

— Ho, ça ne va pas si fort... Tu vois, je bois un coup, il faut que je me remonte.

— Ha, c'est vrai... On dit que ta belle-mère est au plus mal ?

— Oui, voilà bien. Nous allons y passer tous les deux, de la peur qui nous mange : elle, peur de partir ; moi, peur qu'elle ne parte pas ! »

LES TRISTES NOCES

Il y avait une fois un garçon, une fille. Et sept ans se sont aimés sans jamais se quereller, sans jamais se déplaire.

Un soir la mère a soupiré. Au matin le père a parlé. Sous la maison, le garçon a fait trois fois le tour du clos en regardant la terre, comme s'il y avait quelque secret dans la terre. Sous le jardin, il a cueilli, les larmes aux yeux, un bouquet d'orties et de fleurs jaunes. Et il l'a porté à sa mie.

« Tenez, mie, tenez, que ce bouquet vous dise la départie.

— Ha, de quelle départie voulez-vous me parler, mon ami, mon cœur doux ?

— Mon père me marie, aussi vrai que j'en tremble. Me marie samedi, je serai mort dimanche.

— Ami, si vous vous mariez, prenez-la donc bien belle.

— Ô ma belle, ma mie, si belle que vous, elle ne saurait l'être. Mais l'est un peu plus riche. Où vous en avez cent, elle en a bien cent mille. Ma mie, je vous invite à venir à mes noces.

— À vos noces, mon ami, je ne veux pas aller. Mais j'irai à vos danses.

— Si vous venez, ma mie, venez-y donc bien belle. »

La belle s'est fait faire trois robes : la première de cramoisi, pour marquer sa noblesse ; la deuxième de blanc, pour marquer sa sagesse ; la troisième de noir, pour marquer sa tristesse.

C'étaient de grandes noces. Sept jours, sept nuits devaient durer. Quand la belle a paru au bal, tous les flambeaux se sont éteints, tant la belle était belle.

« Il n'est pas encore la mi-nuit, la lune d'amour brille. Elle brille en ce ciel comme soleil au plein jour. Mon père est là-haut dans la chambre qui compte les écus dont il marie son fils ; mon beau-père en face de lui compte aussi les écus dont il marie sa fille. »

On a rallumé ces flambeaux, on a repris le bal.

« Beau violon du château, qui joue si bien la danse, joue-z-en une pour nous qui dise tout à ma mie ! »

En entrant en danse, la belle a frémi. Au premier tour, a soupiré ; au deuxième tour, le cœur lui a manqué ; au troisième tour, est tombée morte.

« Beau sonneur de ce bourg, qui sonnes si bien les cloches, sonne-les fort, si fort qu'elle puisse les entendre ! Beau fossoyeur du bourg, qui fossoies bien les fosses, creuse la sienne profonde à y mettre nos deux corps ! »

La belle gisait morte, et son ami est tombé mort tout contre.

Maudits soient les parents qui ont composé ce mariage ! Ces deux-là s'aimaient tant que d'amour ils s'aimaient toujours, et dans leurs amours ils sont morts.

SAINT ALEXIS

Il y avait une fois, au temps qu'il se faisait des miracles, un jeune baron qu'on nommait Alexis. Il aimait Dieu de tout son cœur. Il était tout à Dieu. Si bien qu'il avait fait un vœu pour n'être qu'à lui seul : c'était de n'être à aucune femme.

Mais son père, qui était un haut baron de la ville de Rome, se sentant hors d'âge et voulant que leur maison se perpétuât, a dit à Alexis qu'il aurait à prendre en mariage une jeune princesse qu'on nommait Olympie, belle comme le jour.

Et pour déférer à son père, Alexis l'a fait demander. Pour obéir à ses père et mère, Alexis l'a ensuite épousée.

Venu le soir des noces, il pâlit et frémit.

« Mais qu'as-tu, Alexis ? Tu ne fais que frémir ?

— J'ai qu'à Dieu j'ai fait une promesse, promesse du voyage d'outre-mer.

— Si tu as fait promesse, tu ne dois pas rester.

— Tenez, voilà l'anneau, marque de mon amour, ma ceinture à deux tours, tenez, ma ceinture d'or ! Ma bien-aimée, adieu. »

En cachette, son habit galonné, il l'a donné à un mendiant, aux pauvres toutes ses richesses. Il a

224

quitté le château de son père, bâton blanc à la main et besace à l'épaule.

Son père a dépêché en grande hâte après lui ; sa mère a envoyé à sa recherche les valets les plus sûrs. Sur les chemins l'ont rencontré, dans les villes l'ont abordé, ils lui ont fait la charité sans jamais le reconnaître. Et lui, de ses valets il a pris ces aumônes...

Au Saint-Sépulcre il est allé, qui est par-delà les mers.

En chemin, sous un pin, il s'est vu arrêté par Satan le perdu.

« Alexis, Alexis, ta place est-elle sur ces routes ? Au château de ton père ta femme mène mauvaise vie avec les barons de la cour. Si tu ne veux me croire, regarde son anneau ! »

Alexis pâlit et frémit. Il ne sait plus que faire, d'aller ou retourner.

Mais sous un frêne, un ange vient lui parler, descendu de la nue.

« Le vois-tu pas ? C'est Satan le perdu qui a voulu t'égarer, te détourner de tes voies ! »

Alexis a repris son bâton, sa besace, et il a fait son grand voyage de par-delà les mers.

Il lui a fallu y mettre sept années. Au bout de ces sept ans de Terre Sainte est retourné au château de son père.

Sur la borne s'assoit, c'est pour reprendre souffle, et à la porte il a frappé trois petits coups.

« Logeriez-vous un pèlerin retournant de Terre Sainte ? »

Son père est sorti sur le seuil.

« De pèlerin, nous ne logeons pas ! »

Il a frappé trois autres petits coups.

Sur le seuil, sa mère est sortie.

« Logeriez-vous un pèlerin retournant de Terre Sainte ?

— De pèlerins nous ne logeons point ! »

Il a frappé trois petits coups encore.

Sur le seuil sa femme est sortie.

« Pèlerin, je vous logerai. Car j'en ai un, moi, pauvre, qui voyage par-delà les mers et je ne sais seulement qui le loge ! »

Sous l'escalier, Alexis a dressé sa couchette d'un peu de fougère et d'un sac. C'est là où les valets et servantes viennent jeter les restes de la table.

Il y est bien resté sept ans, nourri de ce qu'on lui jette ainsi, le croûton dur, la poire blette.

Au bout de sept ans sous l'escalier, Alexis le baron est mort.

Toutes les cloches de Rome se sont mises à sonner.

Il n'y a pas un clerc dans la ville qui n'ait dit : « Vient de trépasser quelque saint. » Pas un évêque qui n'ait pensé : « Quelque corps saint va nous être montré. »

La voix d'un ange a été entendue venant du fond des airs.

« Le baron saint Alexis vient de trépasser sous l'escalier de ce château ! »

Son père y a couru, descendant les degrés.

« Si tu es Alexis mon fils, oh, veuille, veuille me parler ! »

Sa mère y a couru de même, dévalant les degrés aussi.

« Si tu es Alexis mon fils, de ta main droite veuille me toucher. »

Et sa femme, descendant, descendant les degrés, s'est jetée sur le pauvre mort.

« Si tu es Alexis mon mari, oh, serre-moi de tes deux bras ! »

Le pape et tous les clercs de Rome, avec la croix et la bannière, au château sont venus. Dans la main droite du pauvre, le pape a trouvé un mot d'écrit, et il l'a lu à haute voix devant le peuple accouru à grosses troupes. C'est que ce corps est celui d'Alexis et qu'Alexis, le saint baron, est allé droit en Paradis.

SAINT JULIEN L'HOSPITALIER

Il y avait une fois un fils de château qu'on appelait Julien. Il était de jeune jeunesse encore. Mais déjà il courait à tout ce qui est action, rire, hardiesse, soleil ; et ses père et mère, qui l'aimaient chèrement, le laissaient y courir. Prompt en tout, l'œil étincelant et le cœur noble.

Est allé seul au bois chasser la biche. Dans la clairière, il a levé un cerf. Ce cerf avait surgi d'entre les grandes herbes, il a bondi des quatre pieds, a pris la fuite ; et lui derrière, alors, à le poursuivre de toute la vitesse de son cheval. À travers la fougère, à travers la ramée, s'est enragé à ce pourchas, avec une fureur qui lui brûlait le sang.

Au premier dard lancé, le cerf s'est retourné. Au second dard lancé, le cerf s'est arrêté. Par un prodige voulu de Dieu, a reçu la parole humaine, — on dit que les bêtes la reçoivent la nuit de la Saint-Jean et la nuit de Noël.

« Que te prend de vouloir me tuer ? a dit soudain le cerf. Ne sera-ce pas assez pour toi de tuer un jour ton père, ta mère ! »

Julien a transi d'épouvante. Est resté sur place à trembler, a failli tomber de cheval. Est descendu au bord de la fontaine, y a plongé son visage et ses mains.

« Moi, le meurtrier de mon père, de ma mère, de mes parents qui m'aiment tant ! Que ferai-je pour que la prédiction du cerf ne s'accomplisse, ne puisse s'accomplir ? Je partirai, j'irai à l'autre bout du monde, si loin que je sois bien perdu, que mon seigneur de père, que ma dame de mère jamais ne me revoient ! »

Puis, sans retourner au château, aussitôt et secrètement, il est parti.

Il n'a cherché personne à qui dire pourquoi il partait, s'est mis en route, droit devant, à l'aventure. A passé la forêt, a passé la rivière, a chevauché des jours et des semaines, s'en est allé à l'autre bout du monde. Jusqu'à certain royaume enfin, où il s'est mis au service du roi.

Il a fait si vaillamment dans la guerre et si sagement dans la paix que le roi l'a voulu pour un de ses quarante chevaliers ordonnés.

Julien n'avait à lui que son cheval et sa chemise. Le roi pour qu'il eût de grands biens, l'a marié à la veuve d'un très riche baron : une jeune dame toute douce, claire comme une eau vive, belle comme le jour. Julien et elle se sont entr'aimés de tout leur cœur.

Là-bas, au château de Julien, le soir du cerf, ses père et mère n'ont guère été en peine.

« Dame, a dit le seigneur, votre fils poursuit le cerf du côté de l'étang, il traque le sanglier au fort des grandes ronces. »

Le lendemain ont commencé de s'inquiéter. Mais ils savaient comme Julien pouvait s'enrager en ses chasses, et pousser loin dans le pays.

Le jour d'après, ils ont tremblé d'angoisse. Les valets ont battu le bois. N'ont laissé sans y voir ni touffe de fayard, ni bouquet de bourdaine. Ont questionné les charbonniers, se sont enquis auprès des bûcherons.

Quelque vieille venue faire de l'herbe à poignées dans son tablier avait peut-être vu à travers le hallier s'en aller le jeune seigneur. Il s'est dit qu'il était parti. Et le père et la mère ont voulu tous les deux se mettre à sa recherche. Sans comprendre, ils ont su dans leur cœur qu'il avait voulu s'éloigner. Alors, ils ont décidé de le retrouver, fût-il au bout du monde.

Ont erré sept ans et un jour sans en savoir ni vent ni voie. Un soir, sont arrivés au château de leur fils.

Or Julien, ce jour-là, était allé au bois, pour quelque grande chasse, comme il s'en fait à l'arrière-saison. Il devait coucher en forêt, sous un abri de branches. De fait, après avoir couru au loin la bête rousse, il n'est pas rentré au château.

Ce fut la dame qui accueillit les voyageurs. Ils lui ont dit ce qui les mettait sur les chemins, et de qui ils étaient en quête. Elle, vite a compris qu'ils étaient le père et la mère de Julien son mari. Dans son amour pour lui, les a reçus comme son père et sa mère même. Les a restaurés, réchauffés, délassés, car ils étaient bien las d'une quête si longue, a eu pour eux de grandes attentions et les soins les plus tendres. Enfin, pour plus d'accueil et plus d'honneur, a voulu les faire coucher dans sa chambre, en son propre lit.

Au matin, cependant qu'elle était à l'église, Julien est rentré de sa chasse. Est monté à la chambre pour éveiller sa femme, le cœur tout aise de la revoir. S'est approché du lit, sous les courtines a entrevu deux corps. Le sang lui est venu dans l'œil, il a vu rouge. Il a tiré l'épée, transporté de fureur. Dans ces deux corps, dix fois, il l'a plongée, croyant tuer sa femme et quelque traître.

Tout hors de soi, redescend dans la cour.

« Ô mon seigneur, quelle joie vous allez avoir ! »

Voici qu'accourt la dame revenant de l'église. Et lui ne sait s'il peut en croire ses yeux, et ne comprend d'abord ce qu'il entend.

« Au logis, hier soir sont venus votre père, votre mère... Si longtemps ils vous ont cherché... Et ce matin ils vous auront trouvé. Dans notre lit ont couché tous les deux... »

Soudain à terre il s'est jeté.

Trois jours, trois nuits y est resté, sans boire, sans manger, sans dormir...

« Que deviendrai-je, misérable que je suis ? Pour échapper à cette prédiction du cerf, lui ai donné son accomplissement. Ô mon père, mon père, ma mère ! Sept années vous m'avez cherché. À la male heure m'avez trouvé... Et vous, adieu, sœur, douce amie. De ce jour, je n'aurai de repos que je n'aie vu que Dieu a agréé mon repentir.

— Ô mon mari, mon frère aimé, a-t-elle dit, croyez-vous que je vous laisserai partir sans moi ? J'étais de moitié dans vos joies, serai de moitié dans vos peines. »

Laissant tout là, se sont enfuis ensemble. Ne se sont arrêtés qu'en un désert, sur le bord d'un grand fleuve torrentueux, malaisé à passer.

« Moi qui ai enlevé la vie à ceux qui me l'avaient donnée, je veillerai ici à conserver les vies de ceux qui risquent de périr, emportés par ces eaux.

— Ô mon mari, nous recueillerons les voyageurs et leur ferons passer le fleuve. »

De leurs mains, dans les sables, ils ont construit un hôpital. Ils hébergeaient ceux qui se présentaient pour traverser, les transportaient d'un bord à l'autre.

Ont empêché bien des gens de périr. Les ont abrités, secourus, les ont soignés, les ont passés. N'ont plus vécu que pour sauver des vies. Et tout à l'assistance, tout aussi à la pénitence. Se sont privés, se sont peinés, années après années. Fatigues et dangers les ont travaillés et vieillis.

Une certaine nuit, toute froide et obscure, Julien s'était couché, n'en pouvant plus. Ses bras restaient rompus d'avoir tant manié l'aviron. Le dos lui faisait mal. Les oreilles grondantes, il écoutait ce flot mugir comme une bête ; les eaux avaient grossi, le courant était fort.

Enfin, près de sa femme fidèle, Julien parvint à s'endormir.

Soudainement, à travers son sommeil, lui est arrivée comme une haute plainte : c'était quelque étranger qui demandait en gémissant qu'on lui passât le fleuve.

Aussitôt Julien s'est levé. Il a couru au voyageur qui semblait demi-mort sous le fouet de la bise. Le malheureux ne se soutenait plus...

À la lueur de la blanche lune, entre les nuées qui volaient, Julien put voir que l'homme était lépreux : sa face bourgeonnait et se creusait de plaies, sans nez, sans lèvres ; et le tour des yeux, rouge, pleurait des pleurs de sang.

Doucement, entre ses deux bras, Julien l'a soulevé de terre, l'a emporté dans sa maison.

Ont rallumé le feu couvert de cendres, ont fait chauffer du vin pour mieux le conforter. Puis, comme le malheureux semblait toujours transi de froid, ils ont repris entre leurs bras ce lépreux répugnant à voir, et ils l'ont porté dans leur lit.

Alors soudain, dans une clarté qui s'ouvrait, le lépreux s'est changé en ange de lumière. Et s'élevant par le milieu des airs :

« Julien, lui a-t-il dit, tu vas pouvoir entrer en ton repos. Dieu m'envoie vous l'apprendre : toi et

232

ta femme, il va vous appeler, car voici qu'il a agréé
ton repentir. »

Se tenant par la main, l'un près de l'autre, ils
étaient allongés. Au matin, ont senti que leur fin
était proche. Au soir, ils se sont endormis tous
deux dans le Seigneur.

« COMME D'HABITUDE »

Il y avait une fois un homme, Jean de bonne
menée, qui se laissait conduire en tout. Il n'avait
jamais su demander à sa femme que de lui donner
sa soupe chaude, le matin, à midi, le soir. Sa
femme était, comme il disait, son gouvernement,
à la maison gouvernant toutes choses, et lui tout
le premier.

Ils roulèrent de ce train toute leur pauvre vie.
Et ne s'en trouvèrent pas plus mal.

Mais un beau soir, la femme eut à lui dire qu'elle
ne se sentait pas d'aplomb.

Le lendemain, elle ne peut mettre le pied par
terre.

« Vois-tu, pauvre homme, je ne suis pas à mon
aise. Qu'est-ce qu'il faudrait me faire ?

— Hé, pauvre femme, que veux-tu que je te
dise ? Tu sais que je n'ai pas d'idée. Tu as toujours
tout mené chez nous... Ta maladie, mène-la
comme tu l'entendras. »

Trois heures après, elle l'appelle d'une voix mourante, elle ouvre un œil tout languissant.

— Oui, mais, vois-tu, c'est que je me vois au plus bas. Si je n'ai de secours, je vais mourir aujourd'hui.

— Écoute, pauvre femme, je t'ai toujours laissée tout gouverner. Faisons comme d'habitude. Ta maladie, ta mort, je t'en laisse maîtresse. Moi je n'ai pas d'idée : mène-les comme tu voudras. »

LE MARIAGE DIFFICILE

Il y avait une fois deux prétendus qui se présentèrent au curé pour qu'il les mariât.

Il allait procéder à la cérémonie quand il s'avise que le futur est pris de vin.

Il ferme tout net son rituel.

« Il y a un petit empêchement. Vous reviendrez demain : aujourd'hui je ne marie pas. »

Le lendemain, ledit futur était aux trois quarts saoul. À peine s'il tenait sur ses jambes.

« Je ne peux véritablement pas le marier, dit le curé. Vous repasserez, si bon vous semble. »

Au troisième jour, les gens à marier se représentent. Et lui, tête ballante, jambes flageolantes, soutenu par la prétendue qui avait grand mal à le tenir sur pied. Saoul totalement, comme une grive de vendanges !

« Mais enfin, s'écria le curé, on ne pourrait pas me l'amener en autre état ?

— Monsieur le curé, répondit-elle, comment

ferais-je ? Tant qu'il n'est pas à peu près saoul, il
ne veut pas venir ! »

LE MARI EXPÉDIÉ

Il y avait une fois un homme qui pintait. Il y en
a eu d'autres, et cela ne fait pas une histoire. Mais
lui, c'est qu'il pintait tous les soirs de la semaine,
jusqu'à n'en plus pouvoir ! Ivre comme les soupes.
Sept jours sur sept, il roulait sous la table ; et
quand l'auberge fermait enfin, aux amis de le
prendre par les bras, par les jambes et de le rapporter à la maison.

Un soir, — il n'en était pourtant qu'à la cinquième chopine, — il fait une sorte de plongeon,
donne du nez sur la table... Voilà qu'il était mort.
Mort, tout ce qu'il y a de plus mort. Rien ne peut
le faire revenir.

Il fallut bien qu'un des amis se décidât à aller
prévenir la femme du camarade.

Il toque donc à la porte, entre en secouant ses
sabots et s'embarrasse dans son dire : « Pauvre
femme, le Pierre... Eh bien, ça ne va pas... Ce soir
on le laisse à l'auberge, il se trouve y être malade...

— Malade, lui ? Ah, plutôt saoul perdu, et plus
encore que d'habitude. Mais puisqu'il est à
l'auberge, qu'il y reste ! Qu'il y rende l'âme pour
de bon ! »

Alors, vite, l'autre, la prenant sur ce mot, cependant qu'elle continuait :

« Et que le diable vienne l'y quérir s'il veut !

— Eh bien, dit-il en même temps, c'est chose faite ! »

LA FEMME SANS APPÉTIT

Il y avait une fois une femme encore jeunette, elle n'était pas mariée depuis tant d'années ! Chaque matin, elle faisait le dîner de son homme.

En ce temps-là, ils étaient des vaillants, des bourreaux de travail : ils se levaient au chant du coq, ils dînaient à huit heures.

À ce dîner, elle ne touchait quasi pas. Son homme, lui, mangeait solidement la soupe, puis ce qu'elle lui servait, tandis qu'elle le regardait faire.

« Allons, quoi, tire l'assiette, prends un morceau !

— Je ne suis pas trop en appétit, ce matin.

— Patraque ?

— Je n'ai pas de goût à manger.

— Et alors ? C'est bien être malade, ça ?

— Sais pas...

— Enfin, faudrait savoir. »

Comme le chante la chanson :

S'il faut te soigner, on te soignera.
S'il faut t'enterrer, on t'enterrera.

Mais lui ne voulait pas aller si loin. Il levait le nez de son assiette, il regardait la femme.

« Et ça te prend souvent, ce dégoût de manger ?

— Plus souvent qu'à mon tour.

— Ce n'est pas trop gai pour toi.

— On peut dire que j'en pâtis. »

La pauvre femme, cependant, ne pâlissait guère. Un air de santé, les joues comme des pommes d'api, la bouche vermeille... L'homme avait du nez, le gaillard. Il flairait quelque mystère. « Enfin, faudrait savoir », se dit-il, — à soi-même, cette fois.

Un matin, il fait seulement mine de prendre la porte. Au lieu d'aller travailler dans les champs, il se coule sous le lit.

Son moment venu, la femme vient, prend un œuf, un autre, un autre encore, les casse contre le bord de la table, les bat dans une écuelle, monte la poêle, les y verse. Puis sans attendre, empoigne la bouteille, lève la trappe et descend à la cave.

Lui, vite, vite, cependant, se tire de sa cache, casse et bat trois œufs de plus et les brouille dans la poêle avec les trois de sa femme. Puis se refourre sous le lit.

Elle remonte, pose la bouteille, tourne l'ome-lette et ma foi la voilà qui s'assoit, se carre à la table, prête à faire honneur au dîner. Et d'abord elle remplit son verre, le tend vers la campagne :

« À ta santé, Jeantou ! »

« Je te ferai voir, tantôt, si j'ai de la santé, fait à part soi le Jeantou. Mais voyons, toi, ce que tu vas dire de la tienne ? »

De fait, bientôt elle s'arrête de manger, regarde cette omelette, repousse l'assiette, se passe la main sur l'estomac.

« Mais, c'est que ça ne va pas, aujourd'hui. Qu'auras-tu bien, pauvre Jeantoune ? Tu n'as mangé que la moitié de ton omelette et voilà que tu n'as plus faim. Il faut que tu sois malade... »

Elle fut malade si elle le voulut. L'homme sort de sous le lit et empoigne le balai...

Ou peut-être qu'elle se trouva guérie du premier coup... Toujours est-il qu'elle dansa.

L'ÉCHO

Il y avait une fois un garçon de la montagne, qui n'était pas de ces plus dégagés. Il se maria sans que cela le dégourdît davantage. Il avait pourtant pris pour femme une fille de vigneron, habituée à boire lestement chopine. À celle-là, le grain de sel de son baptême n'était pas encore fondu, ne voulait jamais fondre.

Au temps des gros travaux, l'homme se loua dans la plaine, pour bêcher les jardins, et d'une quinzaine ce pataud-là ne remonta à la maison.

Quand il passa au cellier, le dimanche, le baril, qui devait faire jusqu'à l'arrière-saison la provision de leur ménage, ce baril sonnait creux, ce baril était vide.

Voilà un homme bien camus. Il empoigne une trique. La femme n'attendit pas que commençât le chapitre des explications. « Hé, criait-elle, c'est l'âne ! De son écurie il a passé dans le cellier, de ses dents il a arraché la bonde, fait basculer le baril ; je l'ai trouvé vautré sous le flot qui buvait à la régalade.

— Et tu voudrais, criait l'homme, que je croie cette histoire ?

— Viens seulement, viens jusque-là, je te prouve ce que j'ai dit. »

Elle tire l'âne de l'écurie, avance d'une centaine de pas sur l'herbette du communal. Jusqu'à être bien en vue de l'église. Une églisette toute blanche comme celle de Charbonnière-les-Vieilles, et derrière se levait un grand roc d'où coulait une fontaine.

« Alors, quoi, demanda l'homme, qu'est-ce que tu crois faire ? »

Elle lui fait signe de se taire ; puis les mains sur la ceinture en bien haut ton, elle lance sa question :

« Ce baril, qui l'a débondé ?

— *Baudet* ! répond, sans attendre, une voix, droit devant, venue de l'églisette.

— Eh bien, fait-elle, se tournant vers l'homme, tu as entendu ? »

Il avait entendu, sans doute. Mais il demeurait planté en pied.

Elle, alors, derechef :

« Qui a bu le vin du baril ?... Entends-tu cette fois : *le bourri* ? »

Il ne semblait pourtant pas se rendre. Il prend le parti de questionner lui-même :

« Enfin, de la femme ou de l'âne, quel est celui...

239

— *Lui* ! répond dans le moment la voix.
— Maintenant, tu le sais, je pense ? » demande la femme.

Avant de tourner les talons, cependant, en homme lent à se faire aux choses, il crie lui-même :

« Dis-moi bien vrai : est-ce la femme ou l'âne ?
— *L'âne* ! » fait la voix.

Pour le coup, il avait sa réponse. Il fallut revenir au logis et jeter le bâton dans un coin.

La femme cependant avait eu belle peur. On dit bien :

> *Les hommes trouvent bon le vin*
> *Et les femmes ne le crachent point !*

Mais désormais, quand elle eut soif, elle alla au grand roc puiser l'eau de la font.

> *Cui, cui cui cui !*
> *Elle a passé par Barbari,*
> *Et voilà le conte fini !*

LES DEUX MAL MARIÉS

Il y avait une fois un pauvre homme, assez pauvrement marié. Sa femme était de celles qui font la vie rude au mari, vous savez, une de ces lionnes... Tellement qu'un beau soir, de son mariage ou de quelque autre maladie, il trépassa.

240

Il se présente à la porte du Paradis, ôte son chapeau, le tourne entre ses mains. « Mes pensées d'impatience, songeait-il humblement, et ce besoin de boire bouteille qui me prenait le dimanche pour oublier ma femme, qui sait ce que tout ça va me valoir ? J'ai mérité deux, trois cents ans de purgatoire, peut-être... » Ainsi calculait-il, tandis que saint Pierre étudiait son grand registre.

« Bon, le cas est clair, dit tout à coup saint Pierre, fermant le livre. Tu peux entrer, tu as gagné le Paradis.

— Mais, fit l'autre, qui n'en croyait pas ses oreilles, j'ai eu des manquements. Je m'attends bien à quelque peu de purgatoire.

— Tu étais marié à la Zélie, n'est-ce pas ? Entre, tu peux entrer, tu as fait ton purgatoire sur terre en ton ménage. »

Là-dessus s'avance un autre particulier qui venait d'arriver ; il porte deux doigts au chapeau.

« Alors, dit-il, ça fait que je peux entrer aussi, certainement.

— Oh, oh ? Sans purgatoire ?

— Hé, je l'ai fait pareillement avant ma mort.

— Oui, vraiment ?

— Même je l'ai fait triple. Je ne sais pas qui est cette Zélie dont on vient de parler ; mais moi, j'ai épousé la Julie — quel gendarme ! — puis la Génie, puis la Mélie. De mal en pis, toujours.

— Bon, après la première, tu t'es remarié deux fois ?

— Oui, la Julie, la Génie, la Mélie... Voyez d'ici ce que j'ai pu voir !

— Ce que je vois, c'est qu'il n'y a pas de place ici pour toi, mon homme ! »

Et saint Pierre, du bras, lui a signifié nettement de vider les lieux.

« Le Paradis est pour les malheureux : il n'est pas pour les imbéciles ! »

L'ACCIDENT

Il y avait une fois une femme, dans le bourg, femme d'un tailleur quelque peu estropié. Et elle, cette Louison, elle avait une maladie de cœur, de sorte que son tailleur la ménageait beaucoup.

Un matin de foire, sur la route, une vache folle n'encorne-t-elle pas le tailleur ? Peut-être à cause de son infirmité ne sut-il se garer à temps ? Ou simplement son heure était venue. Cette vache le jette de la route dans la ravine ; il se casse l'épine du dos et il trépasse.

Bonté divine ! Comment annoncer cela à la Louison ? Il y a de quoi lui décrocher le cœur, la faire tomber raide morte.

On se consulte, on se concerte. Tous disent que c'est à la Toinon, comme à la plus prudente, à la plus avisée, de porter la parole.

Elle, bien en peine, elle y va d'un pas suspendu.

Elle trouve la Louison assise sur la cadette, la pierre du seuil, qui écossait des petits pois au creux de ses cotillons.

« Alors, pauvre Louison, vous préparez le dîner ?

— Faut bien.

— Hé, oui, et ces besognes des femmes, c'est toujours à refaire.

— Mmmm...

— Vous attendez votre homme pour midi ?

— Midi, un peu avant.

— Aujourd'hui, avec tout ce train sur la route, il sera peut-être en retard.

— En retard ? Et pourquoi ?

— Ha, c'est vrai, vous ne savez pas... Il se dit dans le bourg qu'il aurait eu un accident.

— Ce ne doit pas être grand-chose. Allez, il est de plus forte constitution qu'on ne dirait à le voir. Enfin, il mangera quand il arrivera. »

La Louison continuait d'écosser ses pois dans le saladier à moitié plein, tout en regardant la Toinon par-dessus ses lunettes.

« Et s'il n'arrivait que bien tard ?

— Ma foi, je mangerai mes pois sans trop l'attendre.

— Mais dites, et s'il ne revenait pas du tout ?

— Quoi, s'il ne revenait pas ? Qu'est-ce que vous voulez dire ? Est-ce que par hasard il serait mort ?

— Ha, pauvre Louison... Justement... De cet accident, votre pauvre homme... eh bien, oui, il est mort...

— Et vous ne pouviez pas me le dire plus tôt ? Vous me laissez écosser mes pois... Il y en a bien assez pour moi toute seule, maintenant. »

243

LE MORIBOND

Il y avait une fois le charpentier du village, et on l'avait marié à une femme un peu vive. Si vive qu'elle tranchait de tout. Il avait donc pris le parti de dire toujours ainsi soit-il et de se taire, car il était bien l'homme le plus tranquille du pays.

Seulement, quand le conte commence, il n'était presque plus. Malade, si malade qu'on avait fait venir le médecin. Et le médecin tout de suite hocha le front. Puis, tirant la femme vers la muraille :

« La médecine n'y peut plus rien, lui souffla-t-il, le cas est désespéré. Je ne donne pas à votre mari trois heures de vie. »

Recevant ce paquet, dans le moment elle éclate en pleurs. Et les épaules lui allaient, lui allaient...

Si bien qu'au bruit le moribond rouvre un œil :

« Pauvre femme, te voilà à te faire ce mauvais sang : tout de même, je ne suis pas encore mort... »

Mais elle, des deux mains s'empoignant par la taille :

« Ha oui, pas encore mort ? ! Diantre de bavard ! Raconte bien tes âneries ! Et viens me dire que tu es encore en vie ! Le médecin dit le contraire, et il en sait un peu plus que toi, peut-être ! »

LA CHANDELLE

Il y avait une fois un homme qui avait toujours su voir à la dépense : lésinant sur tout, la chandelle et le feu, le fromage et le pain. Avec l'âge, il était venu à lésiner même sur l'eau qu'on devait boire.

Sa pauvre femme tomba malade. — Elle n'avait pourtant pas creusé sa fosse avec ses dents, celle-là... Même en janvier, quand on a saigné le porc et qu'il faut faire ripaille, elle ne mangeait pas son content. — Un soir, elle se trouva à toute extrémité.

Une des vaches cependant était arrivée à son terme. Il fallut bien que l'homme allât voir comment le veau se présentait, et l'aider à venir au monde. Au moment de tirer sur soi la porte de l'écurie :

« Écoute, Toinette, dit-il, je te laisse la chandelle. Mais dis, si tu te sentais mourir, avant de passer, souffle-la. »

LA VEILLEUSE

Il y avait une fois un homme qui, l'âge venu, se plaignait de sa santé : le rhume qui lui était tombé sur l'estomac, des fourmis dans les jambes, le foie qui le travaillait et les reins qui lui faisaient mal, surtout le cœur qui lâchait... « Et puis enfin, concluait-il, je ne me sens pas bien. »

Mais ce qui l'enrageait, c'était que sa femme, qui avait pourtant quatre années de plus que lui, se portait comme un charme.

« Hé, disait-elle, tu ne vois pas pourquoi ? Toutes ces gouttes que vous autres, les hommes, vous buvez, il faut bien que ça se paie ! Regarde dans le bourg : tu trouveras six veuves pour un veuf. Si du moins tu savais ne plus boire ! »

Seulement, il ne savait pas. Il prétendait, cet homme, avoir besoin de fortifiants. Il se soignait en vidant un verre de vin dans sa soupe, une topette d'eau-de-vie dans son café. Et il reprochait à sa femme de ne pas faire ce qu'il fallait pour le remettre d'aplomb.

« Tu le veux ? Bon, pauvre homme ! Tu veux que je te soigne ? Bon, je te soignerai ! »

Sur la planche, au-dessus du chevet, elle range quatre verres : de vin, de café, d'eau sucrée, de camomille ; et puis un cinquième, un verre d'huile, sur quoi elle met à nager une veilleuse faite d'une mèche et d'un rond de bouchon.

Lui, déjà dans le lit, il la regardait faire, soulevé sur un coude. Et il considérait tous ces verres de remèdes d'un œil écarquillé.

Il s'endormit pourtant.

Il fit même plus que s'endormir, le malheureux : il passa de la vie à la mort.

Ce devait être cela puisqu'il ne s'y reconnaissait plus. « Où diable suis-je présentement ? ! » Il le demandait à un certain personnage qu'il avisait, tout en lumière. « Mais tu es au Paradis. — Au Paradis ? Comme vous y allez ! Je crois, moi, que

je ne suis pas mort, je ne veux foutre pas l'être !
— Eh bien, voyons ta lampe. »

Le personnage, — c'était saint Pierre, pardi,
— le conduit devant des rangées et des rangées de
lampions. « Et tu as nom ?... Et ton endroit ?...
Voyons, voyons... Té ! la voilà ta lampe. Regarde,
tu n'as plus qu'une gouttelette de vie... Quoi ? Que
veux-tu savoir encore ? Ta femme ? Ha, elle, elle a
de l'huile plein sa lampe, pour des années et des
années ! Comment ? Tu te permets de dire qu'elle
est plus vieille que toi, que Dieu n'est pas juste ?
Fais-moi le plaisir de repasser la porte, et promptement ! »

Saint Pierre va rouvrir la porte.

Vite, vite, lui en profite pour saisir l'occasion
aux cheveux : c'est-à-dire empoigner le lampion de
sa femme et, dans le sien, en verser l'huile.

Mais dans le moment, aïe ! Quels cris ! Et quel
renfoncement lui arrive dans le museau : oui, dans
le nez quel coup de coude de sa bourgeoise.

« Ha, bandit ! Ha, canaille ! Mais qu'as-tu fait,
dis, grand soiffard ? Nous voilà dans le noir, tu
m'as vidé la veilleuse sur la tête ! Ha, je suis jolie,
maintenant ! Les draps, le chevet tout pleins
d'huile, l'huile qui dégouline de partout. Cherche
la chandelle, allons, allume, que je voie cette por-
cherie ! Ha, tu ne sais pas où tu es ! Ha, tu saignes
du nez ? Il ne fallait plus que ça pour faire une
propre maison ! »

Voyez pourtant comme les choses arrivent : le
saignement aura valu une saignée à ce prétendu
malade. Il a refait un bail avec la vie.

Seulement, par la suite, il a su filer doux. Et s'il

a eu encore des ennuis de santé, il n'en a plus
tanné sa pauvre femme.

> *La nuit s'en fut, le coq chanta,*
> *Le conte finit là.*

LE BEAU LINCEUX

Il y avait une fois un homme et sa femme qui
demeuraient sur le bord du Lot, vers Estaing. L'un
et l'autre prenaient de l'âge. L'homme surtout
branlait dans le manche, et quand on lui demandait ce qu'il faisait, il répondait : « Je me fais
vieux ! »

« Allons, disait la femme, prends courage. Tant
comme j'ai fait un beau linceux pour toi ! Il est là
tout prêt, tout plié, tout repassé. Et c'est promis,
il ne te manquera pas.

— À savoir !

— Comment, à savoir ? C'est tout su ! Il est là
au rayon de l'armoire, et il est mis de côté pour
toi, je ne te le plaindrai point. »

Elle y revenait toujours pour encourager
l'homme, et lui ne répondait plus qu'en haussant
une épaule. Ou simplement il la regardait en faisant de petits yeux.

Un soir, il se met au lit avant la soupe, devient
tout raide, pousse trois soupirs. Le voilà mort.

Voilà du même coup sa femme tout pleurant,
la tête quasi perdue. Elle l'habille pourtant de

son habit de noces, puis déplie le fameux linceux.

Et tout en le dépliant, elle le considérait.

« Quelle pitié de mettre en terre de si bonne marchandise pour la faire pourrir au cimetière ! »

Elle déplie donc un autre linceux, troué et usé, celui-là.

« Il ferait encore de bons torchons, de braves serviettes... Qui sait si en cherchant par là je ne trouverais pas autre chose ? »

Sous le hangar, pendu à un poteau, elle avise le filet tout démaillé que son homme décrochait pour aller jadis à la rivière.

« Hé, pourquoi pas ! Mon pauvre Toine s'en est tant servi, de son filet ! Oui, que ce filet lui serve encore à quelque chose ! »

Elle le prend au bras et elle va en envelopper le défunt.

Les cousins-cousines viennent pour la veillée, et les voisins-voisines. On s'assoit autour du lit, solennellement, en rond. On se met sur le pauvre Toine, ses comportements, ses mérites, sa déplorable fin.

« Où es-tu, maintenant, gémit la bonne femme, dis, pauvre Toine, où es-tu ? »

Et lui alors, se dressant sur son séant, les bras chargés de ce filet, d'une voix sépulcrale :

« Où je suis ? À la pêche ! »

Il y avait une fois un vieux curé rustique, resté de cœur tout jeune. Et la théologie n'était sans doute pas son fort. Mais il tenait qu'on ne saurait se tromper en exerçant la charité, qu'elle est encore le plus sûr moyen qu'aient les humains de faire leur salut.

Il avait donc une particulière dévotion pour saint Joseph, celui qui a été chargé de veiller sur l'Enfant, le Père nourricier, le Patriarche, l'ombre du Père. Si bon, tout bon comme le pain de fleur de farine, saint Joseph. Et tout facile aussi, comme un charpentier de campagne, qui sait qu'il faut faire l'impossible pour rendre service aux gens, que bonté passe tout, que bonté emporte tout.

De sorte que pour l'avoir rêvé, ou pour l'avoir imaginé de sa grâce, ce vieux curé faisait à l'occasion un conte.

Il y avait une fois, disait-il, le bon Dieu, qui trouvait que depuis quelque temps les choses n'allaient plus comme il eût fallu au paradis. On y voyait certaines drôles de figures. Et ces élus, si peu resplendissants, ne s'y sentaient guère à leur place puisqu'ils se défilaient dans les coins.

« Pierre serait-il devenu par trop accommodant ? Non, je suis sûr de Pierre. Quelqu'un d'autre doit faire entrer des gens par fraude. Il faut voir à cela. »

Le bon Dieu ne fut pas long à voir. Le même soir, il aperçut saint Joseph qui ramenant sur son nez le pan de sa grande cape, celle de la fuite en Égypte, se faufilait le long de la muraille.

« On dirait qu'il va prendre la pie au nid... Que croit-il faire ? »

Arrivé dans quelque enfoncement, saint Joseph s'arrête, se saisit là d'une échelle dans l'ombre, — il avait dû la faire lui-même, se souvenant qu'il était charpentier. Puis la faisant passer par-dessus le mur, il se penche, appelle à basse voix.

Surgissent dans le moment trois, quatre chalands par-dessus la muraille...

« Les humains, pensait le bon Dieu, ne sont déjà que trop portés aux écarts ! Si on leur est plus indulgent encore, ce sera un joli train... »

Cependant, ce soir-là, il a laissé faire saint Joseph. Il l'a même laissé ranger l'échelle dans le coin d'ombre.

Ensuite, il a parlé.

Et pour finir :

« Du reste, a-t-il dit, c'est tout simple : si la chose continuait, je prendrais des sanctions. Le coupable se verrait jeter hors de mon Paradis. »

Saint Joseph a regardé le bon Dieu sans répondre d'abord. Il souriait, d'un certain air. Il savait que pour ce qui est de la bonté ne saurait en remontrer au bon Dieu nulle créature.

« Déloger, déloger du Paradis, a-t-il fait enfin, hé, mais, Seigneur, avez-vous bien songé à ce que cela entraînerait ? »

Et souriant plus encore, et regardant à terre, comme s'il ne parlait plus que pour soi : « C'est que ! si on déloge le père de famille, on voit partir toute la maisonnée. J'emmène la femme, moi, et aussi le petitou ! »

LES POIS VERTS

Il y avait une fois une femme qui aurait été un trésor dans une maison, si elle n'avait été d'un naturel aussi revêche. Quand elle entrait en sa mauvaise lune, elle piquait par tous les bouts, comme un fagot d'épines.

Pas d'enfants, pas de servantes : tous ces piquants étaient pour le mari. Lui, il était brave homme. Joyeux, simple, poussant droit, tâchant donc de tout supporter, au long, au large. Mais ce n'était pas toujours facile.

Certain jour, — ce devait être à la mi-mai, — il sentit dès le matin qu'elle n'était pas dans ses bonnes.

« Je vais donner une façon au jardin. Tu pourras y cueillir des épinards, ils ont fait une belle pousse. »

Il disait cela pour l'amadouer, car elle aimait les épinards. Lui les avait en abomination.

Pas de réponse.

Il la vit dans la matinée qui venait cueillir des pois. « Des pois, bon, bien, se dit-il, ma foi, c'est la saison :

Saint Honoré, que de pois verts !

252

Si tu le veux, Jeannette, si tu le veux, je le veux ! »

Il se remet à bêcher, à désherber. Mais un peu avant midi, il rentre, de peur qu'elle n'ait à l'attendre et qu'elle ne se mette à pester contre lui.

« Te voilà, grand traîne-diable ? ! Qu'est-ce que tu viens faire si tôt ? Je déteste que tu sois là à embarrasser le passage quand j'ai tant de besognes, tant de choses à tourner...

— Eh bien, si je peux te donner quelque coup de main ?

— Vois à tes affaires ! »

Il repasse au jardin, reprend la bêche, retourne un bout de carré entre les pastenades et le buis des Rameaux, attend que l'angélus sonne.

« J'ai cru que tu ne reviendrais pas ! Que les femmes sont pour en voir, avec ces hommes qui ne se soucient pas de l'ouvrage qu'ils vous donnent par leurs manières d'être ! Puis vous les avez là lancés à travers le ménage comme une boule à travers un jeu de quilles ! »

Lui ne pipait mot, prenait ce qui se trouvait, mangeait rondement ces pois verts, puisqu'elle avait voulu que le dîner fût de pois verts. Parce qu'il avait parlé d'épinards, peut-être bien...

« Allons, femme, mange-moi les pois et laisse-moi le monde avec tous ces chiens d'hommes rouler comme il pourra rouler.

— Ha, il roulera bien avec tous ces grossiers, tous ces sabrants, ces dévorants !

— Eh bien oui, les hommes sont bons pour tout avaler. Mais toi, pour une fois, fais comme eux, dit-il doucement, avale tes pois verts. »

Il commençait à avoir chaud derrière les oreilles.

Il avait trop parlé, pourtant. La voilà à dépiter, jurant qu'elle mangerait ses pois comme elle l'entendrait ; et, s'il lui plaisait, un par un !

De fait, pour emmalicer son homme, elle se met à piquer un pois de la pointe de sa fourchette, et elle le porte à sa bouche ; puis un autre de même, puis un autre, un par un et pas plus vite que cela.

Lui, pour le coup, il pétillait.

« Dis, femme, tu ne pourrais pas manger tes pois comme le monde les mange ? »

Alors, elle, elle tire son couteau de sa poche, elle partage chaque pois en deux et elle se met à manger moitié de pois par moitié de pois.

Lui, il commençait à bouillir. Il s'accroche à la table.

« Vois, femme, ce sera plus tôt dit : mange tes pois comme le monde ou je fais un malheur.

— Quand tu devrais me tuer ce jour, quand on devrait demain me mettre en terre, je mangerai mes pois comme j'ai en tête de les manger ! »

Ma foi, la patience lui a échappé, — il lui eût fallu être un saint de Paradis. Sitôt la réponse reçue, sitôt la calotte envoyée.

Une calotte comme une autre calotte. Mais elle, au coup fait celle qui en est couchée par terre. Et elle reste là, sur les dalles, les dents crochetées, raide comme barre.

Lui voyait bien d'où le vent venait, et qu'elle avait mis dans sa tête de laisser les choses aller jusqu'à leur fin plutôt que de céder à son homme.

Il va pourtant au puits, puise un grand seau d'eau et, ainsi frais tiré, le lui envoie en gerbe dans la figure. Elle dut en frémir de rage. Mais elle n'ouvre pas même un œil, ne desserre pas les dents.

« Eh bien, femme, vogue la galère. Tu veux passer pour morte, tu passeras pour morte. »

Voilà un homme parti pour gouverner. Nous verrons, nous verrons qui mènera les choses !

Il transporte la soi-disant défunte sur le lit, redresse la coiffe, tapote les jupes, allume trois cierges, met le brin de buis dans le verre d'eau bénite. Après quoi, il parle aux voisines, à la servante de la cure, au fossoyeur et au sonneur. Il fait de point en point tout ce qui était à faire.

Commencent de venir les gens de parenté, et les connaissances du bourg.

Elle faisait la morte à bon escient, elle ne bouge point.

Arrive l'ensuaireuse, pour la coudre en un drap. — C'était l'usage. On ne faisait pas de caisse, alors, aux pauvres morts. On les portait au cimetière sur une échelle ; là, on sciait les deux bouts de l'échelle et on les descendait là-dessus dans la fosse. — Elle se laisse coudre sans remuer ni pied ni patte.

On la porte à l'église et la cloche sonne. Le curé chante la messe et les vêpres des morts.

Mais quoi, elle était toujours morte. Elle tenait dur comme fer à être morte, plutôt que de céder d'un seul point à son homme. Elle s'était juré à part soi qu'elle se laisserait enterrer plutôt que de ne pas manger ses pois verts un à un puisqu'elle l'avait une fois dit.

On la porte au cimetière.

Devant la fosse on la pose.

Ne restait plus qu'à la descendre et à lui jeter de la terre sur la tête.

Alors, pourtant, l'obstinée se soulève, et à travers le suaire où elle s'était laissé coudre :

« Ces pois, dit-elle, je promets de les manger trois par trois. »

LES DEUX GROGNANTS

Il y avait une fois un bon paysan, rouge à la joue et d'œil bien vif, qui s'était marié.

Il se trouva qu'il lui naquit un fils. Et ce fils fut grognon comme il n'est pas permis de l'être. On dit du chien qu'il rène, quand il gronde, et on le dit aussi de ces petits. Tandis qu'ils sont tout petitous, on les voue à sainte Reine ; ou bien dans nos pays du Velay, du Vivarais, on les porte au curé pour qu'il leur lise sur la tête l'évangile de saint Jean. On en vient là quand rien ne peut en venir à bout, ni de les bercer ni de leur donner une sucette.

Et le paysan dut en venir là pour le petit. C'était une telle cornerie dans la maison ! Car la mère s'impatientait, y perdait toute patience, braillait plus haut que son braillard... Un beau matin, ce bon paysan, avec sa femme portant le petit, va donc trouver le curé.

« C'est pour que vous lui lisiez l'évangile, tenez.

— Il rène donc, le pauvre ?

— Il rène de jour, il rène de nuit, il rène tout le temps, il ferait réner tout le monde. »

Le curé prend son surplis, son étole, mène ces gens au pied de l'autel, lit l'évangile sur la tête du marmot.

Mais quand il a fini, l'homme le regarde, plisse un œil.

« Dites, monsieur le curé, vous ne pourriez pas lire un évangile sur la tête de la mère aussi ? Pendant que vous y êtes... Elle en a bon besoin, encore plus que le drôle. »

LES DEUX MUETS

Il y avait une fois un vieux et une vieille, darus, têtus et opiniâtres en diable. Ne retournant en arrière pour rien au monde. Comme l'âne, qui jamais ne recule ! Ils avaient leur cambuse en vue du bourg, à la lisière du bois.

Un matin, on ne les vit pas, elle, jeter du grain à la poulaille, lui, fendre du bois devant la porte ; ni aller à la font, ni garder leurs trois chèvres. Et la cheminée ne fumait point.

La veille encore pourtant on les avait entendus se quereller, crier et se défier... Mais ils étaient bien décrépits : ils avaient dans les jambes, elle des froidures et lui des rhumatismes. On se dit : « Ils seront morts. »

On y monta.

Il n'y eut qu'à tirer la bobinette, le loquet se souleva. On entra. Et on les vit, chacun là, dans son lit, se démenant, du coup, faisant de grands bras. Mais quant à tirer un mot de l'un ou de l'autre, impossible. Toute une comédie de gestes, de grognements et pas une parole.

« Ils seront possédés ! »

On court chercher le curé. Il y monte, en surplis, tenant son goupillon.

« Alors, vous autres, qu'est-ce qu'il y a ? »

Le curé lui-même ne leur arrache pas un mot.

« Le chat, décidément, leur a mangé la langue. »

Ils s'étaient mis sur leur séant, cependant ils se faisaient le poing, ils s'adressaient par signes reproches, semonces, menaces qu'on ne pouvait bien comprendre...

On veut les faire lever, pour les tirer de cet état : ni grègues ni cotillons ne se retrouvent.

« Ils seront fous. »

On court chercher le médecin.

Il arrive, portant sa trousse, les examine, écoute d'un air mécontent ce que rapportent les voisines.

« Je vais toujours les saigner. — Il aimait tant saigner, c'était son grand remède. Les paysans l'avaient surnommé le putois. — Les saigner tout d'abord, au bras ; puis, si je ne vois pas de mieux, je les saignerais au pied. »

Il s'approche du vieux, sa lancette à la main.

Le vieux recule d'un haut-le-corps.

« Pas moi ! La vieille !

— Tu as parlé le premier, crie la vieille, tu as perdu ! »

258

Les voilà donc tous deux guéris. Ils ont parlé.

On est venu alors à bout de savoir qu'en se couchant, ils ont eu une dispute. Chacun s'est plaint de ses douleurs et a déclaré que le lendemain il n'irait pas garder les chèvres. « Tu iras, toi ! — Non ! c'est ton tour ! — Non, c'est à toi ! » Butés comme deux biques qui se sont affrontées au milieu de la planche pour passer le ruisseau, et qui cossent du front, et qui se jetteraient en bas, se casseraient les pattes plutôt que de reculer devant l'autre.

Ils firent pourtant une convention : irait garder le premier qui parlerait en se levant.

« Ce ne sera pas moi !

— Ni moi ! »

De sorte qu'aucun des deux n'avait voulu se lever pour forcer l'autre enfin à crier quand leurs chèvres bêleraient trop la faim : « Mais bougre de feignant, dis, te lèveras-tu ? »

Et chacun s'entêtait, s'entêtait, s'entêtait. Jusqu'au moment où le médecin prit sa lancette..

Si daru que tu sois, tu vois venir la minute
Qui finalement te darude.

L'EXAMEN BIEN FAIT

Il y avait une fois un sacristain qui faisait honnêtement ses besognes, et il devait remplir honnêtement aussi ses devoirs de bon chrétien. On ne pouvait cependant le dire trop dévot. Il n'approchait du confessionnal qu'une fois l'an, la veille de Pâques fleuries.

Cette année-là, un Père capucin était venu prêcher le carême. Il annonça qu'au samedi soir il commencerait sur les deux heures à confesser les hommes.

Il était donc là à l'heure dite, allant, venant dans l'église, et il récitait son rosaire quand, à deux heures tapant, il voit entrer tout premier le sacristain.

Qui fait une génuflexion, puis de ce même pas s'en va droit au confessionnal.

Le Père le rattrape.

« Vous êtes prêt, mon ami ?

— Hé oui, mon Père.

— Vous avez fait votre examen à la maison ?

— Hé non, mon Père.

— Vous n'aimeriez pas le faire avant de vous confesser ?

— On me l'a fait, mon Père.

— Comment cela ?

— Je me le fais faire, c'est plus commode.

— Vous vous le faites faire ?

— Hé oui, mon Père. Tous les ans, comme aujourd'hui, la veille des Rameaux, vers midi, je m'approche du feu ; je dis à la femme : « Il n'est pas encore prêt, ton dîner, vieil emplâtre ? » Ha, petits, mes amis, je n'ai plus qu'à ouvrir les oreilles ! La femme se met sur mes manquements. Tout le long du dîner, elle me les défile ! Le dernier verre de vin bu, je n'ai qu'à battre ma coulpe. L'examen ? Il est tout fait. Par actions et par omissions, par paroles et même par pensées, mon Père, je vous assure que tous mes péchés y sont, sans qu'elle en ait passé un seul. »

LE CHAUDRON D'OR

Il y avait une fois de pauvres gens souvent sans pain, sinon sans feu.

Un jour l'homme a voulu retourner un bout de la pâture. C'était pour y semer un boisseau de sei-gle.

À l'angélus du petit jour, il est allé là-bas. Et à l'angélus de midi, il est rentré à la maison.

« Femme, vois ce que je rapporte. »

Il rapportait un vieux chaudron, tout encroûté de terre.

« Au premier coup de fossoir que j'ai donné, le fer a tinté. Au deuxième coup, j'ai vu cette anse. Au troisième coup, j'ai vu tout le chaudron.

— Tu avais bien besoin, a dit la femme, de me rapporter cette vieillerie. Que veux-tu que j'en fasse ? »

Lui, qui mangeait son taillon de lard, il a baissé le nez. Et sitôt avalée une écuelle de petit lait, — il faut bien se rafraîchir, — il est reparti pour la pâture.

Il n'était pas au tournant du chemin qu'elle, elle a repris ce chaudron.

Il n'était pas à la pâture qu'elle s'est attrapée à le nettoyer de sa terre.

Alors, elle, elle a vu.

C'était un chaudron d'or.

L'histoire est restée si couverte qu'on ne sait pas comment prendre cela : chaudron en or ? chaudron plein de pièces d'or ?

En une heure de temps, la femme l'a nettoyé. En une autre heure de temps, elle l'a remis en terre, l'a caché derrière les fagots.

Voilà son cœur content, voilà son âme tout aise.

Mais ce n'est jamais fini de batailler sur cette terre. Il faudrait voir venir !

Tout en allant à la fontaine, elle a songé un peu à soi, et à son homme. Son homme, ce bredin, qui avait les yeux bouchés et la cervelle aussi.

Tout en mettant la soupe au feu, elle s'est gratté les cheveux, sous sa coiffe, d'une broche de bois.

À l'angélus du soir, son homme est retourné. Elle l'a vu revenir, le dos rond, marchant pesamment dans le chemin, de ses gros sabots.

Elle s'était cachée au galetas. De là-haut, elle l'a bombardé d'une poignée de fèves, d'une autre, d'une autre encore.

« Ô femme, a-t-il crié, viens voir, il pleut des fèves ! »

Avant qu'il mange sa soupe, elle les lui a fait ramasser sur le chemin ; et avant qu'il se mette au lit, elle les lui a fait semer au jardin près des autres semences.

Tandis qu'il montait dans le lit, elle est allée au poulailler prendre un œuf frais pondu. Tandis qu'il entrait en son somme, elle a glissé l'œuf près de lui.

Et au matin lui l'a senti, tout chaud, l'a saisi

avec la coquille fraîche et rose comme coquille de mer.

« Ô femme, viens donc voir, je viens de pondre un œuf ! »

Quelques jours ont passé. Puis un soir a paru le baron du château.

Il est venu à cheval, dans tous ses beaux atours, sur la tête un chapeau de pourpre.

Il a fait halte sous la maison. Devant la porte est descendu de cheval.

« Femme qui es devant ta porte, a-t-il dit à la femme, ton homme ou toi, on dit que vous avez trouvé dans la pâture un chaudron d'or ? »

A beau tromper qui fait la bête. Elle, elle a ouvert de grands yeux, a haussé les épaules.

Mais elle savait, la finaude, que son homme, le pauvre bredin, ne se tiendrait jamais de parler.

De fait, tenant en main son lard et son couteau, il s'est montré, lui aussi, sur la porte.

« Si fait, seigneur, ha, si fait, a-t-il dit. Moi, oui, j'ai trouvé un chaudron... C'est le jour qu'il a plu des fèves, le jour que j'ai pondu un œuf. »

Le seigneur n'a plus rien demandé. En assurant son chapeau sur sa tête, il a sauté en selle. En brochant des éperons, il a fait repartir son cheval.

Et la femme, qui avait de la finasserie pour elle et son bredin, a eu chaudron d'or pour leur petit ménage. Pour vivre en leurs vieux jours, alors que le temps est long. Ils n'en ont que mieux continué leur train de simplesse et de patience.

Marche aujourd'hui, marche demain,
Plus on va, plus on fait de chemin.

LE MARI BIENVENU

Il y avait une fois une bonne femme, c'était dans un de ces pays de la montagne où les travaux se font en trois mois, tout l'un sur l'autre : les fenaisons, les moissons, les semailles...

> *Neuf mois d'hiver*
> *Et trois d'enfer.*

Les hommes partent en fin septembre, aux premières neiges : porteurs d'eau, peigneurs de chanvre, terrassiers, scieurs de long, ils s'en vont dans les villes ou dans les bons pays, et ils ne reparaissent qu'en juin, aux plus grands jours.

Un jour la bonne femme eut la visite d'une cousine, une dame un peu bourgeoise, venue prendre les eaux du Mont-Dore.

On parla des anciens, ceux qu'on avait connus ; on fit le tour de la parenté, puis le propos fut des enfants et des maris.

« Alors, le vôtre ? demanda la cousine.

— Ho, mon mari... Ça fait trois mois où je le vois : de la Saint-Jean jusqu'à la Saint-Michel...

— Trois mois ! Pauvre cousine, ce n'est pas bien gai pour vous.

— Que voulez-vous, cousine ? Il est aux champs presque tout ce temps... Et puis enfin, trois mois sont vite passés. »

LE PILON

Il y avait une fois une femme, bonne venante, bonne vivante, qui était affligée d'un mari bécasson et d'une fille à nez de belette qui fourrait ce nez partout.

Les soirs, par le chemin aux noyers, la fille courait comme une souris au-devant de son père.

« Eh bien ! dites, en voilà d'une autre ! Vous me croirez ou non, pauvre père, mais la mère a donné à mon frère pour son quatre heures une tranche de saucisson de trois doigts d'épais. » Ou la mère avait sûrement trop salé la soupe. Ou la mère avait laissé le chat voler la croûte du fromage...

Et quoi encore ? Elle avait mis les œufs à couver un mauvais jour ; elle avait laissé écorner le plat-écuelle...

Le père arrivait à la maison les oreilles échauffées ; commençaient les questions, les raisons, les disputes.

« Je sais ce que je ferai, se dit un jour la mère, un soir qu'elle voyait la fille la suivre de ses yeux d'écureuil en tout le trafic du ménage. Je vais lui apprêter à parler, aujourd'hui. »

Elle casse du fagot sur son genou, pousse le feu, — et que ça flambe ! — installe la poêle sur le trépied, y fait glisser un morceau de beurre, et quand le beurre en est à grésiller, elle va prendre le pilon de bois dans la salière.

« Mais, pauvre mère, qu'est-ce que vous faites ?

— Et tu vois bien : je vais faire cuire le pilon à la poêle.

— Vous n'y pensez pas, pauvre mère ?

— Hé, j'y pense bien ; ton père va rentrer, il m'a bien fallu penser à notre souper. Oui, ce pilon, sauté au beurre, avec un bon filet de vinaigre... »

Voilà cette fille en combustion, plus encore que le pilon dans le beurre ; elle chausse ses sabots ; dare-dare, elle enfile le chemin.

« Oh, cette fois, pauvre père ! Je vous le donne en cent ! Mais en mille, vous ne trouverez pas...

— Qu'est-ce qu'elle a fait encore, allons, raconte-moi.

— Je vais vous le raconter, vous ne pourrez pas le croire : elle a imaginé de faire cuire le pilon pour le souper !

— Le pilon ? !

— Oui, le pilon ! Comme je vous le dis... »

Il arrive, il se jette dans la maison. Tout de suite, sans même accrocher sa pioche sous l'escalier :

« Et alors ? Qu'est-ce que c'est que cette vie ?

— Quelle vie ?

— Tu fais cuire le pilon, maintenant ?

— Tu n'es pas simple ?

— Enfin, notre fille me l'a dit !

— Et toi, grand simple, tu l'as cru ? C'est devenu la mode, peut-être, chez les personnes, de faire cuire le pilon à sel ?

— Puisqu'elle t'a vue ?

— Et je lui en ferai voir, puisqu'elle est à guetter tout ce que je peux faire. Et je t'en ferai croire, puisque tu es assez simple pour te fier à ce qu'elle

266

dit. Ah, tu demandes ce que c'est que cette vie ?
Eh bien ! vous saurez, toi, ta fille, quels pilons je
mets à cuire et de quel bois je me chauffe. »

Le père ne comprit pas l'affaire ; mais il ne se
fia plus à sa fille ; et la fille n'osa plus rapporter,
même ce qu'elle avait vu.

C'était ce qu'il fallait.

> *Et le coq a chanté*
> *Et voilà le conte achevé.*

LA BELLE BARBIÈRE

Il y avait une fois, dans un temps, à Paris, une
belle barbière. Si belle que d'elle il s'est parlé aux
quatre coins du monde. Et elle faisait la barbe par
amour.

Un jour, trois soldats de la marine sont venus
pour lui parler.

« Adieu, bonjour, belle barbière ! La barbe, me
la feriez-vous ?

— Montez, messieurs, dedans la chambre. Je
vais préparer les rasoirs, le plat à barbe, la savon-
nette, les serviettes, le linge blanc. »

Le plus jeune des trois s'assoit, se met aux mains
de la belle : sa jolie barbe elle lui faisait. Et tandis
que la belle le savonne, il soupire. Et tandis qu'elle
le rase, il change de couleurs. La couleur, par trois
fois, lui change sur la joue.

« Monsieur, si mes rasoirs vous blessent, pourquoi ne le dites-vous pas ?

— Ce ne sont pas vos rasoirs, la belle : ce sont
vos tendres amitiés.

— Monsieur, de mes amitiés, ne parlez si hardiment. Mes amitiés sont loin d'ici.

— Hélas, c'est bien cela, la belle ; c'est bien
parce qu'à cela je songe...

— Mes amitiés voguent sur la mer, sergent de
marine comme vous, sergent au régiment
d'amour. Sur un bâtiment de la flotte, elles font la
guerre aux Anglais.

— Hélas, la belle, dans les combats, votre ami
peut prendre dommage.

— Il est sur la Belle-Espérance, c'est le plus beau
navire du roi : les cordages y sont de soie rouge,
les voiles y sont de toile blanche, et le marinier
qui le gouverne est habillé de vert velours.

— Hélas, la belle, qui est à la guerre court bien
fortune de la vie.

— Mais s'il est à la guerre encore, j'espère le voir
bientôt rentrer.

— Hélas, pleurez, pleurez, la belle ! Votre ami
est mort au combat. Je vous rapporte sa cocarde,
vos cheveux tressés, son anneau d'or. Votre ami,
le sergent de marine, jamais vous ne le reverrez.

— Hélas, mon Dieu ! mon ami doux ! »

La belle a fait un cri, un grand coup elle s'est
écriée. Elle est tombée sur le carreau de la chambre, tout de son long est tombée. Et elle ne s'est
jamais plus relevée.

Dans Paris, il n'y a plus de barbière qui fasse la
barbe par amour.

LA BELLE ROSE*

Il y avait une fois un pauvre homme, un petit paysan, si pauvre qu'il devait, comme on dit, et au chien
et au loup. Il n'avait même pas un habit pour se faire
brave et aller à la ville. Aussi n'y allait-il jamais.

Enfin, à force de bon courage, grattant et regrat-
tant la terre, il mit quelques sous de côté ; il paya
ses dettes, il se remonta. Et à l'arrière-saison il eut
un veau à aller vendre. Alors le jour de la grande
foire, il partit pour la ville, si mal nippé fût-il.

Avant de partir, il prit les commissions de toute
la maisonnée. Il avait trois filles : Marguerite,
Julienne et Rose, ses trois fleurs, donc, comme il
disait. Et il les aimait chèrement toutes trois. Avec
quelque faveur de cœur, pourtant, pour la plus
jeune : parce qu'elle avait bon courage, comme
lui ; ne se donnant jamais aucune importance,
vaillante, point difficile, et trouvant tout bien
assez bon pour elle. Bonne à voir, et au demeurant,
bonne à pratiquer ; de sorte qu'on avait envie de
lui chanter comme dans la chanson :

> *Belle rose du rosier blanc,*
> *Charmante rose du printemps !*

4. *Voir* La fille au vigneron *page* 597.

Devant la porte, donc, tenant la corde du veau : « C'est la première fois que je vais à la foire, leur dit-il : que faut-il que je vous rapporte ? »

Et Marguerite dit : « Un bel habillement, qui soit couleur de lune ! »

Et Julienne dit : « Un bel habillement, qui soit couleur de soleil ! »

Et Belle-Rose ne dit rien.

« Mais toi, m'amie, que veux-tu de la ville ? Un bel habillement de soie, d'argent et d'or, comme tes sœurs ? »

Rose, elle, ne songeait pas à soi, à sa parure : elle se disait qu'elle avait le lait à battre en beurre, et ensuite à cailler le fromage.

« Allons, m'amie, dépêche-toi de dire !

— Mon père, je ne veux rien.

— Je ne partirai pas que tu n'aies dit !

— Eh bien, mon père, puisqu'on m'appelle Rose, rapportez-moi donc une rose. »

Elle n'avait pas pris garde qu'on était déjà dans l'arrière-saison. De roses, il n'y avait plus guère. Cela tracassa le père, tout le long du chemin. « Mais, songea-t-il, à la ville, dans quelque jardin de bourgeois, sa rose, je la verrai peut-être ? »

Le veau vendu, il trouva à acheter les deux habillements, couleur de lune et couleur de soleil. Et il aurait donné beaucoup de son argent, mais la rose, — la rose, il ne la trouva pas.

Il lui fallut reprendre sans rose le chemin du logis.

Cependant le temps s'était couvert, la bise

s'éleva, les nuées montèrent, et la neige se mit à tomber à grosses pattes.

Tout de suite elle prit ; il fit mauvais marcher. Le pauvre homme s'était trop attardé à chercher cette rose. La nuit venait. Il voulut couper à travers des terrains de bruyères. Voilà qu'il perdit son chemin.

Il marcha, il marcha... Il était tout mouillé et il n'en pouvait plus. Autour de lui s'étendait un pays qu'il ne connaissait pas, de brandes, d'étangs, de bocages. Mais il ne songeait qu'à cet ennui qu'il avait de revenir sans rapporter la rose à sa plus jeune, alors que les deux autres avaient chacune ce qu'elles avaient souhaité. Puis tout à coup il se disait : « Elles vont croire, elles et ma femme, que des voleurs m'ont arrêté sur la grand'route, et que pour me prendre ma bourse, ils m'ont pris d'abord ma vie... Du reste, vais-je pas la perdre ? Je ne sais plus trop où je suis... La fatigue va me surmonter. Encore un moment, je m'affale dans cette neige ; et je suis pour y rendre l'âme. »

Alors qu'il commençait de se désespérer, tout trempé, tout appesanti, tout accablé, soudainement, à travers les mouches de neige qui volaient, il aperçut une lumière. Cette lumière lui rendit courage. Il ramassa ses forces, il marcha encore.

Bientôt il arriva à un château illuminé.

Le portail se trouvait grand ouvert. Le pauvre homme n'était pas hardi. Il balança. Mais nécessité commande. Il fallait ou rentrer, ou tomber sur la place.

Il entra dans la cour. Il monta les degrés. Toutes

les portes étaient ouvertes. Cependant, personne ne se montrait. Comme c'était étrange... Il appela doucement, puis plus haut ; pas de réponse. Il fit encore trois pas. Il avait froid et il avait faim, au point de se sentir près de défaillir. Voyant dans une salle le feu allumé, la table mise, il avança encore. La soupe fumait dans la soupière. Il osa s'asseoir et se servit une écuellée. « En mangeant, je serai plus hardi. » La soupe mangée, il fit chabrol en versant un verre de vin dans son bouillon. Ragaillardi, il s'attaqua à un poulet rôti, dont le fumet lui montait aux narines, mangea ce qui se trouva devant lui, jambon à la gelée et tarte aux poires, vida même la bouteille...

Après cela, devenu un autre homme, il eut bien l'esprit d'entrer en une chambre qui faisait suite. Il se dépouilla de ses habits, déjà à moitié secs, les disposa devant le feu, se mit lui-même au lit, — un lit de plume, à couette chaude, — et sans plus s'inquiéter de ce que personne ne se montrait, il s'endormit.

Il fit sa nuit sur les deux oreilles. Au matin, s'étant vêtu, il chercha partout quelqu'un à qui présenter son excuse et son remerciement. Et il ne put trouver âme qui vive.

Que penser de ce lieu et de ce qui s'y passait ?

Il sortit du château...

Voilà que là, au coin de la porte, il avisa un rosier, et qui, malgré la neige de la nuit, venait de fleurir. Oui, ce rosier portait des roses en boutons ou à peine ouvertes, grosses et rouges comme des œufs de Pâques.

Il balança bien encore. Mais cette rose lui faisait tant envie ! Allait-il rentrer sans rien dans les mains pour sa plus jeune, pour elle toute seule, alors qu'il avait devant lui cela même qu'elle lui avait demandé ? C'était bien pour le mettre en défiance, l'étrangeté du lieu. Il se vit cependant donnant la rose à sa chère Rose et lui contant son aventure. Finalement, il ne put y tenir. Choisissant entre les fleurs, de son couteau il coupa la plus belle.

Ha ! Comme il aurait dû garder plus de discrétion et de sagesse ! Qu'était-il allé chercher là, le malheureux !

Devant le rosier, comme sortie de terre, une bête venait d'apparaître. Si laide à voir, si faite pour donner le dégoût et l'effroi, qu'il lâcha le couteau. La gueule comme d'un chien mâtin, les pattes comme d'un lézard, le corps, la queue comme d'une labrune, — comment dit-on de ces bêtes tachetées de jaune qu'on craint tant, qui vivent sous la mousse dans les trous de la terre ? Une salamandre...

« Tu es entré dans mon logis, fit cette bête, tu as bien mangé et bien bu, tu t'es séché : au chaud, tu as dormi. Pour tout remerciement, t'en allant au matin, de mes bouquets, tu coupes le plus beau ! Ta dernière heure est venue, malheureux ! »

La gueule bavante, elle avance sur l'homme. Lui, tout tremblant, recule. Sans bien trouver ses mots, il reconnaît son tort, offre de le racheter, propose à la bête sa bourse, ou encore ce qu'elle voudra de son avoir.

« Tu parles pour rien, dit la bête. Mais n'as-tu pas des filles ?

— J'en ai trois. J'ai coupé cette rose pour celle qu'on appelle Belle-Rose.

— Eh bien, écoute : dans huit jours, et samedi pour samedi, si tu ne veux payer pour elle, qu'une de tes trois filles vienne ici pour se rendre à moi. Entends-tu ?

— Oui, j'entends...

— Emporte cette rose, puisque tu l'as coupée. Quand ta fille arrivera, qu'elle en coupe une autre. Je lui apparaîtrai... Après cela, à elle de faire, si elle sait, ce qui sera attendu d'elle. »

Il n'y avait pas à plaider. La bête, au demeurant, venait de disparaître. Ne restait au pauvre homme qu'à se remettre en route.

Et il s'y remit tout pensif et dolent. « Cette bête, qu'est-ce qu'elle attend de ma fille ? Qu'est-ce qu'elle entend faire de mon enfant, de ma petite ? »

Il ne se demandait même pas quelle serait celle qui irait au château de la bête. Il le savait d'avance. De ses trois fleurs, il voyait celle qui ferait fleurir le bon courage tout dévoué, comme un rosier fait fleurir la rose. Et le frisson le parcourait, tandis qu'il allait cheminant. La neige, fondant des branches, lui gouttait dans le cou ; et il ne savait pas que c'était de la neige ; il butait du pied aux cailloux, et il ne savait pas que c'étaient des cailloux, il faisait envoler les linots du buisson et il ne savait pas que c'étaient des linots. Il en était toujours à la minute où avait paru l'affreuse bête, et à la terrible parole qu'elle avait dite. « Qu'est-ce qu'elle attend de ma fille ? De mon enfant, qu'est-ce qu'elle fera ? »

274

Enfin, il arriva chez lui, secoué de tremble·
ments, le blanc de l'œil tout jaune. Et défait
comme s'il avait pris dix ans d'âge. Sa femme, ses
filles, crurent que c'était la fatigue, qu'il s'était
marri, à la nuit, dans les neiges. Elles auraient
voulu lui faire manger un peu de viande. Mais lui,
il ne voulut que boire. Et ne boire qu'un verre
d'eau fraîche. Il s'assit là, devant le feu.

La Marguerite et la Julienne, cependant, lui
demandèrent s'il avait acheté leurs beaux habillements de lune et de soleil. Il les tira de son sac. Il
les leur donna.

« À toi, ma pauvre Rose, je te rapporte cette rose
que tu m'as demandée. Mais elle nous coûtera plus
cher que les beaux habits de tes sœurs ! »

Alors, il commença de les mettre au fait de ce
qui lui était arrivé.

« Et pour finir, cette bête m'a dit qu'elle viendrait me prendre. Elle me dévorera si, à huit jours
d'ici, je ne lui ai donné une de mes trois filles. »

Personne ne parlait plus. Il n'y avait que le feu
au noir de la cheminée qui faisait son bruit.

« Moi, fit la Marguerite, je ne pourrais jamais
entrer dans ce château que mon père vient de dire,
et où tout se fait sans qu'on y voie personne.

« Et moi, fit la Julienne, je tomberais morte sur
le chemin rien qu'à l'idée de cette bête qui va se
montrer... Pourquoi faut-il que Rose ait eu cette
triste envie d'une rose ?

— Ha oui, reprit la Marguerite, être allée demander cette rose a mis le père dans le malheur !...

— Ce sera moi qui irai au château, fit Rose, sans
pouvoir se tenir de pleurer. Vous êtes dures de me

le dire : mais de vrai, c'est par moi que peine et angoisse sont venues à mon père : l'heure venue de payer, j'irai trouver la bête. »

Comme ils passèrent, ces huit jours ! Longs à passer et si vite passés. Dans la chambre des peines, dans la chambre des larmes...

Vint le matin où Rose avec son père prit le chemin du château de l'effroi. Et lui y retournant, il butait aux mêmes cailloux, s'accrochait aux mêmes buissons, à cause de ces mêmes pensées qui se levaient en sa cervelle. « Que fera-t-elle de ma fille, cette bête ? À son commandement elle aura notre Rose. Belle-Rose, ma grande fille toute bonne, qui m'apportait l'écuelle de soupe à midi, au bord du labour. Et cet été, lorsque je faisais la moisson, elle était tout derrière moi, liant les gerbes. Je me retournerai, et plus jamais je ne la verrai là, me riant de ses yeux. Ha, les soirs, quand j'entendrai les garçons chanter sur le chemin :

> *Belle rose du rosier blanc*
> *Charmante rose du printemps !*

je sentirai mon cœur qui s'en ira de moi. »

Ils arrivent sans parler au château de la bête. Ils entrent dans la cour. Portes toutes ouvertes, tables toutes servies. Même on voit la soupière qui fume. Mais Rose est allée droit à ce grand beau rosier : elle y coupe une rose.

Aussitôt, la Bête apparaît.

Ho, cette bête, ces gros yeux ressortis, tout

276

pleins de rouge, ce mufle où pend la bave, cette peau grenue comme d'une oie, mais gluante comme d'un crapaud. Si répugnante et effroyable à voir que la pauvre Rose frémit de tout son corps.

Cependant les yeux de la bête se faisaient tout bons, tout suppliants. Et elle parla avec une douceur, comment dire, d'amitié...

« Est-ce toi, Belle-Rose ?

— Oui... Rose, c'est moi...

— Ne crains pas, si des choses en ce château t'étonnent. Je voudrais tant qu'il y en eût une plus grande pour t'étonner un jour. Rose, tout sera tien dans le logis. Comme ton père y a passé sa nuit, tu y passeras tes moments. Même tu trouverais le bonheur pour tout ton âge, si tu savais le prendre comme il veut qu'on le prenne... Voilà, quand tu désireras me parler, te faudra couper une rose. »

Là-dessus, la bête soupire et disparaît.

Rose et son père passèrent trois journées tous deux ensemble en ce château. Ils ne voyaient personne, mais la table était mise et les lits faits toujours. Aux trois angélus, ce qu'ils désiraient pour manger, ils le trouvaient servi sur table. Mais ils ne pensaient pas tellement à manger. Ils vivaient de la vie des châteaux, autrement mieux qu'en leur pauvre maison ; et ils n'auraient voulu qu'être dans leur maison : sans idée de se séparer, sans ce poids-là pour peser sur le cœur.

Le père pourtant fut bien forcé de repartir. Rose même le lui demanda, en songeant à sa mère. Il repartit, il alla pousser la charrue, à la queue des vaches. Et il ne savait toujours pas comme il en irait, de sa Rose et de cette bête.

« La bête a parlé doucement, mais peut-être qu'elle a la gueule noire de mensonge. Et que veut-elle dire avec ses paroles qu'on ne comprend pas ? Oui, qu'attend-elle de ma fille ? Mon enfant, cette pauvre chair baptisée, qu'il m'a fallu laisser au pouvoir de la bête... Ha, je sais bien que dans les yeux de Rose, se voit son ange qui lui fait compagnie. Mais même si la bête n'est pas une bête toute bête, saura-t-elle voir l'ange de Rose, et qu'elle est toute bonté et tout soleil ? »

Ainsi se parlait-il en retournant, le long des champs, et par moments il se sentait le cœur moins lourd.

Rose l'avait accompagné jusqu'au portail. Puis elle revint au rosier qui montait là, sitôt l'entrée, tout comme le secret et l'âme du château. Elle en coupa révérencieusement une rose...

La bête aussitôt reparut.

Rose aurait désiré que lui fût fait comprendre ce que la bête espérait d'elle. Repensant à ses yeux, à sa voix, à son dire, elle en avait quelque peu compassion. Elle n'aurait pas pu la toucher de la main, mais elle aurait aimé l'assister en ses peines.

La bête la voyait en ce grand bon vouloir, si secourable et claire et bonne. Et la plus belle qu'on pût voir sous ce rayonnement !

« Merci à vous d'avoir hébergé mon père, avant que je l'aie laissé repartir, dit Rose. Je vous ferai toute la courtoisie que je pourrai.

— Rose, ce que tu dis, l'as-tu bien dans le cœur ? Que tu es bonne de ne pas te fâcher de ma laideur, ô belle Rose. »

La bête s'était couchée à ses pieds, devant le

rosier et la regardait doucement, les yeux arrêtés sur les siens. Et elle demeurait là disant des choses si tendres, si tristes, que Rose se sentait peu à peu attachée à elle.

« Je sais ce que je suis, que j'ai mérité d'être ; bête d'effroi, bête d'horreur, qui doit te faire frissonner plus que l'aragne et le crapaud. Et toi, Rose, ma Rose, tu as pourtant compassion de moi !... Si tu pouvais me deviner... Mais pour un mot de plus, je tue toute espérance...

La bête la regardait, soupirant, gémissant, et des larmes coulaient de ses yeux. Des malignes, comme il y en a, n'auraient fait que rire d'elle. Mais Rose, c'était la sainteté de la bonté. Malgré son frisson, rendant le regard d'amitié, elle trouvait les paroles qu'il fallait dire pour adoucir le malheur de la bête. Elle lui promettait de ne jamais se rebuter de sa présence, et de lui demeurer amie.

« Pour chose qu'il advienne, je ne vous abandonnerai pas.

— Écoute, Rose, j'ai foi en toi. Dans un peu de temps, je te donnerai trois jours. Tu iras voir ton père, ta mère, ta maison. Mais le troisième jour, promets-le-moi, tu reviendras ici. »

« Mon Dieu, se disait Rose, dans quel sort me serai-je mise ? Non seulement prisonnière sur parole en ce château, mais prise d'amitié maintenant pour la bête. À cause de sa plainte, je n'ai su m'en défendre. Quand elle me regarde, je vois monter sa détresse en ses yeux. Sûrement il y a quelque secret, qu'elle ne peut me dire. Mais moi, je ne peux pas non plus le deviner. »

La pitié la travaillait si fort qu'elle voulut s'éloigner un peu. Elle rappela donc à la bête la promesse faite de la laisser trois jours chez elle.

« Ces trois jours, je vais me languir de toi, Rose, ma Rose, dit la bête. Quand je n'aurai plus ta présence ni ton regard, je me dessécherai, comme le foin qu'on a fauché, qui sèche sur la terre. Va donc, puisqu'il faut que tu ailles ! Je me fie à toi, pour le prompt retour ; je risque mon malheur, je m'en remets à toi. Si tu savais le don qui est en toi et la foi que je garde... »

Lorsque Rose se présenta sur la porte de sa maison, comme ses père et mère l'embrassèrent, et ses sœurs ! En gens qui avaient cru ne jamais la revoir. Et elle, la pauvre, elle leur demandait de lui pardonner tous ces chagrins qu'elle leur avait apportés.

On la questionna, sans trop oser la questionner, sur le château. C'est-à-dire sur la bête. Elle dit qu'elle n'y avait jamais senti qu'on lui voulait de mal ; que la bête avait des regards comme une personne ; qu'elle aurait même mérité qu'on s'attachât à elle, de cœur et d'affection...

Les trois jours passèrent vite, où on la fêta tant qu'on put. Les parents avaient le cœur plus à l'aise, après ce que Rose avait dit que la bête n'était pas méchante. Seulement, leur crainte levée, ils ne voulaient plus trop la laisser repartir.

Ils la pressèrent tant, avec tant de prières, tant d'instances qu'elle passa encore la nuit à la maison. Elle devait de bon matin regagner le château. Mais ils s'ingénièrent à la retarder ; ce ne fut que dans l'après-dîner qu'elle put se mettre en chemin.

Elle arriva au château de la bête vers la chute du jour. Tout à travers pays, elle s'était hâtée en grand souci, et même en grand remords. Sans cesse allant, comme si elle volait, au milieu des étangs, des bocages, elle songeait au malheur qui devait suivre le moindre retard.

Et voilà qu'auprès de la porte, le grand rosier qui était l'âme de ces lieux semblait déjà flétri... Tout languissant et comme brûlé par le gel.

Elle en reçut un coup au cœur. Car ce rosier, c'était celui de l'amitié ; et son dépérissement ne le marquait-il pas ? L'amitié n'était pas allée à tout ce qu'elle aurait dû être. Ces roses s'étaient défeuillées, sauf peut-être une... Celle-là, Rose vitement la coupa.

Mais la bête n'apparut point.

Alors, le tremblement la prit. Prêtant l'oreille, elle entendit un peu de bruit, comme de quelqu'un qui s'essaie à bouger et qui gémit. Elle fit quatre pas du côté du jardin. D'autres gémissements lui vinrent. Elle avança de ce côté ; et près du puits-fontaine, elle aperçut la bête.

Mais en plus mauvais point encore que le rosier. Languissante, gisante et comme agonisante, prête à retomber dans ce puits d'où elle venait de sortir, sous les fougères. Sans forces, presque sans vie.

« Je viens prendre pardon de vous, dit Rose, le sang figé.

— Rose ! Ah, Rose, dit la bête, vois-tu que tu me fais mourir ?...

— Ne vous défiez pas de moi, vous n'en avez pas de raison. Et ne me veuillez pas de mal.

— Rose, je ne te veux pas de mal, mais vois où ton retard m'a mis ! Sais-tu que tu as pris mon cœur, et que loin de tes yeux, je ne saurai pas vivre ?

— Bête, ma bête, dit Rose, je suis là ! »

Elle avait le cœur si brûlant de compassion que ni crainte ni dégoût, à cette minute, ne tinrent. Comme elle voyait la bête souillée de bourbe, elle se penche, elle la prend entre ses bras pour la laver dans la fontaine.

Mais, ô la merveille ! Dès qu'elle l'a touchée de ses bonnes mains, dès qu'elle lui a fait cette charité d'amour, elle a devant elle, non plus la bête, mais un garçon qui sent son fils de roi, un prince rayonnant comme le jour. Rose le voit si beau qu'elle s'étonne, et même elle sent quelque chose de plus que de l'étonnement.

« Rose, dit le prince, en mettant le genou en terre, j'avais mérité qu'un mauvais sort tombât sur moi. Je ne rêvais que fêtes et batailles : à peine si je connaissais la pitié aux bons regards. Les mendiants me répugnaient tant avec leurs loques, avec leurs croûtes. Un jour que je m'étais ri d'un pauvre homme qui demandait son pain à cette porte, je me suis vu changé en bête. Mon château devait être ouvert à tout venant et lui offrir le manger et le gîte, tandis que je vivrais dans un trou de la terre. Cependant, devant la porte fleurissait un rosier d'amours : il faudrait que la première rose en fût portée à une belle qui fût la fille d'un pauvre homme ; puis qu'elle acceptât de venir et enfin de faire charité de son cœur à la bête, qu'un jour elle la touchât de ses mains : mais d'elle-même, sans qu'elle en fût priée ! Sans qu'il lui répugnât ! Alors, le sort serait levé. Sinon, je mourrais sous figure de bête, et la belle, à qui la compassion n'aurait pas su grandir le cœur, mourrait aussi... »

Mais il n'avait pas besoin d'en tant dire. Sans aucune envie de mourir, la Belle-Rose, comme lui, rayonnait.

Se tenant par la main, ils allèrent au rosier d'amours. Il avait reverdi, il avait refleuri. Cela montrait la grande amitié faite. Le rosier le disait, le rosier le chantait : Belle-Rose et la bête, le prince du château, la fille du pauvre homme étaient pour être tous les deux mari et femme.

Les père et mère, avec les sœurs vinrent pour les noces. Rose ensuite les garda près d'elle. Et le château pour tous les pauvres gens resta château du bon accueil.

Et tout l'âge de Belle-Rose et de son prince, le grand rosier près de la porte fleurit en arbre d'amitié, roses sur roses.

LE MARI EXIGEANT

Il y avait une fois dans un bourg un savetier qui a pris femme. L'a prise fraîche comme une griotte, un peu novice, peut-être, aux choses du ménage.

Plutôt, l'humeur du savetier était de grogner. On dit que c'est leur manière, qu'ils ne sont jamais contents de rien. Pas plus que les tailleurs, qui comme eux travaillent assis, le dos rond au fond de la maison. Tandis que les maçons, les charpentiers et les couvreurs, qui mènent la besogne au grand air, sont joyeux compagnons, bien chantant au chantier, trouvant tout bon sans sauce.

Le savetier, après quelques semaines de mariage, fait donc devant sa femme ses plaintes à ses parents, ses père et mère à lui. Il dit que celle qu'il a prise n'entend pas grand'chose à la cuisine ; à la tenue de maison, moins encore.

Elle, sans se démonter :

« Ma foi, je fais de mon mieux, dit-elle. À vous, beau-père, belle-mère, de juger ce que je lui donne. Venez dîner dimanche. S'il fait beau, je mettrai la table sous le tilleul. »

Il faisait beau. Elle la dressa ainsi : nappe blanche, serviettes blanches, couverts d'étain luisant comme de l'argent, verres plus nets que le cristal ; et même trois fleurs de capucine dans un gobelet, pour que ce fût plus relevé.

À la dernière minute, et comme les parents arrivaient, un merle se pose sur le tilleul. Il venait de gober des cerises ; de la branche où il était perché, ne lâche-t-il pas du sien au beau milieu de la table ?

La malheureuse crut perdre tout courage. Le temps manquait pour nettoyer ou pour changer cette nappe embrenée. Prestement, cependant, retournant une écuelle, elle en recouvre le présent du merle.

Et le dîner commence. La soupe grasse, le morceau de bouilli, le fricandeau à l'oseille, le poulet

284

rôti, et la salade de chicorée, avec sa croûte à l'ail...
Tout était comme il se devait : le pain tendre, le
vin frais dans la fontaine...

La savetière sert pour finir le flan, les massepains.

« Eh bien, dit-elle à son grognon de savetier, à
quoi pouvez-vous vous en prendre ? »

Il essaie de marmonner quelque chose de potage
trop gras, de fricandeau trop cuit. Mais personne,
pas même sa mère, ne pouvait lui donner raison.
Le père l'entreprend là-dessus.

Ma foi, il grogne on ne sait quoi entre ses dents ;
et puis, pour avoir plus tôt fait, il se jette dans le
silence.

« Alors, reprend la savetière, alors, quoi, que
voulez-vous ? »

Ainsi poussé, tout piqué et tout dépité, lui, il
éclate ; et, avançant le nez :

« Ce que je veux ? Je veux du bran, si tu veux le
savoir ! »

Elle, toute riante, elle enlève l'écuelle, et lui mettant sous le nez le cadeau du merle :

« Du bran ? Vous en voulez, mon mari ? En
voilà ! »

LA CULOTTE

Il y avait une fois un savetier et sa femme ; et
c'était, cela au vieux temps. Un temps où l'homme
portait la culotte et la robe, un jour l'un, un jour

l'autre. Oui, en ce temps, les soins du ménage, hommes et femmes se les partageaient encore, s'en prenant chacun à son tour aux torchons, balais et casseroles.

Seulement, ce savetier-là, M. le curé lui avait mis sur la langue un grain de sel de trop le jour de son baptême. Et ce grain, il n'était pas encore arrivé à le faire fondre. Trop souvent il lui arrivait de filer vers le cabaret, quand son tour était venu de rester à la maison et de se mettre au ménage.

Un jour, ce fut cela. Sa femme le voit près de prendre la porte. Vite, elle saute sur la culotte, avant lui s'en saisit ; lui empoigne ses grègues de l'autre côté. Commence le fric-frac, à toi ! à moi, la paille de fer !

Vous voudriez savoir qui tint bien, qui tint mieux ? Ma foi, pour faire court, ce fut l'homme qui l'emporta : lui qui ce jour-là passa et porta la culotte.

Alors, en grand dépit :

« Puisque c'est ça, cria la femme, je ne dirai plus mot !

— Comment, plus mot ?

— Oui, c'est mon dernier mot.

— Bon tabac ! Je te prends au mot. Mais il nous faut mettre un dédit, ajouta l'homme, que ce soit chose réglée pour toujours : qui de nous deux parlera le premier à l'autre fera désormais le ménage. »

La femme fait signe de la tête que c'est entendu, marché conclu ! Et lui va boire bouteille.

Deux grandes semaines ils ont tenu ainsi : pas un mot l'un à l'autre. Ce n'était pas que la maison roulât mieux sur ses quatre roues. La chamaillerie s'y levait dès le matin. Mais si près qu'elle fût d'éclater en reproches, la femme ne s'en prenait qu'au balai, qu'elle faisait danser, aux chaises, qu'elle bousculait, à l'escabelle, qu'elle tarabustait.

Et quand elle n'en pouvait plus, elle entonnait quelque chanson :

> *Qu'aimeriez-vous le mieux,*
> *Des rubans, des dentelles,*
> *Qu'aimeriez-vous le mieux,*
> *Des rubans, un galant ?*
> *— Ha, j'aimerais bien mieux*
> *Un ruban que des dentelles*
> *Ha, j'aimerais bien mieux*
> *Un ruban que des galants !*

Alors, le savetier, lui, battant la semelle, sifflait cet air qui dit :

> *Malheureux qui a une femme,*
> *Malheureux qui n'en a pas !*
> *Qui n'en a pas en veut une,*
> *Qui en a une n'en voudrait pas !*

Un jour entre dans la boutique un marchand de chevaux qui montre sa botte crevée comme une engelure.

« Savetier, mon ami, rapièce-moi cette botte. Tu m'obligeras en faisant vite, je suis attendu sur le foirail. »

Et il se mit en devoir de se déchausser.

287

Le savetier, sans répondre un mot, continue de siffler son air.

Ahuri, sa botte à la main, le maquignon l'interpelle.

Rien. L'homme continuait de siffler et de battre la semelle comme s'il n'y eût personne en la boutique.

Le maquignon se tourne vers la savetière. Mais elle, semblablement, sans paraître le voir, venait en poussant sa chanson.

> Ha, j'aimerais bien mieux
> Un ruban que des galants !

Voilà un maquignon furieux, qui se croit tombé chez des fols. Jurant, sacrant, il empoigne sa botte par la tige, veut taper sur le savetier qui, de son marteau, pare le coup, tape sur la savetière, qui ne sait parer que de son coude et pousse des cris à réveiller des morts.

La savetière crie, le savetier siffle, le maquignon les insulte, fait tournoyer la botte, mande à la femme, qui est mieux à portée, une torgnole, puis une autre qui aurait assommé un bœuf...

Alors, elle, de dépit, elle n'a pu y tenir. Elle se tourne vers son savetier, lui met le poing sous le nez, l'apostrophe :

« Mais dis, grand lâche, grand carnaval ! Tu me laisseras assassiner à coups de botte sans faire autre chose que siffler le rigodon ? !

— Femme, tu as perdu, dit le savetier, en posant son marteau, de ce jour à jamais tu feras tout

le ménage... Toi, maquignon, passe-moi cette
botte. »

Il l'a rapiécée séance tenante. Mais de ce jour à
jamais, ainsi qu'il l'avait dit, il ne s'en est plus pris
aux torchons ni au balai. Et quand les hommes,
ses voisins, ont vu cela, ils ont fait de même ; et
ceux de tout le pays ; et c'est pour toujours et partout entré dans la coutume.

LE COUCOU QUI CHANTE

Il y avait une fois deux bûcherons, jeunes mariés
tous deux, qui bûcheronnaient au bois de Coque-
licande. L'un était le Jean de Chanteussé, l'autre
le Jean de Chantaduc.

Tout à coup, s'arrêtant de taper, — chacun son
coup ! — dans la pile d'un chêne, les mains sur le
manche de leur cognée, ils ont tendu l'oreille.

Le coucou chantait là, tout proche. On ne pouvait le voir. Mais on eût dit que lui, il les voyait,
du milieu de la feuille, et les narguait, se moquait
d'eux.

C'était au mois d'avril. Il ne chante plus dès
qu'on n'est plus à la saison des nids, ou encore dès
que le colza a passé fleur. Le vrai de la chose, c'est
qu'une certaine année il s'était loué pour faire les
foins ; il ne savait pas, le malheureux coucou, que
c'était si dur de faucher, toute la sainte journée,
l'échine courbée sous le soleil. « Ç'a m'a crevé »,

murmurait-il sans plus pouvoir chanter ; et depuis ce temps, dès qu'il voit décrocher les faux dans les fermes, il quitte le pays, il se sauve.

On n'en était pas encore là, et ce jour, il chantait à fil.

« Eh bien, Jean, tu l'entends ?

— Hé oui, Jean, je l'entends. Toi, tu aimes sa musique ?

— Ho, Jean, pas plus que tu ne l'aimes. Mais tu fais bien de ne pas l'aimer : c'est pour toi, pauvre Jean, qu'il chante.

— Jean, ne va pas chercher si loin : moi, je dis que c'est pour toi, pour toi !

— Et alors ? Est-ce que ma femme porte falbalas, comme la tienne ?

— Est-ce que la mienne est toujours en fenêtre, l'œil à qui vient ou ne vient pas ? »

Les voilà en procès sur le comportement de leurs femmes, les mœurs et les mérites et de l'une et de l'autre. Celle-ci qui sait si bien faire la soupe à la sauge, celle-là qui fait les œufs au plat et au miroir.

« Au miroir ! Pauvre Jean, faut-il qu'elle soit coquette !

— Plût au ciel que telle ne le fût pas plus qu'elle, telle qui quitte sa maison pour courir les fêtes et les foires !

— Jean, Jean, la tienne aime tant chanter, rire et gaudir !

— Et la tienne, pauvre Jean, courir la prétentaine !

— À ta place, je me méfierais. Entends le coucou, comme il se moque.

— J'entends, j'entends, et moi aussi je ris de celui qui est là, au bois, sous le gosier du coucou et qui ne veut pas savoir pour qui ce coucou chante.

— Si nous pouvions aller nous faire deviner au grand devin de Montbrison !

— Descendons seulement à la ville. En dévalant tous les saints aidant ! Allons trouver l'homme de loi. Il faudra qu'il démêle le cas, qu'il dise pour qui chante le coucou !

— Eh bien, c'est dit ! En avant, marche ! »

Ils prennent la veste à l'épaule, enfilent la coursière qui plonge sous la côte. En un quart d'heure arrivent sur la grand-place, entrent chez l'avocat le plus en renom du pays.

Ils parlent tous deux ensemble ; puis l'un, puis l'autre ; puis tous deux à la fois encore.

Et l'avocat les écoutant, les calme de la main en cette véhémence, comme on fait au cheval qui voudrait s'emballer.

Après quoi, il les fait approcher, leur dit d'ôter le bonnet, examine le front de l'un, le front de l'autre, le leur palpe, leur demande s'ils ne sentent rien ? Pour finir, il déclare que leurs femmes sont bonnes femmes, vaillantes et travailleuses, que le cas ne peut les concerner.

« Mais qui concerne-t-il alors ? Si le coucou chante, c'est qu'il a de quoi chanter, monsieur l'avocat !

— Vous voulez tout savoir et le mot de la consulte ? Que chacun tire donc un petit écu de sa poche, le pose sur mon bureau. Là, c'est cela...

Eh bien, maintenant, ne vous mettez plus martel
en tête.

> Non pas pour Jean de Chanteussé,
> Pour Jean de Chantaduc non plus :
> Ce sera pour moi l'avocat
> Que le coucou aura chanté !

LE CORNARD

Il y avait une fois un curé qui était peu endurant
quand quelque chose n'allait pas à l'église. Surtout
quand il prêchait. Si des hommes échangeaient
deux mots, lui, d'un autre bien tombé, leur imposait silence. Ou si quelque bonne femme arrivait
en retard, d'un regard il la foudroyait.

On fait le conte de deux façons. Les uns disent
que comme il était en chaire, un cerf-volant entré
dans son église vint tout voletant lui ronfler aux
oreilles. Et lui, impatient, de crier :

« Faites-moi sortir ce cornard !... »

D'autres disent qu'il aperçut un escargot qui
montait au bâton de la croix paroissiale. Il ne lui
parut pas séant de l'y laisser.

« Enlevez-moi ce cornard de là... Qu'attendez-
vous pour m'enlever ce cornard ? »

Toujours est-il que la Jeannette, qui sommeil-
lait, s'éveille en sursaut à ce mot, voit le geste et,
tout effarée, comme là-dessus M. le curé répète :
« Ce cornard, faites-le-moi sortir ! », elle se sou-

lève de son banc et, s'adressant à son homme, debout au pilier que M. le curé montrait du doigt :

« Allons, mon pauvre Tienne ! Puisque M. le curé dit qu'il faut que tu sortes, allons, va, dépêche-toi de sortir ! »

LE PAUVRE JEAN

Il y avait une fois le pauvre Jean, celui, vous savez bien, dont il s'est tant parlé pour une petite affaire qu'il eut avec sa femme. Celui dont a fait proverbe, enfin ce Jean qui tout d'un temps fut cocu, battu et content.

Un matin de l'arrière-saison qu'il ventait fort, il s'était levé avec une joue toute d'enflure, comme si on y avait fourré le poing. Une fluxion à la mâchoire. Telle qu'elle lui fermait quasi l'œil de ce côté-là.

Mais si on voulait s'écouter ! Il avait à labourer le grand champ, sous le bois, il labourerait ce champ.

Il passa seulement autour de sa ganache quelque touaille de torchon, qu'il noua sur sa tête, et les cornes pointaient. Il mit son bonnet par-dessus, enjouga sa paire de bœufs et il partit.

« Les vignerons viendront, a-t-il expliqué à sa femme. Ils viendront faire le troc ; — chaque année il échangeait un char de foin contre une pipe de vin, — tu resteras avec eux, et tu veilleras

293

à ce qu'ils ne chargent pas plus de fourrage que je ne t'ai montré. »

Il savait qu'il pouvait là-dessus s'en remettre à elle, qu'elle n'avait pas sa pareille pour veiller au profit de la maison.

Il alla donc verser le champ, derrière ses bœufs. Toute la matinée appuya sur le mancheron de l'araire, au vol des feuilles jaunes, allant contre le vent, revenant dans le vent. N'entendant que les cris des pies, ne voyant qu'elles et les geais, sous le nuage. Plutôt ne voyant rien, parce qu'il lui semblait que toute la tête lui enflait, lui devenait comme une courge.

À midi quand il retourna, il ne pouvait quasiment plus durer. Il se disait qu'il n'allait même pas pouvoir manger la soupe, tant la mâchoire lui faisait mal. Il en était à ne plus savoir quelle était la couleur du temps.

« Les vignerons sont venus, lui dit sa femme, le vin est dans la cave. »

Elle taillait le pain dans les écuelles, lui la regardait faire, n'ayant même pas le courage de dire qu'il ne mangerait pas.

Elle alla décrocher la marmite, la posa sur le banc. Mais plantée devant son homme, les mains sur la ceinture :

« Tes vignerons, crois-tu ? Si j'avais seulement voulu les écouter... Oui, pour m'embrasser joue sur joue, là-bas dans la fenière, ils me baillaient un écu chacun ! Ah ! c'est du joli monde ! »

Elle prit la louche, la plongea dans la soupe.

Deux gros écus, sa femme, les vignerons, sa

matinée de labourage au vent, tout tournait dans la tête de Jean comme dans un moulin.

« Et toi, pauvre homme ? Qu'est-ce que tu dis de ce que je te dis ? Allons, dis-moi un peu ? »

Mais il pouvait à peine parler. Il hausse l'épaule. « Hé, je dis... Je dis que tu es bien trop nigaude pour gagner dans le moment deux écus sans rien faire. »

Elle avance la tête, comme pour lui faire la nique, passe la main dans la poche de son devantier, lui présente les deux écus tout brillant neufs.

« Té, bête ! Tu les vois ?

— Ha, guenippe ! Guenille ! ha, catin de fenière ! »

Jean se lève du banc. Mais dans le même moment, elle se jette sur lui, le rue par terre, empoigne la louche, lui tape dessus sans regarder où ça portait.

Soudainement, le pauvre Jean pousse une sorte de mugissement, comme son bœuf...

Et puis :

« Ha, que je suis aise ! Ha, que je suis aise ! »

Et le voilà qui se ramasse, va cracher, recracher dans le feu... Sous un coup de louche, la fluxion venait de crever.

« Que je suis aise, que je suis aise... »

Quand la douleur vous tient aux dents, si vous n'êtes saint, les peines d'esprit ne vous travaillent plus beaucoup l'esprit.

Dans son soulagement, Jean ne savait plus rien d'autre. Il arrange le torchon autour de sa ganache, secoue son bonnet plein de cendres, s'en recoiffe, cachant ses cornes qui pointaient,

— « Que je suis aise ! » répétait-il, filant un gros soupir... Puis il se rassoit, en attendant que la femme lui ait trempé la soupe.

Voilà comment Jean tout d'un temps
Fut cocu, battu et content.

LE MARGUILLIER

Il y avait une fois un bourgeois de campagne un peu brusque d'humeur et, de ses idées ou de ses fantaisies, il était malaisé de le faire revenir.

Un jour son curé va le voir : c'était pour le prier d'être marguillier de la paroisse.

L'autre s'en excuse civilement tant qu'il peut.

Mais son curé l'en pressait, l'en pressait, sans vouloir se rendre à ses raisons.

« Tenez, monsieur le curé, fit enfin ce bourgeois, pour tout vous dire, j'aimerais autant être cocu que marguillier.

— Hé mais, monsieur, répondit vite le curé, l'un n'empêche pas l'autre ! »

LE DÉMARIAGE

Il y avait une fois un homme et une femme, mon pauvre père les avait bien connus, ils demeuraient sous le bois de fayards. Après cinquante ans de mariage, ils ne pouvaient plus s'entendre.

Ils vont ensemble trouver le curé de la paroisse :

« Monsieur le curé, il faut nous démarier.

— Vous démarier ? Comme vous y allez !

— Nous y allons rondement, maintenant, parce que les choses n'ont que trop duré. Démariez-nous.

— Après tout, il y a un moyen de vous faire passer chacun de son côté. Seulement, il n'y en a qu'un seul.

— Eh bien, quoi, on n'est pas sans rien. Et s'il faut payer, on paiera.

— Rien à payer. Mais à pâtir.

—Oh, alors... Si ce n'est que ça, on pâtira, on pâtira toujours moins qu'en ménage.

— Venez à la sacristie, dimanche après la messe. »

Le dimanche, ils y vont. Le curé les fait agenouiller, sur deux prie-Dieu, solennellement.

« Et vous ne pouvez toujours pas vous entendre ?

— Pour ça non. Oh, que non.

— Alors... »

Le curé prend son goupillon, mande un bon coup sur la tête de l'homme et un tout aussi bon sur la tête de la femme.

Puis il y va encore plus rude. Coup sur coup. Mon pauvre père disait qu'on l'entendait de la place : ce faisait le tapage de quelqu'un qui marche avec de trop grands sabots.

« Mais, vous allez nous assommer ! Ma tête, aïe, ma tête ! Elle se fend comme une noix !

— Si vous tenez à être démariés, mes amis, pas d'autre moyen ! Il faut de toute nécessité qu'un de vous deux se décide à quitter ce monde. »

LE CABRI ET LA CHÈVRE

Il y avait une fois un certain Toine de Pradailles, qui se maria. Comme il n'avait qu'un bout de terre et pas d'argent pour le mariage, il paya le curé de la paroisse, — c'est Saint-Ferréol-des-Côtes, — d'un biquet, d'un cabri.

Un an passa, de saison en saison.

Certain jour de dimanche, sitôt après la messe, le Toine va heurter à la porte de la cure.

Le curé vient lui ouvrir, l'envisage, lui voit un air tout démonté.

« Eh bien, Toine ? J'espère qu'il ne t'est pas arrivé un malheur ?

— Le malheur, monsieur le curé, il m'est arrivé quand j'ai pris femme. Alors, voilà ce que j'ai à proposer : vous m'avez marié cet antan, je vous ai donné un cabri ; démariez-moi présentement, je vous donnerai une chèvre ! »

LA BLANCHE BICHE

Il y avait une fois un roi et une reine. Ils avaient un garçon, ils désiraient d'avoir une fille. Garçon et fille, on le dit bien, le choix du roi !

Un jour qu'elle s'était écartée de la chasse, la reine s'est assise au bord d'une fontaine. Elle regardait l'eau coulante, l'eau s'en allait sous la feuille des bois à un étang couleur de lune entre les saules. Et la reine songeait à la fille qu'elle désirait tant avoir. Tout à coup, elle a vu paraître une écrevisse.

Cette écrevisse, grosse, grosse à merveille, lui a proposé de la conduire dans le château des fées.

Et elles étaient là six, gracieuses comme la rose blanche. Dans la grand-salle, elles filaient la quenouille.

« Soit, dirent-elles, puisque tu le désires, ô reine, tu auras une fille. D'avance, nous nous invitons à son baptême. Et tous les dons des fées, nous les lui apporterons. »

Fut dit, fut fait. La fille naquit, fut baptisée, on lui a fait porter le nom de Marguerite. — La reine n'oublia pas de convier les fées.

Elles vinrent. Elles se firent conduire au berceau. Et là, l'une a donné à l'enfant d'être plus belle qu'une fleur de parterre ; l'autre, plus blanche que l'aube du jour : l'autre, d'avoir le cœur tout comme un morceau d'or — Marguerite, de teint tout blanc, de cœur tout d'or, telle qu'une rayonnante marguerite des prés !

Soudain — tac, tic, tac, tic, — à reculons est entrée l'écrevisse. Rouge de colère, elle s'est retournée en agitant ses pinces.

« N'est-ce pas moi qui t'ai conduite aux fées ? Qui t'ai fait avoir cette fille ? N'aurais-je donc pas dû être conviée première ? Bon, tout se paie, déclara-t-elle. Ta fille sera donc une belle, une Marguerite qui charmera les cœurs. C'est le don de ces dames fées. Mais j'ai mon don à faire, moi, et qui ira à reculons des autres. Cette belle blanche au cœur d'or, si blanche et si parfaite, après tout, n'est pas faite pour vivre sur la terre. »

Si donc avant qu'elle ait quinze ans
Elle voit le jour seulement,
Vous saurez comme il en ira :
Sanglante histoire ce sera.

Le roi, la reine, en grande angoisse, ont fait élever pour leur fille une tour sans fenêtre ni fenêtrons. Est restée là quinze ans, ne voyant pas le soleil, ne voyant pas la lune. Elle ne savait même ce qu'est l'herbe des champs, le brin de capillaire entre deux pierres du mur. Ni la feuille à la branche ni le ramier qui vole ! Ses père et mère, qui l'aimaient tant, autant que le cœur qu'ils portaient, la tenaient étroitement en la tour renfermée.

Son frère Renaud venait seul. Il jouait avec elle ; surtout il lui parlait.

« Marguerite, ma sœur, si vous saviez ce qu'on voit au-dehors ! Je voudrais, voudrais tant vous faire voir toutes choses... Si vous saviez ce qu'est la lumière du jour ! »

Et Marguerite, qui a des cheveux d'or et des sourcils dorés, Marguerite qui est plus blanche que le lis de blancheur, son frère, les yeux tout

300

grands regarde. Elle pâlit et soupire à l'entendre, en cette salle noire où brûlent les flambeaux.

Son père lui a promis qu'au jour de ses quinze ans, elle pourra sortir. Qu'elle verra les arbres, les lieux champêtres, le soleil.

Il a fait faire son portrait avec des couleurs fines. Le fils d'un autre roi a pu voir ce portrait. À Marguerite il a donné son cœur.

Et lui aussi a fait faire son portrait. On a placé ce portrait sous les yeux de Marguerite.

Lorsque descend le soir, Marguerite soupire.

« Qu'avez-vous tant à soupirer ? lui demande la reine, que soupirez-vous tant, ma fille Marguerite ?

— Ma mère, j'ai fait un rêve, un rêve du matin. On dit que ces rêves arrivent. Et celui-là, ma mère, c'est comme s'il arrivait...

— Ma fille Marguerite, qu'avez-vous tant rêvé ?

— Ma mère, dans ce rêve, je suis fille de nuit, mais de jour blanche biche. La chasse est après moi, cent chiens à ma poursuite, et mon frère Renaud, qui de tous est le pire ! »

A tant pleuré, a tant soupiré Marguerite, qu'on l'a fiancée au prince, au fils du roi qui l'aime tant. Pour qu'elle ait ses quinze ans, manquent trois jours encore. Mais ni son prince ni elle n'auraient plus su attendre. Elle fera le voyage au fond d'une litière, fermée de toutes parts.

Renaud cependant tourne et retourne à l'ombre de la tour trois fois a dégainé, rengainé son couteau, trois fois et jusqu'au sang il s'est mordu la lèvre... Enfin, de la pointe de ce couteau, a décousu le dessus de la litière...

Au milieu des grands bois, portée par les valets, Marguerite s'en va. En cette litière close n'entre pas un filet de jour. Ainsi la belle voyage sans courir aucun risque. Du moins la reine le croit, et le roi se le dit.

Hélas, hélas, c'est bien chance que rien ne soit encore arrivé ! Mais une branche est là, plus basse que les autres, une rame de chêne qui accroche la litière. Le dessus, décousu, s'arrache d'un seul coup.

On s'écrie. Les valets s'arrêtent, les cavaliers s'élancent.

À peine si on l'a pu voir, de la litière s'est échappée une créature plus blanche que la neige.

Cette blancheur a passé en éclair, a fui dans le hallier, sous cet air ténébreux, a disparu dans la presse des arbres.

Le roi, la reine, et tous, et le prince, là-bas, comme ils ont pleuré Marguerite...

Quelques poursuites qu'on ait faites, on n'a pu la revoir.

Mais un jour, dans le bois, Renaud a aperçu une biche fuyant, aussi blanche que neige. Il a juré qu'il ne descendrait de cheval qu'il ne l'ait eue.

Même la nuit venue, sous la lune levante qui se mire en l'étang, il s'acharne à la chasse.

« Corne tes chiens, Renaud ! La blanche biche est prise ! »

Les veneurs la dépouillent, au blanc de cette lune. Et là, couteau en main, devant le bord de l'eau, soudain, ne savent plus qu'en dire.

« Elle a les cheveux blonds et le sein d'une fille ! »

Le vent lamente et dans l'étang n'y a tanche ni carpe qui n'en aient pas pleuré. Les veneurs cependant s'affairent. De leurs couteaux ont mis en quartiers cette biche. Au haut de bâtons fourchus, suspendent les quartiers et deux par deux les rapportent au château.

De nuit et aux flambeaux, on a fait le festin. La venaison paraît sur un plat de vermeil.

Le roi soupire tandis que son valet lui sert la langue et le cœur de la biche.

« Marguerite, ma fille, ha, que n'êtes-vous là ! À mon coté, que ne vous ai-je encore ! »

Et voilà qu'une voix d'argent se fait ouïr par le milieu de l'air.

« Vous n'avez qu'à manger ! Suis la première assise. Ma tête est dans le plat, mon cœur en votre assiette ! »

Saisis d'émoi, ils se sont tous levés. Ils n'ont plus vu de venaison dans le plat de vermeil. À tous leur a semblé qu'une forme de fille, blanche comme nuée, s'échappait de la salle, fuyait par la fenêtre sur un rais de la lune.

Le fils du roi a su ces choses. Tout éperdu, il court le bois. Ne fait plus que courir à travers la ramée.

Un jour, à la lune levante, a vu soudain la blanche biche. L'a vue passer auprès de la fontaine. Sur le bord de l'étang, il l'a presque rejointe.

« Tourne, retourne, blanche biche ! Je n'ai ni

chiens ni veneurs avec moi ! Tourne, retourne,
biche ! Biche, ma douce mie... »

Mais la biche apeurée a fui sous les feuillages.

Un autre jour, en lisière de forêt, il l'a revue. Le
cœur battant, mais sans trembler, il lui a tiré une
flèche à la jambe. Et à la jambe il l'a blessée, des
deux genoux elle a chu sur la mousse.

Alors, entre ses bras, le fils du roi l'a prise. L'a
prise et ne l'a plus lâchée.

« Biche, ma biche ! Ha, sœur, ha, douce amie ! »
Il lui parlait à voix si tendre, en la prenant de ses
deux bras serrée. Ainsi la serrant contre soi, l'a
ramenée au château de son père.

Sitôt la nuit fermée, elle, de blanche biche, est
redevenue fille.

Et lui, en cette même nuit, sur la minuit, il a
voulu épouser Marguerite. En la chapelle du château, il l'a prise pour femme, par sacrement
d'église.

Soit que ce sort s'en soit allé avec le sang de la
blessure, ou soit que l'aient levé leurs amitiés
mutuelles, le mauvais sort jeté a pris fin pour toujours. Le fils du roi et Blanche-Biche, mari et
femme à toujours et jamais.

LA PROMESSE DONNÉE

Il y avait une fois un notaire qui étant déjà sur
l'âge avait épousé une fille assez jeune et assez

304

jolie. Et comme un lieutenant de la garnison s'était montré assidu près de sa femme, il ne pouvait pas s'empêcher d'être jaloux.

Par malencontre, il prend un chaud et froid, tombe malade, bientôt en est à toute extrémité. Et voyez cela : même devant l'autre monde, la jalousie demeurait et lui mettait martel en tête.

« Écoute, petit cœur, finit-il par dire à sa femme, je crois que je mourrais l'âme en paix si tu me promettais de ne pas épouser ce lieutenant, tu vois bien à qui je pense, celui pour qui j'avais pris tant d'ombrage.

— Que rien ne vous chagrine de ce côté, dit incontinent la jeune femme, hier samedi, j'ai donné ma parole au capitaine-major. »

L'HOMME TOUJOURS
DANS SON TORT

Il y avait une fois un tailleur dans le bourg, qui n'était pas plus mauvais homme qu'un autre. Au contraire. Mais sa femme n'était pas de celles qui sont faciles à vivre. Toujours sur les reproches, les plaintes, les lamentations. Et comme elle ne l'avait sous la main qu'un moment, le matin, avant qu'il partît pour sa journée, ou le soir quand il en revenait, Dieu sait si elle profitait de ces moments-là.

Un jour d'arrière-saison, qu'il faisait un vent à emporter les toits, comme il s'en allait par la grand-rue, le pauvre tailleur reçoit une tuile sur le crâne. Il tombe, ma foi, comme un bœuf qu'on assomme.

Les gens sortent de toutes les maisons, accourent, le relèvent, mais il ne remuait ni pied ni patte, pas plus qu'un mort. Deux voisins l'attrapent par-dessous les bras, par-dessous les jambes, et tête ballante le rapportent chez lui.

Quand sa femme le vit en cet état !...

« Regardez-le, regardez-le ! Il aurait bu toute la nuit, il ne serait pas pire. Dis, malheureux ? Il te faudra toujours m'en faire une autre, alors ? Qu'elles sont heureuses celles qui n'ont pas épousé de ces emplâtres ! Elles ne savent pas leur bonheur ! »

Lui rouvre un œil, comme un coq saigné :

« Allons, pauvre femme, prends patience. Tu dois bien voir qu'il n'y a pas de ma faute...

— Pas de ta faute ! Ha, grand dadais de pâte molle ! Té, tu me feras mourir avec tous ces tours que tu me joues !

— Mais que voulais-tu que je fasse ?

— Hé, pardi, que tu passes de l'autre côté !... »

LE MESSAGER ATTENTIONNÉ*

Il y avait une fois le sacristain de la paroisse qui était allé aider à faire les foins chez un neveu, dans une paroisse voisine. C'était pays pendant et tout

5. *Voir* Les nouvelles inquiétantes *page 603*.

mauvais chemins, de vrais chemins de chèvres. Un char versa, en descendant la côte. Un des hommes qui suivaient le char, un certain Couderchou, se trouva pris sous la masse du foin. Et on le dégagea bien aussi vite qu'on put ; mais, écrasé ou étouffé, il était mort.

« Mon Dieu, de mon Dieu donc ! Maintenant, faut aller dire le malheur à sa femme... »

Personne ne se souciait d'y aller.

« Écoutez, l'oncle, dit le neveu, c'est à vous que ça revient. Elle ne vous connaît pas : ça lui donnera déjà à penser. Et puis vous êtes censément un peu d'église, vous avez l'habitude de voir des affligés, vous lui annoncerez cette mort plus adroitement, plus doucement qu'un autre, à cette femme.

— Reste que c'est pénible. Mais enfin, je saurai faire. Et où demeure-t-elle ?

— Sur la place, à côté de la forge, la maison à main droite... Elle aimait bien son homme. Amenez cette mort de votre mieux.

— Bien, oui ; je saurai faire, je te dis ! »

Il court au village, voit la maison, racle quelque peu ses sabots, et il entre.

« Pardon, excuse, c'est bien ici chez Couderchou ? J'ai une petite commission à faire à sa veuve...

— Pauvre homme, c'est bien ici. Seulement, je ne suis pas la veuve de Couderchou : je suis sa femme.

— Eh bien, voulez-vous faire un pari avec moi ?

— Et quel pari, pauvre homme ?

— Pari, dit le sacristain, qu'à cette heure-ci vous êtes la veuve de Couderchou ! »

307

L'HOMME EN PEINE

Il y avait une fois le marchand de cochons de la Côte-Blanche. C'était un grand, bel homme, un fort paquet de viande, d'os, de graisse, au bas mot deux quintaux pesant, sans compter la réjouissance. Bon être, avec cela. S'entendant bien avec sa femme. Lorsqu'il la vit malade, il s'attacha à la soigner, à la veiller, lui fit avoir le médecin, remèdes sur remèdes, enfin tous les secours. Mais elle était toujours plus mal, froide comme la salamandre — à peine si elle pouvait encore avoir sa respiration...

Le pauvre homme avait passé trois nuits sur pied : il ne tenait plus sur ses jambes.

Au matin, la voisine vient aux nouvelles, s'offre à le remplacer un moment.

« Vous faut prendre somme, pauvre homme, vous tomberez sur le carreau.

— Ho, je ne fermerai pas l'œil... Plutôt me refaire un peu les forces : je n'ai rien dans le corps depuis un malheureux croûton que j'ai tordu hier matin, je ne sais plus comment.

— Pauvre homme, vous n'y tiendrez pas.

— Et moi, il me faudrait toujours manger beaucoup, sinon j'ai les boyaux qui se nouent ; mais on laisse tout aller, dans des moments pareils.

— Eh bien, vite ! Moi je reste près d'elle. Installez-vous en bas, et mangez un morceau. Un corps comme le vôtre ! »

Il descend. Il va au charnier, va au cellier, il pose sur la table un reste de haricots en salade, un oignon, un taillon de lard, un coin de beurre. Et la tourte. Aussi la chopine. Dieu sait s'il avait faim aux dents. À croire que s'il avait attendu un quart d'heure, il n'en revenait plus.

Il se laisse choir sur le banc, commence à tailler à la tourte.

Et il demeure là, le nez levé, le couteau dans le chanteau, parce qu'à ce moment, la porte bat, là-haut, la voisine descend quatre à quatre. Elle paraît au bas des marches.

« Ha, mon pauvre, ce que c'est que de nous ! Prenez du courage, tenez... Hé, oui, elle a passé, elle vient de passer...

— Misère de moi, misère de moi, ma pauvre femme ! Morte, la voilà morte... Mon Dieu de mon Dieu donc... Si je peux être en peine !... Hé oui, moi, là, maintenant, quoi faire ? Je la pleure, ou bien je déjeune ?

— Faites les deux, pauvre homme, ça arrangera tout. »

Et il le fit.

LE ROI NASIBUS

Il y avait une fois un roi qui était passionnément amoureux d'une princesse. Mais il ne pouvait l'épouser parce qu'elle était enchantée.

Il a consulté ceux qui s'y connaissaient le mieux

en ces enchantements. Et il a fini par apprendre que pour rompre celui-là, il n'avait, croyez-vous, qu'à marcher sur la queue du chat, car la princesse avait un chat.

Il y marcha donc un bon coup. Peut-être un trop bon coup : voilà ce chat changé en un géant, et qui faisait une mine furieuse en se frottant le bas des reins.

« Roi, clama ce géant, tu épouseras ta princesse. Mais vous aurez un fils qui aura le nez trop grand et les choses n'iront pas pour lui qu'il ne s'en soit enfin avisé. »

Les noces se firent, avec tout ce qui se peut de dragées, de pâtés en croûte, de fanfares et de cloches...

Au bout de l'année, la reine eut un enfant, un beau gros fils. Si mignon et de si belle venue ! Mais attendez ! Il y avait son nez... Et quel nez !... D'un bon pied, ou pour le moins de dix pouces ! On dit bien que paroisse ne saurait avoir trop grand clocher et que jamais grand nez n'a déparé belle figure. Grand nez, peut-être ; mais quand c'est une telle trompe, un tel pif à nasardes ?...

Le roi, la reine, confondus, ne savaient comment prendre cette infortune. Ils durent oublier ce qu'avait dit le géant, ou ils durent le comprendre à rebours. Au lieu de laisser cette disgrâce pour ce qu'elle était, et de tâcher d'en rire, ils ont voulu en faire un prestige royal. Ils étaient roi et reine, ils avaient tout à leur commandement. Il n'y a plus eu de faveur que pour les grands nez ; tout talent, tout mérite, toute sagesse n'ont plus été qu'affaire de nez. De la nourrice aux hallebardiers, on n'a entouré le prince que de gens qui avaient le nez trop long. C'est devenu une mode et la bonne règle : le prince, et la cour, et la ville s'en sont persuadés, plus on avait de nez et mieux il en allait. On ne pouvait trop en avoir !

Quand le fils du roi a eu ses beaux vingt ans, il a perdu son père. Et il s'est trouvé roi. Les bonnes gens de campagne l'ont surnommé le roi Nasibus. Ils en riaient un peu, mais ne riaient pas bien haut. Un roi ! Quand il courait le lièvre ou faisait un tour dans ses blés, qui se serait risqué à lui dire ce qui en était, à remettre cela devant lui sur le pied de la nature ? Ce chien de nez faussait un peu les choses. Enfin, le roi voulait que son visage fût le modèle des visages. La meilleure façon de s'entendre avec les gens, c'est de les prendre pour tels qu'ils veulent être pris. Aussi prestigieux qu'eux ils se le figurent.

Par contre, on osait dire que le roi devrait se marier, qu'il était d'âge à cela et qu'il fallait une reine au royaume. On lui a présenté les portraits de toutes les princesses d'alentour. Et voyez, malgré son idée sur les nez, malgré sa trompe, son choix s'est porté aussitôt sur la princesse Mignonne ; elle n'avait pourtant qu'un petit nez droit, juste le raisonnable. Mais jolie, ha, jolie, à faire récrier ! Qui la voyait voulait la regarder encore. De son portrait, le roi Nasibus ne pouvait plus ôter la vue.

Il fait demander sa main. Il va à cheval, grand train, l'attendre à dix lieues sur la route et quatre cents trompettes trompetaient devant lui

La princesse Mignonne paraît. Du premier coup d'œil, le roi Nasibus s'en avise : elle est mille fois plus aimable encore que la peinture ne la montrait.

Mais il n'y eut qu'un coup d'œil.

Soudainement, surgit en cet endroit le géant autrefois surgi lorsque le roi père du roi avait un soir mis le pied sur la queue du chat. Par l'effet de quelque magie, ce géant enlève la princesse et l'emporte à travers les airs.

Voilà Nasibus bien camus. Ou plutôt, le nez plus long que jamais. Pointant ce nez vers le ciel, et tout brûlant d'amour, il pique des deux son coursier. En moins de rien, il sème ses quatre cents trompettes sur leurs bons gros chevaux blancs, car il était monté comme le roi doit l'être. Et suivant de l'œil la princesse envolée aux mains de ce géant, — un géant, cela se voit, même au fin fond des nues, — longtemps ainsi, piquant, brochant, les yeux aux cieux, le nez au vent, enlevant sa monture, Nasibus a volé par-dessus les haies, les rivières.

Deux jours, deux nuits, sans débrider, il a volé... Jusqu'à un mont, là-bas, sur la tête duquel il semblait que le géant eût posé la princesse.

Au pied du mont, il a fait halte. Dans une caverne tout juste, il a vu une petite vieille. Mais une vieille tellement camuse qu'elle n'avait pas de nez du tout !

Tous deux se sont dévisagés.

« Le drôle de nez ! » ont-ils fait, tous les deux, en éclatant de rire.

Puis le roi a demandé à la bonne femme si elle pouvait lui donner à souper.

« Avec un nez pareil, a-t-elle dit, vous avez dû sentir de loin la fumée de ma cuisine ! »

Ils ont mangé la soupe en face l'un de l'autre, assis chacun sur un fagot. La bonne femme, avec une liberté rustique, n'a cessé de plaisanter le roi sur cette grande pièce de nez qu'il avait là au milieu du visage. Brocard sur brocard, nasarde sur nasarde.

Le roi avait toujours tenu son nez pour un avantage et pour un ornement. Qu'on pût s'en rire ne lui serait jamais venu à l'esprit. Il tâcha d'abord d'être amusé par cette façon qu'avait la femme sans nez de considérer les choses. Mais bientôt, il en a été démonté, au point de se demander si, après tout, elle n'y voyait plus clair que lui ?

Et puis, ma foi, et puis, l'impatience l'a gagné. Tant de pointes, tant de railleries... Roi ou pas, voir rire de soi à son nez finit par agacer. Sitôt la poire mangée, sans attendre le fromage, le roi a rendu grâces et a sauté en selle.

« Bon, a dit la bonne femme, regardez devant vous en montant sur le mont. Vous trouverez peut-être celle que vous cherchez, comme aussi vous arrivera peut-être ce que vous n'attendez pas.

— Comment cela ? a demandé le roi en se retournant sur sa selle.

— Vous verrez, vous verrez ! J'aurai peut-être éclairci votre vue. Elle n'allait guère plus loin que le bout de votre nez. Et c'est bien quelque chose, mais ce ne pourrait suffire. »

Le roi pique des deux, puis commence de monter entre les fleurs jaunes et les roches. Il songeait à ce qui venait de lui être promis, à sa princesse, qui avait si peu de nez et tant de beauté, si bien qu'on ne pouvait souhaiter qu'elle fût autre ; à lui-même, à son grand diable de pif, à ce qu'avaient établi jadis ses père et mère, et à ce que venait de chanter tout au rebours la bonne femme. Ne lui semblait-il pas que tout le monde au fond devait penser de son nez comme elle faisait ? Et même que lui, sans bien se le dire, avait au fond toujours pensé de la sorte, toujours été gêné de ces six pouces de nez...

Il en était là de ses songeries quand, sur un replain de la montagne, au-dessus des escarpements où de gros vieux aubépins se cramponnaient aux roches, il vit un étrange château fait de cristal et d'air. Au risque de se rompre le cou, il poussa sa monture, la jeta de l'avant par cette rampe roide. Comme un fol, il arriva devant ce château d'enchantement. Le cachaient par moments des écharpes de vapeurs bleues, de vapeurs roses. De cent pas de loin, cependant, qui vit-il en fenêtre ? Sa princesse, la princesse Mignonne...

Il voulut lui baiser la main : son nez se mit entre cette petite main et lui.

« Ha, comme c'est vrai, s'écria-t-il, j'ai ce diantre de nez trop grand ! »

Au même instant, — il n'eut que le temps de

prendre la princesse entre ses bras ! — le château se défit dans l'air. Le roi Nasibus vit le géant et la bonne femme au nez trop court qui le regardaient en riant et qui disparaissaient aussi par le milieu de l'espace. Mais il ne voulait regarder que sa si belle-jolie princesse.

« Que non, sire, lui dit-elle en le regardant aussi avec une grâce de gentillesse qui touchait le cœur, que non, ce nez n'est pas du tout trop grand ! »

Dans le même instant, toujours, il se vit lui-même reflété au médaillon d'argent de la princesse Mignonne. Il n'en put d'abord croire ses yeux : il se passa la main sur la figure, mais c'était vrai, il n'avait plus qu'un nez comme tout le monde.

De tout son cœur il remercia la fade de la caverne de lui avoir ainsi et diminué le nez et étendu la vue. Après quoi, il n'eut plus qu'à prendre la princesse en croupe sur son cheval et ils allèrent se marier, avec encore plus de dragées, de pâtés, de fanfares et de cloches qu'il n'y en avait eu dans les temps pour le roi, son seigneur et père.

LE ROI DÉSOLÉ

Il y avait une fois un roi. Il avait une reine si belle et si tendre qu'ils vivaient tous deux dans le bonheur. Parce qu'il n'était pas égoïste, le roi ordonna par édit que tout le monde fût heureux dans le royaume.

Un jour, par accident, la reine vint à mourir.

Voilà le roi abîmé en sa désolation, l'œil égaré, la tête comme dans un sac. Il ne faisait autre chose que dire :

« Maintenant, j'ai la mort au cœur. »

Son ministre, en grand-peine, fit courir le royaume. Il fit amener au château les plus sages et les meilleurs maîtres qu'on pût trouver.

Ils vinrent dans sa grand-salle, débitèrent des sentences en caressant leur barbe, et se dirent sans doute qu'ils consolaient le roi. Mais le roi ne fut point consolé.

Trois semaines s'écoulèrent ainsi. Un matin se présenta devant le roi un vieil ermite. Vieux comme le père du Temps, chenu, la barbe jusqu'aux genoux, mais en tout ce poil blanc, l'œil vif comme d'un bon sorcier.

« J'ai, dit-il, laissé passer vingt et un jours. Il le fallait pour que pût agir la nature. À présent, si le roi s'engage à me fournir ce qui se trouve requis, moi, je m'engage à ressusciter la reine.

— Il n'est rien que ne fournisse ce royaume, dit le roi, soudain tourné vers le survenant. Ermite, ermite, demande ! Tout te sera remis. Mais fais vite ! Si tu ne me tires de ma peine, tu me verras sans goût de vivre plus longtemps.

— Je ne demande rien d'autre, dit l'ermite, qu'un papier où soient marqués en noir sur blanc les noms de trois personnes de ce royaume, trois personnes seulement, qui n'aient jamais eu un chagrin. Je les graverai sur le tombeau de la reine ; dès ce moment, la reine ressuscitera. »

Aussitôt le roi donne des ordres. Aussitôt son ministre envoie des lettres dans toutes les provinces. Aussitôt sur toutes les routes les courriers partent ventre à terre. On va, on vole et on enquête, on fait enquête sur enquête, recherche sur recherche.

Dans ce bruit, trois semaines passent.

Pas un nom à marquer sur le papier, pas un...

De jour en jour, l'un après l'autre, les courriers reviennent. En ce royaume fortuné, les gouverneurs et tous leurs officiers n'ont pu trouver une personne qui ait jamais été sans chagrin.

Enfin l'ermite au bout de six semaines, se représente dans la grand-salle du château :

« Ô roi, dit-il, tu vois ce que sont les choses. Même dans le plus heureux royaume, personne ne se trouve qui quelque jour n'ait eu sa peine. Qui ne l'a peut l'attendre. Cela est attaché à l'humaine condition, comme la faim et comme le sommeil.

— Oui, dit le roi, bon ermite, tu me l'as fait voir. Et tu n'as pas besoin de dire un mot de plus. Il faut que je fasse ce qu'on fait et que je chemine comme on va. »

LA VEUVE BONNE JUSTICIÈRE

Il y avait une fois une veuve qui avait sans doute regretté son défunt, comme toute chrétienne doit le faire ; mais enfin, elle ne faisait pas sa charge de le pleurer.

Son curé un soir la rencontre au bord d'un pré, qui filait la quenouille. Tout aise, la mine fleurie, et c'est tout juste si, en mouillant son pouce, elle ne chantonnait larira larirette.

« Nannette, lui dit le curé, s'arrêtant devant elle, ne pensez-vous pas que de fois à autre vous devriez faire dire une messe pour l'âme de votre mari ?

— Moi, si je pense ?... Monsieur le curé, à quoi bon ? S'il est au ciel, qu'a-t-il besoin de messe ?

— Au ciel, au ciel...

— Eh bien donc, s'il est en enfer ? Dites, plus rien à faire.

— Mais dites, vous, Nannette, s'il est en purgatoire ?

— Ha, monsieur le curé, s'il y est, qu'il y reste ! Son purgatoire, ce soiffard, il l'a bien mérité ! »

LES DEUX POULETS

Il y avait une fois une brave femme... Je dis brave, eh oui, brave ; mais enfin elle n'était pas de celles qui quitteraient leur chemise pour vêtir une pauvresse. Avant de donner du sien, elle y regardait à deux, trois fois.

Son homme était mort l'autre hiver. Pour le bout de l'an, elle lui fit dire une messe. Et elle pensa qu'elle s'acquitterait envers le curé en apportant une paire de poulets à la cure.

Un soir donc, elle arrive avec cette poulaille.

« Salut bien, monsieur le curé.

— Salut, salut, Toinon.

— Dites, monsieur le curé ? Vous savez que je n'ai pas la poche trop ferrée, surtout depuis la mort de mon pauvre mari. Pour son bout de l'an, j'avais pensé vous remettre ces deux jolis petits poulets...

— Eh bien, pauvre Toinon, ce sera bien pensé. Mais, dites-moi, à votre tour, continua le curé, qui avait l'œil bon, — et nul besoin pour lui de leur souffler entre les plumes du ventre pour voir que ces bestioles ne crevaient pas de graisse, — oui, dites-moi, vos poulets, est-ce qu'ils éternuent ?

— Comment dites-vous, monsieur le curé ?

— Je dis : est-ce qu'ils éternuent ?

— Éternuer ? Non pas que je crois, monsieur le curé ; du moins, je ne le leur ai jamais vu faire !

— Ha, quel dommage.

— Et pourquoi, monsieur le curé ?

— Parce qu'ils ont l'air d'avoir été engraissés à coups de bâton. Alors, s'ils avaient éternué, je ne leur aurais pas dit comme aux personnes : "Dieu vous bénisse !" mais je leur aurais dit : "Dieu vous engraisse, pauvres poulets, Dieu vous engraisse !" »

LA BONNE NEUVAINE

Il y avait une fois une dame de château qui était venue de là-bas, de la plaine. Son père l'avait mariée en ce pays, à un certain baron, plus bourru que le sanglier, plus mauvais que le loup. Elle, le pauvre agneau, qui avait grande idée de ses devoirs, aurait bien voulu aimer son mari tout autant qu'il se doit. Malgré son bon vouloir, elle ne pouvait y arriver.

Une amie qu'elle s'était faite en une famille d'ici lui conseilla de s'adresser au saint de notre endroit. « Il n'est pas bien connu, mais vous verrez qu'il est tout bon. Faites-lui seulement une neuvaine, et peut-être qu'au neuvième jour, vous aimerez votre mari. »

La pauvre dame fit la neuvaine.

Avant la fin le mari mourut.

« Qu'il est bon, ce saint d'ici, dit-elle tout naïvement à son amie : il accorde plus qu'on ne lui demande ! »

LE PAUVRE VEUF

Il y avait une fois un homme qui vivait avec sa femme dans une petite maison au fond du pays, entre sa vigne et son jardin à choux.

La femme vint à mourir.

Un de ses compères le rencontra six semaines plus tard, la hotte au dos sur le chemin de la vigne.

« Ha, pauvre Toine, j'ai bien pensé à toi, va, depuis que tu as mené ta pauvre défunte au cimetière... On parlait de toi encore hier soir à la veillée. Toi qui n'as pas de voisinage, dans ton coin, tu dois te trouver si seul, à présent, nom d'un sort ! Oui, dis, les soirs ?

— Ha, pour ça oui, si seul... Ha, bien sûr... Seulement...

— Seulement ?

— Eh bien voilà... Quand on est deux et qu'un s'en va, celui qui reste continue de boire sa petite part, les soirs, puis après ça, il boit en plus la petite part de l'autre ; et ça, vois-tu, ça lui tient compagnie. »

LA VEUVE

Il y avait une fois une femme qui avait en terre son mari depuis plus d'une paire d'années.

Un jour de foire, à la ville, elle rencontre une de ses anciennes voisines, de son pays à elle, une camarade de catéchisme qu'elle n'avait pas vue depuis longtemps.

« Alors, pauvre Jeannette, lui dit cette autre, tu le portes donc toujours, le deuil de ton homme ? »

Au vieux temps, on le portait sept années, c'était la bonne règle. Il y avait même des endroits où une veuve ne se remariait jamais. Ainsi de Randan, à la lisière de l'Auvergne, — la lisière vaut mieux que le drap, à ce qu'on dit.

La Jeannette regarde son amie, toute pleurante en dessous.

« Hé oui, je le porte, le deuil de mon homme... Et tant qu'il sera mort il me le faudra bien. »

LA PLEURARDE QUI VOYAIT CLAIR

Il y avait une fois, au bourg d'Arlanc, une savetière qui laissa mourir son savetier. Il n'était pas de ces plus vieux, mais enfin, faute de bon gouvernement ou autrement, sur une petite vérole volante, il trépassa.

Et la savetière était là qui pleurait à son chevet comme la Madeleine. Oh, bon jeu, bon argent ! Parentes et voisines survenues voyaient qu'elle y allait tout de bon, de tout son cœur.

Si bien qu'une cousine entreprit les consolations l'une sur l'autre, elle en trouvait toujours quelqu'une de plus. Jusqu'à parler de la vie qui continuait ; et c'était bien forcé : le pauvre défunt lui-même ne voudrait-il pas que sa pauvre veuve, à l'âge qu'elle avait et dans sa condition, ne désespérât point ?

« Oui, tu dis bien, cousine, lui fit tout à coup cette veuve du milieu de ses sanglots, mais je voudrais t'y voir ! Je savais qui j'avais, qui j'aurai, maintenant, eh bien, je ne le sais pas ! »

LES TROIS VEUFS
ET LES TROIS VEUVES

Il y avait une fois trois veufs ; et sur la place devant l'église, ils se parlaient en regardant jouer aux quilles.

« Moi, disait l'un, j'ai eu une chance comme il ne s'en voit guère. Ma pauvre défunte était un ange. Ce serait folie de compter sur pareille chance une seconde fois. Prendre quelque autre femme ? Je m'en garderai foutre bien.

— Moi, disait l'autre, ma chance, ç'a été quand elle a défunté. Ma femme, ma foi, un vrai diable ; la maison, un enfer. Ce n'est pas moi, je vous en réponds, qui veux retâter du mariage.

— Et moi, disait le dernier, dans mon premier ménage j'ai eu un ange, dans mon second un diable : je ne tiens pas à savoir comment serait le troisième. En tâte qui voudra, moi, je n'y reviendrai plus. »

À l'autre bout de la place, il y avait trois veuves assises sur le banc, devant chez la mercière.

« Moi, disait l'une, je n'ai pas été à plaindre. Les hommes ne sont pas si méchants qu'on les fait. J'ai été heureuse en ménage, je pourrais l'être un autre coup. J'en trouverais un qui me voudrait, ma foi, je le prendrais.

— Moi, disait l'autre, j'ai été malheureuse comme les pierres avec mon sacripant. Il me faudrait avoir bien peu de chance pour tomber aussi mal. Les hommes, il y en a des uns et des autres. S'il s'en présentait un, ce soir, je ne le laisserais pas échapper.

— Et moi, leur disait la dernière, j'ai été heureuse avec le premier, malheureuse avec le second. Les hommes sont comme les melons : il y en a des

323

mauvais et il y en a de bons. Si je trouvais à refaire maison, je voudrais bien en courir la chance. »

L'HOMME TANT À PLAINDRE

Il y avait une fois un pauvre paysan qui n'était guère sorti. Il fut cependant forcé de tout planter là, la maison, le ménage, — le conte vous dira pourquoi. Il se loua comme valet dans une ferme, au pays haut.

Un jour d'arrière-saison, le maître eut à l'envoyer dans son buron, au-dessus des grands bois. Il y a des marais de bourbe et d'herbe, des éboulis de roches, et il n'y fait pas bon marcher. La neige s'était mise à tomber, elle avait bien un bon pied d'épaisseur. Par moments on voyait des nuées grises, noires, déchirées comme d'énormes flocs de laine, qui se traînaient mugissantes sur le haut des montagnes. Puis par moments, on ne voyait plus rien.

À un de ces moments, tout à coup, le valet aperçut une figure haute comme un sapin. Et lui, bien effaré, ne songeait qu'à se sauver. Mais la figure lui courut dessus, elle était effrayante à voir : grande barbe, grandes manches, grande robe qui volait. Lui, les jambes se mirent à lui trembler et dans le moment il fut rejoint par ce fantôme.

La figure, qui lui avait semblé géante, — le brouillard donne de ces illusions aux personnes, — n'était qu'un homme vêtu d'un froc.

Le valet cependant eut quelque peine à reprendre ses esprits. Il finit par comprendre que cet homme s'était égaré, surpris par la neige et le brouillard.

« Je rentre chez mon maître, dit le valet. J'avais bien un chez-moi. Mais j'avais aussi une femme. Elle me faisait la vie si dure que je n'y ai plus tenu. J'ai mieux aimé aller à maître. Votre meilleur sera de me suivre chez lui. Vous vous réchaufferez, vous vous referez les os... »

Les voilà cheminant tous deux sur le pâturage.

« Et, demanda le valet en se raclant le gosier, qu'est-ce qui vous avait amené sur la montagne ?

— Mon ami, je cherchais des simples.

— Vous êtes apothicaire, alors, ou médecin ?

— Que non, je suis chartreux.

— Qu'est-ce que c'est, un chartreux ?

— Un religieux qui vit avec d'autres frères dans une chartreuse.

— Ah voilà... Mais dites, pauvre homme, vous avez donc perdu vos souliers dans la neige ?

— Nous n'avons pas de souliers, nous allons tout deschaux.

— Même dans la neige ? Jamais de souliers ?

— Notre règle l'a réglé ainsi.

— Eh bien, pauvre homme, on peut vous plaindre ! Et dites, votre chapeau ? Le vent vous l'a emporté ?

— Nous ne portons pas de chapeau non plus.

— Pas de chapeau ?

— Ainsi l'a réglé notre règle.

— Quelle règle, et comme je vous plains !... Mais dites, pauvre homme, c'est le fait de votre règle

325

aussi, tout cet empan de robe qui dans la marche doit tant embarrasser ?

— Oui, mon ami.

— Et tenir si peu chaud, par cette chienne de bise... — Seulement, dites, si vous courez la montagne à chercher des herbes de médecine, vous fatiguez beaucoup ? On doit vous nourrir tout de nourritures fortes, de solides pièces de bœuf, de morceaux de salé, de pannes de lard, et vous faire boire d'autant, quelques grands coups d'un vin qui réchauffe le ventre ?

— Nous mangeons de la soupe, des légumes, du pain. Jamais de viande, c'est la règle. Et nous ne buvons que de belle eau claire.

— La règle ! Alors, pauvre homme, on peut le dire, il y a du monde bien à plaindre ! Et l'hiver, dans ces grandes froidures, vous y tenez ? Êtes-vous bien chauffé et bien couché, au moins ?

— Dans nos cellules, jamais de feu. Nous couchons sur la dure et nous levons de nuit pour chanter notre office. La règle l'a ainsi réglé.

— Au diable soit la règle !

— Il ne faut pas en parler mal. Nous sommes contents de la vie qu'elle nous fait. »

Ils descendaient par la forêt, tout à travers ces épaisseurs de neige. Et le valet regardait le chartreux, ces pieds nus ruisselants, cette robe trempée qui lui collait aux jambes ; il repassait dans un coin de sa tête tout ce qu'il venait d'entendre.

« Ha oui, pauvre homme, reprit-il, pour être à plaindre, eh bien, vous êtes à plaindre !... Mais dites, votre femme ? Elle s'en accommode, de cette règle, de cette vie ?

— Nous ne sommes pas mariés, mon ami. La règle nous le défend.

— Vous n'avez point de femme ? J'ai bien compris ? Jamais de femme sur le dos ? Oh ! mais dites, pauvre homme, oh ! mais alors, je ne vous plains plus du tout ! »

LA PAUSE DU MARI

Il y avait une fois un fermier qui faisait ses moissons ; et son neveu, d'un autre canton où elles se faisaient plus tard, était descendu de la montagne pour lui donner un coup de main.

À midi, ils allèrent s'ombrager sous un gros arbre et manger le dîner.

« Dites, l'oncle, demanda le neveu, quand est-ce que vous faites prangière, enfin la pause, à la maison ?

— Eh bien, quand on a fait quatre heures, on va se coucher une heurette.

— Mais, dites ? On va se coucher ?

— Hé oui, ta tante y va, pardi, la femme.

— Pauvre oncle, qui vous parle de la tante ? Je vous demande, vous, quand vous faites la pause, quand vous vous reposez, vous, dans l'après-dînée ?

— C'est toi qui ne comprends pas, pauvre neveu. Je te dis que la femme va faire son petit somme, eh bien, moi, c'est ce moment-là qui me repose. »

LE MARI MALCONTENT

Il y avait une fois un garçon de mauvais poil. Rien ne lui donnait satisfaction. Il ne pouvait tenir un champ pour ensemencé s'il ne l'avait ensemencé lui-même, une porte pour fermée s'il ne l'avait fermée de ses mains. Toujours froncé, quinteux, et grondant, et grognant.

> *Chi voulia doumpta le loup*
> *Marida-lou !*

Sa mère voulant dompter ce loup le maria donc. La petite femme était vaillante et entendue. Mais lui, allez le contenter !

Après trois mois de mariage vint un soir la dispute. Depuis douze ou treize semaines, il séchait d'envie de le dire : tout ce que sa femme faisait, de filer le chanvre à garder la vache, elle le faisait mal. Le voilà parti là-dessus.

« Suffit, coupa la femme en déliant la vache, pour aujourd'hui je vais paître notre Marquise. Demain je prendrai tes besognes. Toi, tu prendras les miennes, et nous verrons comme tu t'en tireras. »

Sur ce pied, le lendemain la femme va aux champs et, lui, il reste à la maison.

Le beurre ! Il commence par faire le beurre. Mais battre le lait en beurre, c'est un travail qui donne soif. Pour bien travailler, il faut se remonter d'un coup de vin. Il empoigne la bouteille, il descend à la cave.

À peine y est-il qu'il entend du bruit au-dessus de sa tête, un coup, du barbotage. Nom d'un chien ! Ce sera le porc ! Il vient d'entrer dans la maison ; nom d'un chien de nom d'un chien, il aura renversé la baratte, il est en train de manger et beurre et crème...

Aussitôt donc notre homme se jette vers l'échelle : de fait c'était cela. Lui, de dépit, par un des pieds empoigne le plot, le tabouret à trois jambes, décoche au porc un si grand coup derrière les oreilles qu'il l'étend tout raide sur la dalle.

Vite et vite, donc, le saigner ! Il le hisse sur le banc, le saigne en hâte, là, au milieu de la maison, — ce ne fit pas des propretés, on peut le croire, — le traîne devant la porte, le jette sur une herse, le couvre d'une botte de paille, veut boire, dans ce coup de chaleur, s'avise alors, jurant, sacrant, que le robinet est resté ouvert à la cave...

En bas, tonnerre de sort, toute une mare de vin ! En haut, une mare de sang, à côté d'une mare de crème, — en se dépêchant il avait renversé la jatte où était le sang à faire le boudin. Le diable te torde l'échine !

Et la vache qui aurait dû être à la pâture, qui meuglait, qui meuglait...

Pour faire plus vite, sacredié ! le bâtiment s'adossant à la rampe, l'idée lui vient de faire sortir cette vache droit par le toit. Industrie ou colère, il en est venu à bout... Et allez ! et allez ! que tout saute !

Dans le moment, déchaîné, il rentre à la maison, voir à ce vin, nom d'un chien, à ce sang, cette crème...

Mais à peine est-il à la cave qu'il se dit que la vache pourrait dégringoler du toit.

Il ne fait qu'un bond jusque sur cette toiture, et il a pris la corde du puits au passage — ah, il ne faut pas être entrepris, une femme dans le tourbillon de ses cotillons ne s'en tirerait pas ! — il passe cette corde au cou de la vache, fait filer l'autre bout par la cheminée, se laisse glisser sur le toit, saute à terre, court au foyer saisir ce bout, se l'attache au jarret pour avoir les bras libres, se met en devoir d'étancher et de nettoyer la crème.

Mais à peine s'est-il penché que le voilà renversé par une secousse de la corde, — c'est la vache qui a perdu pied, qui a déroulé du toit, — renversé, tiré, traîné, enlevé par la cheminée, — mais tonnerre de sort, mais, qu'est-ce qui m'arrive ? — et suspendu par le jarret il monte, monte au noir de la suie, balayé, cogné, chaviré, balançant tout perdu entre le ciel et la terre.

Que faire, sinon hurler : « Au secours ! Au secours ! »

Et soudainement, c'est le tocsin qu'il entend. Aussi, mêlés à un énorme ronflement, les craquètements proches d'un feu, et des cris, et des galopades.

Ha, s'il a su bramer, alors, du milieu de ce noir, pour qu'on vînt le tirer de là !

Mais les gens qui accouraient avaient autre chose en tête.

Tandis que la paille flambante grillait le cochon, un peu de vent s'était levé. Il avait fait courir des fétus enflammés à travers brindilles et feuilles mortes de la cour. La flamme avait gagné le fagotier qui s'était abrandé... Du bourg, les gens ont vu ce feu montant à grosses fumées et tourbillons de bluettes. Ils ont sonné la cloche et ils ont accouru. La femme, de la corne du champ qu'elle pioche, l'a vu aussi, a accouru aussi...

Elle a dépendu l'homme ; elle l'a débarbouillé de sa suie, peut-être aussi de ses idées sur les femmes ; elle lui a fait boire le coup de vin qui remet tout en place... Mais c'est elle, le même soir, qui a fait pâturer la vache dans la pâture, sans qu'il s'en mêlât davantage ; l'oreille basse, il est allé fagoter dans le bois. Et le garde champêtre, qui passait sur le chemin, lui a crié, tirant la leçon de l'affaire :

> *À chacun son métier*
> *Les vaches seront bien gardées.*

LE MARCHAND ET LE BEAU VALET

Il y avait une fois dans une ville en France un gros marchand qui avait épousé une fille fort belle, belle à faire s'écrier. Quand ils l'avaient rencontrée dans la rue, les gens le disaient, de retour à la maison.

Le marchand et sa femme avaient plusieurs enfants ; elle était jeune encore, mais lui, déjà, venait sur l'âge. Pour le seconder, il avait un valet qui entendait les affaires. Qui s'empressait et qui veillait à tout. Pas de garçon de meilleure grâce. Il obéissait à la belle marchande comme à une reine. De sorte que le marchand s'était pris pour lui d'amitié, il l'aimait comme son grand fils.

Certaine année, vers le début de l'été, aux environs de la fête du Précieux Sang, ce marchand eut un voyage à faire : bien long de terre à marcher, un bras de mer à traverser.

Dans la nuit même, avant son départ, il fit un rêve.

« J'ai fait un rêve qui pourrait arriver : qu'on m'arrêtait là-haut sur la montagne. Un cavalier, l'épée en main, fondait sur moi. J'ai vécu cela, c'était terrible. Toi qui es de la montagne, viens me la faire passer. Valet, mon beau valet, mon fils, je te veux à mon côté, vite, selle ton cheval.

— Non, maître, non, ce ne serait pas sage. Qui veillerait sur vos affaires ?

— J'ai peur. Je suis toujours dans l'esprit de ce rêve. Fais-moi passer seulement la montagne. Puis tu reviendras ici.

— Non, maître, non, ne me demandez pas ! Je ne peux pas ; pourquoi me voulez-vous avec vous dans ces déserts ?

— Je le veux, il faut que tu viennes. Ce rêve est trop sur moi. Prends ton cheval et viens. »

Le valet monte dans sa chambre. Par trois fois il l'arpente, de la fenêtre à la porte. Et tout à coup il a craché sur le plancher, il a passé le pied dessus, comme on le fait pour fermer un marché.

Puis, la face morte, les yeux durs, il a endossé son surtout, il est allé rejoindre son maître.

Ils ont pris des flamberges, ils se sont mis en selle.

Tout le jour, sans guère parler, ils sont allés chevauchant du côté où l'on voit ces cornes bleues des montagnes.

Le lendemain, aux premiers feux du jour, sont repartis sur leurs montures. Ils ont gravi les côtes ravinées, où les pierres roulaient sous les fers des chevaux ; ils ont traversé les grands bois caverneux où les brigands s'embusquent. Le marchand avait l'œil sur ces retraites, ces profondeurs de la forêt. Mais ce n'était pas là ce qui répondait à son rêve. Tout pâle et sombre, il soupirait.

Ainsi, de tournant en tournant, ils faisaient route au noir de ces sapins. Sont arrivés dans les hautes vallées, là où les vaches prennent leur pâturage. Le vent, tout l'an, y souffle. Il s'entonne dans les manteaux, bat la figure des voyageurs. Sous ces châteaux de roches, il n'y avait que la grande gentiane d'or, le varaire, le doigtier et le lys martagon. Personne à bien des lieues. Rien que ces fleurs sauvages, rien que le vent qui passe. Ils chevauchaient... On n'aurait pas tiré au marchand une goutte de sang.

Et tout à coup, il a arrêté son cheval.

« Valet, mon beau valet, nous avons passé les grands bois, tu peux retourner à la ville.

— Non, je vous accompagne encore !

— Retourne-t'en, va, beau valet : ma femme ne sait rien de notre marchandise : elle a peut-être affaire de toi.

— Adieu, mon maître, alors, je vous donne l'adieu. »

Vers la forêt, le valet s'en retourne.

Mais à cent pas, il fait volte-face. Et à dix pas il a crié :

« C'est ici qu'il vous faut mourir ! »

Le marchand a tourné la tête. Il a vu ce cavalier qui fond sur lui, l'épée en main. Voilà, c'est cela, c'est son rêve... Il s'écrie, et il n'a plus couleur de vie.

« Beau valet, mais n'es-tu pas fou ? Moi qui t'aime comme un père aurais-tu le courage de me percer de coups, de me voir baignant dans mon sang ? »

Il ne sait ce qu'il balbutie : il n'a devant soi que la mort.

« Faites, oh, faites vos prières. C'est maintenant qu'il vous faut mourir ! »

Cependant, tout en pointant l'épée, tout en attachant sur son maître les yeux de la haine et de la déraison, l'autre hésite à porter le coup.

« Valet, que dirait ta bourgeoise quand elle te verrait revenir et qu'elle ne verrait plus revenir son mari ? »

Alors, soudainement, le valet s'est jeté sur le maître, et le marchand, qui n'avait pas tiré du fourreau sa flamberge, est tombé, le corps transpercé...

Le beau valet galope. Sans débrider, il pousse sa monture, galope comme un fol à travers les bois, les campagnes, repasse villages et bourgs. Est revenu comme en un rêve, ne sachant ce qu'il fait.

Sur le soir arrive à la ville.

Sitôt descendu de cheval, à deux genoux, il s'est jeté devant la beauté qui l'enchante.

« J'apporte de noires nouvelles. Mon maître a fait triste rencontre. Jamais plus ne vous reverra. »

Il dit que dans le mauvais passage, des voleurs les ont assaillis. Au premier coup, son maître a chu en terre. Au second, il a rendu l'âme. Lui, à grand-peine, il s'est sauvé...

« Là-haut, là-haut, dans ces vallées, il y a un cormier solitaire. Votre mari est tombé sous cet arbre, et il est là dans l'herbe, maintenant, avec les milans et les aigles pour seule compagnie.

— Mon Dieu, qu'allons-nous devenir ? Je verrai pâtir mes enfants et je ne saurai plus ce que bon temps veut dire, à présent que celui qui gagnait notre pain est mort.

— D'autres le gagneront pour vous, ce pain, ha, n'ayez crainte. Le cœur me saigne en vous voyant pleurer.

— Valet, beau valet, il faut me conduire là-haut, où est tombé mon mari.

— Là-haut, qu'irez-vous voir ? Les oiseaux de la montagne n'auront laissé que quelques ossements.

— Demain, nous partirons, nous irons sous cet arbre. Nous ne verrons plus ceux qui l'ont tué, mais nous verrons ceux qui l'ont dévoré. »

Elle, son mouchoir blanc à la main, lui, blanche épée au côté, ils ont monté par le chemin qui tourne, plus haut que les forêts, monté jusqu'au passage, où il n'y a plus que la roche et que l'herbe, et comme une présence de Dieu.

Quand elle a été tout en haut, devant la solitude, la belle marchande a jeté un cri.

« Grand Dieu, je n'ai plus de mari !

— Si vous voulez de moi, la bourgeoise, moi, je serai votre mari jusqu'à mon dernier jour. »

Derechef, il est tombé à deux genoux devant elle. Et il joignait les mains, tandis que la sueur lui découlait du front. Elle, les pleurs aux yeux, le mouchoir à la face, elle était comme dans une chose que l'eau laisse à la rive, comme ces liasses d'herbe ou ces branches arrachées que le flot abandonne.

Mais le valet savait les affaires du mort. Lui seul pouvait tout régler, tout mener. Puis il voulait si fort ce qu'il voulait, il était si passionné de ce mariage...

Quand ils furent au lit, dans la nuit de leurs noces, lui dormait, elle ne dormait pas. Près du lit, elle a vu paraître un esprit plus blanc qu'au matin le brouillard là-haut dans les vallées, et ce fantôme avait le cœur en sang.

« Hé, tiens-le bien, celui qui te tient embrassée, tiens-le entre tes bras, celui qui m'a percé le cœur ! Garde-le pour mari, femme, ma chère femme. Fais ton bonheur avec lui sur la terre ; moi, maintenant je monte en paradis. »

Il y avait une fois un roi qui avait trois filles : une vaillante, une paresseuse et une méchante. La vaillante était la plus jeune, elle n'allait encore que sur ses quatorze ans. Mais belle, celle-là, comme un jour de noces : brave et légère et gentille et bonne, comme si elle avait au double tout ce que ses sœurs n'avaient pas.

Les choses allèrent mal, il faut croire, pour ce monde. Le roi vient à faire banqueroute et la France perd sa fortune. Il se désolait tout le long du jour, marchant les mains au dos, ou assis, la vue à terre, dans quelque endroit sauvage, derrière sa maison. C'était surtout la pensée de ses trois petites qui lui retournait le cœur.

« Mon Dieu, Seigneur ! Qu'est-ce que je ferai d'elles à présent ? Je ne pourrai seulement pas les marier ; il ne leur restera qu'à aller mendier leur pain sur les routes de France. Elles ramasseront la pomme verte au creux du fossé, si elles ne s'y couchent pour mourir de faim. Mes pauvres petites ! Il me faut aller à Paris voir si vraiment j'ai tout perdu. »

Il se lève, il tâche de prendre courage, et il se prépare à aller à Paris.

« Écoutez, mes petites, dit-il à ses filles, en leur donnant l'adieu, vous le savez, quand je vais en voyage, je ne reviens jamais sans rien aux mains pour vous. Cette fois-ci encore, que voulez-vous que je vous rapporte ? »

La paresseuse et la méchante demandèrent chacune une robe de soie.

« Et toi, dit-il à la plus jeune, que désirerais-tu ?

— Mon père, je désire une fleur.

— Mais quelle fleur, et comment doit-elle être ?

— Eh bien, mon père, j'aimerais qu'elle eût trois branches : une branche au milieu, blanche comme la neige, une autre d'un côté, qui fût de couleur bleue, et de l'autre côté, l'autre de couleur rouge.

— Si je trouve pareille fleur, ma fille, je te l'apporterai. »

Dès qu'elles ne furent plus devant leur père, les deux aînées malmenèrent la plus jeune.

« Voyez la belle sotte ! Une fleur ! Ô bête, va ! Ô folle ! qu'est-ce que tu prétends, avec ces chansons-là ? Tu n'aurais pas pu demander à notre père une robe de soie, comme nous avons fait ?

— Nous qui sommes tout près de n'avoir plus de pain ! Nous avons bien affaire d'une robe de soie ! »

Le roi cependant boucle sa valise derrière sa selle, met son manteau de pluie, monte sur sa monture, et s'en va dans Paris connaître son malheur.

Quand il y fut, ce lui fut bien forcé de le reconnaître à plein. De ses grands biens, plus rien ne lui restait. Rasé, nettoyé, nu comme un vermisseau. Celui-là qui se voit sans pain, il n'a plus de goût même à ses prières. Le roi avait si bon cœur pourtant, qu'il pensa encore à faire plaisir à ses petites. Pour les avoir, il engagea peut-être son manteau ou sa bague, mais il trouva les robes de soie de la paresseuse et de la méchante. La fleur qu'avait demandée la vaillante, il ne la trouva pas.

Il s'en revenait en grande tristesse, lorsque, le soir venu, il s'égara un peu. Comme il traversait des lieux déserts, il découvrit tout à coup un jardin si merveilleusement orné et ordonné, parmi des arbres de toutes couleurs et de tous ports, qu'il se dit :

« C'est vraiment là le jardin des belles fleurs. »

Il s'arrêta pour le considérer ; et tout à coup au milieu d'un parterre, il aperçut cette fleur même que sa petite lui avait dite. Il n'avait plus rien pour la payer, dans sa ruine. L'idée de la rapporter à sa plus jeune fille, pourtant, le tenait trop fort.

Il descend de cheval, il frappe au portail.

Aussitôt, paraît une bête.

« Que désirez-vous ?

— Oh, oh ! pense le roi, ici les bêtes parlent ? Quelle affaire, à présent ! à quoi cela va-t-il ? »

Enfin, il demande honnêtement à la bête d'entrer dans le jardin pour cueillir cette fleur au milieu du parterre.

« Mais, dit la bête, vous voyagez, je vois, vous faites route. C'est l'heure du souper, à pareille heure vous devez avoir faim ?

— Celui qui n'a plus d'argent s'arrange avec sa faim comme il peut. Que voulez-vous ? j'avais de grands biens, j'ai tout perdu ; où prendrais-je de quoi souper ?

— Venez, dit la bête ; vous me ferez l'honneur de souper avec moi. »

Elle le fait entrer dans un château, oh ! mais, le château des magnificences. Rien n'y manquait en miroirs, en dorures !

Dans la salle, ils trouvèrent le souper servi. Des

pâtés en croûte, sur des plats d'or, ou des oiseaux rôtis dans leur plumage, et tout le reste à l'avenant. Quel souper ! Même au temps de ses richesses, jamais le roi ne s'était vu sur ce pied-là.

Quant au cheval, n'en portez pas peine, il avait été établé et fourragé, il était à l'écurie sur une litière fraîche, devant pleine mesure d'avoine.

La bête faisait au roi les honneurs du château. Elle causait avec lui comme une personne.

« Mais enfin, se disait le roi, ce n'est là qu'une bête...

— Vous avez des enfants ? demandait la bête, qui s'intéressait bien poliment à tout.

— Oui, répondait le roi. J'ai trois demoiselles.

— Et il y en a une qui est un peu plus jeune ?

— Oui, il y en a une qui n'a que quatorze ans. Les deux autres ont davantage. C'est pour la plus jeune que je me suis permis de demander la fleur. »

Enfin la bête mène le roi coucher dans une chambre où tout répondait à la salle et au souper de tantôt. Le roi n'aurait pu souhaiter trouver mieux : il était bien trop bien, comme on dit, et cela même lui mettait les esprits en campagne. Cette bête, n'est-ce pas, qu'en fallait-il penser ? Il devait songer à part soi :

« Et si tu étais chez le diable ? »

« Ne soyez pas en souci, dit la bête, en lui souhaitant le bonsoir. Demain je vous donnerai la fleur dans un pot pour votre demoiselle. N'êtes-vous pas content ?

— Je suis content, je ne le suis que trop.

— Seulement vous vous sentez aussi un peu ennuyé ?

— Que voulez-vous, il faut passer partout dans cette vie. »

Le lendemain, au soleil levé, dans le jardin merveilleux, la bête donne la fleur au roi. Elle la donne comme elle l'avait promis, et sans rien vouloir en retour.

« Je ne veux rien présentement. Mais vous me reverrez. J'irai un jour demander ma récompense à votre plus jeune fille. »

Elle remet le roi dans le chemin et il s'éloigne, l'épaule basse sur son cheval, sans pouvoir s'empêcher d'avoir martel en tête.

Ses trois filles étaient venues l'attendre sur la route. C'était au haut d'une montée, sous quelque gros arbre d'où l'on découvrait tout le pays et bien loin à des lieues. Les deux aînées, curieuses comme des chattes, étaient parties devant. Mais la plus jeune, avant de venir, avait eu soin de préparer le manger, le coucher, de faire une bonne soupe aux pois et de bassiner le lit de son pauvre père.

Il arrive, il descend de sa monture, il embrasse ses filles, joue sur joue. De sa valise il tire les deux robes de soie pour les aînées et il donne le pot de la belle fleur à la plus jeune.

« Tiens, m'amie, je te porte ta fleur. Mais ce que ça fera, ah ! je ne le sais pas. »

Il lui raconte alors comment il avait vu la fleur, et le jardin, le château, la bête ; comment la bête avait dit qu'elle se ferait payer un jour, enfin tout. Et un soupir par là-dessus.

« Ce que ça fera ? Eh ! pauvre papa, que voulez-vous que ça fasse ? »

Ce n'était qu'une enfant, n'est-ce pas ? Elle avait quatorze ans ou allait les avoir. Mais elle, elle trouvait toujours tout bon sans sauce et faisait bon visage à tout.

Après cela, filles de roi ou pas, en robes de soie ou non, il fallait vivre. Le roi n'avait plus rien de rien, pas même une croûte pour le lendemain à son lever. Tout ce qu'il pouvait, c'était d'aller demander du pain à ceux qui en avaient dans la huche, d'aller chercher la charité de porte en porte avec un sac et un bâton blanc.

Il se prend, il s'en va, le frisson de la honte à l'échine, mais quoi, c'était forcé de mendier à cette heure.

En son chemin, la première créature qu'il trouva, ce fut un crapaud.

« Toi, un roi, lui dit le crapaud, tu vas mendier ?

— Et que ferais-je ? Il faut bien pourtant que je trouve du pain pour mes trois demoiselles ! »

Il répondait cela, et en même temps il pensait :

« Ce crapaud qui parle ! c'est un peu drôle, tout de même. »

« Tiens, lui dit le crapaud, porte cette boursette d'or à la plus jeune de tes filles. Le vivre, vous l'avez, maintenant, mais demain, tu viendras ici à la même heure entendre ce que j'ai à te dire. »

Le roi porte donc la boursette d'or à sa fille, la jeunette, et lui conte l'affaire.

Voilà les deux aînées aux cent coups.

« Eh bien ! un crapaud, un crapaud avec sa bave ! Oh ! il y a de quoi sécher de peur. Voyez dans quels beaux draps elle nous met ; nous, des filles de roi ! Avoir des affaires avec un crapaud, à présent ! Vit-on jamais cela dans la vie des personnes ! Pourquoi faut-il que nous ayons pour sœur pareille créature ? »

Là-dessus, grandes récriminations, grandes fâcheries, et grandes plaintes en campagne.

Le lendemain, pourtant, le roi ne put faire autrement que de se trouver à l'heure assignée dans le chemin. C'était au lever du soleil, quand la rosée tombe sur l'herbe au premier rayon. Il appelle. Crapaud ou monsieur, il ne savait trop comment il devait dire. Cette affaire continuait de lui travailler la tête.

Tout à coup le crapaud paraît.

« Demain soir, j'irai coucher chez toi, dans le lit de ta fille la plus jeune. »

Et cela dit, il s'en retourne.

Ce que les deux aînées, la paresseuse et la méchante, purent chanter tout le long de ces deux journées, la vie de malheur qu'elles purent faire à leur petite sœur la vaillante et la bonne, imaginez-le aussi vertement qu'il vous plaira.

Enfin, au jour d'après, sur les huit heures du soir, on entend tabuter à l'huis trois petits coups.

La paresseuse, qui était tout contre, commence d'ouvrir. Mais quand elle entrevoit le crapaud, de frayeur ou de dégoût, elle tombe là sur la place. La méchante, alors, y vient, mais à peine la porte entrebâillée, elle s'affale aussi. Restait la belle et gentille. Elle accourt. Elle ouvre, dit au crapaud d'entrer, lui demande à sa façon riante s'il ne veut pas venir se

343

chauffer près du feu. Car elle, elle n'avait de dégoût pour aucune créature ; et ses manières savaient gagner le cœur de tout ce qui l'approchait.

« Peut-être n'as-tu pas soupé ? Que veux-tu que je te prépare ?

— Non, il n'y a qu'un moment, j'ai avalé une grosse limace ; mais il vient temps de s'aller mettre au lit. »

Les deux aînées, tout en frémissant, tirent la jeune par sa manche.

« Un crapaud, quelle horreur ! eh bien ! c'est pour le coup !... Coucher avec cette dégoûtation... De la vie des vivants ! Tu n'iras pas, je pense ? Le vois-tu, maintenant, ah ! dis, mauvaise folle ? Si tu avais demandé une robe de soie comme nous, ça n'aurait pas fait tant d'affaires ! »

Mais la petite demoiselle ne les écoutait même pas. Elle range les restes du souper, couvre le feu ; et son mouchoir de cou plié, sa robe à fronces quittée, elle va se mettre dans son lit. C'était le dernier au bout, après ceux de ses sœurs et celui de son père, parce qu'il y en avait toute une rangée au fond de la salle, comme dans les maisons.

Le crapaud vient. La belle avait mis sur le marche-banc une petite escabelle encore, afin que ce crapaud pût arriver jusque sur le lit. Avec toutes les paillasses, toutes les couettes, tous les édredons, les lits, c'est déjà haut pour le monde. Pensez à ce que c'est pour un crapaud !

Celui-là monte par l'escabelle, toc-toc-toc, tout bellement ; mais lorsqu'il arrive au haut il dégringole.

Il remonte, toc-toc-toc ; arrivé au haut, redé-gringole encore.

Alors la demoiselle sort du lit sa main blanche, bravement, elle l'avance vers le crapaud, le voyant si en peine.

À peine l'eut-elle touché, oh ! la merveille ! Le voilà défadé, parce qu'il avait été enfadé par des fades, je veux dire enchanté par les fées ; il devait demeurer sous figure de bête jusqu'au moment où une belle demoiselle l'aurait, de bon cœur, touché avec sa main.

Plus de crapaud, donc ; mais un monsieur, à qui rien ne manquait de tout ce qui compose un fier jeune homme.

« Je vais vous mettre dans une belle chambre, dit-il à la petite demoiselle, et je vous épouserai dès que vous aurez l'âge. »

Le conte ne raconte pas ce que devinrent les deux aînées, la paresseuse et la méchante : elles crevèrent bien de dépit, si elles voulurent. Mais la jeune, la belle et gentille, ce beau monsieur la mit dans une tour. Puis, le moment venu, il l'épousa en grande fête. Et le soir même, elle et son père le roi, il les conduisit dans son château des magnificences où tout était marqué au nom de la belle.

LA BELLE AUX TRENTE MARINIERS

Il y avait une fois en France une fille de roi qui était belle, belle : droite comme un jonc dans un pré, et vermeillette comme la rose, resplendissante autant qu'un jour de Pâques.

Et fière, l'était-elle ? Elle était fille de roi. Mais elle n'avait pas besoin de tenir tant son rang : les ducs, les princes la saluaient plus bas que tout autre. Pas de seigneur dans le royaume qui ne la servît à pieds baisés.

Elle a voulu se marier. Son père lui a trouvé un galant beau, bien fait, noble et grand plus que le roi d'Espagne.

Or, la surveille de ses noces, la belle a désiré de courir les champs librement. Comme la perdriole qui va, qui vient, qui vole, qui chante dans le bois !

À la pointe du matin elle est sortie, sous le ciel rouge.

Avec son bracelet d'argent, sa ceinture dorée, les cheveux qui flottent dans l'air, elle est au milieu des prairies. Tout est au vent, tout à la bise. Et quand je ne cours pas, je vole, quand je ne vole pas, je cours. Ainsi elle va de bocage en bocage, de l'églantier à l'églantier, de l'épine blanche à l'épine noire. Et le soleil se lève, le soleil luit partout.

Tant a couru, tant est allée sur l'herbe verte, la fille du roi, qu'à midi elle arrive tout au bord de la mer. S'assoit sur le rivage. À son plaisir regarde onde sur onde le flot se dérouler.

Voit venir une barque de trente mariniers. Et debout à l'arrière, celui qui la gouverne y chante une chanson : une chanson telle que la fille du roi jamais n'en entendit. Mais elle n'arrive pas à saisir les paroles.

346

Toute vermeille, elle se dresse en pied, plus mince dans le vent qu'une gaule de saule. Son sang tourne comme une roue, son pied bat la mesure pour partir dans la danse.

« La chanson que tu chantes, beau marinier, j'aimerais la savoir !

— Montez dedans la barque, belle, nous vous l'apprendrons ! »

Elle monte dans la barque, elle y vole comme un oiseau, la fille du roi à qui tout obéit dans le royaume.

« Chante, marinier, chante ! Apprends-moi-z-à chanter ! »

Et le marinier chante, — il a poussé au large ; et les mariniers voguent, les trente mariniers, en tirant l'aviron. Elle a duré, cette chanson, sur le flot roulant d'onde en onde, sur les eaux, sur la mer, de flot en flot roulant.

« Beau marinier de la marine, je ne sais plus si ta chanson me chagrine ou m'enchante : encore une fois, chante-la ! »

Vogue, marinier, vogue ! De lame en lame, ils tirent l'aviron, toujours plus loin, sur les eaux, sur la mer. Et la mer passe, le jour tombe.

Tout à coup, dans la barque, la fille du roi baisse la tête.

« Que pleurez-vous, la belle, que pleurez-vous donc tant ?

— J'entends, j'entends mon père m'appeler pour souper !

— Ne pleurez pas, la belle : avec nous trente, vous souperez.

— J'entends, j'entends ma mère m'appeler pour coucher !

— Ne pleurez pas, la belle ; avec nous trente, vous coucherez. »

Ont fait encore cent lieues sans chanter ni sans rire.

« Ha, que dira mon père, en ne me voyant pas revenir au château ? Que dira mon fiancé en ne me trouvant plus dans ma haute chambrette ?

— La belle, il ne faut plus parler de votre père, il ne faut plus parler de votre fiancé. Vous êtes la femme des trente mariniers qui voguent sur la mer.

Ont fait cent autres lieues sans chanter ni sans rire.

La belle a vu un grand château sur le rivage : ses tours et ses pignons, ses bannières flottant, ses girouettes criant.

« Ah, n'est-ce pas le château de mon père, les tours de Notre-Dame, le clocher de Saint-Denis ?

— C'est le château des mariniers, la belle, et vous y coucherez ce soir. »

Le soir après souper, il a fallu monter à la maîtresse tour.

« Il n'est ni roi ni prince pour vous porter secours, ni valet ni servante pour vous faire service. Dépouillez-vous, la belle, quittez robe d'argent et ceinture dorée.

— Mais le lacet de mon corset s'est noué : je ne saurais dénouer ce lacet... Prête-moi ton épée, marinier, que je tranche... »

Il ignore, le marinier, ce qu'est une fille de roi. Il lui tend son épée. Elle, à peine l'a-t-elle prise qu'elle se l'est plantée au cœur.

Elle, l'autre matin plus rose que la rose, est blanche, maintenant, plus que la fleur du lys. Et tout son sang vermeil coule sur le carreau.

Elle ne reverra jamais plus son pays, ni les verts prés, ni le château doré, ni les beaux tambours de son père.

Les trente mariniers l'ont mise en terre sur le rivage. Sur son tombeau ils ont mis en écrit :

> *Ci-gît la belle qui est morte*
> *Plutôt que de prendre mari.*
> *Passants qui passe par ici,*
> *Pleurez son sort, pleurez le nôtre.*

LA BELLE LOUISON

Il y avait une fois, sur le pont de Lyon, la belle Louison qui se promenait seulette.

« Louison, belle Louison ! On dit qu'elle est tant belle ! »

Les gentilshommes, les cavaliers d'armée ne parlaient que d'elle par la ville.

« Elle n'est pas si belle qu'on chante : elle est un peu brunette !

— Elle est aussi belle qu'on le dit, et dix fois

davantage ! Elle a tant de beauté, la belle Louison, qu'elle est faite pour charmer les cœurs. »

Et souvent, ils tiraient l'épée en l'honneur de la belle.

Il en est tant revenu aux oreilles de son père, qu'il a pris peur qu'elle ne lui fût dérobée.

Dans cette grande peur qu'il a eue, il l'a fait mettre en garde. Mettre en garde dans une tour toute de pierre bise où il n'y a quasi pas de fenêtres. Il l'a fait garder là par cinquante cavaliers, tout de blanc armés, la lance au poing, par cinquante gendarmes.

Et le plus jeune de tous la lui a enlevée, la belle Louison, celle qu'on dit tant belle.

Ce cavalier l'a prise. Il l'a habillée comme un page, c'est pour passer le Dauphiné. Il l'a mise en trousse sur sa selle et il l'a emmenée au château de plaisance.

Un château de plaisance, oui, qui ressemble à celui de son père ! Dans le haut des verts prés, auprès d'une fontaine, une tour aussi de pierre bise. Et elle y est restée sept ans sans voir soleil ni lune.

Au bout de ces sept ans, met la tête en fenêtre. De loin, bien loin par la montagne, a vu venir le valet de son père sur un grand cheval monté.

« Valet, mon beau valet, dans la ville de Lyon qu'est-ce qui se dit de moi ?

— Dans la ville de Lyon, se dit qu'à cause de vous s'élève une grande guerre.

— Valet, mon beau valet, retourne sur le pont de Lyon ! Grande guerre à qui le voudra !

— Dieu vous garde, belle Louison ! Mais vous, ne voulez-vous point retourner ?

— Et non, vraiment, valet, mon beau valet. Dans la ville de Lyon n'entrerai jamais plus. Recommande-moi à mon père, à tous ces cavaliers aussi.

— Louison, belle Louison, que leur dirai-je ?

— Beau valet, va leur dire à tous qu'à présent, moi j'ai un mari. Je me suis mariée au château de plaisance !

— Louison, belle Louison, vous qu'on disait tant belle, si vous êtes mariée, donnez-moi de votre livrée !

— Je t'en donnerai, mon beau valet : sept aunes de ruban pour t'en faire une cocarde, et puis encore autant pour mettre à ton épée en l'honneur de Louise. Ce sera pour leur faire voir que je n'irai plus à Lyon, manger le pain de mon père.

— Madame, puisque vous êtes dame, donnez cette livrée. Je ferai voir le ruban, je dirai à votre père que je reviens de vos noces. À votre père, à tous les cavaliers qui vous ont tant pleurée, qui vous ont tant cherchée !

— Qu'ils ne me cherchent plus, désormais ! Je suis venue ici par force : j'y reste pour mes plaisirs. »

Louison, belle Louison, on dit qu'elle est tant belle !...

Le valet est reparti, sur son cheval monté. Tous ses rubans flottaient au vent.

« Je leur dirai que vous êtes dame au pays de celui qui vous a dérobée ; que dans la ville de Lyon, eux jamais ne vous reverront !

— Tant tu m'as cherchée, beau valet, qu'à la parfin tu m'as trouvée. Mais dis-leur que je ne suis plus Louison, celle qu'on disait tant belle. Au château de plaisance, j'ai trouvé un mari. »

LE DRAGON VERT

Il y avait une fois un capitaine, capitaine de marine, capitaine corsaire. Un vrai colosse, et toujours déchaîné, un dévorant toujours. Hardi comme son épée, fort comme un cabestan. Et tout ensemble, — démêlez cela si vous pouvez, — plus tendre que du pain de miche, plus dur que corne de bouc.

Il avait rôti et bouilli, passé à travers les lames et les flammes ; la foudre même l'aurait tué sans le renverser. Il croyait, ne rien craignant, aller toujours ainsi, dans le vent, par la mer.

Mais un matin on est vaillant, et le soir on voudrait bien l'être. Qui pourrait dire le cœur qu'il aura demain ?

Un jour, le capitaine s'est trouvé dans une satanée tempête. Une de ces tempêtes de mer où le vaisseau craque comme les noix qu'on écrase entre les mains nouées. L'ouragan ramassait la mer jusqu'en ses fonds de sable. Il l'emportait parmi la nue, la rabattait d'en haut en trombes d'eau tournoyantes que crevaient des lances de feu. On aurait cru que le monde chavirait, s'en allait à sa fin.

Si brave que fût le capitaine, il se démonta, ce jour-là.

Il chercha le vœu le plus fort qui se pût faire. Il fit vœu donc, s'il s'en tirait, de ne plus jamais tuer personne.

Et l'ouragan a redoublé.

Il s'est dit que ce n'était pas encore assez de ce vœu. Il a promis que la première fille qui l'aborderait au débarqué, il la prendrait pour femme.

« Je l'épouserai et je tâcherai de vivre avec elle. »

Et la tempête, alors, s'est apaisée. Le même soir, il se voyait au port.

Il n'avait pas fait quatre pas entre les maisons, — et lui, un tel bloc d'homme, semblait boucher la rue, — qu'il a vu venir à lui une jeunesse de si jeune jeunesse qu'elle montrait à peine quatorze ans. Un visage clair comme une pomme d'api, un regard qui allait droit au regard.

« Grand capitaine, lui dit-elle, achetez-moi des pommes. »

Et elle lui a présenté un panier de pommes rouges qu'elle portait à son bras.

« Eh bien, combien ces pommes, ma belle enfant ? »

Il a eu peur qu'elle ne lui dise, comme la dame de la chanson : « Trois cents écus le panier et autant de la belle ! » « En ce cas-là, mon vœu ne m'obligera pas. Je la veux sans reproche, qu'elle puisse m'être fidèle à toujours. »

Mais si le regard de la petite allait droit au regard, c'était sans nulle effronterie. Soupirant d'aise, il a pêché une pomme au panier, l'a mordue en pleine joue, l'a croquée en deux coups ; et de sa bourse, il a versé dans ce panier un flot d'argent et d'or. Puis tout riant, donnant de la voix malgré lui, et se démenant sur place comme une bourrasque de mars :

« Ma belle enfant, où demeure votre père ?

— Grand capitaine, dans cette maison sur la côte, là où sont les trois peupliers.

— Eh bien, dites à ce papa que sans manquer — oui, sans manquer ! — j'irai le voir au coucher du soleil ! »

Et il est reparti, en rafale, comme s'il allait tout mettre en l'air devant soi.

Sans plus se soucier de sa panerée à vendre, la petite a couru d'un trait à la maison. Et elle a vidé sur la table, pêle-mêle, les pommes, les pièces.

Le père s'est levé droit en pied.

« D'où viennent ces écus d'or ?

— D'un capitaine corsaire, un si bel homme de guerre ! Plus large et plus haut que notre armoire ; il a vidé sa bourse, il me les a donnés !

— Toi, tu n'avais pas à les prendre.

— Il a dit : "Dis à ton père que j'irai lui parler au coucher du soleil." Dans le port, jamais pareil capitaine ne s'est vu.

— Reste à voir s'il a de l'honneur.

— Il a dit : "Sans manquer !" Il l'a même dit deux fois.

— D'ici là que personne ne touche à cet argent. »

Au coucher du soleil, le capitaine est arrivé au galop, grand galop, sur un grand alezan, dont la queue, la crinière volaient.

« Saluts, braves gens, a-t-il dit, fourrant son chapeau sous son bras. J'ai trois vaisseaux dessus la mer qui roulent, l'un chargé d'or, l'autre de perles fines, et le troisième pour promener ma mie : ce sera votre fille, si vous voulez me la donner à femme.

— La fille est trop jeunette, a dit le père.

— De ce mal-là, elle guérit de jour en jour. Disons que je l'épouserai dans un an.

— Revenez me voir dans deux. Si votre idée vous tient toujours, nous parlerons. Et d'ici là reprenez vos écus. Ma fille n'est pas à vendre.

— Je ne veux pas l'acheter, surtout si peu d'argent. Je vais mettre quatre fois plus sur cette table. Ce sera pour qu'elle aille au grand couvent de la ville et qu'on lui donne de la lecture. Je reviendrai dans un an et un jour. »

Dans un an et un jour, il est revenu, comme un orage, sur son bel alezan piaffant, pétaradant. La petite était là, qui avait mis sa plus belle coiffe, sa plus belle guimpe, ses souliers bleus. Fraîche comme une pomme, vive comme une abeille ! Elle avait au demeurant un esprit si ouvert, si ardent à bien tout saisir que les sœurs du couvent ne voyaient plus rien à lui apprendre.

Et le corsaire, impétueux toujours, aurait bien pris de faire tout de suite les noces.

« Trop jeunette, a dit le père, elle l'est trop encore. Dans un an et un jour, vous faudra revenir. Si vous êtes toujours du même sentiment, alors, nous parlerons.

— Mon sentiment ne veut pas changer, sacré

tonnerre de sort ! Maintenant, c'est tout résolu :
elle est ma femme pour la vie ! »

Et le voilà à protester et tempêter, avec tant
d'éclats de voix, tant de noms d'un sort et de tonnerres, qu'on se serait cru au milieu de quelque
ouragan. — La jeune belle, du reste, ne l'entendait
pas sans plaisir. « Ha, comme il tient à moi ! C'est
le plus fameux capitaine qui ait jamais parcouru
les mers. Pourquoi ne pas nous marier ce soir ? ! »

Mais le père a tenu bon.

« Dans un an et un jour. Je n'en démordrai pas !
— Eh bien alors, a dit le capitaine, qu'elle passe
l'année à l'académie de la noblesse, l'école des officiers. Qu'elle y apprenne à faire des armes, et tout
ce qui fait les gentilshommes ! »

Et la belle est allée à cette école jolie. Elle a
appris à tirer l'épée, le pistolet, faire voltiger un
cheval, et mener une troupe, et conduire le combat. Elle a appris le métier d'officier, sans faire
parler d'elle, en quelconque façon. Et les maîtres
d'armes comme les maîtres d'arithmétique, au
bout de l'année ont dit qu'il n'y avait pas lieutenant
ni major qui pût tenir tête à la belle.

« Pour la vivacité, l'adresse et le coup d'œil, elle
nous passe tous. S'il lui vient fantaisie de prendre
l'épée en main et de leur pousser la pointe au
corps, elle embrochera tous les prévôts comme
des poulets. »

Au bout d'un an et un jour, le capitaine est arrivé
en tempête sur l'alezan qui jetait du feu par les
naseaux.

« Je tiens ma parole, et vous, tenez la vôtre ! Cette fois, tonnerre de sort, il n'y a plus à tourner : donnez-moi la fille en mariage.

— Je vous la donne, et pour la vie et pour la mort. C'est grand honneur que vous nous faites. Mais vous n'aurez jamais à nous faire affront d'elle.

— Oui, a dit le capitaine. J'ai roulé par toutes les mers, j'ai pris part à autant de combats qu'il y a de poils à ma moustache : jamais je n'ai vu fille de cœur plus sûr, — ou alors ce qui se lit dans les yeux ne voudrait plus rien dire. »

Il lui a dit le soir des noces, en la menant dans son château :

« Je n'aime pas les portes que plusieurs clefs peuvent ouvrir. Mais je sais bien que vous ne serez jamais de celles-là. Vous m'avez donné votre foi : totalement, moi, je vous donne la mienne, mes trésors et moi-même. »

Et voilà ce batailleur, ce pillard, ce bambocheur qui se met à aimer sa petite femme à la rage.

Il y avait dans le voisinage de son château, un château où habitait un certain marquis. Ils avaient fait plus d'une partie ensemble. Aussi le capitaine n'aurait-il pas eu grand plaisir à le revoir ; et il n'était pas allé lui faire visite avec la nouvelle épousée.

Mais un jour, ils se sont rencontrés dans les chaumes, en chassant tous deux la perdrix.

« Mon compliment, capitaine, pour votre femme. Si je n'ai pu lui rendre mes devoirs au château, je l'ai vue passer sur le chemin. Ne craignez-vous pas qu'elle s'ennuie, toute seule en votre logis, lorsque vous aurez repris la mer ?

— De ma femme, telle que Dieu l'a faite, marquis, je ne crains rien !

— Rien, capitaine, c'est beaucoup dire. J'ai quelque expérience des femmes, que vous n'avez peut-être pas. Toute femme est femme, et par nature volage. Toute femme, c'est la plume au vent.

— Marquis, sans vous, je sais ce que j'ai à penser.

— Mais voulez-vous faire un pari ? Quand partez-vous ? Quand revenez-vous ?

— Quel pari ? J'embarque demain. Je reviendrai dans un an et un jour.

— Pari que quand vous reviendrez j'aurai en poche l'anneau de votre femme, et je vous donnerai de ses nouvelles. Je parie ma terre et mon château ! »

Le capitaine a cru qu'il se devait cela de tenir le pari.

Pari tenu ! Et il a repris la chasse. Mais il a manqué toutes les perdrix qu'il a tirées ce jour-là.

« Belle amie, a-t-il dit le soir à sa femme, dans les chaumes j'ai rencontré notre voisin. C'est un homme assez peu rangé, que je n'ai pas voulu vous faire connaître. Vous me ferez plaisir de ne pas le voir.

— Je ne le verrai pas. »

Elle a regardé son mari d'un regard d'assurance. Et lui, il ne voulait pas ensuite se faire un dragon de ce pari. Mais comment ne pas sans cesse penser à ce marquis qui prétendait avoir si grande expérience des femmes ?

« Toute fille qui fait folie mérite d'être punie, n'a-t-il pu s'empêcher de dire à la belle avant de monter sur son navire ; et la femme qui ferait trahison, que mériterait-elle ?

— Elle mériterait la mort.

— Vous l'avez dit : la mort. Mais je sais que je peux m'assurer tout sur vous. »

Il est monté sur le navire, il est parti, la voile au vent. Il est parti, et il n'a pas été de jour qu'il n'ait songé à sa femme, au marquis.

« Le monde est une jolie boutique. Rien n'y est ferme. Elle m'a donné sa foi. Mais que tiens-je, après tout ? Comment disait ce bel oiseau ? "Toute femme est femme, et c'est la plume au vent, volage par nature." Elle, pourtant, elle n'est pas comme les autres. Ou bien alors elle est comme les autres, et je suis le plus trompé des hommes. Ah, et puis viendra le jour de reparaître chez moi ; je verrai alors sur quel pied tout sera. S'il y avait des choses à faire, je ferais les choses grandement. »

La belle, cependant, vivait de la vie la mieux séante. Non pas une vie de sauvage, le hérisson dans son trou : en ce château tant de gens se présentaient : les mendiants des chemins, les pauvres d'alentour, ceux qui avaient besoin d'assistance, — d'un peu de grain, quand la semence manquait, d'un peu d'onguent, quand un mal leur venait, — et les enfants des métairies, et les dames des autres châteaux.

Le marquis en cent façons avait cherché à avoir ses entrées. Honnêtement, mais absolument, la belle lui avait fermé sa porte. Il avait tout tenté en se piquant d'honneur, — c'est que d'après le pari, il y allait de sa terre ! — tout tenté sans rien y gagner. À la fin donc il est allé trouver une mendiante un peu sorcière du voisinage. Il lui a promis pleine bourse d'écus si elle faisait tant qu'il ne perdît pas un pari de si grande conséquence. Lui procurer cet anneau, à tout prix, quelques nouvelles aussi de la belle...

Et la vieille s'est mise aux champs.

À la veille du jour marqué pour le retour du capitaine, la belle a fait ses nettoyages. Elle voyait tant d'ouvrage aux servantes qu'elle a pris des femmes pour aider, et, première cette vieille.

Elle-même, elle a voulu préparer galettes et gâteaux comme son mari les aimait. De ses mains, elle a pétri la pâte, — et pour la pétrir, elle a retiré son anneau. Elle l'a posé sur la cheminée, au pied du crucifix.

Mais tout ce train ! À tout instant l'une, l'autre arrivait, venait demander des cires pour garnir les chandeliers, ou des épices pour le pâté de venaison. C'était comme si le feu avait pris au logis...

Et le soir, quand la belle a voulu remettre à son doigt l'anneau d'or, — plus d'anneau. L'anneau d'or avait disparu.

On a cherché partout : dans chaque coin de la salle, dans chaque joint entre les dalles, dans les balayures, dans les cendres... On n'a pas retrouvé l'anneau d'or.

La belle ne vivait plus. Les servantes, les femmes de journée, car enfin on pouvait les accuser d'un vol, étaient là, en grande émotion, questionnant, furetant, tournant.

Mais la belle... Toute dépeignée, et tout empoussiérée, jusque sur la mi-nuit à la lueur des chandelles, elle a cherché l'anneau...

Puis soudainement, comme, si jeune qu'elle fût, elle avait de la tête et du cœur, elle a su prendre sur soi.

« Je ne suis pas en faute. Je lui dirai ce qui est arrivé. Il faut que quelqu'un ait pris l'anneau. Il saura, lui, le retrouver, me le rendre. Ce que je ne veux pas, c'est être laide pour son retour. Je vais me mettre au bain, et je dormirai. »

Elle s'est mise au bain ; et elle était si lasse, qu'ensuite, ayant passé seulement une chemise, et s'étant jetée sur sa couche, dans le moment, elle s'est endormie.

Du fond de son sommeil, elle n'a pas entendu quelqu'un ouvrir la porte, quelqu'un qui, abritant une chandelle du creux de la main, s'est approché du lit en tapinois...

Le lendemain, de grand matin, le navire est entré dans le port. Il a tiré un coup de canon pour saluer la terre. Le coup roulait encore que le capitaine débarquait.

Il n'a pas trouvé là sa femme.

En hâte, tout secoué, tout démonté, il a pris le chemin du château.

Et au premier tournant il a été abordé par le marquis. L'autre l'a salué, et sans dire une parole, sur la paume de sa main, il lui a présenté l'anneau d'or.

Le capitaine est devenu couleur de plomb, comme la nue d'orage. Mais se redressant :

« N'importe quel orfèvre, a-t-il dit, a pu copier l'anneau.

— Que votre femme, a dit le marquis, vous présente le sien, si vous croyez que celui-ci n'est que copie.

— Je vais voir, a rugi le capitaine, sur quel pied sont les choses.

— C'est cela, sur quel pied ! a ricané le marquis. Je vous avais promis des nouvelles de votre femme ? Sachez qu'elle porte toujours, par un tatouage de votre façon, sur la plante de son pied gauche une lune d'argent et sur celle de son pied droit, un soleil d'or. »

Le capitaine est devenu blême comme la foudre.

Sans un mot, faisant volte-face, il a regagné le port. Il est entré chez un marchand. Il a d'un mot acheté un cercueil. « Qu'on le porte à bord, et sur-le-champ, dans ma cabine ! »

Et lui sombre, grondant, formidable, comme la tornade près d'éclater, il a repris le chemin du château.

Il n'a pas eu à aller loin. À la sortie même du port il a trouvé sa femme, réveillée par le coup de canon, qui accourait.

Du premier regard, il l'a vu : elle n'avait plus l'anneau d'or.

Elle lui a mis les bras au cou.

Mais lui, se dégageant brusquement, il lui a fait signe de le suivre.

Il l'a amenée à son bord, presque à la course.

Ne sachant ce qui pressait tant, elle courait, elle aussi. Vite être seuls, tous deux ; et alors elle lui dirait, pour l'anneau.

Sitôt dans la cabine, il est allé au coffre, en a tiré la robe de noces, blanche et brochée d'argent qu'il avait emportée pour se faire compagnie. Pour avoir là, présente, la candide fidélité de celle qui était sienne par sacrement d'église.

Il lui a fait signe de tout de suite s'en vêtir.

Elle l'a fait, comme en songe.

« Tu t'es condamnée par ta bouche ! J'ai fait vœu de ne plus tuer personne, je ne te tuerai pas. Mais tu as mérité de périr. »

Le voilà déchaîné qui se jette sur elle, l'enlève, l'empoigne, la couche dans le cercueil. En même temps, comme d'un cri au passage il l'avait commandé, il sent le vaisseau virer de bord, reprendre la mer.

Cette gamine qu'il avait tirée de la crotte pour lui remettre entre les mains son sort, son honneur d'homme, et qui n'était que trahison ! Si enragée a monté sa fureur, que le cœur lui sortait quasi de la poitrine.

Comme il était pourtant d'un bon naturel, à sa manière, il a imaginé la mort de la malheureuse par étouffement en ce cercueil. Et il lui a mis un pistolet entre les mains.

« Si la mort est trop lente à venir, voilà pour l'appeler ! »

Mais ses cris, ses protestations, en vrai sauvage, plus fou que la tempête, il n'a pas voulu les entendre. Il a rabattu le couvercle, il a cogné à grands coups de marteau.

Puis, fort comme il était, il a pris des deux bras la caisse, il l'a lancée en pleine mer.

Elle, à ce moment, sans savoir ce qu'elle faisait, dans la secousse, elle a tiré le pistolet ; et la balle a percé le couvercle.

Ainsi, et sans tout à fait étouffer, elle a vogué, ballottée par les ondes. Et en sa tête tout ballottait follement : le château, les gâteaux avec tant de soins préparés, l'anneau d'or disparu ; son mari blanc comme la foudre, cette soudaine tornade et ce cercueil.

Soudain, elle a senti son étroite prison, partir, glisser, puis monter balançant dans l'air, être hissée, crochée, emportée, déposée.

C'était un capitaine, qui, de son bord, regardant la mer y avait vu cette singulière chose : épave ou bien poisson ? Il avait envoyé deux matelots la prendre dans une barque.

Mais quand il a eu devant soi ce cercueil d'où sortaient des gémissements, et qu'il a fait sauter le couvercle, il a vu, plus blanche que sa robe et comme morte, une belle, merveilleusement belle, en robe de mariée.

Surpris à en crier miséricorde, il s'est tout dépensé en soins. Il ne savait qu'imaginer pour servir cette belle. Mais il aurait voulu qu'elle lui dise sur-le-champ, à lui, ce qui était arrivé.

« Je vous jure de tirer vengeance du scélérat qui vous a clouée en ce cercueil. Je mets tout à vos pieds, mes marins, mes canons, ma vie. Belle, donnez vos commandements !

— Un jour, un jour... pour l'heure, ha, je ne saurais dire... »

364

Si elle avait voulu se venger de son mari... Mais elle a eu la tête assez forte et le cœur assez bon pour rejeter cette vengeance.

À ce capitaine, cependant, l'idée était venue de la prendre pour femme. C'était plus qu'une idée : c'était une passion !

Elle a fait la malade. Elle l'a supplié de la ramener à terre, comme si après cette navigation dans un cercueil, le moindre roulis l'éprouvait jusqu'à en mourir.

Le navire a viré de bord. Débarquant avec elle, le capitaine l'a conduite dans son château. Là, il l'a confiée à sa mère, — en donnant des ordres secrets pour qu'elle ne pût s'échapper, sans qu'elle se sentît pourtant trop prisonnière.

Et la belle a tout démêlé. Elle a laissé passer un temps ; elle a suivi la dame dans les courses à la ville. Elle parlait peu : elle ne semblait rêver qu'ajustements et promenades.

Et cependant, elle ne songeait qu'à fuir. Elle s'était fait une promesse : celle d'éclaircir son aventure, et de voir quelque jour son mari à ses pieds, lui demandant pardon. Son mari, cette masse d'homme éclatante et tonnante, elle ne pouvait le détester : c'était pour elle comme une espèce de tonnerre qui cogne sans savoir où.

Des bruits couraient, par tout le pays. Les enfants mettaient en troupe, les soirs, armés de bâtons, et jouaient aux soldats : c'est toujours présage d'une guerre.

En secret, à la ville, la belle a su aller chez un tailleur. Elle s'est fait faire un costume de dragon : la veste, l'habit, la culotte de peau. Elle s'est acheté

une épée, des bottes fortes, — par bonheur, dans
sa robe de mariée elle avait retrouvé sa bourse.
Un jour, elle s'est vêtue ainsi, en dragon vert. Et
n'emportant que sa robe blanche roulée dans son
manteau, elle est partie.

Sur la route, elle allait bon pas, chantant une
petite chanson qu'elle s'était faite.

> *Il me l'a mis au doigt,*
> *L'y est resté douze mois.*
> *Hélas, au bout de l'an,*
> *Voilà l'anneau qui fend.*
> *L'anneau en est fendu,*
> *Mes amours sont perdues.*

Comme elle passait devant une auberge, elle a
vu là, attaché à la boucle, près de la porte, un beau
cheval harnaché d'or.

« Voilà le coursier qu'il me faudrait... »

Elle s'est arrêtée pour le regarder, car elle se
connaissait en chevaux.

À ce moment a paru un seigneur. Elle ne l'avait
pas aperçu tout d'abord. Il était là sous un berceau
de roses et il s'est avancé vers elle.

Elle a reconnu le roi. Elle a mis un genou en
terre, l'a salué de l'épée.

« Cavalier qui passez, a dit le roi, pourquoi
n'avez-vous pas de cheval ?

— Sire, de ce pas, je vais en acheter un. On dit
que demain commence une grande guerre.

— Je ne peux plus marcher à la tête des troupes,
a dit le roi. Si j'avais vos vingt ans ! »

Il l'a regardée au visage.

« Cavalier, qui êtes-vous ?

— Sire, je ne suis qu'un pauvre dragon vert. Mais pour votre service je donnerai ma vie.

— J'aime cet air que vous portez sur vos traits, non pas seulement de hardiesse, mais de fermeté et de clarté. On me reproche de me prendre aux figures. Mais le roi doit avoir des yeux. Je ne serais pas roi si je ne savais lire les visages. Venez sous ce feuillage : nous y boirons au succès de nos armes. »

La belle n'était pas hardie en ses paroles. Par son aventure du cercueil, il lui semblait avoir démérité de son mari. « J'ai été trop petite fille, aussi, en me laissant ainsi surprendre sans un mot, clouer dans ce cercueil, partir en défaillance... Je n'ai même pas vu ce qui m'arrivait. La première chose, c'est d'avoir ses lumières présentes. De la rapidité dans les voltes, et du nerf. Mais si Dieu veut, ha, je saurai, maintenant... »

« En souvenir de notre rencontre, a dit le roi, vous allez prendre mon cheval. C'est le meilleur du royaume. Je vous mets à la tête de tous mes dragons verts. Je sais ce que je fais. »

Et il avait bien vu, le roi. La belle n'a pas fait marcher la cavalerie pour la parade, au son des trompettes, des timbales : elle l'a lancée de l'avant, n'a plus laissé aucun répit à l'ennemi, a détruit ses convois, a enlevé son général d'armée, l'a harcelé et assailli partout.

Plus dragonne que les dragons ! Courageuse sans bon sens, l'heure venue d'exécuter ; mais

367

auparavant, pour tout concevoir, la prudence et la finesse même. Trois semaines n'avaient pas passé que le roi a donné à son dragon vert le commandement sur toutes les troupes.

« Votre vue leur fera du bien. Allez, mettez-vous à leur tête, menez-les contre l'ennemi. »

Et on ne lui a plus reproché, au roi, de se prendre aux figures.

Une grande bataille s'est donnée qui a duré trois jours, trois nuits. Tout ce que l'ennemi avait d'hommes est resté sur les champs ou bien a été ramassé par les dragons. Et le dragon vert, en fin finale a ramené à son roi l'autre roi prisonnier.

« Dragon vert, vous avez le cœur plus fier qu'un lion ! Je veux vous faire héritier de ma couronne.

— Sire, cela ne se peut.

— Rien que vous n'ayez mérité, dragon vert ! Oui, je veux vous donner la couronne de roi.

— Sire, tout est de la main de Dieu. Pour la couronne, pourtant, il y a un empêchement que je dirai plus tard.

— En attendant, que voulez-vous ? Quelle récompense ?

— Sire, que vous donniez une fête : tous les seigneurs conviés, sans qu'il en manque un seul, les capitaines, les marquis. Et chacun en la fête contera le plus joli tour qu'il ait joué.

— Dragon vert, je vais donner les ordres. Sous trois jours, la fête se fera. »

La fête s'est faite chez le roi, dans la grande salle. Quel banquet ! Ce n'étaient que chevreuils et cochons de lait rôtis ; tartes à la frangipane, nougats et croquembouches. Cent et deux cents bouteilles de la Bourgogne et de la Champagne ! On trinquait, on vidait les verres, les langues se déliaient, les propos s'échauffaient. À la fin, toutes hontes bues avec les vins, chacun voulait avoir fait plus fort que le camarade. Le roi donnait d'avance un pardon général : personne ne pourrait être recherché en justice pour ce qu'il aurait raconté là. Ainsi, cette fête, ce serait comme si chacun passait chemise blanche.

Le dragon vert se faisait présenter à la table du roi l'un des seigneurs, puis l'autre. Il les entreprenait, les amenait à conter leurs tours.

Quatre ou cinq années ont passé... Puis la belle a fait venir celui qu'elle attendait : son mari, le capitaine corsaire. Elle l'avait bien reconnu : toujours ce mufle de lion, toujours cette carrure. Comme il avait perdu, pourtant... Elle en était toute remuée. Il n'avait plus ce port de tête en éveil, en avant, cet œil terrible, cherchant pour s'y jeter tout ce qui sera risque, entrain, danse et bataille.

« Mais vous, là, capitaine, contez-nous le plus fort de vos tours !

— Je n'ai pas joué de tour, que je crois. Peut-être un jour, ai-je fait une bêtise !

— Eh bien, contez-nous la bêtise !

— Ma foi, dit-il, du ton d'un homme qui ne veut pas être poussé de questions, j'avais pris femme. À sa figure, j'avais cru qu'elle serait la sûre et la fidèle que j'avais dans l'idée. Et m'être ainsi attelé !... Un jour j'ai appris quelques petites choses. Dans le moment j'ai embarqué la dame pour un long, long voyage. Un point, c'est tout.

— Mais il nous faut l'histoire par le détail, c'est la loi de la fête. Capitaine, mettez-vous là, derrière la tapisserie ; écoutez d'autres récits qui vont se conter. Et peut-être que tout vous reviendra en mémoire. »

Elle l'a fait mettre derrière elle, caché par la tapisserie, entre deux officiers de dragons.

Et celui qu'elle s'est fait amener, ç'a été le marquis. Elle l'avait bien reconnu aussi. Il vidait verre sur verre, et il parlait fort haut.

« Mon plus beau tour, je l'ai joué à un voisin. J'avais parié mon château et ma terre que j'aurais l'anneau de sa femme. La dame s'est trouvée farouche : je n'ai pu avoir l'anneau, et pourtant je l'ai eu. La veille du retour de son mari, comme elle avait ôté cet anneau d'or pour pétrir des galettes, je l'ai fait chiper par une vieille qui m'était affidée. Et la maligne a bien su voir encore, après le bain, que cette dame avait un soleil d'or gravé sous le pied droit, une lune d'argent sous le pied gauche. Alors, j'ai pu donner ces nouvelles au mari. Que voulez-vous qu'il ait cru, le pauvre homme ? Il a emmené sa femme en mer... On ne sait ce qui a été d'elle. Il faut qu'elle soit noyée ou enchantée.

— Peut-être ni l'un ni l'autre, a dit le dragon vert, en se levant. Attendez-moi ici, marquis. Votre histoire ne finit pas assez. Nous allons tâcher de la finir... »

Et le dragon vert gagne la porte d'une chambre.

Mais les deux officiers, derrière la tapisserie, n'ont pu tenir plus longtemps le capitaine corsaire. Il a jailli de sa cache, il les a arrachés de terre, les entraînant, suspendus à ses bras. Et lui, rouge comme un brasier, terrible comme un tonnerre de la canicule !

Quand le marquis l'a vu, le marquis est devenu plus blanc que sa serviette.

« J'ai bien fait le vœu, a tonitrué le capitaine, de ne plus tuer personne. Mais cela ne s'entend que d'embrocher, d'égorger. Dès que nous ne serons plus devant le roi notre sire, je vous mettrai en quatre morceaux ! Ma femme, ma chère petite femme, sur qui je n'ai pas su m'assurer... Ha, c'est elle seule que je devais croire, plutôt qu'un immonde comme vous !... »

En forcené, il se secouait, donnant la saccade aux dragons toujours pendus à chacun de ses bras.

Et tout à coup, levant les yeux, il a vu la belle même : en blanche robe de mariée, non plus le dragon vert, mais sa petite femme !

Entre quatre majors des dragons, elle était là.

Et le roi s'est levé, les seigneurs se sont levés, n'en pouvant croire leurs yeux.

Il a fallu leur conter toute l'histoire.

Jamais on n'avait vu déchaînement pareil. Fou perdu de remords et de joie, dans les soumissions et les protestations, les éclats, les transports, le capitaine sut obtenir son pardon de la belle. Le dragon vert, sa belle amie, sa chère petite femme !

Ce n'est que trois heures après, d'un tournant, en rentrant chez lui, et voyant le château de son voisin, qu'il s'est avisé d'une chose.

Mais alors, il avait gagné le pari ! La terre et le château du marquis il en était maître et seigneur ! Ç'a été sur ce chemin, l'explosion d'un baril de poudre.

« De ce pas il nous faut y aller !... Non, belle amie, je ne l'égorgerai pas... Si je l'y trouve encore, pourtant, je lui fais vider les lieux et vite, et un peu vite ! »

Il se précipite dans le château.

Par bonheur, elle l'a arrêté juste à temps. Devant l'escalier, béait une trappe ouverte. Il avait bien failli s'abîmer dans la cave.

Ils ont entendu là quelques gémissements, sont descendus. En bas, dans le noir, ils ont trouvé le marquis et la sorcière qui achevaient de mourir l'un sur l'autre.

On croit qu'avant de fuir, en grand tremblement et grande hâte, le marquis est monté dans sa chambre mettre en sa bourse tout ce qu'il a pu trouver d'argent. Et que la sorcière, qui avait à fuir aussi, a voulu saisir l'occasion et mettre la main sur la bourse. Elle a ouvert la trappe au bas de ce degré. Et elle qui guettait pour avoir la dépouille, quel faux-pas a-t-elle fait ensuite ? Elle est dégringolée sur lui.

De les pleurer, le capitaine et la belle n'ont pas trop fait leur charge. Lui, il était toujours dans la folie de sa joie. Et sur le vert chemin du château, elle, l'anneau d'or de nouveau à son doigt, elle chantait la petite chanson, complétée à sa mode.

> *Il me l'a mis au doigt,*
> *L'y est resté douze mois.*
> *Hélas, au bout de l'an,*
> *Voilà l'anneau qui fend,*
> *L'anneau en est fendu,*
> *Mes amours sont perdues.*
> *L'anneau est ressoudé*
> *Mes amours sont retrouvées !*

LE MARI TROP SOUMIS

Il y avait une fois un homme de village, tout réjoui, tout débonnaire. — Trop débonnaire ! Car la fille qu'il avait épousée prit la gouverne : ce fut elle dans le ménage, qui porta les culottes.

Elle ne se contentait pas de le tenir dans la bonne voie : à toute occasion, elle lui chantait ses vérités. — Il n'avait même qu'à lui marcher sur le pied, la veille des fêtes : il s'entendait alors rappeler tous ses manquements. S'il voulait aller à confesse, il n'avait plus besoin de faire son examen. — On peut dire qu'il était mené à la baguette. Et toutes les besognes retombaient sur le pauvre mari : celles des champs, bien sûr, et celles du ménage.

Dans une ferme, toujours les outils de fer sont pour l'homme, les outils de bois pour la femme.

Là, il les avait tous à lui ; non pas seulement la bêche et le dail, mais aussi le râteau. L'homme gouverne les vaches, et la femme les chèvres ; mais là, bœufs ou biques, il avait tout à panser. Et de mois en mois, que n'eût-il pas à faire ! Jusqu'à aller puiser l'eau à la fontaine, jusqu'à balayer la maison et jusqu'à couler la lessive.

« C'est ma politique, disait-il aux voisins qui se riaient de lui : je me sauve ainsi bien des disputes... Et qui vivra verra. »

En attendant, il en voyait de toutes. Pas de semaine sans qu'une nouvelle besogne ne lui tombe en partage. Tout juste s'il n'avait pas à donner leur foin aux poules ou aller chercher la corde à virer le vent.

Un soir qu'elle se déchaînait parce que le lait venait de tourner, — et c'était sa faute, à lui, qui aurait dû récurer le pot avec des orties :

« Écoute, lui dit-il sans se fâcher, tu n'as qu'à faire un papier, où seront marquées toutes mes besognes. Celles-là seront miennes, je les mènerai de mon mieux. Mais celles que ne portera pas le papier ne me regarderont pas. »

Entendu. On met les choses sur ce pied. Dès le dimanche, le maître d'école vient pour dresser cette liste.

Croyez qu'il eut à la faire longue. Tout l'après-midi y passa, — et tout le papier mis en réserve pour couvrir les pots de confitures. Quelle liste, brave monde ! Quel chapelet de besognes ! Enfin, le papier est bon âne, il porte tout.

Trois jours après, comme Dieu le voulut, arriva bien un autre cas.

On approchait de Pâques. La ménagère faisait sa grande lessive de printemps. Vous savez ce qu'est l'humeur des femmes, ces jours-là, et celle-là, vous pouvez bien imaginer !

Elle avait le temps à souhait, pourtant : un vrai temps de lessive, tout vent et tout soleil. Ombre et clarté tour à tour volaient, les nuages blancs galopant, là-haut, à la queue leu leu, comme si leurs caravanes jouaient à qui arriverait premier sur le pays. Mais dites qu'il ne faisait pas chaud sous ce vent, qui vous coupait par le travers.

Ne portez pas peine pour la ménagère. Elle s'entendait bien à se réchauffer. Tout en étendant le linge sur les cordes, dans le verger, elle avait entrepris son homme sur quelque besogne qu'il aurait dû faire ce jour-là, et qui n'était pas encore faite.

« Et ce n'est peut-être pas marqué sur ton papier, dis un peu ? Oui, dis-le, renieur de parole, qui n'es bon que pour gaudir, rire et boire. Mou comme une soupe, et paresseux comme les loches ! Ha ! ma pauvre mère voyait bien tout d'avance. Elle m'avait tant dit... »

Et le reste ! Lui devait la suivre, portant le faix de linge mouillé, et l'ouïr, à pleines oreilles. Quand il allait chercher un autre faix, elle haussait la voix pour qu'il ne perdît rien du chapitre ; et quelqu'un qui aurait passé sur la route à un quart de lieue de là aurait pu tout entendre.

« Alors, cirer mes souliers, le papier le portait-il, oui ou non ? Et moi, t'ai-je jamais demandé autre

375

chose que ce qui est porté ? Ce qui n'y est pas, suffit, tu n'as pas à le faire ! Tu me feras même plaisir de ne pas t'en mêler, m'entends-tu, grand emplâtre ? »

Mais comme si le vent voulait lui fermer la bouche, une nappe ne se plaque-t-elle pas à sa figure ? Aveuglée, elle recule de deux pas, sans voir qu'elle était près de l'osier. L'eût-elle vu, elle était trop déchaînée pour se souvenir que la serve, la citerne, béait là, derrière dans ce coin d'herbe.

Tout à coup, tandis qu'elle se débat contre la nappe, le terrain lui manque sous les pieds. Et, battant l'air de ses bras, elle dégringole dans l'eau.

Un plongeon ! Un tapage ! Tout de suite ces cris : « Je me noie ! Au secours ! Au secours, je me noie ! »

Non, elle ne se noyait pas ; mais l'eau lui venait presque jusqu'à la gorge, et cette eau-là n'était pas chaude. Elle s'attrape à un scion d'osier : le scion s'arrache... Elle veut se prendre à une pierre de la paroi : la pierre se déchausse... Pas moyen de se hisser jusqu'au bord, jusqu'à l'herbe. Pas moyen de sortir de là...

Enfin, son homme qui revenait l'entend. Il accourt.

« Allons, démène-toi, va chercher une échelle !

— Hé, mais, tu viens de le dire ! Que je n'ai à me mêler que de mes besognes...

— Tire-moi de cette serve !

— ... Que je te ferais même plaisir en ne me mêlant pas d'autre chose. L'as-tu dit, oui ou non ? Et celle-là, je crois bien qu'elle n'est pas sur le papier.

— Vite ! Que j'ai déjà les sangs tout glacés.

— Attends un peu, j'ai là le papier. Que je regarde : faire cuire la pâtée des cochons, la leur donner, aussi le petit-lait... faire de l'herbe pour les lapins... Non... Ha, la lessive : allumer le feu, apporter l'eau, couler, battre, étendre, tout y est, mais non pas que je doive te tirer de la serve, certainement pas.

— Si tu ne m'en tires pas, je prends le mal de la mort !

— Attends que je regarde encore : scier le bois, le casser, te fournir des fagots... mmm... — il mouillait son doigt, tournait les pages, — attends... arracher les carottes du jardin, les laver, couper les herbes potagères, lever le miel des ruches, tout y est, même plumer les poules, mais de serve et de te tirer de la serve, pas le mot... Non, pauvre amie, vois ! ça n'est pas sur le papier...

— Au diable ton papier. Jette-moi ce papier ! Mais tire-moi de l'eau !

— Ha, si tu veux : jetons le papier, et c'est tout simple, alors : tu fais tes besognes de femme, en brave petite femme que tu sauras être, et nous nous entr'aidons comme homme et femme qui se comportent bien. Sur ce pied, je le veux.

— Eh bien, va, déchire le papier ! Mais fais vite, mon petit homme ! Je vois des salamandres, autour de moi, dans l'eau ! Oh ! ces bêtes, encore plus que le froid me révolutionnent le sang ! »

Lui, alors, en bon homme, il s'accroche d'un bras à la tête de l'osier, se penche, tend l'autre bras à sa petite femme. Et il amène au bord, toute trempée, l'amène à la maison, toute dégoulinante. Il souffle sur les braises, il y met des bourrées, enfin, pour la sécher, rallume un beau grand feu.

Ce fut pour la dernière fois qu'il l'alluma. Après cela, chez eux, tout alla sur un autre pied. Elle, elle resta enrhumée une semaine, toussant comme la Mère Coqueluche. Mais elle se trouva bonne femme pour tout le demeurant de son âge.

Et cela valait bien un rhume de huit jours.

LE ROI-PETIT

Il y avait une fois tout un pauvre pays de balais et de branches ; et, du côté du soleil levant, au bout de ce pays, perdue dans ses bruyères, une maisonnette de terre. Une chaumine guère plus haute que trois fagots, et si dépourvue que les chenets dans la cheminée n'étaient que de deux pierres brutes. La table ? de deux planches sur ses quatre piquets, avec une demi-douzaine d'écuelles brunes par-dessus.

Une demi-douzaine d'écuelles brunes : mais c'est qu'il y avait une douzaine de petits ! Toute une ribambelle. Des jumeaux par deux et par trois. Et le dernier était le plus petit de tous. Pas plus gros que le roitelet, le Roi-petit, qui a en tête couronne d'or, mais qui pèse si peu que quand il vient à se poser sur la fleur de chardon, la fleur de séneçon, il ne les fait plier qu'à peine.

On avait surnommé ce douzième garçon le Roi-petit. Il était fin comme l'osier, et toujours en gaîté et toujours en éveil.

Il faisait bon d'avoir provision de gaîté, justement, en cette année-là. La moisson n'avait rien donné : tout l'hiver on eut mauvais vivre. Au printemps, ce fut pire. On voudrait n'avoir plus qu'à se réjouir alors, parce que l'air devient doux, que la lumière change : d'ordinaire, c'est comme une chanson bourdonnant du fond des campagnes, qui monte, qui s'enlève. Mais personne n'avait plus de courage, cette année-là. Sauf quelque peu le Roi-petit, peut-être. Il y avait eu trop de ces soirées noires, à la fumée de deux tisons, où l'on s'était couché le ventre creux. Que peut le printemps quand on ne voit plus de pain dans la huche, plus de grain dans le sac ? Le père et la mère avaient des faces décharnées, couleur d'ossement : leurs yeux allaient partout dans les coins et recoins sans y trouver de quoi nourrir la maisonnée.

Un soir, ils se concertèrent longtemps, d'un chuchotis, avançant la tête l'un vers l'autre, au coin de la cheminée. Le père, ma foi, avait cette pensée de mener les petits bien loin, bien loin, au grand chemin.

« Passera bien une personne qui les amènera dans quelque bonne maison. Autant leur donner cette chance. Si nous ne savons que les garder céans, nous les verrons mourir devant la huche vide. Ce sera à nous, si nous ne pouvons faire autrement, de revenir mourir de faim ici.

— Oh ! mon pauvre homme, gardons du moins le Roi-petit ? Il lui faut si peu de pain et il a tant de bon courage ! Tant qu'il y aura une miette à manger, qu'avec lui nous la partagions. Mon Roi-petit, mon petitou !

— Non, dit l'homme... qu'il suive le sort de tous ses frères. Pas de raisons. C'est résolu ! »

Fut dit, fut fait.

Venait le temps de Pâques. Le père prit un de ces jours de la semaine sainte où souffle le grand vent. Ils n'avaient plus beaucoup de force : le vent les pousserait aux épaules. Il leur emplirait la tête, il les étourdirait, les roulerait, les emporterait peut-être vers un logis où fumerait la soupe.

À travers la campagne, pliant l'échine, une main sur son chapeau, le père les emmena jusqu'au chemin du roi. Il les fit asseoir là à l'abri d'un talus ; tous les douze, sous un gros fayard dont le branchage nu dansait.

« Amusez-vous à regarder qui passe. Peut-être passera-t-il une bonne personne qui vous donnerait de la galette, si vous saviez la lui demander. Regardez bien et sautez sur la chance ! »

Eux qui n'étaient jamais sortis de leurs bruyères, ils regardaient déjà de tous leurs yeux. C'était plus beau que la lanterne magique : passaient une file de mulets ou une troupe de cavaliers, un pèlerin, deux moines gris menant leur ânichon, trois gros marchands sur leurs bidets, valise en croupe, un soldat rouge et bleu, qui revenait de guerre, le havresac au dos... Le père s'était écarté, il se coula le long d'un ruisseau, derrière les osiers, se déroba à leur vue, fila de touffe en touffe, puis prit sa course et disparut.

Les heures passèrent, comme les gens. Midi passa, une heure, deux heures de relevée. Les petits commencèrent de s'émouvoir, puis de larmoyer et de se lamenter.

Le Roi-petit, lui, ne pleurait pas. Dégourdi comme le blé qui lève, il calculait. « Si le père n'est pas revenu dans une heure, il nous faudra demander notre chemin, et peut-être un morceau de pain pour nous soutenir en route. »

Le père ne revenait pas.

Arriva ce qu'il avait prévu. Quand les petits eurent trop faim, ils dévalèrent de leur talus, avancèrent jusqu'à la chaussée, et ils priaient les gens de les prendre avec eux, de les mener où ils pourraient manger.

Tel cheminait et ne les écoutait pas. Tel s'arrêtait, les écoutait, mais ils n'en avaient rien de plus.

Cependant un mendiant leur donna une poignée de noix, et un compagnon du tour de France leur donna un quignon de pain.

Ils se disputèrent ce pain, ces noix, mais ils commencèrent par chasser le Roi-petit.

« Toi, tu n'as pas pleuré et demandé avec nous : tu ne mérites pas d'avoir part à ce que nous, nous avons su gagner ! »

Et ils le poursuivirent à coups de poing, à coups de pierres. Si bien qu'il ne trouva mieux pour se garantir d'eux que de grimper dans la tête du fayard.

Il n'était pas plus tôt là-haut que passa sur la

route bien autre chose que tout ce qu'ils avaient vu jusqu'à cette heure : un chariot doré. Et dans ce chariot, — oh, la merveille ! — une petite princesse guère plus grosse que la mésange, la princesse des parpaillons.

Les frères du Roi-petit se jetèrent au-devant d'elle :

« Demoiselle ! Belle demoiselle ! Nous vous prions et supplions ! Prenez-nous en pitié ! Emmenez-nous dans votre château joli, que nous puissions manger, la male faim nous ronge !

— Vous voyez bien, dit-elle, je n'en peux prendre qu'un : si petit est mon chariot ! Je prendrai donc le plus petit de vous, celui que je vois là-haut dans la tête de l'arbre. Descends, mon petit oiseau, tu viendras avec moi. »

Elle l'avait bien vu : elle avait des yeux, la princesse ! Et le fayard n'avait pas de feuilles encore. Elle avait vu, aussi, cette finette, que les autres mangeaient sans lui donner de leur manger.

Il vint, le bonnet au poing. C'était pour lui qu'était la chance. Elle l'a fait monter dans le chariot, puis a secoué les rênes, et ses chevaux sont repartis dans le vent, grand galop.

« Quel nom as-tu, comment faut-il te dire ?

— On me dit Roi-petit, on me fait porter ce nom.

— Eh bien, mon Roi-petit, je te vois si bon courage que peut-être es-tu celui qui peut m'aider.

— Je suis à votre joli commandement, demoiselle.

— Je t'emmène au jardin des belles roses, au château des merveilles. Et tu n'y manqueras de rien, Roi-petit. Seulement, seulement..

382

— De tout mon cœur je voudrais vous servir.

— Seulement, le sais-tu ? En tout pays il y a une lieue de méchant chemin à faire.

— Pour vous, je la ferai. Ma grand-mère disait qu'en allant, en allant, au bout du carême on trouve Pâques. »

Ils arrivent dans le royaume des parpaillons. Ils entrent au jardin des belles roses. Déjà, dès le printemps, les blanches et les rouges ! Ils voient le sable d'or et la belle fontaine. Le château des merveilles : escalier rond, devant la porte, lambris dorés, partout.

« Tu vas souper. Puis tu vas prendre somme. Mais pauvre Roi-petit, tu ne dormiras pas longtemps. Sur la mi-nuit ils arriveront trois. Ils cogneront de leurs poings à la porte. Ils t'appelleront par ton nom. Tu ne répondras pas un mot.

— Non, demoiselle.

— Ils entreront et te feront pâtir. La nuit sera mauvaise ! Dis, pour l'amour de moi, peux-tu tout supporter ?

— Oui, Dieu aidant, tout, pour l'amour de vous.

— Il me faut partir, Roi-Petit, te laisser seul au péril de la nuit. Roi-petit, à demain !

— À demain, demoiselle. »

Chance pour lui qu'il eût été élevé à ne rien craindre. Ni la faim, ni le bruit, ni les coups. Hardi comme la ratepenade ! Au fond de la vieille petite maison où la fumée faisait pleurer les yeux, sous les bourrades de ses frères, il avait appris le courage. Après ce qui lui avait été promis pour la nuit, un autre aurait séché d'angoisse. Mais lui, il n'allait pas penser à cette transe ; il ne pensait qu'à sa princesse : il l'avait dans le cœur, tout son courage était en feu.

« S'il y a un mauvais pas à passer, on le passera ! »

Il soupe et il se couche.

Sur la mi-nuit, soudainement, un coup ébranle la porte du château. Puis une grêle de coups. Et à grandes bramées, trois voix de taureaux appellent Roi-petit.

« Roi-petit ! Roi-petit ! »

Il fait le mort.

« On t'aura bien ! Et tu passeras mal ton temps, va, bel oiseau ! »

En bas, la porte s'ouvre comme si l'enfonçait quelque ouragan.

Trois loups-garous arrivent, au grand galop par les montées. Trois manières d'hommes plus rouges que des chevaux rouges, des géants, des dragons, avec des yeux en boules de feu et des pattes en battoir — on n'aurait pas pu dire comme ils étaient bâtis.

« On t'a trouvé, on te tient, Roi-petit ! Et maintenant, on va jouer à te perdre. »

Ils font main basse sur le Roi-petit, le roulent, l'empaquettent de cordes, et le voilà en peloton. Et les voilà, eux trois, à jouer de lui à la paume. À se le lancer de l'un à l'autre, à l'envoyer en l'air, à l'attraper au vol, l'empaumer, le happer de leurs pattes, comme un dogue happe sa bouchée ; et parfois ils le manquent, ils le laissent arriver dans les courtines ou contre la muraille...

Quel sabbat par les corridors et par les salles, dans leur poussière, leurs cris, leurs rires. Quel pourchas sans répit de vacarme et de coups, à travers ce château des merveilles changé en château des angoisses...

Et ce train jusqu'au chant du coq.

Au chant du coq, les trois hommes rouges ont décampé.

Au chant des merles, arrive la princesse.

« Roi-petit, ô mon Roi-petit, où seras-tu ?

— Je suis là, demoiselle ; seulement je suis mort. »

De fait, il l'était presque. Tout ankylosé dans ses cordes, hébété, assommé de coups. Elle se jette sur lui qui avait tant pâti pour elle, défait les nœuds, en s'écorchant les doigts, — « mon Roi-petit ! mon Roi-petit ! » — le frotte doucement d'un onguent, lui verse sur les lèvres un peu d'eau de la reine de Hongrie, qui ferait revenir un mort ! Mais ce qui eut plus d'effet que cette eau, ce furent trois larmes, toutes chaudes, qu'elle laissa tomber sur la joue de son serviteur. Voilà le Roi-petit guéri, le voilà refait. Comme pour la boire des yeux, il regarde sa princesse. Tous les deux, la main dans la main, ils vont au jardin des belles roses ; ils y passent des heures tissées d'or et de soie, sans même savoir si elles sont du matin ou du soir.

Au soleil rentrant, quand le rayon leur est arrivé rouge au travers de la feuille :

« Roi-petit, Roi-petit, lui a dit la princesse, il me faut te quitter encore. Sur la mi-nuit reviendront ces trois-là. Ils heurteront, t'appelleront. Tu ne répondras pas un mot... »

Le Roi-petit l'écoutait, blanc comme le mouchoir brodé aux coins de quatre fleurs de pensée que la princesse, après l'avoir soigné, lui avait laissé aux mains.

« Ils entreront, ils te feront pâtir. Ils n'auront pas pourtant le pouvoir de te tuer, mais la nuit te sera mauvaise, épouvantable... Pour l'amour de moi, peux-tu tout supporter, dis, Roi-petit ?

— Ho, pour l'amour de vous, princesse, ma princesse, je supporterai tout.

— Il faut que je te laisse, Roi-petit... Et je te laisse seul au péril de la nuit... Roi-petit, à demain !

— Ma princesse, à demain ! »

Ce n'est rien de braver le danger, tant qu'on est sans le connaître. Quand on le connaît, il n'en va pas de même. Le Roi-petit ne voulait pas penser à ce qui l'attendait : il pensait qu'il allait servir sa chère princesse ; il se redressait, il rayonnait, la lumière de l'espérance lui sortait par les yeux.

Sur la mi-nuit, tous ces poings à la porte. Et ces bramées : « Roi-petit ! Roi-petit !... »

« Si tu nous forces à aller te chercher, mon bel oiseau, tu passes ton temps plus mal encore que la nuit dernière ! »

Mais le Roi-petit s'était mis dans ce courage que rien ne ferait plier, que rien ne réduirait.

386

Les hommes rouges enfoncent la fenêtre. Ils arrivent par les montées, galopant à gros pas et soufflant à gros souffles.

« Ha, Roi-petit ! On t'aura plus encore qu'hier on ne t'a eu... On va te faire rôtir à la broche ! »

Ils le joignent, l'empoignent, lui replient les bras, les jambes, le ficèlent, et serré, le troussent comme un perdreau Puis lui passent une broche tout du long de l'échine et ils le portent devant le feu de la grande salle.

Malheureux Roi-petit ! Les liens lui entraient dans la peau, le tournoiement lui vidait le cervelle, l'air ardent le suffoquait, il grésillait, mordu par les pointes des flammes. Et du fond de ce cauchemar, il voyait sur lui ces trois autres, avec leurs grosses ombres démenées au-dessus d'eux...

Quelle nuit, quelle nuit !

Enfin, au chant du coq ont décampé les trois hommes rouges.

Au chant des merles arrive la princesse.

« Roi-petit, ô mon Roi-petit ! Mon petitou, mon fricassou, gémissait-elle : que sera-t-il de toi ?

— Je suis là, ma princesse. Seulement, je suis mort !... »

Il en revint pourtant, tant de bien elle lui voulait.

Ah ! sans doute elle a su s'employer pour lui de tout son cœur, se retourner les ongles à le délier, défaire les nœuds, le panser, l'oindre d'un baume d'huile vierge et de blanches fleurs de lys. Mais ce qui a fait plus que le baume et l'eau royale, c'est trois gouttes de sang tombées de ses doigts blessés sur la joue de son serviteur.

Voilà le Roi-petit sur pied, le voilà quasi guéri. Tous les deux, la main dans la main, ils vont au jardin des belles roses. Ils y passent des heures tissées d'or et de soie, sans même savoir si elles sont du matin ou du soir.

À soleil rentrant, quand le rayon leur est arrivé rouge au travers de la feuille :

« Roi-petit, Roi-petit, lui a dit la princesse, il me faut repartir. Il se peut qu'en ce monde je ne te revoie plus. Mais le château est tien, reste dans le château. Tu y as souffert mort et passion pour moi. Sache seulement que tu m'as délivrée, et que le tourment était pesant. C'était un sort, c'était le sort... »

Ils se regardaient du fond de leurs yeux, comme si leurs cœurs s'ouvraient.

De même que la veille elle lui avait laissé le mouchoir blanc dont elle l'avait essuyé, ce jour-ci, elle lui a laissé le mouchoir rouge, brodé en son mitan de quatre fleurs d'amour.

Et puis elle est partie dans la lumière de Pâques.

Le Roi-petit, lui, est demeuré, tout esseulé.

Et l'eau a coulé sous les ponts ; les semaines, les mois, les années ont passé. Le Roi-petit aurait pu vivre en maître dans les lambris dorés, au château des merveilles. Mais selon la saison, serpe ou greffoir en main, il était dans le verger, entant les jeunes pieds, émondant les vieux arbres. Tantôt agenouillé, dans l'herbe, greffant poirier sur cognassier, tantôt dans la tête d'un pommier, passant d'une branche à l'autre, ôtant le mort et le rompu. Maintenant posé à terre, maintenant voltigeant dans les airs, comme Sautarelet, comme Piempirelet, les oiseaux du buisson. Ou comme la fauvette avec son doux gosier. Car il chantait au plaisir de la gorge. Il ramageait en travaillant, il travaillait en ramageant, toujours par bon courage. Mais il se languissait de sa chère princesse. Le jardin des belles roses, ha, qu'était-il sans elle ! Quand il l'avait à son côté, qu'il la voyait le regarder du fond de ses grands yeux sombres, sa petite reine des parpaillons, alors, tout le soleil lui entrait dans le cœur.

Que faisait-elle ? Où était-elle, en quelle part du monde ?

Un jour de mars, il monta tout au haut de l'arbre le plus haut, le grand poirier des poires de feu, des poires à cuire. C'était pour découvrir le pays lointainement. Mais il ne voyait que les tourbillons de poudre fuyant sur les chemins et les reflets de jour courant sur le blé vert.

Le temps se sentait encore de février, et la bise tirait, traînant dans son air tout bleu, tout lavé de neuf, deux caravanes de blancs nuages. Elle passait, elle le berçait à la tête de l'arbre comme si elle le transportait par le milieu de l'air. L'idée lui vint que cette bise avait pu voir sa chère belle princesse.

« Ô bise, bonne bise, saurais-tu des nouvelles de ma princesse, la reine des parpaillons ? »

La bise est rude et toujours affairée. A passé quasi sans répondre, allant de bois en bois, volant de mont en mont.

« Ta princesse ? Je n'ai vu d'elle ni feu ni fumée, Roi-petit ! »

Elle a passé, elle a passé.

Déjà on dit :

> *En février*
> *Pas deux jours pareils.*

En mars, c'est plus vrai encore. Un jour tout de soleil, l'autre tout de nuées. La bise, dès le lendemain, avait cédé la place à la traverse : c'est le vent du couchant par qui le temps se charge et qui charrie tant de nuages.

Du haut de son poirier des poires de feu, le Roi-petit a hélé la traverse :

« Traverse, bonne traverse, saurais-tu des nouvelles de ma princesse, la reine des parpaillons ? »

La traverse est bourrue, toute grise et rechignante comme une vieille sorcière. A rudoyé le poirier et a passé en grommelant.

« Ta princesse, est-ce qu'on me l'a donnée à garder, ta princesse ? »

Le troisième jour, s'est levée l'aure, — c'est le vent du midi. L'air s'est fait doux, avec une odeur de bouquet, les primevères jaunes, rouges, blanches sont sorties de partout ; et sans attendre que le temps des gelées se soit tout à fait enfui, l'amandier, qui est le plus fou des arbres, s'est dépêché de fleurir.

Le Roi-petit, du haut de son poirier des poires de feu, a hélé ce vent du midi.

« Aure, bonne aure, saurais-tu des nouvelles de ma princesse, la reine des parpaillons ? »

L'aure est facile. Elle a fait pause une minute, en murmurant, dans un bourdon d'abeilles et de soleil :

« Ta princesse, Roi-petit ? Je l'ai vue hier au soir. Elle épouse demain le roi des escarbots. »

Si le Roi-petit ne chut pas en terre, de la tête de l'arbre, ce fut parce qu'une branchette entra dans sa ceinture, et il y est resté pendu. L'aure le vit si défait qu'elle en eut compassion.

« Écoute, Roi-petit, monte sur mon épaule. Moi, je t'amènerai au château de ta reine.

— Merci de ce que tu feras, bonne aure. Je voudrais lui offrir mon service avant le jour des noces. »

L'aure l'a emporté par le milieu des airs, mêlé aux alouettes, qui ont commencé de chanter depuis la sainte Agathe, mêlé aux fumées des feux d'herbes, mêlé aux nuées du bon Dieu. Il a passé d'en haut au-dessus des campagnes, de la rivière de Loire, de la rivière de Rhône, des quartiers de forêts, des quartiers de pacages, des rocs, des pins, des prés et des pièces de blé courant jusqu'à la mer.

« Tu n'as pas peur ? demandait l'aure.

— Je n'aurais peur que d'arriver trop tard chez ma princesse.

— Tu n'as pas froid ?

— Je n'ai froid, puisque c'est chez ma princesse que je vais.

— Tu n'as pas faim ?

— Je n'ai faim que de voir la belle princesse, la petite reine des parpaillons ! »

Toujours volant, sont arrivés au château de sa chère belle.

De son épaule, l'aure l'a porté par la fenêtre ouverte dans une salle haute, la salle de la reine. Et le Roi-petit s'y est caché comme un oiseau derrière la tapisserie. Mais il a posé sur la table ce mouchoir blanc plus doux que duvet de cygne où étaient brodées aux coins quatre fleurs de pensée.

Quand la princesse arrive, du premier coup d'œil, elle avise le mouchoir. Elle devient plus blanche encore qu'il n'est, elle manque de tomber en pâmoison.

« Roi-petit, ô mon Roi-petit ! Qu'est-ce que ce mouchoir vient me dire ? »

Et elle, la petite, la craintive, aussitôt elle mande au roi des escarbots par deux de ses trompettes qu'il faut retarder les noces.

Le lendemain, au premier rai de soleil, elle revient à la salle haute. D'entrée, qu'avise-t-elle, sur sa chaise posé ? Plus doux que la plume du bouvreuil, le mouchoir rouge à quatre fleurs d'amour brodées en son mitan. Elle devient aussi rouge que le mouchoir, manque de suffoquer de joie.

« Roi-petit, mon Roi-petit ! Il ne m'a donc pas oubliée ! Il est toujours à moi, de tout son cœur à moi. Je sais qu'il me le fait savoir ! »

Vite, vite, elle mande au roi des escarbots par quatre de ses barons que leurs noces ne peuvent se faire.

« Roi-petit, ô mon Roi-petit ! Ha, si tu es ici, fais-toi voir, Roi-petit ! »

Toute rouge, toujours, d'un éclat de merveille, riant, pleurant, la petite princesse l'appelle dans le rayon du matin.

Et il est là, tremblant de joie comme elle. Et ils se sont jetés dans les bras l'un de l'autre.

Ce furent leurs noces, qui se firent à la volée des cloches de Pâques, puisque tout était prêt pour le festin des noces, le pain cuit dans le four et la galette cuite, le cochon de lait même rôti à la drap d'or. J'ai eu du croquembouche qui portait à la cime une petite mariée blanche tout en sucre candi. Elle doit être encore dans le tiroir de l'armoire, et je pourrai vous la faire voir quand vous viendrez à la maison.

LES ÉPINARDS ET LES CARDES

Il y avait une fois un mari et sa femme qui s'entendaient si bien. Et ce n'était pas chez les Topinambous ou chez les Margajats : c'était ici, dans le village.

Se faisant de petits plaisirs, cherchant chacun, sans cesse, ce qui serait agréable à l'autre.

Ils avaient un jardin, derrière leur maison. Cette année-là, passant le mois de mai, il se trouva qu'une des planches, entre celle des oignons et celle des pois mangetout, n'était pas occupée encore. — En mai, au potager, il ne doit plus y avoir grand comme la main de terre libre.

« Eh bien, se dit l'homme, elle aime les épinards,

— quelle saleté pourtant !... Faut semer là des épinards pour ma bonne femme.

« Té, se dit la femme, puisque le pauvre homme aime les cardes, — quel drôle de goût ! — dans ce carreau-là, je vais semer des cardes. »

Elle sema des cardes, lui sema des épinards. Et quand les plants commencèrent de sortir, en se cachant l'un de l'autre ils allèrent les voir derrière les grands soleils qui montaient en bordure. Il ne fallait pas laisser manger le plant par la mauvaise herbe. Elle, elle arracha tout ce qui n'était pas cardes, lui, tout ce qui n'était pas épinards. Vous imaginez ce qui resta.

Dans un ménage, il faut se dire les choses. Il faut s'entendre. Mais faut d'abord s'assurer qu'on s'entend.

LES TROCS

Il y avait une fois, boutique de boutique, un homme, Trempelune, sa femme, la Margoton. Lui, fin comme un cent de navets. Il aurait pris un âne pour un cabri. Si bien que la maison ne se faisait pas maison et que la femme aurait eu de quoi crier.

— *Jean que fait ta femme ?*
— *Quelquefois mange, autrement crie ou clame.*

Comme elle n'avait pas tellement à manger, la Margoton était en droit de crier sans cesse. Mais elle ! Douce d'humeur comme duvet d'oison sous la plume.

Cependant un beau soir, elle dit à son homme :

« Dites, mon homme, que ferons-nous ? Plus de pain dans la huche, plus de sous dans la bourse. Vous devriez faire comme mon pauvre oncle de Saint-Éloi-la-Glacière, qui s'était mis à troquer, à troquer... Quand il est mort, il avait dix mille francs de dettes, c'est vous dire qu'il était devenu un personnage.

— Mais, pauvre femme, moi, vois-tu bien, je n'ai pas appris à troquer.

— Ce n'est pas sorcier, mon homme, vous changez ce que vous avez contre ce que vous n'avez pas. Nous n'avons plus qu'une vache : partez avec, à val le vent. Oui, partez avec elle, demain, puisque c'est la foire à la ville, et commencez ce commerce de trocs. »

Le lendemain, Trempelune se lève, attache la bête par la corne et, tenant le bout de cette corde, part pour la foire avec sa vache.

Enlevant le pas, il chantait :

> *Alleluia ! Les choux sont gras !*
> *Si Monsieur le curé ne les aime pas*
> *La Margoton les mangera.*

Au premier carrefour, il tombe sur un homme de par là qui, lui, menait une bique.

« Où vas-tu, Trempelune ?

— Troquer ma vache.

— C'est-à-dire ?

— La changer contre quelque autre chose.

— Eh bien, faisons affaire. Change-la contre ma chèvre.

— Fait est ! Ce sera bien un troc. »

Il troque donc la vache contre la bique et continue d'aller.

Un peu plus loin, tombe sur un autre homme qui, lui, portait une oie.

« Où vas-tu, Trempelune ?

— Troquer ma chèvre.

— C'est-à-dire ?

— La changer contre quelque autre chose.

— Eh bien, faisons affaire. Change-la contre mon oie.

— Fait est ! Ce sera bien un troc. »

Et puis il a troqué, troqué encore : l'oie contre un coq, le coq contre un panier de crottin.

Le soir, retournant de la foire, avec ce panier, il rejoint son voisin du matin, l'homme de la biquette.

Alors, mon Trempelune ?

— Alors, tu vois, j'ai troqué, j'ai troqué. Ma vache contre ta bique, puis ta bique contre une oie.

— Ta femme ne sera pas trop contente de te voir ramener une oie, toi qui avais emmené une vache !

— La femme ? Ha, tu ne la connais pas ! Toujours contente, toujours trouvant tout bon sans sauce... Du reste, j'ai aussi troqué l'oie, l'ai troquée contre un coq.

— Eh bien, j'entends la femme d'ici ! Tu peux te sentir dans de mauvaises chaussures.

— La Margoton ? Moi je te dis qu'elle sera contente... Du reste aussi, j'ai troqué le coq, je l'ai troqué contre ce panier de crottin.

— Elle va te dévorer à gueule ouverte, pauvre ami.

— Ha, que non pas ! M'embrasser plutôt comme pain chaud.

— Parions que non, Trempelune.

— Je parie que si, voisin.

— Ta vache valait trois pistoles. Eh bien, j'en parie douze que tu vas te faire dévorer quand ta Margoton verra où t'ont mené tes trocs.

— Voisin, pari tenu. Je connais ma Margoton.

— Et moi, je connais les femmes, peut-être. »

Ils arrivent au village, entrent chez la Margot.

« Eh bien, mon homme, avez-vous bien troqué ?

— Eh bien, ma femme, d'abord la vache contre une chèvre.

— Ha, tant mieux. Je ferai des chévretons. Tant comme je les aime !

— Mais j'ai troqué la chèvre contre une oie...

— Ah, tant mieux. Je manquais de duvet pour la couette.

— Mais j'ai troqué l'oie contre un coq.

— Ha, tant mieux. Votre chante-matin nous éveillera tôt et longue matinée fait, dit-on, la bonne journée.

— Mais j'ai troqué le coq contre ce panier de crottin.

— Ha, mon homme, tant mieux ! Nous ferons pousser quelque bouquet qui égayera tout le jardin !

— Tiens, Trempelune, dit le voisin, voilà tes
douze pistoles. Je te les donne de bon cœur, car je
ne pensais de tout mon âge voir une femme
comme la tienne. Ne va pas la troquer surtout ! Tu
n'en trouverais pas la pareille. »

LA FILLE MATELOT

Il y avait une fois, dans la ville de Lorient, en
Bretagne, une jeune fille de condition qui venait
de se fiancer au capitaine d'un navire marchand.

Ce capitaine, sur son vaisseau, devait partir
pour les îles d'Amérique. Ç'allait être un voyage !
D'une année ou davantage, sans doute. Et les
noces n'auraient donc lieu qu'à son retour.

La jeune fille était une brunette : mince de
corps, brève de taille, mais d'un esprit assez aven-
tureux... Il faut dire qu'elle était jeune, n'ayant
encore seize ans entiers. Elle ne se rendait pas trop
compte des choses. Une idée naquit en sa tête : de
partir avec son fiancé, et elle le supplia de l'emmener sur le vaisseau.

Lui, d'abord, il ne fit qu'en rire. Puis il lui
remontra qu'elle ne savait ce dont elle parlait.
Non, elle ne se doutait nullement de ce qu'était la
vie sur un navire, ni de ce qu'il fallait parfois y
endurer. Supporterait-elle trois jours cette
misère ?

« En votre compagnie, lui dit-elle avec feu, je la
supporterais trois ans ! »

Mais il ne fit que hausser doucement l'épaule. Il mit le propos sur la perruche de la demoiselle, sur la volière où elle nourrissait quelques serins des Canaries.

Le lendemain, il vint pour les adieux, qui furent pleins de serments et de larmes.

Puis il alla prendre son commandement, car son bâtiment l'attendait devant la ville de Nantes.

Il n'était pas à bord depuis deux heures, que se présente devant lui un jeune matelot. C'était un luron mince et vif, très brun de peau, à la joue balafrée, mais cachée en partie par un taffetas noir.

Le capitaine l'envisage avec un haut-le-corps, tire sa pipe de sa bouche.

« Qui êtes-vous, beau mousse ? Que voulez-vous de moi ? Ne sortiriez-vous pas de la ville de Lorient ?

— Je suis né en pays fort éloigné de Lorient, monsieur le capitaine : sur les rives de la Martinique, tout près des Hollandais. Mon père et ma mère ont été tués par leurs boulets, et moi j'ai été blessé à la face. On m'a débarqué ici en France, au bord du Palais ; maintenant, je voudrais retourner dans les îles. Prenez-moi comme mousse sur votre bâtiment !

— Savez-vous bien, beau mousse ? Vous ressemblez furieusement à ma chère Isabeau. C'est sa bonne grâce, et ce sont ses yeux noirs. Non tout à fait son teint, non tout à fait sa voix, et pourtant sa vraie retirance. Votre parole, votre personne,

399

tout me fait souvenir des tendres amours de ma
bonne amie...

— Vous vous moquez, monsieur le capitaine,
vous voulez me faire rire !

— Je dirais que voilà Isabeau, si cela pouvait
être... Mais je vois bien : vous êtes plus grand
qu'elle. Et puis de peau plus brune... Peut-être
serez-vous son frère ?

— Moi ? Je suis fils unique...

— Elle aussi, fille unique. Mais son frère ou bien
son cousin sans le savoir... Vous voudriez venir
comme mousse à mon bord ? Et s'il fallait se battre ? Au lieu de faire le commerce, si nous faisions
la course ?

— Je ferais la course avec vous, monsieur le
capitaine. Contre les Hollandais !

— Sais-tu que le métier est rude et qu'il te tan-
nera le cuir ? Auras-tu si bonne endurance que tu
as bonne contenance ?

— Pour vivre aux côtés d'hommes de cœur,
monsieur le capitaine, rien ne me coûtera !

— Bien répondu. Embarque, mon beau
mousse ! »

Le mousse embarqua, avec son baluchon. Et au
lieu de dire, comme fait le marin : « Adieu à tout
ce que j'aime ! » lui, au contraire, il se disait : « À
celui que j'aime, salut ! »

Car ce charmant matelot n'était autre que la
belle Isabeau, comme le capitaine en avait eu
soupçon. Mais elle avait mis un jeu de cartes en
ses souliers, pour paraître de taille plus haute, une
fève en sa bouche pour déguiser sa voix. Enfin de

quelque drogue elle s'était bruni le teint. Même elle s'était porté une estafilade à la joue, et elle l'avait envenimée avec de l'herbe aux gueux pour faire croire à une blessure.

Car l'amour la montait, tout un feu de courage. Elle entendait se prouver à soi-même qu'elle ne craignait point le mal.

Mais elle eut à supporter autre chose qu'une égratignure. Le métier de marin est un rude métier, surtout par temps de chien, quand le vent et la mer bataillent par l'espace. Grimper en haut des mâts dans les enfléchures, recevoir à la face les gifles de la pluie, se brûler les paumes aux cordages, ne manger pour tout réconfort que mauvais pain de munition et bœuf salé, qui emporte la bouche...

Isabeau se piqua d'honneur. Elle voulait qu'un jour son prétendu pût voir qu'elle, d'âge si tendre et qu'il croyait de corps si délicat, à son côté, elle avait su passer partout.

Il verrait bien !

En attendant, ce fut elle qui vit. Il le lui avait caché, le capitaine, il l'avait caché presque à tous, de peur des espions dans le port : marchand, peut-être qu'il l'était, mais surtout, il était corsaire. Il n'eut pas pris la mer d'une journée qu'il courait sus aux Hollandais. Et canons de ronfler, mitraille de pleuvoir. Ce fut pour lors qu'il fallut faire contenance. Monter à l'abordage, le sabre au poing, couteau entre les dents, et ces mêlées où l'on s'écharpe, où l'on s'ébranche, y allant contre l'ennemi, contre des hommes, comme on irait après des arbres dans un bois...

Isabeau s'attacha à son cher capitaine et se fit

401

son garde du corps. Elle para tel coup de coutelas qui lui eût abattu le bras, tel coup de hache qui lui eût fendu le crâne. Quelles empoignades, à toi ! à moi ! Vie pour vie, la tienne ou la mienne ! Et le sang saute, dans la fureur hurlante, dans la folie et la fumée des fusillades.

Mais, faut-il croire, ce n'était pas assez de ces batailles d'hommes : survint la tempête de mer. Et l'ouragan ramasse cette masse des eaux, la creuse de sa force, la redresse en châteaux qui s'écroulant rompent les mâts, effondrent les bordages. Qu'est-ce bien, alors, qu'un navire ? Comme un peloton dans les pattes d'un chat, roulant, plongeant, chassé, il est tantôt lancé à la crête d'une énorme lame, ainsi qu'à la cime de quelque pic, tantôt précipité sur une pente qui dévale toujours, ainsi qu'aux profondeurs d'un gouffre...

De combat en combat, de tornade en tornade, leur bâtiment a fait trois fois le tour du monde sans jamais la terre aborder.

Il fallait avoir les os durs ! Avoir d'abord de bonnes dents, pour ce biscuit de mer, qui se fendait à la cognée, et pour ces fèves auxquelles les pierres ne pouvaient rien. Mais la belle s'est faite à tout. La peine, avec l'amour, ce n'est plus de la peine. Elle entendait tout porter sans se plaindre, sans même dire qu'elle n'était qu'une fille.

Un soir, une tempête leur arriva dessus. Plus déchaînée que jamais aucune autre ! Le bâtiment roulant bord sur bord a fini par faire eau de toutes parts.

Ce fut forcé de se jeter sur un radeau, sans boussole, sans gouvernail, bientôt sans vivres. Puis

402

forcé d'en tirer un au sort, pour de son corps, comme d'une bête de boucherie, nourrir ce qui restait de l'équipage. Et voilà que le sort est tombé sur le mousse.

Cependant on a eu pitié d'un gars si jeune : on lui a accordé trois jours de chance, encore, et le plus fort des matelots est monté tout au haut du mât.

Le premier jour, n'a rien vu, qu'un navire au loin s'en allant.

Le deuxième jour, a crié : « Je vois la tour de Babylone, Barbarie de l'autre côté ! »

Le troisième jour, sur le soir, a découvert la terre de France. « Je vois votre sœur, capitaine : porte à manger à trois pigeons... »

À la pointe de l'aube, ils ont donc pu débarquer, en poussant mille cris de joie. Dès qu'elle a eu le pied à terre, mais pas avant, selon sa résolution prise, Isabeau s'est fait reconnaître.

Alors les cris ont redoublé, d'étonnement, d'admiration !

De vent en vent, de tempête en tempête, ils étaient revenus au pays de leurs pères. Le coton du matin brouillait cette campagne, mais les deux prétendus sous les pommiers en fleur rayonnaient à fondre les brumes. De ce pas, toutes les cloches sonnant, ils sont allés se marier, accompagnés de l'équipage et comme portés par les anges.

Il y avait une fois deux époux, Adélaïde et Ferdinand. Elle, il n'en était pas de plus belle entre toutes les dames de France. Et lui, aussi bien en seigneur qu'elle l'était en dame. Guerrier dans l'âme, plein de droiture et plein de feu. Plus haut que tout il a mis leur entente comme une chose entière et sûre à tout jamais. Par son orfèvre, il a fait faire trois anneaux d'or, ingénieusement figurés : le premier était sa foi, le deuxième l'espérance, le troisième son cœur. Il les a mis tous trois au doigt d'Adélaïde.

Un bel enfant leur était né, gage de leur amour. Comme il était dans le bas âge, qu'on le portait encore au bras, survint une grande guerre. Ferdinand, sans attendre, dut partir pour l'armée.

« Adieu, dit-il, et Adélaïde, tenant cet enfant à son cou, fondait en larmes. Adélaïde, adieu, il me faut voler au combat. Mais je vous laisse ma foi, et j'emporte la vôtre. »

À quelque temps de là, Adélaïde vit qu'elle allait une deuxième fois être mère.

Un jour, elle se trouvait en son jardin d'amour, songeant à Ferdinand. C'était sous le chèvrefeuille qui fleurit blanc et rouge. Un seigneur, un guerrier, compagnon de son mari, se présenta à elle. Il lui donna d'abord des nouvelles de l'armée. Puis il lui tint des discours insinuants. Et elle, dans sa candeur, ne savait les comprendre.

« Peut-on vous voir sans vous offrir des vœux ?

Sans vouloir entrer en vos grâces ?... » Et tout le demeurant d'une perfide chanson.

Elle ne pouvait se résoudre à voir en lui un traître. Mais il l'a bien fallu.

Elle a quitté le jardin, lui a fait défense de la suivre en la salle. Il a dû se retirer, chassé comme un valet ; et la rage lui brûlait le sang.

Les jours suivants, elle se tint en la tour renfermée. Près de son fils, elle s'entretenait en ses pensées de l'enfant qui devait naître et de son cher mari. « Celui que mon cœur aime, le pourrais-je oublier ? Comment cet homme imagine-t-il que je le puisse ? »

Le traître, cependant, est allé trouver un orfèvre.

Et cet orfèvre, maître ouvrier, est venu dans le même temps trouver la dame.

« Madame, un grand seigneur me fait une commande : c'est de trois anneaux d'or, à la mode nouvelle de la cour. Vous êtes toute bonne, vous ne voudrez certes pas priver un ouvrier du gain qu'il tirera de cet ouvrage.

— Que puis-je faire pour vous ?

— Madame, pour quelques moments, une nuit seulement, que vous me prêtiez les trois anneaux. Tout ce que j'ai de plus précieux, je vous le remettrai en gage. »

Refuser cela à ce pauvre artisan, Adélaïde ne l'a su faire. Par bonté d'âme, elle s'y est accordée. Malavisée, elle a prêté les trois anneaux.

« Je vous les donne avant le coucher, rapportez-les à mon lever. »

L'orfèvre y a passé la nuit. Comme il en avait reçu commande bien payée, il en a façonné trois autres, tout semblables.

Ce n'a pas été sans se douter de quelque chose.

« Les anneaux d'or que je fais ici, peut-être un jour feront mourir... »

Mais il les a remis au seigneur, à ce traître qui est reparti pour l'armée en les emportant.

Lorsqu'il a reparu au camp, devant Ferdinand, qui était devenu grand général de France, Ferdinand lui a demandé des nouvelles de là-bas.

« Parle-moi de ma femme, parle-moi de mon fils.

— Le monde roule toujours de son même train, a dit le traître. Les femmes sont volages comme la plume au vent.

— Que veux-tu dire ? Les femmes, mais Adélaïde ?

— N'as-tu jamais ouï parler de ce pays où chaque hiver les hommes partant pour aller trafiquer, les femmes se tournent alors en fées, en Mélusines !

— Les femmes, oui ! Mais Adélaïde ?

— Adélaïde est femme, comme les autres. Et nous, que peut nous faire ? Ne sommes-nous pas des hommes de guerre, pour qui ne valent que les armes ? Les armes et notre amitié d'armes entre compagnons de combat !

— Que t'a-t-on dit d'Adélaïde, parle ! Je te fais ici commandement de parler !

— Hé, que nous sont les femmes ? Ces histoires nous toucheront-elles un seul moment ? Nous, maintenant, nous sommes dans l'orage, dans la liberté, dans la guerre.

— Adélaïde ! réponds-moi ! !

— Adélaïde ? Tu veux savoir ce qui se dit d'Adélaïde ? Je n'irai pas chercher ce qui se dit, mais tiens, regarde ! »

Il a plongé la main en son sein, et l'en retirant, il a montré les trois anneaux d'or sur sa paume.

Ferdinand a perdu toute couleur de vie. La bouche de travers, et les yeux égarés, il tire son épée, se jette sur cet autre.

« Ha, défends-toi ! »

L'autre veut se défendre. Il blesse Ferdinand, mais dans l'instant il tombe percé de part en part.

Ferdinand l'a repoussé du pied. Il n'a pris que le temps de se saisir des trois anneaux et a sauté en selle

Il ne va pas comme un homme de sens : il va comme la poudre au vent de la tempête. Il ne vient pas en homme aimé : il vient en foudre courroucé.

Adélaïde est encore en ses couches, assise dans son lit, elle a son enfant nouveau-né sur ses genoux. Elle s'est parée pour recevoir les visites de sa parenté : elle a mantelet fourré sur les épaules et aux mains gants brodés d'argent.

Soudain la porte s'ouvre, comme jetée en la chambre. Et Ferdinand, qui n'a cessé de rouler en sa tête le carnage et le sang, Ferdinand a surgi. Lui qui n'aurait pas pu imaginer le mal, maintenant l'imagine trop.

Elle s'est écriée, elle s'est soulevée, elle lui a tendu les bras.

Mais lui, sans pouvoir dire mot, s'est saisi de l'enfant. Il l'a pris par les pieds. Il le fait tournoyer, contre le mur, lui fracasse la tête.

« Ainsi périsse tout fruit de bâtardise ! »

Adélaïde pousse un cri. — Ce cri de la soudaine horreur, il aurait pu fendre le cœur de ceux qui l'ont ouï.

Elle était là parée, heureuse en sa vie claire, ne songeant que réjouissances et relevailles : le beau petit enfant, le mari bien-aimé qui peut-être allait revenir...

Et tout à coup l'horreur, l'horreur s'abat sur elle. Sa vie chavire dans la folie et dans la mort. « Tu vas mourir ! Pas de pardon ! Pas de pitié ! »

Il l'arrache du lit, sur le carreau la jette. « Tu vas mourir ! Je ne te percerai pas du glaive : le fer est trop noble pour toi ! Tu vas mourir comme tu viens de vivre, traînée de pierre en pierre, de broussaille en broussaille dans la boue des chemins ! »

Plus enragé encore de l'avoir vue ainsi, gants aux mains, mantelet aux épaules, dans son aise de dame !

Il l'a saisie aux chevilles, elle aussi, comme l'enfant, et par les montées il la traîne. La tête d'Adélaïde sonne à chaque degré, à ses doux cheveux blonds déjà le sang se mêle.

D'une courroie, le fou, il l'attache à la queue de son cheval de guerre.

Remonté en selle, il lance la bête au galop, part au hasard à travers les pâtis.

... Sous chaque broussaille, sur chaque pierre, dans ces landes, il y a goutte ou flaque de sang rouge.

Mais le cheval a reconnu la dame à l'odeur de ce sang. Il renâcle de ses naseaux, s'effare, se cabre, hume l'air, le bat de ses sabots sans vouloir repartir.

Ferdinand, presque désarçonné, bondit à terre, il fait un pas vers celle qui n'est plus que sang, carnage, mort...

À peine si elle a la force d'ouvrir encore les yeux. Elle le reconnaît pourtant. Elle lève une main vers lui, et d'une mourante voix :

« Mais que je sache ! Mon tort envers vous, quel est-il ?

— Ton tort ? Vois-tu ces trois anneaux ? Ce sont trois témoins contre toi ! »

D'un effort : « Tirez mon gant, on vous trompe... » Elle lui tend la main. Et il a vu les trois anneaux briller...

Elle a saisi la sienne, elle la lui a étreinte...

Dans un dernier regard, elle lui a donné son âme, avant de la remettre entre les mains de Dieu.

Et lui, que Dieu lui fasse miséricorde ! La folie vient sur lui, la folie le surmonte, quand il se voit si follement le bourreau de celle qui n'avait pas démérité, sa femme, fière et fidèle, qui était toute à lui, se fiait toute en lui.

Ha, que Dieu lui pardonne. Qu'il le reçoive avec elle, tous deux en sa maison. Ce gouffre d'horreur qu'il vient d'ouvrir a englouti le malheureux. La pointe de son épée, il se l'est mise au cœur : et contre la terre s'est jeté, près de sa chère femme. Au sang coulant de ce pauvre corps, il a mêlé son sang : dans le même temps qu'elle, il a rendu l'esprit.

L'ANNEAU DONNÉ À LA DÉMONE

Il y avait une fois un jeune chevalier. Jeune, et trop vite parti en ses jeunesses. Vaillant comme le feu et fou comme les cloches ! À peine s'il voulait connaître l'herbe du blé vert, tant il regardait peu aux choses.

Pour lui mettre quelque peu de plomb dans la cervelle, on l'avait marié à la fille d'un comte. Tous deux s'entendaient bien, tous deux ils s'aimaient bien. Mais le mariage ne l'avait pas encore changé d'éventé en homme de sens.

Le roi un jour était avec sa baronnie en son verger. Il y prenait plaisir à faire jouter ses chevaliers sur l'herbe. Leur faire jeter la pierre, les faire lutter entre eux.

Lui survient, cœur content, manteau sur l'épaule.

On lui demande de lutter avec un des bons compagnons qui se trouvaient là. Il pose son manteau, quitte son bliaut, ôte son anneau. Et de cet anneau il se demandait que faire, quand il voit au perron une figure de pierre, une déesse des païens que des paysans avaient trouvée en fouissant leur champ. On l'avait amenée au roi par curiosité.

Il s'approche de cette image de pierre, Vénus ou Proserpine, et comme elle tenait la main ouverte, lui, sans penser plus loin, au doigt il passe son anneau.

« Que fais-tu ? dit un de ses cousins, tu prends à femme cette démone ? »

Et lui, tout en riant :

« Démone, j'ai passé mon anneau à ton doigt, te voilà donc ma femme !

— Ne fais pas le fol, dit le cousin. Viens lutter.

— Je vais à la lutte, dit le chevalier. Mais, femme, tu as mon anneau : ainsi à cette nuit ! »

Il se met en lutte, prend le compagnon par le cou et le couche ; après celui-là un autre, puis un autre... Tant et si bien que cette après-dînée-là, ce fut lui le champion.

Il revient, cramoisi d'entrain, d'effort, de contentement. Il reprend son bliaut, il reprend son manteau, veut reprendre son anneau...

Mais, ho, quel effrayant prodige : la figure de pierre avait fermé son poing...

Il n'est possible d'imaginer homme plus étonné que le chevalier. Étonné et épouvanté. « Mon Dieu, se disait-il à part soi, gardez-moi de croire ce que je vois ! »

Il ne souffle mot du prodige à personne, dans son trouble. Il se retire, il rentre à son logis, sans vouloir se demander à quoi la chose allait. Peut-être qu'il aurait rêvé... Et c'était sûr, pourtant qu'il n'avait pas rêvé.

Mais il ne savait plus que penser ni que résoudre.

Il monte à cheval, va courir dans le vent le long de la rivière, revient souper avec sa femme, la fille du comte, et il était ainsi fait, l'étourdi, qu'à la fin du souper il avait oublié, ou presque, cette aventure de l'anneau.

Vient donc la nuit. Il ne pensait plus — du moins il aurait dit cela si on le lui avait demandé, — il ne pensait plus à cette illusion, à ce trait d'enchantement qui lui avait donné par les yeux. Et cependant, jouant aux échecs et aux dés avec sa dame, il retardait l'heure du coucher.

Mais elle finit par venir. Ils se mirent au lit, tous les deux.

À peine y étaient-ils que la figure de pierre parut. Entre eux deux, elle vint prendre place.

« J'ai ton anneau, dit-elle au chevalier, et je ne te le rendrai pas. De toi-même tu m'as déclaré que tu me prenais pour femme. Il n'est plus temps de t'en dédire. Je suis ton épousée. Tu me trouveras toujours entre toi et toute femme que dans tes bras tu voudrais prendre.

— Fuis-t'en d'ici, démone, essaya de dire le chevalier. Tu n'es pas de la race des chrétiens. Nous n'avons rien à voir ensemble. Jamais je ne te tiendrai pour femme, ainsi fuis-t'en d'ici. »

Mais la figure de pierre ne partit pas.

Le chevalier sortit donc du lit, terrifié. Sa dame en grand trouble se lève de même. Elle allume tous les flambeaux de la chambre. Alors, ils ne voient plus rien.

Ils prirent de l'eau bénite, se signèrent et sans

éteindre la lumière se remirent au lit. Mais dès qu'ils y furent ensemble, ils virent la figure de pierre revenir se placer entre eux.

« Tu ne dois plus avoir d'autre femme que moi puisque tu m'as aujourd'hui épousée, dit-elle au chevalier. Moi, je suis à toi, je me donne à toi. Seulement, tu dois être mien. Je n'endurerai pas que tu approches de quelque autre femme. »

Le chevalier et sa dame se signèrent derechef. Mais ils ne purent pas demeurer dans le lit. Ils firent leur nuit allant, venant par la chambre, ou bien s'asseyant sur le coffre, sans même oser se prendre par la main.

Au jour le chevalier alla parler au chapelain du roi, lui rapporta ce qui était arrivé.

Sur le soir ce chapelain vint, apportant l'eau bénite et la croix et l'étole. Il fit coucher le chevalier près de sa dame, afin que la démone parût.

De fait, elle parut aussitôt, en figure de pierre. Le prêtre lui présenta la croix et lui commanda de par Dieu de se retirer pour ne reparaître jamais plus.

« Il m'a passé l'anneau au doigt, dit l'image de pierre, il m'a dit qu'il me prenait pour femme. Rien ne peut aller contre cela. Il m'a épousée de son plein gré, c'est pour toujours. Et la religion même, prêtre, lui en fait loi. C'est à toi de te retirer. »

Elle dit cela, la démone, d'une telle assurance, et il y avait une telle inquiétude autour d'elle, en la chambre, que le prêtre éperdu n'a plus su que s'enfuir.

Le chevalier a pris sa dame par la main. Ils ont quitté le logis, ont quitté le pays.

Mais l'image de pierre les a suivis partout.

Où qu'ils allassent, chaque nuit la démone s'est mise entre eux.

Alors, ils sont allés à Rome. Ils y ont parlé au Saint-Père. Et le pape n'a rien pu pour eux. L'anneau, le dire du chevalier était de trop grande conséquence.

« Gardez-vous, leur a ordonné le pape, de rien raconter à personne. On dirait que l'Église ne saurait chasser les démons. »

Du fond de leur malheur, un jour ils ont appris qu'un certain saint ermite pourrait les conseiller. Le saint homme vivait en une solitude, retiré dans une caverne de la roche au-dessus des nuages. Un flot d'eau tombait là, tonnant, rejaillissant, où se jouait l'arc-en-ciel, parmi les hampes de fleurs rouges et les pins cramponnés de toutes leurs racines. Vu de ce lieu, le monde ne semblait, là-bas en bas, qu'une fumée.

« Il y a plus puissant que le démon, leur a dit le saint ermite, c'est Notre-Dame. Priez-la de tout votre sens. Toi, chevalier, promets-lui de l'honorer tous les samedis. Elle te dira ce que tu auras à faire. »

Sans manquer, le chevalier a suivi le conseil. Et un soir, le prenant en pitié, Notre-Dame lui est apparue, merveilleusement belle et toute de lumière.

« Fais faire une image qui me ressemble. En ses bras, qu'elle porte l'Enfant. »

Le chevalier a fait appel aux tailleurs d'images

414

les plus en renom du pays. Ils n'y ont plaint ni leur temps ni leurs peines ; ils ont fait une grande figure jetée en or et en argent. Toutes les dames de Rome l'ont trouvée si belle, si parlante, qu'elles sont venues lui faire leurs dévotions.

Un jour, cependant, l'image a disparu. Le chevalier ne l'a pas retrouvée en la chapelle. Elle n'était plus là, et elle n'était plus nulle part. Tous deux, le chevalier et sa femme, ils ont supplié Notre-Dame de leur rendre l'image.

Et l'image a reparu. Et elle portait l'anneau du chevalier : celui qu'un jour, à la male heure, il avait, lui, passé au doigt de la démone. Cet anneau désormais, c'était Notre-Dame Marie qui l'avait à son doigt.

Tout Rome a su le miracle. Tout Rome est venu prier devant l'image ; le pape même y est venu et il a conseillé au chevalier de redemander l'anneau à Notre-Dame.

Et l'image a ouvert la main.

« Dieu a permis que vous advînt à tous deux cette épreuve, afin que vous soyez de plus près à son service. Toi, chevalier, reçois maintenant ton anneau. »

Le chevalier l'a reçu à deux genoux, les larmes lui baignant la face. Lui et la dame ont pu s'aimer de loyal amour, être à toujours mari et femme. Jamais entre eux la démone n'a reparu.

Et par le congé de Notre-Dame, eux, veillant de plus près sur leur vie, ont fait ensemble tout le chemin sous le rayon de Dieu.

LA DAME LOMBARDE

Il y avait une fois un gentilhomme, petit baron dans un pauvre pays. Autour de son château qui n'avait qu'une tour, c'était tout montagnes en ruines, roches où s'accrochaient le chêne noir et le pin, ravines à broussailles où courait le lézard.

Ce gentilhomme, qu'on nommait Pierre, s'est marié. Il a pris pour femme une fille du pays lombard, qui avait nom Régine, et parfaite en beauté comme la reine du jeu de cartes. Brune autant que la nuit, blanche autant que le marbre.

Ils ont eu un enfant. Mais elle, elle n'était pas d'un an en ce pays qu'elle s'ennuyait à périr. Trois tours dans le jardin ; sur la terrasse où l'œillet rouge fleurit aux fentes de la roche : de là elle regardait tous les flots ondoyer et les navires au loin voguer, enflant leurs voiles blanches ; ensuite elle revenait s'asseoir sous le cognassier qui fait ombre comme un parasol et elle ne savait plus que faire de son temps.

Un jour, tandis que son mari chassait dans les ravins, elle a laissé l'enfant aux mains de la nourrice, — il n'avait que quatre semaines, — et elle, elle est allée sur le bord de la mer.

Comme elle se promenait sur la rive, elle a vu venir une barque dorée aux mariniers portant chemise de soie rouge. Un seigneur en est descendu, un prince d'or vêtu qui l'a saluée jusqu'à terre.

Il a demandé qu'elle veuille bien lui permettre de l'accompagner en sa promenade. Il a dit que le monde avec tous ses royaumes, ses villes et ses vignes, ses vergers, ses châteaux, n'était fait que pour être comme un jardin d'amour devant les pas d'une telle beauté.

« Belle brune, charmante brune, il n'y a de soleil et de ciel qu'en vos yeux ! »

Le lendemain, la dame lombarde est revenue se promener sur la rive. Le prince aussi est revenu en sa barque dorée la saluer et la complimenter, lui tenir cent propos tissés d'or et de soie.

« Belle brune, charmante brune, ce ne serait pas assez de mettre à vos pieds un royaume, c'est le monde entier qu'il y faudrait. Tous les empires de la terre avec leurs palais et leurs fêtes ! Je voudrais tous vous les ouvrir, si vous daigniez me permettre d'aller à vos côtés, comme le plus soumis de vos serviteurs.

Le surlendemain, de même, il se sont rencontrés. Ainsi tous les jours de la semaine.

« Belle brune, charmante brune, donnez-moi congé de vous aimer !

— Comment vous en empêcherais-je ?

— Mais vous, dame lombarde, aimez-moi donc un peu !

— Comment voulez-vous que je fasse ? J'ai mon mari !

— Un mari, hé, dame lombarde, les belles, comme les princes, peuvent-elles s'arrêter à ce qui est tombé en travers de leur route ? Un mari ! On se débarrasse d'un mari... Ceux qui les gênent, les princes les font mourir.

— Comment voulez-vous que je fasse ? Le faire mourir ? »

Mais elle était entrée dans la pensée du prince. Déjà elle vivait en cette vie où l'on ne veut savoir que ce que le bon plaisir commande en son orgueil.

Elle était du pays lombard, elle savait manier les poisons.

« J'irai au bois, derrière le jardin. J'y trouverai le serpentin vert, je le tuerai. Dans une pinte de vin rouge, je le mettrai. Quand mon mari reviendra de chasse, au chaud du jour, la soif le desséchera... »

Et tout ce qu'elle avait à faire de point en point, elle croyait le voir.

De point en point, elle l'a fait.

Pierre est revenu de chasser dans les ravines, sous le soleil, tout dévoré de soif. Au frais de la salle basse, il s'est laissé tomber sur l'escabeau.

« Tirez du vin, Régine, ma belle brune. Ah, pour l'amour de moi, tirez du vin et donnez-moi à boire.

— Pierre, mon tendre Pierre, il y en a de tiré. Je l'ai mis là, à rafraîchir pour vous. »

Elle a empli un verre et le lui a offert avec un doux sourire.

Mais du fond d'ombre, alors, s'est élevée une voix. C'était l'enfant dans son berceau Cet enfant qui n'a que six semaines et qui ne sait que gazouiller, cet enfant par prodige a soudainement parlé.

« Mon père, mon père, ne buvez pas ! Si vous buvez, mort vous en êtes ! »

Pierre s'est levé en pied, plus blanc que son épée.
« Régine, vous allez boire ce vin ! Sur-le-champ, buvez-le ! »
Elle a tremblé, elle se trouble.
« Ha, par ma foi, je n'ai pas soif... Je n'ai pas soif, et surtout de vin rouge... »
Sans plus rien dire, il tire l'épée, il lui porte la pointe à la gorge.
Si elle ne boit, elle est morte, elle lit sa mort dans les yeux de son mari.
Elle n'a pas bu un demi-verre qu'elle s'est affaissée sur les genoux. Elle n'a pas vidé le verre que la tête lui a roulé sur l'épaule.
« Ha, maudits, maudits soient le prince et son conseil, et le breuvage ! Ils sont venus à la male heure, pour n'apporter qu'enfer et mort ! Mais béni soit l'enfant qui a fait parler son ange. Et qu'il soit le fils de l'empoisonneuse n'y change rien, plus forte que sang et que venin, l'innocence baptisée de Dieu. »

LE PÉCHÉ MORTEL

Il y avait une fois un baron, un terrible baron. Au temps des guerres, dans ces châteaux plantés sur quelque rehaut de basalte, ceux-là se sentaient rois du pays. Ils se moquaient des juges et du

prince ; et ce n'était pas toujours qu'ils se sou-
ciaient de Dieu.

Un matin de vendredi, en certain château sur la
roche, sans que rien l'eût fait prévoir, la dame
tomba malade. Et le mal la mena vite. Le soir du
dimanche, elle se sentit si bas qu'elle comprit ne
pouvoir en revenir.

Elle fit dire à son mari par sa cousine qu'elle
désirait l'entretenir. Et au chapelain par sa tante
qu'il aurait à l'entendre en confession tantôt.

Le baron vint sur le soir dans la chambre de la
tour. Le seuil passé, il s'avança jusqu'au lit, respi-
rant court, comme un homme qui a reçu un coup
dans l'estomac.

« Dame, fit-il enfin, que croyez-vous de votre
mal ?

— Je crois qu'il va à la mort, mon seigneur. Je
vais paraître devant Dieu. De lui je requiers mon
pardon. Mais je voudrais avoir aussi le vôtre. J'ai
péché envers vous. Promettez-moi d'avance... vous
voyez où j'en suis...

— Dame, je vois où vous en êtes, fit le baron, se
passant la main sur la figure. Votre péché, fût-il
mortel, le voilà payé et remis, maintenant.

— Seigneur, seigneur, — et la dame joignait les
mains, — je n'osais faire fonds sur votre charité
chrétienne. Vous ne pouvez savoir ce que m'est cette
rémission... Comment ai-je bien eu la faiblesse de
vous être infidèle ? Amèrement je la regrette. Ainsi,
vous me pardonnez, et de tout votre cœur ?

— Dame, puisque vous êtes à la mort, moi je
vous le demande : pardonnez-moi pareillement le
mal que j'ai jamais pu vous faire. »

Essayant de se redresser dans le lit, la dame a fait cette promesse. Puis, regardant son seigneur, le tremblement l'a prise.

Un grand moment, personne n'a parlé. On n'a plus entendu que le vent d'arrière-saison qui sifflait aux fenêtres. On n'a plus vu que la flamme du flambeau qui battait, remuant les ombres.

« Seigneur, a murmuré la dame, puisqu'il y a du pardon, oh, parlez-moi encore... Dieu est si bon, je n'ai plus peur de Dieu. Dites-moi de n'avoir plus peur de vous. J'ai péché d'un péché mortel...

— Ainsi, dame, vous-même l'avez tenu pour mortel ?

— Mais vous avez pardonné, n'est-ce pas ?... Vous êtes bon, j'ai tant besoin de votre bonté... Parlez-moi, cher seigneur.

— Eh bien, a fait le baron, reculant d'un pas, je parlerai : j'avais découvert le péché, — un peu tard, — votre infidélité. Vous dites bien : péché mortel, car il est allé à la mort. Il y a huit jours, je me suis procuré du poison ; il y en a trois, je vous l'ai fait prendre. Moi, j'ai votre pardon, juré ; vous, vous avez le mien. Dame, que Dieu soit juge ! »

LE PÉCHÉ ORIGINEL

Il y avait une fois un curé qui n'était pas assez riche pour avoir un valet, mais qui s'entendait bien avec un garçon du pays, un déluré, qui lui sciait son bois, lui bêchait son jardin et surtout, truites ou lièvres, faisait son braconnage.

Une veille de fête, le curé le confessait.

« Allons, je sens bien que tu ne me dis pas tout, tu as maraudé par là, tu auras volé des gerbes ?

— Non, pas des gerbes, des pommes... Ou plutôt, le dogue est venu, tout grondant ; je n'ai pu en voler qu'une.

— Est-ce bien tout ?

— Il y aurait encore la Nannon. J'ai voulu la biser, mais elle m'a mandé un bel emplâtre sur le museau.

— Ha, elle t'a calotté ? Mon fils, il faut te mettre sur un meilleur chemin... Enfin, te voilà déjà puni en ce bas monde. Je vais donc te donner l'absolution, parce que, tout bien vu, une fille, une pomme...

— Oui, mon Père ?

— Ce n'est pas péché mortel, mais bien péché originel ! »

LA DAME À LA BICHE*

Il y avait une fois une dame, plus blanche que le jour n'est jour. Elle était fille de hauts seigneurs, femme d'un haut seigneur. Dès son enfance, elle n'avait aimé que les choses de Dieu. Cherchant moins les jeux et les danses aux flambeaux dans la salle que la retraite en quelque chapelle des bois.

6. *Voir* Les deux époux bien retrouvés *page 605.*

À dix-huit ans, elle a pris pour mari un jeune comte de grande noblesse. Et même alors, en l'allégresse de jeunesse et d'amour, elle a su chercher la retraite. Elle goûtait si fort le recueillement, la prière, qu'elle aurait préféré parfois à son château une loge d'ermite perdue dans la forêt.

Son mari, touché de sa piété, la laissait se comporter selon ses vœux. Il l'avait vue si belle et bonne, qu'il lui avait donné son cœur. Son cœur, et foi entière. Il le savait : elle ne pouvait rien faire qui ne fût sous le rayon de Dieu.

À la prime saison, vint une grosse guerre. — Il y en a tant eu, parce que les humains ne savent être enfants du Père, et tant qu'ils ne sauront pas l'être, il y en aura. — Le comte prit les champs avec ses chevaliers. Mais quelle peine ce lui fut de quitter sa femme chérie. Peine aussi grande à elle de le voir s'éloigner, lui qui demeurait tout pour elle. Et la peine était d'autant plus lourde à tous les deux qu'ils attendaient un fils à naître dès l'entrée de la saison morte.

Il leur fallut se séparer, elle se disant qu'il partait dans le vent, et lui qu'elle serait seule au château, pour faire face à ces malheurs qui tombent à travers la vie.

Il ne put mieux que la confier à l'intendant, faisant à cet homme recommandation sur recommandation.

Par malheur, il se fiait tout en ce rougeaud dont l'œil luisait de dureté, de convoitise et de traîtrise...

Dès que le maître fut parti, l'autre entreprit de poser ses gluaux, essayant d'attirer la dame. Il croyait bien de la séduire par le rire, l'accointance, comme sans y penser. Elle qui était toute lumière, elle fit comme le soleil qui donne sur la boue et reste le soleil. Lui, toute boue, ne pouvait croire qu'elle fût telle. Il ne vit là qu'enfance, quasi-sottise dans la naïveté. Il imagina donc de lui ouvrir l'esprit et de l'amener où il voulait par ses propos.

Elle le chassa de devant elle.

Lui, alors, enragé, jura de se venger.

D'abord, parce qu'il lui fallait sa vengeance. Et ensuite, parce qu'il avait peur, s'il ne faisait mourir la dame, qu'elle ne découvrît sa trahison au comte. Aiguillonné par la fureur et par la peur, il machina dans le moment une imposture atroce. Il combina tout, il disposa tout. Prenant le temps où la dame bouleversée cherchait retraite et paix dans l'oratoire, il se coula, lui, dans la chambre. Et là, il cacha sous le lit la casaque d'un garçon des cuisines, un malheureux qui était muet.

Au milieu de la nuit il revient, jette un grand cri devant la porte, fait semblant de poursuivre quelqu'un qui s'enfuyait par ces couloirs de pierre. Et lorsque les valets ont accouru à ses appels, il leur déclare que, comme il faisait une ronde, sur des soupçons qu'il avait eus, il a vu le muet, demi-nu, s'échapper de la chambre.

Là-dessus, dans le hourvari, à la lueur des torches, prenant la tête de ces hommes qui lui obéissaient comme au seigneur absent, il osa bien entrer dans cette chambre de la dame.

Avec une audace d'enfer, il porta son accusation, comme si, bien forcé, il se faisait champion et vengeur de son maître. Puis, dévoré de ce zèle de bon serviteur, il donne l'ordre de chercher partout ; et il fait retrouver la casaque sous le lit.

Aussitôt, le démon, il envoie deux valets assommer le muet des cuisines ; il fit tuer ce pauvre infirme, le sachant innocent. La dame, il la fait porter dans la tour, il la jette lui-même dans le plus sombre et le plus étroit des cachots.

De nouveau, le lendemain, il lui représenta qu'il pouvait encore la blanchir, par quelque autre finesse, astucieusement ménagée ; ou au contraire, l'enfoncer dans le déshonneur, la précipiter à la mort. Il tenta de la ramener, de lui faire voir les choses telles qu'il les voyait, de ses yeux plissés dans la graisse.

La dame le regarda sans lui répondre un mot.

Elle se reposait sur sa seule innocence. Quoi que ce traître et les hommes pussent faire, elle ne voulait rien savoir, qu'être dans sa voie droite, et tout y porter devant Dieu.

L'automne vint, et l'hiver approcha. Dans ce cachot sans jour, de pierre ruisselante, où elle dormait sur la paille, la dame donna naissance à un petit garçon. Un bel enfant, le fils de son seigneur, celui qui avait été son compagnon de vie, quand elle avait une vie de soleil. Mais il était loin, dans la guerre...

Chaque saint, pourtant, son tour vient. La guerre prit fin, la paix se rétablit. L'intendant, apprenant que le comte allait revenir au pays, fit au-devant de lui la moitié du chemin. Il le joignit dans une ville, au milieu de ses chevaliers. Devant eux, il fit le récit de ce qu'il disait être arrivé une nuit au château ; il accusa la dame d'avoir trahi leur maître, produisit comme témoins tous les valets, qu'il avait menés avec lui.

Le tonnerre serait tombé à ses pieds mêmes, que le comte n'aurait pas été plus étonné. Il était là, souffrant mort et passion, ne sachant plus à quelle femme, à qui, à quoi, désormais, il pourrait bien croire. Tant de témoins, des faits si nets. Il écoutait sans trouver mot à dire. L'âme égarée, il n'était plus à soi.

Il crut voir seulement que douter de ce qui lui était rapporté si au clair et vouloir enquêter davantage, serait aux yeux des chevaliers une indigne faiblesse.

Et puis il revenait de la guerre. Il avait vu ces débordements, ces horreurs, toutes ces choses de la chair et du sang. Il ne savait plus bien s'il peut y avoir des humains qui n'y cèdent pas, des hommes qui se contiennent, des femmes qui se comportent. L'idée pourtant que sa bien-aimée d'hier avait fait le mal le ravageait...

Il n'ouvrit donc la bouche que pour dire de faire égorger au plus tôt et la femme et l'enfant. Qu'arrivant au château, lui, dans trois jours, il le trouvât débarrassé de leurs présences. Que rien n'y marquât plus leur vie, leur mort, et qu'on n'y entendît jamais plus parler d'eux.

Le traître revint donc en hâte, sans un grain de pitié au cœur pour la dame innocente, pour l'enfant innocent. Il voulut même faire dépouiller devant lui l'infortunée de ses habillements, pour lui voir revêtir des haillons de pauvresse. Puis il la mit aux mains de deux valets, ce qu'il y avait dans le château de plus grossier et de plus rude ;

426

et il commit ces deux brutaux au soin de les égorger tous deux, elle et son poupon de lait, au plus secret des bois.

« Allez ! Vous me rapporterez et son cœur et sa langue. »

Portant au bras son cher enfant, la dame suivit les deux bourreaux.

Et voilà que comme elle sortait de son cachot, elle vit sa chienne venir à elle : la retrouver, lui faire fête. Tantôt s'aplatir à ses pieds, battant la terre de sa queue, tantôt sauter à son entour... Puis frétillant, jappant de joie, cette levrette la suivait sur le chemin.

« Ainsi, se disait la comtesse, celui qui me devait son secours et sa foi, me condamne, me jette à la mort. Sur terre, plus d'amitié pour moi, si ce n'est dans le cœur de cette pauvre bête... »

Elle allait vers sa mort, entre les deux valets, qui lui firent gagner le bois, puis l'emmenèrent de futaie en futaie. Et ils s'enfonçaient plus avant, plus avant, comme s'ils ne trouvaient pas encore l'endroit assez lointain ou assez solitaire.

D'abord, il y avait de l'espace entre les arbres, du vent passant, des percées de soleil. Mais à la fin ils arrivèrent en lieu plus ténébreux, dans le hallier, sous la presse des branches. Et là, il fallut faire halte.

« Valets qui me menez périr, voulez-vous me faire une grâce ? C'est de me tuer la première : que je ne meure pas ayant vu de mes yeux égorger mon petit enfant. »

Alors, un des valets, jetant là l'œil sur elle, qui

n'avait pas plus de défense qu'un agneau, ne s'est tenu de soupirer.

« Que ferons-nous ? Ha, je marchais toujours ; m'arrêter, je ne pouvais m'y résoudre.

— Commandement, dit l'autre, nous est fait de vous tuer.

— Dame, reprit le premier, l'intendant vous a condamnée, et moi, pourtant, je ne saurais vous faire mourir.

— Que ferons-nous, redemanda l'autre, si nous ne faisons ce qu'il a dit ?

— Eh bien, continua le premier, moi, je sais ce que nous ferons. Nous allons tuer la chienne, et nous rapporterons son cœur, aussi sa langue. Dame, vous nous étiez toute bonne : comment nous, vous être mauvais ? Je ne veux rien penser de ce qu'ont vu mes yeux, mais je sais que jamais vous n'avez fait le mal.

— Du moins, fit alors l'autre, tenez-vous bien cachée, restez au plus profond du bois, et que jamais ne vous revoient l'intendant ni personne. »

Ils ont tué la chienne, et par sa mort, cette pauvre levrette une dernière fois a servi sa maîtresse.

Ils sont allés se présenter à l'intendant, dans la salle basse du château. Sans mot dire, ils lui ont montré leurs mains sanglantes ; l'un des deux a ouvert la sienne, lui a montré cette langue et ce cœur que l'autre a cru être ceux de la dame. Et du poupon, il ne s'est pas enquis, sachant qu'il ne pouvait pas vivre sans sa mère.

L'idée ne lui est même pas venue que ces valets pussent le tromper. Comme si la tromperie lui était réservée, à lui, l'artificieux !

Voilà la malheureuse abandonnée dans la forêt, sans pain, sans gîte, sans feu, sans lumière. Trahie, rejetée de son compagnon et de tous ceux dont elle était la dame. Nulle autre compagnie que de son cher enfant. Mais toujours la garde de Dieu.

Au cœur de la forêt épaissement poussée en chênes de haut jet, elle a trouvé un creux plein de frênes, de hêtres, de cormiers, de poiriers sauvages. Un chemin de sablon conduisait à la place rafraîchie de fougères où coulait une claire fontaine. Derrière des coudriers, s'ouvrait dans la roche une grotte, sur laquelle pendait un pin.

« J'ai tant cherché la solitude : je l'aurai trouvée, cette fois », se dit-elle, entre rire et larmes. Et elle était heureuse malgré tout d'avoir arraché son petit enfant à la mort.

Elle s'est abritée des pluies dans l'enfonçure de la grotte. Elle a vécu comme les ermites des bois, de racines qu'elle déterrait, de fruits qu'elle cueillait au buisson. Mais les ermites cultivent la terre, allument du feu dans leur loge, quand vient la nuit s'éclairent d'une petite lampe. Ils ont un briquet, une houe, un couteau, un sac, une écuelle... Elle, la comtesse qui avait vu les valets, les servantes tâcher de devancer le moindre de ses gestes, elle n'avait plus rien. Quelle vie pénitente, alors que le crime, elle ne l'avait jamais commis.

« D'autres le commettent, songeait-elle : je ferai pénitence pour eux, aussi pour mes pauvres péchés. Le Fils de Dieu n'avait pas de péché, et il a dû subir les crachats et les coups de fouet, les épines, les clous et la mort sur la croix. Pourquoi serais-je, moi, mieux traitée que lui, l'Innocent ! »

Ainsi conservait-elle au cœur la paix de Dieu, même dans la misère et devant l'injustice.

Elle s'est amaigrie, le lait lui a passé, elle n'a plus eu dans son sein de quoi allaiter son poupon. « Mon Dieu, vous qui voulez qu'on vous dise : Notre Père, laisserez-vous dépérir mon enfant ? »

Et voilà qu'une biche poursuivie par le loup qui avait égorgé son faon, est venue se réfugier près de la dame. Et la biche, qui n'avait plus de faon, a su allaiter le poupon.

Les bêtes farouches du bois ont fait compagnie à la dame et à son tout petit, les ont divertis, les ont réjouis. La laie et ses marcassins ont paru, tout à la queue leu leu, en agitant leur tortillon, et en grognant gentiment l'amitié ; puis le chevreuil, le blaireau, la belette, et le renard, poussant son nez futé, balançant son balai couleur de la feuille du hêtre. Ils arrivaient à travers les verdures ; sur l'herbe ils prenaient leurs ébats, se laissant caresser et rendant la caresse. Sans peur, loin de tous ces humains qui ne sont qu'appétits, chair et sang, ruse et meurtre ; et près de cette mère et de son tout petit, c'était même comme s'ils découvraient enfin le royaume sourdement rêvé de l'Innocence, sous le soleil de Dieu. Là, aux pieds de la dame, le renard jouait avec le lapereau, le chat sauvage avec le rouge-gorge. Eux aussi, les oiseaux, venaient la visiter : se posaient sur ses mains la draine ou la perdrix, la tourdelle et le pivert ; de tout leur gosier ils ramageaient sur la branche, comme ne contenant plus leur cœur. Devant cette innocente qui souffrait sans se plaindre, et ne voulait que l'amitié de Dieu, oui, c'était l'innocence du Paradis terrestre qui se refaisait sous le rayon d'en haut venu.

Cela se passait loin du monde, jusqu'à un jour qui vint.

Le seigneur, cependant, le comte, restait accablé dans sa peine, au fond de son château. Pour le tirer d'une constante pensée, l'intendant inventait des chasses et des fêtes. Mais ces plaisirs, le seigneur comte les trouvait tous mal à propos. Sans cesse il pensait en son âme à sa dame qu'il avait perdue. « Se peut-il bien ? se disait-il. Il y avait comme une lumière autour d'elle... J'aurais cru que cela ne devait pas mentir. Mais non : j'étais naïf. Ce sont ceux qui savent rire en clignant de l'œil qui voient juste... Et pourtant, se peut-il ? »

À la chasse, il tâchait toujours de s'écarter pour repasser tout cela en sa tête ; car lui semblait qu'en ce qu'on lui avait rapporté quelque chose lui échappait encore. Cette pensée revenant quelquefois soudain, qu'il n'avait pas tout éclairci en droite justice, lui était comme un coup de couteau sous la côte.

Un soir qu'il chassait dans la forêt, ayant tiré à part, comme il y était toujours poussé, il aperçut sous les branches une biche ; et il se mit à la poursuivre avec ses chiens.

La biche aurait pu s'échapper, les chiens étant déjà fourbus ; mais chose étrange, elle ne pressa pas sa fuite à travers la futaie des chênes. Elle amena le comte à un lieu détourné, un fond où se pressaient les arbres, les épines. Entre les grandes herbes, elle prit le chemin de sable vers la fontaine et vers la grotte. Ainsi conduisit-elle le chasseur jusqu'à l'enfant, qu'elle continuait d'allaiter.

Dans l'enfonçure d'ombre, il entrevit en effet cet enfant ; puis une femme, blanche comme le jour, et couverte de longs cheveux, qui le tenait sur ses genoux.

« Êtes-vous créature ? fit-il, si étonné qu'il retrouvait à peine la parole : qui êtes-vous ? Que faites-vous en ce lieu ténébreux ?

— Je suis comtesse, répondit-elle, mais mon mari, qui m'avait confiée à un traître, a facilement cru que j'avais fait le mal, et il m'a rejetée. »

Le comte, qui tremblait, lui demanda de dire son histoire. La savait-elle seulement ? Ah, elle n'avait qu'à parler, sans s'expliquer, sans apporter de preuves. Il faisait si clair autour d'elle. Tout son dire s'illuminait d'une clarté de vérité. Lui l'avait reconnue, celle que le sacrement d'église avait faite sa compagne de vie pour ce monde et pour l'autre, celle qu'il avait juré d'assister et de protéger : il la regardait en pleurant, et il la suppliait qu'elle lui pardonnât.

« Quoi, est-ce vous, dame, vous que je pleure ? Je ne vivais, je ne vis que pour vous ! Comment vous faire oublier ma folie ? Ha, de longtemps je l'ai pressentie et maudite... Quelle grâce de vous retrouver en ce jour, vivante avec ce bel enfant ! »

Et parce que Dieu le voulait, en ce moment, à cors, à cris, dans la huée et les abois, survint toute la chasse. Les veneurs, stupéfaits, aux côtés du comte, ont reconnu la comtesse et l'enfant. Soudain ils se sont vus en face du prodige : car le cerf qu'ils avaient lancé, sans plus les fuir s'est arrêté, s'est couché aux pieds de la dame ; la meute apaisée et muette, s'y est couchée aussi ; et eux, sans même savoir qu'ils le faisaient, ont mis genou en terre. Hommes, chiens et bêtes sauvages, touchés d'une joie, d'une grâce, ensemble ils ont demeuré là, comme si les baignait la paix du paradis.

Quand la dame est partie, son enfant dans les bras, près de son seigneur comte, sans craindre ni chiens ni veneurs, toutes les bêtes du bois, tous les oiseaux de l'air sont venus la saluer, la regretter, et pleurer sa retraite. La biche l'a suivie même hors de la forêt, jusque dans le château. Tournant au-dessus de sa tête, les oiseaux se plaignaient, à petits cris plaintifs, tandis que ces rudes chasseurs allaient, le cœur fondu de la grâce d'amour.

Ils ne souffrent pas vainement, ceux qui ont le cœur pur, et leur souffrance ne tourne pas à rien. Elle rachète et la peine et le mal, elle lave le monde et le remet aux mains de Dieu.

Les deux valets qui n'avaient pas voulu se faire bourreaux, ont eu chacun ferme et troupeaux du comte. Et la dame aurait désiré sauver la vie du traître, mais là-dessus les chevaliers n'ont rien voulu entendre : ils l'ont condamné à la mort, et ils l'ont fait durement supplicier.

Car ce monde est un monde de sang.

La dame n'était point faite pour le monde. Elle n'y a vécu que peu de mois, revenue de la solitude. Son mari, qui l'a vue pâlir et se défaire, en vain l'a entourée de soins. Elle va languissant, elle va expi-

433

rant. Elle a tiré sa main blanche du lit pour dire
adieu à son seigneur.

« Il me faut vous quitter ; notre enfant vous
demeure. Qu'en le regardant chaque fois, lui qui
fut ma douce compagnie de la forêt, il vous souvienne de moi, votre compagne d'hier et à jamais,
de moi, de la fidélité et de la recouvrance. Dans la
maison du Père, un jour tous trois, nous nous
retrouverons. »

Quel deuil ils ont mené, son mari et l'enfant, les
hommes du château et les gens du pays !

On dit qu'à l'heure où elle rendait l'âme, un
rai est sorti de la nue, comme pour lui ouvrir un
chemin jusqu'au ciel. Les peuples ont vu la merveille, la nuit entière elle a duré. Par grandes troupes, des campagnes, des villes, les gens se sont
portés vers le château de cette sainte dame. Tous
ont suivi son corps jusqu'à la fosse où on l'a mis
en terre.

Et la biche des bois, elle aussi, a suivi. Elle est
demeurée là, couchée sur le tombeau : et sans toucher à ce qu'on y portait, sans vouloir boire ni
manger, le troisième jour, y est morte.

« COMME ÇA »

Il y avait une fois deux hommes de la campagne
qui s'étaient connus étant garçons, en service chez
un meunier. Par hasard, quelques années après,
ils se rencontrèrent dans une foire.

« Hé, c'est toi, ma parole ! Depuis le temps... Alors, comment vas-tu ?

— Ho, comme ça. Depuis que je t'ai vu, ma foi, je me suis marié.

— Eh bien, bonne nouvelle.

— Ho, comme ça. Celle que j'ai prise pour femme, comment la dire bonne femme ?

— Tant pis, alors. Ce n'est pas une chose bien gaie.

— Ho, comme ça. Elle m'avait apporté trois mille écus de légitime.

— Ah, bigre ! Voilà de la consolation.

— Ho, comme ça. J'avais mis l'argent en moutons. La clavelée est venue : j'ai vu crever tout le troupeau.

— Quel malheur. Pas besoin de te demander si tu les plains.

— Ho, comme ça. Il s'est trouvé que les peaux se sont bien vendues, quasi plus cher que n'auraient fait les moutons sur pied.

— Hé, mais alors, te voilà rentré dans tes fonds ?

— Ho, comme ça. Pour faire remploi, j'ai acheté une maison...

— Eh bien, la clavelée ne te l'enlèvera pas. Une maison, c'est du solide.

— Ho, comme ça. La semaine dernière la maison a brûlé.

— Ha, malheur, pauvre ami ! C'est du vrai malheur, pour le coup !

— Ho, comme ça : ma femme était dans la maison : voilà qu'elle a brûlé aussi. »

LA PERDRIX OU LE PERDREAU

Il y avait une fois un bon paysan qui chassait. Et pour la Michalée, la Saint-Michel, qui était autrefois la fête des bergers, comme il était allé dans ces ronciers, au défaut de la colline, il tua une perdrix.

Il rentre, il la jette sur la table.

« Té, dit-il à sa Mion, plume-la, nous la mangerons demain. »

Elle prend l'oiseau, souffle sur les plumes du ventre.

« Oh, le gente perdreau !

— Hé, c'est une perdrix.

— Moi je te dis que c'est un perdreau.

— Un perdreau ! Toi, une bécassine. La Saint-Rémi arrive après-demain et tu le sauras :

> *À la Saint-Rémi*
> *Tout perdreau est perdrix.*

— Quand j'aidais ma tante qui est restée si longtemps servante du pauvre curé Touchebœuf, j'ai appris à connaître les perdreaux des perdrix, peut-être ? Je te dis que c'est un perdreau, vieux busard !

— Tais-toi, bécasse, ce soir tu as trop de bec !

— Je me tairai si je veux, arlequin de faïence !

— Tu verras si je ne sais pas te faire taire, foutraude !

— C'est un perdreau !

— Ha, un perdreau ? Et ça, qu'est-ce que c'est ? »

436

Il lui essuie la figure d'une mornifle. Elle saute sur le balai. Les voilà à s'expliquer, perdreau, perdrix, à coups de balai, à coups de sabot. Un vrai sabbat. Beignes, torgnoles, égratignures.

Ils éclaircirent si bien la question qu'après cela ils avaient tous les deux la face comme du taffetas de Chine : bleue, jaune, verte, violette, on n'aurait su dire de quelle couleur.

Et de la perdrix, ou perdreau, plus rien à dire : le chat l'avait enlevée au milieu de la bataille.

L'an d'après, toujours en ce même jour de la Saint-Michel, de sa chasse, l'homme rapporte un lièvre.

« Je me disais, dit la femme en le vidant, que l'an dernier nous avons bien été trop bêtes, de nous disputer. Perdrix ou perdreau, nous l'aurions trouvé bon gibier, rôti dans des feuilles de vigne. La première chose, ç'aurait été de ne pas le laisser enlever par le chat.

— Tu as bien raison, té, c'était ce que c'était, on l'aurait su en le mangeant.

— Je l'aurais bien mangé sans savoir.

— Je me demande encore ce qui m'a pris. Je n'en voulais dire que ce qu'on dit, tu sais bien :

À la Saint-Rémi
Tout perdreau est perdrix.

— Écoute, ce qui se dit, c'est :

Pour la Saint-Rémi, les perdreaux
Aux pères et mères sont égaux...

Tu vois : le dicton ne vient pas chanter qu'il n'y en a plus en fin septembre, il y en a, mais aussi gros que père et mère.

— Qu'est-ce que tu me chantes, à présent ? Le vrai dicton, c'est...

— Le vrai dicton, c'est l'autre ! Ce que tu avais apporté, il y a un an, eh, pardi c'était un perdreau, je le sais, peut-être !

— Je le sais mieux que toi, moi qui l'ai tué. C'était une perdrix, tête de mule !

— Hé, tête d'âne, je l'ai encore devant les yeux : c'était bien un perdreau, tout ce qu'il y a de perdreau.

— Vas-tu te taire, bartavelle ! C'était une perdrix !

— Un perdreau, vieux démon !

— Une perdrix, diablesse ! »

Les injures volent. Puis, en guise d'explication, un sabot, et les écuelles. Elle saute sur le balai. Il saute sur le fagot. Un vrai sabbat. Beignes, torgnoles, égratignures.

Il fallait voir la maison après cela, et tous deux, il fallait les voir. Le lièvre, en tout cas, ne se vit plus. Le chien des voisins l'avait enlevé du milieu de la bataille.

LA GRANDE DISPUTE

Il y avait une fois un ménage où homme et femme ne se disputaient jamais. Jamais un mot, jamais une raison. Chacun des deux trouvait tout bon ce que voulait l'autre, approuvait ce que disait l'autre.

Ils vivaient à deux lieues du chemin, au fond des bois. Ils y suivaient tranquillement leur petit train, sans se mêler de la façon dont roule ce diantre de monde.

Cependant, ils avaient une fille , et cette fille se plaça, et elle se maria, et elle demeura loin de chez eux, à la ville.

Elle leur fit un mot de lettre à l'arrière-saison pour leur demander de venir la voir.

Ils y pensèrent beaucoup, ils en parlèrent un peu ; et enfin, bien d'accord, — « Alors, nous allons voir la fille ? » — ils décidèrent de faire le voyage.

Un matin, dès que le soleil eut levé la rosée, ils fermèrent la maison, cachant la clef sous une pierre ; et habillés de leurs dimanches, ils partent pour le village.

Voilà qu'en arrivant au chemin et à sa croix, sur un vieil alisier, ils virent perchés deux oiseaux noirs.

« Té, dit l'homme regarde femme, deux corbeaux. »

Elle ne répond rien.

Une demi-heure après ils arrivent au village. Ils prennent la route du bourg.

Mais en passant devant la fontaine, la femme dit à l'homme :

« Tu sais ? Ces oiseaux noirs que tu m'as montrés sur l'alisier ? Eh bien, je crois que c'étaient deux corneilles... »

L'homme ne répond rien.

Ils font la route, au clic-clac de leurs sabots, regardent la campagne et le temps qu'il fait, les nuages, là-bas, sur la barre des montagnes.

Une heure et demie après, ils arrivent au bourg, vont à l'auberge sur la place, d'où partait le courrier pour la ville. Et là, en attendant de monter dans la guimbarde :

« Tu as raison, dit l'homme à la femme, ce devaient être deux corneilles. »

Ils attendent, ils attendent... La guimbarde est amenée ; on la charge. Ils s'installent. Une bonne demi-heure passe.

« En y repensant, dit la femme, maintenant je me dis que tu avais raison : c'étaient bien deux corbeaux. »

Enfin, le courrier part. La voiture roule. Les quarts d'heure passent. Ils se tenaient tous deux en face l'un de l'autre, le menton sur les mains, les mains sur la poignée du grand parapluie bleu. Ils n'étaient jamais venus jusque-là. De temps en temps ils regardaient le pays.

« Écoute, dit l'homme quand on s'arrêta deux lieues plus loin, peut-être que c'étaient un corbeau et une corneille ?

— Tu as raison, dit la femme, une corneille et un corbeau.

— Oh, té, dit l'homme, si d'aller si loin nous vaut de nous chamailler tout le temps, autant rentrer à la maison.

— Tu as raison, dit la femme, la fille, nous irons la voir un autre coup. »

Ils descendirent, ils retournèrent chez eux.

440

LA LANGUE PERDUE

Il y avait une fois une bonne femme, une vraie pie. Du lever jusqu'au coucher, elle en abattait, abattait, comme une corneille abat des noix. Son homme endurait tout, espérant toujours une pause, un répit — et la pause ne venait toujours point. Même au jardin, en l'aidant à ramer les pois ou à sarcler les scaroles, elle parlait sans décesser. D'ordinaire, pourtant, en plein air le monde ne parle pas comme il fait dans une maison : par moments, il lui faut se taire. Mais ces moments n'arrivaient pas pour la bavarde.

« Écoute, finit-il par lui demander, tu ne voudrais pas une pomme ?

— Une pomme ? Pour quoi faire ?

— Pour y mordre, comme font les fileuses, quand elles n'ont plus de salive. Je ne sais pas comment tu en as assez pour dévider tant de mots, faire tant marcher ta langue !

— Ha, tu dis que j'ai trop de langue ? Eh bien tu ne pourras plus le dire ! »

Si ce fut dit ! lancé, — et de quel ton de hargne !

On soupe ; on va au lit : plus une parole.

Au lever, même silence. On déjeune, on suit le train de l'ouvrage, on dîne, on repart pour les champs, on soupe, on va au lit ; pas une parole non plus.

« Dis, faute d'une pomme, — il n'y en avait plus en ce mois d'avril, — veux-tu une tisane ? »

Pas de réponse.

Le lendemain :

« Veux-tu quelque eau bouillie ? »

Elle ne desserrait pas les dents.

Le surlendemain :

« Veux-tu un bouillon d'herbes ? »

De réponse, encore point.

Le troisième jour :

« Veux-tu quelque remède de chez l'apothicaire ? »

Pas le mot.

Le quatrième jour :

« Veux-tu le médecin, qu'il fasse une ordonnance ? »

Rien.

Le cinquième jour :

« Veux-tu le notaire, qu'il fasse ton testament ? »

Tête de bois.

Le sixième jour :

« Veux-tu le curé, qu'il t'apporte les saintes huiles ? »

Mais elle s'était mis sur ce pied d'être une femme muette.

Le septième jour, ma foi, bien qu'il fît encore clair, après le souper il allume la chandelle, il allume le chaleil, il allume la lanterne, il allume le cierge de la Chandeleur, et tout ce qu'il peut trouver de luminaires dans la maison. Il fouille le bahut, l'arche, le coffre à sel ; et chaque coin, chaque recoin.

Enfin, il s'attaque à l'armoire. Il l'ouvre, puis passe l'œil partout, puis passe la main, puis tire une pile de mouchoirs, la feuillette comme un livre, d'un coup l'envoie par terre. La pile des serviettes, même chose : il la tire, les tourne une à une, envoie le tout par terre. Et la pile de torchons. Et la pile des chemises...

Celle des draps allait y passer. Mais elle, hors d'elle, alors, elle ne put y durer. On dit bien que le linge, dans la maison, est le meuble à quoi tiennent le plus les femmes. Elle se précipite, lui arrache cette pile de draps des mains :

« Tu perds la tête, grand carnaval ?

— Il n'y a plus rien de perdu ! C'était ta langue qui l'était et que je cherchais partout. La voilà retrouvée ! »

LA SOUPIÈRE D'OR

Il y avait une fois un roi qui, comme il était allé chasser dans la forêt, s'égara et perdit la chasse. Il suivit au hasard du premier chemin où il tomba, puis un autre, et un autre ; et finalement il fut pris par la nuit. Il n'eut d'autre ressource que d'attacher son cheval à un arbre et de coucher sur l'herbe, roulé dans son manteau.

Au matin, il fut tout surpris d'entendre un bruit de voix. Le soleil qui passait à travers la ramée l'éveilla tout à fait. Sans remuer pied ni main, d'abord, le roi prêta l'oreille.

C'était un homme et une femme, un charbonnier, sa charbonnière, qui à dix pas de là dans la clairière, bâtissaient leur meule de rondins. En guise d'oraison, la femme s'était lancée dans toute une diatribe contre notre mère Ève.

« Dire, faisait-elle, passant les cotrets à son homme, dire que tout est venu d'elle, de sa curiosité... Quand on pense qu'elle était avec Adam dans le paradis ! Tous deux n'ayant qu'à se laisser vivre, sans enfants, sans affaires, aises comme des rois. Il ne lui était demandé que de ne pas toucher à cette satanée pomme. Ha, moi ! toutes les pommes auraient bien pu mûrir et pourrir à la branche !

— Oui, faisait l'homme, un paradis où avoir son content ! Mais cet Adam aussi : quel niais de pâte molle ! Il ne pouvait pas, d'une mornifle, lui fermer le bec, à sa femme ? On se dit qu'à sa place... Femme, passe-moi d'autres rondins.

— Eux, si heureux, qui n'avaient qu'à se tenir en paix et en patience : et ils sont allés chercher toute cette misère !

— C'est vrai. Il ne leur en est pas encore assez tombé sur le râble ! Quand on pense que tout est de leur fait...

— Et que nous en sommes maintenant à trimer comme des chevaux.

— Couper le bois, le charrier par la forêt, bâtir les meules, guider le feu, qu'il ne s'abrande pas, ou qu'il ne s'éteigne pas, passer les nuits à veiller sur ce feu comme sur un pot de lait qui va bouillir, mettre le charbon en sacs, se noircir plus que des diables, porter tous ces sacs à la ville, prendre cent et cent peines, pour le lendemain recommencer :

voilà le sort où nous sommes. Et nous aurions le paradis, n'eût été Ève, son tracassin, son besoin de chercher mieux... »

Ils menaient ainsi le propos, au piaulis des mésanges et au friselis des feuilles, en couvrant cette meule de carrés de gazon. Plus le temps était clair et le matin tranquille, faisant à peine aller son haleine de fraîcheur au fond du bois, plus ils se plaignaient aigrement d'Adam, d'Ève, et de leur propre sort.

Tout à coup, le roi a paru.

« Charbonniers, mes amis, leur a-t-il dit, vous voilà bien en colère contre nos premiers parents ? Voulez-vous leur reprocher encore cette faute dont ils ont eu tant à pâtir ?

— Ha, oui, je le veux, a dit la charbonnière, mettant ses mains aux hanches : car à présent, c'est nous qui pâtissons !

— Est-ce qu'il n'y a pas de quoi s'emmalicer ? a dit le charbonnier. Sans Ève et sa façon de toujours chercher autre chose, et sans Adam aussi, qui n'a pas su la mettre au pas, on aurait une vie comme le roi en son château.

— Tellement que si vous aviez été à leur place...

— Ha, pas si bêtes de perdre le paradis.

— Bien, a dit le roi. Il fait bon vous voir mieux appris que nos père et mère. Je suis ce roi dont vous enviez la vie. Le roi voudrait être le père de tous ceux de son royaume : surtout de ceux qui savent être aussi sages que vous. Mes enfants, la vie que vous souhaitez, je vais vous la donner. Suivez-moi au château. »

Ils ont regardé à la casaque de ce seigneur : ils y ont vu trois fleurs de lys. Au fourreau de l'épée, le nom du roi écrit. Ils ont pensé mourir de saisissement et de joie. Le charbonnier a ôté son bonnet, la charbonnière entré le coin de son tablier dans sa ceinture.

« Sire le roi, ha, merci, grand merci ! »

Tous les deux, ils ont pris le cheval par la bride, l'ont conduit au chemin qui allait vers la ville. Des cors sonnaient au loin, car les veneurs cherchaient le roi. À travers les cotons qui traînaient, et s'essuyant aux grands feuillages mouillés, encore pendants et pleins de nuit, des rayons perçaient de partout. Et sur ce chemin de gazon, le charbonnier, la charbonnière marchaient si légèrement qu'ils ne touchaient pas terre. Trois valets, de loin, ont vu le roi. Dans le moment ont éclaté toutes les fanfares.

Le roi les a fait prendre en croupe par deux de ses officiers ; et on les a ainsi amenés au château.

« Voilà, leur a dit le roi, vous allez être dans vos aises autant qu'Adam et Ève. Je ne vous demande qu'une chose : de ne pas me trahir.

— Vous trahir ! Ha, sire le roi !...

— Vous ne ferez pas ce que je vous demanderai de ne pas faire ?

— Ho, c'est promis, sire le roi, promis, juré ! De vos bontés, on voudrait tant se reconnaître...

— Voilà qui va, mes amis, à tantôt. »

On les a menés aux étuves. On les a décrassés, savonnés, parfumés. Pour les vêtir, ils n'ont eu qu'à choisir.

Pour le manger de même. On leur a apporté tout ce qu'ils ont voulu. La table à nappe blanche était chargée de plats de vermeil, avec en son milieu une soupière d'or.

Comme ils allaient s'asseoir, le roi a reparu.

« Amis, bon appétit, et faites grande chère. Après dîner, jouez aux cartes, promenez-vous sur les terrasses, ou dans les galeries, dans les chambres ; visitez les bahuts, prenez dans les tiroirs : en ces lieux, tout est vôtre. Autant qu'à Adam et à Ève tout pouvait l'être en leur jardin de paradis ! Il n'est qu'un point sur lequel je vous demande de ne pas me désobliger. Au milieu de la table, vous voyez cette soupière d'or ?

— Oh, oui, sire le roi.

— N'en ôtez jamais le couvercle. J'attends cela de vous.

— Compris, promis, sire le roi. On n'y touchera pas. Ha, on voudrait savoir vous dire... »

Le roi leur adresse un petit signe d'amitié et les laisse faire honneur à toutes ces victuailles.

Eux, la blanche serviette au cou, ils s'attablent, comme s'ils étaient de noces. Au son des violons, au son de la bombarde ! Tous ces pâtés et rôtis qui fumaient ! Devant eux ce régiment de bouteilles !

« Douze mois de l'année de ce train-là, disait l'homme sans perdre un morceau, on verrait venir le treizième !

— Bien sûr, disait la femme en reprenant massepains et meringues, bien sûr... »

Mais elle lorgnait d'un œil cette soupière d'or.

« Alors, femme ? — et le charbonnier étalé sur sa chaise se curait les dents de la pointe de son couteau, — on se moque un peu de la soupière, et de ce qui est dedans ! »

Si aise, lui, si parti, que sur un air de violon, il attrape sa femme comme on fait dans les noces : entre deux plats, vous savez bien, en avant pour la danse !

Mais il avait vidé un peu trop de bouteilles, ses pieds s'embarrassaient...

On les mène au jardin. Puis en bateau sur la rivière. On les ramène par le verger ; et si cela leur chante, ils peuvent cueillir les pêches. Et puis les airs de danse, les cartes, le souper, un lit de plumes...

Le lendemain, même ordinaire. Et le surlendemain, et les jours ensuivants. Se prélasser, se bien nourrir, jouer, se reposer. Dans le château, et par là à l'entour, tout était à leur main.

L'homme commençait à prendre un doigt de lard sur l'échine. Mais la femme pinçait un peu le nez et regardait de plus en plus cette soupière d'or.

Le troisième jour, au souper, elle repousse son assiette.

« Et alors, on ne mange pas ? »

Elle file un soupir.

« Moi, la cuisine de notre sire le roi me semble bonne ! Quand on se lèche les doigts, on risque de se manger le bras jusqu'au coude.

— C'est cette soupière : je me demande ce qu'il y a dans cette soupière ?

— Qu'il y ait ce qu'il y a ! Je n'y pense pas plus qu'à mes premiers sabots. »

Mais la femme, ce n'était pas cela.

Ils pouvaient parler librement tous les deux, le charbonnier, la charbonnière. Ils avaient demandé qu'on apportât les viandes, puis qu'on les laissât seuls, manger tout à leur aise, bien briber, bien biberonner.

« Té, sais-tu ? Je ne me soucie plus du tout de tout ce qu'on nous sert : je n'ai envie que de ce qui est dans cette soupière couverte, dans la soupière d'or. Pourquoi le roi se l'est-il réservée pour lui seul ? Ce n'est pas juste.

— Hé, le roi, c'est le roi. Tu sais ce qu'il a dit. Il nous fait cette petite vie de bénédiction...

— Ha, toi, té, à la fin, tu es trop simple, pauvre homme ! Moi je te dis que le roi est tyran.

— Notre bon roi ! Dis, qu'a-t-on fait pour le mériter de lui ? Et on se voit donner de sa grâce tout ce qu'on peut désirer...

— Et si moi je désire voir ce qu'il y a dans la soupière ? J'en suis malade, té. Le reste, moi, je me moque bien du reste de ses grâces, si toi, toujours bonhomme, toujours un peu valet, tu te moques de la soupière ! Dis-moi, pourtant, qu'a-t-il besoin de nous défendre cette soupière d'or ? »

Elle l'entreprend là-dessus. Elle larmoie, proteste qu'elle n'en dormira plus, qu'elle tremble la fièvre, lui reparle, le presse, le caresse, enfin fait tant qu'elle le met de son parti.

« Tu vois, nous sommes seuls : soulève seulement un tout petit peu le couvercle...

— Tu crois ? on est bien seuls ?

— Té, puisque tu as si peur ! »

Elle court à la porte et pousse le verrou.

« Si on croyait...

— Oui, tu préfères me voir tomber malade ! Faire tout pour le roi, oh ça, tu le veux bien. Mais faire la moindre petite chose pour ta femme !... Le roi, le roi... Hé, s'il ne veut pas qu'on y touche, pourquoi la met-il là, sur notre table, la soupière d'or ?

— Allons, ne crie pas tant... »

Lui, il était pareil à beaucoup d'hommes : devant sa femme, il fondait comme beurre. Il quitte donc sa chaise, va à la porte, écoute, revient, balance, se décide à écarter un peu, un tout petit peu le couvercle.

Brusquement de cette soupière sort une souris. Elle file, saute à terre, sous un bahut s'enfile.

Ils se jettent à terre, eux aussi, à plat ventre, et les voilà à fourgonner.

« Ha, maladroit ! Si tu avais bien pris garde !

— Ha, crapaud de poison ! Ha, carne de femelle ! Té, tu vas la danser ! »

Se retournant, il lui envoie un camouflet à l'assommer.

Mais dans l'instant, sur les dalles du corridor, ils entendent taper le coup des hallebardes. Les gardes ! Ils annoncent le roi...

Enfoncée comme par le vent, la porte s'ouvre.

Le roi paraît.

Et la souris, par cette porte ouverte, comme un trait disparaît.

Le roi lui a jeté un coup d'œil. Il ramène le regard au charbonnier et à la charbonnière, que

450

voilà à quatre pattes, tout mal en ordre, épouvantés, stupides...

« Quoi, malheureux !... Vous pouviez bien médire d'Ève et d'Adam, de leur curiosité, de leur bêtise... De votre propre bouche, vous vous êtes condamnés ! »

Le roi les ajuste à bout portant : comme des coups de pistolet, tous ses mots claquent.

« Sire le roi, on ne voulait pas vous trahir. Mais c'est ma femme...

— Assez ! Je connais la musique. Dehors, tous deux ! »

Un garde s'est penché, les a pris au collet, les a remis sur pied et jetés dans le couloir.

Puis il tire l'épée et se met en travers.

Eux, ils n'ont plus qu'à s'en aller au fond des bois. Tête basse, ils s'en vont.

Ils ont fait le chemin sans parler, faute de pouvoir s'en prendre encore à Adam et à Ève.

« Après tout, a murmuré l'homme, lorsqu'ils se sont retrouvés sous la ramée, on aura toujours eu ces journées de bon temps. Ça sera bon de se les rappeler, les soirs ! »

Mais la femme, elle, a éclaté en pleurs.

« De notre cabane, maintenant, nous souvenir du château... Comme je serai malheureuse quand ça me reviendra !... »

La petite souris leur a fait cui cui cui
Et le conte est fini.

LA FEMME BOUGONNANTE
ET LE MARI SILENCIEUX

Il y avait une fois, assez près d'ici, une femme toujours bougonnante. Enfin, une de celles dont on dit que pour leur pauvre mari il n'y a plus que six sacrements : parce que celui du mariage et celui de la pénitence n'en font qu'un.

Lui, sous la kyrielle de reproches, il avait pris le parti de se jeter dans le silence : il s'esquivait tant qu'il pouvait. Ce qui ne faisait pas le compte de sa femme, car elle aurait voulu qu'il convînt chaque fois de ses torts.

Un matin qu'elle pestait et tempêtait parce que la cheminée ne tirait pas, plutôt que de rester là dans la fumée, le vacarme, il prend l'échelle, monte sur le toit. Il va là-haut arranger les deux pierres et la planche.

Mais soit que le pied lui ait glissé, soit que faute de tenir assez à la vie, il ait eu quelque distraction, de la faîtière tout à coup il choit en terre. Et le voilà à plat sur l'herbe, ne remuant ni bras ni jambe.

On crie, on s'émeut, on arrive, on tâche de lui porter secours, disputant ferme entre voisins.

« Il n'est que quelque peu assommé, je vous dis, il va en revenir !

— Ho, moi, je crois qu'il est mort, il s'est rompu l'échine.

— Ha, que non ! Répondez, compère ! Approchez-lui la goutte à boire, il va répondre.

— Moi, je suis sûr qu'il a déjà passé. »

Ils étaient là tous s'affairant, se démenant autour de lui, lorsque la femme accourt, toute dépeignée, toute rouge ; et si le pauvre homme avait été encore en vie, elle l'aurait foudroyé du regard.

« Il est bien mort, allez, l'empoté, le propre à rien, mais contrariant comme je le connais, il n'en conviendra pas ! »

LA FILLE DU GEÔLIER

Il y avait une fois une fille, belle fille, et qui n'avait seize ans entiers, dans la ville de Nantes. Elle était la fille du geôlier : son père lui faisait faire le service de la prison. Vrai Dieu, qu'elle était belle, cette belle Françoise : plus belle que le jour.

Les juges ont fait conduire dans les prisons de Nantes un gentilhomme qui avait conspiré. Et lui, ce beau garçon si gai, d'œil si riant, insouciant comme le linot, lui que son malheur n'a pu abattre, quand il a vu la belle, il est resté pensif.

C'est elle qui lui porte à boire, dans son cachot, à boire et à manger, cruche d'eau et pain d'orge.

Il lui a demandé son nom. Puis il lui a demandé ses amitiés.

Dans le cachot noir de mouillure, le jour ne passe qu'à midi, entre les trois barreaux de la lucarne : et là, ç'a été de grandes amours, aussi illuminées qu'elles auraient pu l'être sous quelque

453

pommier doux, dans le verger d'avril, plein d'abeilles et plein de rayons.

Un jour le prisonnier a entendu des rumeurs en la ville : les mouvements du peuple, les pas des cavaliers, les trompettes aux carrefours.

« Françoise, belle Françoise, dans cette ville de Nantes, que se dit-il de moi ? »

La belle est devenue plus blanche que sa guimpe.

« Dans la ville de Nantes, que disent-ils de moi, Françoise, belle Françoise ? »

La belle s'est mise à trembler comme la feuille.

« Dis-le-moi, Françoise, belle Françoise, dans la ville, que disent-ils ?

— Dans la ville, a-t-elle dit enfin, ils disent que demain vous mourrez. »

Baissant la tête, elle a fondu en pleurs.

À peine a-t-elle eu assez de force pour s'enfuir du cachot. Pierre, son ami Pierre ! Il lui semblait déjà qu'elle avait devant soi sa mort.

Jamais en tout son âge, elle n'avait osé dire un seul mot à son père, lui demander quoi que ce fût.

Tant il lui imposait, le vieil homme au poil gris, aux petits yeux de sanglier, qui n'ouvrait pas la bouche en semaine, et le dimanche n'avait pas trois paroles. Lui, le maître de la prison, avec ses grosses clefs pendues à sa ceinture ou accrochées au chevet de son lit. Mais elle, la timide, la soumise, à ce moment tout un feu la portait. Car ses amours étaient grandes amours.

Elle se prend, s'en va, s'en va trouver ce père. Elle l'a abordé. Et sa voix s'étranglait, mais elle lui

454

a dit ce qu'elle avait à dire, la seule chose qu'elle ait trouvé à dire :

« Me donneriez-vous ce garçon qui est là-bas dans le cachot ? »

Elle croyait qu'il allait se lever, l'abattre d'un coup de poing.

Mais il est resté sur le banc, sans bouger, sans parler. Ses épaules se sont tassées, et il la regardait de dessous ses sourcils. Un moment il l'a donc considérée ainsi, comme prenant en pitié la jeunesse, qui ne sait pas encore et n'imagine pas, et elle aura tant à pâtir.

Puis il a dit :

« Il ne faut pas le dire à moi, il faut le dire au juge. C'est au juge de tout juger. S'il te donnait le prisonnier, on te le donnerait. »

Elle se prend, s'en va, s'en va trouver le juge. Elle, elle ne savait que ce que son père venait de dire, et qu'elle mourrait avant de voir mourir son Pierre. Comme elle était, elle est allée trouver ce grand juge, elle s'est jetée à ses genoux.

« Graciez, graciez le prisonnier, monsieur, faites-lui grâce !

— De quel prisonnier veux-tu parler, Françoise, belle Françoise ?

— Celui qui a les fers aux pieds. Graciez, graciez le prisonnier !

— Celui qui a les fers aux pieds, Françoise, belle Françoise, il va être jugé tantôt ; il sera jugé, il en mourra, et toi, la belle, tu t'en passeras. »

La belle se prend, s'en va, de chez le juge retourne.

Elle est rentrée à la prison, est allée dans la chambre. Trois fois elle a fait le tour du lit. Mais rien de ce qui avait été les ordres et la loi ne comptait plus pour elle. Sous le chevet elle a pris le trousseau de clefs de son père.

« Pierre, mon ami Pierre, sortez de ce cachot. Voici les clefs, je vous les abandonne.

— Je ne sortirai pas de prison, Françoise, ma mie Françoise. J'en sortirai mon congé à la main, quand mon procès aura été jugé. »

Il l'a prise par les poignets, il l'a fait asseoir près de lui, sur la pierre qui sert de banc. En vain elle le presse. Il couvre ses mains de baisers, mais ne veut pas se saisir des clefs de la prison.

Et tout à coup, tournant la tête, a vu près de lui le bourreau vêtu de rouge. Les juges, tout de rouge aussi.

« Voici venue l'heure de ma mort, Françoise, ma mie Françoise. Prends l'anneau d'or que j'ai au doigt. D'un garçon qui ne soit pire que moi, fais-toi un autre amant.

— Un autre amant je ne ferai pas : je veux rester fidèle. Je m'en irai dans un couvent, je prierai Dieu pour mon père... Je prierai Dieu pour mon père et non pas pour les juges, pour mon père et pour Pierre, pour mon ami sans autre ! »

Elle ne sait rien, elle ne peut rien contre les juges et le bourreau. Mais elle sait qu'elle va mourir, si on tue son ami, que le cœur lui rompra. Les deux mains sur ce cœur, elle les regarde tous, ces hommes vêtus de rouge. Et sa figure est devenue comme la flamme, d'un éclat de vie et d'amour qui éblouit les yeux.

Les juges se sont étonnés, les pauvres juges. Ils ont bien leurs toques, leurs robes, couleur de ce beau sang rouge, mais comme il fait noir dans leur air, comme cela sent l'encre, les paperasses et leurs noirceurs, la mauvaise haleine des gens. Et là, dans le cachot, ils se trouvent soudain devant cette Françoise, la fille de seize ans, fraîche comme une fleur, vaillante comme une épée, qui ne sait que l'amour et son don.

Ils voient cela, cette force du don, éclatante comme un feu, cette force d'une amitié entre garçon et fille. Et pour une fois, un prisonnier et son procès prennent devant eux d'autres couleurs.

Ils se sont regardés ; ils ont regardé encore ce garçon, la belle Françoise.

« Que de mort ne soit plus parlé. Allez, allez vous marier ! »

LA TROP FIÈRE PRINCESSE*

Il y avait une fois un roi : il avait une fille toute royale. Belle comme un soleil entre les autres filles ! Et le cœur comme un morceau d'or : généreuse, hardie. Mais fière !... Par trop fière, croyant trop que tout lui était dû. Rien n'était assez beau, assez relevé pour elle.

7. *Voir* La fille du roi et le charbonnier *page 611.*

457

Elle venait à l'âge de s'établir. Et son père entendait la voir mariée. Il le fallait pour ses affaires de roi, et qu'il y eût un héritier en ce royaume.

Mais elle ! Dieu sait s'il en était venu, des princes et des fils de baron, par ribambelles, jetant des feux d'or et d'argent, pliés d'échine devant la fille du roi.

Elle valait tous les respects, toutes les soumissions. Tout de même, elle n'était pas au-dessus des humains ! Il lui faudrait bien prendre un homme. Mais aucun ne lui convenait. L'un louchait, et l'autre était bigle ; l'un clochait et l'autre marchait raide comme s'il avait avalé son épée... Enfin, cela manquait toujours par quelque endroit.

Son père d'abord a bien pris l'exigence. Lui aussi, il la tenait pour la reine des filles. Ce qu'elle disait était bien dit ; ce qu'elle pensait était bien pensé.

Est venu un temps pourtant où le roi a dû se souvenir qu'il était sire le roi. Et que le royaume demandait un héritier. Comme sa fille ne se hâtait point de choisir un mari, de jour en jour il s'est monté contre elle. Finalement, il a pris sa résolution.

Il fallait tous les faire venir, les grands, les gros, les petits, les bêtes, et il la mettrait en demeure de se décider.

Cela n'a pas tellement plu à la princesse.

Au jour marqué, quand ils se sont présentés, avec toutes les dorures, toutes les courbettes qu'on imagine, il n'y a eu ni roi, ni prince, ni duc, ni seigneur qui ait trouvé grâce devant elle. Elle, elle avait l'œil grand et doux, mais si malin ! Prompte

458

à saisir comme pas une de ces filles moqueuses le plus petit ridicule, la plus petite tache. Le roi les avait tous fait ranger sur le coudert, le préau, devant le château, ma foi, comme des ânes en foire. Il la força à passer devant tous. Elle les expédia tous d'un mot. L'un avait les dents mal rangées, et l'autre le nez trop pointu. Ou c'était une mine d'écureuil, un son de voix désagréable... Enfin, chacun eut son paquet.

Elle arrive au dernier, celui que le roi avait gardé pour la bonne bouche. Plus reluisant qu'un flambeau ! Et aussi fier garçon, sans mauvaise fierté, qu'elle était fière fille.

Mais elle, elle s'était butée de plus en plus. Elle ne le regarde même pas. À peine un coup d'œil à cette tête ! Il se tenait le col baissé devant elle.

« Celui-là non plus ne saurait faire, a-t-elle dit à son père, il a des cheveux comme des copeaux, comme les frisures d'osier de ceux qui tressent les vanneries.

— Je les lisserai si bien qu'il n'en paraîtra rien, dit le prétendant, en grand respect, toujours courbé devant elle.

— Mais moi, je penserai toujours à l'agneau de la Saint-Jean, je m'attendrai à vous voir bêler... Non, non, adieu, monsieur, que Dieu vous garde ! »

Et voilà donc ! À chacun son va-t'en. À toi comme aux autres, beau prince !

Le roi cependant paraissait ne plus pouvoir se contenir. Rouge comme une pivoine, il prend la princesse par le poignet, tourne les talons, la ramène au château.

Et il n'était pas à dix pas des prétendants tout déconfits, qu'il éclatait :

« Comment ? Lui aussi, tu le refuses ! Le prince Victor ! Le mieux fait, le plus riche, le plus vaillant de tous ! Aller refuser ce prince ! Le sais-tu seulement ? On est aimé des dames, quand on a des cheveux qui frisent...

— Je ne sais qu'une chose, mon père, fit la belle en relevant le menton, c'est que de votre prince Victor avec toutes ses frisettes, je ne fais pas plus état que du dernier marchand de chiffons ou ramoneur ! Je n'en voudrais pas pour dénouer les cordons de mes souliers !

— Ha, c'est ainsi, ma fille ? Ha, vous le prenez ainsi ? fit le roi qui entrait dans sa froide colère. Je le vois maintenant, je vous ai trop gâtée ! Je vous ai même pourrie ! Il faut que vous goûtiez de la misère et qu'elle vous refasse une nature. Je vais pourvoir à tout. Écoutez-moi bien tous ! »

Il s'arrête sur place, se retourne vers son ministre et les gens de sa suite, de son bâton frappe trois fois la terre.

« Je jure ici, parole de roi, vous m'entendez, que je donne ma fille en mariage au premier mendiant qui passera... »

Il se fit un silence de consternation. Sa parole de roi ! Comment revenir là-dessus ? Le ministre et les gens rentraient le cou dans les épaules. Le roi même semblait étonné de ce qu'il avait dit. Mais c'était dit, il ne pouvait s'en dédire !

Au ton de son père, à la contenance de tous, la princesse frissonna. Elle ne voulut pourtant pas

460

se démonter. Elle se redressa sans un mot et derrière son père rentra dans le château. Mais quoi qu'elle fît, la belle, elle n'avait plus le rire ni l'aisance que tantôt encore elle avait.

Le lendemain se trouva être un dimanche.

La belle allait à la messe avec son père, charmante, fière, toute roidie encore, n'osant penser à ce qui s'était passé la veille. Tout sombre, tout froncé, comme un homme dont on vient de décorner les bœufs, le roi ne parlait pas plus qu'elle.

Un gaillard soudainement parut. Il était habillé de loques rapetassées, et que la suie avait depuis longtemps noircies. À travers des cheveux qui retombaient en baguettes, tout plats, tout gras, sa face était pareillement fort mâchurée. L'épaule chargée d'une corde et d'un paquet de buissons, il se mit à crier :

« Ramoneur de cheminées ! Du haut en bas ! »

Sur quoi il s'approcha du roi, tendant la main.

« De mon état, je suis ramoneur. Mais je ne trouve pas d'ouvrage. Bons chrétiens, pour l'amour de Dieu, faites-moi l'aumône !

— Halte-là, dit le roi, se plantant comme la veille sur le bord du coudert ; garçon, je n'ai pas d'ouvrage à te donner. Mais je te donne ma fille. Je monte ton ménage, si tu veux de ma fille !

— Tout de même, dit le ramoneur. Oui, demoiselle, prenez-moi-z-en mariage. »

La belle, pendue au cou de son père, pleurait comme un enfant, étouffait et tremblait.

Mais devant tous, à cette même place, ce père roi avait donné sa parole de roi !...

461

Il a envoyé quérir son chapelain. Il a fait faire le mariage sur-le-champ, sans tambours ni sans cloches.

Ha, la belle, la pauvre belle ! Elle a pu voir, alors, ce qu'elle était ce qu'elle pouvait ! Réduite à rien, d'un coup, par le vouloir de son père.

Pour monter le ménage, le roi a fait donner deux tourtes dans un sac, une cruche de vin ; et puis une brosse à décrotter, une brosse à reluire, une boîte à cirage.

« Comme cela, ma fille, vous aurez un état. Vous décrotterez les souliers de qui voudra, pour un petit sou. Et si vous avez les mains noires, vous ne ferez pas honte à votre mari le ramoneur... Allez, a-t-il dit à ce ramoneur qui se carrait, crâne comme un sergent, vous êtes mariés, adieu donc à vous deux, je n'ai plus affaire de vous. »

Ils sont partis pour son château à lui, le château des trente-six pierrettes, une cabane de mauvaises pierres sans mortier, couverte d'un toit de brandon. Deux quartiers de roche y servaient de landiers et la table était faite de deux planches sur des piquets fichés en terre.

Qu'il était loin de la belle, le château de son père, ce château où elle était nourrie à bouche que veux-tu, où elle avait des valets au-devant de tous ses gestes...

Toute fille qui mari prend
Elle peut dire : adieu bon temps !

Mais là, c'était bien autre chose encore, passer d'un château de roi à cette branlante cambuse...

Du fond de sa misère, elle se disait pourtant qu'elle avait une chance, son mari lui semblait d'assez douces manières, d'assez bonnes paroles...

Sur le chemin, elle lui avait demandé à qui étaient ces blés, — au prince Victor ! — et ces prés, — au prince Victor ! — et ces bois, ces garennes, — au prince Victor encore ! — et ces fermes, ces moulins, ces bergeries, ces châteaux, — tout, de ce côté où ils allaient, était au prince Victor. Et elle n'avait pu s'empêcher de penser que si elle avait pris le prince Victor, au lieu de donner par caprice dans des enfantillages, elle ne serait pas dans la crotte où elle venait de se voir précipiter d'un coup.

Mais puisqu'elle se trouvait mariée au ramoneur, le ramoneur il fallait aimer. Elle lui avait promis fidélité, obéissance.

À la cabane qui devait être sa maison, la pauvre est arrivée bien lasse du chemin. Il lui a fallu allumer le feu, aller à la fontaine, et monter la marmite, peler les raves, tailler le pain dans les écuelles. Enfin, elle a trempé la soupe, et elle n'en pouvait plus et pleurait en dessous.

Son mari lui a fait boire un peu du vin de la cruche pour lui rendre courage. Mais elle n'était pas faite à ce gros vin, ce fort vin rouge. Un frisson lui a soudain passé par tout le corps.

« Si vous le voulez bien, a-t-elle dit à son mari, demain j'irai à la ville, je vendrai cette cruche de vin et, de l'argent, j'achèterai un devantier de toile, une cornette et des sabots.

— Si vous voulez, lui a-t-il répondu, je vous ferai toute la courtoisie que je pourrai ; mais il faudra bien que vous aussi vous gagniez votre pauvre vie pour que nous puissions vivre. »

Dans son infortune, elle s'est redit qu'elle aurait pu rencontrer pire. Elle entendait tout prendre vaillamment. Elle était fille de roi, elle savait, de naissance, qu'il n'y a qu'un déshonneur, qui est de perdre cœur.

Le lendemain, son mari l'a accompagnée à la ville, portant la cruche et deux verres dans ses poches ; elle, elle portait une selle à trois pieds pour traire les vaches. Au bout du pont l'a installée, et lui, buissons et corde sur le dos, il est allé à sa journée.

Elle vend trois verres de vin, empoche un liard ou deux. Arrivent des soldats. Ils se font servir à boire. Le plus hardi lève son verre.

« À ta santé, mon joli cœur que j'aime ! Tu ne me refuseras pas de trinquer avec moi ? »

Elle était fille de roi, elle ne pouvait s'en tenir, elle n'était pas fille d'auberge. Elle lui répond par une gifle.

Il laisse choir le verre sur le pavé, envoie d'un furieux coup de pied la cruche rouler dans le ruisseau, insulte la marchande. Deux autres soldats l'empoignent par les bras. Il se débat. Ils se battent, le tabouret même se brise dans la bagarre. De la pauvre boutique, rien ne reste...

Elle se sauve, la malheureuse, loin de la ville, à l'aventure.

Elle n'osa rentrer que le soir. S'attendant à être

battue, elle ne se hâtait point d'arriver. C'était, dans ce chemin de la cabane, comme si chaque buisson l'accrochait par la jupe.

Son mari l'attendait sur le pas de la porte.

« Pourquoi n'arrivez-vous, ma femme ?

— Je n'ose...

— Combien rapportez-vous de toute votre journée ?

— Je rapporte deux liards...

— Hé bien, c'est déjà beau pour vous qui n'aviez jamais fait le métier. À ramoner les cheminées, moi, j'en ai gagné trente. Un autre jour, tout ira mieux pour vous.

— Demain, je me mettrai sur le grand pont et je décrotterai les souliers. Vous verrez, mon mari, que nos affaires iront. »

Le lendemain, son mari lui remet les brosses, le cirage, un petit banc qu'il avait fait. Elle va sur le pont : la voilà à l'ouvrage, décrottant et cirant.

Passe bientôt un beau seigneur, doré sur toutes les coutures, et sous son grand chapeau à plumes, frisé comme les vrilles de la vigne. Il s'arrête devant le banc, il fait décrotter ses souliers.

À cet habit doré, à ces cheveux frisés, elle avait cru reconnaître le prince Victor. Toute honteuse, elle baissait le nez sur sa brosse à cirage. Ainsi, dans sa folie, la dédaigneuse avait dit de ce prince qu'il ne serait pas digne de dénouer les cordons de ses chaussures. Et voilà qu'elle en était, là, à décrotter les siennes.

Le prince parti, elle restait si perdue, qu'elle ne prit pas assez garde. Un fardier passa trop près d'elle dans quelque encombrement. Une roue écrasa brosses, cirage, boîte, toute la pauvre boutique...

Elle revint le soir, s'attendant donc à des coups de bâton, ou pour le moins à des torgnoles. À chaque pas en avant, elle aurait voulu faire quatre pas en arrière.

Son mari de la porte la regardait venir.

« Pourquoi n'arrivez-vous, ma femme ?

— Je n'ose...

— Combien rapportez-vous de toute votre journée ?

— Je rapporte trois sous.

— C'est déjà beau, puisque vous n'aviez jamais fait ce métier-là. À ramoner les cheminées, j'en ai gagné soixante. Un autre jour, tout ira mieux pour vous. »

Elle lui dit bravement ce qui était arrivé et qu'elle avait perdu son gagne-pain. Il lui dit bonnement qu'il lui apprendrait à faire des paniers, des panières, que ce serait un bon métier pour elle.

Ils ont soupé d'une soupe aux naveaux, dans leur cabane où tous les vents se battaient ; il n'y avait en guise de cheminée qu'un trou au toit ; et la fenêtre, grande comme un guichet, n'était fermée que d'un volet de bois plein.

Le lendemain, il est resté à la maison. Il lui a bâti des carcasses, il se chargeait de les faire, comme du plus difficile et du plus pénible de l'ouvrage. Il lui a montré comment partager tout du long les rejets de coudre et de chêne ; comment peler, parer l'osier : on a fendu en quatre un bâton de bois dur ; on fait sauter deux quartiers qui se font face ; entre les deux restants on passe le scion : il est pelé d'un coup. Il lui a appris à tresser les bennes, les corbeilles.

Ils travaillaient tous deux, devant le feu. On n'y voyait pas clair quand le temps était bas.

Ce n'étaient plus les matins où elle n'avait qu'à se mirer à son miroir, et à se demander ce qu'elle ferait de cette journée. Quand elle était dans la soie, les rubis...

Et maintenant, croupetonnée dans les cendres, elle s'écorche les mains aux brins, se coupe les doigts de son couteau. Il faut bien que le métier entre ! Elle tâche de rire. Endure-toi !

Mais le vent roule partout ces raclures d'osier, frisées comme la chevelure du prince, du prince Victor ; et la fumée pique les yeux... Si ce n'était que la fumée...

« Écoutez-moi, ma femme, fit un soir son mari, je le vois, quoi que vous en disiez, le métier n'entre guère. L'autre jour, je ramonais les cheminées du château : on a besoin là-bas d'une aide de cuisine. Vous savez bien peler les raves, maintenant, bien laver les écuelles et vous ne cassez pas ! Vous ferez l'affaire, je vous y mène demain.

— J'aime mieux tresser des paniers, dans notre cabane, que d'aller en service dans le château du prince Victor.

— Et pourquoi donc ? Vous n'avez que ce moyen de gagner votre vie, vous faire fille de cuisine. Bonne tresseuse de paniers, vous ne le serez jamais... On dit que le prince est parti, qu'il est au château de Flamboisy, ou qui sait où... Il n'y aura pas grosse besogne. Vous serez bien payée et le soir vous rapporterez des restes à la maison. »

Elle a soupiré : mais c'était vrai qu'elle n'arrivait pas à faire grand-chose de ses dix doigts. Et le lendemain, elle a obéi à son homme. Elle l'a suivi au château. La cuisinière l'a engagée et l'a mise à l'ouvrage ; laver, éplucher les légumes, faire la vaisselle et torcher les assiettes. Le soir, au fond de sa poche, elle emportait dans un panier une moitié de caille, une aile de chapon entrelardé.

Un jour, le bruit a couru que le maître allait revenir ; qu'il allait se marier, on ne savait avec qui, mais ce seraient de grandes noces. Tout irait par écuelles. Les servantes ne parlaient d'autre chose.

La belle a dit à son mari le ramoneur qu'elle ne voulait pas retourner au château.

« Si, si, ma femme, lui a-t-il dit. C'est une bonne place que vous avez là !

— Je ferai ce que vous voudrez, je gagnerai ma vie. Mais je vous demande en grâce de ne plus aller là-bas.

— Écoutez, pour tout arranger, vous y retourne-rez demain. Je vais vous faire deux grosses poches de toile : vous les bourrerez de bonnes choses. Et puis, si vous voulez, vous n'y retournerez plus. »

Ainsi dit, ainsi fait. Le lendemain au matin, le ramoneur attache lui-même les deux grosses poches sous la jupe de la belle et elle part pour les cuisines du château.

Voilà que tout y était déjà en mouvement ! À rôtir, à bouillir ! On faisait la fête ce jour même. Le prince, brusquement, l'avait voulu ainsi.

De la matinée jusque bien avant dans la soirée, on ne sait où donner de la tête. Et de porter des piles d'assiettes, de vider les eaux grasses, de manger un morceau sur le pouce ; de remuer la vaisselle dans son baquet, de barboter, de frotter, d'essuyer...

La cuisinière aimait que tout roulât. Au bout de tout ce train, sur le soir, elle appelle la belle. « Allez, allez, vous l'avez bien gagné, je veux vous voir remplir vos poches, puisque c'est votre dernier soir ici ! Allez, allez, je vais vous y aider ! »

Elle la pousse dans l'office.

« Là, là ! Encore cette tranche de pâté, encore cette aile de perdrix ! Et maintenant, venez, tandis qu'ils sont à table, il nous faut voir le grand salon de compagnie où il va y avoir bal dansé. Toutes les deux, jetons-y un coup d'œil. »

La belle reculait, reculait, ne désirait que partir. La cuisinière, sans vouloir rien entendre, la saisit au poignet, l'entraîne...

Elles n'étaient pas d'un instant dans ce salon, qu'à deux battants les portes s'ouvrent. De toutes parts afflue le beau monde. Premier de tous paraît le prince Victor.

« Que font là ces curieuses ? Hé, c'est la fille de cuisine ? Il faut que la belle paie pour sa curiosité ! »

La belle était toute rouge, si rouge que le feu lui sortait du visage. En vain, elle veut s'échapper. Le prince la prend par la main. Il la mène à la danse.

Les violoneux venaient d'entrer. Sans attendre, le violon sous le menton, ils commencent de jouer la pavane.

Un tour, deux tours, trois tours. Et au troisième, comme si quelqu'un avait dénoué les cordons, soudain, faisant grand bruit, les deux poches se détachent et tombent. Sur le parquet ciré comme un miroir, s'éparpillent d'un coup les massepains, la tarte au sucre, les marrons de Lyon et la fine andouillette, la tranche de jambon...

La belle, folle de honte, veut se jeter vers quelque porte. Mais le beau monde, tout haussé sur ses pointes, et tout à regarder, dans une grosse rumeur de rire et de scandale, bouche partout le passage. Et elle qui voudrait que la terre l'engloutît, part en sanglots...

Mais le prince Victor n'a point lâché sa main, il écarte ce beau monde, entraîne la belle dans un cabinet proche.

« Ha, ne soyez pas si honteuse. Vite, vite, écoutez !

— Je ne peux rien entendre... Je suis la femme du ramoneur...

— Vous êtes la femme du ramoneur, ma belle, ma chérie, mais le ramoneur, c'est moi. Regardez-moi, oh, reconnaissez-moi ! Me pardonnerez-vous ? Comme j'ai souffert de vous mener ainsi, à travers ces épreuves ! Votre père le roi l'a voulu. Il a cru faire plus heureusement en arrangeant ainsi les choses. »

Elle, encore toute perdue, sanglotait ; et déjà elle commençait de rire. Elle ne cherchait plus à s'échapper, elle restait dans les bras de son mari qui la tenait embrassée. « C'est mon mari et c'est le prince. Comment se peut-il ? Mais mon cœur, mon cœur sait qu'il m'aime... »

Et elle laissait la tête posée contre la poitrine de ce mari qui était le ramoneur et qui était le prince Victor.

Là-dessus, le roi son père paraît. Elle se jette à son cou, en lui demandant bien doucement pardon.

Puis des chambrières sont venues. Tandis que son mari le prince lui essuyait les yeux, elles l'ont habillée, parée. En cinq minutes, elle resplendissait comme un soleil de Pâques. Et de tout le beau monde, personne n'aurait eu l'idée de revoir en elle la fille de cuisine à qui venait d'arriver la mésaventure des poches. Mais elle, elle savait maintenant qu'elle ne se méconnaîtrait plus jamais. Elle avait appris pour toujours qu'elle n'était rien, que personne n'est rien.

Le mariage, eh bien, il était fait depuis deux semaines, le mariage ! Ce soir-là, on a fait les noces.

La princesse et le prince ont été si heureux qu'il n'y a pas de raison pour qu'ils ne le soient pas encore.

LA FEMME
QUI SE MÊLAIT DE POLITIQUE

Il y avait une fois un savetier qui avait une savetière. Tous les deux, Dieu aidant, ne faisaient pas mauvais ménage.

Cette savetière, en effet, était sage et discrète personne, qui ne courait pas les commères du quartier et qui savait garder le secret de la maison. Lui, il était bon ouvrier, qui travaillait tant que le jour était long derrière son pot de basilic ; et trois chopines lui faisaient la semaine.

Il n'y aurait eu qu'un reproche à lui adresser : il était toujours sur la même chanson, du matin jusqu'au soir. Et si ç'avait été une chanson tout entière ! Mais rien que la moitié d'un couplet et la moitié d'un autre :

> *Tout en passant par la fontaine,*
> *Le roi dit à la reine...*

Puis :

> *Tout en passant par le grand bois,*
> *La reine dit au roi...*

Le geai apprivoisé, qui était borgne d'un œil, reprenait ensuite la ritournelle dans sa cage. Tous les deux, tout le long du jour, l'un battant la semelle, l'autre le regardant faire, ils chantaient cela. Quand ils avaient fini, ils recommençaient ; mais quand ils recommençaient, ils avaient presque fini. Et la pauvre savetière entendait le roi, la reine, la fontaine et le bois depuis près de trente ans.

> *Tout en passant par la fontaine,*
> *Le roi dit à la reine...*

Et ensuite :

Tout en passant par le grand bois,
La reine dit au roi...

Elle n'était pas de ces curieuses, comme il y en a. Tout de même, en ravaudant ses bas, en épluchant ses raves, il lui arrivait de songer à ce roi, cette reine, passant, s'entredisant — et que se disaient-ils ? À force, à force de les voir revenir, elle aurait bien voulu les suivre un peu plus loin.

Un jour d'avril, un jour de vent, où le soleil courait, s'effaçait, reparaissait le long des murs, et le vent tirait le basilic par les cheveux comme pour l'emmener, elle n'y tint plus :

« Enfin, dis donc, pauvre homme, depuis le temps que j'y pense, je voudrais trop savoir ce que le roi dit à la reine ?... »

Ha, elle voulait le savoir ? Elle l'eut vite appris, d'un coup de tire-pied en travers de ses jupes.

« Té, le voilà ce qu'il lui dit !... Ha, voyez-vous ces femmes ! Au lieu de se mêler de leurs besognes de femmes, leur faudrait maintenant mettre le nez dans la politique ! »

LA TROP NAÏVE MARIÉE

Il y avait une fois une fille de paysans qui menait à la pâture les moutons de son père.

C'était dans une campagne perdue, — qui saura

473

où ? À la Chapelle-Geneste ! Et là, le nom le dit : rien qu'une chapelle et des genêts : une églisette de pierre grise et sa cloche pendue, deux, trois maisons de même pierre sombre, à la débandade ; puis les pacages, les pacages, les pacages, avec leurs balais verts que malmènent les vents. Un vrai pays de loups, du côté de la Chaise-Dieu ; et l'hiver, on cherche avec une perche le clocher sous six pieds de neige.

Le monde passe pour y être rude comme les pierres, ces granits tout râpés, au milieu des pâtures. Même l'herbe, le poil de bouc, est rude aussi autour des pierres. Mais cette petite, elle, personne n'aurait dit qu'elle n'était pas douce. Toute de bon vouloir. Sans plus de malice que ses brebis.

Elle gardait donc, un jour de mai, au pâturage, quand le temps tourne à la chaleur. Du levant s'élève un orage. Tout de suite, tonnerres sur tonnerres. Une tempête de grêlons, puis des abats de pluie qui passaient dans le vent comme fumées chassées. La pauvre, elle avait fort à faire en ce lieu écarté : les moutons s'affolaient, le chien avait pris peur... La foudre cognait, que cogneras-tu !

Là-dessus, vient à passer un voyageur, aussi aveuglé que son mulet, qui ne savait d'où se tourner pour trouver quelque abri. Il aide cette fille à rassembler le troupeau, et elle, elle le guide vers la maison de son père. Elle lui donne même des hardes de ce père pour qu'il se change, — il était trempé comme une soupe, et il tremblait le froid, qui, revenu dans l'averse et la bise, vous faisait serrer les épaules sur la montagne.

474

Enfin, serviable, bonne, comme le sont les gens de là-haut, quand ils sont bons. Lui, c'était un garçon de Champétières, tout brave aussi, marchand de chanvre et de toile. Son état lui faisait quelquefois traverser ce pays de la Chapelle-Geneste.

Il eut plus souvent à y reparaître après cela.

Ils s'étaient pris en amitié. Est venu un beau jour où on s'est rencontré, comme si ce n'était qu'un hasard entre les autres. Et les deux, de cette rencontre, pensent soudain à l'amitié mutuelle sans oser se l'entredire. Un soupir, un regard savent parler, alors... Seigneur, ce serait vrai ?

Ensuite, on se fréquente.

Lui la vit de si sage et si bonne nature qu'il ne voulut plus qu'elle. Et plaisante de figure comme peu de filles sont plaisantes.

Un soir, il le dit à sa mère. Voilà la bonne dame aux cent coups. Elle était veuve de marchand ; à Champétières, elle faisait un peu la grosse. « Mon Dieu de mon Dieu donc ! Qu'est-ce que mon garçon m'aura trouvé, là-bas, dans un tel pays de sauvages ? Pourvu qu'il ne m'amène pas une de ces lionnes ! Ha, qu'il ne l'ait pas rencontrée à la male heure, le soir de cet orage, sa bergère de moutons ! » Et de se tracasser à part elle sans faire sa plainte aux voisines, parce qu'elle portait haut l'honneur de la famille. Mais portes closes, les soirs, elle entreprit plus d'une fois son garçon là-dessus.

Sans en faire une affaire, il en a donc touché deux mots à la petite : qu'elle aurait à apprivoiser la mère, à lui montrer comme elle était entendue à tout et bien apprise...

« Ce vous sera si facile, avec votre bonne grâce ; tout de suite tout ira. »

Mais elle ! Elle aimait tant son prétendu, et elle avait tant envie de bien faire !

« Devant ce grand monde de Champétières, songeait-elle donc, qu'est-ce que je ferai, qu'est-ce que je dirai ? Moi qui ne sais que ma façon de campagne !... »

Et puis, elle y pensa : n'avait-elle pas un cousin qui se trouvait être maître d'école. Un homme déjà sur l'âge, qu'elle croyait tout grave. Car elle, dans sa simplesse, elle ne se doutait même pas que le personnage avait eu grande envie de la prendre pour femme, et s'était laissé devancer.

Elle s'ouvrit un jour à lui de son embarras. Et lui, qui avait autant de coquinerie qu'elle en avait peu, saisit l'occasion d'une affreuse malice.

« Hé oui, pauvre petite, tu veux te marier à Champétières ! Tu veux, tu veux... Mais crois-tu être à ta place, toi, là-bas ? Toi qui n'es jamais sortie de ta Chapelle-Geneste ! Ha mais ! C'est que ! Comment leur parleras-tu, à ces gros marchands-là ? Est-ce que tu connais seulement leur langage ? Ainsi, té, cette pièce d'habillement que tu as sur les genoux, ce tablier, comment le nommes-tu, toi, ici ?

— Pardi, mon devantier.

— Oui. À Champétières, parce que ça flotte au vent devant toi, quand tu marches, on le nomme un flotte-au-devant. Et ton châle, ton mouchoir qui te tombe en pointe d'entre les épaules ?

— Eh bien, mon mouchadour.

— Là-bas, on dit un saute-au-derrière... Ah ! tu crois, ah ! tu crois ! Mais toi, tu ne sais rien... Et, tiens, une couverture ? Oui, tu dis 'no coubarte, une couverte. À Champétières, il faut dire une malandre.

— Une malandre, c'est une maladie.

— Là-bas, c'est une couverture ! Ou alors, c'est que tu n'es pas de ce monde où tu prétends te marier. Et un balai ? Tu dis le balai, toi, bien sûr ? Là-bas, hé, c'est le diable... Ne va pas dire la maison, surtout, pour parler de la salle où on est tous : il faut dire la tarnivelle. »

Il se met à l'endoctriner. Il lui enseigne qu'on doit pour la poêle dire le grand pet, pour des œufs les petits pets ; et toutes sortes d'autres belles besognes.

Elle, toujours aussi simple qu'un berou, un de ces agneaux qui viennent de naître, tout frisés dans leur laine, puisqu'elle se mariait à Champétières, elle apprenait ce qu'elle croyait le catéchisme de Champétières.

Arriva le jour des noces. On fit tout l'honneur qui se pouvait à la nouvelle mariée. Les garçons de la Chapelle-Geneste tirèrent tant de coups de fusil, tant de coups de pistolet qu'ils en avaient les mains noires de poudre ! — On croyait que si on ne faisait pas cette pétarade à la sortie de l'église, la mariée ne serait pas bonne de lait, quand elle aurait à nourrir ses enfants. Le grand dîner, la course à la poule pour les garçons, la course au ruban pour les filles ; puis le grand souper, et les chansons, comme il se doit, les bourrées et les danses ; enfin le bal toute la nuit.

477

Comme il se doit aussi, les garçons de Champétières, venus avec le marié, vont inviter la mariée, la prendre pour la faire danser, l'un après l'autre.

Et elle, timidement, gentiment, bonnes gens, elle essayait de leur montrer qu'elle serait de Champétières, qu'elle en savait déjà le langage.

« Attendez que je rattache mon flotte-au-devant... Que je mette une épingle à mon saute-au-derrière... »

À ses danseurs elle parlait ainsi, de son saute-au-derrière, de son flotte-au-devant, les priant avec bonne grâce de n'y pas donner un faux pli.

« Eh bien, la mariée t'a parlé ? »

Les voilà à se tirer par la manche en un coin, à commencer entre eux à bas bruit, une risée...

La mère du marié avait l'oreille fine. Elle sentit qu'on parlait et qu'on déparlait. Elle aurait bien voulu mettre fin à ce bal. Cependant elle a dû attendre le matin, puisque l'honnêteté veut que le bal dure toute la nuit. Mais sitôt le jour venu, pour rompre les chiens, elle demande à retourner à la maison.

Aussitôt sa belle-fille s'empresse :

« Ce ne doit pas être trop en ordre... Vite, je prends le diable, j'en donne deux, trois coups par notre tarnivelle... »

Tout offusquée, la belle-mère roulait les yeux de côté. « La tarnivelle ! Le diable ! Pourvu que ce ne soit pas une diablesse que nous ayons mise chez nous ! Ha, mon fils, ha, mon fils, auras-tu épousé la femme que tu crois ?... »

Pinçant le nez, elle dit qu'elle ne se sent pas bien, qu'elle va être forcée de se coucher.

La jeune mariée s'empresse de plus belle.

« Mère, venez au lit ! Je vais vous jeter une malandre bien chaude sur le corps.

— Ha, je ne l'ai bien que trop sur le corps, cette malandre ! J'en suis toute suffoquée...

— Il faut que vous preniez quelque chose qui vous réchauffe. Laissez-moi seulement décrocher le grand pet : je vous fais une fricassée de petits pets dans la minute... »

La belle-mère, à tous ces jolis mots, sautait comme si elle avait reçu quelque bourrade en l'estomac. « Mais qu'est-ce que c'est que cette folle, avec son parlage de sorcière ! Quel malheur j'ai eu donc, que mon pauvre garçon aille s'engeancer de cette fille ! »

Elle tombe à demi pâmée sur une chaise, au milieu de la maison. Les invités accourent : on l'entoure, on court chercher du fort vinaigre. Et tout un brouhaha, qui détraque la fin de ces noces.

Une sœur du maître d'école, cependant, était là, qui avait l'esprit aussi délié que lui, mais autant de bon vouloir qu'il avait de malice. Elle voit la jeune mariée si démontée, si près de larmoyer, qu'elle la pousse dans le coin des chaudrons. Et là, assez à part :

« Dis-moi une chose, cousine ? Qu'est-ce que c'est que ces paroles que tu as débitées à ta belle-mère : cette histoire de malandre et de tarnivelle, de grand pet, de petits pets ? Où es-tu allée chercher ce jargon ?

— Puisque je prends un garçon de Champétiè-res, il faut bien que je parle tout comme à Champétières. Voyez-vous, ma cousine, Champétières,

479

c'est presque la ville : dans ces vallons, il y a de la vigne, même ! J'aurai des pigeons qui voleront autour de moi : l'oiseau des poules ne les mangera pas, comme il fait à la Chapelle-Geneste. Ha, ce n'est pas un endroit de sauvages : on donne aux choses des noms plus relevés qu'ici...

— Mais qui t'a appris ces beaux noms qu'on y donne aux choses ?

— Hé, c'est mon cousin, votre frère !

— Ha, c'est mon frère ? Alors, je vois d'où vient le vent ! »

Cette cousine joint la belle-mère, qui ne faisait plus que filer des soupirs, lui conte le fait, lui remontre que la pauvre petite est dupe de sa candeur et de son bon vouloir. Enfin, elle tourne cela si agréablement, que la mariée qu'on appelle devient rouge d'abord de confusion, — rouge, mais rouge à faire fondre toutes les glaces de sa montagne, en janvier, quand c'est le fort du temps, — et puis vite a l'esprit de rire. Les garçons d'honneur approchant, cette cousine les met au fait : on rit ensemble. Et voilà les mines changées, voilà le temps qui se lève. Un vrai soleil de Fête-Dieu se met à luire sur les noces.

On raconte qu'il a lui sur ce ménage-là, jusqu'à la fin de ses jours.

De temps en temps, pour faire la guerre à sa femme, le mari lui rappelait la malandre et la tarnivelle.

« Hé, je me faisais de telles idées sur Champétières ! Je les y croyais tous messieurs, toutes dames ; à peine si je les imaginais montés sur deux jambes, comme chez nous. Bien sûr, j'étais trop innocente... Mais tenez, que mes filles le soient autant que je savais l'être ! »

Parce qu'ils eurent une bonne douzaine de filles et de garçons. Et ce fut jusqu'au bout comme c'est dans les contes : heureux, avec des tas d'enfants !

LE GRAND MARTYRE

Il y avait une fois un homme de village qui ne parlait pas beaucoup. Sa femme parlait pour deux, et en haut ton, Dieu sait.

Le dimanche de la fête, — celui d'après la Saint-Laurent, qui tombe le 10 août, — le curé, du haut de la chaire, récitait le martyre du saint : tout ce qu'il avait eu à endurer des païens, tout son supplice. Comment on l'avait chargé de chaînes, traîné, battu...

« Tout ça n'est encore rien », murmurait le bonhomme, assis au pied de la chaire.

Comme on lui avait arraché les ongles avec des tenailles...

« Tout ça n'est encore rien. »

Comme on lui avait crevé les yeux...

« Tout ça n'est encore rien. »

Le curé, d'en haut, continuait son récit : comme on avait étendu le saint martyr sur un gril de fer rouge, l'avait retourné d'un côté, puis de l'autre...

Le bonhomme, au bas, en guise de répons, plaçait toujours son même :

« Tout ça n'est encore rien. »

Mais voilà qu'à ce coup il l'a dit à mi-voix.

De la chaire, le curé se penche.

« Ha, oui, encore rien ? Eh bien, toi, dis-nous donc ? Qu'est-ce qu'il aurait fallu lui faire ? »

Et le bonhomme, ma foi, de soupirer :

« Lui faire ? Ha, seulement le marier avec ma femme ! »

CHAILLE*

Il y avait une fois un monsieur qui était le roi du pays. Ce roi avait une fille qui n'était point trop laide, enfin, elle pouvait aller à la messe avec les autres. Seulement mal gracieuse, mal tournée, mal lunée : à peu près aussi aimable qu'une porte de prison. Personne encore n'avait pu la faire rire. D'autres rois et leurs garçons, tous y avaient perdu leurs peines. Dites-moi ce qu'elle attendait. Peut-être d'être contente. Mais allez : mieux vaut rire sans tant tourner, parce que si l'on attend d'être content, on risque de ne rire jamais. Et il n'y a rien qui coûte si peu, ni qui rafraîchisse tant en ce monde.

Le roi donc promit cette fille en mariage au garçon qui la ferait rire. Ce fut promis, corné à son

8. *Voir* La main à l'œuvre *page 617*.

de trompe et couché par écrit sur un édit. Parole de roi !

Voilà l'affaire sur toutes les langues. Pendant une semaine les chemins furent noirs de peuple. Il vint des garçons à tas, de tous les côtés, et il en repartit tout autant. Parce que aucun, quoi qu'il eût imaginé, ne réussit à faire rire la princesse.

Il y avait au fond du même pays une femme qui avait trois fils. C'était du monde qui n'était pas bien riche, et qui n'était pas bien fin non plus. L'aîné, bête ; le cadet, un peu plus bête ; et le troisième, bête-bête, à n'avoir jamais pu apprendre en quel mois tombe Notre-Dame d'août.

Le bruit qui courait partout d'un édit fait par le roi finit par leur arriver un jour, à eux, après tous les autres. Il y eut pour leur en faire nouvelle quelque porte-balle qui s'était égaré dans leur pays d'écureuil, ou quelque charbonnier qui retournait de vendre son charbon à la ville. Ils écoutèrent à pleines oreilles, et le soir, autour du feu, mangeant la soupe, leur écuelle à la main, ils en parlèrent encore.

« Quelle bonne place, disait l'aîné, ce sera pour celui qui saura l'attraper ! Gendre du roi ! Diantre ! Me faudrait une place pareille : c'est pour le coup que les sous me tomberaient dans la poche ! »

Il regarda la mère en se grattant le bout du nez.

« Et si j'essayais d'aller la faire rire, cette fille ?

— Veux-tu bien te taire, pauvre dadais, dit la mère. Mange ta soupe et tiens-toi dans ta peau.

— Dé ! faudrait qu'un coup... »

Le lendemain, comme la mère faisait le pain, il vient la trouver, les mains dans les poches :

« Mère, faut me faire une petite tourte. Je la mettrai dans mon panier et je m'en irai chez le roi. »

C'était loin : il y avait plusieurs grands bois, et de gros ruisseaux qu'il fallait passer. Dès que la tourte fut cuite, — mais ce ne fut qu'au matin suivant, — il la mit dans son panier et il partit.

D'abord il marchait d'un pas relevé, comme s'il allait à la soupe. Mais dans ces bois, c'est tout mauvais chemins, et quand il eut bien traîné ses sabots, dans les pierres, les ornières, il se trouva échiné. Sur le midi, au chaud du jour, il s'arrêta devant un ruisseau, se coucha à plat ventre pour boire ; puis, quand il eut bu à grandes lampées, il commença de tailler dans sa tourte.

« Si j'avais cette fille, je pourrais graisser mon croûton d'un beau taillon de lard, et ce ne serait plus de l'eau que je boirais, mais pleine bouteille de vin rouge. »

Comme il était sur ces pensers, par un petit chemin vert, il vit venir à lui une vieille femme. Elle était un peu faite comme la baragogne, mais avec des yeux qui brillaient et point désagréable à voir.

« Salut, dit-elle. Que fais-tu là, petit ?

— Ça vous regarde ?

— Et que manges-tu ?

— Mange de bouse !

— De bouse soit, petit, de bouse soit ! »

Voilà ce pain qui tout soudain se vire en bouse ; oui, la tourte se change en une de ces galettes qui sèchent sur les pacages, derrière les vaches. Et mon garçon bien camus est forcé de rebrousser chemin.

Il revient, brimbalant dans ses sabots, pour s'entendre demander par ceux de la maison ce qu'il a pu faire.

« Eh, rien ! Est venue quelque baragogne : m'a demandé :

« Que fais-tu là, petit ? »

« Ai répondu :

« Ça vous regarde ? »

« M'a retourné demander :

« Et que manges-tu ? »

« Ai répondu :

« Mange de bouse ! »

« — De bouse soit, petit, de bouse soit ! »

« Et mon pain s'est viré en bouse. »

Trois jours après, le cadet se gratte le nez pareillement, et vient dire à sa mère que l'idée lui est venue à lui aussi de se rendre chez le roi.

« Toi ! Que tu es encore plus bête que ton frère !

— Veux m'essayer, mère, veux m'essayer. »

Bon, la mère boulange, fait cuire. Elle lui donne pour la route une petite tourte. Il la met dans son panier, et il part, comme l'aîné, faisant claquer ses sabots.

Quand il arrive au ruisseau, semblablement, il se trouve las, boit, s'assoit et mange.

À peine commençait-il qu'il voit arriver la baragogne :

« Que fais-tu là, petit ?

— Ça vous regarde ?

485

— Et que manges-tu ?

— Je mange une bouse !

— De bouse soit, petit, de bouse soit ! »

Ce fut bien forcé de jeter cette galette changée en bouse et de s'en retourner, lui aussi, puisqu'il n'avait plus de quoi faire route. On ne vit pas de l'air du temps, chez nous.

Avant de fermer son couteau, il coupe une branche de noisetier et, tout en la taillant, il rentre à la maison.

« Eh bien ! as-tu pu faire ?

— Eh non ! j'ai trouvé la baragogne. »

Il raconte l'aventure de bout en bout :

« Cette vieille sorcière ! si je pouvais l'attraper je lui apprendrais mon nom de baptême ! Mais, tenez, je vous porte un fuseau.

— Vois-tu, je te disais bien que tu ne ferais rien. Tu es trop bête ; les garçons des rois s'y sont cassé le nez, et toi tu aurais voulu... »

Trois jours après, c'est le tour du plus jeune.

« Dites, pauvre mère, et moi si j'essayais ?

— Dé ! pauvre petit, que penses-tu faire, toi qui es le plus bête de tous ?

— Laissez-moi essayer, dites ?

— Ho, bien ! essaie, si ça te chante. »

Comme ses frères, il met une petite tourte dans son panier, et le panier au bras prend son chemin par bout.

Il passe par les mêmes bois, dans la fougère, et sur le midi, il arrive à ce gros ruisseau où ses frères avaient fait la halte. Il s'arrête, lui aussi, il boit, il s'assoit sur une belle place d'herbes sauvages, il mange. Paraît la baragogne.

« Que fais-tu là, petit ?

— Je me repose, pauvre femme, que je suis bien las. Et je mange, que j'ai l'estomac dans les talons.

— Et que manges-tu ?

— Un morceau de gros pain, où il y a plus de son que de farine ; mais vous voyez, le boire ne manque pas : je peux arroser le manger de belle eau claire pour le faire descendre.

— Et où vas-tu ?

— Vous aurez bien entendu raconter que le roi cherche quelqu'un pour faire rire sa fille ? Alors j'y vais... Mais je suis trop bête !

— Bêtise peut ne pas desservir. Manque d'honnêteté envers les personnes a toujours desservi.

— Enfin, je sais bien que je ne réussirai pas.

— Si tu fais comme je vais te dire, tu réussiras.

— Oh ! je ferai, je ferai, pauvre femme !

— Écoute : comme c'est loin, chez le roi, il te faudra t'arrêter pour faire la couchée, car tu ne seras pas encore rendu ce soir. Eh bien ! avant d'entrer à l'auberge, tu attraperas un pigeon, que tu auras soin de mettre sous ton bras pour ne plus l'en laisser partir. Le pigeon attrapé, entre dans l'auberge où tu dois prendre gîte, et fais-toi donner un lit. Mais, même au lit, tiens serré ton pigeon, parce que, pendant la nuit, l'hôtesse arrivera pour mettre la main dessus. »

Tout se passa de point en point ainsi que l'avait dit la vieille.

Au milieu de la nuit, l'hôtesse se glissa dans la

chambre, sur la pointe des pieds, pensant que le pigeon devait être bien précieux pour que le garçon le tînt de la manière. Elle tâta dans le noir, et entra son doigt juste sous la queue.

Soit qu'il ne dormît point, soit qu'il vînt de s'éveiller, aussitôt le garçon cria : « Chaille ! » C'était le mot que lui avait appris la vieille ! En notre patois, cela veut dire quelque chose comme : Qu'il le faille ! Qu'il en aille ainsi. Une manière d'ainsi soit-il, si vous voulez.

Enfin, c'était le mot. Et sitôt le mot dit, voilà l'hôtesse prise. Elle tirait assez en arrière, le doigt, le bras, toute la personne. Mais rien n'y pouvait : le garçon ne lâchait pas l'oiseau, et elle, elle était là en pantillon, tirant, se tortillant, mais vissée par le doigt au derrière du pigeon — c'était le sort.

À la pointe du jour, le garçon se lève, passe ses chausses et sa veste comme il peut, sans cesser de tenir le pigeon sous son coude. Et il sort de l'auberge, entraînant l'hôtesse qui reculait, cabriolait, sautait de côté, à peu près comme un veau qui ne veut pas se laisser mener à la foire. Vous les voyez ! Lui, premier, le nez tourné, les habits de travers, et allant ainsi, le pigeon toujours sous son bras : elle derrière, se faisant traîner, cette grosse commère aussi grosse qu'un muid, avec son pan de chemise voletant au vent du matin pour lui battre les jambes !

Le soleil venait de se lever, tout commençait de prendre vie dans la campagne : les cheminées qui fumaient sur les toits, les oiseaux qui criaient sous la feuille, les moutons qui bêlaient dans leur parc, les hommes qui allaient au labour, menant leurs bœufs au long des héritages. Et tout le monde sortait, courait, les regardait, avec accompagnements de beaux rires et parfois de mottes de terre.

Comme ils traversaient un village, il se trouva que leur route longeait une maison que des maçons travaillaient à rebâtir. Quand le maître-maçon, de son échafaudage, avise ce gros bloc de femme en chemise, il crie à son goujat :

« Prends-moi ta pelle, et flaque-lui sur le râble une pelletée de mortier ! »

Le goujat veut faire si vite qu'il s'embarrasse les jambes dans le sable, tombe, se relève, mais arrive encore à temps pour envoyer sur le postérieur de l'hôtesse le plus bel emplâtre de mortier qui se pût voir.

« Chaille ! crie le garçon, chaille ! »

Aussitôt la pelle s'attache au mortier, la main s'attache à la pelle. Voilà cette grande carcasse de goujat forcée de suivre aussi ; c'était le sort. Mais tandis qu'il suivait, tout contorsionné de la chute qu'il avait faite dans le sable, il emportait un ver de terre collé à sa culotte. Une poule aperçoit ce vermisseau tortillant. Elle, qui descendait de son perchoir pour chercher sa vie, le bec en avant, court dessus. Et à peine a-t-elle piqué le ver que : « Chaille ! », la voilà battant des ailes, attelée par le bout du bec et le vermisseau à la culotte du goujat.

Là-dessus, un milan qui tournait dans les airs, attiré de là-haut par les piaillements de la poule, fond droit sur elle. « Chaille ! » Dès qu'il la touche, il reste pris comme à la glu. Le coq, qui avait volé au secours de sa poule, est pris aussi, derrière le milan. Voyez déjà la procession ! Quand, en tournant le nez, le garçon voyait un autre pèlerin au bout de la file, aussitôt il criait : « Chaille ! » et à chaque coup il allongeait la ribambelle.

Ensuite ce fut une fouine, — tant les fouines aiment la volaille — qui sortit du creux d'un vieil arbre, pour se jeter sur le coq. Ensuite un renard, — le renard aime tout, volaille et fouine, — qui arriva en tapinois, pointant le nez, traînant sa queue touffue, alors qu'on traversait un endroit de rochers. Enfin, au mitan du bois, le loup, — le loup a toujours les yeux plus grands que le ventre ; — celui-là s'était dit :

« Quel brave dîner tu vas faire ! Tu engouleras tout, du renard au garçon ! »

« Chaille ! Chaille ! » et toujours « Chaille ! » Mon Jean de bonne menée n'avait qu'à crier le mot. Le mot entendu, il fallait suivre, dans la poussière du chemin. Et le chapelet allait, à grandes secousses comme un ver coupé, mais sans jamais pouvoir se défaire, avec à sa queue le loup plus enragé que tous les autres.

Son pigeon sous le bras, et traînant cette compagnie comme une autre diablerie de saint Antoine, le garçon à la fin arrive chez le roi.

Il tire la corde de la cloche, la servante ouvre le portail.

« Laissez-moi entrer, la fille. On a fait un édit

qu'entrerait chez le roi qui que ce soit qui se présenterait : je veux entrer.

— Mais pareille procession, ce n'est plus là qui que ce soit, dit la servante ! Vous voulez, vous voulez... Et le roi, va-t-il vouloir ?

— Puisqu'il y a un édit ! »

Il pousse la porte, il entre, aussi redressé qu'un sergent. Les valets, les servantes, ils accourent tous, ouvrant le bec, comme les petits d'une pie. Et des cris, des sauts, des rires, devant cette sorcellerie de carnaval ! Si bien que tout le château entre en émotion, et que la fille du roi elle-même, au bruit, s'avance vers la porte. Mais, malgracieuse comme toujours, avec son air de porte de prison.

Le garçon cependant montait l'escalier, traînant sa queue-de-mon-loup qui faisait derrière lui une vie de malheur. Tous tressautant et soubresautant, se démenant sur place et tirant en arrière, battant des ailes ou s'escarmouchant du panache, menant une vie de possédés à bonds et à saccades. La grosse hôtesse criait, le goujat jurait, la poule piaillait, le milan piaulait, la fouine miaulait, le renard jappait, jappe que japperas-tu, le loup hurlait, hurle que hurleras-tu : un tapage enfin à émerveiller tous les baudets de la montagne.

Sérieux comme un âne qu'on étrille, le garçon arrive à la porte du roi.

« Salut, demoiselle, salut bien. Et à la compagnie, quand vous seriez quarante ! »

Il entre, le Jean de bonne menée, dans la grande salle.

Quand la fille du roi vit l'hôtesse en chemise, puis figure par figure toute la farandole, il lui vint comme une espèce de sourire. Ma foi, sa figure dégela : tout d'un coup, elle se prit à rire. Mais à rire comme un cent de mouches, probablement pour rattraper le temps perdu. Et la voilà changée, de malgracieuse fille tournée en fille gracieuse, gentille et mignonne comme il n'y en a pas.

Elle avait ri, il fallut faire les noces. Quelles noces ! Ha, quelles noces ! On dit qu'en ce pays ils sont encore à boire, sans avoir pu vider les pots.

LA FEMME JAMAIS CONTENTE

Il y avait une fois une de ces vieilles sempiternelles... Vous voyez bien, le nez pincé, les lèvres serrées, pointant de petits yeux bleus derrière ses besicles, toujours prête à redire sur tout. Une de celles, comme on dit, qui corrigeraient le *Magnificat*. Son homme, le pauvre homme, avait dû en entendre, en cinquante ans de mariage.

Mais voilà que le ciel la ravit à la terre. Un beau soir, elle trépassa.

Son homme était si brave qu'il la regretta du fond du cœur.

Huit jours après, il vint trouver le curé.

« Monsieur le curé, vous ne le croirez peut-être pas : cette nuit même ma pauvre défunte m'est apparue.

492

— Que me racontes-tu ? Apparue, la Claudine ?

— Hé oui, c'était bien elle. Du reste, vous allez voir. "Ho, c'est toi ? lui ai-je fait. — Tu ne me reconnais pas, peut-être ? — Si, bien sûr, pauvre femme !... Alors, dis, où es-tu ? — Où veux-tu que je sois ? Au paradis, pardi ! — Au paradis ! Faut me prendre avec toi ! tout de suite !" Alors, elle, de cet air que vous savez, monsieur le curé : "Va, va, pauvre homme, ne te presse pas tant. Même au paradis, vois-tu bien, il y a quelques petites choses à redire." »

LA FEMME SUR SES GARDES

Il y avait une fois une femme, dans un village au bord des bois ; et elle n'avait pas de chance, la pauvre, en ses maris.

Le premier, un garçon avec qui elle s'entendait bien, prit une pleurésie, fagotant en forêt, un jour d'arrière-saison que survint une grosse pluie. Il traîna trois mois et mourut.

Elle le pleura bien, car il était tout bon, tout brave, et elle en prit un autre, de fort tempérament ; mais en manœuvrant un tronc d'arbre il se donna un effort, il se rompit la toile du ventre, il en mourut au bout de trois semaines.

Elle le pleura bien, car il était vaillant et ne buvait pas trop.

Puis, elle prit un vieux garçon, bien honnête, bien tranquille, et tout allait. Mais un jour qu'elle était au marché, il s'amusa à faire cuire des champignons, il les mangea et trois jours après, il mourut.

Elle le pleura bien. Pour se consoler, elle prit un veuf qui avait à se consoler aussi, et qui était la crème des hommes. Un jour qu'il ébranchait un arbre, une branche rompit sous ses pieds, il dégringola de là-haut, et mourut en trois heures.

Elle le pleura bien. Au bout de l'année, elle prit un autre veuf, chargé, celui-là, de trois enfants. « Si la Mort s'emmalice à me les prendre, moi je m'emmalicerai à me remarier. »

Mais un soir de grand vent, — le vent des glands, qui souffle en fin septembre, le nouveau mari revient du bois avec un rhume de cerveau. Elle, elle ne mouchait jamais, elle n'avait pas le cerveau gras. Le rhume la met aux cent coups. Elle court chez une voisine :

« Et vite, et vite, pauvre Nannette, cours au bourg ! Demande à la mère supérieure de commencer une neuvaine, avec toute la communauté, que mon homme guérisse de son mal. Parce que si la Mort s'emmalice encore plus à me prendre mes hommes, je ne vais plus pouvoir m'en tenir. »

LA BARBE-BLEUE*

Il y avait une fois un seigneur qu'on appelait la Barbe-Bleue. C'était à cause d'une barbe qu'il

9. *Voir* Isabelle et ses trois frères *page 630.*

avait, noire comme l'aile du corbeau, si fort noire qu'elle en était bleue.

Une barbe, voilà qui relève un homme. Et celui-là était bien droit, bien haut, bien beau, bien gentil, et bien tout. L'une après l'autre, il avait eu six femmes. Il a encore demandé une fille.

Il disait que ses six femmes étaient mortes des pâles couleurs. Ce qu'il avait dit, qui saurait le dire à présent ? Toujours est-il que les gens de son pays ne s'inquiétaient guère de savoir ce que ces six madames avaient pu devenir.

La surveille des noces, pourtant, la fille, qu'il avait demandée pour être la septième, vit ses frères venir lui parler dans sa chambre.

« Alors, tu te maries avec la Barbe-Bleue ? Tu seras bientôt prise.

— Il s'attrapera, celui qui croira me prendre !

— Pauvre petite ! tu n'es pas pour longtemps sur terre !

— Frères, je vous dis, je le gagnerai !

— Va, va ! il t'aura, bien plus tôt que tu ne l'auras. »

Mais elle, elle n'avait pas peur de cette barbe. Vive comme un poisson, fine comme une abeille, et prête à se jeter au travers de tous les hasards.

Voilà qu'ils se sont mariés. Ce furent de grandes noces. La Barbe-Bleue était riche à ne pas pouvoir compter son or et son argent. Imaginez ce qu'il avait amassé de ses six femmes !

Après les noces, il a emmené cette septième dans son château : un gros château à douze tours noires, passé les bois, passé les routes, de l'autre côté des montagnes. Ils ont vécu là trois années.

Il la cajolait, la gracieusait, la conduisait à la promenade, et toutes les gâteries, toutes les chatteries que vous pourriez souhaiter. Oui, trois années, il l'a gardée là. Il commençait d'être un peu vieux ; peut-être pensait-il qu'il ne trouverait plus une femme comme on trouve un panier de vendanges.

Y eut-il changement de lune ou autre chose ? Toujours est-il qu'un matin il l'appelle. Elle vient. Il lui dit :

« Écoutez : j'ai reçu des lettres ; je me vois forcé de partir. Faites venir vos belles amies, amusez-vous comme il vous plaira : dans le château tout est vôtre. »

Il lui dit encore :

« Voilà mes clefs. Mais regardez bien celle-là. Sur votre vie, gardez-vous d'entrer dans la chambre qu'elle ouvre, la chambre au bout de la galerie basse.

— Mon mari, je n'y entrerai pas.

— Vous ferez bien. »

Et il monte sur son grand cheval blanc.

Elle pensait : « Toi, tu vas chercher ma mort. » Le tremblement la prit. Et elle courut écrire une lettre à ses frères, aussi pressante qu'elle put. Elle savait que parce qu'ils étaient ses frères, ils se mettraient tout de suite en peine de lui porter secours.

Mais, là lettre faite et envoyée, elle se saisit du trousseau, et la voilà visitant tout, de chambre en chambre. Il y avait de quoi en perdre le boire et le manger : des coffres pleins et des armoires pleines, des velours comme des fourrures, des dentelles comme des toiles d'aragne, des pièces d'un satin broché dont on avait plein la main, des robes de mousseline si fines qu'on les aurait fait passer à travers un anneau ; et de tout, et de tout : des bourses de petites perles, des colliers d'argent et de grains rouges, des chapelets de pierreries, plus brillants que des fleurs mouillées dans un parterre, de gros oignons de montres qui sonnaient l'heure et des chaînes et des bagues, et des pantoufles vertes...

Mais c'était la clef défendue qui lui brûlait les doigts. Trois fois, elle va de bout en bout de la galerie basse. Ah ! tant tourner !

« Et d'abord comment saurait-il que je suis entrée dans cette chambre ? »

Elle ouvre la porte, à la fin des fins. Malheur de mon cœur ! Quand elle voit ces murs, ce plancher pleins de sang, les cheveux lui lèvent sur la tête. Une telle frayeur lui vient qu'elle se met à trembler de tous ses membres. Et ne lâche-t-elle pas cette clef ?

Vite et vite elle la ramasse au milieu de tout ce sang rouge. La voilà à l'essuyer, à la laver, à la frotter de cendre, à la frotter de sable. Mais la tache de sang ne partait toujours pas. Rien n'y faisait ; et rien n'y pouvait faire, parce que c'était arrangé ainsi par enchantement : sur cette clef, le sang ne pouvait plus partir.

Elle ne savait plus où elle en était, la malheureuse ! Dans le moment, elle entend le galop du cheval blanc sous les tours, et tout de suite dans le corridor les pas de la Barbe-Bleue.

497

« J'ai reçu d'autres lettres. J'étais parti et je suis revenu.

— Mon mari, vous avez bien fait.

— Mes clefs, rendez-les-moi. »

Elle les lui donne.

« Mais il en manque une.

— Je l'aurai mise de côté. Prenez un peu de patience. »

Pas d'échappatoire. Il fallut rapporter à la Barbe-Bleue cette clef tachée de sang.

Alors, il lui dit de s'habiller de ses dimanches. Elle ne se pressait pas trop, pensant bien qu'il allait la mener au bout de la galerie, comme les autres. Elle était montée dans la plus haute chambre, et à tout instant elle regardait par la fenêtre. Sitôt la lettre reçue, ses frères avaient sauté à cheval et ils étaient partis ventre à terre ; mais c'était si loin ! c'était si loin !... Ils ne pouvaient être là avant le soir. Et la Barbe-Bleue, qui commençait à perdre patience, criait d'en bas :

« Dévaleras-tu, ou je monte !

— Encore un petit moment, je cherche ma plus belle robe. »

Elle tâchait d'allonger tant qu'elle pouvait, bonnes gens. Malgré elle, elle regardait si elle ne voyait pas voler la poussière des chevaux sur le chemin, mais rien ne paraissait : il n'y avait pas d'espérance. Et du bas de l'escalier, la Barbe-Bleue revenait crier une fois de plus :

« Dévaleras-tu ou je monte !

— Encore un petit moment, je cherche ma plus belle robe. »

La minute est pourtant venue où il a fallu descendre. Il l'a amenée non pas au bout de la galerie, mais dans la salle basse. Peut-être qu'il la trouvait trop jeunette pour l'égorger comme il avait fait des autres. Il lui a servi tout ce qui se peut de meilleur, des ailes de perdrix et du pain de noisilles. Puis il a dit :

« Montez sur votre petit cheval gris et je monte sur mon grand cheval blanc, nous allons partir pour une promenade. »

Ils partent, au galop, au grand galop. La Barbe-Bleue l'emmenait d'un tel train qu'ils volaient comme la tempête et comme un orage de mer.

« Jamais mes frères ne me rejoindront, jamais mes frères ne me retrouveront. »

On était déjà si loin qu'on ne voyait mêmement plus les toits des tours.

À la fin, elle ne put se tenir de dire qu'elle avait grand soif, tant elle se sentait défaite.

> « *Buvez, buvez la belle,*
> *Buvez de ce vin blanc !*

Bientôt vous aurez tant à boire que vous en passerez votre envie. »

Elle comprit, sans plus de doute, que c'était sa mort qui venait.

« Mais où donc allons-nous ? C'est une promenade bien longue !

— Ne portez peine. Vous arriverez assez tôt. »

La nuit tombait. Ils galopaient toujours. Elle ne se tenait plus qu'à peine sur le cheval gris, et elle tremblait comme la feuille. Enfin, loin, loin, sur ces campagnes, ils arrivent au bord de l'eau, devant une île.

(Savez-vous ce que c'est qu'une île ? Moi, je ne le sais pas, je n'en ai jamais vu.)

« Voilà la mort, dit la Barbe-Bleue.

— Mon mari, n'y aurait-il pas du pardon ?

— Pas de pardon. Ni pardon ni remise. Si tu n'étais pas allée au bout de la galerie basse, tu ne serais pas ici. »

Dans l'instant elle s'est reprise, comme quelqu'un qui raffermit son cœur.

« Plus tôt, plus tard, il faut toujours mourir. Eh bien ! me voilà, et que Dieu m'assiste ! J'ai eu le temps de faire mon acte de contrition tout le long du chemin. »

Elle est descendue de cheval. Il lui a ordonné de se dépouiller, d'abord, parce qu'il ne voulait pas voir gâter ses habits des dimanches. Mais comme il était là, devant elle, tandis qu'elle dégrafait sa robe, elle lui a dit hautement :

> *Ce n'est pas l'honneur d'un chevalier*
> *De voir sa femme déshabillée !*

Il n'a pu moins que de se retourner, et s'est trouvé sur le bord de l'étang ; tout près des ondes. Alors, elle, sans mener aucun bruit, les deux bras en avant, elle s'approche, elle y va de sa pleine force, et d'une poussée elle le rue en plein dans l'eau.

Ah ! s'il criait ! Mais tout en se débattant, tout en battant l'étang, il s'enfonçait, il se noyait.

Cependant, il trouva moyen de se raccrocher d'une main à une petite branche.

« Aidez-moi ! Tirez-moi de là ! Je vous laisserai le château et tous ses trésors ! Vous n'allez pas me tuer, ma petite femme ! »

Parce qu'elle avait ramassé son grand coutelas. Et d'un coup elle coupe la branchette.

> *Ce n'est pas moi, maudit larron,*
> *Mais les poissons te mangeront !*

Elle a repris ses jupons brodés d'argent, ses gants, sa belle robe. Elle a dit encore :

Le cheval gris m'a emmenée bien tristement,
Le cheval blanc me ramènera bien joyeusement !

En chemin, les gens lui voyaient une telle figure sur son grand cheval qu'ils lui demandaient tous ce qu'il pouvait y avoir. Et elle, comme elles étaient, elle leur racontait les choses.

Enfin, devant la porte du château, elle rencontra ses frères qui arrivaient au triple galop, fondus de sueur. Vous pensez quelles embrassades.

« Ha ! disaient-ils, nous ne sommes pas si étonnés. Avec sa grande barbe et ses petits yeux, il ne nous a jamais charmés, cet homme. »

Tout de suite, ils voulurent remonter à cheval.

« Il nous faut aller voir cet étang, maintenant. Oh ! nous le trouverons bien, peut-être ! »

Ils l'ont trouvé. Ils en ont tiré les six femmes, et

ils les ont mises dans des cercueils les unes après
les autres.

Cela fait, ils sont revenus chez la Barbe-Bleue.
Et allez ! Ils ont mis le feu partout. Tout flambait,
tout craquait, tout croulait, tout volait : des fumées comme des nuages, des tourbillons d'étincelles jusqu'aux étoiles. Et avant de repartir avec
leur sœur, ils l'ont regardé brûler, ce château de la
Barbe-Bleue, pendant trois jours, pendant trois
nuits, sans boire, ni manger, ni dormir.

LE BONHOMME
QUI VOULAIT TOUT SAVOIR

Il y avait une fois un bonhomme bien sur l'âge
qui, de fièvre en chaud mal, se mit à mal aller. Un
soir vint où sa bonne femme de femme le vit à plat
de lit et, disait-il, tout près de passer.

« Je sens venir ma mort... »

« Avant d'aller à l'autre monde, reprit-il, il y a
quelque chose de celui-ci que j'aimerais tant
savoir...

— Eh bien, parle, pauvre homme, de quoi te
mets-tu en peine ?

— J'aimerais savoir... On a dit dans le pays que
tu m'avais trompé avec le tailleur... Maintenant, tu
le vois bien, je pars trouver saint Pierre. Ce soir
ou dans une heure, je ne suis plus d'ici. Alors ?
Que peut te faire de me dire ? »

Elle, elle l'envisage : oui, sur sa fin, bien sûr, et elle aurait voulu lui faire plaisir en tout ce qui se pourrait dans un moment pareil.

« Mais, dit-elle, vois-tu, si tu ne mourais pas ? »

L'HOMME PRÉVOYANT

Il y avait une fois un homme et une femme qui ne faisaient pas mauvais ménage. L'homme, comme on dit, n'était pas cause de ce que les grenouilles n'ont pas de queue. Il n'était cause de rien, tant il avait peu de malice, le pauvre bon chrétien. Et il avait déniché une femme, pourtant. On dit bien : *Il n'y a pas de pot qui ne trouve son couvercle.* Mais arriva, d'ennui ou d'autre chose, que cette femme prit un mal de langueur. En six mois, elle perdit tant qu'on ne l'aurait pas reconnue. Et puis, en six semaines, on la vit sur sa fin. M. le curé était venu. Et le médecin, même, était venu aussi. Au pied du lit, son mari s'éplorait :

« Oh, Jeanne, ma pauvre Jeannou !

— Allons, mon Toine, pauvre Toine...

— Mon Dieu de mon Dieu donc...

— Écoute, Toine, quand je serai partie, tu ne pourras pas rester comme ça. Sais-tu ? C'est la Thérèse qui fera le mieux ton affaire : demande la Thérèse.

— Ha, fit-il, il y a trois mois que j'y ai pensé, tu vois qu'il ne faut pas te tracasser, pauvre Nanou. »

LE SOULIER NEUF,
LE RESSEMELAGE ET LE TALON

Il y avait une fois un savetier bon drôle, qui fit ce qu'ont fait beaucoup d'autres bons drôles, pour finir : il se maria. Et les gaillards s'en trouvent plus ou moins bien ; mais lui, par chance, il s'en trouva fort bien.

Quelque temps après les noces, il va voir son curé, s'enquiert de ce qu'il doit pour la cérémonie. Trois écus lui sont demandés. Il met la main à la poche, en tire les trois écus.

Mais en ce monde, si la charrette roule des quatre roues, quelque bâton vient se fourrer dans les rayons. Là, au bout de dix-huit ou vingt mois, ce fut une mauvaise fièvre qui passa : la femme du savetier un beau soir rendit l'âme.

Lui gardait si bon sentiment de son mariage qu'avant la fin de l'année, il voulut être remarié. D'un pied ou de l'autre, on trouve toujours à se chausser, quand on cherche. Et voilà que la chance lui en veut : il rencontre une brave fille, qui l'agrée. Le nouveau mariage se fait.

Quinze jours après, le savetier va, comme la première fois, à la sacristie, tire son bonnet au curé, puis tire sa bourse de sa poche :

« Nous disons, les honoraires d'un mariage... Eh bien, mon pauvre ami, vous le savez, c'est trois écus.

— Trois écus, monsieur le curé ? Serait-ce raisonnable ? Quand je me suis chaussé de neuf, ces trois écus, vous les avez demandés : sans marchander, je vous les ai donnés. Mais cette fois, ce n'est qu'un ressemelage ; au prix fort, mettons un écu. Monsieur le curé, votre écu, le voici. »

Le curé tiqua bien un peu ; ne voulant pourtant pas disputer contre cet autre, ma foi, il empocha l'écu.

Bon. Le savetier vivait content de son ressemelage, quand un jour, lors du grand nettoyage de Pâques, frottant les carreaux, la nouvelle savetière tombe de l'escabelle. Tout de son haut sur le pavé. Et faute d'être bien pansée ou autrement, ne va-t-elle pas de vie à trépas ?

Il fit, lui, ce que tout bon homme aurait fait pour une bonne femme : il la pleura. Et trop pleurer l'amena à vouloir se consoler : c'est-à-dire à en chercher une autre. Il finit par la trouver, à peu près comme il la fallait pour faire une honnête savetière, qui ne serait pas désagréable à Dieu ni à son homme.

Pour la troisième fois, le savetier retourna donc à l'église. Au bout de la quinzaine, il retourne pareillement à la sacristie.

« Trois écus encore ? Ha, monsieur le curé, comprenez les choses. Le premier coup, je me suis chaussé de neuf : c'était trois écus, j'ai donné trois écus. Ma deuxième, ce ne pouvait plus passer que pour un ressemelage : un écu donc, nous avons dit. Mais la troisième, aujourd'hui, que voulez-vous que ce soit ? Un talon, pour vous faire plaisir. Disons un talon, douze sous. »

La quatrième, ç'aurait été une petite pièce... Le

505

curé n'eût plus marié le pèlerin que gratis et par obligeance.

Mais il n'y eut pas de quatrième. Le savetier se trouva si bien de celle-là et si heureusement la gouverna, qu'il la garda jusqu'au bout de son âge.

LA VIEILLE ET MONSEIGNEUR

Il y avait une fois un évêque qui, faisant sa tournée pastorale, voulait savoir si ses ouailles étaient suffisamment instruites. Il les interrogeait donc, grands et petits, jeunes et vieux.

À une vieille femme, qui n'avait point été heureuse en maris, et le dernier était le pire, il demanda ainsi combien il y a de sacrements.

« Il y en a six, répondit-elle, le baptême, la pénitence, l'eucharistie, la confirmation, les ordres et l'extrême-onction.

— Et le mariage ? fit Monseigneur, qui vous empêche de croire que c'est un sacrement ? Une union si sainte, si douce, si agréable...

— Ah oui, dit la vieille, s'il est si bon, que n'en tâtez-vous ? ! »

LES TROIS LÉZARDS

Il y avait une fois le fils d'un roi, garçon de bonne mine et de vive cervelle. Cependant, ses imaginations ne lui suffisaient pas : il s'était mis en tête d'aller voir du pays.

On dit bien :

Voir du pays
Même aux ânes est de bon profit.

Oui, ces ânes, ces mulets, qu'on voit monter en caravanes au dos de la montagne, poussés par les muletiers : même à ces têtes dures, le voyage profite !

Ce fils de roi, qu'on nommait Pierre, n'était pas un âne bourru, il s'en fallait. Et cependant, il voulait voyager ! Voir ce grand monde, les fleurs et les fontaines, les ponts, les buttes de rochers, les châteaux, les nuages... Rencontrer vieux et jeunes, avoir des aventures.

Un matin, il fit provision de deux œufs durs, d'un croûton, d'un peu de sel, de beaucoup de bonne humeur. Il mit le tout dans un mouchoir, en noua les quatre bouts, passa le bâton dans le baluchon ; et il partit, sous la chape du soleil. Il s'en alla à l'aventure, de val en val, de crête en crête. Autant que les grandes vues, il cherchait les coins d'ombre. Il désirait d'aller partout, de s'aboucher avec tous, de boire du vin de toutes les vignes et de passer par tous les pas, bons et mauvais, à la fraîcheur, à la chaleur !

Suis comme le rigaud :
Ne crains ni le froid ni le chaud !

Le rigaud, c'est le rouge-gorge qui semble toujours de gai courage, tant aux froidures de la Noël

507

qu'aux feux de la Saint-Jean. Et Pierre se disait qu'il serait comme lui : qu'il prendrait joyeusement les choses comme elles tomberaient, ce serait pour lui tanner la peau. Tout ce qui lui arriverait dessus, il saurait le recevoir.

Sur le midi, il s'arrêta en bordure d'un bocage. D'un roc, à petit bruit, fuyait une fontaine. Il s'assit sur la mousse pour manger ses œufs durs.

Il les mangea, but quelques coups d'eau fraîche. Et il se levait secouant les miettes de son dîner, quand tout à coup, il vit devant lui trois lézards. Ces lézards le regardaient...

De ces bestioles-là, Pierre n'avait jamais eu de crainte. Il savait qu'elles aiment les humains et ne sauraient les mordre. Pour cette raison d'abord qu'elles n'ont pas de dents, raison si bonne qu'elle dispense d'en chercher d'autres. Mais ce qu'elles ont pincé de leur petite gueule, elles le serrent à ne plus le lâcher : on leur couperait la tête plutôt que de leur faire lâcher prise...

Enfin, Pierre ne les craignait pas. Quand il était gamin, il allait les guetter sous le mur du château, dès qu'il en avait attrapé trois, il se faisait pincer le menton et les joues, puis ces trois lézards verts pendus à la figure, il courait au lavoir se présenter aux laveuses. Toutes ces femmes à cette vue devenaient folles : elles partaient en cris, elles lui envoyaient leurs battoirs par la tête, sans plus se souvenir qu'il était fils du roi... Et je crois bien que mon parrain, en son jeune âge, faisait tout comme lui.

Pierre, donc, sourit aux lézards ; il salua les lézards ; et les lézards saluèrent Pierre.

Mais ils avaient l'air si affamés, si exténués, si défaits, que c'était grande pitié.

« Richichiou, dit le premier, je suis le lézard de la haie : Pierre, je vivrais encore une journée si tu me donnais une miette de ton pain. »

Aussitôt Pierre chercha sur la mousse et lui donna une miette de son pain.

« Richichiou, dit le deuxième, je suis le lézard du rocher : Pierre, je vivrais encore une semaine si tu me donnais une bribe de ton œuf. »

Aussitôt Pierre chercha parmi les brins de mousse. Il parvint à trouver une bribe de jaune d'œuf et il la donna au lézard.

« Richichiou, dit le troisième, qui semblait un peu moins mal en point, je suis le lézard du bocage : Pierre, je vivrais encore un mois si tu me donnais un grain de ton sel. »

Ce ne fut pas aisé de trouver un grain de sel parmi la laine de cette mousse. Enfin, Pierre le trouva. Il le donna aussitôt au lézard.

« Cinq cents mercis, lui dirent-ils tous les trois. Et maintenant, va-t'en courir le monde. Va, Pierre, pauvre Pierre ; tu auras à souffrir et du froid et du chaud ! Il y a plus de malheur sur terre que tu ne peux en attendre. Mais du fond du malheur, dans un petit coin noir, tu trouveras ce que ne t'aurait donné tout le grand monde au soleil. Pauvre Pierre, adieu donc.

— Adieu, amis lézards.

— Sur ces amis, Pierre, tu peux compter. Ce que nous avons une fois serré dans notre tête, nous ne le lâchons plus, pas plus que nous ne lâchons ce que nous avons saisi de notre gueule. Tu nous a donné de ton pain, de ton œuf, de ton sel, quelque jour tu recevras ta récompense, et riche ! Pierre, c'est promis, quand tu auras besoin de nous, tu nous trouveras. »

Sur ce propos-là, s'en sont allés tous trois de compagnie. Pierre s'en est allé aussi, chantant le long de ces vertes fougères comme s'il allait aux noisettes.

Et quand il y repensait, leur propos l'amusait. Que pouvaient trois lézards pour lui, qui était fils de roi, d'un roi riche comme la mer ? Quel présent croyaient-ils lui faire, et quelle aide lui apporter ? Et d'abord, qui lui pourrait mal, dans sa jeunesse, sa force, sa santé, surtout dans son courage ?

> *Suis comme le rigaud :*
> *Ne crains ni le froid ni le chaud !*

Le froid, le chaud, ni rien de tout ce qui pourrait lui arriver dessus.

... Pierre fit son tour par les pays. De lieu riant en lieu sauvage, de grasse plaine en butte ardue, de ville ouverte en fort château, d'aventure en mésaventure.

Puis un matin, sous une nuée rouge, comme s'élève le vent de la tempête, il a vu s'élever une soudaine guerre.

Le roi des Turcs venait sur le roi des chrétiens. Lui et ses gens mettaient tout à feu et à sang. Ils égorgeaient les femmes et brûlaient les maisons. Pierre s'est jeté dans la bataille. Déjà c'était trop tard : il a été ramassé, emporté comme le fétu que le vent chasse avec les feuilles jaunes. Il s'est retrouvé dans un fossé sous l'amas des mourants. Les Turcs l'ont fait captif.

Ils ont regardé à sa ceinture : ils y ont vu la fleur de lys. Ils ont regardé à son épée : ils y ont vu la couronne d'or. Ils l'ont reconnu pour le fils du roi des chrétiens. Au château de son père, ils l'ont porté, lié de chaînes. L'ont mis en la grosse tour, dans la plus basse chambre, — n'y trouve ni feu ni flambe. Il fait si froid en ce cachot que la mouillure qui ruisselle du mur s'y prend en glace contre la pierre. De l'eau et du pain noir, c'est le dîner du jour.

Avant qu'on l'ait enfermé là, sous les verrous, le roi des Turcs, le grand soudan de Babylone, se l'est fait amener devant son trône d'or.

« Va geler et pourrir au fond de la grosse tour ! En face d'elle, dans sept ans et sept jours j'élèverai un bûcher plus haut qu'elle, et pour te réchauffer je te ferai jeter dans la flamme du feu.

— Monseigneur mon père, mettez-le à rançon. Puisqu'il est le fils du roi et que vous êtes roi, vous devez le prendre à rançon », a dit la fille du soudan.

Là-dessus, elle a levé les yeux et regardé le prisonnier qui la regardait aussi.

Dès que leurs yeux se sont croisés, c'en a été fait pour jamais : elle a donné son cœur à Pierre, et Pierre lui a donné son cœur. Plus belle, cette fille, que les fleurs du parterre, plus brillante et charmante que la tulipe, l'anémone, sous les feux de l'aurore.

Le soudan a froncé le sourcil, a tiré sur sa barbe. Il n'a pu pourtant dire non.

« Ta rançon ne sera pas grosse, elle tiendra au creux de la main, je te fais libre au jour où tu me remets trois perles, si petites soient-elles : la première rouge comme sang, la deuxième verte comme feuille, la troisième blanche comme lune. Sinon, dans sept ans et sept jours, tu seras brûlé vif. »

Cela dit, le roi des Turcs a donné ses commandements. Personne n'abordera plus le prisonnier. Lui, le soudan, lui seul, chaque matin, il ira à la tour. Lui-même, il remettra au prisonnier la ration de la journée, pain noir et cruche d'eau. Que Pierre, donc, cherche les trois petites perles couleur de feuille, couleur de sang, couleur de lune, entre les pierres suintantes ou dans la boue de ce cachot.

Pierre est dans ce cachot, dans le noir, la froidure. Il ne voit plus personne.

Mais tout au haut et au chevet du lit, il y a un fenestron grillé. Des pieds et des épaules, il se hisse en ce coin, se coince entre les murs et s'attrape à la grille. Le fenestron donne sur les jardins. Chaque matin, la belle s'y promène. Elle cueille les fleurs, le jasmin et la rose, elle en fait un bouquet. Pierre fait parler pour lui par le chardonneret volant ; elle lui fait répondre par le rossignol chantant. Leurs yeux savent tout se dire. Quand Pierre entre dans la lumière de ceux de la belle et la belle dans ceux de Pierre, ils sont comme les fleurs du matin que soleil et rosée emplissent jusqu'aux bords.

Le roi des Turcs croyait voir Pierre languir, de jour en jour le cœur plus abattu. Il s'étonne, passant les mois et passant les années. Le prisonnier a gardé sa bonne mine. Son œil brille comme si en ce cachot de famine et de froidure, il trouvait plus de joie que ne lui en donnerait la terre entière avec tous ses vergers, ses oiseaux, ses rayons.

Le soudan le questionne. Pierre ne fait que rire.

Suis comme le rigaud :
Ne crains ni le froid ni le chaud !

« Comment ce garçon fait-il, se demande le soudan, pour se tenir ainsi en belle humeur dans ce caveau ténébreux où l'eau se prend en glace, n'ayant pour lendemain que la fournaise d'un bûcher ? Il faut qu'il y ait de la magie là-dessous. Mais nous verrons ce que sa magie pourra finalement contre le grand soudan de Babylone ! »

Pierre et la fille du roi se sont aimés sept ans. Sa pensée à lui toute pour elle, sa pensée à elle toute pour lui. Leur vie, à elle, à lui, a monté, a fleuri ainsi dans la lumière.

Au bout de sept ans et quatre jours, les valets du soudan ont commencé d'amasser des fagots en face de la porte. Pierre les a bien vus, lorsque leur maître lui a apporté cruche d'eau et pain noir.

Il a frémi.

« Dans trois jours, tu seras brûlé vif, a fait le roi des Turcs. Nous verrons à ce moment si tu chanteras encore que tu ne crains ni froid ni chaud. »

Lorsque Pierre s'est retrouvé seul, il a été près de perdre courage.

Mais à ce moment, au pied de la muraille, il a entendu comme un petit piaulis : « Richichiou ! »

A paru un lézard, le lézard de la haie.

« Salut, Pierre.

— Salut, lézard de la haie.

— Je n'ai rien laissé tomber de la promesse faite. Tu m'as donné une miette de ton pain, voici la récompense : je te donne la perlette couleur de sang.

— Ho, petit lézard de la haie, grand merci. »

Là-dessus, comme il avait paru, le lézard disparut.

« Oui, se disait Pierre... Mais resterait à trouver les deux autres perlettes. »

Il ne voulait pas laisser éteindre cette étincelle d'espérance qui venait de briller. Du dehors, cependant, lui arrivait le bruit des fagots que les valets amassaient, en face de la porte. Comment ne pas penser à ce que le roi des Turcs se promettait ?

« Dans deux jours, tu seras brûlé vif, a répété le roi, le lendemain. Nous verrons bien alors si tu chanteras ta petite chanson. »

Pierre a su prendre assez sur lui pour ne point pâlir. Lorsque le roi a tourné les talons, qu'il a tiré sur soi la porte, Pierre s'est levé, a fait trois fois le tour de son cachot, la tête basse.

À ce moment, au pied de la muraille, il a entendu comme un petit piaulis : « Richichiou ! »

A paru un lézard, le lézard du rocher.

« Salut, Pierre.

— Salut, lézard du rocher.

— Je n'ai rien laissé tomber de la promesse faite. Tu m'as donné une bribe de ton œuf, voici la récompense : je te donne la perlette couleur de feuille.

— Ha, petit lézard du rocher, grand merci ! »

Là-dessus, comme il avait paru, le lézard disparut.

Pierre serrait les deux petites perles au creux de sa main. Il n'osait cependant avoir toute sa joie. Resterait à trouver celle qui est couleur de lune. C'était quasi-folie de l'espérer. Mais lâcheté aussi de ne pas l'espérer. Ha, quel brouillis de montées, de retombées, de confiance, de déconfort...

Pierre tournait dans le cachot comme un ours dans sa fosse, et ne pouvait s'empêcher d'entendre le vacarme des charrettes de bois déchargées, tandis que des brasses et des brasses de bûches s'empilaient, et ils en amenaient encore. Le bûcher monterait aussi haut que la tour.

« Demain, a dit le roi, c'est demain qu'on te brûle. Tu as prétendu n'avoir pas craint le froid en ta prison. Nous allons voir si tu craindras le chaud. »

Devant le roi, Pierre s'est roidi. Il ne veut pas trembler ni suer la peur. Mais dès que ce roi des Turcs a tourné le dos, lui se laisse tomber sur sa paillasse, et il se prend la tête entre les mains.

À ce moment, au pied de la muraille, un petit piaulis s'est fait entendre : « Richichiou ! »

A paru un lézard, le lézard du bocage.

« Salut, Pierre.

— Salut, lézard du bocage.

— Je n'ai rien laissé tomber de la promesse faite. Tu m'as donné un grain de ton sel, voici la récompense : je te donne la perlette couleur de lune.

— Ho, petit lézard du bocage, grand merci ! »

Là-dessus, comme il avait paru, le lézard disparut.

Pierre n'en pouvait croire ses yeux. Dans son transport de joie, il regardait au creux de sa main les trois perlettes, la rouge, la verte, la blanche, couleur de lune pleine. Il aurait voulu, sans perdre une minute, dire ce qui en était à la beauté charmante, la belle du jardin. Mais l'heure était passée où elle venait lui sourire du milieu des tulipes, des verveines et des roses. Lui sourire si tendrement, si tristement. Car elle était aussi prisonnière que lui. Elle avait tant cherché, s'était tant désolée ! Elle aurait donné tous ses colliers, tous ses joyaux, chaque pleur de ses yeux, un à un, et une à une chaque goutte de son sang ; elle n'avait jamais pu se procurer les trois petites perles couleur de feuille, couleur de sang, couleur de lune.

Le lendemain, au lever du soleil, le roi des Turcs paraît sur la porte de la prison.

« Voici ton jour. Tu brûleras aussi bien à jeun. Je n'apporte ni pain ni eau : j'apporte mieux, j'apporte la corde et le feu, je t'apporte la mort. »

Cependant, voyant Pierre si ferme, la face riante, l'œil assuré, le grand soudan s'étonne.

Pierre le suit d'un pied quasi dansant. Le bourreau dès qu'il l'a vu, a mis le feu à ses fagots. Il approche pour le lier. Mais Pierre l'arrête, et il s'arrête.

Ils sont devant tout le monde, la fille du roi, les demoiselles, les capitaines, les gardes, le peuple des chrétiens.

Le feu ronfle, monte, prend du large ; le feu bouffe et saute à trente pieds de haut, comme une fournaise d'enfer.

Pierre fait signe qu'il a un mot à dire.

Vers la fille du roi tout près de défaillir, il s'avance, il ouvre la main. Il lui fait voir, fait voir à tous les trois petites perles.

Plus que la flamme du bûcher, au creux de sa main elles font lumière.

Le roi des Turcs, qui n'y songeait même plus, rugit de surprise comme un lion. Comment le prisonnier a-t-il pu ? Du fond de son cachot, du fond de son malheur, il a été plus fort que lui, le grand soudan qui a suprême puissance !

La fille a fait un cri. Elle est tombée, pâmée de joie entre les bras du prisonnier.

Le soudan s'étrangle de fureur, le soudan perd le sens : soudainement, criant de rage, il s'élance au bûcher. La flamme saute à soixante pieds en l'air.

Pierre ne l'a même pas vu, tout à secourir sa princesse.

Mais le peuple des chrétiens l'a vu. Il se jette sur les capitaines, sur les gardes. Il fait main basse sur eux et il envoie, en moins de rien, les plus mauvais rejoindre leur grand soudan de Babylone.

Pierre a repris le royaume de son père, comme si avec les trois perlettes des trois petits lézards, tout lui revenait entre les mains : la terre verte comme la feuille, les gens qui la travaillent tout pleins d'un bon sang rouge, et l'air qui court dessus, couleur du jour, couleur de lune. Il a chassé les Turcs, il n'a gardé que sa beauté charmante.

Et jamais plus, il ne s'est vanté de faire face à tout. Il n'a même plus dit :

> « *Suis comme le rigaud :*
> *Ne crains ni le froid ni le chaud ! »*

Il savait que tout son gai courage ne lui était venu que de sa princesse, des trois lézards toute sa chance...

Les trois lézards n'ont pas reparu. Mais la princesse est demeurée à son côté. Ils ont été mari et femme. Et tant heureux que s'ils n'ont pris la peine d'aller en l'autre monde, ils doivent l'être encore près de la tour aux lézards.

LE VENT CHAUD

Il y avait une fois deux fermiers qui revenaient de foire, un soir de février.

Le vent soufflait du midi depuis la veille. Vous savez ce qu'on dit :

> *Février*
> *Ne s'en va pas sans porter la feuille au groseillier.*

Ce n'est pas toujours vrai, peut-être. Mais cette année-là, on voyait le saule en sève, portant ses minous gris, l'herbe déjà verdoyant sur le bord du fossé, cette fleur jaune y fleurir, faite un peu comme le bouton d'or, qu'on nomme la ficaire, et de partout, dans les emblaves l'alouette montait à l'essor vers le bleu du beau temps, sous une caravane de nuages.

Les deux fermiers en cheminant regardaient ces blés verts qui luisaient au soleil.

« La récolte semble bien venir. Si ce temps continue, tu verras tout sortir de terre avant huit jours.

— Ha, dit l'autre, s'arrêtant en plantant son bâton, ne va pas dire des choses pareilles ! Y songes-tu ?

— Quoi ? Qu'ai-je dit ? Que tout va sortir de terre, par ce temps de printemps ?

— Oui. Et c'est que j'ai, moi, trois femmes au cimetière !

L'OISEAU BLEU

Il y avait une fois un roi qui avait une femme douce et belle, et une fille aussi, toute belle et toute douce. On nommait cette fille Florine. La bien fleurie, la bien nommée ! Elle et sa mère, au milieu des dames, des demoiselles, étaient les deux fleurs du jardin : deux lys rouges au milieu des mélisses et des marjolaines.

Le roi gouvernait sagement. Mais le malheur

vint sur lui : à l'automne il perdit sa femme. Au printemps il se remaria.

Autre malheur, car ce fut avec une reine sorcière. Et cette reine avait une fille nommée Truitonne, aussi difficile, sombre et fausse que Florine était vraie et claire et gracieuse.

Les deux demoiselles, quand commence le conte, se trouvaient en âge d'être mariées. On dit qu'une fille peut se marier quand elle sait faire la salade, ou bien qu'elle a le genou non plus pointu, mais rond.

Genou rond,
Marie-toi donc.

C'était cela pour toutes deux : filles faites, juste parvenues. Mais Florine, elle, était comme un bouquet d'amours, et le regard riant, brillant plus que le grain d'eau du matin quand le jour s'y change en lumière sur la fleur de jonquille ou la fleur de jacinthe. Truitonne ? Rousse comme queue de vache, avec les yeux pesants d'un taureau, et on eût dit qu'une poignée de lentilles s'était attachée à sa face, tant elle était semée de rousseurs.

Le fils d'un roi voisin, le prince Charmant, vint à la cour. À peine s'il avait un duvet sur la lèvre, la joue rose comme une fille, un grand air de candeur. Dès qu'il eut vu Florine, il lui donna son cœur. Florine, si claire en sa réserve, si charmante de simplesse, de finesse et d'élan !

Et Florine, sans doute, se laissa gagner le cœur par le prince qu'on sentait tout ardeur et tout enfance encore.

Or la nouvelle reine avait pensé que le prince Charmant s'intéresserait à sa Truitonne. En toute sa grosse personne elle enragea donc tant et plus. Elle se mit là-dessus à circonvenir le roi. Elle lui remontra que Florine se conduisait étourdiment ; qu'on ne savait jamais ce qui pouvait être d'une fille ; que celle-là, du reste, avait des yeux à la perdition de son âme ; enfin, — la sagesse le voulait, — qu'il convenait de prendre certaines petites mesures.

Le roi, comme tous les maris, souhaitait sa tranquillité. Et surtout pas d'affaires ! Il finit donc par s'accorder à ce que la reine désirait. Tant que le prince Charmant serait dans le royaume, Florine serait mise en une tour. La reine obtint cela !

La même nuit, elle fit donc conduire Florine à certaine tour au-dessus d'un jardin, dans les rochers, la fit enfermer là, avec une seule suivante.

Le prince Charmant, tout à coup, n'a plus vu sa Florine. Quel coup de tonnerre ! Tout le monde voulait l'aider, tant on le voyait amoureux. On lui a donné avis secret de ce qu'avait brassé la reine.

Il est venu rôder près de la tour, s'est caché sous un gros ormeau qui jetait là son ombrage. Et quand il a vu sortir la suivante, il l'a abordée dans le jardin. Il lui a dit que de nuit il reviendrait en ce même lieu, et qu'il suppliait la princesse de paraître à la fenêtre pour recevoir sa foi.

Qu'il était jeune, qu'il était confiant ! C'était une de ses affidées que la reine avait eu soin de mettre auprès de Florine. Cette fille a tout répété à la reine. Et cette même nuit, elles ont fait paraître Truitonne sous un voile à la fenêtre de la tour. Le

prince a donné à Truitonne son anneau et sa foi
de mariage...

Or, la suivante avait eu sa leçon faite par la reine
sorcière.

« Il faut, mon prince, a-t-elle dit, que la prochaine nuit vous reveniez ici. La marraine de la
princesse est une fée : elle enverra un char ailé où
vous monterez tous deux ; ce char vous portera en
son château. Là se feront vos noces. »

Ainsi dit, ainsi fait.

Mais dans le char, le prince se sentait le cœur
étrangement serré près de cette Truitonne voilée
qu'il ne reconnaissait pas.

Enfin, ils sont tous deux arrivés au château, chez
la marraine de Truitonne. Truitonne a dû relever
son voile. Et le prince ne l'a que trop reconnue.

« Celle que j'aime, ne saurais l'oublier ! Tous
mes amours ne sont qu'à elle : à une autre ne peuvent aller ! »

Menaces et prières, douceurs même et rigueurs
n'ont pu changer cela. Simple comme l'agneau,
résolu comme le lion ! La fée croyait avoir bon
marché de sa jeunesse. Seulement le prince avait
sa Florine dans le cœur, et il n'a rien voulu savoir
de l'autre. Il s'est tenu sur un parler de grand respect, mais de fermeté totale.

Alors, la fée, dans son courroux, l'a frappé de sa
baguette : elle l'a pour sept ans changé en oiseau
bleu...

Truitonne, resserrée de dépit, est retournée
auprès de sa mère. Avouer le refus du prince lui

eût trop coûté. Comme elle était toute fausseté, elle a même montré l'anneau ; elle a raconté à la reine sa mère que dans le secret leurs noces s'étaient faites...

Florine, cependant, renfermée en la tour, se désole de ne plus voir son prince. De jour, de nuit, elle se tient en fenêtre. Au doré du soleil ou au blanc de la lune, elle regarde le vent courir sur les campagnes, les oiseaux lui venir du fond de l'étendue, les nuées s'en aller vers les lointains du ciel. Elle n'a pour ami que la draine et la perdrix qui volent au long des blés, ou le pigeon blanc qui passe de château en château.

Mais voilà qu'un ami meilleur lui est venu : un oiseau bleu, bleu comme la fleur de lin, si net en son plumage, si tendre en ses façons, sa chanson, son approche, qu'elle a cru, ha ! qu'elle a bien cru reconnaître en lui son cher prince.

« C'est lui, et mon cœur sait qu'il m'aime ! »

Elle n'aurait pu dire cette joie que c'était. Comme au matin, quand on voit qu'il fait clair et qu'on va commencer une grande journée de bonheur.

Dès qu'elle le peut, dans l'aurore, dans le couchant, elle se met en fenêtre.

> *Bel oiseau bleu, couleur du temps,*
> *Vole à moi promptement !*

Du fond des airs, et dans l'instant, l'oiseau arrive à tire-d'aile. Il se jette dans l'ormeau : il donne à Florine sa présence, ses chansons, son amour. Dans

523

ses soins, pour lui plaire, l'oiseau bleu a même su voler à un château du prince Charmant. Il y a pris les joyaux dans la plus haute chambre. Bracelet d'argent, ceinture dorée, son alliance d'or et sa foi jurée, il les apporte à sa chère Florine. Il lui donne tout, comme il lui a donné son cœur, la pierre verte, la pierre bleue, plus grosses que les feux de la rosée sur l'herbe, quand le matin n'est que merveille.

Mais il n'a pu si bien se cacher dans le branchage que la suivante ne l'ait vu.

La reine, par sorcellerie, a démêlé que cet oiseau bleu est le prince, que le prince n'est pas devenu le mari de Truitonne. Elle fait venir Truitonne : elle la force de confesser la vérité.

Alors, elle ourdit sa traîtrise. En grand secret, par des hommes à elle, elle fait armer le gros arbre en face de la tour. Ils le garnissent en toutes ses branches de lames affilées comme lames de rasoir, de broches acérées comme pointes d'aiguilles.

Florine, la charmante et riante Florine, ne s'en doute même point.

Sitôt le soleil levé, la fraîche matinée, elle s'est mise en fenêtre :

> *Bel oiseau bleu, couleur du temps,*
> *Vole à moi promptement !*

L'appel d'amour va toucher l'oiseau bleu à travers les royaumes, sur les moissons, les fleuves, les forêts.

Du bord du ciel, là-bas, il fond vers cet ormeau.

Et les lames cachées sous la feuille lui ont tranché les ailes, les broches l'ont transpercé...

Il est tombé de branche en branche au pied de l'arbre de traîtrise. Un coup de vent passait. Florine qui le voyait arriver des lointains, soudainement ne l'a plus vu.

Elle s'inquiète, elle répète en plus haut ton :

> *Bel oiseau bleu, couleur du temps,*
> *Vole à moi promptement !*

Mais l'oiseau ne paraît pas. Il s'est traîné quasi sans vie sous le feuillage d'un romarin. Par-dessous l'aile, il perd son sang et demeure là, comme mort.

La reine cependant est venue, avec Truitonne dans l'espoir de ce qui arrive. Elle cherche l'oiseau bleu, fouillant l'herbe, au pied de l'arbre, puis suivant la sanglante trace, de touffe en touffe, de roche en roche. Et elles l'ont trouvé.

En char ailé, sans perdre une minute, elles l'ont porté chez la marraine fée. Elle est si savante, celle-là ! Elle ferait venir la mer en vin et les poissons en viande ! Et elle leur a dit de lui laisser l'oiseau bleu. Elle leur a fait des promesses : elle saura lui enlever mémoire de ses amours : par sortilège, il oubliera Florine. On lui fera prendre Truitonne pour femme.

Florine n'a pu voir leur venue ; elle ignore ce qu'elles trament, mais elle a bien le sentiment d'une trahison. Elle demeure désespérément en fenêtre, les yeux vers les nuages qui se perdent au

loin ; et son cœur le lui dit : l'oiseau bleu ne la
visitera plus !

« Ha, que ne puis-je faire comme la tourterelle ;
quand elle n'a plus son ami, elle gagne le bois, s'y
pose, sur la branche s'en va mourir... »

Un soir, ce qu'elle vit, ce fut une grande poussière qui s'élevait du chemin. Une foule en tumulte
accourait vers la tour. C'était le peuple de la ville
qui, à grands cris, venait la faire reine. Trois jours
avant, le roi son père était mort. Sa marâtre avait
bien prétendu gouverner, mais elle était si peu
aimée, et tout de suite s'était montrée si dure,
qu'on l'avait au troisième jour, d'une fenêtre du
château, précipitée dans la rivière.

Quant à Truitonne, elle était chez la fée, la mauvaise fée sa marraine, attendant là l'effet du sortilège. Car cette fée avait rendu à l'oiseau bleu sa
forme de prince Charmant ; mais elle l'avait
envoûté, de sorte qu'il n'avait plus ni jugement ni
mémoire. Et le tenant ainsi en son pouvoir, la fée
comptait sous peu de jours lui faire prendre Truitonne pour femme.

Par bonheur pour Florine, elle aussi avait une
marraine, toute bonne fée, celle-là.

« Filleule, il te faudrait reconquérir ton prince.
Tu n'es plus dans la tour, tu n'es plus dans les
chaînes. Mais sauras-tu t'évader de ton trône, te
faire pauvre fille de campagne ? Et sauras-tu
ramener ton prince Charmant ? On lui a ôté par
enchantement tout souvenir de vos amours... Va
donc au château de la fée. Pour t'aider, voici trois
noisettes. »

Elle est partie pieds nus, en fille de campagne : la robe troussée dans les poches, dessus son cotillon rayé, la figure quasi cachée par sa cornette de gros linge.

Si bien elle a su faire qu'elle s'est fait engager par Truitonne comme bergère de dindons. Elle, la reine du royaume que tant de régiments de soudards, tant de ribambelles de seigneurs désiraient servir chapeau bas ! Au lieu de sceptre, elle a la quenouille faite d'un bâton de coudre et de quelques brins d'osier ; et au lieu des destins des villes, des provinces, elle aura à filer une filasse de chanvre. Mais ce sera pour l'amour de son prince Charmant.

Elle est allée derrière le domaine ; sur cette terre à chardons, elle a mené ses dindes chercher leur vie.

Là, adossée à quelque fagotier, de ses blanches dents, elle a cassé une de ses noisettes. Elle y a trouvé une toute, toute petite quenouille d'or, d'où le fil se file tout seul. Ensuite, elle a cassé la deuxième noisette : elle y a trouvé un tout, tout petit rouet d'or où le fil s'enroule tout seul. Et pour finir, de ses dents vives, elle a cassé la troisième noisette : elle y a trouvé un dévidoir d'or où le fil se met tout seul en écheveaux.

Le soir, elle a rapporté au logis toute une liasse d'un fil si uni, si fin, si solide que de pareil on n'en a jamais vu !

« Demain, madame, donnez-m'en davantage. »

Truitonne, qui filait du fil gros comme un fouet, en a été saisie.

Le lendemain Truitonne a donc donné encore plus de chanvre à la bergère des dindons. Puis, au bas de ce pâtis, du lieu vague où traînent des tessons de pots, des cercles de roue, entre les fagotiers, elle est allée se cacher derrière quelque sureau.

Et elle a vu la petite quenouille d'or d'où le fil se file tout seul.

« Bergère des dindons, vends-moi cette quenouille !

— Madame, ma quenouille n'est pas à vendre : c'est d'elle que je gagne mon pain.

— Je te donnerai assez d'argent, bergère, pour que tu aies toujours ton pain gagné.

— Ma quenouille d'or n'est pas à vendre :

N'est ni à vendre ni à donner,
Dans le cabinet des échos, je veux coucher. »

C'était là que couchait le prince. Mais Truitonne avait tant envie d'avoir cette quenouille d'or qu'elle s'est prêtée à tout ce que voulait la bergère.

Tant que la nuit a duré, dans ce cabinet des échos, Florine n'a fait que répéter :

Prince, mon cher prince Charmant,
Ne te souvient-il plus du temps
Où je te disais de venir à moi promptement ?

Et mille échos le répétaient après elle.

Mais la mauvaise fée avait fait prendre au prince en endormitoire de l'eau de plomb. Il dormait comme un plomb et il n'entendait rien.

Le lendemain, ç'a été le rouet d'or que Truitonne a désiré.

« Bergère des dindons, ce rouet, vends-le-moi.

— Madame, mon rouet n'est pas à vendre : c'est de lui que je gagne mon pain.

— Je te donnerai assez d'argent pour que tu aies toujours ton pain gagné.

— Mon rouet d'or n'est pas à vendre :

N'est ni à vendre ni à donner,
Dans le cabinet des échos, je veux coucher. »

Contre une nuit ainsi passée, Truitonne s'est fait céder le rouet d'or.

Toute cette nuit encore, dans ce cabinet des échos, Florine n'a fait que répéter :

Prince, mon cher prince Charmant,
Ne te souvient-il plus du temps
Où je te disais de venir à moi promptement ?

Et mille échos le répétaient après elle.

Mais la fée avait fait boire au prince un endormitoire : il dormait, dormait comme un plomb et il n'entendait rien.

Tout le jour d'après, cependant, il est demeuré songeur. Tant d'échos lui avaient passé par les oreilles ! Sur le soir, cette eau de plomb qu'on le forçait à boire, il l'a jetée sous le lit sans que la fée le vît.

Ce jour-là, ç'avait été le dévidoir d'or que Truitonne avait désiré.

« Bergère des dindons, vends-moi ce dévidoir !

— Madame, mon dévidoir n'est pas à vendre : c'est de lui que je gagne mon pain.

— Je te donnerai assez d'argent, bergère, pour que tu aies toujours ton pain gagné !

— Le dévidoir d'or n'est pas à vendre :

N'est ni à vendre ni à donner,
Dans le cabinet des échos, je veux coucher. »

Truitonne s'était prêtée encore à ce qu'avait voulu la bergère.

Cette nuit donc, dans le cabinet des échos, Florine a recommencé à dire :

Prince, mon cher prince Charmant,
Ne te souvient-il plus du temps
Où je te disais de venir à moi promptement ?

Et cette fois :

« Ha, je l'entends ! ha, je l'entends ! a dit le prince, celle qui fut ma belle sans autre, celle qui l'est toujours ! »

Tout lui est revenu : plus forte que la féerie des fées est la force du cœur.

La mauvaise fée avait dû faire imprécation, en cas qu'elle n'en viendrait pas à ses fins, d'être changée en maudit oiseau. Par ce maléfice ou du dépit d'avoir été vaincue, elle s'est trouvée devenir engoulevent, crapaud volant. Et Truitonne, avec tous ses appareils de filandière, araignée rousse.

Le prince Charmant a épousé Florine. Ils ont

régné longtemps, rendant les gens de leur royaume aussi heureux qu'eux-mêmes.

> *Et l'on n'en saurait plus conter*
> *Sans quelque mensonge ajouter.*

JEAN DE CALAIS*

Il y avait une fois dans la ville de Calais un marchand très entendu à la navigation. Il eut un fils, plus entendu encore que lui aux choses de la mer et de la guerre sur mer : manœuvrant, se battant, comme ferait un démon. Son père, voyant cela, fit construire pour lui un navire bien armé, et l'envoya en course.

Ce garçon, si jeune fût-il encore, a couru du midi jusqu'à l'ourse, du levant au ponant. Et son nom a volé partout ; comme il se nommait Jean, on ne parlait plus que de Jean de Calais.

Un jour où la tempête l'avait contraint de relâcher dans un port, alors qu'il allait en repartir, il vit une nef des terres lointaines venir jeter l'ancre près de lui.

Sur le pont, serrées l'une contre l'autre et tout en pleurs, se tenaient deux jeunes demoiselles. Il s'informa. Il apprit que c'étaient deux captives, qui seraient vendues le lendemain au marché de la ville. Il demanda à les acheter sur l'heure. Les dif-

10. *Voir* Le marchand de blé *page 622.*

ficultés ne tenaient guère devant Jean de Calais. Le feu, dès qu'elles s'élevaient, lui sortait par les yeux, un feu à faire flamber la nef de ces corsaires, le port avec, la ville par là-dessus. On s'accorda donc vite à tout ce qu'il voulut, et contre grosse somme d'argent, car il ne regarda guère à cela, on lui remit les deux captives.

L'une surtout lui avait touché le cœur. On a des yeux sous le front pour quelque chose, peut-être : lui, du premier coup d'œil il avait vu en elle un cœur plus pur que la rosée du matin.

« Demoiselle, lui a-t-il dit, le bonnet à la main, je ne vous ai rachetée que pour vous rendre libre. Vous l'êtes, dès cet instant, et en toute assurance. Je vais mettre à la voile, et je vous conduirai, votre compagne et vous, en quelque terre chrétienne. »

La belle l'a regardé d'un long regard sans effroi ni hardiesse.

« Capitaine, a-t-elle répondu, je me fie à vous. Et je remercie Dieu... »

La voix lui a tremblé au gosier, elle n'a pu parler davantage.

Elle a tâché de tout dire alors par un regard. Et ce regard n'en a peut-être que trop dit. Car, de cette heure à celle de sa mort, Jean de Calais s'est donné à elle.

La belle l'a bien senti.

« J'ai nom Constance, ma compagne Isabelle, a-t-elle dit raffermissant sa voix. Souffrez que je ne dise rien de plus, même à vous mon sauveur. Il ne convient pas que le malheur de ma capture soit jamais reproché à mon père et qu'il vienne à en être honni. Justement, croyez que ma naissance... »

Elle s'est tue de nouveau tandis que ses joues se paraient du plus beau feu du monde.

Et Jean de Calais à qui le tonnerre du canon et les éclairs des haches n'avaient jamais fait perdre pied, en cette minute n'a su que mettre un genou en terre.

« Je vais, sans plus attendre, vous conduire en terre des chrétiens... Si vous daignez alors ne pas repousser celui qui pour jamais du meilleur de son cœur est votre serviteur, à la première église je vous épouserai... »

La belle a posé sa petite main sur celle de Jean de Calais. Et les voilà tous deux au milieu des étoiles.

Au premier port, ils ont donc débarqué. À la première église, ils se sont épousés.

Les vents ont été bons et la mer favorable. Un matin, ils ont vu Calais sur son rivage.

Jean de Calais a couru à son père. Et Dieu sait s'il a su parler de la belle Constance.

Mais le vieillard avait un autre projet en tête. Tout glorieux de ce fils, il s'était donné bien des peines pour le marier à une demoiselle, fille du grand amiral de la flotte.

« Alors, toi, l'étourneau, tu t'es bien laissé prendre à quelque miroir aux alouettes ? La belle aux yeux brillants qui ne peut même pas dire d'où elle sort ! Une vagabonde, la coureuse d'aventures !... »

Il s'échauffait et s'enflammait, tout en parlant, si transporté de colère qu'on aurait dit un fol.

« Mon père, si seulement vous vouliez bien la voir...

— La voir ! Je jure ici que jamais je ne l'accueillerai ! Jamais, au grand jamais, ne la tiendrai pour ma fille ! »

Jean de Calais s'est retiré, saluant bien bas son père et s'en remettant à Dieu d'arranger toutes choses.

Avec sa chère Constance, il est allé vivre en une petite maison qu'il avait sur le port.

Une année a passé. Puis une autre. Et une autre.

Ils ont eu un enfant, beau comme leurs amours. Isabelle, fidèlement a vécu près de Constance.

Cependant peu à peu, comme le vieux marchand, les bourgeois de Calais ont maudit ce mariage. Parce que Jean avait cessé de naviguer et que les pirates avaient reparu sur les flots.

Un jour est venu où ils ont tout d'une voix supplié Jean de reprendre ses campagnes. Ils lui ont donné le commandement du bâtiment le meilleur coureur et le mieux armé qui en ce temps roulât les mers.

« Souffrez seulement, lui a dit Constance, qu'à deux genoux je vous demande deux choses... »

Jean de Calais l'a relevée, entre ses bras l'a prise, jurant qu'il ne saurait jamais lui refuser quoi que ce fût.

« La première est que sur la grand-voile vous fassiez peindre mon portrait, celui de notre enfant, aussi celui d'Isabelle. La seconde sera que votre campagne vous mène au Portugal, devant Lisbonne et le château du roi. »

Jean de Calais a promis cela. La voile, par un

peintre des Flandres a été peinte ainsi que l'avait demandé Constance. Et le vaisseau lorsqu'il a pris la mer, a gouverné vers le Portugal.

Le roi, qui est en fenêtre, tout triste et tout pensif, regarde la mer couler. Mais il a vu ce vaisseau, et bientôt il tressaille. Il se lève, il s'écrie. Il appelle auprès de lui les seigneurs de sa cour :

« Regardez ! Regardez ! Ne sont-ce point les portraits de ma fille Constance et de sa compagne Isabelle ? Sans perdre une minute, qu'on équipe ma barque, qu'on me conduise à ce bord ! »

Comme il a dit, vite on a fait. Bonnet au poing, Jean de Calais est venu recevoir le roi.

« Capitaine, salut à vous ! Dites-moi quelle est cette image ?

— Sire le roi, elle est de celle qu'on nomme Constance, ma femme bien-aimée, entre ses bras tenant notre enfant. Et près d'elle vous voyez sa fidèle compagne, celle qu'on nomme Isabelle. »

Jean de Calais a conté son histoire au roi tout éperdu.

« Jean de Calais, Jean de Calais, a dit le roi, vous êtes roi des mers : vous serez roi de ce pays ! Retournez à Calais, ramenez-moi ma fille et mon petit-fils qu'il me tarde de voir. Isabelle est la fille d'un des plus hauts ducs du royaume. Demain, vous débarquerez en grande fête. Après-demain, vous vous rembarquerez ; je vous le demande en grâce, tant maintenant il me tarde. »

Ainsi dit, encore, ainsi fait. Débarquement, rembarquement, volées de cloches et salves de canons. Le prince don Juan, le premier cousin du roi, a accompagné Jean de Calais. Les trois vaisseaux les plus beaux de la flotte, à cordages de soie, à pavillons de pourpre, et tout éclatants d'or, ont escorté son bâtiment.

Un soir, les bourgeois de Calais ont vu au loin étinceler ces vaisseaux. Toute la ville s'est pressée sur le port. « Jean de Calais, Jean de Calais qui revient ! » Cloches, canons. Les fifres ont joué, les tambours ont roulé. Au milieu des cris de joie, Jean de Calais a pris terre, et ces seigneurs du Portugal, vêtus de soie et de perles. Dans le moment, on a appris qui était la belle Constance. Fille de roi ! Enlevée un jour par des pirates et tant pleurée, tant pleurée par son père, qui avait fait bâtir chapelle au nom de la demoiselle...

Tremblant et confondu, le père de Jean de Calais est venu se jeter aux pieds de celle qu'il n'avait su reconnaître pour sa belle-fille.

Mais dès le lendemain, comme l'avait si fort demandé le roi, Jean de Calais, emmenant Constance et leur enfant, et aussi la belle Isabelle, Jean de Calais a repris la mer.

Le premier jour, ils ont fait route heureusement.

Le deuxième jour, ils ont vu venir l'orage.

Le troisième jour, en cet orage de mer, ils ont perdu de vue les vaisseaux de l'escorte. Tandis que des torrents d'eau se déversaient de la nue, les carreaux de la foudre volaient de toutes parts. Des abîmes soudain se creusaient, puis des lames s'abattaient plus hautes que les tours de Calais, et sous ces montagnes d'eau ou dans leurs précipices, la nef à tout moment menaçait de s'engloutir.

Le jour s'est éteint sans que la tempête ait fait relâche. La nuit est venue. Voyant redoubler le danger, Jean de Calais veillait à tout, était partout, commandait les manœuvres, de sa hache abattait la mâture, ou tranchait les cordages.

Don Juan, le cousin du roi, et qui eût été roi, n'eût reparu Jean de Calais, dans le désordre et dans le noir s'est glissé jusqu'à lui. Et prenant son moment, se jetant soudain de l'avant a des deux bras rué à la mer Jean de Calais.

Les mariniers ont entendu quelque grand cri. Mais le fracas de la foudre et des flots couvrait tous les appels.

Jean de Calais, à ce que dit le conte, Jean de Calais qui était sorti vainqueur de tant de combats ou de tornades, est sorti de ce gouffre même.

Roulé, demi-broyé, demi-noyé, il s'est laissé porter dans les ténèbres par la tempête. Et, venant l'aube, il a repris ses sens sur le rivage d'un îlot.

Échoué dans une île déserte ! Il lui a fallu vivre de coquillages, de racines et de baies de buisson. Passer là des années, lentes, lentes à passer ; se faire une peau plus tannée qu'un cuir ; se faire surtout l'esprit bien fort, pour éviter de céder au désespoir. « Ma femme chérie, mon cher petit garçon, ha, que deviennent-ils ? Moi, je suis là, loin d'eux, à des milliers de lieues, plus prisonnier que dans la tour de Londres, sans pain et sans lumière, sans armes, sans moyens... Peut-être en ce jour même, leur beau cousin don Juan trame-t-il quelque perfidie, va-t-il les faire mourir en trahison... Les pirates aussi ont dû reparaître sur les mers...

Jean de Calais, que feras-tu ? Ronge tes poings, et meurs de rage ! »

Il ne faut pas s'arrêter à cet endroit du conte. Jean de Calais sur son récif en a eu trop à voir.

Puis une heure vient qui donne ce que mille n'ont donné.

Devant l'île quelque soir un vaisseau a jeté l'ancre. Une barque au matin est venue jusqu'à la rive.

Jean de Calais a vu paraître des mariniers. Et comme si Dieu le voulait, ces mariniers étaient du Portugal.

« Des nouvelles du roi ? Ha, des bonnes, des belles, depuis qu'il a recouvré sa fille. Don Juan la lui a ramenée de Calais sur la mer.

— De Jean de Calais, que se dit-il ?

— Jean de Calais, qui avait sauvé cette belle Constance, a disparu dans une tempête. Il se dit que la belle l'a longuement pleuré et ne saurait souffrir don Juan. Mais don Juan est prince et devait hériter du trône, il faudra bien qu'elle l'épouse. Il est maître des choses, car le roi s'est fait vieux.

— Le peuple ne saurait-il se mettre avec le roi et mener ce don Juan de la bonne manière ?

— Naufragé, tu parles bien haut. Que te font ces affaires des grands ?

— Mariniers, mariniers, y a-t-il une place à votre bord ?

— Oui, place à notre bord pour un garçon qui n'ait pas peur de monter dans les voiles ni de tirer le sabre !

— Je saurai servir le roi.

— Ho, le roi... Nous, comprends-tu, nous nous servons nous-mêmes. Viens, si le cœur t'en dit. »

Jean de Calais a bien vu d'où le vent soufflait. Navire corsaire, sinon navire pirate ! Mais il fallait passer par le pont ou par l'eau. Et le sang lui bouillait depuis ces nouvelles de sa chère Constance. Il serait mort de fureur après cela, Jean de Calais, s'il avait été forcé de demeurer sur le récif.

Une nuit, il s'est sauvé de son bord à la nage. Un jour, il a pris pied sur la côte du Portugal. Car enfin, il n'était pas monté sur ce vaisseau pour toujours ! Mais débarquer, c'était se mettre en grand hasard. Il se pouvait qu'on se saisît de lui, qu'on le pendît comme pirate. Si don Juan avait le moindre soupçon sur lui, don Juan l'expédierait sans lui laisser ouvrir la bouche.

Jean de Calais a pensé qu'il ne serait nulle part mieux caché que dans le château du roi même. Et il est allé s'engager comme garçon de peine aux cuisines.

Sous trois jours devaient se faire les noces de don Juan et de la belle Constance.

Mais Jean de Calais s'est trouvé sur le passage de la belle. Elle n'allait que tête basse, les yeux brouillés de larmes. Dieu a voulu pourtant qu'à ce moment elle ait relevé le front. Leurs regards se sont engagés.

À n'en pouvoir douter, elle a reconnu Jean de Calais. Elle s'est jetée en ses bras.

Lui, alors, soudainement, dans cette force qui l'a rempli, plus de prudence, plus d'attente !

Il a osé aller droit à don Juan lui-même, faire main basse sur lui, le traîner devant le roi, là, lui faire confesser son crime.

Et le roi s'est retrouvé roi, a commandé que sur l'heure fût faite la justice.

Les seigneurs du royaume ont acclamé Jean de Calais comme leur seigneur.

Jean de Calais a paru aux côtés de la belle Constance. Sur son bras, elle tenait leur fils.

Ils ont vécu longtemps pour le bonheur de leur peuple. Et Jean de Calais jusqu'au soir de son âge est allé selon sa devise :

Va où tu peux, fais ce que tu dois.

LE MAÎTRE DE LA MAISON

Il y avait une fois un fermier qui parlait en haut ton quand il donnait les ordres, ha, il fallait l'entendre. Mais le valet, un gaillard un peu simple et têtu comme une mule, ne faisait guère état de ses commandements.

Un jour, dans la morte-saison, le maître lui avait dit qu'il ébranchât la haie. Il le trouve qui refaisait les rases, les rigoles du pré, taille-pré à la main.

« Hé, dis, grand porc ! qui commandera dans cette maison ?... Oui, est-ce moi ? Ou si c'est toi, peut-être ? »

L'autre, continuant de tailler dans le pré, hausse l'épaule.

« Si vous voulez savoir, maître, ni vous ni moi : c'est la maîtresse. »

LA PATRONNE

Il y avait une fois un ménage, de l'autre côté de la côte, qui ne marchait pas trop bien. Certain soir même, cela marcha tout à fait mal. L'homme avait cru devoir décrocher son bâton pendu derrière la porte...

Il fut bien étonné, le lendemain, de voir arriver l'huissier, parlant à sa personne, et le convoquant devant le juge.

De toute la semaine, il n'en put revenir.

« Eh bien, maintenant ? Je n'aurais plus le droit de battre ma femme à moi avec ma trique à moi ?... »

Il faut croire qu'il ne l'avait pas. Le juge le lui fit comprendre.

« Votre épouse, ici présente, vous reconnaissez l'avoir frappée ?

— Je le reconnais, monsieur le juge. Seulement...

— Répondez-moi d'abord : le regrettez-vous ?

— Je regrette qu'elle m'ait forcé de lui taper dessus.

— Mais vous ne regrettez pas de l'avoir frappée ?

— Ma foi non.

— Et pourquoi cela ?

— Parce qu'elle ne veut pas être la patronne !

— Si on peut dire ! crie la femme qui ne pouvait plus se contenir. Moi, être la patronne, je ne demande que ça !

— Vous entendez, vous, le mari ? Qu'avez-vous à répondre ?

— J'ai à répondre, monsieur le juge, qu'elle veut être le patron et que ce n'est pas la même chose. »

Sur ce pied-là, patron, patronne, le juge tâcha donc que le ménage marchât mieux.

Le bâton ! Au vieux temps, on n'allait pas s'arrêter tellement à quelques coups de trique. Il se disait qu'un homme doit battre sa femme à tout le moins une fois l'an.

Le jour de la Saint-Sylvestre
Qui n'a battu sa femme de l'année,
Se doit de la battre au matin ou au vespre.

LE GENDRE BIEN MORIGÉNÉ

Il y avait une fois un garçon, beau garçon, quelque peu coq de village, qui avait voulu se marier richement. Il avait pris femme dans une ferme où il y avait du beurre à mettre sur le pain. Une grande chèvre de femme, de teint blanchâtre, qui vous faisait penser à de la miche mal cuite ; mais pour ce qui était d'être fine, elle l'avait manqué.

Il y a des femmes qui sont fines, d'autres qui attendent de l'être. Celle-là devait attendre. En attendant, elle ne rendait pas la vie trop facile à son homme. Plaintes toujours, crieries à tout propos ; et il n'y avait rien à lui faire comprendre tant elle était bouchée.

Au bout de six mois, le jeune mari n'y tient plus. Il va trouver la belle-mère, — c'était une de ces grosses maisons pleines de vaisseliers, de huches, de recoins et de portes, tout cela couleur de châtaigne, dans une odeur de sauce au vin. Il la trouve là, dans un ronronnement de marmites et de matous. Honnêtement, il entame le chapitre des doléances.

« Et qu'est-ce qu'il y a, mon gendre ?

— Il y a que votre fille est bête, pauvre mère.

— Allons, voyons, mon gendre !

— Oui, pauvre mère, qu'elle est trop bête !

— Voyons, mon gendre, allons !

— Ça passe la permission que tout le monde a d'être bête...

— Mon gendre, allons, voyons !

— Oui, plus bête que les plus bêtes !

— Et rien que ça, mon gendre ?

— Vous croyez que ce n'est pas assez ?

— Et vous, croyez-vous que sans ça, nous ne l'aurions pas mariée vingt fois ?

— Quelle chance pour moi ç'aurait été...

— À un homme d'autre volée que vous ?

— Eh bien, maintenant, je vois de qui elle tient, pour la bêtise !

— Mais le plus bête des trois, c'est encore vous, mon gendre ! »

Il pouvait retourner coucher à la maison avec ce bonnet de nuit-là.

Passant la porte, il se dit cependant : « Quelle sottise de porter tes plaintes à ta belle-mère. Tout le monde sait qu'elle est la bêtise même, que le beau-père ne l'a épousée que parce qu'elle avait le sac. C'est au beau-père qu'il te fallait parler. Il est payé pour te comprendre. »

Il va donc à la vigne où le beau-père taillait le sarment, un peu loin de sa femme et du train qu'elle menait avec les servantes. Tranquille, avec sa pipette de tabac, ne levant le nez que pour regarder quelque vol de pigeons blancs au loin sur les campagnes.

Le mari recommence ses doléances. Ce beau-père l'écoute en homme qui laisse couler l'eau. Puis, tirant sa pipette de sa bouche :

« Mon gendre, écoutez-moi : j'ai mangé de l'oie toute ma vie ; à vous maintenant de manger de la dinde. »

JEAN DE PARIS

Il y avait une fois un roi de France qui par-dessus toutes choses servait la chrétienté.

Ce service, en un temps, l'a mené en Espagne. Il a eu à y aider le roi contre les païens Sarrasins.

Cela fait et bien fait, il a voulu prendre congé du roi d'Espagne et rentrer à Paris.

Nous avons vu finir la guerre,
Voilà le beau temps revenu...

« Beau cousin, lui a dit ce roi, j'ai une fille. Elle n'a pas deux ans d'âge, mais pourquoi ne pas voir les choses d'un peu loin ? Vous, vous avez un fils qui va sur ses quatre ans. De ce que je vous dis, vous me saurez le gré qu'il vous plaira ; mais je pense que vous m'entendez.

— Je vous entends, lui a dit le roi de France. Et c'est chose entendue. La fille du roi d'Espagne n'est pas à refuser. Dans quinze ans d'ici mon fils viendra donc la quérir pour faire d'elle sa reine. »

De saison en saison, quinze années se sont écoulées avec leur train de soucis et d'affaires, de malheurs et de joies, de pestes passant et de guerres venant. On dit : dans les grandes maisons, les grands vents battent.

Mais des maisons des rois, que dire : le roi de France est mort peu après être retourné d'Espagne. Et le roi d'Espagne, du milieu de tout ce qui est arrivé, sans le vouloir, a mangé sa promesse.

Un bruit a couru par le monde, — que dit, que don, que dit-elle donc ? — qu'il venait de fiancer sa fille au roi de l'Angleterre. Et ce bruit devait être vrai, puisque ce roi d'Angleterre pour aller à la cour d'Espagne a traversé la France.

« Ces noces ne sont point faites encore, s'est dit dans Paris le jeune roi. À mon père, jadis, une promesse fut faite. Pourquoi ne serait-elle tenue ? Ce ne seront point batailles ni ambassades qui en décideront : je ne veux être que Jean de Paris, fils d'un bourgeois de Paris. Si Dieu le veut, il peut y avoir beau jeu. »

Il est parti, avec son équipage, il a pris sa route vers l'Espagne.

Un équipage à la française. — Anciennement, et sans doute aujourd'hui encore, dans le bâtiment, pour toutes choses il y avait deux manières : à la française et à l'anglaise. À la française, c'était la belle, celle qu'il fallait préférer.

Venait le mois de mai. Le temps s'était voulu plus tranquille et plus chaud, un doux temps gai, empli de violettes. Il faisait bon chevaucher dans les campagnes. Jean de Paris n'avait pris avec lui qu'une certaine troupe, mais toute vêtue d'une pluie d'argent et d'une pluie d'or sur des couleurs de rose et de vermeil. À une journée de marche suivait une autre troupe, plus relevée encore, et plus considérable.

Aux portes de la ville de Bordeaux, Jean de Paris a fait une rencontre, rencontre du roi d'Angleterre.

Voilà le roi quelque peu ébahi devant ce jeune bourgeois, son état et son train.

« Jean de Paris, puisque ainsi on vous nomme, pourquoi ne ferions-nous pas route de compagnie ? N'iriez-vous pas jusqu'à Bayonne ?

— Jusqu'à Bayonne, soit, sire roi d'Angleterre.

— Et d'aventure, ne passeriez-vous pas en Espagne ?

— Peut-être, d'aventure. Car après Dieu, je n'ai à suivre que mon bon vouloir. Il y a quinze ans passés, mon père, — devant Dieu soit, — aida un chasseur de ce pays à abattre quelque sanglier. Ce chasseur tendit un lacet et promit à mon père une petite cane. Je peux bien aller voir si cette cane est prise. »

Le roi d'Angleterre lui a fait un salut, en riant aux éclats.

« C'est votre grâce à vous autres Français, d'aller si loin chercher votre gibier. Mais sans doute vous avez raison. Que ce soit votre grâce aussi d'être de ma suite.

— Je vous suivrai, sire roi d'Angleterre, a dit Jean de Paris avec quelque vivacité, je vous suivrai peut-être, si mon plaisir y est, mais ce sera sans être de votre suite ; je ne saurais m'y ranger, quand vous me donneriez la moitié de votre royaume. »

Le roi d'Angleterre qui portait secrètement envie à ce train d'un jeune bourgeois — et encore n'en voyait-il que l'avant-garde, — tout bien considéré, n'a pas été tellement fâché que ces Français gardent de la distance.

Il a, lui, pris les devants, cheminé en diligence, et s'est rendu chez le roi d'Espagne.

Là, à la cour, lui et les siens n'ont pu se tenir de parler de Jean de Paris. — Peut-être ont-ils cru plus habile que ces Espagnols n'en eussent pas la surprise.

Enfin, au bout de trois journées, alors que la cour d'Espagne pétillait dans l'attente, paraît un page messager, doré comme un soleil.

« Sire, je demande audience pour mon maître, Jean de Paris. Il fera son entrée demain dans cette ville. Et je demande aussi un quartier de la ville où les loger, lui et sa suite.

— Tout un quartier ! fit le roi. Ce jeune bourgeois a donc plus de train que le Grand Mogol ?

— Mon cousin, c'est merveille, dit le roi d'Angleterre. Au vrai, je le crois plus riche que l'empereur
des Indes.

Le lendemain, voilà donc les deux rois et la fille
du roi, les seigneurs d'Angleterre et les seigneurs
d'Espagne aux fenêtres du château. Tous attendent le cortège en grande impatience.

Que dire de ces timbales et de ces trompettes,
de ces chevaux de bât et de ces chariots, de ces
fourriers, palefreniers, cuisiniers, de ces cavaliers
et seigneurs, enfin de tout cet équipage ? Le pauvre roi d'Angleterre n'en pouvait revenir, tant ce
qu'il avait conté des magnificences de Jean de
Paris se trouvait dépassé.

« Vous verrez des choses bonnes à voir. »

Mais qui eût pu s'attendre à pareil état en ce
monde ? Un train si beau et si galant, si gai en son
éclat, qu'il se faisait bien tenir pour le plus haut
sans doute que le soleil ait vu. Oui, gaieté de çà,
richesses de là, et grandeurs de tous les côtés.
Regarder un tel train eût fait attendre les anges
de retourner en paradis.

Et la fille du roi d'Espagne, à sa fenêtre, questionnait sans cesse le page messager.

« Non, madame, non point Jean de Paris, mais
le maître de son hôtel. »

Ou bien le chef des cuisiniers, ou le chef des
fourriers... Celui encore qui commandait l'escorte.

Surtout la belle s'émerveillait au secret de son
cœur, sentant bien ce que donnait à sentir tel équipage : d'une vie à vivre aussi haut qu'il fallait, de

libéralités, belle humeur et noblesse, d'une grande maison et de ses grandes mœurs.

« Et celui-ci, tout de velours noir, est-il enfin Jean de Paris ?

— Oui, madame, et voyez, il vous salue de son chapeau, en souriant, s'inclinant sur le cou de son cheval. »

La fille du roi, en rendant le salut, est devenue vermeille, tandis que le roi d'Angleterre, qui avait à l'ordinaire la joue haute en couleur, devenait jaune comme une patte de canard.

Le roi d'Espagne s'est avancé de trois pas.

« Jean de Paris, qui êtes-vous ?

— Sire, je suis votre gendre, si j'en crois la parole que vous aviez, il y a quinze ans de cela, donnée au roi mon père.

— Parole de roi ne se reprend pas, a dit le roi. Mais que ma fille se prononce. »

La contenance de la belle, toute rougissante et tremblante, montrait assez qu'elle se prononçait.

> *L'herbe qui est dans les prés*
> *Prend éclat nuit et jour.*
> *Ainsi les jeunes filles*
> *Qui sont prises d'amour.*

« Bon, bien, a dit le roi d'Espagne, baissant la voix, d'un visage tout heureux, mais moi, que vais-je dire à mon cousin le roi d'Angleterre ? »

Il n'a pas eu la peine de le chercher. Ce roi avait compris de quoi il retournait. Sans prendre congé dans les formes, comme on l'a dit depuis ce jour, il avait filé à l'anglaise.

LA BELLE FILEUSE

Il y avait une fois un fils de roi. Il avait cette belle humeur d'aimer les courses à la rude, à la fraîche ; et dans le bon air des bois, la chasse par-dessus tout. Les demoiselles trouvaient même qu'il passait trop de temps à courre la biche, n'en donnait pas assez à leur faire la cour.

Un soir il revenait de la forêt des bêtes rousses, et il s'était écarté de ses veneurs. Comme il traversait un village, il a vu une vieille encrassée sortir de quelque jardin. Elle traînait après soi une jeunesse, elle, de belle mine, mais dolente, dolente... Des yeux de cette fille, qu'elle avait grands et doux, déroulaient pleurs sur pleurs, — on eût dit des diamants. Quenouille au côté, la belle tenait dans un pan de sa robe un amas de roses blanches. La vieille les lui a arrachées en criant comme une pie, et les a jetées dans la boue.

« Ha, ha, ha, Roselie, petite malheureuse ! Je vous ferai vous amuser, ma fille ! À la maison, et plus vite que le pas ! »

Puis, lui tirant des mains la quenouille, elle lui en a déchargé deux, trois coups sur la tête.

« Hé, doucement, ma bonne, dit le fils du roi qui s'était arrêté tout court, d'où vient que vous maltraitez cette belle fileuse ? »

550

La vieille s'est redressée comme une vipère à qui on marche sur la queue. Mais ayant jeté les yeux sur ce cavalier, elle l'a reconnu.

« Ce qu'elle a fait pour que je la querelle, monseigneur ? Elle a fait d'en trop faire, sans doute !... Si bonne filandière, qu'elle n'arrête plus de filer ! Et vire, fuseau de ma quenouille, et file et file, et file !

Là-dessus, elle a ri et ont redoublé les pleurs de la belle fileuse.

Le fils du roi s'est penché sur sa selle, et même sans y connaître grand-chose, il a admiré le fil enroulé au fuseau. Rouge comme la fraise des bois, la belle baissait la tête.

« Ma bonne femme, a-t-il dit en se redressant sur son cheval, si vous haïssez les filles qui se plaisent à filer, donnez la vôtre à ma mère la reine. Elle a dans les chambres du château une provision de filasse qui attend quelque fileuse sans égale.

— Ha, monseigneur, si cette mijaurée vous semble propre à servir notre bonne reine, emmenez-la ! Je ne souhaite que d'en être défaite, tant je la sens me peser sur les épaules ! »

Une douzaine de veneurs, à cette minute, ont rejoint le fils du roi. Il a dit au plus âgé de mettre la fileuse en trousse derrière lui.

Elle, cependant, semblait désirer de parler. Mais les pleurs l'étouffaient, et toujours par les yeux lui sortaient ces diamants.

« Ne pleurez pas, la belle, ma mère aime les bonnes fileuses : elle fera votre fortune. »

Le fils du roi aurait voulu sécher ces larmes, parlant à la belle en douceur. Il l'a vite comprise :

elle n'entendait pas la moitié de ce qu'il disait. Tout éperdue de se voir au milieu de tant d'hommes ! Quelle chose aussi, pour une fille, d'aller commencer une vie nouvelle dans le château du roi. Elle avait jusqu'ici coulé la sienne en paix, filant, faisant la fusée bouquetée le long des haies, au vert de ces prairies, ou bien sous quelque chêne assise, quenouille au flanc...

Ainsi songeait le fils du roi, laissant revenir son regard à la belle fileuse.

La reine a fait accueil à cette filandière. Elle a regardé de tout près le fil de son fuseau, l'a trouvé d'une telle égalité et d'une telle finesse qu'il semblait filé par les fées. Elle a donné des louanges à la belle, lui a même fait quelques compliments de sa figure, de ses cheveux couleur de moisson, de sa grande jeunesse et de son beau maintien.

Le lendemain, dès le matin, elle l'a envoyé quérir. Elle l'a menée dans une enfilade de chambres, pleines de chanvre de Bretagne, de lin de Flandre et de lin de Picardie.

« Voyez, petite fille, par où vous voudrez commencer. Choisissez de toutes ces filasses. Mais ce doit vous être indifférent, à vous qui êtes si bien apprise de vos doigts, et surtout, dit mon fils, surtout si diligente ! »

La belle s'est troublée, elle a rougi comme une enfant.

« Du reste, a repris la reine, vous les filerez toutes. Puisque vous êtes si grande filandière, je veux vous garder toujours... Il ne faut pas vous démonter ainsi. Mais je vois ce qu'il y a : c'est ce jupon vert et ce blanc corset à la mode rustique, qui attirent trop les regards. Je vais vous faire vêtir à la manière du château : vous ne vous sentirez plus aussi fort à la gêne. »

Les chambrières ont donc vêtu, coiffé la belle. Elle a paru encore plus belle. Le fils du roi qui n'avait point su dormir, cette nuit-là, lorsqu'il l'a revue, a frémi.

Le lendemain, lorsque Roselie a voulu s'habiller, se coiffer, dans son trouble, elle n'a su le faire. Ç'a été tout de travers. Et les chambrières ont souri, les demoiselles ont ri, la voyant ainsi atournée.

Le feu aux joues, de honte, de dépit, elle a chargé sa quenouille, elle s'est mise à filer.

Mais quand la reine, sur le midi, a demandé à voir son ouvrage, à peine s'il y avait le quart d'une fusée...

Elle s'est présentée d'un air tout abattu. Elle a dit qu'elle avait eu des contretemps, qu'en ce premier jour, elle venait seulement de se mettre à l'ouvrage.

« Ma petite fille, vous ferez davantage demain. »

Mais le lendemain, même chose.

« Madame, le mal de bras vient de me prendre, une douleur qui m'a empêchée de travailler. Non, non, madame, il ne faut pas de médecin, pas de remède : toujours, cela passe au troisième jour... »

La bonne reine a bien voulu la plaindre, et lui a ordonné de ne pas forcer son bras.

Reste qu'en la quittant, Roselie a entendu les demoiselles dire que ce mal de bras n'était qu'une maladie de commande, et cette belle fille qu'une lanterne.

Peut-être avaient-elles surpris un des regards que le fils du roi jetait à la dérobée sur la belle fileuse.

Roselie dans sa chambre pleurait à chaudes larmes.

« Que ferai-je ? Que deviendrai-je ? Retourner près de ma mère ? J'y serai battue à longueur de journée, comme elle me bat depuis que mon père est parti en voyage. Elle ne peut me souffrir, ma mère. Dans sa malice, elle savait bien ce qu'elle faisait, m'envoyant à la reine. Encore ne savait-elle pas tout, et que je n'aurais plus mon cœur en liberté. Je voudrais tant demeurer ici pour quelquefois voir de loin mon cher prince. Mais si je reste dans le château du roi, les fleurs de mes plaisirs y seront des soucis. Et quand tout sera découvert, qu'en sera-t-il de moi ? »

Le troisième jour est venu, et que dire à la reine ? L'ennui travaillait si fort Roselie, l'angoisse du parti à prendre, qu'elle n'y a plus tenu. Elle s'est échappée plus gauchement vêtue et coiffée que jamais. Elle a passé dans le bois ténébreux, parmi les gros arbres et les roches.

« Retourner au village, oh non ! Mais si je reste au château, je ne saurai soutenir plus longtemps cette histoire d'une crampe. La reine me chassera honteusement, aux yeux de mon cher prince. »

Les jambes lui ont manqué. Elle s'est assise sur le bord d'un ruisseau. Il venait se jeter sous une grande roche, dans un lac noir plein de truites et de perches.

« Il n'y a qu'un parti pour moi, c'est de mourir. Je vais monter à cette roche, qui est plus haute qu'un clocher, je me jetterai dans le lac. Je serai morte en y arrivant, avant que les poissons me mangent. »

Mais dans le moment, comme elle se levait de l'herbe, elle a vu devant elle un homme. Tout de noir vêtu et de mine assez sombre, avec des yeux comme des tisons qui flambent. S'approchant d'un pas, cependant, il s'est donné un air obligeant, engageant.

« Ma belle enfant, où allez-vous ? Vous me semblez en quelque peine d'esprit ? Il la faudra bien singulière pour que je n'y puisse apporter secours.

— Singulière, elle l'est, seigneur, a dit Roselie, et jusqu'à se trouver sans remède.

— Ne le croyez pas si aisément, ma belle enfant. Apprenez-moi vos maux ; non seulement j'y prendrai part, mais j'y apporterai du secours. »

Roselie a balancé un peu. Mais se voyant si près de faire le saut, pourquoi s'empêcher de le ? Elle a tout dit : ce qui était arrivé l'autre soir, au village, et la malice de sa mère, qui savait qu'elle ne filait qu'en grande lenteur, et détestait filer, qu'elle n'avait osé le déclarer à la reine, et démentir le prince ; que ces amas de filasse, au fond des chambres, l'avaient mise dans un étrange accablement, qu'elle avait trouvé pour trois jours la défaite d'une crampe, mais que ces trois jours étaient passés.

« Si n'était ce dégoût que j'ai pour la filerie j'aurais tant désiré d'être dans ce château ouvrière de la reine ! On a donné des louanges à ma figure. Je me flattais de l'idée d'épouser quelque jour un officier du roi, ou, qui sait, le fils d'un seigneur... Il m'avait même semblé... Mais je ne suis qu'une folle, et je ne peux sortir de mes folies que par certain moyen funeste.

— Ma belle enfant, au lieu de ce moyen funeste, il en est un riant. N'auriez-vous pas de l'obligation aux gens, si on vous le donnait ?

— Oh, certainement si, seigneur !

— Puisque vous êtes dans ce sentiment-là, je m'engage à vous servir. Faisons nos conventions. »

Il lui a remis entre les mains une baguette :

« Dès que vous toucherez n'importe quelle filasse, la baguette en fera du fil, et qui ne saurait être mieux filé. Je viendrai la reprendre d'aujourd'hui en quarante jours. Si vous me dites alors : Tenez, Ricdin-Ricdon, voilà votre baguette, vous êtes dégagée de toute obligation envers moi. Si vous n'aviez à me dire que : Tenez, voilà votre baguette, je deviendrais votre maître, vous seriez obligée de me suivre. »

« Pourquoi ne me rappellerais-je pas son nom ? se dit Roselie, Ricdin-Ricdon, cela est bien aisé... »

Et tout de suite elle a demandé à l'homme noir si la baguette ne pourrait lui donner d'être habillée et coiffée de meilleure grâce ?

« S'il en était ainsi, notre traité serait fait. »

« N'est-ce que cela, ma belle enfant ? Mes camarades et moi ne refusons jamais aux demoiselles le talent de se bien mettre. Suffit qu'elles veuillent s'entendre tant soit peu avec nous... Tenez, voyez ! »

Il l'a touchée de la baguette et l'a fait approcher du bord de l'eau. Elle s'y est vue mise de si bon air, si belle et ravissante qu'elle n'a plus pensé qu'à ce ravissement.

« Serviteur, donc, ma belle enfant, jusqu'au revoir. Ce sera dans quarante jours. Et jour pour jour ! »

Il lui a remis la baguette, en moins de rien a disparu.

Roselie a repris le chemin du château, toute hors d'elle d'espérance et de joie.

Dans le parc, elle a rencontré le fils du roi qui la cherchait. Les demoiselles s'étaient moquées devant lui, avec de grands éclats de rire, de Roselie et de ses atours. Il aurait voulu la revoir, la rassurer... Mais quand il l'a revue, il l'a trouvée belle à ravir. Il lui a fait son compliment, avec un peu de tremblement ; et elle de son côté tremblait aussi un peu...

Cette nuit-là, le contentement l'a empêchée de dormir, tout autant que le chagrin la précédente nuit.

Dès que le jour parut, elle se para, avec l'aide de sa baguette, puis alla toucher un paquet de lin qui devint aussitôt fil plus beau que le plus beau de la Flandre.

Sur le soir, — et la journée ne lui sembla qu'une minute, dans le transport de sa joie, — elle a présenté ses écheveaux à la reine. Et la reine s'est récriée, l'a caressée, lui a dit qu'elle était un prodige d'adresse et de diligence. Elle s'est amusée longtemps à manier ce fil, à parler de fuseau, de rouet, de filerie ; puis elle a repris le fil, l'admirant derechef, et pour finir elle a voulu le montrer au roi et à son fils.

Si bien que le château, ce soir-là, était tout aux louanges de la belle fileuse.

Mais elle, elle gardait seulement dans l'oreille les mots que lui avait dits le fils du roi ; et dans les yeux, elle ne gardait que son regard.

Ç'a été cela, les jours qui ont suivi, grâce à cette baguette. La belle a vécu dans un songe. Elle n'avait pas dix-sept ans ; et elle était de sa nature un peu trop enlevée et timide à la fois. Aussi, toute hors d'elle de voir la reine lui vouloir tant de bien, et le fils du roi plus encore. Ses joues n'étaient qu'un feu, et il lui semblait qu'il y avait en sa tête une vapeur couleur de feu, comme les nuages de l'aurore.

Un matin, prenant la baguette, elle a fait réflexion qu'il lui faudrait un jour la rendre. Et elle s'est avisée qu'en ce transport où elle vivait, elle avait oublié le nom de l'homme noir. Elle ne s'en souvenait plus... Elle a cherché à se le rappeler : Redin-Redon... Redelin-Redelon... Radin... Ragdin... Ricotin-Ricoton...

« Je l'ai au bout de la langue. Il me reviendra sûrement. Quarante jours, près de six semaines, et vingt-quatre heures à la journée ! Si je ne retrouvais ce nom j'aurais bien du malheur ! »

Pour elle, si jeunette, quarante jours faisaient un espace de temps qui ne devait jamais finir.

Matinées et soirées, les journées ont passé, les jours et les semaines. Ont passé, ont passé, dans les bonnes grâces de la reine émerveillée, et sous le regard, parfois, du fils du roi.

Mais elles ont des yeux, les demoiselles du château. Elles ont vu quelque chose de ces regards du prince à la belle fileuse. En a-t-il eu seulement un pour elles et pour leurs grâces ? S'il n'est près de la reine ou près de Roselie, c'est qu'il est à la chasse, au fond de la forêt épaisse de ramée.

« Quand l'idée viendra à la reine que son fils peut vouloir épouser cette bergère, elle fera tout rentrer dans l'ordre. Mais la reine est encore entichée de sa fileuse. Le temps approche où lui ouvrir les yeux. »

Une de ces demoiselles, qu'on nommait Astramonde, était la plus enragée contre Roselie. Elle avait fait naguère plus d'une avance au prince ; et comme l'idée qu'elle avait de ses charmes n'était pas petite, elle s'était imaginée qu'elle arriverait à le conquérir.

Elle ne savait point, et personne ne savait que le fils du roi avait un jour rencontré Roselie sous le rocher du lac. Ensemble ils s'étaient avancés jusqu'au ruisseau. Ce ruisseau des perches, en rafraîchissant l'herbe, faisait naître là mille petites fleurs sauvages. Et leur propos n'avait d'abord été que de regards et de soupirs.

Tout à coup le fils du roi a dit à Roselie qu'il renoncerait au royaume plutôt que de renoncer à elle.

« Ne savez-vous pas qu'au vieux temps on a vu des rois couronnés épouser des bergères ? Il faudra bien qu'on le revoie, sinon je sais qu'on me verra mourir. »

Tous deux au fond du bois, ils se sont fait le grand serment, celui de la fidélité.

Mais leur entente, ils l'ont cachée aux yeux de tous. Le prince n'osait même s'attacher aux pas de Roselie.

Astramonde, cependant, a deviné leurs amours.

Et pour en savoir davantage, elle qui donnait déjà dans la magie, s'est faite sorcière, en accointances avec le diable.

Le fils du roi allait souvent chasser tout seul. Ainsi dans les chemins de la forêt, palissés de coudre et de chèvrefeuille, il avait toute liberté de s'entretenir avec ses chères pensées — et ses pensées, c'était Roselie.

Un soir, presque à la nuit tombante, il revenait vers le château. Au pied de la roche du lac, il fut soudainement abordé par une demoiselle merveilleusement belle, toute parée qu'elle était de diamants et de perles, mais ses yeux lançaient encore plus de feux que ses parures. Elle se jeta à ses genoux

« Je ne me relèverai pas que vous ne m'ayez fait une promesse ! »

Il s'efforça de la relever ; mais il dut lui promettre de faire pour elle ce qui serait en son pouvoir.

Elle lui dit alors qu'elle était la fille du roi le plus voisin, qui avait été massacré avec les siens par certain autre roi fourbe et féroce ; qu'elle seule avait échappé, sauvée par un sage enchanteur du nom d'Amonfadar ; qu'elle avait vu le prince dans la forêt, avait senti à n'en pas douter ce qu'était en lui la vaillance, et avait donc osé penser qu'il voudrait bien s'armer pour elle.

« Seigneur, voyez mon bras : à la saignée, voyez cette rose en couronne, qui marque notre royale famille... Mais voici mon cher protecteur, voici Amonfadar : il vous en dira davantage. »

Parut un homme, décharné et de haute taille, à la barbe chenue. Il tira le fils du roi quelque peu à l'écart.

« Seigneur, dit-il, rendez ses droits à la princesse. Je vous y aiderai par mes enchantements. Dès que vous tirerez l'épée, vous verrez son royaume se soulever pour elle. Vous recevrez en même temps sa main et la couronne. La princesse vous a vu, vous a donné son cœur. Sa vie est suspendue à ce que vous ferez.

— Je ferai, dit le fils du roi, ce que l'honneur demande. Son royaume, j'espère le lui rendre. Mais moi-même je ne suis plus à moi : à une autre j'ai fait le grand serment.

— Comment, seigneur ? reprit l'enchanteur : peut-être ai-je su quelque chose d'une bergère, d'une fileuse. Mais que sont de tels engagements, alors qu'une grande princesse vous offre son royaume ?

— J'ai juré, dit le prince : plus que l'or et l'argent qui ne prennent pas de rouille, je dois être fidèle. »

La princesse, qui s'était rapprochée, à ces mots éclata en pleurs et voulut derechef se jeter à ses pieds. S'il repoussait sa main, elle n'avait que faire d'une couronne ! Mais elle ne voulait pas croire à tant de cruauté. Et se tordant les bras, elle levait vers lui de beaux yeux pleins de larmes. De sorte que, tout en désarroi, il se faisait l'effet d'être un bourreau.

Au même instant le vent lui apporta l'angelus du proche village : il se signa, et sans presque y penser.

À ce signe, ce fut comme si la foudre s'abattait sur la princesse et l'enchanteur. Il n'y eut là plus rien d'eux, qu'une odeur de roussi. .

Étonné à ne savoir qu'en penser, le fils du roi rentra au château de son père. Et de peur de sembler vouloir se faire un mérite de l'aventure, il n'en dit mot à sa très chère aimée.

Trois jours après, vers le même entre chien et loup, comme Roselie était dans le même lieu, elle vit paraître un grand homme sec, à la barbe chenue. Il la salua d'un air de gravité et de bienveillance.

« Ma fille, fit-il, je vois de votre avenir plus de choses que vous n'en savez voir. De grandes difficultés sont proches : y songez-vous ? Demain, demain, n'aurez-vous pas à rendre certaine baguette ? Que deviendra la belle fileuse, alors ? Que va-t-elle dire à la reine ? Que dira-t-elle au fils du roi ? »

Roselie tremblait et ne trouvait rien à répondre. Un orage commençait à se lever au-dessus de la forêt. Son approche, et surtout l'idée du lendemain oppressaient si fort Roselie qu'elle ne pouvait avoir son souffle. Ces derniers jours, elle avait roulé dans sa tête mille noms de grimoire, Ricalon, Ricadin, Rigadon, sans pouvoir retrouver le nom de l'homme à la mine sombre. Il lui faudrait suivre cet homme : quitter le château ; pour ne le revoir jamais, quitter le fils du roi...

« Écoutez-moi, ma fille. Amonfadar, — c'est là mon nom, — connaîtrait un moyen de vous laisser la baguette et la vie au château, et la faveur de la reine...

— Oh, seigneur, je ferai pour vous tout ce qui se peut faire.

— Ma fille, voici un beau baron, et il vous aime à la folie. Recevez son anneau et demain tout est vôtre. »

Il lui présenta alors un jeune seigneur, aux yeux étincelants, beau comme un prince. Dans son trouble, jusqu'à cet instant, Roselie ne s'était pas aperçue de sa présence.

« Donnez-lui votre foi. »

De tout le corps, Roselie s'est mise à trembler.

« Ma foi n'est plus à moi : je l'ai donnée pour toujours.

— Ah, prends garde ! Prends garde ! Ne te berce pas d'un songe ! Ne va pas croire que toi, la bergère, la fileuse, tu épouseras le fils d'un roi couronné ! Si tu ne donnes ta foi à ce baron, vois quel gouffre t'attend demain !

— Je suis allée à l'étourdie, j'ai trompé la reine et les gens, menteuse et lâche j'ai été. Mais ma foi est donnée, je ne la reprends plus : comme l'or et l'argent je veux être fidèle. »

Elle n'avait pas dit que lui coupe la parole un formidable coup de tonnerre. Défaillante, elle se signe. Un double cri de rage éclate... Et plus de grand homme sec, plus de jeune seigneur. Ils se sont défaits dans l'air comme se défait la fumée.

Elle, elle a tourné les talons, a pris sa course vers le parc. Comme elle arrivait à la porte, subitement elle a vu trois hommes sortir de derrière les arbres.

Ils sont tombés sur elle : ils avaient épées et couteaux.

Quel cri elle a jeté !

Elle a glissé : elle est tombée. Eux se sont heurtés, gênés les uns les autres. Les éclairs les éblouissaient. Elle criait, criait, folle de peur. Un autre homme a paru. Ces trois se sont relevés pour se porter contre lui. Il les a assaillis avec tant de furie et de bonheur qu'au premier coup porté il a rué l'un par terre. Puis un autre a chu, lui aussi. Et le troisième, sur une blessure qu'il a reçue au flanc, il s'est enfui.

Dans son sauveur, elle a reconnu le fils du roi. Ils se sont pris dans les bras l'un de l'autre. Il l'a serrée contre son cœur — elle pleurait à gros sanglots.

« N'êtes-vous point blessée, ô ma très chère aimée ? Sur votre bras je vois du sang !

— Mais vous ? Ne vous ont-ils pas percé de leurs couteaux ?... À mon bras, ce n'est pas du sang : c'est une rose qui y est empreinte : elle m'a fait nommer Roselie. »

À la lueur d'un autre éclair, comme la manche déchirée pendait, il a vu, sur le bras de son amie, une rose marquée, pareille à une couronne.

Du château, cependant, on avait entendu les cris. Et des valets ont accouru avec des flambeaux et des armes. Le fils du roi a ramené Roselie au logis, tandis que ses valets ont emporté les morts.

À peine si le fils du roi a voulu boire un coup de vin. Trop de choses tournaient dans sa tête « Celui qui s'est enfui, je l'ai blessé au gros sang. On peut le rejoindre à ses traces, puisque l'orage s'éloigne et qu'il fait lune blanche. Qui les a postés, ces trois-là ? Ces assassins, cette rose, l'angoisse où je la vois, tout cela, que signifie ? »

Il a repris son épée. Il s'y sentait poussé, il lui a fallu partir.

À la lueur de la lune, il a relevé les traces du sang ; il s'est mis à les suivre.

Elles l'ont mené fort avant, dans un canton de la forêt où l'on n'allait jamais, tout de ravines et de roches. Il y avait là dans les buissons un château ouvert de partout, qui partait en décombres. Le fils du roi a été bien surpris de le voir éclairé, d'une étrange lueur, plus violette que celle des éclairs. Un vacarme s'en élevait, de rires et de glapissements, de danses.

Il a regardé à travers la feuillée, par une fenêtre rompue. Un ramas d'êtres aux figures affreuses se démenait dans cette salle. Au milieu d'eux, un grand homme noir, de figure effrayante, menait le bal avec un entrain de frénétique. Il n'y a pas cabri pour bondir comme il le faisait, et ces gambades, cette gaieté même donnaient froid.

À ce moment, comme si Dieu l'avait voulu, une femme s'est détachée de la troupe. À deux genoux, elle s'est jetée devant l'homme noir. Le fils du roi l'a reconnue. Il a reconnu Astramonde.

Elle a adressé à l'homme noir supplications sur supplications.

« Hé, vous voyez, ma belle, lui a-t-il dit en riant : leur fidélité les protège... Je ne suis pas heureux dans ce que j'entreprends sous le nom d'Amonfadar. Mon autre nom m'est bien plus favorable ! Et je crois que la petite étourdie ne se le rappelle plus, qu'elle l'a laissé se perdre par le milieu des airs... »

Là-dessus, il repartit en gambades et en sauts fantastiques, tandis que d'une voix à donner le frisson, il se mettait à chanter :

> *Belle enfant, mon nom*
> *C'est Ricdin-Ricdon !*
> *Qui a perdu qu'il cherche,*
> *Dans le ru des Perches !*
> *Si elle ne le dit, ma foi,*
> *Elle sera pour moi !*

Et c'était si mordant, à la fois si niaisot et si terrible, que cela ne sortait plus de l'oreille. Tout le temps que le fils du roi mit pour revenir au château, cette chanson roula dans sa cervelle. Il revoyait la rose à la saignée du bras de sa très chère aimée. Il repensait à ce que lui avait dit la fausse princesse, — qui n'était qu'un démon, comme cet Amonfadar, — qu'une rose empreinte à son bras la faisait l'héritière du royaume voisin... Et ces trois assassins... Aussi cette Astramonde, devineresse et sorcière... Tout cela tournoyait comme fétus dans le tourbillon, sans qu'il en sortît rien pour lui.

Il aurait tant voulu parler à Roselie. Mais il ne pouvait aller lui parler en sa chambre. — Personne même n'y devait entrer : elle l'avait demandé à cause de la baguette, disant qu'elle ne saurait filer, si quelqu'un venait la divertir.

Dès le matin, en grand embarras de pensées, il est monté sur la plus haute tour.

Et là, — quel heureux coup du sort ! — il a trouvé Roselie. Elle y était montée aussi pour chercher l'air, après une nuit pareillement sans sommeil.

Elle s'était assise à terre, les bras autour des genoux, la tête versée au parapet, et elle regardait au loin les champs, la nue et les oiseaux volant, mais comme sans les voir.

Et puis elle a reconnu son ami. Elle s'est levée, elle s'est tournée vers lui, blanche comme le lait, vermeillette comme la rose.

« Roselie, ma très chère aimée, qu'avez-vous qui vous pèse tant ? Puisque vous voilà saine et sauve au sortir d'un si grand péril, d'où vient la peine où je vous vois ?

— Ha, seigneur, hier au soir, vous m'avez sauvée des couteaux ! Mais vous ne serez pas toujours à mon côté ! Est-il bien vrai du moins que vous soyez sans blessure ?

— Qui pourrait mal à ceux qu'amour protège ? Cette nuit j'ai côtoyé d'autres dangers, et ils n'ont rien été pour moi. »

Il lui a conté ce qu'a été sa course dans la forêt, ce qu'il a vu dans le château en ruines, sans nommer pourtant Astramonde. Il a parlé de l'homme noir. Et cette chanson qui l'obsédait depuis, il la lui a soudain chantée :

> *Belle enfant, mon nom,*
> *C'est Ricdin-Ricdon !*
> *Qui a perdu, qu'il cherche...*

À peine avait-il dit, qu'il a entendu Roselie faire un cri. Et toute riant, pleurant, elle battait des mains.

« J'ai tant cherché ce nom et vous me l'apportez. Que vous êtes bon, seigneur, d'être allé là pour votre amie ! Que Dieu est bon de vous y avoir amené, et ramené sain et sauf ! »

Alors, elle lui a fait sa confession complète. Elle n'avait pas encore pensé que l'homme à la baguette pouvait être le démon.

« Comme j'ai été folle !... Mais je désirais tant demeurer près de vous ! Et la belle fileuse était si pauvre filandière !... Puis, je ne me suis pas doutée... Où me menait pourtant ce traité fait avec l'homme noir !... »

Elle ne pouvait revenir de son effroi. Ni admirer assez cette bonté de Dieu qui avait voulu que le fils du roi, par une rencontre merveilleuse, lui apportât à l'heure de la perdition le mot cherché en vain.

« Nos anges ont tout conduit pour notre fidélité, ô ma très chère aimée. Vous voyez bien que nous sommes pour être mariés en justes noces. »

Et la reprenant dans ses bras, il l'embrassait devant tout le pays.

Mais Roselie s'est entendu appeler, comme si on

la cherchait en cent lieux du château. Elle a dû courir à sa chambre.

C'était la reine qui la mandait près d'elle. Du plus loin que la reine la vit :

« Qu'il y a d'étranges nouvelles, ma petite fille, lui a-t-elle crié. J'avais un monstre près de moi ! »

Un des deux hommes que les valets, la veille, avaient rapportés comme morts ne l'était point encore. Il avait dit que c'était Astramonde qui avait armé leurs bras, détestant cette fille et ce qu'elle leur avait fait entreprendre. Il avait voulu tout confesser avant de rendre l'âme.

« Ainsi ces hommes étaient là pour me tuer, se disait Roselie en écoutant la reine : Astramonde voulait ma mort ! Mais j'ai tout mérité. Ha, j'étais folle, folle, folle ! Je ne songeais qu'à savoir me parer, rien qu'à paraître belle pour plaire, et plaire à celui que je ne devais même pas oser regarder... Oh, folle, folle que je suis... Hélas, nous sommes fous, mon bien-aimé et moi. Cette Astramonde, dès qu'on l'aura retrouvée, va parler contre nous. Nos amitiés, elle va les dénoncer. Le roi, la reine que feront-ils alors ? »

Roselie ne cessait de frémir. Ce même jour, non seulement elle n'aurait plus la baguette, ne serait plus la belle fileuse, mais se verrait chassée loin de son bien-aimé, si ce n'était jetée au fond de quelque cachot... « Ha, s'il n'avait été qu'un laboureur de terre, que j'aie pu seulement le servir et l'aider, vivre avec lui de pain noir dans une cabane ! Moi qui déteste tant filer, comme j'aurais filé pour lui ! Mais saurai-je même tantôt échapper au démon ? Ce nom, ce nom qui toujours me

sort de la tête, au milieu de tout ce qui m'assaille !
Et si mon bien-aimé n'est pas là pour me le redire,
s'il n'est sans cesse à mon côté, que deviendrai-
je ?... »

Comme elle était sur ces pensées, elle l'a vu
entrer dans la salle. Il est venu à elle, il l'a prise
par sa blanche main. Son regard disait tout, et
que, devant sa mère et toutes les demoiselles, il
l'avouait pour sa femme.

Il l'a menée à la reine. Mais au même moment,
ont paru et le roi et un vieil homme de campagne,
en qui la belle fileuse a reconnu son père.

« Non, non, lui a-t-il dit, comme elle se jetait
vers lui, votre père, je ne le suis pas ! »

Il a parlé devant tous. Il a dit que Roselie était
fille du roi, au royaume voisin. En témoignait la
rose empreinte sur son bras, comme la fleur de
lys sur le sein des enfants de France. Lui, qui était
alors soldat, il avait pu la sauver, l'emporter, lorsque le roi avait péri avec les siens. À la place d'une
fille qu'il avait en nourrice et qui venait de mourir
il avait supposé Roselie sans même le dire à sa
femme. « Et si celle que vous preniez pour votre
mère vous a été parfois bien dure, c'est qu'elle
n'était pas la mère qui vous a portée. »

Le moment venu, il était retourné en cet autre
royaume mettre au fait deux ou trois seigneurs.
Ils avaient travaillé le peuple. Tout était prêt pour
la révolte en ce jour même.

Là-dessus, s'éleva une rumeur qui fit courir tout
le monde aux fenêtres. C'était Astramonde, qu'on

venait de saisir au fond de la forêt. On la ramenait, liée sur un cheval.

On la délia pour lui faire gravir les degrés. Mais alors elle sut tirer de son corsage un sachet de poison, et soudain l'avaler...

Ce poison était de si grande force qu'aussitôt il toucha au cœur. Elle déclara qu'elle l'avait préparé pour Roselie et pour le fils du roi. Ayant découvert par son art magique qui était au vrai Roselie, elle avait cherché à la faire tomber sous la griffe du démon ou sous le couteau des assassins. Elle aurait voulu séparer par la mort ou l'enfer ces deux amants fidèles ; mais elle n'avait su que se procurer sa propre mort, son propre enfer.

À peine eut-elle dit qu'elle mourut. Et l'on n'a pas été bien assuré que ce fût dans le repentir.

Mais tout était en émotion et en mouvement. Des messagers arrivaient à bride abattue. Puis les seigneurs qui venaient reconnaître Roselie pour leur reine. En quelques heures, ils lui avaient regagné tout son royaume.

Et Roselie sur qui tombaient tant de choses, n'en voulait savoir qu'une : qu'elle était là, aux côtés de son bien-aimé, qu'elle le tenait par la main.

Après le dîner, comme elle venait de se retirer en sa chambre, elle a ouï frapper trois petits coups. Sans penser bien plus loin, elle est allée ouvrir la porte.

Et sur le seuil, se tenait un grand homme sec, de mine sombre. Du fond de l'ombre, ses yeux luisaient comme tisons qui flambent.

Dans l'instant elle l'a reconnu.

Interdite, puis éperdue, elle a couru à la baguette, elle l'a prise, et la main lui tremblait.

Savait-elle ce nom, ne le savait-elle plus ? Mais comme son cher aimé le lui avait dit au haut de la tour, dans le vent du matin, il lui est revenu sur les lèvres.

« Tenez, Ricdin-Ricdon, voilà votre baguette. »

Le démon ne s'y attendait point. Il a grincé des dents. Avec une odeur de corne qui grésille, subitement, il a disparu.

Elle ne l'a plus revu, ni sa baguette, jamais.

Mais pour complaire à la bonne reine, qui aimait tant la filerie, et pour que son mari, le fils du roi, vît que s'il y avait eu de la magie en son fait, il n'y avait désormais que diligence et amour, elle s'est remise à filer le lin.

Et ç'a été comme si de ces filasses, elle filait pour eux tous, son mari, elle et leurs enfants, des jours d'or et de soie.

Tant que jusqu'à sa mort on lui a fait porter ce nom de la Belle Fileuse.

NOTE

Où retrouver les contes merveilleux et enchanteurs ailleurs que sous le signe des amours ?

Voici toutes les métamorphoses de la jeunesse et les variations de la Belle et la Bête. Les amitiés de la belle Rose ou de la fille du vigneron font se révéler un prince où ne végétaient que crapaud, bouc blanc, voire oiseau bleu. Les princesses captives, devenues grenouillette ou chatte blanche, apportent leur aide au jeune homme confronté aux épreuves les plus rudes avant de les délivrer.

Aux récits symboliques se mêlent ceux des coutumes populaires : veillées tardives, rendez-vous au coin du bois, accords d'épousailles combinés par les pères ou le « Bertrand », l'entremetteur.

Les amourettes se muent parfois en tristes noces, virent en querelles et démariages. Il se disait qu'un homme doit battre sa femme à tout le moins une fois l'an. Il arrive aussi que ce soit Jean qui se retrouve cocu, battu et content. Les demoiselles montées en graine marmonnent dans l'ombre ainsi que veufs et veuves.

Mais surtout sont là ces jolies filles des chansons et toutes leurs histoires d'amour, sombres ou plaisantes, qui mettent sur les campagnes les reflets de nuées roses et rousses.

Peut-être est-il bon de rappeler à ce propos les principes guidant cette réédition qui voudrait offrir au lecteur tous les contes du *Trésor*, plus les inédits, en sept volumes illustrés et que dom Cl. Jean-Nesmy a saluée ainsi : « La nouvelle publication du *Trésor des contes* d'Henri Pourrat offre un double avantage sur la première : d'abord elle est présentée en de beaux grands volumes, où l'abondante illustration, faite de vieilles gravures populaires, se marie admirablement au texte. En outre, le regroupement de ces quelque neuf cent cinquante récits suivant leurs grands thèmes, amorcé à partir du troisième volume seulement de l'édition 1948-1962, est une répartition beaucoup plus heureuse que celle de leur origine topographique — due habituellement à la nécessaire fragmentation des enquêtes sur place. Car nul ne peut plus ignorer que le propre de ces thèmes est justement leur universalité, dans le temps comme dans l'espace. » (*La Croix*, 20 août 1979.)

Parce qu'il a recueilli avant 1914 les contes encore vivants et que sa quête particulièrement abondante s'est poursuivie toute sa vie, Henri Pourrat pouvait disposer d'une vue d'ensemble et confier à son ami, Alexandre Vialatte :

La pile des contes monte, et dès maintenant j'ai fait ce qu'on n'avait encore jamais fait : le rassemblement sous forme littéraire mais exacte, sans fioritures ni fantaisies individuelles, des contes populaires. (13 décembre 1949.)
Il me semble que leur peuple même leur donne un prestige, comme des arbres qui deviennent forêt. (23 décembre 1949.)

Mais pourquoi sept thèmes, et comment ont-ils été désignés ?

Ce sont les dédicaces et la correspondance qui ont surtout apporté les informations les plus précises. D'autant plus nécessaires que les manuscrits ne se présentent ni selon la première édition, ni selon une datation quelconque, mais dans une extrême diversité. Seuls peut-être les filigranes du papier d'Ambert sur lequel ils ont été écrits pourraient indiquer la période approximative de leur rédaction, l'auteur se servant de liasses différentes qui constituent autant de strates. Mais si l'on peut ainsi éventuellement dater leur composition, aucune indication n'est donnée en ce qui concerne leur classement ou les intentions d'édition.

Demeurent alors les grandes listes de choix, qui, par leurs nombreuses ratures, montrent les différentes possibilités entrevues pour chaque récit. Fait corroboré par la correspondance :

Le Trésor *pourrait être achevé demain, mais cinquante ou soixante pages à corriger, c'est aussi long que d'écrire. Et classer, mettre sur pied ces quatre derniers tomes.*

(À L. Gachon, 15 mars 1959.)

Je travaillais sur mon lit, presque immobilisé par une jonchée de contes, cherchant à classer ceux du tome XIII, et ces classements sont chose longue et difficile.

(Au même, 10 mai 1959.)

À partir de ces données, onze choix sont signalés. Les deux premiers sont les hommes sauvages et les fées (tome IV) et le bestiaire (tome XII). Les rustiques et les forestiers (tome VII et partie du tome XI) se retrouvent dans *Au village*. Un quatrième thème se présente en une opposition : les fins garçons et les niais (tome IX et partie du tome XI) : *Les Fous et les Sages*. Les six autres choix se groupent deux par deux : les sorciers (tome VI) et le diable (tome X) ont fourni l'essentiel du *Diable et ses Diableries*. Les voleurs (tome V) et les brigands (tome VIII) ont été regroupés sous ce dernier titre (*Les Brigands*). Et pour ce volume des *Amours*, il concerne surtout les tomes III et XIII. D'où les sept thèmes. La mort, souvent mise en scène, n'est pas un thème en soi : nécessaire à la vie, au cycle des âges et des saisons, elle est intégrée à tous les thèmes.

Mais, à chaque fois, les récits des deux premiers volumes sans indication précise sont pris en compte, ainsi que ceux écartés à la fabrication. Les suppressions sont quelquefois mentionnées nommément dans la correspondance (*Chaille*, par exemple, avait été choisi par l'auteur pour les amourettes et le mariage, d'où sa réintégration dans ce volume). Le plus souvent, on ne connaît que le nombre de pages reportées.

Chaque volume porte ainsi une coloration différente comme le fait un musicien en indiquant le « ton » d'un morceau, avec toutes les variations possibles, amenées particulièrement par les nombreuses histoires courtes, contrecarrant ou renforçant un propos, en rupture de ton comme dans une conversation. D'ailleurs, au fur et à mesure de l'élaboration de l'œuvre, l'auteur a inséré de plus en plus ces brefs récits, conclus d'un mot, au trait révélateur de l'astuce, de la repartie et de la malice paysannes. Une certaine disproportion s'était ainsi créée, les premiers livres présentant une majorité de longs textes à l'inverse des derniers : d'où un rééquilibrage souhaitable. D'autant plus intéressant que ces contes très courts représentent l'une des spécificités du *Trésor* avec ceux, pieux, attestant le choc du christianisme sur des schémas plus anciens.

Dernière exigence : il ne suffisait pas de rassembler à la suite deux livres de même thème, encore fallait-il les lier en une organisation commune respectant les temps forts. (Avec le choix personnel de mettre en valeur certains titres délaissés par les recueils d'extraits, tels que *La Belle aux cheveux d'or* qui ouvre ce volume, rappelant Tristan et Yseut ; *Jean de Calais, Jean de Paris*, qui le closent, en hommage à la Bibliothèque Bleue.)

L'illustration s'ordonne sur chaque thème avec la même liberté, pour suggérer, agrandir la perspective. Xylographies des tout premiers livres illustrés ou de ceux de colportage, images coloriées, visent à provoquer l'imagination du lecteur, sa curiosité, sa rêverie. S'il est permis de douter de l'influence de l'écrit sur les récits populaires, tout autre est la place des images — sans doute primordiale.

Tirées en très grand nombre, bon marché, éphémères, certaines d'entre elles ne se retrouvent plus qu'à deux ou trois exemplaires, rarissimes. Peu nombreux sont ceux qui ont eu la sagesse de les conserver, tel Louis Ferrand.

Indépendamment de leur attrait artistique, elles ont joué un rôle d'éveil et témoignent des goûts, des faits, des dévotions, les plus répandus. Elles « parlent » beaucoup plus directement.

Comme cette fresque du château du Lac, retenue par Henri Pourrat dans son introduction pour illustrer le cheminement des contes. Au cours de cette promenade d'arrière-saison, vers Boissière, en compagnie d'un jeune professeur de français du collège d'Ambert, Léo Tixier, il suggère les différentes voies possibles. Ces mêmes routes du Palatinat, de Hongrie, de Courlande, avaient déjà été évoquées dans *Gaspard des montagnes*, en l'honneur duquel « on peignit le départ des Cosaques aux murs de la grande chambre ». Au musée de l'Impression sur étoffes de Mulhouse, il existe un foulard « bleu, vert, rouge, jaune, gris, noir, brun et blanc : *Le Départ des Alliés*. Le document original conçu par Henri Lebert (un médaillon aux trophées des victoires d'où partent des divisions en rayons, dont chacune représente un corps de l'armée d'occupation s'en retournant dans son pays) date de 1818 et fut imprimé chez Hartmann à Munster. » (Et cette rencontre a intrigué également le conservateur du musée, Mme Jacquet.) Au cou d'un conscrit ou d'un compagnon du Tour de France, dans la balle d'un colporteur, en souvenir d'une campagne de scieur de long, ou de toute autre façon, ce foulard est arrivé jusqu'à Ambert où il a inspiré un peintre itinérant, Joan Ruat, qui l'a reproduit à sa guise, en 1828.

Les contes n'ont-ils pas voyagé avec la même aisance sur les lèvres de ceux qui allaient et venaient ? Chaque province aime à leur donner son accent, son tour, mais « c'est bien cela : toujours le même conte, à quelques détails de couleur près, et il part par toutes les routes ».

CLAIRE POURRAT
(Été 1981)

Le grand nombre de contes se rapportant au thème
des amours, leur importance,
a entraîné la décision d'en présenter dix en écho
— en note —
de ceux dont ils étaient proches.
Que l'on ne se méprenne pas : il s'agit de récits figurant
dans la première
édition et ne constituant ni des variantes, ni des inédits.
Ceux-ci figurent à la suite, nettement séparés.
Il ne s'agit pas davantage de textes secondaires :
Le Marchand de blé
recèle tout autant d'intérêt et de verve
que Jean de Calais *auquel il est rattaché.*
Et La Main à l'œuvre, *par exemple, mérite*
la même attention que Chaille.
Le souci d'être le plus possible exhaustif
comporte certaines
obligations. Nécessité fait loi.

LA GRENOUILLETTE

Il y avait une fois, à Saint-Amand-Roche-Savine, un roi qui avait trois fils. Ce roi prenait de l'âge : il se faisait un peu perclus, un peu sourd ; pour tout dire, se sentant fatigué, il aurait volontiers fait son partage devant notaire.

Mais à qui donner sa couronne ? S'il devenait vieux, il

n'était pas devenu bête. « Mes trois garçons, s'avouait-il, on ne peut pas les dire de ces fins, fins, finauds... »

Hé non, pas de ces fins à passer par un trou d'aiguille. Surtout le dernier, celui qu'on appelait Bedoce. Pauvre Bedoce ! Imbécile ? Non pas, sans doute, mais simple, mais innocent : tout naïvement court d'esprit.

Le roi pensait à ses trois fils et soupirait.

Un beau jour, puisqu'il le fallait, il décida de les mettre à l'épreuve.

« Bêtes ils sont, bêtes ils resteront. Qui pourrait les changer de peau ? S'ils savaient épouser pourtant quelque finette, voilà qui amenderait leur bêtise. C'est la femme qui fait la maison. »

En ce temps-là, toutes les femmes étaient d'abord fileuses. Ce père-roi avait trois plants de chanvre. Un matin, à l'heure de la soupe, il appelle ses trois fils, il leur remet à chacun un des plants, leur recommande de faire peigner ce chanvre et d'en faire faire du fil.

« Nous verrons de vous trois lequel m'apportera le peloton le plus fin : bien tordu, lisse, uni, solide ! Enfin le mieux filé ! Sachez que ce sera de grosse conséquence ! »

Si bêtes fussent-ils, ils comprirent que l'épreuve allait à la couronne. Du moins, les deux aînés le comprirent.

Ils partirent pour Fournols, et ils allèrent au grand pacage. En ce temps-là toutes les bergères y menaient leurs troupeaux. On était à la croix de mai, ce 3 mai, qui est le jour où partout on lâche les vaches. Toutes s'escarmouchaient, là-haut, au vert naissant de l'herbe, couraient, faisaient les folles en démenant la queue.

Et les bergères couraient aussi après les bêtes, criaient, riaient et s'en donnaient. Tout était donc en mouvement sur la montagne. Les deux aînés aidèrent ces filles, ils tapèrent sur les bêtes, coururent, crièrent, et s'en donnèrent. Enfin, ils firent leurs affaires. Chacun se choisit une mie, se fit une maîtresse, en tout bien, tout honneur, quelque belle plante de fille, renforcie, rebondie, à la joue rouge comme pomme.

Quand ils eurent ainsi chacun sa prétendue, ils lui remirent leur chanvre, disant ce dont il s'agissait. Aussitôt, dans leur bon vouloir, les filles se mirent à filer la quenouille.

Et peut-être qu'elles n'étaient pas des plus habiles — de leurs mains en battoir elles tordaient ce fil gros comme le petit doigt —, mais elles faisaient bien bravement ce qu'elles pouvaient. Les deux aînés, le brin d'herbe aux dents, l'épaule haute, revinrent donc tout fiers au château de leur père.

Pendant ce temps, que faisait le Bedoce ?

Ha, Bedoce ! Il avait voulu suivre ses frères au pâturage. Mais il les suivait d'un peu loin, en chien battu, car il croyait que même la plus dépourvue des bergères ne daignerait vouloir de lui.

Ses frères s'étaient retournés, et, lui voyant si pauvre mine, ils s'étaient dit que Bedoce leur porterait tort. Ils l'avaient traité d'innocent et chassé d'un grand tour de bras.

« Les filles te prendraient bien à coups de bâton, pauvre simple ! »

Portant son chanvre comme une chandelle, Bedoce se réfugia au fond des prés, sous le bois des Fayes. Arrivé là, il se laissa aller sur un quartier de pierre, et se mit à pleurer.

Grosses comme des pois, les larmes lui déroulaient des yeux jusqu'au menton, et tombaient au ruisseau.

Le chagrin le tenait si fort qu'il ne vit même pas une rainette sortie de l'eau sauter sur son sabot, et le considérer avec compassion. Par une permission de Dieu, voilà que cette grenouille parle.

« Quoi, quoi, quoi ? Qu'est-ce que tu as, dis-le-moi, ô pauvre Bedoce ? »

Bedoce avait tant d'innocence qu'il ne fut pas tellement étonné d'entendre une grenouille verte l'appeler par son nom. Il releva le nez, tenant toujours son plant de chanvre comme un cierge.

« Quoi, ce que j'ai ? Te le dire, pauvre grenouille ? Eh bien, il y a que mon père se fait vieux, qu'il veut faire son partage, et il a remis à chacun de nous trois un plant de chanvre à faire filer. La couronne, disent mes frères, ira à celui qui rapportera le fil le plus beau, le plus fin. Eux sont allés courtiser les bergères, se faire chacun une maîtresse. Moi, je n'ai pas de mie qui veuille me regarder ; aucune fille ne filera mon chanvre.

— Quoi, quoi, quoi ! Donne-la-moi, cette filasse, je la file-rai, moi, oui, moi !

— Toi ! Hé, tu n'es qu'une grenouille ! Toi, filer ? Faire du fil ?

— Quoi, quoi, moi ? Donne-moi ! Donne-moi ! Dans huit jours, reviens ça, reviens et appelle-moi :

> *Grenouille, grenouillette,*
> *M'amour, mes amourettes !*

Tu verras, ô pauvre Bedoce, tu verras !

— Eh bien, té, perdu pour perdu, voilà ce chanvre, pau-vre grenouille ! »

La grenouille n'a pas plutôt cette filasse, qu'elle saute avec le paquet dans le ruisseau.

Et Bedoce, le nez sur ses sabots, se demandant s'il n'a pas fait un songe, retourne chez son père.

Un matin, à l'heure de la soupe, le roi rappelle ses gar-çons.

« La semaine a passé : le chanvre doit être filé. Que cha-cun me rapporte son peloton de fil. »

Les deux aînés s'en vont gaillardement au pâturage.

Bedoce, lui, que pouvait-il faire ? Avec sa filasse au fond de l'eau, confiée à une grenouille !

Ma foi, pour faire comme eux, ne sachant que faire d'autre, il va au bois des Fayes.

Il arrive au bord du ruisseau, et que l'herbe était verte ! « Mais ma grenouille était plus verte encore ! » se disait-il. Si verte, pourtant, l'herbe, et des grains d'eau partout sur ces brins et ces pointes, sur les découpures de la feuille. C'était tout plein de fleurs : et la fleur d'aimez-moi, et la fleur de pensée, la véronique, le souci d'eau, le bouton d'or, quarante et cent demoiselettes. Et des fleurs, et des fleurs et des fleurs, et des fleurs ! Un foisonnement de verdeur, de couleurs, de fraîcheurs innocentes, des touches de bleu, de rouge et rose, de violet, d'écarlate, en éclats dans le jour. Toute la multitude de vies de la prairie ; comme la multi-tude de tirelis des alouettes, par le milieu de l'air, ou celle des mille bruits que menait le ruisseau en fluant vite sur ses pierres luisantes. Cela faisait dans l'esprit de Bedoce un pays de la verdure, des perles d'eau, de la merveille, dont sa rainette était la reine. Et ravi, comme un enchanté, il ne pouvait seulement plus se rappeler ce qu'il avait à dire pour faire venir sa bonne amie.

Gargoulette, grogoulette, gergouillette...

« Quoi, quoi, quoi ? fit la grenouille en sortant du ruisseau, verte et faite à plaisir, comme ces herbes et ces fleurs. Toi, tu ne pourrais pas dire, pour l'amour de moi comme il faut que ce soit :

> *Grenouille, grenouillette,*
> *M'amour, mes amourettes ! ?*

Allons, répète-moi ! »

Il répéta tout aussitôt, le pauvre Bedoce. Son amie la rainette lui remit alors une fusée de fil. Et quel fil ! Solide comme du fil d'archal, mais encore plus fin que celui des aragnes.

« Ho, merci, ma grenouille, merci de toi et de tes peines.

— Tu vois, tu vois ! Porte chez toi, pauvre Bedoce, porte à ton père le roi ! Que je te voie en joie, maintenant, pour l'amour de moi : »

Lui, remercie joyeusement sa mie grenouille et ses bons yeux tout pleins d'entente et d'amitié disaient encore mieux merci. Puis il met la fusée dans la poche de sa blouse, et s'en retourne au château de son père.

Ses deux aînés venaient d'arriver. Ils avaient tous les deux présenté leur peloton. Le roi hochait la tête, devant ce fil, gros comme corde à lessive, plein de nœuds, plein de bûches... Il regardait les deux pelotes et soupirait.

Là-dessus entra son plus jeune. Le roi leva les yeux, lui fit signe d'approcher. De celui-là, de ce pauvre Bedoce il n'attendait à peu près rien. Cependant, par acquit de conscience, il lui a demandé son fil.

Bedoce tire la fusée de sa poche et la présente respectueusement sur son chapeau. Le roi la prend, la regarde, regarde de plus près, manque de tomber de son trône.

« Ah mais, disait-il à mi-voix, ah mais, ah mais... »

Dans sa surprise, il ne pouvait rien dire de plus.

582

Il s'attendait si peu à cela ! Un fil qu'on aurait cru filé par la reine des filandières : égal, uni, coulant comme une soie ; le roi tirait dessus sans arriver à le casser, pelotonnait, dépelotonnait, ne se lassait pas d'admirer.

« Je ne peux pourtant pas laisser aller le royaume aux mains d'un innocent. Et puis, ce n'est pas tout pour une femme d'être bonne fileuse. Il faudrait, il faudrait... »

À ce moment, tout juste, — ce fut le sort qui le voulut, — le ministre vint dire au roi que la chienne de la maison venait de faire trois jolis petits chiots.

« Bon, dit le roi, c'est ce qu'il nous fallait. Mes fils, voici trois bichons à élever : prenez-en chacun un : celui qui dans trois mois rapportera la bête la mieux apprise, celui-là aura mon royaume. »

Les deux aînés fourrent le chiot tout tâtonnant, tout gémissant dans leur blouse. Le lendemain, remontent à Fournols, et vont au pâturage confier le petit élève à leur bergère.

Bedoce, lui, retourne à son ruisseau. Plus désolé que la première fois ! Ses larmes, en grosse pluie, déroulaient jusqu'à son bréchet.

« Quoi, quoi, quoi ? fit Grenouillette, sautant sur une motte. Le fil n'allait donc pas ? ou bien quoi, alors, quoi ?

— Et si, pauvre grenouille, ce fil était le plus beau, comme filé de la main d'une reine. Mais mon père, maintenant, nous donne un petit chien, oui, un chien à faire élever par nos maîtresses. Et moi qui n'ai pas de maîtresse, comment ferai-je ? Regarde-la, cette pauvre petite boule de bichon !

— Donne-le-moi, donne-le-moi ! Suis-je pas ta maîtresse, moi ?

— Et mais, ma Grenouillette, tu vas me le noyer...

— Que non pas, que non pas ! Donne-le-moi, reviens çà dans trois mois. Mais cette fois, rappelle-toi :

Grenouille, grenouillette,
M'amour, mes amourettes !

« Tu te rappelleras ? Et fie-toi en moi ! »

Tout éperdu, tout enchanté, le pauvre Bedoce a répété ;

et Grenouillette emportant ce chien nouveau-né a plongé au profond de l'eau, entre ces herbes.

Bedoce n'était pas seulement content de tant de gentillesse, il en était tout pénétré. Sa tête s'y perdait encore, mais du meilleur du cœur il se fiait à sa Grenouillette.

Est retourné au château de son père, sans trop savoir quels chemins il prenait. Et ces trois mois, mai, juin, juillet, les a passés comme en l'enchantement d'un songe.

Vint le jour où le roi demanda les bichons. Les deux aînés coururent à Fournols : ils allèrent les prendre des mains de leurs bergères. Ils n'étaient pas jolis, ces chiens ! Le poil embroussaillé, plein de bûches, de crottes, comme le fameux peloton, et à peu près de sa couleur d'étoupe. Et la patte levée contre toutes les huches, tous les coins de bahuts. Pas même bons à tourner les vaches dans le pâturage ! Ils ne savaient que gambader, baver, mordiller les souliers, et aboyer à vous rompre la tête.

Bedoce était parti, lui, pour le bois des Fayes. Et cette fois, arrivé au ruisseau, il sut chanter par cœur :

> *Grenouille, grenouillette,*
> *M'amour, mes amourettes !*

« C'est donc toi, te voilà, c'est donc toi ! s'écrie aussitôt Grenouillette, en sautant sur le pré. Ton chien est là, tu pourras le porter au roi. »

En même temps elle le lui fait voir, dormant dans une corbeille, un ruban rose au col : un petit chien de plaisance, blanc comme neige en ses soies qui brillaient, lavé, peigné, frisé, fleurant le chèvrefeuille.

Bedoce n'arrivait pas à remercier sa Grenouillette comme il aurait voulu. Et si fier de rapporter ce petit chien, si bien lancé, qu'il rentre en un quart d'heure au château de son père.

Il n'a pas plus tôt posé sa corbeille à terre, dans la grand'salle, que le petit chien saute, court jusqu'au roi, donne la patte, et rend caresse pour caresse. Cent gentillesses enfin, tout frétillant, mais ne jappant qu'à peine.

Puis, comme, pour ses raisons, il désirait sortir, il gagne la porte, discrètement la gratte...

Pendant ce temps les chiens des deux aînés aboyaient, tournoyaient, déchiquetaient les pantoufles du roi, et, — parlant par respect, — pissaient partout.

Le roi, en grand embarras, hochait la tête.

« Mais une femme — a-t-il conclu — n'est point toute bonne parce que habile à filer le chanvre ou entendue à élever les bêtes. Il faut qu'elle sache mener une maison et se bien comporter envers tout le monde. »

« Mes fils, a-t-il dit, écoutez : vous allez maintenant m'amener vos maîtresses. Celui qui aura le mieux choisi et la plus belle, celui-là aura la couronne. »

Les deux aînés prennent leurs jambes à leur cou ; ils montent à Fournols, tout courant, tout volant. Comme ils n'avaient pas le cerveau bien délié, ni l'œil fait pour tout démêler, ils ne faisaient pas grosse différence entre les trois pelotons de fil, ni même entre les trois bichons. Et comme chacun, fier de sa belle, la tenait pour la plus belle des filles, il était à part soi bien certain de gagner.

Il y a de si plaisantes bergères dans la montagne. Eux, ils avaient choisi les plus rougeaudes, et les plus requinquées, rondes à rondeler du haut en bas du pré. Comme s'ils n'en voulaient qu'au poids ! Ha, ils étaient servis. De vraies gingandes, selon le mot du pays... Et le cossu de ces toilettes : des robes d'une serge aussi épaisse que la main, et qui, si elles les avaient quittées, se seraient tenues droites par terre, comme des cloches.

Enfin, c'était le choix de ces garçons. Que voulez-vous ? N'est pas beau cela qui est beau : est beau cela qui parle au goût.

Et Bedoce ?

Et le pauvre Bedoce, totalement démonté, pour le coup, était allé au bois des Fayes. Plus par habitude que par certitude. Pleurant, pleurant, les larmes lui déroulaient des yeux jusqu'aux sabots. Il avait appelé Grenouille, Grenouillette et il lui avait chanté sa peine. Cette fois-là, c'en était fait ! Il ne s'agissait plus d'apporter un peloton de fil, un petit chien...

« Mon père veut que nous lui amenions notre maîtresse. Et moi, dis, Grenouillette, que veux-tu que je fasse ? De maîtresse, moi, je n'en ai point !

— Quoi, quoi, quoi ? Ô Bedoce, et moi ?

— Toi, ma Grenouille, ma Grenouillette ? Tu es, toi, la grenouille verte dans l'eau du ru et dans les feuilles d'herbe ! Vois-tu que j'amène une grenouille, disant qu'elle sera ma femme !

— Fie-toi en moi, fie-toi en moi ! Prends-moi pour femme, tu verras !

— Hé, pauvre Grenouillette, que ferai-je de toi ? Tu sauterais de dalle en dalle, au château de mon père...

— Viens chez moi, d'abord, tu verras ! Fie-toi en moi, Bedoce, fie-toi en moi ! Prends-moi pour femme.

— Je le veux bien ! Ma femme sois ! »

Oh, du meilleur du cœur, de tout son sens, si elle voulait, il s'est fié à sa mie Grenouillette. Elle le tirait vers le ruisseau ; lui, il aurait pu croire qu'il allait se noyer : mais il s'est fié à elle, à l'eau qui court, et aux fleurs d'aimez-moi, et aux fleurs de pensée. Il s'est jeté à l'eau, à l'eau avec sa mie.

Pas plus tôt dedans, l'eau s'écarte. Apparaît dans le fond le plus beau des châteaux : un château tout de miroirs et d'argent, tel que personne n'aurait cru qu'il pût y en avoir au monde. Ho, la merveille ! Et ce n'était encore rien en regard d'une autre merveille : à côté du garçon, plus de rainette verte : une belle princesse, tout aux couleurs de l'espérance, la belle des belles ! Par quelque sort jeté, comme il s'en jetait en ces temps, elle, qui était fille de roi, avait été changée en rainette de l'herbe. Un sort des fées, et qui ne pouvait être levé que lorsqu'un fils de roi accepterait d'en faire sa femme en la prenant sous forme de grenouille.

Il fallait trouver un agneau comme Bedoce, un de ces innocents qui à travers les choses sentent ce que tant d'autres ne sauraient pas sentir. Un de ceux qui peuvent aimer naïvement l'eau fraîche, et la verdure à perlettes d'eau claire, verduron, verdurette et verduron don don.

Et lui, Bedoce, le dernier fils du roi, il lui fallait trouver pour mie, pour compagne à toujours, cette petite princesse verte, au cœur net comme une perle ! Dès qu'il la vit princesse, il sentit son esprit s'ouvrir, s'étendre ; et dès qu'il lui eut pris la main, il ne fut plus bête du tout.

Un carrosse les attendait devant la porte. Tout de glaces aussi dans l'argent. Mais ils n'avaient nul besoin de miroirs : les yeux de l'un faisaient miroir à l'autre... Ils montent dans ce carrosse, se tenant par le petit doigt. Lui, clair comme un enfant, tout riant, tout vaillant, tout éveillé et tout émerveillé ; elle, sa mie Grenouillette, fine, mignonne, plus que fille sur terre, plus avisée qu'aucune, aussi, et cependant toute partie en ce rêve. Fouette cocher ! Les voilà embarqués.

Ils arrivent au château du roi, suivis de tous les gens qui reconnaissaient Bedoce, — on l'aimait tant dans le pays, — qui s'appelaient, s'attrapaient et couraient, et en l'honneur de ces deux-là, si rayonnants, ils jetaient leurs bonnets en l'air et se mettaient à rayonner comme eux.

Au château, les deux gingandes étaient déjà installées : deux braves demi-géantes, aux visages d'un arpent, aussi rouges que peut l'être la cénelle du buisson. Chacune se demandant qui commanderait à l'autre, elles commençaient, ma foi, à se lorgner de travers.

Mais aux sonnailles du carrosse et aux cris de joie de ce peuple, tout le monde de la cour vite, vite, en brouhaha, se précipite sur la porte. Ha, que voit-on ? Bedoce, oui, c'est Bedoce, le même et pourtant tout changé : et il a sauté à terre léger comme un passereau. Il a présenté le poing à la plus jolie des princesses. S'appuyant à peine dessus, elle aussi descend d'un bond. Tous les deux, lui chapeau bas, ils viennent faire au roi la grande révérence.

« Mon père, voici ma mie !

— Mon fils, faillit dire le roi, voici donc ma couronne ! »

Mais il était le roi de la prudence.

« Ne suffit, se dit-il, qu'une fille soit habile fileuse, ni bien apprise à élever les bêtes, ni de figure si belle et de si beau maintien : il faut la voir en une maison et ce qu'elle sait y faire. »

Là-dessus, comme si le sort même entendait mettre les trois brus à l'épreuve, le roi ne tomba-t-il pas malade ?

Non malade pour les éprouver. La surprise tout de bon lui avait retourné les sangs. Malade, vrai malade : « Du moins, je serai bien soigné : trois belles-filles autour de moi. »

Mais les prétendues des aînés ne savaient qu'une chose : prendre un peu plus de mine chaque jour, tant leur profitait la cuisine du château, rôtis, pâtés et tartes. Elles ne faisaient que cela ; profiter et rien d'autre, car on ne fait pas bien deux choses à la fois. Grenouillette, elle, sut soigner le père de son prétendu, lui apporter quelque tisane sucrée au miel, ou quelque chatterie qu'elle venait de tirer du four, le distraire quand il le fallait, et quand il le fallait le laisser reposer.

Si bien enfin sut le soigner qu'en trois jours le remit sur pied. Et la première chose qu'a faite le roi, dès qu'il s'est revu debout dans ses sabots, ç'a été de donner son royaume à Bedoce, pour l'amour de la Grenouillette.

« Aux noces ! Gens du pays, venez tous à leurs noces ! »

Oui, tout Saint-Amand en était. Car on a marié aussi les deux aînés, en leur donnant beaucoup de terres, beaucoup de bois, beaucoup de vaches pour que leurs braves bergères de femmes prennent toujours plaisir à mener paître au grand pacage. Sur ce pied tout le monde s'est trouvé si heureux qu'ils ont tous été rois et reines.

> *Et barri, barra !*
> *Mouon couonte is chaba !*

LA POURCHERONNE

Il y avait une fois un jeune seigneur qu'on nommait M. de Bavène. Il avait un château à quatre grosses tours sur la colline des genièvres.

Si jeune fût-il, il se maria. Et il prit femme plus jeune que lui, jeune à ne pas savoir s'habiller !

Le lendemain de ses noces, pas plus tôt le oui dit et les mains données, lui vient un mandement d'aller servir le roi, de partir pour la guerre.

« Mère, que ferai-je de ma mie ? Elle ne sait même pas s'habiller !

— Tu me la donneras, mon fils. Je la mettrai en chambre

avec les demoiselles, je la mènerai à la messe avec moi, quand j'irai à l'église, je te la soignerai, je te la garderai.

— Oh ! soignez-la, ma mère, et gardez-la-moi bien. Ma mie, ma belle ! Vous ne lui ferez rien faire que couper l'aile de perdrix de son couteau d'argent, et boire le vin clairet dans un gobelet d'or. Si elle veut filer, que ce soit filer la soie. Et quand elle la voudra porter, faites-lui porter sa grande robe brodée d'or et d'argent. »

Le cheval piaffe et frissonne de toute sa peau. Et aboyant, gémissant, le chien saute à l'entour de lui. M. de Bavène n'est pas au bas de la colline que sa mère a ôté la bague et le drap d'or pour donner la robe de burelle et la quenouille. Et il n'est pas à passer la rivière qu'elle a tiré la pauvre belle de la compagnie des demoiselles pour l'envoyer garder les pourchons, les pourceaux.

« Chaque soir tu me rapporteras sept fusées de la laine que tu auras filée et un faix de bois sur ton cou. Tu m'entends ? Prends-toi garde ! »

Adieu bon temps ! Que de misères à manger. La belle a bien été sept ans sans chanter ni sans rire.

Au bout de ces sept ans, passant par la pâture, elle s'est mise à rire ; passant par le grand bois, elle s'est mise à chanter.

De deux lieues loin s'est arrêté un cavalier baron qui venait par le grand chemin.

« Halte, page, mon page ! J'entends la voix d'argent chanter sur la colline. Voilà ce soir sept ans que je l'ai entendue pour la dernière fois. »

Il a donné des éperons dans le ventre de son cheval. À fond de train, il est parti.

« Ha, c'est la voix de ma mie, de ma blonde ! Page, entends-tu la chanson de ma belle ? »

Il a tant galopé qu'il a rejoint en peu de moments celle qui chante. Il l'a trouvée dans la pâture, auprès d'une fontaine.

« Bonjour à vous, la pourcheronne ! Bonjour à vous, à vos pourchons !

— Bonjour à vous, mon gentilhomme ! Bonjour à vous, à vos chevaux !

« — Vous avez bien dîné, la belle, puisque vous chantez si bellement ?

— Je dîne de pleurs et de peines, je mange un bout de pain d'avoine, et il n'est ni cuit ni salé, le pain que ne veulent pas manger les chiens de la maison.

— Tenez, belle, voilà de la miche. Ce soir, qu'aurez-vous pour souper ?

— Je soupe de misères et de larmes, je mange dans l'écuelle des chiens.

— Dites-moi, belle, ces pourchons que vous gardez, à quel maître sont-ils ?

— Ils sont de ce château qui a quatre grosses tours sur la colline des genièvres, ils sont à M. de Bavène. Dieu lui donne longue vie, et à sa mère traîtresse, prompte mort !

— Où est-il, M. de Bavène ?

— Peut-être il est mort à la guerre. Il avait des cheveux blondins tout comme vous. Mais il n'est pas revenu du combat ; depuis sept ans il n'a pas reparu à son château joli !

— Dans ce château, pourrai-je être logé ? Ne voulez-vous pas m'y conduire ?

— Je ne peux rentrer qu'à la nuit, quand j'aurai filé ma quenouille et que j'aurai coupé tout un faix de bois vert. »

Le cavalier dégaine son épée, a tôt coupé ce faix de branches. Puis il chevauche vers le château des quatre tours.

« Bonsoir, madame, le bonsoir vous soit donné. Ne logeriez-vous pas en passant un cavalier qui revient de la guerre ?

— Entrez, entrez, beau cavalier : il y a ici belles étables pour établer vos chevaux, beaux lits pour vous coucher, vous, aussi votre page. »

Lorsque vient l'heure de souper, le cavalier se met à table. Et il demande s'il n'y aurait pas une de ces fillettes pour souper avec lui.

« Beau cavalier, je ne donne pas mes filles pour souper avec vous ! Prenez la pourcheronne ; la pourcheronne si vous la voulez.

— La pourcheronne est bonne, si elle veut venir. »

Mais elle était encore à la pâture, pour y gagner son pain, filait sa quenouillette.

590

« Quand elle arrivera, dit la mère, s'il n'y a plus de pain, elle rongera les os, les rongera avec les chiens par-dessous la table ; et s'il n'y a plus de vin, elle boira son sang. »

Lorsque vient l'heure de coucher, le cavalier monte à la chambre, et il demande s'il n'y aurait pas une de ces fillettes pour coucher avec lui.

« Beau cavalier, je ne donne pas mes filles pour coucher avec vous. Prenez la pourcheronne ; la pourcheronne si vous la voulez.

— La pourcheronne est bonne, si elle veut venir. »

La mère a pris la pourcheronne par l'épaule et l'a poussée sur les degrés qui mènent à la chambre.

« Va, pourcheronne, va te laver les pieds, tu coucheras avec ce cavalier baron. »

En montant les degrés, la belle ne fait que pleurer.

En passant cette porte, elle a pris un couteau pour s'en percer le sein.

« Dieu donne longue vie à M. de Bavène, et prompte mort à sa mère traîtresse !

— Que pleurez-vous la belle, qu'avez-vous donc à pleurer tant ? Serait-ce de coucher avec moi ? Mais il y a sept ans, rappelez-vous, rappelez-vous ; déjà vous y avez couché. C'est moi, c'est M. de Bavène, ton jeune marié d'alors.

— Ô mon mari, si je chantais, c'est que soudain, ce matin, mon cœur me l'a chanté, et il m'a dit que tu revenais sur ton cheval de guerre. Et moi je suis ta femme et ta mie sans reproche.

— Dis-moi, ma mie, ma belle blonde, qu'as-tu fait de la robe que je t'avais achetée ?

— Ta mère me l'a ôtée, à ta sœur l'a donnée. C'est ta sœur la plus vieille qui la met tous les jours.

— Qu'as-tu fait de la bague que je t'avais achetée ? dis-moi, ma mie, ma chère épouse ?

— Ta mère me l'a ôtée, à ta sœur l'a donnée. C'est ta sœur la plus jeune qui la porte à son doigt. »

Le lendemain à la pointe du jour, la mère est venue cogner du poing la porte.

« Oh, lève-toi, la pourcheronne, il y a tes pourchons à

garder, oh, lève-toi, madame la traînée, traînée d'un cavalier passant ! »

Mais c'est le cavalier qui est sorti ; c'est M. de Bavène.

« Ma mère, vous et mes sœurs, qu'avez-vous mérité ? Si
nous n'étions dans la maison de mon père, je vous jugerais
toutes à brûler ou à pendre ! »

Oh, quel cri dans cette maison ! La mère, les sœurs se
sont jetées par les fenêtres. Le voulant, ne le voulant pas,
se sont précipitées au fossé sous les tours, se sont noyées
en l'eau bourbeuse. M. de Bavène les a fait enterrer sans
rien dire. Et Dieu, s'il veut, leur fasse miséricorde, mais il
n'y a eu pour les pleurer que les tanches et les carpes.

LA BÊTISE
ET L'ESPRIT QUI SE PRENNENT

Il y avait une fois un roi qui était fort joli cavalier : des
traits fins, la jambe belle, de la prestance, de doux regards.
Mais il en profitait, le diantre ! auprès des demoiselles.

Pour ses péchés, il donna sans le vouloir dans l'œil d'une
certaine fée : cette petite nièce de la Carabosse ne pouvait
passer pour bien bonne ; en revanche elle se figurait être
tellement jolie ; seulement, elle était seule à être de ce sentiment...

La Carabosse, donc, décida de devenir la femme de ce
roi. Elle se mit cela dans la tête, se promit que de biais ou
de droit fil, elle serait sa reine ; c'était promis, et elle ne
vivrait plus jusqu'à ce que cela fût... Mais elle était toujours
venue à bout de toutes ses entreprises.

Imaginez un peu la surprise, le dépit, la colère, le désir
de vengeance, lorsqu'elle apprit que le roi, en ces mêmes
jours, épousait la fille d'un autre roi. Elle, rancunière
comme un âne rouge, se jura de leur faire d'abord payer
sa déconvenue, et de devenir ensuite envers et contre tout
la seule épouse de ce roi si bel homme.

Des mois passèrent, mais le serment tenait. Elle se le
refaisait chaque matin, au saut du lit.

Un jour, on vint lui dire que le roi aurait un héritier dans
la semaine, au plus tard dans le mois. Ce jour même, elle
se présenta au château devant la jeune reine.

« Je ne vous fais qu'aujourd'hui mon présent de noces, dit-elle d'une voix qui crissait, mais il sera de conséquence. Je veux que le fils que vous attendez soit d'aussi laide mine et chétive façon que son père passe pour cavalier de belle allure et de haute prestance. C'est mon don de fée, et ce sera le sort ! Attrape qu'attrape. »

Elle dit, et dans l'instant, elle disparaît.

Voilà le roi, la reine, dans la désolation. Avec toute leur royauté, ils ne pouvaient plus rien ! Le sort était jeté. Pas de remède.

Toutefois ils tracassèrent tant qu'ils trouvèrent une bonne charmante fée à laquelle recourir. Et pour les rattraper du don de la mauvaise, celle-là voulut bien faire un don de plaisance à leur fils : don d'avoir l'esprit vif, délié, brillant, perçant, joyeux, tel, enfin, que l'ont les bonnes fées, si l'on en croit ceux qui les hantent.

Là-dessus, ce fils vint au monde ; et peut-être n'y avait-il jamais eu en ce monde fils né de mère plus laid que lui. Ma foi, un demi-monstre de laideur. S'il n'avait pas été enfant de roi, on aurait hésité à lui donner le baptême. À ce point ? À ce point ! La reine, bonnes gens, en pleurait comme la Madeleine. Et le roi, lui, tout confondu, ne sait plus qu'aller passer son temps au fond des bois, chassant le loup.

Cet enfant, donc, grandit. Et sa laideur ne fit que croître, que croître, non embellir. Un visage à faire reculer. C'était bien cela, car les autres enfants, ceux des voisins, qu'on appelait pour jouer avec lui, après trois tours de jeu, tout effarouchés, s'esquivaient. De par le don de la Carabosse, le pauvre prince était de plus en plus laid, laid à faire faire un écart à une mule !

Le roi son père, qui prisait tant d'être bel homme, se trouva si honteux d'avoir tel héritier qu'en fin finale il répudia la reine. Et peu à peu, par enchantement ou autrement, la Carabosse vint à bout de prendre la place. Elle se fit épouser et fut tenue pour reine du royaume. Du roi elle eut un fils, et aussi beau que l'aîné était laid, mais aussi bête que cet autre était fin. De peur du peuple, qui aimait la vraie reine, et n'avait guère goûté cette reine nouvelle, elle fit élever son enfant loin de là : ce fut chez un roi leur voisin qui n'avait qu'une fille, belle comme les anges.

Elle, pendant ce temps, travaillait les esprits. Puis, voyant son fils déjà grand, allant sur ses seize ans, elle n'hésita plus à le faire revenir. Elle le promena dans les rues, elle sut faire courir l'argent et les propos. Peu à peu les gens du pays se mirent à tenir pour ce puîné, plutôt que pour l'aîné, tant le monde se prend à une jolie figure. Savetiers et matelassières en discutaient au pas des portes. Ils disaient qu'avec le chien de visage qu'il avait, l'aîné vraiment ne pouvait pas prétendre à devenir leur roi. Ce serait pour se faire moquer d'eux par tous les peuples de la terre ! Or, ils se sentaient délicats sur le ridicule.

Un murmure d'abord, puis de plus hauts discours. Finalement un cri si fort, que de peur de perdre son trône, le roi fut obligé de faire battre le tambour aux quatre coins de la ville. Ses crieurs proclamèrent que le puîné serait désormais regardé comme l'héritier du royaume...

La fée combina vite alors de fiancer l'héritier nouveau, son très cher fils, avec cette fille, héritière de roi, auprès de qui elle l'avait fait élever. Elle envoya un peintre tirer le portrait de la princesse, qui passait en beauté toutes les autres filles. Le portrait fut fait en couleurs fines, fut apporté au château, et tout le monde l'y put voir. L'aîné le vit. Le voilà éperdu.

« Qu'ai-je à gagner de rester ici ? se dit-il, assis, la tête entre ses mains, au fond du jardin de son père. Maintenant qu'on m'a retiré mon rang d'aîné, je fais dans ce pays un bien sot personnage. Il me faut passer dans celui de la princesse. J'irai voir cette beauté. Pour moi, bien sûr, nulle espérance ; mais personne ne saura comme elle m'a pris le cœur. S'il faut en mourir, j'en mourrai : et ce ne sera pas si malheureuse fin. »

Il part. Il gagne l'autre royaume. Il n'en était plus à craindre la mort : un soir, donc, il s'introduit tout hardiment dans le jardin du château. « Fait comme je suis, les gardes me prendront pour un croquant qui s'est glissé là pour voler. Ils me perceront de leurs hallebardes. Mais arrive qu'arrive ! »

Il voit la fille du roi. Mille fois plus aimable encore que

son portrait ! Rayonnante, resplendissante, et avec un air de tendresse qui charmait doucement le cœur...

Lui, ma foi, il s'approche. D'un air de respect et de liberté qui sentait son prince, il fait son compliment. Mais elle ! Elle ne sait qu'ouvrir des yeux comme des lunes, et devant la laideur de celui qui l'abordait, elle tourne vite ses yeux vers un buisson de roses.

« Tirez ce cavalier de ma vue, ou je sens que je vais me trouver mal...

— Vous trouver mal ? Ha, princesse, murmura le prince, vous seriez bien la seule de votre sentiment. »

Il la salue, tout souriant, et la mort dans l'âme, il s'éloigne.

Ce fut d'une telle allure de noblesse que les gardes accourus, dans l'émotion qui s'éleva, quand la princesse faillit tomber en défaillance, se rangèrent sur son passage et le saluèrent chapeau bas.

Sans s'arrêter à cela, il alla se jeter au plus épais de la forêt, sous un buisson. Il se couvrit le visage de ses mains et souhaita de mourir sur place.

Cependant sa mère, la pauvre reine répudiée, était morte ; et les morts peuvent plus de choses que les vivants. Cette bonne âme souffla à la bonne fée d'assister son enfant. À quelque petit bruit, comme de la brise dans la feuille, le prince releva la face. Et il vit alors devant lui cette fée dont il tenait son don.

« Ne te décourage pas, dit-elle. La princesse est belle comme un ange, mais sotte comme un panier percé. Sais-tu d'où vient cela ? De ce qu'elle a été élevée en la compagnie de ton demi-frère. Il lui a passé sa sottise. À toi de lui passer ton esprit. »

C'était facile à dire. Si l'esprit se prenait comme la rougeole, on irait se frotter contre les gens d'esprit ! Le prince se sentit pourtant réconforté. Dans les jours qui suivirent, il osa même, respectueusement, aborder de nouveau la princesse. Mais cette fille de roi semblait bien éloignée de rechercher la compagnie de ce fils de roi son voisin. Parce qu'il était laid, elle était près de faire de lui sa bête d'aversion.

La bonne fée y mit du sien, il faut le croire. Au prince, dans les grandes amours qui le transportaient, elle fit trouver du courage, peut-être même une espérance. La princesse, elle, s'habitua quelque peu à souffrir la vue de ce magot, à ouïr ses compliments, voire à les écouter avec une espèce de curiosité charmée qui lui ouvrait l'esprit.

Les nouvelles en arrivèrent aux oreilles de la Carabosse, là-bas, dans le château du roi. Elle se hâta d'envoyer le puîné auprès de la princesse. Mais il n'y fut pas de trois jours qu'il s'y fit prendre en grippe. En se promenant sous le berceau de tilleuls, entre les deux frères, la princesse faisait des comparaisons. Et elle découvrait que ce si joli cavalier n'était à tout prendre qu'une grosse bête. S'il ouvrait la bouche, il ne savait parler que de son cheval. Ou bien que de ses habits : ceux qu'il mettait pour dîner, ceux qu'il mettait pour souper, pour jouer à la paume et pour jouer aux cartes...

« Oui, disaient les filles d'honneur de la princesse : ce n'est pas un causeur comme il y en a, mais il a si bonne grâce, monté sur un cheval !

— Je n'aurai que faire d'un causeur, disait doucement la princesse, je n'ai que faire non plus d'un écuyer. Ce qui fait un homme, pour la compagnie, pour l'amitié, c'est la tête bien débrouillée, c'est le cœur bien battant.

— Et la taille bien prise, la figure bien coupée, reprenaient ces demoiselles ? Le prince aîné, madame, quel carnaval ! Ce nez, ces traits ! Jaune comme une patte de canard, avec cela, et bigarré d'un rouge plus rouge que le cou d'un dindon. On croirait une tulipe panachée de votre parterre...

— Prenez mes yeux, disait la princesse en souriant : vous le trouverez joli. »

Si elle s'était fait d'abord un dragon de cette laideur, depuis, comme on le voit, elle en avait rappelé. Peut-être aussi, le jeu lui venant, que le prince était moins magot ? Sous les regards de sa chère belle, il prenait un grand air de vie, de fierté, de douceur : ses yeux parlaient, son teint s'éclaircissait, ses traits se mettaient mieux en place. Sa taille même se dénouait, se dégageait, gagnait en grâce. Il avait cette aisance qu'on a plaisir à voir. Les gens du pays, selon le mot de la princesse, prenaient ses yeux pour regarder le prince. El ils ne la tenaient plus pour sotte, puisqu'elle avait eu l'esprit d'en penser du bien avant eux. Bientôt ce fut un engouement pour ce prince et pour son esprit : on ne jurait plus que par lui, en ce royaume.

Le roi était venu à mourir, ils supplièrent sa fille de prendre le prince pour époux. Ils firent tant d'instances qu'à la fin elle y consentit. C'était depuis trois mois ce qu'elle avait décidé de faire.

Mais quand la mauvaise fée-reine apprit ce mariage ! On n'a jamais pu savoir bien au juste ce qui se passa à la cour... On a dit qu'elle avait alors empoisonné le roi son époux, le si bel homme... Peut-être, dans sa rage, lui jeta-t-elle un sort qui tourna mal. Peut-être trépassa-t-il simplement de sa bonne mort. Il faut croire que l'étoile était mauvaise pour les rois, cette année-là. Elle, elle avait bien dû faire quelque fredaine, puisque la reine des fées la changea en ratepenade...

Son fils, le joli cavalier, ne demeura pas trop longtemps roi au château. Qui est bête n'est pas sans tare, à ce qu'on dit. Et lui, si enfoncé en sa bêtise... Quatre semaines n'avaient pas passé que les gens ne le supportaient plus. Ils le chassèrent. Ils savaient le bien que leurs voisins pensaient désormais de l'aîné : ils rappelèrent cet aîné. Des deux royaumes, on décida de ne plus faire qu'un royaume.

Leur jeune reine avait de la beauté pour deux, et le jeune roi de l'esprit pour quatre !

Mais peu à peu, voyez cela, lui, voilà, il prenait de plus en plus quelque chose de sa femme, de sorte qu'il n'était plus si laid, et elle beaucoup de son mari, de sorte qu'elle n'était plus bécasse. Sur ce pied ils vécurent jusqu'au bout de leur âge, tout heureux et tout aises, environnés d'une troupe d'enfants, petits-enfants, arrière-petits-enfants.

LA FILLE AU VIGNERON

Il y avait une fois un vigneron, et il avait trois filles. Un soir de la prime saison, il fossoyait dans sa vigne, d'un coup de son fossoir, il a soudain ouvert quelque fosse en la terre : une poche, une grotte, et une bête en est sortie, une de celles qu'on nomme un souffle. — On lui fait porter ce nom,

597

parce qu'une fois le jour elle donne et reprend son souffle, un souffle si chargé de venin que si un humain le respire, il en meurt. C'est une bête terrible, luisante et noire comme cambouis, marquée de taches plus jaunes que l'or. On dit que le feu ne lui peut rien. On la nomme aussi salamandre.

Mais là, ce souffle était aussi gros qu'une personne.

« Homme, a-t-il dit, en se dressant, tu as trois filles : donne-m'en une en mariage ou, sur l'heure, je te mange. »

Le vigneron, blanc comme sa chemise, est retourné en sa maison.

Devant le puits, il a rencontré son aînée.

« Père, qu'avez-vous pour être blanc comme votre chemise ?

— J'ai qu'en fossoyant dans la vigne, j'ai levé un souffle plus grand que moi, et le souffle m'a dit : « Homme, tu as trois filles : donne-m'en une en mariage ou, sur l'heure, je te mange. » Laquelle de vous trois le voudrait pour mari ?

— Ho, pas moi, » a dit l'aînée en tremblant.

Devant la porte, le vigneron a rencontré sa fille cadette.

« Père, vous êtes blanc comme votre chemise : père, qu'avez-vous ?

— J'ai qu'en fossoyant dans la vigne, j'ai levé un souffle plus grand que moi, et ce souffle m'a dit : « Homme, tu as trois filles : donne-m'en une en mariage ou, sur l'heure, je te mange. » Laquelle de vous trois le voudrait pour mari ?

— Ho, pas moi, » a dit la cadette en tremblant.

Le vigneron est entré dans le logis. Au coin de l'âtre, il a trouvé sa fille la plus jeune qui filait la quenouille.

« Vous êtes blanc comme votre chemise, mon père, qu'avez-vous ?

— J'ai mon enfant, j'ai qu'en fossoyant dans la vigne, j'ai levé un souffle plus grand qu'une personne. « Homme, m'a dit ce souffle, donne-moi une de tes filles pour femme ou, sur l'heure, je te mange. » Et de vous trois, laquelle consentirait à l'avoir pour mari ?

— Moi, mon père, a dit la plus jeune. Puisqu'il le faut, je l'épouserai. »

Sa quenouille encore à la main, la pauvre est allée à la vigne. Le souffle l'attendait. Il l'a prise par le cou, il l'a emmenée sous la terre.

Ha, pauvre vigneron, dis adieu à ta fille !

Jamais plus il ne l'a revue, ni elle ni le souffle. Il est mort au fond de sa petite maison, sans la revoir.

Un jour de la prime saison, quand l'air est doux de ce côté des côtes, et que les pêchers ont pris fleur, la fille aînée est allée à la vigne ; un jour comme celui de cet antan où le souffle avait paru. Il fallait bien la fossoyer. Tout en fossoyant, elle pleurait, songeant au sort de sa sœur la plus jeune.

Soudainement, la terre s'est effondrée sous son fossoir, à l'endroit même où son père avait levé le souffle.

Elle est entrée en cette fosse. Elle y a trouvé des degrés qui s'y enfonçaient dans les entrailles de la roche. Elle a descendu l'escalier. Tout en bas, tout au bas, est arrivée à un château d'argent.

Elle a poussé la porte. Et sa sœur était là qui filait, la quenouille en main, au coin de l'âtre.

Elle s'est jetée à son cou en pleurant.

« Ma sœur, il ne faut pas pleurer. Va, ne crois pas que je sois malheureuse. Oh non ! Je ne suis pas à plaindre en ce château !

— Mais ton mari, ma sœur ?...

— Mon mari est un beau mari, tu peux le croire.

— Lui, la bête noire, qui vit sous terre, tachée de jaune et gonflée de venin ?

— Il est souffle de jour, mais de nuit beau jeune homme. Si tu pouvais le voir, si ce n'était défendu...

— Non, non, ma sœur, tu voudrais m'alléger la peine et le souci.

— Il m'a tant dit... Personne que moi ne doit le voir sous forme humaine. Mais cette nuit, alors qu'il dormira, je veux te le faire voir à la lumière. »

Elle a caché sa sœur dans quelque cabinet secret. La nuit, elle est venue la prendre, l'a conduite à la chambre où son mari dormait.

Mais approchant la lampe du lit, elle l'a trop penchée : une goutte d'huile est tombée...

Tombée sur la joue de son mari, qui s'est éveillé, les a vues, a poussé un grand cri.

Subitement, le mari, le lit, le château, rien n'a plus été là.

Les deux filles du vigneron se sont trouvées au milieu de l'herbe morte et des quartiers de pierre, dans un pays sombre comme novembre, où se battaient tous les vents.

L'une voulait retrouver la maison de son père, l'autre celle de son mari. Mais elles ont tourné, tourné dans ces déserts, sans jamais en sortir. Elles perdaient leur sang sur les cailloux ; aux broussailles entrelacées de ronces, elles perdaient leurs forces.

Au bout de sept jours et sept nuits, l'aînée est tombée d'épuisement contre une souche. Laissant aller la tête, elle a rendu l'esprit.

Enfin la plus jeune a vu au fond du ciel, sous les rouleaux de nuées, un mont en bosse, couleur d'orage. Et peu à peu, en approchant, à l'échine du mont, une lumière tremblante.

Elle y est allée. C'était un château de roche, qui ne ressemblait à rien, le château de la fée. Elle a frappé à cette porte, elle est entrée là où brillait la petite lumière. La fée l'a accueillie, et lui a fait conter son malheur.

« Oh, malheureuse, ce malheur, tu l'as fait toi-même, et je ne sais si tu pourras le défaire. Ton mari n'est pas loin d'ici. C'est un roi, auquel un mauvais sort jeté a donné figure de bête. Dans sept jours, le sort sera levé.

Mais de toi, ton mari n'aura plus souvenir. Tu peux pleurer, pauvrette, tu as bien de quoi pleurer ! »

Pendant sept jours, sept nuits, la fille du vigneron est demeurée au coin du feu, en ce château de roche, pleurant, versant des larmes.

Le vent passait sur ce dos de montagne. Le printemps ne se sentait pas. Tout était sombre, les genêts sifflant comme à l'arrière-saison.

La fée a eu compassion d'elle.

« À cette heure, pauvrette, le mauvais sort a pris sa fin. Le roi n'a plus figure de bête, mais il n'a plus mémoire de toi. Je n'ose te donner espoir. Ne pleure plus, pourtant, et file la quenouille. »

La fille du vigneron s'est remise à filer. Elle filait le jour. La nuit elle pleurait, en secret, dans son lit, tandis que le nuage, la bise, le mauvais temps couraient là, sur la roche, en ce pays perdu.

Un jour, la fée l'a regardée, hochant la tête.

« Pauvrette, ma pauvrette, ton mari a perdu tout souvenir de toi. Il prend une autre femme.

— Fée, bonne fée, c'est moi qui suis sa femme ! Je ne veux pas qu'il aille en prendre une autre !

— Il la prendra demain.

— Non, non, je ne veux pas de ce plus grand malheur. Pour l'empêcher comment ferai-je ?

— Sauras-tu faire ? Eh bien, je te donne ma quenouille qui est fée. Avec cette quenouille, tout ce que tu files est fil d'or. Lorsque la noce sortira de l'église, tu fileras devant la porte. La mariée est convoiteuse : elle voudra ta quenouille. Tu diras que tu la lui cèdes contre cette prochaine nuit aux côtés du marié. »

La fille du vigneron a fait toutes ces choses.

« Ainsi ! Passer la nuit aux côtés du marié ! Tant tu es familière ! » a dit la mariée de ce jour.

Mais sa mère lui a touché le coude.

« Ma fille, tu auras des années pour dormir près de ton mari. Crois-m'en, cède cette nuit contre la quenouille à fil d'or. »

Et la mariée a accepté le troc.

Le soir, la fille du vigneron a donc rejoint le roi dans sa chambre. Mais, en son lit, le roi dormait déjà : la mariée lui avait fait prendre une certaine drogue qui lui avait procuré un sommeil de plomb. Il dormait si fort que rien n'aurait su l'éveiller.

La fille du vigneron lui a dit à l'oreille :

« Rappelle-toi le jour, rappelle-toi le temps que tu vins sous figure de souffle, dans notre vigne. Tu t'es dressé devant mon père, tu lui as dit : Homme, donne-moi ta fille en mariage ou, sur l'heure, je te mange !... Je suis la fille du vigneron, je suis ta femme ! »

Et tout le reste de sa chanson, désespérément.

Rien n'y faisait : le roi n'était que sommeil. Le roi n'entendait rien.

Au matin, la fille du vigneron a dû quitter son lit. Elle est retournée chez la fée. Elle lui a raconté son malheur.

« Sauras-tu faire ? a dit la fée. Essaie encore demain. Prends ce dévidoir qui est fée : tout ce qu'il dévide est fil d'or. Tu iras dévider devant la porte de ton mari. Sa nouvelle femme est convoiteuse. Elle voudra le dévidoir ; tu diras que tu le lui cèdes contre la prochaine nuit passée aux côtés du marié. »

La fille du vigneron est allée, dévidoir en main, devant le château du roi. Elle a dit ce qu'il y avait à dire. La mariée s'est récriée : « Tant tu es familière ! » Mais sa mère lui a touché le coude, lui a conseillé d'accepter. Finalement le troc s'est fait d'une nuit contre le dévidoir.

Mais le soir la mariée a donné encore au marié ce qu'il fallait pour qu'il ne fût que pesant sommeil. Lorsque la fille du vigneron est venue de nuit à son lit, elle l'a donc trouvé dormant. Cette nuit-là, elle ne lui a plus parlé à l'oreille, mais tout haut, forçant même la voix.

Or, le valet du roi était derrière la porte, et il entendait cette fille qui disait :

« Rappelle-toi l'autre année, et ce jour de printemps. Ô mon mari, rappelle-toi ! Tu es venu à la vigne de mon père. "Homme, donne-moi une de tes filles en mariage, ou sur l'heure, je te mange !" Et moi, ensuite, je suis venue vers toi, je suis la fille du vigneron, rappelle-toi, rappelle-toi, je suis ta femme. »

Mais ces paroles tombaient dans l'oreille du roi sans faire chemin jusqu'à sa tête. La malheureuse le suppliait et l'adjurait : il dormait, il n'entendait rien.

Au matin, désespérée, la fille du vigneron a dû quitter la chambre. Elle est retournée chez la fée. Elle lui a raconté son malheur.

« Sauras-tu faire ?... a dit la fée. Essaie une dernière fois. Prends ce plat d'oiseaux rôtis qui chantent. Porte-le devant le château de ton mari. La nouvelle femme est convoiteuse. Elle voudra les oiseaux : tu diras que tu les lui cèdes contre la nuit à passer aux côtés du marié. »

La fille du vigneron est allée devant le château. Elle a dit ce qu'il y avait à dire.

La mariée s'est récriée : « Ah, tant tu es familière !... Eh bien ! et moi qui n'ai pas seulement passé une nuit avec lui, encore ! » Mais sa mère lui a touché le coude. « Toi, tu

602

as des années ! » et elle lui a conseillé d'accepter le troc. Toutes deux avaient si grande envie d'avoir ce plat d'oiseaux rôtis qui chantent...

La fille du vigneron est donc venue de nuit au lit où était le roi.

Cette fois, il ne dormait point. Son valet lui avait parlé durant le jour. Il lui avait répété ce qu'il avait entendu, la nuit d'avant, l'oreille collée à la porte. Et tout cela, la vigne, le vigneron, la fille du vigneron, avait fait son chemin dans la tête du roi. Rien n'aurait pu le faire dormir.

« Ô mon mari, mais rappelle-toi, rappelle-toi ! Tu étais dans notre vigne, tu as parlé à mon père. "Homme, donne-moi une de tes filles en mariage, ou, sur l'heure, je te mange." Et je suis cette fille, je suis venue vers toi, tu m'as prise par le cou ; rappelle-toi, mon cher mari, je suis ta femme ! »

Alors il s'est dressé.

« Je me rappelle tout ! Tu es ma femme ; je n'en veux pas d'autre que toi. »

Le lendemain matin, dehors, tout était au printemps ! Partout les fleurs, les rais de soleil et les abeilles, partout la merveille du printemps.

Le roi a dit au père de l'autre, l'épousée de trois jours :

« Si vous égariez votre clef, que vous en fassiez faire une, puis que vous retrouviez la première, de laquelle vous serviriez-vous : de l'ancienne ou de la nouvelle ?

— Je me servirais de l'ancienne.

— Pareillement, j'avais une femme, je la perdis, j'en pris une autre. J'ai retrouvé la première : c'est elle que je garde. »

LES NOUVELLES INQUIÉTANTES

Il y avait une fois un homme et une femme qui avaient une vache. Au lendemain de la Noël, elle creva. La femme entreprit l'homme pour qu'il en achetât une autre. Tant dit, tant fit, qu'à la fin il s'y est rendit. Pour la Chandeleur, il s'y est décidé. Pour la faire grasse, il est allé au bourg. Et il avait bien promis de ramener la vache avant le soir.

L'après-dînée passa. Quatre heures sonnèrent, puis cinq

heures. La bonne femme s'était installée derrière son carreau, tricotant, regardant. Mais, comme sœur Anne, elle ne voyait que le chemin qui poudroie et l'herbe qui verdoie. Elle s'attendait toujours à ce que l'homme parût, tirant la vache par la corde, et rien ne paraissait.

Enfin, pourtant, elle aperçut un homme. Cet homme montait, mais n'amenait aucune vache. Et ce n'était pas son mari. C'était un homme du village plus bas.

Elle va sur la porte.

De loin, il lui fait signe, levant une main. La voilà tout en peine.

Il arrive, un peu époumoné, il reprend un grand souffle.

« Ha, pauvre Marion, ce ne sont pas de trop bonnes nouvelles que je vous apporte...

— Ho, mon Dieu...

— Oui. Votre homme ramenait une vache qu'il avait achetée à la foire...

— Et alors ?

— Alors, il l'a laissée échapper.

— Quel malheur !

— Attendez. Il a couru après, et l'a rattrapée.

— Ah, bon, bien !

— Attendez, attendez. La vache s'est débattue. Ils étaient sur la passerelle, ces planches étaient mouillées, glissantes sous le pied, la vache est tombée dans le courant...

— Oh, malheur de malheur !

— Mais attendez. Votre homme n'avait pas lâché la corde..

— Ha, bon !

— Il est tombé aussi. Les eaux étaient hautes ; elles les ont emportés tous les deux.

— Même la vache ?

— La vache a été roulée comme d'ici à la fontaine. Votre pauvre homme peut-être deux fois plus loin.

— On a retiré la vache ?

— On les a retirés, elle, lui. Seulement, pauvre Marion...

— Ho, dites vite, misère de nous ! La vache est morte ?

— Non, mais votre pauvre homme, quand on l'a tiré de l'eau, c'était déjà trop tard. Noyé, oui, franc noyé... Ils sont là qui arrivent avec la civière. On vous le rapporte.

— Oui, mais ma vache ?

— Elle, on vous la ramène. Elle avait repris pied sur le bord du ruisseau.

— Dieu soit béni ! Alors mon homme est mort ?

— Eh, oui.

— Mais la vache n'a rien ?

— Eh, non.

— Eh bien, avec votre manière d'amener les choses, voisin, vous pouvez vous vanter de m'avoir fait une belle peur. »

LES DEUX ÉPOUX BIEN RETROUVÉS

Il y avait une fois un maître de domaines, un homme de moyens, marié selon son cœur à une jeune dame. Tous deux ils s'entr'aimaient, et c'était là leur vie. Le maître n'avait que sa femme en tête. Pour être mieux à elle, il s'était déchargé du soin de ses domaines sur un certain valet. Car en cet homme, peu à peu, il avait mis sa confiance. Le valet parlait si bien qu'il semblait le voir d'avance arranger toutes choses.

De ses paroles, il aurait endormi la couleuvre sur le buisson. Une langue dorée. Habile, insinuant, et il sut si adroitement faire qu'au bout de quelque temps, dans la maison, il fallait que tout lui passât par les mains.

S'éleva une grande guerre, et le seigneur dut aller à l'armée. Sa femme attendait un enfant. Le matin qu'il partait, il vint la trouver dans la chambre.

« Je suis forcé de vous quitter... Vous le savez, mon cœur reste avec vous. »

Elle, ses yeux fondaient en larmes et elle n'aurait pu parler.

« Ne pleurez pas, lui dit-il, je reviendrai un jour. Je vous laisse mon grand valet. Il veillera à tout, comme il a coutume de faire. Il l'a juré la main levée, il prendra soin de vous. Du reste, nous nous aimons trop pour n'avoir pas quelque avertissement de ce qui nous arrivera l'un à l'autre. »

Il embrasse des deux bras sa femme, qui était près de défaillir. Puis saute sur son cheval, va rejoindre la troupe.

Le lendemain, le grand valet vient à la dame, tout en émotion.

« Madame, les ennemis arrivent. Ils mettent le pays à feu et à sang : sur le coteau, ils ont brûlé les blés, dans la vallée, ils ont tué les personnes. Ce qu'il faut, sans perdre une heure, et pour l'enfant que vous portez, c'est vous sauver vers les montagnes... »

Il semblait éperdu ; même il tremblait la fièvre, si bien que la dame — et si jeune elle était ! — se mit à trembler, elle aussi.

« Moi, je resterai, reprit-il, comme faisant un effort de courage. Je tâcherai de sauver ce que je pourrai des biens de mon maître. »

Elle partit ainsi, seulette, et sans rien emporter. Ni sa cassette, ni même une chemise. Seulement son alliance au doigt, son diamant. Le grand valet ne lui laissa pas prendre la chaîne d'or, les colliers, les parures. Il dit que sur les chemins ces dorures la feraient tuer.

Sitôt la dame partie, avec la même figure, le même tremblement, il a couru trouver les valets, les servantes.

« Sauve qui peut ! La dame s'est sauvée... Les ennemis ne sont qu'à demi-lieue de nous. Sur la rivière, ils ont brûlé le bourg ; en plat pays, ils ont tué tout le monde ! »

Une peur passe. Servantes et valets, à eux tous, on ne leur aurait pas tiré une goutte de sang. Chacun ne songe qu'à prendre la porte, tout en faisant main basse sur ce qui se présente à ses yeux — n'importe quoi : l'un, deux gobelets d'argent ; l'autre, un coquemar de cuivre — ils s'enfuient comme une volée d'oisillons, laissant le château à tous les vents ouvert.

Il n'y eut qu'une pauvre gardeuse d'oies... Elle avait mené son troupeau à la pâture, dans les friches. Ne sachant rien, elle revint le soir. Les ennemis, eux, ne vinrent jamais. Mais le grand valet avait fait maison nette. Il prit d'autres valets, d'autres servantes. Il vécut là désormais comme maître et seigneur.

La jeune dame cependant était partie où le vent la poussait, du côté des montagnes. De ce côté, le pays monte, se ploie, se ravine, remonte, s'ensauvage. L'eau se gonfle et saute au pli de la roche, sous les branches pendantes. On ne rencontre plus personne. À peine si sur l'aile du vent passe un peu de fumée. Et l'air sent le brouillard, la bruyère mouillée. Quelquefois un oiseau passe : c'est l'oiseau du hêtre, ou Jean-le-Blanc, là-haut, qui plane.

La dame alla, à l'aventure, voulant sauver l'enfant qu'elle portait en elle. Sur la dure, cette nuit-là, elle coucha. Puis tout le lendemain elle marcha encore. Alors qu'elle n'en pouvait plus, dans le creux de quelque montagne, elle avisa une chaumine. Basse et misérable, toute de pierre grise, sous le capuchon de chaume, percée seulement près de la porte d'une fenêtre moins grande qu'un mouchoir. Et le jardin, fait de deux noisetiers et d'une planche de choux verts.

Elle s'y présenta, s'offrant d'aider ces gens à faire leur ouvrage, et demandant un peu de pain pour l'amour de Dieu...

Une année passa. Puis une autre année. Un soir, le maître revint. Il arriva au château, l'épée au côté, sur son cheval. Le grand valet, le voyant, se mit à trembler tout de bon, cette fois.

« Ha, monsieur, le malheur est tombé ici ! »

Voilà le maître qui chancelle, étourdi comme s'il avait chu de la faîtière.

« Dis-moi tout : ma femme, où est-elle ?

— Monsieur, le lendemain de votre départ, un bruit a passé que les ennemis arrivaient. Elle a pris peur, quoi que j'aie pu lui dire. Et sans parole, sans adieu, elle est partie.

— Mais, où est-elle ?

— En passant la rivière, elle est tombée à l'eau, et les eaux étaient grosses : elles l'ont entraînée, je n'ai pas pu trouver son pauvre corps. Tous, comme elle, avaient pris la fuite. Il n'y a que moi qui ai su rester ici pour garder votre bien.

— Ha, que me fait mon bien, si je n'ai plus ma femme ! »

Il s'affaissa sur la pierre du seuil, privé de sentiment.

Depuis ce jour il n'était plus qu'un corps sans âme. Car il avait plus que jamais confiance en ce grand valet, qui se vantait si haut de lui être demeuré fidèle. Il lui semblait que cet homme avait bonne idée en toutes choses ; comment ne pas le croire ? Or le valet assurait qu'à n'en pas douter la dame était morte : qu'il avait couru après elle pour l'accompagner ou la ramener, mais qu'il l'avait vue glisser au bord de la rivière, tomber, s'enfoncer sous les eaux.

Une voix en lui, cependant, disait au maître que sa femme, si chèrement aimée, n'avait pas pu mourir.

« Tout le long du temps, à la guerre, loin d'elle, j'ai su que je la reverrais. Qu'elle soit morte, non, cela ne se peut pas. »

Cette disparition de sa femme, c'était la ruine de sa vie. Il était toujours au lendemain de la nouvelle fatale. Non pas tant le chagrin, non pas tant le deuil, mais un tourment : il se sentait le cœur gros comme s'il était sur le point de commettre un péché mortel.

« Et toi, tu ne m'as pas écrit qu'elle était morte ?

— Je me serais coupé le poing plutôt que de vous l'écrire. Qu'y pouviez-vous, monsieur ? »

La vie du maître n'était ainsi que de se désoler, songeant à celle qu'il n'avait plus trouvée à son retour de la guerre. « Blanche elle était comme fleur de bouquet. Mais surtout, elle était si bonne ; oui, elle était de si bon cœur... »

Il essayait de gouverner son chagrin, car il avait peur de perdre le sens. Toutes les nuits, toutes les nuits, devant son lit apparaissait une dame. Et cette apparition lui mettait la tête en feu. Puis après, il voyait une grande lumière.

Cette dame, cette lumière, il n'en dormait plus : cela le travaillait d'amitié, de regret, peut-être d'espérance.

« Pourquoi ai-je cette vision ? Qu'est-ce qui m'est ainsi demandé ? Je ne peux rien, que courir la campagne. »

Un jour qu'il vaguait tête basse, le long du bois, la gardeuse d'oies, le voyant si en peine en eut compassion.

« Écoutez-moi, monsieur, dit-elle, en s'approchant de lui. Moi, je le crois : la dame n'est pas morte.

— Que dis-tu ? Qui te le fait croire ?

— Le jour qu'elle est partie, je l'ai vue qui passait. Elle avait mis sa robe grise, sa robe de tristesse. N'allait pas du côté de la rivière : allait du côté de la montagne.

— Pourquoi, pourquoi ne m'as-tu pas parlé ?

— Ha, je tremblais, ha, monsieur, j'avais peur. Mais je l'ai vue partir de ce côté. Au premier tournant du chemin, vers le château s'est retournée ; au deuxième tournant, a manqué choir à terre.

— Où est-elle à présent ?

— À savoir ! À savoir ! »

Le maître, sur-le-champ, a monté à cheval. Et de courir et de voler. Chez tous ses amis de la guerre il a passé. Il leur a demandé de faire une campagne, de l'aider à chercher sa femme par pays.

« Elle n'est donc pas morte ? s'est enquis le sergent du premier régiment.

— Dieu fasse qu'elle soit vivante ! Et son enfant aussi doit l'être ! »

Il répétait à ses amis ce que lui avait dit cette gardeuse d'oies. Puis il les a suppliés de le suivre dans les montagnes, de se mettre en quête avec lui.

« S'il fallait tout mon sang pour la ressusciter, de la pointe de mon épée, je me percerais une veine ! Pour la revoir en vie, ha, comme de bon cœur je donnerais mon sang. »

Ils partent tous en troupe. Sur le chemin le maître repassait les choses dans sa tête : ce départ, cette peur, cette disparition...

« Qui est venu lui faire effroi ? Qui lui a crié de partir ? Enfin, oui, qui a su la mettre hors de chez elle ? »

Ses amis s'entre-regardaient, mais personne ne soufflait mot. Le grand valet venait le dernier de la troupe.

On avait pris le vert chemin qu'avait dit la gardeuse d'oies. C'était à la queue de l'hiver. Là-haut, sur la montagne, dans l'herbette naissante, les jonquilles poussaient leur haleine. Le matin était clair comme un matin de Pâques, et tout leur conseillait de battre le pays.

Ils l'ont battu de toutes parts. Le premier jour, ils n'ont pas eu grandes enseignes.

Le deuxième, ils ont tant couru, ont tant cherché, que sur le soir, à l'entrée d'une sente ont trouvé une fille.

« Où allez-vous, la belle, si tard que vous allez ?

— Je vais retrouver une dame. Son mari l'a laissée pour aller à la guerre. Son valet l'a trompée : au lieu de la servir, il a su s'arranger pour la faire déguerpir.

— Ha, nous ferons le chemin avec vous. Il faut que j'aille à cette dame !

— Venez, monsieur, c'est chez ma mère qu'elle est. Je vois le toit, je vois la porte, je vois le petit de la dame qui court sur l'herbe à mon devant. »

C'était un peu plus haut, dans l'endroit creux de la montagne ; elle leur montra là une chaumine croulante de vieillesse, près d'un jardin de choux. Ils prirent le pas avec elle. Un tout petit garçon dévalant le pacage vint se jeter contre la jeune fille ; mais parce qu'il ne voyait jamais personne, tout honteux, il se cachait la tête dans les jupes. Elle le prit entre ses bras : il était beau comme le jour : et le portrait de ce seigneur, sa retirance même.

La jeune fille les envisagea, lui et l'enfant, et du coup elle comprit tout. Elle lui mit le petit dans les bras. Et lui pleurant, versant des larmes, portant cet enfant à son col, tandis qu'il le baisait il se hâtait vers la maison.

On n'y voyait plus guère, — c'était au jour failli, — surtout en cette pauvre cabane tout enfumée. Il n'y avait là qu'une vieille paysanne, en robe de burat et en coiffe de toile, et une jeune, vêtue de même guise : elles filaient toutes deux la quenouille, assises au coin du feu.

« C'est cette femme qui a été perdue ?

— Oui, monsieur, c'est bien elle ! »

Lorsque la jeune dame entend cette voix, tout le sang lui reflue au cœur. Elle y porte la main. Tremblante, elle se dresse en pieds :

« Ha, serait-ce vous, mon mari ? »

Et lui, n'osant encore y croire :

« Faites-vous voir ! Faites-moi voir le diamant ? »

Elle montre son alliance.

« Oui, je suis votre dame, votre amie, votre épouse ! »

Quels moments ce furent que ceux-là ! Quelle confusion de bonheur ! Personne de la compagnie ne savait avoir les yeux secs.

Deux des amis du maître, cependant, s'avisèrent que le grand valet tirait souplement vers la porte. Ils bondirent, ils le ramenèrent lié des brides de leurs chevaux. « Mais nos mains n'ont pas fait leur meilleure besogne. Elles vont le pendre à la branche ! »

« Non, fit la dame ; même s'il méritait la mort, il ne l'a pas donnée, ne la lui donnez pas !

— À votre commandement, madame. Mais alors qu'il aille en galère pour le reste de sa vie.

— Ne pleurez pas, monsieur, venait la pauvre vieille : si peu que nous ayons, elle n'a pas manqué. J'avais bien vu que c'était une dame : j'ai eu soin d'elle comme de mon enfant.

— Et je ne l'oublierai jamais. Bonne vieille, pauvre vieille, il vous faut à présent me dire ce que vous avez pu souhaiter en votre vie !

— Rien, rien, monsieur, sinon d'aller la voir, de temps en temps.

— Oui, vous allez venir, puis aussi votre fille. Que cette bourse, en attendant, soit vôtre, les pièces d'or que j'avais prises pour faire la campagne... Et vous, ma retrouvée, mon trésor et mon cœur ! »

Mais c'étaient les yeux qui parlaient, plus encore que les paroles. Dans la lueur du jour, près de la porte, il tenait la main de sa femme. Il la regardait. Il voyait comme elle n'avait été qu'à lui, tout ce temps noir, et la bonté, la clarté, l'amitié écrites sur cette figure ainsi qu'une prière l'est dans un livre d'heures. Ses regards allaient d'elle à leur petit enfant.

« Quelle grâce le bon Dieu m'a faite ! »

Et voilà que dans le même moment, à elle, à lui, la même idée leur est venue. Puisque la vieille acceptait de les suivre au château, de sa chaumière, en action de grâces, ils allaient faire une chapelle à Notre-Dame.

LA FILLE DU ROI ET LE CHARBONNIER

Il y avait une fois un roi qui était riche à mort, et pardi puisqu'il était roi ! Ce roi avait une fille, et cette fille avait un galant, qu'on nommait M. de Bréville.

Ce M. de Bréville n'était pas riche, lui. Mais tout bon, tout cœur. Tout riant aussi. Comme on dit :

> *Mieux vaut la main plein d'amour*
> *Que de richesses plein le four.*

Le malheur était que le roi ne l'aimait pas. Il lui tournait la figure, parce qu'il ne le trouvait pas assez fier, pas assez dans les grandes manières, pas à son idée, enfin. Et il n'aurait pas fallu venir lui parler d'en faire son gendre.

Un jour il arriva que la première suivante de la demoiselle tira, en la peignant, un pou de ses cheveux. Un pou ! Est-ce qu'il y a des poux chez les rois ? Pensez, quelle affaire !

Toute hors d'elle, cette suivante court apporter ce pou au roi, en disant qu'elle vient de le trouver dans les cheveux de la princesse.

Voilà le roi, devant ce pou, qui devient rouge de colère. Et de commencer une jolie musique.

« Oui, c'est un pou ! Ha ! je vois bien ! Elle l'aura attrapé de son M. de Bréville ! Un homme qui parle à toute sorte de gens, à des charbonniers, à personne ne saurait seulement dire quel monde ! Parbleu ! c'est son M. de Bréville qui le lui a donné. Mais je sais ce que je ferai ! »

Il fait prendre ce pou, le fait mettre sous un globe, comme la merveille des merveilles, le fait nourrir par quatre cuisiniers de viande fraîche, de beurre et de crème, donne des ordres enfin, pour qu'on traite ce pou ainsi qu'un gros seigneur. Tout allait par écuelles. Trois fois le jour on servait monseigneur le pou. Il commence par devenir gros comme une noisette, puis comme une noix, puis comme une pomme. Eh bien ! mange, puisque tu sais si bien manger ! Il était devenu comme un potiron. Mais on s'y était employé, il faut le dire !

Un beau jour, pourtant, ce pou creva. Le roi aussitôt le fit écorcher, puis fit travailler la peau, et ordonna pour finir qu'on en fabriquât un manchon. Un manchon comme personne encore n'en avait jamais vu.

Alors il manda sa fille.

Elle pouvait avoir seize ans et quelque chose davantage. Si jolie, avec ses beaux yeux brillants et sa bouche vermeille, qu'on parlait déjà d'elle aux quatre coins du monde.

« Ma fille, dit le roi, il faut que ce pou serve à quelque chose. J'ai décidé de vous marier. Et voilà : je vous donne à celui, quel qu'il soit, qui devinera de quelle peau est fait votre manchon. Parole de roi ! il en ira ainsi. Je vais le faire savoir par mes trois cents trompettes. »

Là-dessus, le roi se lève, et parce que c'étaient de grandes amours, il fait fermer sa fille en tour, de peur qu'elle ne prévienne son M. de Bréville.

Mais tant les filles sont fines ! Celle-là trouva bien moyen d'avertir celui qui avait gagné son cœur, le conte ne dit pas comment, ou alors, je ne me le rappelle plus. Toujours est-il qu'elle lui recommanda de venir sans manquer au jour dit ; seulement de se présenter des derniers, quand tous les autres ou quasiment tous auraient passé. Personne ne saurait deviner de quoi était fait le manchon. Lui, devinant enfin là où tous auraient failli, il mettrait le roi dans l'obligation de lui donner la demoiselle.

Bien sûr, il y avait la parole de roi, mais il fallait se dire que ce roi ne pouvait pas plus voir M. de Bréville que le diable l'eau bénite.

Au jour dit, donc, sur tous les chemins, à pied, à cheval, en voiture, voilà défiler du grand monde et du petit monde. Tous les jeunes gens, et même ceux qui n'étaient plus bien jeunes, venaient essayer de dire de quelle peau était fait le manchon.

On fit passer les messieurs les plus beaux d'abord. Mais, comme on dit : pour deviner, savoir fait faute. Ils y perdirent leur langue. Ensuite du monde un peu moins riche. Ensuite, ma foi, tout ce qui portait chapeau. Mais sous tous ces chapeaux il n'y avait pas encore de cervelle assez fournie. La journée s'avançait, et la fille du roi ne voyait pas arriver son M. de Bréville. À cette heure ne défilaient plus que de pauvres paysans, et la demoiselle commençait à se dire :

« Ha ! monsieur de Bréville, pourquoi ne vous présentez-vous point ? Je le vois bien, il m'a oubliée. Il me faisait croire qu'il m'aimait, et maintenant il ne vient même pas ! »

Elle l'espérait toujours :

« Ha ! monsieur de Bréville ! »

Mais rien, pas de M. de Bréville. Elle l'avait pourtant fait avertir. Et il ne se montrait pas, et on n'en savait ni feu ni fumée.

Le dernier des derniers arriva un pauvre charbonnier, tout mâchuré, tout noir, tout mal en ordre, enfin tourné comme ceux qui font le charbon au fond des bois. Celui-là poussait devant lui un petit âne gris qui balançait les oreilles.

Il se présente donc à la porte, avec son âne, et tire son bonnet au portier.

« Voh, moussu, is co que pouode nentra diens l'appartemein de moussu lou rei, vire che ieu davinareu de qu'is fa lou manchon d'aquelo demiselle ? »

Vous comprenez : il demandait s'il pouvait entrer dans l'appartement de monsieur le roi, « voir si je devinerai de quoi est fait le manchon de cette demoiselle ? ». On avait dit : tout le monde ; c'était tout le monde. On le conduit devant le roi, comme les autres.

La demoiselle, cependant, se disait toujours :

« Ha, monsieur de Bréville, pourquoi ne paraissez-vous point ? »

Voilà ce charbonnier devant le roi et sa fille. Il considère le manchon, il se met à se gratter.

« Voh ! moussu le rei, co cheria beliau l'apé de d'uno lebreto ? »

« Oh ! monsieur le roi, ce sera peut-être la peau d'une levrette ? »

On lui répond que non. Il faut marquer que chacun avait trois bêtes à dire. Il recommence à se gratter derrière l'oreille, en grand embarras comme tous les autres.

« Voh ! moussu le rei, co cheria beliau l'apé de d'uen crapaud ? »

Un crapaud ! On lui fait réponse que non. Il était là qui se grattait toujours la tête, avec la façon de quelqu'un qui donne sa langue au chat. À ce moment, il prend entre deux doigts une petite bête, que vous devinez ; alors, par dépit et dérision, ne sachant plus que dire, il dit en écrasant ce pou entre ses ongles :

— Voh ! moussu le rei, co cheria beliau l'apé de d'uen pu ? »

Le roi fit un gros soupir, et sa fille s'évanouit.

Mais elle était bien forcée de prendre ce charbonnier, la pauvre. Elle ne pouvait pas enlever la parole de son père. Parole de roi ! Voilà les larmes qui lui viennent dans les yeux, grosses comme des pois, et se mettent à lui rouler sur la joue. »

« Ha ! monsieur de Bréville, que mon cœur te regrette !

« — Voh ! demisello, lui disait le charbonnier, puras pas !
Cheria pas bien mau embei ieu : fase de cherbou diens lou
beu ! »

Il lui disait de ne pas pleurer, qu'elle ne serait pas bien
mal avec lui, qu'il faisait du charbon dans les bois. Et elle,
bonnes gens, de pleurer, de pleurer toutes les larmes de son
corps.

Il fit avancer le petit âne gris, et il la fit monter dessus.

« Anen, demisello, venia ma ! Voutras chirventes an pas
mitei de vous sègre ; ieu vau vous monta subre moun ase
per vous mena chez ieu.

« Allons, demoiselle, venez seulement. Vos servantes
n'ont que faire de vous suivre : je vais vous monter sur mon
âne pour vous mener chez moi. »

Il la pose doucement sur l'ânichon, arrange bien sa robe,
et de prendre le chemin par bout, lui tout noir, elle aussi
blanche que la blanche épine du printemps.

Elle pleurait et soupirait toujours.

« Ha ! monsieur de Bréville, que mon cœur te regrette ! »

Le charbonnier piquait son âne pour lui donner de
l'avance, et à chaque coup de pointe, l'âne faisait : tru, tru,
tru, tru, tru, tru !

> « *Trotte, trotte, mon bourriquet !*
> *Qui te mène, si tu le savais !*

« — Que dites-vous, mon charbonnier, que dites-vous ?

« — Grand-chose, demiselle, grand-chose... »

Cependant, voyant que la demoiselle ne cessait point de
larmoyer, le charbonnier lui repétait dans son patois de ne
pas pleurer de la sorte, qu'elle ne serait pas tellement malheureuse avec lui.

« Ma maisou is darrei que chaté, demiselle. Co is lou
chaté de moussu de Bréville. »

Il voulait dire que sa maison était derrière un château
qu'on voyait sur ces côtes, le château de M. de Bréville.
Mais il ne jargonnait que son patois.

« Ô mon charbonnier, qu'avez-vous dit ? »

Et elle repartait à se lamenter tout haut :

« Ha ! monsieur de Bréville, que mon cœur te regrette ! »

Ils avançaient chemin cependant, et le charbonnier

piquait toujours son âne, qui faisait : tru, tru, tru ! à chaque coup de pointe.

> « *Trotte, trotte, mon bourriquet !*
> *Qui te mène, si tu le savais !*

— Que dites-vous, mon charbonnier, que dites-vous ?
— Grand-chose, demiselle, grand-chose... »
Puis, un peu plus loin :
« Voh ! demiselle, le counissès doun, moussu de Bréville ? »
Si elle le connaissait !
« Veti soun chaté. Moun ase io lé pouorto de cherbou toutos los matis, é lé vous ménera tout soul. Lé entrarein ein passa. »
Elle comprenait bien à peu près que c'était là le château ; que l'âne y portait du charbon tous les matins, et qu'il l'y mènerait tout seul.
« Nous y entrerons en passant. »
Mais elle n'en pleurait et n'en soupirait que de plus belle ; elle ne pouvait pas, de vrai, se contenir.
« Ha ! monsieur de Bréville, ha ! vous ne m'aimez guère, et cependant que mon cœur vous regrette ! »
Et son charbonnier alors :
« Voh ! demiselle, l'amavo be tant, que moussu de Bréville ? » (Vous l'aimez bien tant, ce monsieur ?)
Si elle l'aimait ! Mais elle ne répondait ni oui, ni non, vous comprenez ! Elle se contentait de demander au charbonnier où demeurait M. de Bréville, et du doigt il montrait les toitures, en ajoutant qu'on y allait tout droit, que le charbon que portait l'âne était pour lui.
L'âne montait la côte, tru, tru, tru, toujours tru, tru, tru.

> « *Trotte, trotte, mon bourriquet !*
> *Qui te mène, si tu le savais !*

— Que dites-vous, mon charbonnier, que dites-vous ?
— Grand-chose, demiselle, grand-chose... »
Enfin, à force de tru, tru, tru, l'âne entre dans la cour du château.
Là, le charbonnier fait descendre la demoiselle, et

comme la nuit tombait, il l'amène par la main dans une belle chambre.

« Ieu vous laissaré soulette un moument, demiselle : ieu vau na souna moussu de Bréville. » (Je vous laisserai seulette un moment, demoiselle, je vais aller appeler monsieur de Bréville.)

Et vite, vite, il s'en va.

Cinq minutes passent, dix minutes, un quart d'heure. On ne voyait reparaître personne. La demoiselle était là comme une âme en peine, qui demandait aux tapisseries des murailles :

« Mais où est M. de Bréville, et où est mon charbonnier ? »

Enfin quelqu'un revint. Je ne pouvais pas me tenir de le garder si longtemps : ce charbonnier, pardi, c'était M. de Bréville !

En allant chez le roi par le chemin du bois, il avait rencontré un faiseur de charbon et il avait changé d'habits avec lui en empruntant tout son équipage. L'autre, même, ne voulait pas trop, mais ce jeune homme lui a forcé la main.

M. de Bréville, donc, s'en revient, reparaît, et plus de charbon sur sa face, plus de poux derrière les oreilles. Il était là, la figure claire, si bien habillé que rien plus. Voilà la demoiselle rouge comme une fraise. Les voilà, tous les deux qui se retrouvent enfin, après tant de peines pour l'amour de l'un de l'autre.

Il la ramena chez le roi pour faire les noces. Des noces tout ce qu'il y a de plus grand, vous pensez. Nous y allâmes bien, pauvres petits, mais la demoiselle et M. de Bréville ne surent pas nous voir. Les autres nous donnèrent du pied dans le derrière, et on nous renvoya chez nous.

LA MAIN À L'ŒUVRE

Il y avait une fois une femme, une malentendue s'il en fut jamais une, et de sa servante, elle avait su en faire une autre, aussi réussie qu'elle. Malentendues, mal disposées, mal embouchées et malgracieuses !

Quand sa mère venait, par là-dessus et la cousine de sa

belle-sœur, et puis ses trois commères, un saint du paradis n'y aurait pas tenu.

L'homme de la maison n'y tenait pas toujours. Il s'enfournait dans le cabinet où étaient les cahiers de comptes, et peut-être bien quelque chose de plus que ses cahiers. On parlait d'un livre, dans le pays... Le bruit en courait, toujours. Lui le laissait courir. Dès qu'il avait tiré sur soi la porte, cric, crac, à double tour il s'enfermait. Vous autres femmes, maintenant, donnez-vous donc carrière.

Un matin, partant pour la vigne, il dit à sa bourgeoise :
« Femme, à propos : pour après-demain, j'ai convié trois amis. Veille au dîner, et qu'il soit bon.

— Des amis de bouteille, sûrement, dit-elle d'un ton pointu, des camarades d'auberge ! Sans doute que dans cette maison il n'y a pas encore assez d'ouvrage ! Et tout retombe sur les femmes. Trotte et tracasse comme le balai, quand tu auras bien tourné partout dans la poussière, on te refourrera au coin derrière la porte. Ah, té, toi, tes amis... »

L'homme n'attend pas la fin de ce couplet. Un bras en l'air, il enfile sa veste et va aux vignes voir si les grives chantaient mieux que la bourgeoise.

Arrive le surlendemain où les amis devaient venir. Retournant des champs, le maître paraît sur la porte juste un quart d'heure avant midi. Il passe l'œil sur la salle : rien ne sentait les apprêts, le rôti, la sauce au vin. À peine si dans la cheminée le feu flambait, rouge et jaune.

« Et ce dîner ?... Comment ? Rien de prêt ? rien de fait ?
— Eh bien, trouve qui fasse ! Moi, ce matin, j'ai eu assez à faire ! Maintenant j'ai le mal de tête !
— Et moi, dit la servante, j'ai le point de côté. Ha, commander, c'est bien aisé ; mais quand les pauvres femmes sont à suivre les besognes... »

En fin finale, elles ne sont pas en état l'une de préparer le dîner, l'autre de mettre seulement le couvert.

« Bon, bien, fait l'homme, sans même pester contre ces malentendues. Je vois d'où le vent souffle. Eh bien, on fera sans vous, les femmes. C'est si vite fait, qui sait s'y prendre... »

Il se campe, tout délibéré, — et les deux femmes le regardaient à pleins yeux, — dit entre haut et bas : « Allons, la main à l'œuvre. »

618

Et cela dit, il se tourne vers la petite étable.

« Cabri, plaît-il ! Allons, Carabi, mon ami ! Sors et viens-t'en ! »

Le cabri sort, vient droit au maître.

Il était attaché, et il s'est détaché. La bourgeoise, la servante n'en croyaient pas leurs yeux.

« Mais vous verrez plus fort ! Cabri, plaît-il, mets le couvert ! »

Le cabri s'approche de la table, met les assiettes, les verres, apporte la bouteille, et même la salière, n'oublie rien de ce qu'il faut. Le tout gracieusement.

Les deux femmes, les mains sur la ceinture, ouvraient une bouche comme une écuelle.

« Mais vous verrez plus fort ! Cabri, plaît-il, dépouille-toi, mets-toi au tournebroche. »

Le cabri se dépouille de sa peau, se met au tournebroche en toute bonne grâce. Et de se rôtir, de se dorer, et de se rôtir...

À son cabri de Carabi, avec un coup de menton, le maître disait de minute en minute :

« Cabri, plaît-il, tourne-toi bien, rôtis-toi bien ! »

Le cabri se tournait, le cabri se rôtissait. En un tourne-main, le voilà cuit.

Les femmes demeuraient sur place sans avoir une parole. Si étonnées ! Elles auraient été changées en cabri, avec ce poil luisant et de petites cornes commençant de leur sortir du front, qu'elles n'auraient pas été plus étonnées.

Midi sonne à l'horloge. Arrivent les amis.

« Mais vous verrez plus fort : Cabri, plaît-il, monte sur la table, découpe-toi ! »

Le cabri, agréablement toujours, monte sur la table et se découpe.

On mange, on se régale. On ne laisse rien au plat — rien que la tête et les os. Chacun des trois amis se passe la main sur la panse, déboucle d'un cran la ceinture.

« On s'en souviendra, de ce cabri !

— Moi, j'ai bien mangé pour trois jours !

— Et moi pour toute la semaine ! »

Ils boivent un coup de vin, — c'est le coup du docteur, celui qui ôte un écu de la poche du médecin, — un coup de goutte pour enfoncer le tout. Puis rentrent chez eux, tout étourdis, pressés de conter la merveille à leurs femmes.

L'homme les raccompagne jusqu'au peuplier du vivier, puis revient à la table. La maîtresse, la servante étaient là, toutes plantées, sans se résoudre à desservir.

« Mais vous verrez plus fort ! Cabri, plaît-il, ramasse tes os, revêts ta peau. »

Le cabri ramasse ses os, revêt sa peau ; et le revoilà cabri cabriolant.

« Cabri, plaît-il, retourne-t'en à l'étable. »

Le cabri s'en retourne à l'étable. Et les femmes, toujours figées sur place, le suivaient de la vue, ne sachant plus si elles étaient de ce monde.

« Voilà, dit l'homme, voilà. Était-il bien besoin de faire tant d'histoires pour un dîner ? Femmes, vous avez vu ? Suffit de savoir s'y prendre ! »

Sur ces mots, il part pour sa vigne.

Le lendemain, dès le matin, il part pour la foire à la ville.

Dès que la maîtresse, entrebâillant la porte, le voit vers le peuplier, elle se retourne dare-dare vers sa servante :

« Cours, Alison, va vite chercher ma mère ! En plus, mes trois commères ! Et la cousine de ma belle-sœur. Dis-le leur : je veux leur faire faire un dîner comme elles n'en ont fait de leur vie ! »

La servante part à la course ; et la maîtresse, tournant et retournant, piétinait d'impatience, le bec déjà tout plein des mots à dire.

En moins de cinq minutes, rapplique la servante, ramenant ces cinq femmes. L'une, c'était surtout de curiosité qu'elle pétillait, l'autre de gourmandise.

Et cette fille leur en contait, leur en contait... Et elles, elles se hâtaient, questionnant, s'exclamant : celle-ci qui roulait comme la boule des quilles, celle-là qui ouvrait les jambes comme des ciseaux, en enjambant les flaques sur la pointe de ses socques.

« Vous verrez, leur dit la maîtresse, vous verrez : de plus en plus fort ! »

Elle se campe, comme avait fait son homme, et du même ton que lui :

« Allons, la main à l'œuvre ! »

Puis tournée vers la petite étable, elle appelle le cabri.

Mais le cabri ne veut pas venir.

« Servante, va le prendre et tu me l'apporteras ! »

La fille croit le prendre : il gambade, saute comme un criquet, s'échappe de droite, de gauche. Et va te faire lanlaire !

Toute dépeignée, le bonnet de travers, la fille commence de s'échauffer.

« Ha, cabri de chabraque ! Ha, cabri de charogne ! Satané cabri, bran pour toi ! »

Ce qui, même dit à un cabri, n'est pas joli à dire.

« Attrape la barre des volets, fait la bourgeoise, et pan sur le carabouti ! Donne-lui sur l'échine. »

La fille empoigne cette barre, en allonge un coup au cabri. Mais voyez la sorcellerie ! À peine l'a-t-elle touché que voilà ses deux mains attrapées à la barre : et elle, forcée de suivre le cabri, ce Carabi, hardi, petit, mon ami, dans toutes ses cabrioles. La voilà partie par ici, partie par là, s'envolant, se rasseyant, ses cotillons bouffant, claquant, ses nattes échappées de sa coiffe, tournoyant et sifflant.

Et voilà les autres avec elle à insulter le cabri : voilà la maîtresse toute première qui veut la retenir, la tirer hors de la cour.

Mais aussitôt ses mains se prennent au caraco de la fille, comme celles de la fille à la barre, comme la barre à ce cabri cabriolant.

La mère se précipite, les deux bras en avant, se jette sur elle, croyant l'arracher à cette satanée danse. Elle crie à ses commères. Les commères, criant aussi, voulant de même les dégager, elles aussi sont attrapées, et la cousine de la belle-sœur. Toute une farandole emmenée, démenée, entraînée, tirant en arrière, dans les clameurs, les contorsions. Et se lançant comme à cœur joie, bondissant, rebondissant, voilà le cabri à promener cette queue serpentante de sept femme à la file, et par fonds et par côtes, et par monts et par vaux.

Car elles étaient attachées l'une à l'autre, comme à fer et à clou, forcées de venir, toutes démantibulées, la grosse ronde derrière la grande maigre, coiffes au vent et jupes voletant.

Du milieu de leurs vignes, les vignerons avaient vu cela,

sans pouvoir comprendre ce que c'était. Et tout le village maintenant y venait comme à la farce.

Hier, elles se plaignaient, ces femmes, que leur ouvrage leur donnait trop à tracasser. Elles venaient de s'en trouver un qui leur demandait une autre danse !

Et cette courante durait encore au baisser du soleil, sans qu'on pût dire quand elle prendrait fin.

Les jambes leur entraient dans le corps. Des mèches collées aux joues, les malheureuses fondaient en eau. Elles n'avaient plus de souffle. Rouges comme le feu, toutes perdues de fatigue, elles croyaient partir en morceaux par les champs, disloquées à la fin comme des épouvantails.

À soleil rentrant, cependant, l'homme est revenu de la foire par le chemin des vignes.

Et le chevreau lui a couru au-devant, il traînait toujours après soi cette tressautante queue de mon loup.

« Cabri, plaît-il, ramène ces femmes à la maison. »

Le cabri les a ramenées à la maison.

« Cabri, plaît-il, fais-leur préparer le souper !... Cabri, plaît-il, fais-leur mettre le couvert. »

Le cabri leur a fait préparer le souper et mettre le couvert : toutes à la file derrière lui, le suivant en tout son geste !

« Cabri, plaît-il, fais-les servir à table. »

Elles ont servi à table, mais sans pouvoir prendre une bouchée, elles qui n'avaient rien dans le corps depuis la soupe du matin.

« Cabri, plaît-il, laisse-les partir et retourne-t'en à l'étable, Cabri, plaît-il ! »

Le cabri alors les a laissées partir. La leçon, elle, n'est pas partie de sitôt.

J'ai passé par le coin du cabri,
Par Carabi, par Barbari,
Et voilà le conte fini !

LE MARCHAND DE BLÉ

Il y avait une fois, en France, un riche marchand de blé. Cet homme avait un fils, et qu'on appelait Jean. Il l'envoya en ville, à l'école des marchands, afin qu'au négoce du grain il se montrât encore plus habile que lui.

Quand Jean sortit de cette école, il revint chez son père ; et le père fut content de la façon dont il savait s'y prendre. Cependant, désirant l'éprouver, il lui confia un navire chargé de blé, lui disant d'aller vendre ce blé au pays des Anglais, de l'autre côté de la mer.

Jean partit donc sur ce bateau. Le gouverna si joliment, et toutes choses, qu'en peu de temps il traversa la mer, puis débarqua, vendit son blé, bon prix, se fit payer en pièces d'or, et se vit prêt à revenir.

Il regagnait le port où son navire l'attendait, quand, traversant la forêt d'Angleterre, qui est étendue, obscure et dangereuse, en son milieu il est tombé sur trois brigands. Ces hommes, faits comme des loups, entraînaient une fille dont ils venaient de se saisir. La suivait sa vieille nourrice, criant, s'arrachant les cheveux, et toutes deux plus pâles que la mort.

Jean courut, tira son épée. Les brigands se mirent en défense. L'un d'eux, de son couteau, se tenait cependant prêt à percer la gorge de la fille, plutôt que de la laisser échapper...

Alors lui, Jean, vida sa bourse sur le chemin et hautement posa le pied sur ce tas d'or :

« Laissez aller la jeune fille et la vieille femme, dit-il à ces brigands. Si vous le faites je vous abandonne cet or. Et si vous ne le faites, le fer décidera. »

Les brigands se consultèrent du regard. Ils ne balancèrent pas longtemps. Cet or, l'air résolu du garçon : ils lâchèrent la captive.

D'un coup de pied, Jean a éparpillé l'or dans le chemin. Et, laissant les brigands le chercher sous les feuilles, vivement, il a emmené les deux femmes.

Vivement aussi, il les a fait monter dans son navire, a hissé la voile, levé l'ancre, est revenu en France, au logis de son père.

« Bonjour, bonjour, mon fils ! As-tu bien vendu notre blé ?

— Très bien vendu, mon père, très bien vendu.

— Alors, beaucoup d'argent tu rapportes en ta bourse !

— D'argent, guère, mon père, et même point du tout. »

A raconté ce qui lui est arrivé au fond de la forêt d'Angleterre, comment il a jeté tout cet argent dans le chemin pour tirer les deux prisonnières des mains de ces brigands.

« Bien, mon fils. Tu as eu grande idée de ce qu'une âme chrétienne doit faire pour son prochain. Mais il te faut retourner à l'école. Tu y passeras six mois encore, afin de devenir bon marchand. »

Et Jean, donc, retourna pour six mois à l'école.

Son père, cependant, eut soin de la jeune fille et de la vieille nourrice. Il les a retirées toutes deux dans sa maison, et ne les a laissé manquer en rien, denrées, vêtures, de tout ce qui convenait.

Au bout de six mois, Jean revint.

« Mon fils, je te confie cet autre chargement de blé. Va-t'en le vendre en Angleterre. »

Avant de s'embarquer, Jean voulut saluer la fille qu'il avait sauvée des brigands — elle était belle comme la rose blanche.

« Prenez ce mouchoir, lui dit-elle, en lui donnant le mouchoir de soie rouge qu'elle portait au col. Quand vous aurez passé la forêt d'Angleterre demandez à parler au roi. Présentez-vous à lui, ce mouchoir à la main, offrez-lui votre blé. Il vous l'achètera plus cher que vous ne pourriez croire.

— Pour l'amour de vous, je le ferai, dit Jean. »

En Angleterre, il a tout fait comme lui avait demandé de le faire cette belle.

Le bois passé, il s'est fait enseigner le chemin. Puis est allé se présenter au roi, tenant en main le mouchoir de soie rouge.

Le roi qui est en fenêtre le regarde venir.

« Beau marchand qui cours le pays, approche, approche ! Et vous, mes gardes, saisissez-vous de lui !... Marchand, tâche de bien répondre, sinon j'appelle le bourreau : de tes épaules il fait voler la tête... D'où te vient ce mouchoir ?

— C'est celui de la belle.

— C'est celui de ma fille. Il y a six mois que je ne sais rien d'elle ; six mois qu'elle a disparu de ce monde en la grande forêt d'Angleterre. »

Alors Jean dit comme il l'avait trouvée au fond du bois, et tirée des mains des brigands ; qu'elle était retirée chez

624

son père, avec la vieille nourrice, et là n'avait faute de rien, ni de pain, ni de massepain, ni de robe, ni de ruban.

Le roi, transporté de joie, paya la cargaison de blé sans marchander, d'une pesante bourse d'or. Puis il recommanda à Jean d'aller chercher la belle au mouchoir rouge.

« Va et reviens. Plus vite tu la ramèneras, beau marchand de blé venu de France, plus vite tu l'épouseras ! »

Jean n'allait pas : il volait. Cette fille, cette belle, du premier instant qu'il l'avait vue dans la forêt, il l'avait aimée d'un tel cœur !

Il passa le bois d'Angleterre sans cette fois rencontrer de brigands. Mais comme ensuite il traversait un bourg, il vit courir et s'agiter toute une troupe : c'était un homme mort qu'on traînait sur la claie, dans la boue et la fange, on le tirait à la voirie.

« Et pourquoi ne l'enterrez-vous pas en terre chrétienne, comme les chrétiens doivent faire ?

— Parce qu'il est mort dans les dettes. Il fait perdre beaucoup de gens. En ce pays, ceux qui meurent sans avoir pu payer leurs créanciers, ceux-là, on ne les enterre pas !

— Et si quelqu'un payait pour lui ?

— Il avait tant de dettes ! Payer ? qui le ferait ?

— Moi, et voilà ma bourse. »

C'était de haute chrétienté, cela. Mais Jean s'était senti ému de compassion, voyant ces hommes traiter un mort de cette sorte. Seulement, les créanciers payés, il n'avait plus un liard en bourse. Les dettes du malheureux mort tout l'or du roi passa à les éteindre.

Jean se rembarque et vole sur les flots. Il arrive chez lui, se présente à son père.

« Bonjour, bonjour, mon fils ! As-tu bien vendu notre blé ?

— Mieux vendu même que l'autre fois, mon père.

— Alors, beaucoup d'argent tu rapportes en ta bourse !

— D'argent, guère, mon père, et même point du tout. »

Il raconta ce qui lui était arrivé : comment il avait fait conduire à l'église et ensevelir en terre bénite un malheureux mort dans les dettes, alors qu'on le traînait à la voirie.

« Très bien, mon fils. Tu as grande idée de ce qu'une âme

chrétienne doit faire pour son prochain. Mais il te faut retourner à l'école. Tu y passeras six mois encore afin de devenir bon marchand.

— À votre service, mon père... Les six mois faits, je vous demanderai congé de ramener à son père la fille du roi anglais. C'est elle, cette fille que tenaient les brigands. Parce que je l'ai délivrée, le roi me la donne pour femme.

— Sur ce pied, tu n'as pas besoin de retourner dans les écoles. Tu n'en sais peut-être pas assez pour être bon marchand, mais, mon fils, tu en sais assez pour être prince. »

Le marchand donne à Jean des habits de velours, une bourse de cent pièces d'or et un valet vêtu de taffetas. Emmenant la fille du roi et la vieille nourrice, Jean s'embarque le même soir pour l'Angleterre. Le père les accompagne au port, ravi de joie. Jean et la belle allaient comme en un songe. Ils croyaient voir les cieux ouverts.

Mais ils ne voguaient pas d'une journée sur mer que s'éleva une tempête. Et les vents et les abats d'eau, les coups de foudre et la furie des flots en leur déc̓ înement ! Dix fois ils se sont vus engloutis dans le gouffre, sous les montagnes d'eau qui d'en haut s'écroulaient...

Jean, cependant, fit front à tout, avec tant de sang-froid dans la vaillance qu'il sut sauver son bâtiment. Mais si moulu, si épuisé, si dépouillé, quand enfin vint la bonace, qu'il se laissa couler au pied du mât. Et, demi-nu sur un rouleau de cordage, il tomba là dans un sommeil de plomb.

Or, le valet qui s'était lâchement caché dans la tempête, reparaissant et le voyant ainsi, a été pris d'une affreuse pensée. Car ce maudit était dès le départ mordu d'envie au fond du cœur. Il aurait tant voulu avoir la belle au mouchoir rouge, et plus encore les trésors d'Angleterre ! « C'est le hasard qui a tout mené. Ce que le marchand de blé a fait dans la forêt, de donner son argent pour avoir cette belle, j'aurais pu le faire aussi bien. Je n'ai qu'à me débarrasser de lui, à me mettre en son lieu et place : j'ai tout autant de droit à avoir cette fille et tout l'argent du roi ! »

Il se saisit d'un aviron, en décharge un grand coup sur la tête de l'endormi. Puis il le prend tout assommé entre ses bras, le bascule par-dessus bord.

S'étant ainsi débarrassé de son maître, il va se présenter à la belle, à la vieille qui, toutes deux brisées par la tempête, gisaient en un coin du bateau. Il leur annonce qu'une lame a emporté le marchand de blé ; oui, qu'il a glissé à la mer, qu'il n'est plus là...

La belle, lorsqu'elle l'a compris, est partie en faiblesse, assommée par cette nouvelle autant que son ami par le coup d'aviron.

Lorsqu'elle est revenue à elle, ç'a été pour voir le valet revêtir les habits de velours. Et il leur a ordonné, à elle, à sa nourrice, les menaçant de les jeter aux poissons de la mer, — il leur a ordonné de jurer qu'elles ne le démentiraient jamais, quoi qu'il pût dire : et que, si on les questionnait, elles le donneraient pour leur sauveur.

La nourrice, en tremblant de tout son pauvre vieux corps, l'a donc juré... La belle, tant de fatigue la surmontait, tant de deuil et d'ennui, que cela la faisait indifférente à tout. Son ami était mort, ha, qu'importait le reste. Elle a juré aussi. Elles ont juré, la main levée.

Puis, la belle a compris ce qu'elle avait promis, et qu'elle, fille de roi, sur cette parole donnée, elle ne pouvait plus revenir... Elle s'est vue au pouvoir de ce gros valet, elle qui ce matin, avec son bien-aimé, devait faire son sort. Oui, ce matin, les cieux ouverts, et ce soir, c'est l'enfer qui s'ouvre... Voilà les choses de la vie.

Cependant, Jean n'était pas mort. Une lame l'a emporté, l'a déposé au creux de quelque roche. Il s'est éveillé là, le lendemain, à demi mort de faim, de froid. Seul, seul, perdu sur ce rocher battu des eaux, au milieu de la mer en étendue sans fin, flot sur flot, jusqu'au bord du ciel. Seul, quasi nu, et sans ressource, jeté là comme l'épave, la pièce de bois échouée dans la tempête...

Soudain, au-dessus de sa tête a passé une grande ombre. Un corbeau, et plus large d'ailes que ne le fut jamais corbeau, est venu se poser à deux pas, comme s'il le prenait déjà pour un cadavre.

« Corbeau, corbeau, que viens-tu faire ici sur tes ailes noires ?

— Sur mes ailes noires est ton salut. Suffit que nous fassions marché.

— Et quel marché faire avec toi, corbeau ?

— Marché de ton premier enfant. Au jour de ses deux ans, tu m'en donnes moitié. À ce prix-là je te prends sur mes ailes, je te porte au château du roi, près de la belle au mouchoir rouge.

— Je ne te donnerai pas mon enfant, noir corbeau, s'il doit un jour en naître un de ma femme. J'aime mieux mourir sur la roche.

— Mais sais-tu que la belle est au pouvoir de ton valet, lui qui t'a assommé et jeté à la mer ? L'abandonnes-tu à ce sort ?

— Corbeau, ne demande pas notre enfant !

— Pour l'enfant, je te laisse une chance : fille, elle est toute à toi. Garçon, c'est dit, tu m'en donnes moitié. »

Jean s'est mordu trois fois les poings...

Et puis, sans regarder le corbeau, il a fait signe. Il pensait à la fille du roi, son amie à la figure claire, tombée aux mains du gros valet, de ce Judas.

Le corbeau s'est arraché une de ses plumes. S'est arraché quelque lambeau de peau, comme un morceau de parchemin. A piqué Jean au bras pour écrire de ce sang. Ont fait un pacte et l'ont signé tous deux.

Puis le corbeau a pris cet écrit dans son bec et a chargé Jean sur son dos. Alors, a déployé ses ailes. Dans le moment, fendant la nue au-dessus de la mer et des rivages, et des champs et de la forêt, est allé porter Jean au château d'Angleterre.

La belle s'y trouvait, sur la plus haute tour. Elle regardait vers la mer. Triste comme la mort, depuis cette tempête. Sous trois jours, on la mariait au gros valet... Elle n'avait pas ouvert la bouche. Elle ne vivait plus que pour monter sur cette tour ; et là passait le temps, les yeux sur les lointains, du côté où son bien-aimé enlevé par la lame n'était plus que cadavre roulant au gré des grandes eaux.

Tout à coup, de la nue, voilà qu'il lui revenait... Elle n'a su que se jeter dans ses bras...

Le gros valet, qui montait pour la joindre, l'a vue ainsi toute riant, pleurant aux bras d'un homme. Et lorsqu'il a reconnu son maître, il a reculé, sans plus savoir où il était, devant ce prodige qui lui tombait dessus comme la foudre. Du haut de l'escalier, il a lâché pied dans le vide...

Neuf jours après, se sont faites les noces.

Neuf mois après, un enfant leur est né, — et c'était un garçon.

Et le bonheur, d'abord, avait tout pris pour lui. Mais est venu le temps où Jean a frémi en embrassant ce petit garçon promis par moitié au corbeau. Tête basse, souvent, il s'est écarté de sa femme. Il est allé rôder au bois pour pleurer en cachette. S'est enfoncé dans la forêt pour se désespérer de son malheur.

Elle, elle voyait bien que quelque peine rongeait l'esprit de son mari. Mais quand elle le questionnait, il s'échappait sans rien répondre.

La veille seulement du jour où leur enfant accomplissait les deux années, Jean l'a prise par sa main blanche. L'a amenée en leur chambre secrète. Comme il la regardait, de ses yeux pleins de larmes...

« Nous allons parler maintenant... »

Alors il lui a dit son marché sur la roche de mer avec le corbeau noir. Et qu'il ne pouvait pas faillir à l'engagement Toute la nuit, ils l'ont passée pleurant ensemble leur malheur.

Au premier gris de l'aube, ils ont levé la tête, entendant des coups au carreau. Ils n'ont pas repoussé le corbeau, ni cherché à le tuer. Ils l'ont fait entrer dans leur chambre, où personne n'entrait, et où l'enfant dormait, au creux du petit lit. Le corbeau leur a présenté, écrit avec du sang, le parchemin de leur marché. Des pleurs de sang leur déroulaient des yeux, à tous les deux, le père, la mère. Mais ils n'ont pas nié la dette : ils ont fait signe qu'ils la reconnaissaient.

Et comme ils s'attendaient à lui voir écarteler ce petit corps si frais de leur enfant, le corbeau devant eux a changé d'apparence.

« Je suis cet homme mort qu'on allait pour ses dettes jeter à la voirie et que tu as su faire enterrer en terre chrétienne. Au jour de ton péril, sur la roche de mer, j'ai obtenu de te sauver la vie. Mais c'était à la condition que tu passes encore par l'épreuve. Or, je t'ai vu loyal marchand, toi, le marchand de blé. Sûr comme l'or, sûr et fidèle. Cet engagement pris, qu'il t'en coûtât plus que la vie de me tenir, tu me l'aurais tenu. C'est bien, et vous serez heureux. Adieu, de ce jour à jamais. »

L'homme mort a tenu parole. Avec leur enfant tant chéri, et tous ceux qui leur sont venus, garçons et filles, jusqu'au soir de leur âge, au château d'Angleterre, ils ont été heureux.

ISABELLE ET SES TROIS FRÈRES

Il y avait une fois une dame, une veuve, qui avait des garçons. Non pas autant que la Marguaridette qu'on chante :

> — *Marguaridette au poil blond,*
> *Tant d'enfants avez-vous donc ?*
> *— Cinq sont à la guerre,*
> *Cinq sont sous la terre,*
> *Et cinq gardent la maison.*
> *Comptez-les : quinze qu'ils sont !*

Cette dame n'en avait que trois. Mais trois d'une venue, trois beaux garçons jumeaux. Et elle les nourrissait dans son petit château, à la pointe d'une montagne ; elle en prenait grand soin.

D'un maléfice qu'on lui jeta, peut-être, cette dame vint à dépérir. Faute d'avoir pu lever le sort, ou autrement, elle trépassa. Ce ne fut pas sans entrer en une étrange peine, songeant à ses trois fils. On dit que les mourants voient les choses ? Elle, sur son lit de mort, elle vit des malheurs.

Par bonheur, avant ces jumeaux, elle avait eu une fille, qu'on nommait Isabelle.

« Isabelle, mon Isabelle, je te recommande tes frères. En attendant qu'ils soient en âge, à toi de les nourrir et de les gouverner. Fais tout pour eux ; plus tard, qu'ils fassent tout pour toi, et que Dieu vous garde tous quatre. »

Sur ce, elle se tourna vers la muraille, et elle rendit l'âme.

Aux quatre enfants de vivre comme ils purent.

Isabelle apprit à ses frères à connaître les herbes qu'on peut manger dans le potage ou en salade : le groin d'âne, la dent de lion, la doucette et la pâquerette — ils allaient tout le long des haies les ramasser —, à cueillir la noisette, la châtaigne et la faîne — et le sac à l'épaule, ils en faisaient provision au Bois-rouge.

Ces garçons grandissaient. Ils auraient bien voulu ou aller à la chasse, ou aller à la guerre. Mais l'argent leur manquait pour acheter des souliers, des couteaux, des cordes de boyaux comme il en faut aux arcs. Isabelle se désolait. Ses frères étaient hardis, décidés et joyeux, mais plus maigres que des chats, et plus dépourvus que la cigale.

Un jour une vieille femme est venue lui parler.

« Ma fille, il ne tiendra qu'à vous d'avoir beaucoup d'argent. J'ai mon château de l'autre part du mont. Suivez-m'y et gouvernez tout.

— Mais, mes frères, que deviendront-ils ?

— Ils deviendront ce qu'ils sont déjà. Avec les ans, enfants deviennent gens. Je vous donnerai votre plein tablier d'écus. De cet argent vous nourrirez vos frères, vous leur achèterez le pain, le sel, le fer, la chair, l'huile et le vin. »

Isabelle a soupiré trois fois, sans savoir que résoudre. En roulant le bord de son tablier entre ses doigts, elle roulait ses pensées dans sa tête. Baissant les yeux, elle a bien balancé. Relevant le regard, elle s'est décidée. Elle a suivi la vieille dame.

D'abord les trois garçons ne savaient pas s'en prendre à leur lit ni à leur vêture, à la marmite ni aux écuelles. Leur couche semblait plutôt la bauge d'un sanglier ; casaques et culottes tournaient à la guenille ; les raves dans le poêlon étaient ou crues ou charbonnées, la soupe dans le chaudron un bouillon clair, sans sel ni sauge.

Eux s'en riaient ou tâchaient de s'en rire. Mais sous une bourre d'ourson ou de blaireau, ils devenaient secs comme une épine de hareng.

« Eh bien, on n'en sera que plus légers à la course. Ha, ce n'est plus le temps de notre sœur, bien sûr ! »

Ce qui les gênait le plus était de ne pouvoir aller cueillir l'oseille ou chasser la perdrix comme ils faisaient naguère, les trois frères ensemble. Chacun d'eux à son tour restait à la maison pour la cuisine et le ménage. Mais l'un ne s'embarrassait pas beaucoup du balai ; l'autre laissait dans son coin le torchon à vaisselle. La seule chose qui leur tînt à cœur, c'était de se retrouver tous trois — faute d'être tous quatre. Être aux champs, librement, à la cueillette ou à la picorée, au piégeage, à la chasse, mais tous les trois, les trois bessons, sans se déprendre l'un de l'autre. C'est cela, la bessonnerie !

Un soir, rentrant ainsi, au baisser du soleil, dès l'entrée, tous trois s'arrêtèrent. La salle avait un autre biais. Pas de croûtes ni d'écuelles à la traîne, sur la table ; pas de moutons, de fétus, de plumes, pour rouler de la cheminée à la porte.

« Regardez, frères, quelqu'un a mis du bois au feu !

— Frères, voyez : on a même monté la marmite ! »

Ils ne pouvaient imaginer ce que c'était.

Et le lendemain tout pareil.

L'un dit que les lits sont faits, l'autre que la soupe est cuite.

Les jours suivants de même.

Or, en quittant le château ils avaient tout fermé, tout, bien exactement, et ils retrouvaient tout fermé. Allez mordre à cela !

« Il faut que quelque fée se mêle du mystère !

— Frères, je ne vivrai pas tant que je n'en saurai le fin mot ! »

Tisonnant le feu, ils se sont concertés. Mangeant la soupe, ils ont arrêté ce qu'ils feraient. Un des trois chaque jour resterait au château, jusqu'à ce qu'on eût découvert qui venait faire le ménage.

Le premier soir, celui qui était au guet s'est endormi.

Le second soir, celui dont c'était le tour de guetter a entendu ses frères chasser dans les pâtures. Il est monté à la tourelle suivre des yeux la chasse. Quand il est redescendu, il a trouvé ménage fait, cuisine faite.

Le troisième soir, le troisième frère s'est caché sous le lit. Tout à coup, il a entendu un bruit comme un froissis de feuilles, du côté du fenestron. Mais l'ouverture était aussi étroite que d'une meurtrière : un chat eût à peine passé. Il a risqué un œil. Et il a vu se glisser par là leur sœur, leur Isabelle.

Il s'est montré, alors.

« Ha, sœur, c'est toi ! Je me disais : la soupe est tout comme au temps de notre sœur. On le sait bien qu'avec la même tourte, mêmes choux, même lard, deux personnes jamais ne feront même soupe ! Je reconnaissais le goût de ta soupe, vois-tu... C'est toi, c'est toi, qui chaque soir nous est venue. Trop bêtes nous étions de ne pas le comprendre. Tu prenais si grand soin de nous !... Toute ton idée, c'était nous... Sœur, ma petite. sœur ! »

Il l'embrassait, il lui parlait, il l'embrassait encore.

Elle riait, tout essoufflée.

« Mais dis, montre-toi, Isabelle ? Comme te voilà maigre et mince. À voir le jour au travers de ton corps ! Je ne m'étonne plus que tu passes par le fenestron ! Dis, sœur, comment vis-tu ?

— Frère, si tu savais ! La vieille du château, de l'autre côté du mont, cette vieille est sorcière. Chaque matin, je dois sucer son petit doigt et de cela il me faut dépérir. »

Comme elle disait ces mots, les deux autres sont rentrés.

L'un la tenait par le cou embrassée — « Isabelle ! Isabelle ! » —, l'autre voulait qu'elle les mît au fait de sa vie chez la vieille.

Puis d'une voix, tous trois, ils lui ont dit :

« Ce soir tu ne repartiras pas. Tu demeureras avec nous, chez nous, à la maison !

— Frères, la vieille est sorcière. Elle saura me retrouver ! Mes pas lui parleront, elle suivra mes pas. Elle saura me reprendre.

— Et nous, nous saurons te défendre. Dieu aime les chrétiens.

— Vivante ou morte, elle vous jetterait quelque sort ! Ha, frères, cette vieille est terrible. Elle a un fils aussi sorcier, qui vit au pays des montagnes, marié à quelque demoiselle de château, et il est plus terrible encore.

— De la mère, nous nous moquons, et de ce fils, nous nous rions. Nous, maintenant, nous avons des couteaux, nous avons des épées. Nous percerons le cœur à l'une, nous couperons la tête à l'autre !

— Ha, frères, frères, je suis sûre que la vieille est déjà en chemin. Elle trotte, elle vole, elle va remettre la main sur moi ! »

Alors, ils sont descendus dans la cour. Vite, vite, ils ont

633

fait une fosse, comme on en fait pour piéger le loup. Ils l'ont couverte, légèrement, de branches de saule. L'un a jeté des feuilles par-dessus, l'autre y a semé du sablon. Le soleil s'était couché rouge. Le vent soufflait ; la nuit venait.

Dans la nuit, dans le vent, la sorcière accourait, les ongles en avant. Comme portée par les airs. Mais ses pieds touchaient bien la terre, puisqu'elle s'est effondrée dans la fosse.

Elle y a roulé. Sable et feuilles y ont roulé sur elle ; et la terre et les branches. Elle y est morte étouffée.

« Sœur, chère sœur, maintenant dors tranquille ! Te revoilà avec nous pour toujours ! »

Le lendemain, sous le soleil levant, quand tout brille de rosée dans le froid du matin, ils sont allés voir à la fosse, pour tout y effacer de la sorcière.

Et l'un des frères a vu que du persil y avait poussé.

Le deuxième a coupé ce persil de son couteau.

Le troisième l'a pris, en a fait une belle sauce verte.

« Frères, nous mangerons la sauce : de la sorcière, rien ne restera ! »

Et les trois frères l'ont mangée. La sœur, elle n'en a pas voulu.

Puis ces garçons se sont mis à chanter, et ils sont partis pour la chasse, tout contents d'y aller ensemble.

Ils n'étaient pas à la porte de la cour qu'ils ont commencé à mugir. Ils n'étaient pas dehors sur le chemin qu'ils se sont trouvés changés en bœufs.

Isabelle allait les garder dans la pâture. Elle leur cherchait les places les meilleures, où l'herbe est haute, mais fine comme du poil de souris. Elle les menait à la claire fontaine. Il y avait là, partout, de gentes fleurs, des blanches, des rouges, de toutes couleurs que Dieu fit.

Elle ne pouvait pourtant s'empêcher de pleurer, de pleurer sur ses frères, de pleurer aussi sur elle. C'étaient de tristes jours.

« Autant leur vaudrait être morts, car est-ce un sort pour eux ? Et moi, que deviendrai-je ? Si pauvrette, si seulette ! Ha oui, si esseulée... Sur le frêne, là-bas, sur la plus haute branche, il y a un oiseau qui chante ; on sait ce qu'il veut dire ; Mariez-vous, les filles ! Mais moi, je n'aurai pas de mari... »

Un jour qu'elle était ainsi songeant et larmoyant, assise sous le buisson, elle a vu venir un cavalier.

Du bout de la pâture, l'homme l'a saluée. Arrivé au buisson, il lui a demandé :

« Bergère des trois bœufs, que faites-vous sur ce pâtis ?

— Je garde mes trois frères qui sont changés en bœufs.

— Vous seriez mieux en mon château, bergère, belle Isabelle. Venez-y pour y être ma femme... Et moi, de vos trois frères, je referai des garçons. »

Elle a été si contente de lui entendre dire cela qu'elle ne s'est pas demandé comment cet homme la connaissait. Lui suffisait de voir ses frères redevenir ses frères. D'elle et de son sort à elle, elle s'embarrassait peu. Peut-être pourtant qu'elle n'était pas tellement fâchée de trouver à se marier. Elle a regardé l'homme : elle a compris, senti, qu'il était un seigneur parce qu'il avait une barbe jusque-là, si noire qu'elle en était bleue comme le plumage de la corneille. Une barbe fait toujours royal.

« Je serai votre femme, a-t-elle dit tout de suite, si à mes frères vous rendez forme humaine.

— Jurez-le sur leur vie.

— Sur leur vie, je le jure. »

À peine avait-elle dit qu'il a mis pied à terre. À peine s'était-elle levée qu'il a cueilli trois herbes : l'herbe de pensée, l'herbe de souci, l'herbe de détourne. Et il les a données à manger aux trois bœufs.

Dans le moment, les bœufs sont redevenus garçons.

Le cavalier a fait monter en croupe la bergère Isabelle et aussi les trois frères. On aurait dit que son cheval noir s'allongeait pour leur donner place. Et il est parti avec eux pour son château, faire les noces.

Un jour de samedi, elles se sont faites, bien magnifiquement ; et le jour de dimanche, les trois frères sont retournés chez eux, bien tristement.

« Sœur, a dit le premier, notre maison est loin, de l'autre côté des montagnes, je ne sais pas quand nous pourrons revenir.

« — Et moi, a dit le second, je ne sais pas ce qui sera de ta vie, sœur, je voudrais bien le savoir.

— Il me tarde d'avoir de tes nouvelles, a dit le troisième : sœur, je me sens déjà tout en peine de toi.

— Je me dis que tu as tout fait pour nous, a repris le premier. Et nous, que ferons-nous pour toi ?

— Nous ne pourrions faire qu'une chose, a repris le second. Nous allons te laisser le chien.

— Oui, notre petit chien, c'est ce qui nous tient de plus près, a repris le troisième, et si jamais, quelque malheur survenant, tu avais besoin de nous, tu lui mettrais seulement un petit mot sur la tête : il viendrait nous chercher tout droit... Maintenant, sœur, adieu ! »

Isabelle est montée sur la plus haute tour et les a regardés partir. Son mari, le bel homme à la barbe bleue, lui donnait déjà à penser.

De jour en jour, il lui a donné à penser encore.

Un matin, en mangeant la soupe, il lui a dit qu'il allait en voyage. Et en buvant un coup de vin il a décroché de sa ceinture le trousseau des clés du château.

« Allez partout, ouvrez toutes les portes. De ce que vous trouverez dans les chambres, dans leurs coffres et leurs bahuts, tout est vôtre, belle Isabelle ! À la réserve pourtant de ce qui est dans le cabinet, au haut de la petite tour. C'est mon trésor à moi, qui ne fait pas pour vous. Là, rien à prendre pour Isabelle : elle ne pourrait qu'y mettre... Ainsi, n'en ouvrez pas la porte. Voici la clef, c'est cette petite-ci. Je vous le dis sur votre vie, n'y entrez pas ! »

Buvant encore un coup de vin, il lui a remis ces clés. Et enfourchant son cheval noir, il lui a dit : « Après-demain au soir, je serai de retour. »

Ce premier jour, elle l'a passé à visiter les salles. Dans les bahuts, elle a trouvé plus que n'en pourraient marquer quatre notaires en leur semaine, depuis les prunes confites jusqu'aux flacons d'argent.

Le second jour, elle l'a passé à visiter les chambres. Dans les coffres, plus de curiosités et de richesses encore : depuis les pièces de velours vert jusqu'aux colliers de pierres de lune. Et tant de parures de femmes, pour les brunes et les blondes, que c'était une chose étrange.

Le troisième jour, la matinée, Isabelle en sa chambre s'est

636

tenue à la fenêtre. Sur les onze heures, elle a pris la petite clef. Sur le coup de midi elle est montée à la petite tour.

Sitôt ouverte, ha, grands dieux, ha, Seigneur ! Elle a laissé choir cette clef... Et elle aurait chu elle-même, si elle ne s'était de la main raccrochée au vantail.

Pendues par leurs cheveux, cheveux bruns, cheveux blonds, huit têtes coupées la regardaient de leurs yeux morts, huit têtes de pauvres femmes.

Alors, d'un coup, elle a compris : son mari, le bel homme à la barbe bleue, était le fils de la sorcière, sorcier lui-même comme les cornes du diable, celui qu'elle avait dit marié lointainement. Et il n'avait pas pris seulement une demoi-selle de château, il en avait pris huit ! Pris, si bien pris, qu'il en avait encore les têtes au col sanglant accrochées en ce cabinet noir. — On dit que tout sorcier, s'il ne peut mieux, doit faire au moins périr neuf plantes. C'était neuf femmes que celui-là voulait faire périr.

Elle a tiré la porte ; l'a refermée à clef, sans savoir com-ment elle s'est retirée, ne tenant plus sur ses jambes. Des éblouissements lui brouillaient toute vue. Il lui a pourtant fallu le voir : cette clef, qu'elle avait laissé choir à terre, était marquée d'une tache de sang. Et elle a eu beau l'essuyer, frotter ce sang et de cendre et de sable, le gratter d'un couteau, le mordre d'une lime, rien n'y a fait : le sang reparaissait toujours.

Il y avait un sort sur la clef, la clef était ensorcelée. Ha, grands dieux ! Ha, Seigneur !

« Madame, qu'avez-vous tant ? a demandé la cham-brière.

— Ma mort va s'approchant », a-t-elle répondu, plus blanche que sa chemise.

Elle n'avait pas dit qu'elle a vu son mari entrer dans cette chambre. Elle ne s'était pas levée pour l'accueillir que d'un coup d'œil à la clef, il avait tout deviné.

« Ha, traîtresse, folle femme ! Ne t'avais-je pas dit : sur ta vie ?... Eh bien, ta tête là-haut va faire la neuvième. As-tu quelque grâce à demander avant que je t'abatte ?

— Deux, mon mari, deux grâces : de manger des lentilles et de faire ma prière. »

Elle est montée à la plus haute tour. Vite, d'une main qui tremblait, elle a fait un mot de lettre. Elle l'a mis sur la tête

637

du petit chien. Vers le château de ses trois frères, ce chien est parti comme un trait. Et elle a posté sa servante au plus haut fenestron des combles.

Puis elle a commencé de manger les lentilles. — Ce ne va pas bien vite de manger des lentilles, quand on les mange une par une à la pointe de son couteau.

Son mari, cependant, attendait dans la cour.

Il criait : « Guse ! Guse ! »

Peut-être « gueuse », ou peut-être « j'aiguise ! »

> *Guse, guse mon coutel*
> *Pour couper le cou d'Isabelle !*

Et il lui demandait en beuglant si elle aurait bientôt fini. « Non, mon mari, je mange les lentilles.

> *— Dépêche ou je fais sauter l'écuelle !*
> *Guse, guse mon coutel*
> *Pour couper le cou d'Isabelle !* »

Puis, au bout d'un moment, il reprenait, beuglant plus fort :

> « *As-tu soupé ? Réponds, la belle ?*

— Non, mon mari, mais il ne reste qu'une pincée de lentilles. »

Et à la chambrière des combles, à mi-voix elle demandait :

> « *Chambrière, vite, vite,*
> *Ne vois-tu rien venir ?*
> *— Je vois la pâture qui verdoie,*
> *Mais le chemin point n'y poudroie !* »

En bas, sur le pavé de la cour, le mari de nouveau beuglait :

> « *Guse, guse mon coutel,*
> *Pour couper le cou d'Isabelle !*
> *As-tu fini, réponds, la belle !*

638

— Ha, mon mari, je finis les lentilles, je vais commencer ma prière. »

Et à la chambrière des combles, à mi-voix, elle redemandait :

> « *Chambrière, vite, vite,*
> *Ne vois-tu rien venir ?*
> *— Je vois la pâture qui verdoie*
> *Mais le chemin point ne poudroie !* »

L'homme à la barbe bleue d'en bas tonnait plus fort.

> « *As-tu fini cette prière, la belle ?*
> *Dévale, dévale, Isabelle,*
> *Ou je monte avec mon coutel !*

— Un petit moment, mon mari ! J'achève mes prières...

> *Chambrière, vite, vite,*
> *Ne vois-tu rien venir ?*
> *— Ha, cette fois !*
> *Je vois, je vois !*
> *Je vois le chemin qui poudroie,*
> *Je vois une épée qui flamboie !* »

Mais de la cour, la Barbe Bleue hurle furieusement :

> *Dévale ou non, belle Isabelle,*
> *Moi je monte avec mon coutel !*

Il est monté, tout écumant, le coutelas au poing.

« Dépêche, dépêche à présent ! Dépouille-toi de tes habits !

— Mon mari, par honneur, n'arrachez pas ma chemise !

— Eh bien, dépouille-t'en toi-même ! »

Mais il n'avait pas dit que la porte a dansé sous une grêle de coups, coups de pieds, coups d'épaules !

Et il n'avait pas mis la main sur Isabelle que, hors des gonds, cette porte a sauté.

« Rhabille, rhabille-toi vite... »

Les trois frères, l'épée au clair, se sont jetés dans la chambre.

« Qu'allais-tu faire, mauvais traître, assassin ?

Je vois à ta pâle couleur
Que tu allais tuer notre sœur !

— Je ne voulais que la changer de chemise...

— Nous, nous allons te changer de peau ! Donne ces clefs qui pendent à ta ceinture. »

Ils ont fouillé le château, des caves aux greniers. Ils ont ouvert le cabinet noir de la petite tour.

« C'est la tête de notre sœur qui devait faire la neuvième. C'est la tienne qui la fera ! »

Ils lui ont abattu la tête. Ils ont mis le feu au logis, ils ont tout mis en charbons et en cendres ! Bien sûr, ils ne voulaient rien pour eux de ces maudites richesses au château du sorcier.

Puis ils sont repartis de leur pied par la pâture. Ils ont repassé la montagne, en emmenant leur sœur, aussi la chambrière.

Et cette chambrière, désormais, leur a fait à manger, a tenu la maison. Leur sœur, belle Isabelle, a pu être avec eux aux cueillettes, à la chasse, par ces champs, par ces prés des fleurs rouges et blanches, des fleurs de toutes les couleurs. Dieu leur donne joie et santé ! Ils ont vécu ensemble tous les jours de leur vie.

Parmi les inédits figurant dans les manuscrits du Trésor
des contes, *sept peuvent se rattacher au thème des amours.
Les voici, à la suite.*

LE MORT BIEN PLEURÉ

Il y avait une fois une brave femme qui venait de perdre
son homme. Au lendemain de cette mort, elle semblait faire
sa charge de pleurer son défunt. Elle n'était plus qu'à cela,
avec tant de paroles, et d'appels, et de gémissements, que les
voisines comme des moutons en auraient pris la tête grosse.

« Ha, mon pauvre homme, mon pauvre homme. Il n'y
avait pas meilleur que toi sur terre. Toute puce qui te
piquait, certainement se damnait ! »

Elle ne l'avait pas assez picoté, elle, quand il vivait. Dieu
sait ce qu'elle chantait de lui, alors ! Mais pour être tout
céleste, il ne faut que mourir.

« Écoute, lui vint dire le surlendemain une des voisines,
c'était bien un bon homme. Il y a pourtant raison à tout :
tu vas te rendre malade.

— Eh bien, dit-elle, laisse-moi pleurer un bon coup, puis
après je n'y penserai plus. »

L'AUTRE COUP

Il y avait une fois deux garçons qui avaient tiré au sort
ensemble ; puis ils avaient servi dans le même corps de

641

troupe, étaient allés à la guerre ensemble, étaient ensemble revenus au pays.

Ils habitaient à deux lieues l'un de l'autre. Mais en se séparant, ils s'étaient bien promis de ne pas se perdre de vue.

« Si je me marie, je t'inviterai à mes noces. Et si tu venais à mourir, par hasard, que tes gens me le fassent savoir. Je ne voudrais pas manquer ton enterrement. »

Un des deux bientôt se maria, et il alla inviter le camarade ; il le voulait pour son garçon d'honneur. L'autre promit. Le jour dit arrivé, pourtant, pas de camarade. Il fallut faire la noce sans lui.

Huit jours après, les nouveaux mariés faisaient quatre heures, au frais de la maison, il voient entrer cet autre qui traînait le pied et s'appuyait sur une canne.

« Tu vois ! Ne va donc pas m'en vouloir d'avoir manqué ta noce !... Une diantre de foulure... J'ai tant regretté... J'aurais tant désiré être ton garçon d'honneur !

— Assois-toi, tu vas toujours trinquer avec la mariée. Et mes noces, y être mon garçon d'honneur, que veux-tu, pauvre ami, ce sera pour un autre coup ! »

LA BREBIS PARLANTE

Il y avait une fois une fille douce comme une brebis, mignonne comme une chatte, et jolie comme un jour de noces. Bien sûr elle se maria. Tant mieux pour celui qu'elle a pris ! Tant mieux, tant pis... Dans le mariage, il y a de ces surprises...

Enfin voilà. Un jour cet homme va loin de chez soi à quelque grande foire de printemps. Il rencontre un ami, il trinque avec le camarade, ne rentre qu'à la nuit tombante. En son chemin, il rencontre une brebis perdue. Elle se laisse mettre la main dessus. Il la charge sur son cou.

Tout à coup il entend cette brebis qui parle :

Chance que j'ai trouvé ce niais !
Je me fais carrioler, je me fais carrioler !

Eh bien, le vin le montait, il ne lâche pas la brebis. Il la porte chez lui, l'enferme dans une étable à chèvres où il n'y avait point de chèvre, et va conter l'aventure à sa femme.

Mais cherche que chercheras-tu : pas de femme à la maison. Il la demande aux voisins.

« Ho pauvre, nous ne l'avons pas vue depuis soleil rentrant. » Eh bien, eh bien, elle se retrouvera, peut-être.

La tête un peu pesante, il prend le parti de se coucher, et dort comme un monsieur. Tout de même dès le petit matin quelque chose le travaille, le réveille : il se lève. Sitôt debout, il va à l'étable, voir ce que devenait cette brebis qui parlait. Pas de brebis.

Du fond de toute cette ombre, de tout ce brun de vieux bois, de grenier, de fougère sèche, à la même place hier soir de la brebis, il trouve qui ? Sa femme.

LA PEAU DE LOUP

Il y avait une fois une femme, brave femme, qui voyait son mari partir toutes les nuits de grand-lune. Toujours vers la même heure il sortait de son lit et ne rentrait que sur la mi-nuit. Elle, elle se disait qu'il serait mieux en la maison. (Ces histoires se racontaient là-haut, à la Faicille. À Sainte-Catherine du Fraisse elles couraient moins le pays. Mais c'est que là-haut, ça sentait le sauvage : l'écorce, le champignon, l'herbe foulée, la roche broyée, les racines, la fouine... Et puis, quand on était sous tant de neige... Bloqué, enseveli ! Il fallait faire un tunnel, quand on ouvrait la porte. À peine si on osait, du reste, parce qu'on voyait les loups rôder devant les fenêtres... Et on ne savait pas ce que c'était : vrais loups ou hommes-loups...) Bon. Cette femme donc songeait aux sorties de son mari. Elle, elle n'était pas comme la sainte Marguerite du proverbe :

Sainte Marguerite
Va à la messe quand elle est dite.

« Je n'attendrai pas, pensait-elle, que malencontre arrive. S'il y a là quelque mauvais train, je ne vais plus longtemps le souffrir. »

Une nuit que la lune prenait son grand tournant, elle y regarde de plus près. L'homme en rentrant serrait au fond du coffre quelque chose comme des hardes.

Le lendemain, elle y va voir : elle tire du coffre une peau de loup. Que faire ? Elle n'a pas été longue à le trouver, ce qu'il y avait à faire : dans la minute, elle a allumé le four. Dès que ce four a été en fournaise, elle y a jeté la peau. Mais alors ! Ah ! messieurs de Dieu ! En tombant dans ce feu, à pleine gueule, cette peau se met à gueuler. Et comme toute hurlante, toute tordue, elle partait en flammes, le four éclate, — un pet qu'on entendit de plus de deux lieues loin. Les pierres, les tuiles volaient encore que comme un tonnerre l'homme arrive. Une figure à faire frémir. Et ses yeux, deux tisons d'enfer.

« Ha, limaces de femmes ! Ha, misérable, qu'as-tu fait ? » À l'entendre souffler, on eût dit d'une bête de somme. « J'avais pris une mission : encore six mois, j'avais fini. Nous aurions vécu à notre aise, je vous aurais rendus heureux, toi, les enfants... Et maintenant, les six mois, c'est toujours : je suis loup pour l'éternité ! »

Il se jette vers la porte, en forcené qui ne voit plus à se conduire.

« Malheureux, où vas-tu ?
— Où ma route me mène ! »

Sa femme n'a jamais vu où. Mais de sa vie elle ne l'a revu.

LES DEUX VOISINS

Il y avait une fois deux paysans, le Toine et le Tonin. Ils avaient leurs maisons sur le chemin, vis-à-vis l'une de l'autre.

Ni l'un ni l'autre n'était dans ses avances. Le Toine même n'avait plus un sou. Il lui fallait pourtant acheter de petits cochons. Il se trouva que le Tonin put lui avancer cinq pistoles. Mais il fut entendu que l'autre les lui rendrait sans manquer à la Saint-Martin. Sans manquer ! Ce fut entendu.

Seulement les choses manquèrent. Les cochons ne profitèrent pas, la lune rousse brûla le bourgeon de la vigne, la grêle tomba sur les blés.

La nuit d'avant la Saint-Martin, le Toine dans son lit ne trouvait pas le sommeil. Il se démenait en ses draps comme une mule prise en sa corde. Tant et si bien que la femme à la fin se dresse sur ses deux poings, se met sur son séant

644

« Vas-tu te tenir en paix, dis, Toine ? Ou alors quoi ?

— Comment veux-tu que je me tienne en paix, quand demain matin je dois rendre au Tonin cinq pistoles. Pour les rendre, faudrait que je les aie ! »

La femme sans lui répondre se tire du lit, va à la fenêtre elle l'ouvre ; puis à pleine voix :

« Tonin ! Ho, Tonin ! »

L'autre se lève aussi et vient à la fenêtre.

« Eh bien, quoi ? Qu'est-ce qu'il y a ?

— C'est pour vous dire que demain matin le Toine ne pourra pas rendre les cinq pistoles. »

Sitôt dit, elle referme la fenêtre. Et elle vient se mettre au lit.

« Là, maintenant, le Toine, tu peux dormir tranquille C'est au Tonin, s'il veut, à ne pas dormir. »

LES CINQUANTE MILLE À GAGNER

Il y avait une fois un garçon et déjà quasi vieux garçon, ha, ce n'étaient pas les idées qui lui manquaient à celui-là. Tant de manège, tant de détourne ! Quand il voulait aller à la foire, il se campait sur la porte, et à la première carriole qui passait :

« Dis donc, toi qui as une voiture, tu ne me porterais pas ma blouse en ville ?

— Oh, bien facile. Donne-la, cette blouse. Alors, à qui la remettre ?

— T'embarrasse pas ! Je suis dedans ! »

Et partant vite à rire, il grimpait près du conducteur.

Mais avec toutes ses trouvailles de bon compagnon et aussi ses coups de marteau, de temps en temps, les gens ne faisaient pas plus cas de lui que d'un pet de lapin. Il n'avait même pas trouvé à se marier. Et cela, c'est bien fort.

« Hé, après ? chantait-il, qu'est-ce que c'est que le mariage ? Un sacrement qui fait manger de la soupe maigre ! »

La sienne n'était pas déjà si grasse. Il vivait plutôt chétivement d'un bout de terre et de trois chèvres que sa pauvre mère lui avait laissées.

Un jour les hommes parlaient au cabaret du monsieur du château.

« Il voit sa fille en âge de s'établir. On dit qu'il veut la marier. — Et combien lui fait-il ? — Ho, la dot serait grosse ! On parle de cent mille ! — Il n'y aura pas de partis assez relevés dans le pays ! »

Ainsi menaient-ils le propos, donnant des coups de tête ; et avant de pousser les verres pour trinquer, ils tournaient le chapeau de côté avec de grands clins d'yeux.

Le soir, le garçon monte jusqu'à l'allée de châtaigniers à l'heure où le monsieur sortait, une canne à la main.

Il lui lève le chapeau, l'aborde :

« Quoi ? qu'est-ce qui t'amène ?

— Voilà, monsieur. Est-ce que ce vous ferait peine de gagner cinquante mille francs ? Je sais un moyen sûr de vous les faire gagner.

— Quoi ? Cinquante mille ? Comment ça ?

— Monsieur, on m'a dit que vous voulez marier votre demoiselle, et que vous lui faites une dot dans les cent mille ?

— Alors ? Qu'est-ce que tu viens faire là-dedans ?

— Je viens faire que moi, monsieur, je vous la prendrais pour cinquante. »

CE QUI POURRAIT MIEUX ÊTRE

Il y avait une fois un vieux garde champêtre, point mauvais homme, mais grand ami de la bouteille. Il disait que s'il buvait, c'était pour se consoler d'avoir une femme toujours sur les plaintes, les reproches, les querelles. La femme, elle, disait que si elle menait ce train de gronderies, c'était le fait des beuveries de son homme. Allez savoir qui avait raison !

Certain soir, leur curé les trouve qui revenaient tous deux de la vigne. Ils y étaient allés lier le sarment à l'échalas. Il leur demande leurs portements, puis ceux de la vigne, et comment se présentait la grappe.

« Ha, la grappe, la grappe... Savez-vous ce que j'en étais à me dire, monsieur le curé ?

— Non, quoi, que te disais-tu ?

« — Eh bien, que quelquefois vous passez à côté du vrai dans vos sermons.

— Comment ça ?

— Vous avez dit l'autre dimanche que Dieu fait bien tout ce qu'il fait.

— Mais oui. Alors ?

— Alors ce soir, j'étais entre ma femme toute déchaînée, et mes pauvres ceps tout languissants des brouillards de la Pentecôte. Et je me disais qu'à la place du bon Dieu, j'aurais tout de même mieux fait.

— Qu'aurais-tu fait, dis voir ?

— Eh bien, il a donné des lionnes de femmes aux hommes et des maladies à la vigne ; à sa place, moi, j'aurais donné de bonnes vignes aux hommes et toutes leurs maladies à ces tonnerres de femmes. »

LES AMOURS

DU MÊME AUTEUR

Composition IGS
Impression Société Nouvelle Firmin-Didot
à Mesnil-sur-l'Estrée, le 29 avril 2003.
Dépôt légal : avril 2003.
Numéro d'imprimeur : 63831.

ISBN 2-07-042827-3/Imprimé en France.

121833